普通高等教育“十二五”重点规划教材　计算机系列

中国科学院教材建设专家委员会“十二五”规划教材

Access数据库技术与应用

史国川　黄　剑　主编

刘锁兰　高　云　郝　立　副主编

科学出版社

北　京

内 容 简 介

本书全面、系统地介绍了 Access 2003 数据库系统的基础知识与应用开发技术。全书以 Access 2003 关系数据库为背景，介绍数据库的基本概念、设计与应用，内容丰富、结构清晰、语言简练、图文并茂，具有很强的实用性和可操作性。本书还结合 VBA，通过实例讲述了程序设计的基本思想与方法，并重点突出面向对象程序设计技能的培养，对读者自主开发数据库应用系统大有帮助。

本书既可作为高等院校非计算机专业学习 Access 2003 数据库课程的教材，亦可作为科技工作者及计算机爱好者的自学用书，还可以作为全国计算机等级考试二级 Access 数据库程序设计的培训教材和参考用书。

图书在版编目（CIP）数据

Access 数据库技术与应用/史国川，黄剑主编. —北京：科学出版社，2011
（普通高等教育“十二五”重点规划教材 计算机系列）
ISBN 9-978-03-030916-7

Ⅰ. ①A… Ⅱ. ①史… ②黄… Ⅲ. ①电子计算机-高等学校-教材
Ⅳ. ①TP5302

中国版本图书馆 CIP 数据核字（2011）第 094753 号

责任编辑：赵丽欣 郭丽娜 杨 阳 / 责任校对：王万红
责任印制：吕春珉 / 封面设计：东方人华平面设计部

科 学 出 版 社 出版
北京东黄城根北街 16 号
邮政编码：100717
http://www.sciencep.com

铭浩彩色印装有限公司 印刷
科学出版社发行 各地新华书店经销
*
2011 年 6 月第 一 版 开本：787×1092 1/16
2011 年 6 月第一次印刷 印张：22
印数：1—7 000 字数：543 000

定价：39.00 元

（如有印装质量问题，我社负责调换〈骏杰〉）
销售部电话 010-62140850 编辑部电话 010-62134021

前　言

随着计算机与网络技术的飞速发展，作为计算机应用的一个重要领域——数据库技术得到了广泛的应用与发展。数据库技术是现代信息科学与技术的重要组成部分，是计算机数据处理与信息管理系统的核心，掌握数据库知识已经成为各类科技人员和管理人员的基本要求。

如何使理论与实践相结合，使学生掌握数据库技术的基础理论，掌握数据库的设计与管理、数据的应用与程序设计方法，使学生通过学习能设计一个简单的数据库应用系统，是数据库技术教学的基本目的。

Access 2003 关系型数据库管理系统是 Microsoft Office 系列应用软件的一个重要组成部分。它界面友好，功能全面且操作简单，不仅可以有效地组织与管理、共享与开发应用数据库信息，而且可以把数据库信息与 Web 结合在一起，为在局域网络和互联网共享数据库信息奠定了基础。Access 2003 提供的数据库对象，可以使学生不用编程就能设计出一个桌面数据库应用系统，而且可以使学生从中掌握数据库应用的思想。通过学习 VBA 程序设计，创建 VBA 模块，学生可以学习如何通过面向对象的程序设计，使用对象的属性、事件与方法，建立事件驱动过程，完成面向用户的数据库应用系统的开发设计。读者通过学习数据库与 VBA 编程能设计简单的数据库应用系统，实现理论与实践相结合。

本书从教学实际需求出发，由浅入深、循序渐进地讲解 Access 数据库技术知识。本书共 11 章，内容包括数据库系统的基础知识、关系数据库设计理论、Access 2003 数据库、数据表的设计与操作、查询的设计与应用、窗体的设计与应用、报表的设计与应用、数据访问页的设计与应用、宏的设计与应用、VBA 程序模块设计、数据库应用系统开发实例。附录 A 为 Access 常用函数，附录 B 为 Access 常用事件。

本书内容丰富、条理清晰、图文并茂、易教易学。在讲解每个知识点时都配有相应的综合实例和练习，方便读者上机实践。建议本书理论课 72 学时，实验课 36 学时，学生课后自主上机练习至少 50 学时。

为了方便教学，本书另配上机实验指导书，本书的电子教案、源代码、素材等，请需要者到 www.abook.cn 下载或发邮件至 SciencePress@yeah.net 索取。

本书由史国川、黄剑任主编，刘锁兰、高云、郝立任副主编。参与本书工作的人员还有王珊珊、陈海燕、陈智、王程凌、陈芳、许娟、张凌云、许勇、赵传申、李海等。另外，本书得到了院系领导的大力支持，教研室的老师们也提出了许多宝贵的意见和建议，在此表示衷心感谢！

由于编者水平有限，书中错误与疏漏在所难免，敬请读者批评指正。

目　录

第 1 章　数据库系统的基础知识 …… 1
1.1　数据库系统概述 …… 1
1.1.1　数据管理的发展 …… 1
1.1.2　数据库系统 …… 4
1.1.3　数据库系统的特点 …… 5
1.1.4　数据库系统的内部结构体系 …… 6
1.1.5　数据库技术的发展趋势 …… 7
1.2　数据模型 …… 8
1.2.1　数据模型的概念 …… 8
1.2.2　E-R 模型 …… 9
1.2.3　常用的数据模型 …… 10
1.3　数据库设计基础 …… 12
1.3.1　数据库设计的内容 …… 13
1.3.2　数据库设计步骤 …… 13
1.3.3　数据库设计过程 …… 14
1.4　习题 …… 19
第 2 章　关系数据库设计理论 …… 21
2.1　关系模型 …… 21
2.1.1　关系模型的组成 …… 21
2.1.2　关系模型的数据结构和基本术语 …… 22
2.1.3　关系的形式定义和限制 …… 23
2.2　关系代数 …… 26
2.2.1　传统的集合运算 …… 26
2.2.2　专门的关系运算 …… 27
2.3　关系完整性 …… 27
2.4　关系数据库的规范化理论 …… 29
2.4.1　关系规范化的概述 …… 29
2.4.2　第一范式(1NF) …… 30
2.4.3　第二范式(2NF) …… 30
2.4.4　第三范式(3NF) …… 31
2.4.5　BCNF、4NF 和 5NF …… 32
2.4.6　规范化方法 …… 32
2.5　习题 …… 33
第 3 章　Access 2003 数据库 …… 35
3.1　Access 2003 数据库简介 …… 35

3.2 Access 2003 数据库开发环境 …… 36
3.2.1 Access 2003 数据库的启动与退出 …… 36
3.2.2 Access 2003 数据库的系统结构 …… 37
3.2.3 Access 2003 数据库操作环境 …… 40
3.3 Access 2003 数据库设计与操作 …… 41
3.3.1 创建数据库 …… 41
3.3.2 数据库的打开与关闭 …… 42
3.4 数据库管理与安全 …… 43
3.4.1 Access 2003 数据库管理 …… 43
3.4.2 设置数据库密码 …… 44
3.4.3 用户级安全机制 …… 45
3.5 习题 …… 48
第 4 章 数据表的设计与操作 …… 50
4.1 创建表 …… 50
4.1.1 数据表结构设计 …… 50
4.1.2 主码 …… 57
4.1.3 索引 …… 57
4.1.4 通过输入数据创建表 …… 58
4.1.5 使用向导创建表 …… 59
4.2 管理与维护表 …… 59
4.2.1 表间关系的建立 …… 59
4.2.2 修改表结构 …… 62
4.3 操作表 …… 63
4.3.1 数据输入 …… 63
4.3.2 排序记录 …… 65
4.3.3 筛选记录 …… 66
4.3.4 设置数据表格式 …… 67
4.4 数据的导入与导出 …… 68
4.4.1 导入、导出数据 …… 68
4.4.2 链接数据 …… 69
4.5 习题 …… 69
第 5 章 查询的设计与应用 …… 73
5.1 查询的种类与应用 …… 73
5.1.1 查询的种类 …… 74
5.1.2 查询的应用 …… 75
5.2 查询的建立方法 …… 76
5.2.1 使用查询向导 …… 76
5.2.2 使用查询设计器 …… 79

5.3 查询条件 …… 81
5.3.1 表达式 …… 81
5.3.2 标准函数 …… 84
5.4 查询设计 …… 86
5.4.1 条件选择查询 …… 86
5.4.2 交叉表查询 …… 87
5.4.3 参数查询 …… 90
5.4.4 操作查询 …… 91
5.4.5 重复项、不匹配项查询 …… 94
5.5 SQL 查询 …… 95
5.5.1 SQL 的数据定义 …… 95
5.5.2 SQL 的数据操纵 …… 97
5.5.3 SQL 视图 …… 102
5.6 习题 …… 102
第 6 章 窗体的设计与应用 …… 106
6.1 认识窗体 …… 106
6.1.1 窗体的作用 …… 106
6.1.2 窗体构成 …… 107
6.1.3 窗体类型 …… 108
6.1.4 窗体视图 …… 111
6.2 创建窗体 …… 111
6.2.1 自动创建窗体 …… 112
6.2.2 使用窗体向导创建窗体 …… 112
6.2.3 创建图表窗体 …… 115
6.2.4 创建数据透视表窗体 …… 116
6.2.5 创建数据透视图窗体 …… 117
6.3 设计窗体 …… 118
6.3.1 窗体设计视图 …… 119
6.3.2 属性、事件与方法 …… 121
6.3.3 窗体与对象的属性及设置方法 …… 122
6.3.4 窗体与对象的事件 …… 129
6.3.5 常用控件的创建方法 …… 132
6.4 窗体与控件的其他应用设计 …… 140
6.4.1 创建计算控件 …… 140
6.4.2 查找记录 …… 142
6.4.3 显示提示信息 …… 142
6.4.4 创建与使用主/子窗体 …… 143
6.4.5 打印与预览窗体 …… 143

6.5 窗体外观格式设计 …… 144
6.5.1 加线条 …… 144
6.5.2 加矩形 …… 145
6.5.3 设置控件格式属性 …… 145
6.5.4 使用 Tab 键设置控件次序 …… 147
6.6 习题 …… 148
第 7 章 报表的设计与应用 …… 151
7.1 报表的基础知识 …… 151
7.1.1 报表的定义 …… 151
7.1.2 报表的结构 …… 151
7.1.3 报表的视图 …… 153
7.1.4 报表的分类 …… 153
7.2 使用向导创建报表 …… 154
7.2.1 使用报表向导创建报表 …… 155
7.2.2 使用“自动创建报表”创建报表 …… 157
7.2.3 使用“标签向导”创建报表 …… 158
7.2.4 使用“图表向导”创建报表 …… 159
7.3 报表设计与编辑 …… 160
7.3.1 使用设计视图创建报表 …… 160
7.3.2 报表控件及格式设计 …… 161
7.3.3 报表排序和分组 …… 164
7.3.4 使用计算控件 …… 167
7.4 创建子报表 …… 168
7.4.1 子报表的概念 …… 168
7.4.2 在已有报表中创建子报表 …… 169
7.4.3 将某个报表添加到其他已有报表来创建子报表 …… 169
7.4.4 链接主报表和子报表 …… 169
7.5 创建多列报表 …… 170
7.6 复杂报表设计 …… 171
7.6.1 报表属性 …… 171
7.6.2 节属性 …… 171
7.7 打印输出报表 …… 172
7.7.1 预览报表 …… 172
7.7.2 打印报表 …… 173
7.8 习题 …… 173
第 8 章 数据访问页的设计与应用 …… 177
8.1 数据访问页的概念和视图方式 …… 177
8.1.1 数据访问页的基本概念 …… 177

8.1.2 页视图 …… 177
8.1.3 设计视图 …… 178
8.2 窗体、报表和数据访问页的区别 …… 179
8.3 创建数据访问页 …… 180
8.3.1 使用“自动创建数据页”创建数据访问页 …… 180
8.3.2 使用“数据访问页向导”创建数据访问页 …… 181
8.3.3 使用“设计视图”创建数据访问页 …… 182
8.4 编辑数据访问页 …… 184
8.4.1 添加标签 …… 184
8.4.2 添加命令按钮 …… 184
8.4.3 添加滚动文字 …… 185
8.4.4 设置背景 …… 185
8.4.5 使用主题 …… 186
8.4.6 添加 Office 电子表格 …… 187
8.5 通过 IE 浏览器查看数据访问页 …… 188
8.6 习题 …… 189
第 9 章 宏的设计与应用 …… 192
9.1 宏的概念 …… 192
9.1.1 宏的基本概念 …… 192
9.1.2 宏组 …… 192
9.1.3 条件宏 …… 193
9.1.4 宏设计工具栏 …… 193
9.2 宏的创建和编辑 …… 194
9.2.1 宏的设计视图 …… 194
9.2.2 创建操作序列宏 …… 195
9.2.3 创建宏组 …… 196
9.2.4 创建条件操作宏 …… 198
9.2.5 创建 AutoExec 宏 …… 200
9.2.6 创建 AutoKeys 宏组 …… 200
9.2.7 编辑宏操作 …… 201
9.3 宏的调试和运行 …… 202
9.3.1 宏调试 …… 202
9.3.2 运行宏 …… 203
9.4 通过事件触发宏 …… 203
9.4.1 事件的概念 …… 204
9.4.2 通过事件触发宏 …… 204
9.5 常用宏操作及综合实例 …… 205
9.5.1 常用宏操作 …… 205

9.5.2 宏操作综合实例……206
9.6 习题……207
第 10 章 VBA 程序模块设计……210
10.1 模块的基本概念……210
10.1.1 类模块……210
10.1.2 标准模块……212
10.1.3 将宏转换为模块……213
10.2 创建模块……213
10.3 VBA 程序设计基础……215
10.3.1 使用 VBA 编程的场合……215
10.3.2 面向对象程序设计的基本概念……215
10.3.3 VB 编程环境：VBE……217
10.3.4 数据类型……220
10.3.5 常量、变量与数组……222
10.3.6 运算符与表达式……227
10.3.7 函数……231
10.4 VBA 流程控制语句……236
10.4.1 声明语句……236
10.4.2 赋值语句……237
10.4.3 标号和 Goto 语句……237
10.4.4 执行语句……237
10.5 过程调用与参数传递……244
10.5.1 过程调用……244
10.5.2 参数传递……246
10.6 VBA 常用操作方法……247
10.6.1 打开和关闭操作……247
10.6.2 输入框（InputBox）……250
10.6.3 消息框（MsgBox）……251
10.6.4 VBA 编程验证数据……252
10.6.5 计时事件（Timer）……253
10.6.6 用代码设置 Access 选项……254
10.7 VBA 的数据库编程……255
10.7.1 数据库引擎及其接口……255
10.7.2 VBA 访问的数据库类型……257
10.7.3 数据访问对象……257
10.7.4 ActiveX 数据对象（ADO）……259
10.7.5 数据库编程分析……263
10.7.6 特殊函数与 RunSQL 方法……274

10.8 VBA 程序的运行错误处理与调试 ······ 277
10.8.1 程序的运行错误处理 ······ 277
10.8.2 程序的调试 ······ 279
10.9 习题 ······ 281
第 11 章 数据库应用系统开发实例 ······ 288
11.1 图书管理系统的分析和设计 ······ 288
11.1.1 功能描述 ······ 288
11.1.2 模块和流程图的设计 ······ 288
11.2 数据表的创建和设计 ······ 290
11.2.1 数据库的创建 ······ 290
11.2.2 设计和建立数据表 ······ 290
11.2.3 创建表间关系 ······ 292
11.3 查询设计 ······ 293
11.3.1 选择查询的设计 ······ 294
11.3.2 计算查询的设计 ······ 296
11.3.3 参数查询的设计 ······ 297
11.3.4 生成表查询 ······ 298
11.4 宏的设计 ······ 299
11.5 窗体的设计 ······ 299
11.5.1 数据录入窗体的设计 ······ 299
11.5.2 信息浏览窗体的设计 ······ 302
11.5.3 查询窗体的设计 ······ 304
11.5.4 图书信息管理窗体的设计 ······ 306
11.6 报表的设计 ······ 309
11.6.1 利用向导创建报表 ······ 309
11.6.2 在设计视图中完善报表 ······ 309
11.6.3 报表显示窗体的设计 ······ 311
11.7 界面的设计 ······ 316
11.7.1 应用程序主界面的设计 ······ 316
11.7.2 欢迎界面的设计 ······ 321
11.8 数据访问页的设计 ······ 325
11.8.1 利用“向导”创建数据页 ······ 325
11.8.2 在设计视图中设计数据页的外观 ······ 326
11.8.3 添加超链接 ······ 327
11.9 系统的启动 ······ 328
11.10 习题 ······ 329
附录 A Access 常用函数 ······ 331
附录 B Access 常用事件 ······ 335
参考文献 ······ 338

第 1 章　数据库系统的基础知识

本章要点

- 数据库系统的概念与组成。
- 数据模型。
- 数据库设计方法与步骤。

数据库技术是 20 世纪 60 年代末到 70 年代初发展起来的一门新的学科，其核心是利用计算机高效地管理数据，它依赖于专门的软件——数据库管理系统所支持。本章从数据库系统的基础知识入手，介绍数据库系统的相关概念、数据模型和数据库设计方法，为进一步学习与使用数据库打下必要的基础。

1.1　数据库系统概述

数据库是 20 世纪 60 年代末发展起来的一项重要技术，它的出现使数据处理进入了一个崭新的时代。它能把大量的数据按照一定的结构存储起来，在数据库管理系统的集中管理下，实现数据共享。

1.1.1　数据管理的发展

1. 数据

数据是指存储在某一载体上能够被识别的物理符号。数据包含两个方面的内容，一是对事物特征的描述，表示事物的属性，如大小、形状、数量等；二是存储的形式，如数字、文字、图形、图像、声音、动画、影像等。例如图书馆中的某种图书的书名、出版社、作者、数量等属性可以存放在记录本中，也可以存储在计算机的磁盘中，可以是文字材料，也可以是影像资料，这些信息都称为数据。

2. 数据管理技术

人们对数据进行收集、组织、存储、加工、传播和利用等一系列活动的总和称为数据管理。古代人类通过结绳、垒石子等方式记录打猎的收获、生活用品分配情况。文字出现后人们不但通过文字记录来描述现实世界的事物，又出现了算数的需求。随着人类文明的进步，社会活动的更加活跃，数据运算也越来越频繁、越来越复杂。由于计算机的产生和发展，在应用需求的推动下，数据管理技术得到迅猛发展，在整个利用计算机进行数据管理的发展过程中又经历了人工管理、文件系统、数据库系统三个阶段。当前的计算机数据处理是基于数据库的一种计算机应用和发展，它是按特定需求对数据进行加工的过程。

1）人工管理阶段

20 世纪 50 年代以前，计算机主要用于数据计算。从当时的硬件看，外存只有纸带、卡片、磁带，没有直接存取设备；从软件看，没有操作系统及数据管理的软件；从数据看，数据量小，用于数据结构的模型没有完善。所以这一阶段的管理由用户直接管理，存在以下主要特点。

（1）数据不能长期保存。在需要计算时输入数据，经过运算得到结果后，数据处理的过程也就随之结束。

（2）数据相对于程序不具有独立性。数据与应用程序是不可分割的整体，数据和应用程序同时提供给计算机运算使用。这一时期数据的存储结构、存取方法及输入、输出方法都由程序来控制，要修改数据必须修改对应的程序。

（3）数据不共享。一组数据对应一组程序，程序与程序之间存在大量的重复数据，所以数据冗余量大。

该阶段应用程序与数据之间的关系如图 1.1 所示。

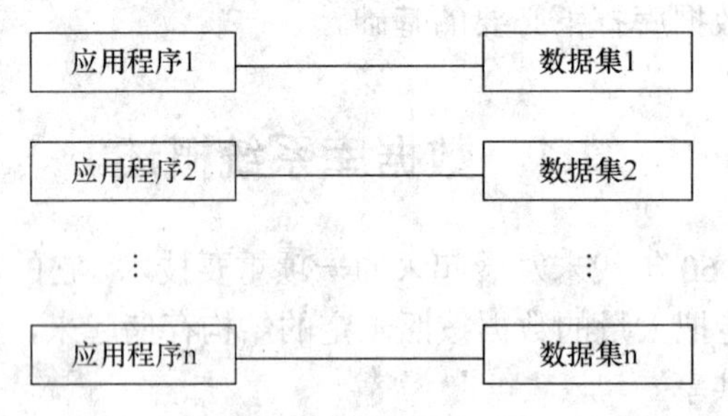

图 1.1 人工管理阶段应用程序与数据文件的关系

2）文件管理阶段

20 世纪 50 年代后期到 60 年代中期，计算机外部存储设备中出现了磁鼓、磁盘等直接存取的存储设备；计算机操作系统中已有了专门的管理数据软件，称为文件系统。在数据的处理方式上不仅有了文件批处理，而且能够在需要时随时从存储设备中查询、修改或更新数据。这时数据处理系统是把计算机中的数据组织成相互独立的数据文件，并可以按文件的名字进行访问，所以称为文件管理阶段。这一阶段的特点如下。

（1）数据可组织成文件长期保存在计算机中，并可经常进行查询、修改和删除等操作。

（2）数据具有较低的独立性。在文件系统的支持下，进行数据操作时只须给出文件名，不必知道文件的具体存放地址。文件的逻辑结构和物理存储结构都由系统进行控制，程序与数据有了一定的独立性。但文件系统中的文件是为某一特定应用服务的，文件之间是孤立的，不能反映现实世界事物之间的内在联系。例如，图书管理系统中借阅信息文件与读者信息文件之间没有任何的联系，所以计算机无法知道这两个文件中的哪几个借阅记录是针对同一个读者的，也不能统计某段时间内某一读者借阅图书的次数。所以要完成读者借阅情况的统计，需要修改原来的某一个数据文件的结构，增加新的字段，还需要修改相应的程序。

（3）数据共享性低，冗余度大。在文件系统中，一组数据文件基本上对应一个应用程序，数据文件之间没有联系，当不同的应用程序所需要的数据有部分相同时，仍需要建立各自的独立数据文件，而不能共享相同的数据。因此，数据冗余大，空间浪费严重。例如，在学校图书管理系统中，需要建立包括姓名、性别、班级、学号等数据的读者文件，为了统计不同班级学生借阅情况，在借阅记录文件中同样要有姓名、学号、班级、性别等数据，冗余会大量出现。并且相同的数据重复存放，各自管理，相同部分的数据需要修改时比较麻烦，稍有不慎，就造成数据的不一致。如某一同学转换专业后，读者信息文件需要修改、借阅信息文件中所有该同学的信息也都要修改才能保证信息的一致性。

该阶段应用程序与数据之间的关系如图 1.2 所示。

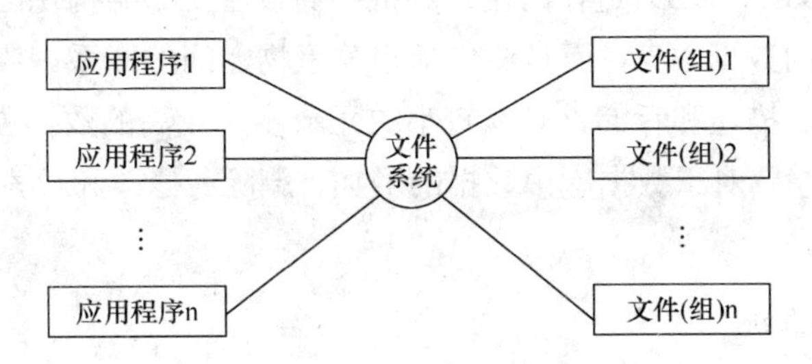

图 1.2　文件管理阶段应用程序与数据文件的关系

3）数据库系统阶段

20 世纪 60 年代后期，计算机性能大幅度提高，特别是大容量磁盘的出现，使存储容量大大增加并且价格下降。为满足和解决实际应用中多个用户、多个应用程序共享数据的要求，使数据能为尽可能多的应用程序服务，在软件方面就出现了统一管理数据的专用软件系统，克服了文件系统管理数据时的不足，这就是数据库管理技术。

该阶段应用程序与数据之间的关系如图 1.3 所示。

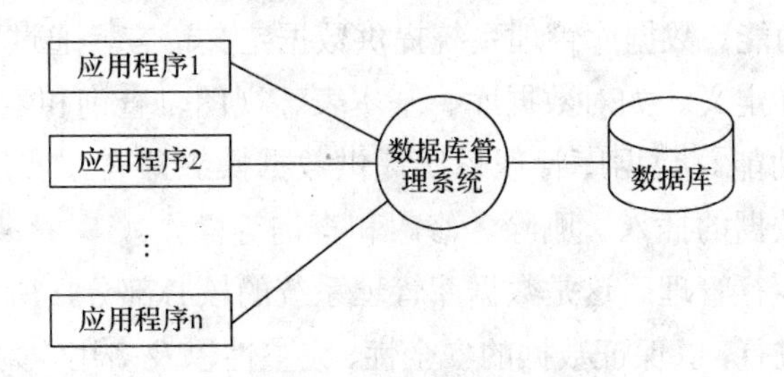

图 1.3　数据库系统阶段应用程序与数据之间的关系

4）分布式数据库系统阶段

数据库技术与通信网络技术的结合产生了分布式数据库系统。网络技术的发展为数据库提供了分布式运行的环境，从主机—终端体系结构发展到客户机/服务器（Client/Server，C/S）体系结构。C/S 结构将应用程序分布到客户的计算机和服务器上，将数据库管理系统和数据库放置到服务器上，客户端的程序使用开放数据库连接（ODBC）标准协议通过网络访问远端的数据库。

Access 为创建功能强大的客户机/服务器应用程序提供了专用工具。

5）面向对象数据库系统阶段

数据库技术与面向对象程序设计技术相结合产生了面向对象的数据库系统。它采用面向对象的观点来描述现实世界实体（对象）的逻辑组织、对象之间的限制和联系等，克服了传统数据库的局限性，能够自然地存储复杂的数据对象以及这些对象之间的复杂关系，大大提高了数据库管理的效率，降低了用户使用的复杂性。

1.1.2 数据库系统

1. 数据库

数据库（DataBase，DB）是存储在计算机存储设备上、结构化的相关数据集合。它不仅包括描述事物的数据本身，而且还包括相关事物之间的联系。数据库中的数据按一定的数据模型组织、描述和存储，具有较小的冗余度、较高的数据独立性和易扩展性，并可供各种用户共享。对于数据库中数据的增加、删除、修改和检索等操作均由系统软件进行统一的控制。

2. 数据库管理系统

数据库管理系统（DataBase Management System，DBMS）是位于用户与操作系统之间的一层数据管理软件。市场上可以看到各种各样的数据库管理系统软件产品，如Oracle、SQL Server、Access、Visual FoxPro、Informix、Sybase等。其中Oracle、SQL Server数据库管理系统适用于大中型数据库；Access是微软公司Office办公套件中一个极为重要的组成部分，是目前世界上最流行的桌面数据管理系统，它适用于中小型数据库应用系统。

数据库管理系统的主要功能包括以下几个方面。

（1）数据定义功能。数据库管理系统提供数据定义语言，通过它可以方便地对数据库中的相关内容进行定义。如对数据库、基本表、视图、查询和索引等进行定义。

（2）数据操纵功能。数据库管理系统提供数据操纵语言，实现对数据库的基本操作，如对数据库中数据的插入、删除、修改和查询等操作。

（3）数据库的运行管理。这是数据库管理系统的核心部分，所有数据库操作都是在系统的统一管理下进行，以保证数据的安全性、完整性以及多用户对数据库的并发使用。

（4）数据的组织、存储和管理。数据库中需要存放多种数据，DBMS需要确定以何种文件结构和存取方式物理地组织这些数据，如何实现数据之间的联系，以便提高存储空间的利用率以及提高查找、增加、删除、修改等操作的时间效率。

（5）数据库的建立和维护。包括数据库初始数据的输入和转换，数据库的存储和恢复，数据库的重新组织和性能监视、分析功能等。这些功能通常是由一些实用程序完成的，它是数据库管理系统的一个重要组成部分。

（6）数据通信接口。DBMS需要提供与其他软件系统进行通信的功能。

3. 数据库应用系统

数据库应用系统是由系统开发人员利用数据库系统资源开发出来的、面向某一类实际应用的应用软件系统。例如，以数据库为基础开发的图书管理系统、学生管理系统、人事管理系统。

4. 用户

用户指与数据库系统打交道的人员，包括以下 3 类人员。

- 数据库应用系统开发员：开发数据库系统的人员。
- 数据库管理员：全面负责数据库系统的正常运行和维护的人员。
- 最终用户：使用数据库应用系统的人员。

5. 数据库系统

数据库系统（DataBase System，DBS）是指引入数据库后的计算机系统。一般由数据库、数据库管理系统及其开发工具、应用系统、数据库管理员和用户构成。数据库系统的目标是解决数据冗余、实现数据独立性、实现数据共享并解决由于数据共享而带来的数据完整性、安全性及并发控制等一系列问题。数据库系统的构成如图 1.4 所示。

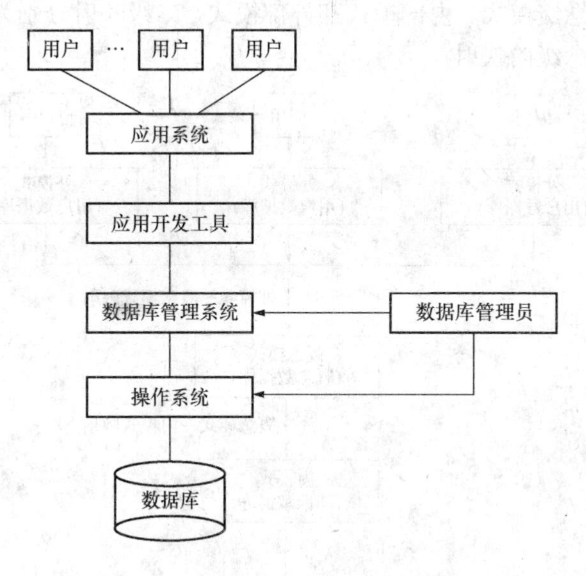

图 1.4　数据库系统的构成

1.1.3　数据库系统的特点

数据库技术是信息系统的核心和基础，它的出现极大地促进了计算机应用向各行各业的渗透。从一般的小型事务处理到大型的信息系统，越来越多的领域开始采用数据库技术存储与处理其信息资源。

数据库系统的主要特点如下。

（1）采用特定的数据结构，以数据库文件组织形式长期保存。数据库中的数据是有特定结构的，这种结构由数据库管理系统支持的数据模型表现出来。数据库系统不仅表示事物本身各项数据之间的联系，而且能表示事物与事物之间的联系，从而反映出现实世界事物之间的联系。

（2）实现数据共享，冗余度小。数据库系统的数据组织结构采用面向全局的观点组织数据库中的数据，所以数据能够满足多用户、多应用程序的不同需求。数据共享程度大，不仅节约存储空间，还能保证数据的一致性。

（3）具有较高的独立性。在数据库系统中，应用程序与数据的逻辑结构和物理存储结构无关，数据具有较高的逻辑独立性和物理独立性。

（4）具有统一的数据控制功能。在数据库系统中，对数据的定义和描述已经从应用程序中分离出来，数据库可以被多个用户或应用程序共享，数据的操作往往具有并发性，即多个用户同时对同一数据库进行操作。例如，在火车售票系统中，各地的售票员可能同时对车票进行查询或出售，数据库管理系统必须提供必要的保护措施，以保证数据的安全性和完整性。

1.1.4 数据库系统的内部结构体系

数据库系统在其内部采用了三级模式和二级映射的抽象结构体系，如图 1.5 所示。三级模式分别为概念级模式、内部模式和外部模式，二级映射分别为概念级到内部级的映射、外部级到概念级的映射。

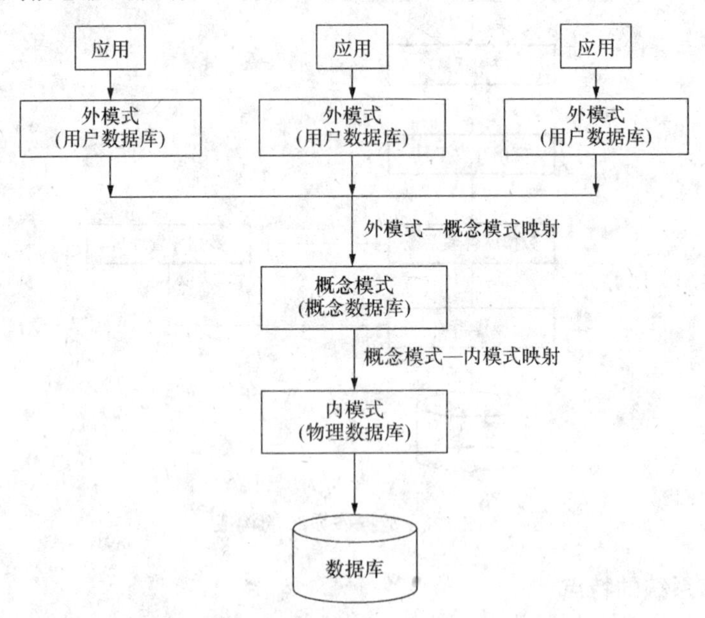

图 1.5 数据库系统的三级模式结构与二级映像

1. 数据库系统的三级模式

模式是数据库中全体数据的逻辑结构和特征的描述，模式与具体的数据值无关，也与具体的应用程序、高级语言以及开发工具无关，模式是数据库数据在逻辑上的视图。数据库的模式是唯一的，数据库模式是以数据模型为基础，综合考虑所有用户的需求，并将这些需求有机地结合成一个逻辑整体。

（1）概念模式。概念模式是数据库系统中全局数据逻辑结构的描述，是全体用户（应用）公共数据视图。该模式与具体的硬件环境、软件环境及平台无关。概念模式可用 DBMS 中的 DDL 语言定义。

（2）外模式。外模式也称子模式或用户模式，是用户所看到和理解的数据模式，是从概念模式导出的子模式。外模式给出了每个用户的局部数据描述。DBMS 一般提供相关的外模式描述语言（外模式 DDL）。

（3）内模式。内模式又称为物理模式，它给出了物理数据库的存储结构和物理存取方法，如数据存储的文件结构、索引、集簇及存取路径。DBMS 一般提供相关的内模式描述语言（内模式 DDL）。

2. 数据库系统的二级映射

在数据库系统中，三级模式是对数据的三个级别抽象。为实现在三级模式层次上的联系与转换，数据库管理系统在三级模式之间提供了两级映射功能，这两级映射也保证了数据库系统中的数据具有较高的逻辑独立性和物理独立性，数据的物理组织改变与逻辑概念级的改变相互独立，使得只要调整映射方式而不必改变用户模式。

1）外模式到概念模式的映射

概念模式描述系统的全局逻辑结构，外模式描述每个用户的局部逻辑结构。对应于一个概念模式可以有任意多个外模式。对应于每一个外模式，数据库系统都有一个从外模式到概念模式的映射，该模式给出了外模式与概念模式的对应关系。

应用程序是依据数据的外模式编写的，当数据库模式改变时，通过对各个外模式到概念模式的映射作相应改变，可以使外模式保持不变，从而不必修改应用程序，保证了数据与程序的逻辑独立性，简称数据的逻辑独立性。

2）概念模式到内模式的映射

由于数据库只有一个概念模式和一个内模式，所以数据库中从概念模式到内模式的映射是唯一的。这种映射定义了数据全局逻辑结构与存储结构之间的对应关系。

当数据库的存储结构发生改变时，数据库管理员通过修改内模式到概念模式映射，可使概念模式保持不变，使应用程序不受影响，保证了数据与程序的物理独立性，简称数据的物理独立性。

1.1.5　数据库技术的发展趋势

数据、计算机硬件和数据库应用，这三者推动着数据库技术与系统的发展。数据库要管理的数据的复杂度和数据量都在迅速增长；计算机硬件平台的发展仍然实践着摩尔定律；数据库应用迅速向深度、广度扩展。尤其是互联网的出现，极大地改变了数据库的应用环境，向数据库领域提出了前所未有的技术挑战。这些因素的变化推动着数据库技术的进步，出现了一批新的数据库技术，如 Web 数据库技术、并行数据库技术、数据仓库与联机分析技术、数据挖掘技术、内容管理技术、海量数据管理技术等。

1）Web 数据库技术

Web 数据库是数据库技术与 Web 技术相互融合的产物。Web 数据库通常是指在互联网中以 Web 查询接口方式访问的数据库资源，其后台采用数据库管理系统存储数据信息，对外提供包含表单的 Web 页面作为访问接口，查询结果也以 Web 页面的形式返回给用户。

2）并行数据库技术

并行数据库技术包括对数据库的分区管理和并行查询。它通过将一个数据库任务分割成多个子任务的方法由多个处理机协同完成这个任务，从而可极大地提高事务处理能力，并且通过数据分区可以实现数据的并行 I/O 操作。

3）数据仓库与联机分析技术

所谓数据仓库（Data Warehouse，DW）就是按决策目标将传统的事务型数据库中的数据重新组织划分，由此组成一种面向主题的、集成的、稳定的及随时间发展的数据集合。数据仓库与传统数据库的区别在于存储的数据容量大，存储的数据时间跨度大，存储的数据来源复杂，可用于企业与组织的决策分析处理等。

数据仓库系统（DWS）由数据仓库、仓库管理和分析工具三部分组成。联机分析处理（On-Line Analytical Processing，OLAP）是数据仓库系统的主要应用，支持复杂的分析操作，侧重决策支持，并且提供直观易懂的查询结果。

4）数据挖掘技术

所谓数据挖掘（Data Mining，DM）就是从大型数据库或数据仓库的数据中提取人们感兴趣的、隐含的、事先未知的、潜在的知识。数据挖掘方法的提出使人们有能力从过去若干年时间里积累的、海量的、以不同的形式存储的、十分繁杂的数据资料中认识数据的真正价值。

1.2 数据模型

数据模型是现实世界数据特征的抽象。数据模型是工具，是用来抽象、表示和处理现实世界中的数据和信息的工具。数据模型主要包括网状模型、层次模型、关系模型和面向对象模型等。

1.2.1 数据模型的概念

为了有效地实现对数据的管理，必须使用一定的结构来组织、存储数据，并且需要一种方法来建立各种类型之间的联系，我们把表示实体类型及实体之间的联系的模型称为“数据模型”。

1. 数据模型的组成

数据模型所描述的内容包括数据结构、数据操作和数据约束三部分。

（1）数据结构。数据结构主要描述数据的类型、内容、性质和数据之间的联系等。数据结构是数据模型的基础，数据操作和数据约束均建立在数据结构的基础之上。

（2）数据操作。数据操作主要描述在相应数据结构上的操作类型和操作方式。数据库的操作主要有检索和更新两大类。

（3）数据约束。数据约束是一组完整性规则的集合，主要描述数据结构内数据间的语法、语义联系，它们之间的制约与依存关系，以及数据动态变化的规则，以确保数据的正确、有效和相容。

数据模型给出了在计算机系统上描述和动态模拟现实数据及其变化的一种抽象方法，数据模型不同，描述和实现方法亦不相同，相应的支持软件，即数据库管理系统也就不同。

2. 数据模型的分类

数据模型按不同的应用层次分为概念数据模型、逻辑数据模型和物理数据模型。

（1）概念数据模型。概念数据模型简称概念模型，它是一种面向客观世界、面向用户的模型，与具体的平台和数据库管理系统无关。概念模型是整个数据模型的基础，较为著名的概念模型有E-R模型、扩充的E-R模型、面向对象模型等。

（2）逻辑数据模型。逻辑数据模型又称数据模型，是面向数据库系统的模型，着重于在数据库系统一级的实现。较为成熟的逻辑数据模型有层次模型、网状模型、关系模型和面向对象模型等。

（3）物理数据模型。物理数据模型又称物理模型，是面向计算机物理表示的模型。

1.2.2 E-R模型

概念模型是现实世界到信息世界的第一层抽象，是现实世界到计算机的一个中间层次。概念模型是数据库设计的有力工具和数据库设计人员与用户之间进行交流的语言。E-R模型是长期以来被广泛使用的一种概念模型。

1. E-R模型的基本概念

1）实体（Entity）

实体是客观存在并可相互区别的事物。实体可以是实际事物，也可以是抽象事件。比如，一个学生、一个部门属于实际事物；一次订货、借阅若干本图书是比较抽象的事件。同一类实体的集合称为实体集。例如，全体职工的集合、全馆图书等。

2）属性（Attribute）

属性刻画了实体的特性。一个实体往往可以有若干个属性。例如，职工实体可以用若干个属性（职工编号、姓名、性别、出生日期、职位等）来描述。属性的具体取值称为属性值，一个属性的取值范围称为该属性的值域或值集。

3）联系（Relationship）

实体集之间的对应关系称为联系，它反映现实世界事物之间的相互关联。如生产者和消费者之间的供求关系。

两个实体集之间的联系实际上是实体集之间的函数关系，有三种类型。

（1）一对一（One to One）的联系。如果对于实体集A中的每一个实体，实体集B中至多有一个实体与之联系，反之亦然，则称实体集A与实体集B具有一对一的联系，记为 1∶1。例如，学校和校长之间存在一对一的联系，因为一个学校只能有一个正校长，一个校长不能同时在其他学校和单位兼任校长。

（2）一对多（One to Many）的联系。如果对于实体集 A 中的每一个实体，实体集 B 中有 n 个实体（n≥0）与之联系，反之，对于实体集 B 中的每一个实体，实体集 A 中至多只有一个实体与之联系，则称实体集 A 与实体集 B 具有一对多的联系，记为 1∶n。例如，班级和学生之间存在一对多的联系，因为一个班级可以有多个学生，而一个学生只能属于某一个班级。

（3）多对多（Many to Many）的联系。如果对于实体集 A 中的每一个实体，实体集 B 中有 n 个实体（n≥0）与之联系，反之，对于实体集 B 中的每一个实体，实体集 A 中也有 m 个实体（m≥0）与之联系，则称实体集 A 与实体集 B 具有多对多的联系，记为 m∶n。例如，学生和老师之间存在多对多的联系，因为一个老师可以教授多个学生，一个学生又可以受教于多个老师。

2. E-R 模型的图示法

E-R 模型可以用一种非常直观的图的形式来描述现实世界的概念模型。这种图称为 E-R 图，如图 1.6 所示。E-R 图有 3 个要素。

- 实体：用矩形并在框内标注实体名称来表示，如图 1.6 中的实体集“学生”、“课程”。
- 属性：用椭圆形表示，并用连线将其与相应的实体连接起来。在图 1.6 中，学生的属性有专业、性别、年龄、姓名、学号和所在系。
- 联系：用菱形表示，菱形框内写明联系名，并用连线分别与有关实体连接起来，如图 1.6 中学生和课程间的联系“选课”。有时为了进一步刻画实体间的函数关系，还可以在连线上标上联系的类型（1∶1、1∶n 或 m∶n）。

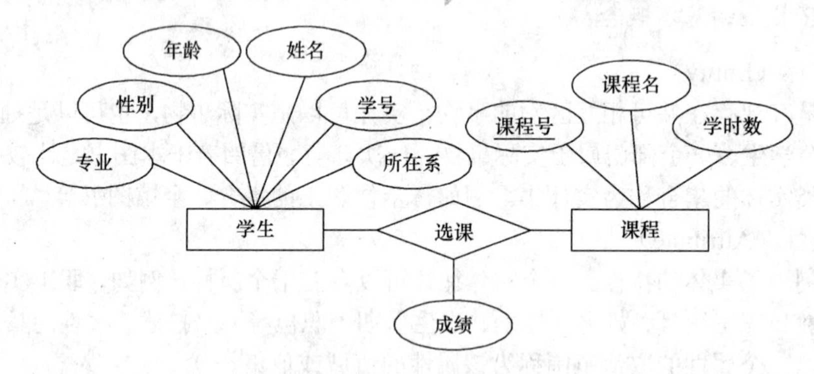

图 1.6 学生与课程关系的 E-R 图

1.2.3 常用的数据模型

每个数据库管理系统都是基于某种数据模型的。在目前数据库领域中，常用的数据模型有层次模型、网状模型、关系模型和面向对象模型等。

1. 层次模型

层次模型是最早发展起来的数据模型，它是把客观问题抽象为一个严格的自上而下的层次关系。层次模型用树形结构表示各类实体以及实体间的联系，如图 1.7 所示，它具有以下特点：一是有且仅有一个根结点无双亲，这个结点即为树的根；二是其他结点有且仅有一个双亲。因此，层次模型只能反映实体间的一对多的联系。现实世界中许多实体间存在着自然的层次关系，如组织机构、家庭关系和物品分类等。

2. 网状模型

网状模型的数据结构是一个网络结构，其基本特征是：一个双亲允许有多个子女；反之，一个子女也可以有多个双亲，如图 1.8 所示。广义地讲，任意一个连通的基本层次联系的集合就是一个网状模型。

与层次模型不同，网状模型中的任意结点间都可以有联系，适用于表示多对多的联系，因此，与层次模型相比，网状模型更具有普遍性。也可以认为层次模型是网状模型的特例。

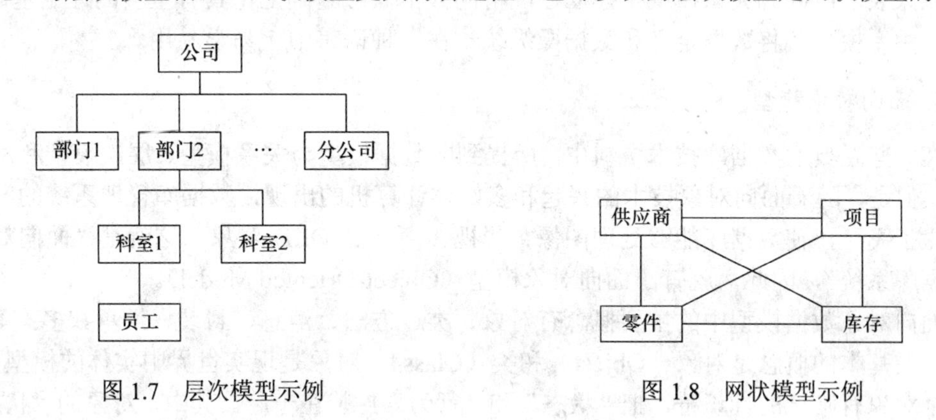

图 1.7　层次模型示例　　图 1.8　网状模型示例

3. 关系模型

关系模型是各种数据模型中最位重要的模型。关系模型是建立在数学概念基础上的，在关系模型中，把数据看成一个二维表，这个二维表就叫做关系。表 1.1 是一个表示学生情况的关系模型，表 1.2 是一个表示教师任课情况的关系模型。这两个关系也表示了学生和任课教师间的多对多联系，他们之间的联系是由在两个关系中的同名属性“班级”表示的。

表 1.1　学生关系表

学生编号	姓　名	班　级	…
20100102	王大海	2010011001	
20100104	刘小萍	201001	
20100301	王芳	2010010033	
20100401	毛程伟	2010010044	
…	…	…	…

表 1.2　教师任课关系表

教师姓名	系　别	任课名称	班　级	…
张小林	经济	经济学	201001	
李艳艳	机电	机械模具设计	201003	
王小灵	商务	商务英语	201004	
李柏平	机电	机械模具设计	201001	
…	…	…	…	…

关系模型中的主要概念有关系、属性、元组、域和关键字等，将在第 2 章中予以详细的介绍。

与层次和网状模型相比，关系模型的数据结构单一，不管实体还是实体间的联系都用关系来表示；同时关系模型是建立在严格的数学概念基础上，具有坚实的理论基础；此外，关系模型还将数据定义和数据操纵统一在一种语言中，易学易用。

4. 面向对象模型

在一些经典的数据库技术资料中，所提到的数据模型为关系模型、层次模型和网状模型。但是，随着面向对象技术的兴起和多媒体计算机的出现，数据库管理系统的发展也产生了飞跃，使数据库能够处理图像、影视、声音等 OLE 对象。这就是“面向对象型数据库系统”，因此，就有了面向对象模型（Object-Oriented Model）。

面向对象数据模型中的主要概念有对象、类、方法、消息、封装、继承和多态等。其中，最基本的概念是对象（Object）和类（Class）。对象是现实世界中实体的模型化，每一个对象有唯一的标识符，把“状态”和“行为”封装在一起。其中，对象的“状态”是该对象属性值的集合，对象的“行为”是在对象状态上操作的方法集。一个对象由一组属性和一组方法组成，属性用来描述对象的特征，方法用来描述对象的操作。一个对象的属性可以是另一个对象，另一个对象的属性还可以用其他对象描述，以此来模拟现实世界中的复杂实体。

面向对象的数据模型主要具有以下优点。

（1）可以表示复杂对象，精确模拟现实世界中的实体。

（2）具有模块化的结构，便于管理和维护。

（3）具有定义抽象数据类型的能力。

1.3　数据库设计基础

如果使用较好的数据库设计过程，就能迅速、高效地创建一个设计完善的数据库，为访问所需信息提供方便。本节将介绍在 Access 中设计关系数据库的方法。

1.3.1　数据库设计的内容

概括起来，数据库设计包括两个方面的内容：一是数据库的结构设计，二是数据库应用系统的功能设计。

1. 数据库的结构设计

数据库的结构设计，就是建立一组结构合理的基表，这是整个数据库的数据源。必须合理地规划、有效地组织数据，以便实现高度的数据集成和有效的数据共享。基表应满足关系规范化的原则，尽可能地减少数据冗余，保证数据的完整性和一致性。

2. 数据库应用系统的功能设计

系统的功能设计，是在充分进行用户需求分析的基础上来实现的，它包括各种用户的界面的设计和功能的实现策略。

如果使用较好的数据库设计过程，就能迅速、高效地创建一个设计完善的数据库，为访问所需信息提供方便。在设计时打好坚实的基础，设计出结构合理的数据库，将会节省日后整理数据库所需的时间，并能更快地得到精确的结果。

1.3.2　数据库设计步骤

数据库应用系统与其他计算机应用系统相比，一般具有数据量庞大、数据保存时间长、数据关联比较复杂、用户要求多样化等特点。设计数据库的目的实质上是设计出满足实际应用需求的实际关系模型。在 Access 中具体实施时表现为数据库和表的结构合理，不仅存储了所需要的实体信息，而且反映出实体之间客观存在的联系。

1. 设计原则

为了合理组织数据，应遵从以下基本设计原则。

（1）关系数据库的设计应遵从概念单一化“一事一地”的原则。一个表描述一个实体或实体间的一种联系。避免设计大而杂的表，首先分离那些需要作为单个主题而独立保存的信息，然后通过 Access 确定这些主题之间有何联系，以便在需要时将正确的信息组合在一起。通过将不同的信息分散在不同的表中，可以使数据的组织工作和维护工作更简单，同时也可以保证建立的应用程序具有较高的性能。

例如，将有关教师基本情况的数据，包括姓名、性别、工作时间等，保存到教师表中；将工资单的信息保存到工资表中，而不是将这些数据统统放到一起；同样道理，应当把同学信息保存到学生表中，把有关课程的成绩保存在选课成绩表中。

（2）避免在表之间出现重复字段。除了保证表中有反映与其他表之间存在联系的外部关键字之外，应尽量避免在表之间出现重复字段。这样做的目的是使数据冗余尽量小，防止在插入、删除和更新时造成数据的不一致。

例如，在课程表中有了课程名字段，在选课表中就不应该有课程名字段。需要时可以通过两个表的联接找到所选课程对应的课程名称。

（3）表中的字段必须是原始数据和基本数据元素。表中不应包括通过计算可以得到的

“二次数据”或多项数据的组合。能够通过计算从其他字段推导出来的字段也应尽量避免。

例如，在职工表中应当包括出生日期字段，而不应包括年龄字段。当需要查询年龄的时候，可以通过简单计算得到准确年龄。

在特殊情况下可以保留计算字段，但是必须保证数据的同步更新。例如，在工资表中出现的“实发工资”字段，其值是通过“基本工资＋奖金＋津贴－房租－水电费－托儿费”计算出来的。每次更改其他字段值时，都必须重新计算。

（4）用外部关键字保证有关联的表之间的联系。表之间的关联依靠外部关键字来维系，使得表结构合理，不仅存储了所需要的实体信息，并且反映出实体之间的客观存在的联系，最终设计出满足应用需求的实际关系模型。

2. 设计的步骤

利用 Access 来开发数据库应用系统，一般步骤如图 1.9 所示。

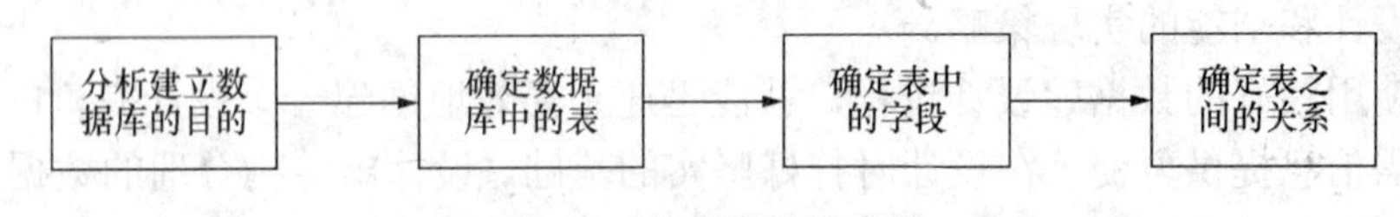

图 1.9　数据库设计步骤

（1）需求分析。确定建立数据库的目的，这有助于确定数据库保存哪些信息。

（2）确定需要的表。可以着手将需求信息划分成各个独立的实体，例如教师、学生、工资、选课等。每个实体都可以设计为数据库中的一个表。

（3）确定所需字段。确定在每个表中要保存哪些字段，确定关键字，字段中要保存数据的数据类型和数据的长度。通过对这些字段的显示或计算应能够得到所有需求信息。

（4）确定联系。对每个表进行分析，确定一个表中的数据和其他表中的数据有何联系。必要时可在表中加入一个字段或创建一个新表来明确联系。

（5）设计求精。对设计进一步分析，查找其中的错误；创建表，在表中加入几个示例数据记录，考虑能否从表中得到想要的结果。需要时可调整设计。

在初始设计时，难免会发生错误或遗漏数据。这只是一个初步方案，以后可以对设计方案进一步完善。完成初步设计后，可以利用示例数据对表单、报表的原型进行测试。

1.3.3　数据库设计过程

下面将遵循上一小节给出的设计原则和步骤，以“教学管理”数据库的设计为例，具体介绍在 Access 中设计数据库的过程。

【例 1.1】　某学校教学管理的主要工作包括教师管理、教学管理和学生选课管理等几项。学生选课成绩表如表 1.3 所示。

表 1.3　学生选课成绩表

学生编号	姓　名	课程编号	课程名称	课程类别	学　分	成　绩
980102	刘力	101	计算机实用软件	必修课	3	77
980104	刘红	102	英语	必修课	6	67
…	…	…	…	…	…	…

该校一直采用手工管理方式，但随着信息时代的到来，教师对信息需求越来越大，对信息处理的要求也越来越高，手工管理的弊端日益显露出来。由于管理方式的落后，处理数据的能力有限，工作效率低，不能及时为教师和学生提供所需信息，各种数据得不到充分利用，造成数据的极大浪费。解决这些问题最好的办法是使用计算机实现教学管理自动化，利用数据库组织和管理教学信息。请根据上面介绍的教学管理基本情况，设计“教学管理”数据库。

例 1.1 是一个典型的数据库应用系统，为了便于讲解 Access 数据库系统相关理论及相关操作，下面将以“教学管理. mdb”为例进行介绍。

1. 需求分析

对用户的需求进行分析主要包括 3 方面的内容。

（1）信息需求。即用户要从数据库获得的信息内容。信息需求定义了数据库应用系统应该提供的所有信息，注意描述清楚系统中数据的数据类型。

（2）处理要求。即需要对数据完成什么处理功能及处理的方式。处理需求定义了系统的数据处理的操作，应注意操作执行的场合、频率、操作对数据的影响等。

（3）安全性和完整性要求。在定义信息需求和处理需求的同时必须相应确定安全性、完整性约束。

在分析过程中，首先要与数据库的使用人员多交流，尽管收集资料阶段的工作非常繁琐，但必须耐心细致地了解现行业务处理流程，收集全部数据资料，如报表、合同、档案、单据、计划等，所有这些信息在后面的设计步骤中都要用到。

针对例 1.1，可以对学校教学管理工作进行了解和分析，可以确定建立“教学管理”数据库的目的是为了解决教学信息的组织和管理问题，主要任务应包括教师信息管理、学生信息管理和选课情况管理等。

2. 确定需要的表

确定数据库中的表是数据库设计过程中技巧性最强的一步。因为根据用户想从数据库中得到的结果（包括要打印的报表、要使用的表单、要数据库回答的问题）不一定能得到如何设计表结构的线索。还需要分析对数据库系统的要求，推敲那些需要数据库回答的问题。分析的过程是对收集到的数据进行抽象的过程。抽象是对实际事物或事件的人为处理，抽取共同的本质特征。

仔细研究需要从数据库中取出的信息，遵从概念单一化“一事一地”的原则，即一个表描述一个实体或实体间的一种联系，并将这些信息分成各种基本实体。一般情况下，设计者不要急于在 Access 中建立表，而应先在纸上进行设计。为了能够更合理地确定数据库中应包含的表，可按以下原则对数据进行分类。

（1）每个表应该只包含关于一个主题的信息。如果每个表只包含关于一个主题的信息，那么就可以独立于其他主题来维护每个主题的信息。例如，将学生信息和教师信息分开，保存在不同的表中，这样当删除某一学生信息时不会影响教师信息。

（2）表中不应该包含重复信息，并且信息不应该在表之间复制。如果每条信息只保存在一个表中，那么只需在一处进行更新，这样效率更高，同时也消除了包含不同信息重复项的可能性。

针对教学管理系统，虽然在教学管理的业务中只提到了学生选课成绩表，但仔细分析不难发现，表中包含了3类信息：一是学生基本信息，如学生编号、姓名等；二是课程信息，如课程编号、课程名称、课程类别、学分等；三是学生成绩信息。如果将这些信息放在一个表中，必然出现大量的重复，不符合信息分类的原则。因此，根据已确定的“教学管理”数据库应完成的任务以及信息分类原则，应将“教学管理”数据分为4类，并分别存放在教师、学生、课程和选课成绩等4个表中。

3. 确定所需字段

对于上面已经确定的每一个表，还要设计它的结构，即要确定每个表应包含哪些字段。由于每个表所包含的信息都应该属于同一主题，因此在确定所需字段时，要注意每个字段包含的内容应该与表的主题相关，而且应包含相关主题所需的全部信息。下面是确定字段时需要注意的问题。

（1）每个字段直接和表的实体相关。首先必须确保一个表中的每个字段直接描述该表的实体。如果多个表中重复同样的信息，应删除不必要的字段。然后分析表之间的联系，确定描述另一个实体的字段是否为该表的外部关键字。

（2）以最小的逻辑单位存储信息。表中的字段必须是基本数据元素，而不能是多项数据的组合。如果一个字段中结合了多种数据，将会很难获取单独的数据，应尽量把信息分解成较小的逻辑单位。例如，教师工资中的基本工资、奖金、津贴等应是不同的字段。

（3）表中的字段必须是原始数据。在通常情况下，不必把计算结果存储在表中，对于可推导得到或需要计算的数据，在要查看结果时可通过计算得到。

例如，在工资表中有字段基本工资、奖金、津贴、房租、实发工资。其中，实发工资=基本工资＋奖金＋津贴－房租。这样，实发工资就是通过计算得到的二次数据，不是基本数据元素，不必作为基本数据存储在数据库中。

（4）确定主关键字字段。通过关系型数据库管理系统能够迅速查找存储在多个独立表中的数据并组合这些信息。为使其有效地工作，数据库的每个表都必须有一个或一组字段可用以唯一确定存储在表中的每条记录，即主关键字。

为了使保存在不同表中的数据产生联系，数据库中的每个表必须有一个字段能唯一标识每条记录，这个字段就是主关键字。主码可以是一个字段，也可以是一组字段。

Access利用主码可关联多个表中的数据，不允许在主码字段中有重复值或空值。常使用唯一的标识作为这样的字段，例如，在“教学管理”数据库中，可以将教师编号、学生编号、课程编号分别作为教师表、学生表和课程表的主码字段。

根据以上分析，按照字段的命名原则，可将“教学管理”数据库中4个表的字段确定下来，如表1.4所示。

在这4个表中都要设计主码，教师表中的主码是教师编号，它具有唯一的值，学生表中的主码为学生编号，课程表中的主码为课程编号，选课成绩表中的主码为选课ID，它们都具有唯一的值。

表 1.4 “教学管理”数据库中的表

表 名	字 段 名
教师表	教师姓名、性别、工作时间、政治面目、学历、职称、系别、电话号码
学生表	学生编号、姓名、性别、年龄、入校时间、团员否、简历、照片
选课成绩表	选课 ID、学生编号、课程编号、成绩
课程表	课程编号、课程名称、课程类别、学分

4. 确定联系

在确定表、表结构和主码后，还需要确定表之间的关系。只有这样，才能将不同表中的相关数据联系起来。

设计数据库的目的实质上是设计满足实际应用需求的实际关系模型。确定联系的目的是使表的结构合理，不仅存储了所需要的实体信息，并且反映出实体之间客观存在的关联。前面各个步骤已经把数据分配到了各个表中。因为有些输出需要从几个表中得到信息，为了使 Access 能够将这些表中的内容重新组合，得到有意义的信息，就需要确定外码。例如，在“教学管理”数据库中，课程编号是课程表中的主码，也是选课成绩表中的一个字段。在数据库术语中，选课成绩表中的课程编号字段成为“外码”，因为它是另外一个表（外部表）的主码。

要建立两个表的联系，可以把其中一个表的主码添加到另一个表中，使两个表都有该字段。因此，需要分析各个表所代表的实体之间存在的联系。

1）一对多联系

一对多联系是关系型数据库中最普遍的联系。在一对多联系中，表 A 的一条记录在表 B 中可以有多条记录与之对应，但表 B 中的一条记录最多只能有表 A 中的一条记录与之对应。要建立这样的联系，就要把一方的主码添加到对方的表中。

例如，在“教学管理”数据库中，学生表和选课成绩表之间就存在着一对多的联系，应将学生表中的学生编号字段添加到选课成绩表中。

2）多对多联系

在多对多关系中，表 A 的一条记录在表 B 中可对应多条记录，而表 B 的一条记录在表 A 中也可以对应多条记录。这种情况下，需要改变数据库的设计。

例如，在“教学管理”数据库中，由于一名学生可以选学多门课程，对于学生表中的每条记录，在课程表中都可以有多条记录与之对应。同样，每门课程也可以被多名学生选修。对于课程表中的每条记录，在学生表中也可以有多条记录与之对应。因此，二者之间存在多对多的联系。

为了避免数据的重复存储，又要保持多对多联系，解决方法是创建第三个表。把多对多的联系分解成两个一对多的联系。所创建的第三个表包含两个表的主码，在两表之间起着纽带的作用，称为纽带表。

在“教学管理”数据库中的具体做法是创建一个选课成绩表，把学生表和课程表的主码（学生编号和课程编号）都放在这个纽带表中。在选课成绩表中可以包含学生学习该课程的成绩等其他字段，如图 1.10 所示。学生和课程之间的多对多关系由两个一对多关系代替：学生表和选课成绩表是一对多关系。每名学生都可以对应多门课程，但每门课程的选课成绩信息只能与一名学生有关。课程表和选课成绩表也是一对多的关系。每门课程可以有许多学生选学，但每名学生的选课成绩信息只能与一门课程对应。

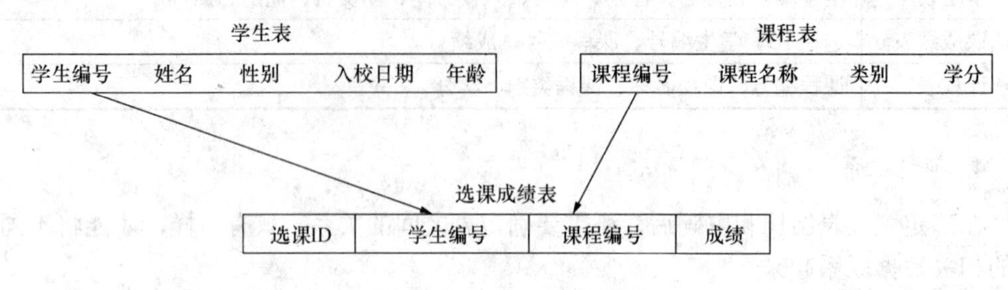

图 1.10 分解多对多联系

纽带表不一定需要主码，如果需要，可以将它所联系的两个表的主码作为组合码指定为主码。

3）一对一联系

在一对一关系中，表 A 的一条记录在表 B 中只能对应一条记录，而表 B 的一条记录在表 A 中也对应一条记录。典型的一对一关系就是在一所学校只能有一个正校长。

如果存在一对一联系的表，首先要考虑是否可以将这些字段合并到一个表中。如果需要分离，可按下面的方法建立一对一关系。

如果两个表有同样的实体，可在两个表中使用同样的主码字段。例如教师表和工资表的主码都是教师编号。

如果两个表中有不同的实体及不同的主码，选择其中一个表，将它的主码字段放到另一个表中作为外码字段，以此建立一对一联系。例如，学校内部图书馆的读者就是教师和学生，可以把教师表中的教师编号和学生表中的学生编号放到读者表中。

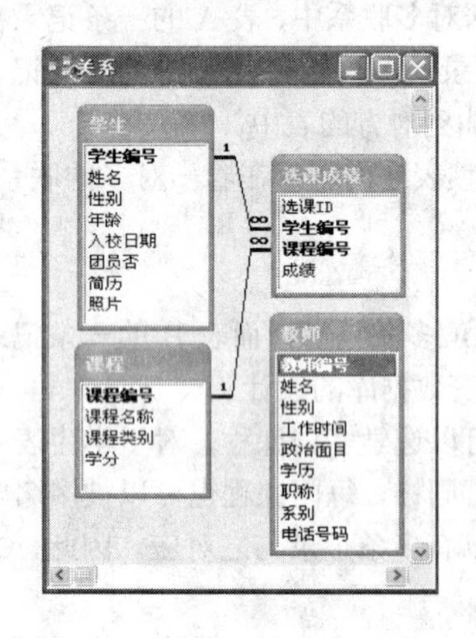

图 1.11 “教学管理”数据库表之间的关系

在“教学管理”数据库中 4 个表之间的关系如图 1.11 所示。

在设计完所需的表、字段和关系之后，还应该检查所做的设计，找出设计中的不足加以改进。实际上，现在改变数据库设计中的不足比表中填入了数据以后再修改要容易得多。

如果认为确定的表结构已经达到了设计要求，就可以向表中添加数据，并且可以新建所需要的查询、窗体、报表、宏和模块等其他数据库对象。

5. 设计求精

数据库设计在每一个具体阶段的后期都要经过用户确认。如果不能满足要求，则要返回到前面一个或几个阶段进行调整和修改。整个设计过程实际上是一个不断返回修改、调整的迭代过程。

通过前面几个步骤确定所需要的表、字段和联系之后，应该回来研究一下设计方案，检查可能存在的缺陷和需要改进的地方，这些缺陷可能会使数据难以使用和维护。下面是需要检查的几个方面。

（1）是否遗忘了字段？是否有需要的信息没包括在数据库中？如果它们不属于自己创建的表，就需要另外创建一个表。

（2）是否存在保持大量空白字段？此现象通常意味着这些字段属于另外一个表。

（3）是否有包含了同样字段的表？例如，在选课成绩表中同时有第一学期和第二学期成绩，或同时有正常考试和补考的成绩。将与同一实体有关的所有信息合并到一个表中，也可能需要另外增加字段，例如增加选课的时间。

（4）表中是否带有大量不属于某实体的字段？例如，一个表既包括教师信息字段又包括有关课程的字段。必须修改设计，确保每个表包括的字段只与一个实体有关。

（5）是否在某个表中重复输入了同样的信息？如果是，需要将该表分成两个一对多关系的表。

（6）是否为每个表选择了合适的主码？在使用这个主码查找具体记录时，它是否容易记忆和输入？要确保主码字段的值不会出现重复。

（7）是否有字段很多而记录很少的表，而且许多记录中的字段值为空？如果有，就要考虑重新设计该表，使它的字段减少，记录增多。

经过反复修改之后，就可以开发数据库应用系统的原型了。

1.4 习 题

一、选择题

1. 在数据库系统中，数据的最小访问单位是____。
   A．字节 B．字段 C．记录 D．表
2. 数据是指存储在某一媒体上的____。
   A．数学符号 B．物理符号 C．逻辑符号 D．概念符号
3. 数据库系统中，最早出现的数据库模型是____。
   A．语义网络 B．层次模型 C．网状模型 D．关系模型
4. 数据模型反映的是____。
   A．事物本身的数据和相关事物之间的联系
   B．事物本身所包含的数据
   C．记录中所包含的全部数据
   D．记录本身的数据和相关关系
5. 用树形结构表示实体之间联系的模型是____。
   A．关系模型 B．网状模型 C．层次模型 D．以上三个都是

6. 在层次数据模型中，有____个结点无双亲。

A. 1　　B. 2　　C. 3　　D. 多

7. 数据库系统的核心是____。

A. 数据模型　　B. 数据库管理系统

C. 软件工具　　D. 数据库

8. 下列描述中正确的是____。

A. 数据库系统是一个独立的系统，不需要操作系统的支持

B. 数据库设计是指设计数据库管理系统

C. 数据库技术的根本目标是要解决数据共享的问题

D. 数据库系统中，数据的物理结构必须与逻辑结构一致

9. 假设数据库中表A与表B建立了“一对多”关系，表B为“多”的一方，则下述说法中正确的是____。

A. 表A中的一条记录能与表B中的多条记录匹配

B. 表B中的一条记录能与表A中的多条记录匹配

C. 表A中的一个字段能与表B中的多个字段匹配

D. 表B中的一个字段能与表A中的多个字段匹配

10. 数据表中的“行”称为____。

A. 字段　　B. 数据　　C. 记录　　D. 数据视图

11. “商品”与“顾客”两个实体集之间的联系一般是____。

A. 一对一　　B. 一对多　　C. 多对一　　D. 多对多

12. 数据库(DB)、数据库系统(DBS)、数据库管理系统(DBMS)之间的关系是____。

A. DB包含DBS和DBMS　　B. DBMS包含DB和DBS

C. DBS包含DB和DBMS　　D. 没有任何关系

13. 常见的数据模型有3种，它们是____。

A. 网状、关系和语义　　B. 层次、关系和网状

C. 环状、层次和关系　　D. 字段名、字段类型和记录

14. 为了合理地组织数据，应遵循的设计原则是____。

A. “一事一地”的原则，即一个表描述一个实体或实体间的一种联系

B. 表中的字段必须是原始数据和基本数据元素，并避免在表中出现重复字段

C. 用外部关键字保证有关联的表之间的关系

D. A、B和C

二、填空题

1. 数据库系统的主要特点为：实现数据________，减少数据________，采用特定的________，具有较高的________，具有统一的数据控制功能。

2. 数据库管理员的英文缩写是________________。

3. 学生教学管理系统、图书管理系统都是以__________为基础核心的计算机应用系统。

第 2 章　关系数据库设计理论

本章要点

- 关系模型的概念与分类。
- 关系数据结构及定义。
- 关系代数的基本运算。
- 关系完整性。
- 关系数据库设计与设计规范。

关系数据库是目前各类数据库中最重要、最流行的数据库，它应用数学方法来处理数据库数据，是目前使用最广泛的数据库系统。20 世纪 70 年代以后开发的数据库管理系统产品几乎都是基于关系的，非关系系统的产品也大都增加了关系接口。关系数据库系统与非关系数据库的区别是：关系系统只有“表”这一种数据结构；而非关系数据库系统还有其他数据结构，对这些数据结构有其他的操作。本章从关系模型入手，对关系数据结构、关系代数、关系完整性以及关系数据库的设计规范进行专门介绍。

2.1　关 系 模 型

一个关系可看作一个二维表，由各表示一个实体的若干行或各表示实体（集）某方面属性的若干列组成。可以用数学语言将关系定义为元组的集合。关系有“型”和“值”之分，关系模式是对关系的型即关系数据结构的描述，关系可看成按型填充所得到的值。一般来说，关系模式是稳定的，而关系本身却会跟随所描述的客观事物的变化而不断变化。客观世界中事物的性质是互相关联的，往往还要受到某些限制。在关系数据模型中，这些关联和限制表现为一系列数据的约束条件，包括域约束、键（码）约束、完整性约束和数据依赖等。

2.1.1　关系模型的组成

关系模型模型由关系数据结构、关系操作集合和关系完整性约束三大要素组成。

1. 关系数据结构

关系模型把数据库表示为关系的集合。在用户看来，关系模型中数据的逻辑结构是一张二维表。关系模型的数据结构单一，在关系模型中，现实世界的实体以及实体间的各种联系均可用关系来表示。

2. 关系操作集合

关系模型中常用的操作包括选择、投影、连接、除、并、交、差等以及查询操作和插入、删除、更新操作。查询操作是其中最主要的部分。

3. 关系的完整性约束

数据库的数据完整性是指数据库中数据的正确性、相容性和一致性。这是一种语义概念，包括两方面的意思：

（1）数据库中的数据与现实世界中应用需求的数据的正确性、相容性和一致性。

（2）数据库内数据之间的正确性、相容性和一致性。

数据的完整性由完整性规则来定义，关系模型的完整性规则是对关系的某种约束，因此也称为完整性约束。它提供了一种手段来保证当用户对数据库进行插入、删除、更新时不会破坏数据库中数据的正确性、相容性和一致性。

2.1.2 关系模型的数据结构和基本术语

在关系模型中，数据结构用单一的二维表结构来表示实体及实体间的联系，如图 2.1 所示。

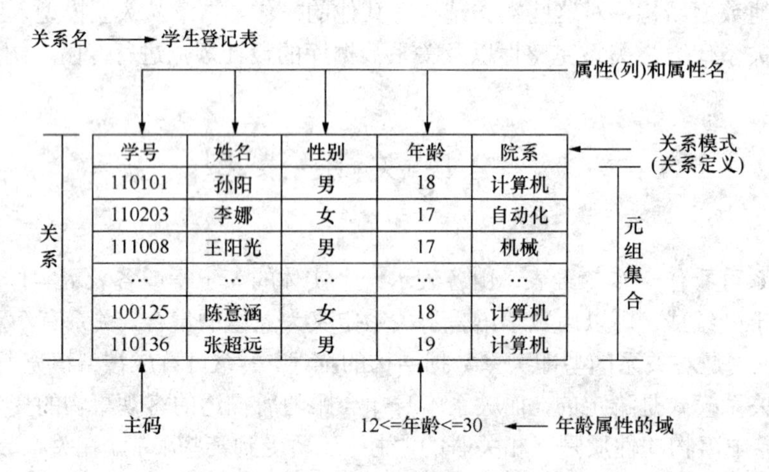

图 2.1 关系模型的数据结构示例

1. 关系

在关系模型中，一个关系就是一张二维表，每一个关系有一个关系名。例如，图 2.1 中含有一张表，即一个关系：学生登记表关系。

2. 属性

二维表中垂直方向的列称为属性，每一个列有一个属性名，列的值称为属性值。例如，图 2.1 中，学生登记表关系的属性有学号、姓名、性别、年龄和院系。

3. 元组

二维表中水平方向的行称为元组，一行就是一个元组。元组对应数据表中的一条记录，元组的各分量分别对应于关系的各个属性。关系模型要求每个元组的每个分量都是不可再分的数据项。例如，在图2.1所示的学生登记表中，(110101，孙阳，男，18，计算机）就是一个元组，“110101”、“孙阳”、“男”、“18”、“计算机”都是它的分量。

4. 域

属性所取值的变化范围称为属性的域（Domain)。域约束规定属性的值必须是来自域中的原子值，即那些就关系模型而言已不可再分的数据，如整数、字符串等，而不应包括集合、记录、数组这样的组合数据。

5. 关系模式

关系的描述称为关系模式（relation schema)。它可以形式化地表示为

R（U，D，Dom，F）

其中，R为关系名，U为组成关系的属性名集合，D为属性组U中属性所来自的域，Dom为属性向域的映像集合，F为属性间数据依赖关系的集合。

在关系数据库中，关系模式是型，关系是值，关系模式是静态的，关系是关系模式在某一刻的状态或内容，关系是动态的。

6. 码（键）

能唯一标识一个元组的属性或属性组称为该关系的码。

7. 候选码

如果关系中的一个码移去了任何一个属性，它就不再是这个关系的码，则称这样的码为该关系的候选码或候选键。

8. 主码（主键）

一个关系中往往有多个候选码，若选定其中一个用来唯一标识该关系的元组，则称这个被指定的候选码为该关系的主码（主键)。

9. 外码（外键）

当关系中的某个属性或属性组虽然不是这个关系的主码，或只是主码的一部分，但却是另一个关系的主码时，则称该属性或属性组为这个关系的外码或外键。

10. 主属性和非主属性

关系中包含在任何一个候选码中的属性称为主属性，不包含在任何一个候选码中的属性称为非主属性。

2.1.3 关系的形式定义和限制

关系是属性值域笛卡儿积的一个子集。

1. 笛卡儿积（Cartesian Product）

设有一组域D_1，D_2，…，D_n，这些域可以部分或者全部相同。域D_1，D_2，…，D_n的笛卡儿积定义为如下集合：

$$D_1 \times D_2 \times \cdots \times D_n = \{ (d_1, d_2, \cdots, d_n) \mid d_i \in D_i, i=1, 2, \cdots, n\}$$

其中，每一个元素（d_1，d_2，…，d_n）称为一个 n 元组（或简称元组），元素中的每一个值d_i称为一个分量。

若干个域的笛卡儿积具有相当多的元素，在实际应用中可能包含许多“无意义”的元素。人们通常感兴趣的是笛卡儿积的某些子集，笛卡儿积的子集就是一个关系。

两个集合 R 和 S 的笛卡儿积是元素对的集合，该元素对是通过选择 R 的某一元素（任何元素）作为第一个元素，S 的元素作为第二个元素构成的，该乘积用 R×S 表示。笛卡儿积的结果可表示为一个二维表，表中的每行对应一个元组，表中的每列对应一个域。

例如，我们给出三个域：

D_1＝导师集合 导师＝王斌，刘志明

D_2＝专业集合 专业＝软件工程专业，动漫设计专业

D_3＝研究生集合 学生＝陈小明，王刚，胡志强

则D_1，D_2，D_3的笛卡儿积为

$D_1 \times D_2 \times D_3$＝{（王斌，软件工程专业，陈小明），（王斌，软件工程专业，王刚），（王斌，软件工程专业，胡志强），（王斌，动漫设计专业，陈小明），（王斌，动漫设计专业，王刚），（王斌，动漫设计专业，胡志强），（刘志明，软件工程专业，陈小明），（刘志明，软件工程专业，王刚），（刘志明，软件工程专业，胡志强），（刘志明，动漫设计专业，陈小明），（刘志明，动漫设计专业，王刚），（刘志明，动漫设计专业，胡志强）}

该笛卡儿积的基数为 2×2×3＝12，这也就是说$D_1 \times D_2 \times D_3$一共有 2×2×3＝12 个元组，这 12 个元组的总体可组成一张二维表，如表 2.1 所示。

表 2.1 D_1，D_2，D_3的笛卡儿积

导 师	专 业	学 生
王斌	软件工程专业	陈小明
王斌	软件工程专业	王刚
王斌	软件工程专业	胡志强
王斌	动漫设计专业	陈小明
王斌	动漫设计专业	王刚
王斌	动漫设计专业	胡志强
刘志明	软件工程专业	陈小明
刘志明	软件工程专业	王刚
刘志明	软件工程专业	胡志强
刘志明	动漫设计专业	陈小明
刘志明	动漫设计专业	王刚
刘志明	动漫设计专业	胡志强

2. 关系的形式定义

笛卡儿积$D_1 \times D_2 \times \cdots \times D_n$的子集 R 称为在域$D_1 \times D_2 \times \cdots \times D_n$上的一个关系（Relation），通常表示为

$$R（D_1，D_2，\cdots，D_n）$$

其中，R 表示关系的名称，n 称为关系 R 的元数或度数（Degree），而关系 R 中所含有的元组个数称为 R 的基数（Cardinal Number）。

关系是笛卡儿积的子集，所以关系也是一个二维表，表的每行对应一个元组，表的每列对应一个域。由于域可以相同，为了加以区分，必须为每列起一个名字，称为属性（attribute），N 目关系必有 n 个属性。

例如，可以在表 2.1 的笛卡儿积中取出一个子集来构造一个关系。由于一个研究生只师从于一个导师，学习某一个专业，所以笛卡儿积中的许多元组是无实际意义的，从中取出有实际意义的元组来构造关系。给关系命名为 SAP，属性名就取域名，即导师、专业和学生，则这个关系可以表示为：SAP（导师，专业，学生）。

假设导师与专业是一对一的，即一个导师只有一个专业；导师与研究生是一对多的，即一个导师可以带多名研究生，而一名研究生只有一个导师，这样 SAP 关系可以包含 3 个元组，如表 2.2 所示。

表 2.2　SAP 关系

导　师	专　业	学　生
王斌	动漫设计专业	陈小明
王斌	动漫设计专业	王刚
刘志明	动漫设计专业	胡志强

假设学生不会重名（这在实际当中是不合适的，这里只是为了举例方便），则“学生”属性的每一个值都能唯一地标识一个元组，因此可以作为 SAP 关系的主码。

关系可以有三种类型：基本关系（通常又称为基本表或基表）、查询表和视图表。基本表是实际存在的表，它是实际存储数据的逻辑表示；查询表是查询结果对应的表；视图表是虚表，是由基本表或其他视图表导出的表，不对应实际存储的数据。

由上述定义可以知道，域D_1，D_2，…，D_n上的关系 R，就是由域D_1，D_2，…，D_n确定的某些元组的集合。

3. 关系模型对关系的限制

在关系模型中，对关系作了下列规范性限制。

- 关系中不允许出现相同的元组。
- 不考虑元组之间的顺序，即没有元组次序的限制。
- 关系中每一个属性值都是不可分解的。
- 关系中属性顺序可以任意交换；
- 同一属性下的各个属性的取值必须来自同一个域，是同一类型的数据。
- 关系中各个属性必须有不同的名字。

2.2　关 系 代 数

关系代数是以集合代数为基础发展起来的。在关系代数的操作中，其操作对象和操作结果均为关系。关系代数也是一种抽象的查询语言，它通过对关系的操作来表达查询。关系代数的基本运算有两类：传统的集合运算（并、交、差等）和专门的关系运算（选择、投影、联接），有些查询需要几个基本运算的组合。

2.2.1　传统的集合运算

并、差、交是集合的传统运算形式，进行集合运算的关系 R 与 S 必须具有相同的关系模式，即 R 和 S 必须具有相同的属性集。

1. 并（Union）

设有关系 R、S（R、S 具有相同的关系模式），则关系 R 与关系 S 的并由属于 R 或者属于 S 的元组组成。记作：

$$R \cup S = \{t | t \in R \vee t \in S\}$$

式中，“∪”为并运算符，t 为元组变量，结果 R∪S 为一个新的与 R、S 同类的关系。

例如，有两个关系模式相同的学生关系 R 和 S，分别存放两个班的学生，将第二个班的学生记录追加到第一个班的学生记录后面就是两个关系的并集。

2. 差（Difference）

设有关系 R、S（R、S 具有相同的关系模式），则关系 R 与关系 S 的差由属于 R 而不属于 S 的元组组成。记作：

$$R - S = \{ t | t \in R \wedge t \notin S \}$$

式中，“－”为差运算符，t 为元组变量，结果 R－S 为一个新的与 R、S 同类的关系。

例如，有选修数据库技术的学生关系 R，选修计算机基础的学生关系 S。查询选修了数据库技术而没有选修计算机基础的学生，就可以使用差运算。

3. 交（Intersection）

设有关系 R、S（R、S 具有相同的关系模式），则关系 R 与关系 S 的交由既属于 R 又属于 S 的元组组成。记作：

$$R \cap S = \{ t | t \in R \wedge t \in S \}$$

式中，“∩”为交运算符，结果 R∩S 为一个新的与 R、S 同类的关系。

例如，有选修数据库技术的学生关系 R，选修计算机基础的学生关系 S。要查询既选修了数据库技术又选修计算机基础的学生，就可以使用交运算。

2.2.2　专门的关系运算

在 Access 2003 数据库中，查询是经常使用的数据操作，了解专门的关系运算有助于查询的设计。

1. 选择（Selection）

选择是在关系 R 中选择满足给定条件的元组，即从行的角度进行操作。记作：

$$\sigma_F(R)=\{t|t\in R\wedge F(t)=\text{true}\}$$

式中，$\sigma_F(R)$ 表示由从关系 R 中选择出满足条件 F 的元组所构成的关系，F 表示选择条件。

例如，从教师表中查询职称为“讲师”的教师信息，使用的查询操作就是选择运算。

2. 投影（Projection）

投影是从关系 R 中选择处若干属性列，并且将这些列组成一个新的关系，即从列的角度进行操作。

设有关系 R，其元组变量为 $t^k=<t_1, t_2, \ldots, t_k>$，那么关系 R 在其分量 $A_{i1}, A_{i2}, \ldots, A_{in}$ (n≤k，i1，i2，…，in 为 1 到 k 之间互不相同的整数)上的投影记作：

$$\Pi_{i1,i2,\cdots,in}(R)=\{t|t=<t_{i1}, t_{i2}, \ldots, t_{in}>\wedge<t_1, t_2, \ldots, t_k>\in R\}$$

例如，从学生表中查询学生的学号、姓名和班级信息，使用的查询操作就是投影运算。

3. 联接（Join）

联接又称为θ联接，它是将两个关系拼接成一个更宽的关系，生成的新关系中包含满足联接条件的元组。记作：

$$R\underset{i\theta j}{\bowtie}S=\sigma_{i\theta j}(R\times S)$$

式中“⋈”为联接运算符，iθj 是一个比较式，其中 i、j 分别为 R 和 S 中的域，θ为算术比较符。该式说明，R 与 S 的θ联接是 R 与 S 的笛卡儿积再加上限制 iθj 而成，显然，$R\underset{i\theta j}{\bowtie}S$ 中元组的个数远远少于 R×S 的元组个数。

联接运算有多种类型，自然联接是最常用的联接运算。在联接运算中，按关系的属性值对应相等为条件进行的联接操作称为等值联接，自然联接是去掉重复属性的等值联接。

2.3　关系完整性

关系模型的完整性规则是对关系的某种约束条件。关系模型有三类完整性约束：实体完整性、参照完整性和用户定义的完整性。其中实体完整性和参照完整性是关系模型必须满足的完整性约束条件，被称作是关系的两个不变性，应该由关系系统自动支持。

1. 实体完整性（Entity Integrity）

实体完整性规则要求表中的主键不能取空值或重复的值。例如，在关系学生（学号，姓名，性别，年龄，专业，班级）中，“学号”属性为主键，则“学号”不能取空值，也不能取重复值。

对于实体完整性规则说明如下。

（1）实体完整性规则是针对基本关系而言的。一个基本表通常对应现实世界的一个实体集。例如学生关系对应于学生的集合。

（2）现实世界中的实体是可区分的，即它们具有某种唯一性标识。例如学生关系中的“学号”，学生可以有重名的，但学号没有重复的。

（3）相应地，关系模型中以主码作为唯一性标识。

（4）主码中的属性即主属性不能取空值。所谓空值就是“不知道”或“无意义”的值。

2. 参照完整性（Referential Integrity）

参照完整性规则就是定义外码与主码之间的引用规则。若属性（或属性组）F 是基本关系 R 的外码，它与基本关系 S 的主码 K 相对应（基本关系 R 和 S 不一定是相同的关系），则 R 中的每个元组在 F 上的值必须为：

（1）或者取空值（F 的每个属性值均为空值）；

（2）或者等于 S 中的某个元组的主码值。

例如，职工关系中每个元组的“车间号”属性只能取下面两类值：

（1）空值，表示尚未给该职工分配车间；

（2）非空值，其取值必须是车间关系中某个元组的“车间号”值。

参照完整性与表之间的联系有关，当插入、删除或修改一个表中的数据时，通过参照引用相互关联的另一个表中的数据，来检查对表的数据操作是否正确。

例如，有如下三个关系，其中主码用下划线标识：

学生（<u>学号</u>，姓名，性别，年龄，专业，班级）

课程（<u>课程号</u>，课程名，教师）

选课（<u>学号</u>，<u>课程号</u>，成绩）

这三个关系之间存在着属性的引用，选课关系引用了学生关系的主码“学号”和课程关系的主码“课程号”。选课关系中的“学号”值必须是确实存在的学生的学号；选课关系中的“课程号”值也必须是确实存在的课程的课程号。选课关系的“学号”属性与学生关系的主码“学号”相对应，“课程号”属性与课程关系的主码“课程号”相对应，因此“学号”和“课程号”属性是选课关系的外码。这里学生关系和课程关系均为被参照关系，成绩关系为参照关系，如图 2.2 所示。

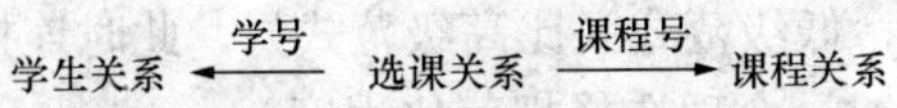

学生关系 ←学号— 选课关系 —课程号→ 课程关系

图 2.2　关系的参照图

3. 用户定义的完整性（User-defined Integrity）

任何关系数据库系统都应该支持实体完整性和参照完整性。除此之外，不同的关系数据库系统根据其应用环境的不同，往往还需要一些特殊的约束条件，用户定义的完整性就是针对某一具体关系数据库的约束条件。它反映某一具体应用所涉及的数据必须满足的语义要求。例如某个属性的取值必须唯一、某些属性值之间应满足一定的函数关系、某个属性的取值范围在 0～100 之间等。关系模型应提供定义和检验这类完整性的机制，以便用统一的系统的方法处理它们。

2.4　关系数据库的规范化理论

规范化理论研究的是关系模式中各属性之间的依赖关系及其对关系模式的影响。规范化理论给我们提供判断关系模式优劣的理论工具，帮助我们预测可能出现的问题，提供了自动产生各种模式的算法，因此是设计人员的有力工具，也使数据库设计有了严格的理论基础。

2.4.1　关系规范化的概述

对于同一个应用问题，可以构造出不同的 E-R 模型，所以也可能设计出不同的关系模式。不同的关系模式性能差别甚多，为了评估数据库模式的优劣，E.F.Codd 于 1971 年至 1972 年系统地提出了第一范式（First Normal Form，1NF）、第二范式（Second Normal Form，2NF）和第三范式（Third Normal Form，3NF）的概念。1974 年 Codd 和 Boyce 又共同提出了 BCNF 范式，作为第三范式的改进。1976 年 Fagin 又提出了 4NF，后来又有人提出了 5NF。通常只使用前三种范式。

一个低级范式的关系模式，通过分解（投影）方法可转换成多个高一级范式的关系模式的集合，这种过程称为规范化。规范化设计方法称为关系模式的规范化。

使用范式表示关系模式满足规范化的等级，满足最低要求的为第一范式（1NF），在第一范式中满足进一步要求的为第二范式，其余依此类推，规范化的进一步等级为 2NF、3NF。

关系模式规范化时一般应遵循以下原则。

（1）关系模式进行无损连接分解。关系模式分解过程中数据不能丢失或增加，必须把全局关系模式中的所有数据无损地分解到各个子关系模式中，以保证数据的完整性。

（2）合理选择规范化程度。考虑到存取效率，低级模式造成的冗余度很大，既浪费了存储空间，又影响了数据的一致性，因此希望一个子模式的属性越少越好，即取高级范式；若考虑到查询效率，低级范式又比高级范式好，此时连接运算的代价较小，这是一对矛盾，所以应根据情况，合理选择规范化程度。

（3）正确性与可实现性原则。

2.4.2 第一范式(1NF)

在关系模式 R 中的每一个具体关系 r 中，如果每个属性值都是不可再分的最小数据单位，则该关系模式为第一范式。

例如，设计成绩关系如表 2.3 所示，由于成绩属性含有分项，不是不可再分的最小数据单位，所以，该成绩关系不符合第一范式。

第一范式是对关系模式的基本要求，不满足第一范式的数据库就不是关系数据库。

表 2.3 成绩关系

学 号	课程号	成 绩			学 分
		上机成绩	笔试成绩	综合成绩	
10213301	01	92	90	182	4
10213302	02	88	87	175	3
10213303	01	75	89	164	4
10213304	02	76	82	158	3
10213305	03	68	77	145	4
10213306	01	66	78	144	3

2.4.3 第二范式(2NF)

如果关系模式 R（U，F）是 1NF，且所有非主属性都完全函数依赖于任意一个候选码，则称 R 为第二范式。

提示： 函数依赖理论利用一个关系中属性的依赖关系评价和优化关系模式。设 R（U）为一关系模式，X 和 Y 为属性全集 U 的子集，若对 R（U）的任意一个可能的关系 r，r 中不可能存在两个元组在 X 上的属性值相等，而在 Y 上的属性值不等，则称“X 函数决定 Y”或“Y 函数依赖于 X”，并记作 X→Y，其中 X 称为决定因素。由函数依赖的定义可知，给定一个 X，就能惟一决定一个 Y。完全函数依赖的定义为：在关系模式 R（U）中，如果 X→Y 成立，并且对 X 的任何真子集 X’不能函数决定 Y，则称 Y 对 X 是完全函数依赖，记作 $X \xrightarrow{f} Y$。

例如，关系成绩（学号，课程号，上机成绩，笔试成绩，综合成绩，学分），其中，主码为组合关键字（“学号”、“课程号”），但学分不完全函数依赖于这个组合关键字，却完全函数依赖于课程号，这个关系就不符合第二范式。

使用以上关系模式会存在以下几个问题。

（1）数据冗余：假设有 500 名学生选修同一门课，就要重复 500 次相同学分。

（2）更新复杂：若调整了某门课程的学分，相应的记录（元组）学分值都要更新，不能保证修改后的不同元组一门课学分完全相同。

（3）插入异常：假如开一门新课，可能没有学生选修，没有学号关键字，只能等到有学生选修才能把课程号和学分加入。

（4）删除异常：如果学生已经毕业，由于学号不存在，选修记录也必须删除。

产生以上问题的主要原因是：非主属性“学分”仅依赖于课程号，不是完全依赖组合关键字（学号，课程号）。

解决的方法是将一个非 2NF 的关系模式分解为多个 2NF 的关系模式。通过模式分解，将成绩关系分成两个关系模式，分别是关系成绩（学号，课程号，上机成绩，笔试成绩，综合成绩）和关系课程（课程号，课程名称，学分），新的成绩关系和课程关系之间通过成绩关系中的外码（外关键字）课程号与课程关系的课程号相联系，如表 2.4 和表 2.5 所示。分解后得到的成绩关系和课程关系满足第二范式（2NF）。

表 2.4　模式分解后的成绩关系

学　号	课程号	上机成绩	笔试成绩	综合成绩
10213301	01	92	90	182
10213302	02	88	87	175
10213303	01	75	89	164
10213304	02	76	82	158
10213305	03	68	77	145
10213306	01	66	78	144

表 2.5　模式分解后的课程关系

课 程 号	课 程 名 称	学　分
01	计算机组成原理	4
02	计算机应用基础	3
03	数据库技术	4

2.4.4　第三范式(3NF)

如果关系模式 R（U，F）为第一范式，且不存在非主属性对任何候选码的传递函数依赖，则称 R 为第三范式。

符合第三范式的关系不仅满足第二范式，而且它的任何一个非主属性都不传递函数依赖任何主码。

提示：传递函数依赖的定义为：在关系模式 R（U）中，如果 $X \to Y, (Y \not\subset X)$，$Y \not\to X$，$Y \to Z$，则称 Z 对 X 是传递函数依赖。

例如，有一个关系模式 Student（学号，姓名，性别，出生日期，院系，地址），主码“学号”决定各个属性，由于是单一主码，没有部分依赖的问题。

但这个关系会存在大量的冗余数据，学生所在院系和地址属性是重复存储的信息，在插入、删除和修改时也存在大量冗余和更新异常的问题。

数据冗余的原因是关系中存在传递依赖，因为学号→院系成立，而院系→学号不成立，但院系→地址成立，因此学号对地址的关系是通过传递函数依赖关系实现的，学号不直接决定非主属性地址。

通过模式分解，去掉传递函数依赖。把 Student 关系分解为两个关系 Stud（学号，姓名，院系编号）和 Sdep（院系编号，名称，地址）。

例如，在表 2.4 所示的成绩关系中，主码是学号和课程号，上机成绩、笔试成绩函数依赖主码，但是综合成绩不依赖于主码，因此可以取消综合成绩属性，使成绩关系满足第三范式。

2.4.5 BCNF、4NF 和 5NF

如果关系模式 R 是第一范式，且每个属性（包括主属性）既不存在部分函数依赖也不存在传递函数依赖于候选码，则称 R 是改进的第三范式（Boyce-Codd Normal Form，BCNF）。

如果关系模式 R 是第一范式，对于 R 的每个非平凡的多值依赖 $X\rightarrow\rightarrow Y,(Y\notin X)$，X 含有候选码，则 R 是第四范式（4NF）。

提示：若 $X\rightarrow Y$，但 Y 属于 X（$Y\notin X$），则称 $X\rightarrow Y$ 是平凡函数依赖，否则称为非平凡函数依赖。多值依赖表示关系中属性（例如 A，B，C）之间的依赖，对于 A 的每个值，都存在一个 B 或者 C 的值的集合，而且 B 和 C 的值是相互独立的，记为 $A\rightarrow\rightarrow B$、$A\rightarrow\rightarrow C$。

如果 R 是一个满足第五范式（5NF）的关系模式，当且仅当 R 的每一个非平凡连接依赖都被 R 的候选码所蕴涵，也就是从第四范式中消除非候选码所蕴涵的连接依赖。

提示：设 R 是一个关系模式，R 的属性子集为 R_1，R_2，R_3，R_4，…，当且仅当 R 的每个合法值都等于 R_1，R_2，R_3，R_4，…的投影连接时，称 R 满足连接依赖。

2.4.6 规范化方法

关系模式的规范化是通过模式分解来实现的。将关系模式投影分解成两个或两个以上的关系模式。进行分解的目标是达到更高一级的规范化程度，但是分解的同时必须考虑两个问题：无损联接性和保持函数依赖。但不可能做到既无损联接，又完全保持函数依赖，应该根据实际需要进行权衡。

关系模式的分解方法并不是唯一的，最小冗余的要求必须以分解后的数据库能够表达原来数据库所有信息为前提来实现。实际上，根据关系的具体应用情况，例如，对于更新不频繁、查询频度极高的数据库系统来说，并不一定要求全部模式都达到BCNF，保留部分冗余可能会方便数据查询。

2.5　习　　题

一、选择题

1．数据库系统的核心是____。

A．数据库　　B．数据库管理员

C．数据库管理系统　　D．文件

2．在数据库中能够唯一标识一个元组的属性或属性的组合称为____。

A．记录　B．字段　C．域　D．关键字

3．用二维表来表示实体及实体之间联系的数据模型是____。

A．实体—联系模型　　B．层次模型

C．网状模型　　D．关系模型

4．关系数据库的任何检索操作都是由三种基本运算组合而成，这三种基本运算不包括：____。

A．联接　B．关系　C．选择　D．投影

5．关系数据库库管理中所谓的关系是指____。

A．各条记录中的数据彼此有一定的关系

B．一个数据库文件与另一个数据库文件之间有一定的关系

C．数据模型符合满足一定条件的二维表格式

D．数据库中各个字段之间彼此有一定的关系

二、填空题

1．数据模型不仅表示反映事物本身的数据，而且表示________。

2．实体与实体之间的联系有3种，它们是__________、__________和__________。

3．用二维表的形式来表示实体之间联系的数据模型叫做__________。

4．二维表中的列称为关系的__________，二维表中的行称为关系的__________。

5．数据库管理员的英文缩写__________。

6. 在关系数据库的基本操作中，从表中取出满足条件的元组操作称为__________；把两个关系中相同属性值的元组连接到一起形成新的二维表的操作称为__________；从表中取出属性值满足条件列的操作称为__________。

7．自然联接指的是__________。

三、简答题

1．解释下列术语：关系模型　关系模式　关系实例　属性　域　元组　主码

2．传统的集合运算包括哪些？专门的关系运算有哪些？

3．为什么关系中的元组没有先后顺序？

4．为什么关系中不允许有重复的元组？

5．关系与普通的表格、文件有什么区别？

6．广义笛卡儿积、等值联接、自然联接三者之间有什么区别？

7．设有关系 R、S 如下：

关系 R

A	B	C
A	b	c
b	a	d
C	d	e
D	f	g

关系 S

A	B	C
b	a	d
d	f	g

求 R∪S、R－S、R∩S、R×S。

8．关系模型中包括哪三类完整性约束？

9．简述 1NF 和 2NF 的主要内容。

10．简述关系规范化的含义。

第3章 Access 2003 数据库

本章要点

- Access 的发展过程。
- Access 2003 的新增功能。
- Access 2003 数据库的安装、启动与关闭。
- Access 2003 数据库的构成。
- 创建数据库。
- 数据库管理。
- 数据库的安全性。

Access 2003 是微软公司发布的 Office 套件软件包中的关系数据库软件，它以其强大的功能、友好的界面吸引了众多的用户，是当今流行的数据库软件之一。本章从 Access 2003 数据库的开发环境入手，介绍 Access 数据库的操作与管理以及 Access 数据库的安全性。

3.1 Access 2003 数据库简介

Access 是 Microsoft Office System 系列办公套装软件中非常重要的组件之一，也是实际工作中最常用的数据库软件之一。Access 数据库系统经过了一个漫长的发展过程。自从在 1992 年推出了第一个可以供个人使用的关系数据库系统 Access 1.0 之后，又先后推出了 Access 的其他版本，包括 2.0、7.0/95、8.0/97、9.0/2000、10.0/2002，直到今天的 Access 2003、2007 版。通过微软公司将 Access 版本功能不断的更新，Access 的使用也变得越来越容易，不管是处理公司的客户订单数据，管理自己的个人通讯录，还是科研数据的记录和处理，人们都可以利用它来解决大量数据的管理工作。现在它已成为世界上最流行的桌面数据库管理系统。

Access 的主要特点如下。

- 具有方便实用的强大功能。
- 能够利用各种图例快速获得数据。
- 利用报表工具可以快速生成美观的数据报表。
- 能够处理多种类型的数据。
- 能够方便地创建和编辑多媒体数据库。
- Access 支持 ODBC 标准的 SQL 数据库的数据。
- 设计过程自动化。
- 具有较好的集成开发功能。
- 提供了端点设置、单步执行等调试功能。

● 能与 Internet/Intranet 集成。

目前 Access 2003 已经得到广泛的使用。Access 2003 数据库管理系统可以管理从简单的文本、数字字符到复杂的图片、动画和音频等各种类型的数据。在 Access 2003 中，可以构造应用程序来存储和归档数据；可以使用多种方式进行数据的筛选、分类和查询；还可以通过显示在屏幕上的窗体来查看数据；或者生成报表将数据按一定的格式打印出来，并支持通过 VBA 编程来处理数据库中的数据。

3.2 Access 2003 数据库开发环境

中文版 Access 2003 采用了 Windows 界面的传统风格，熟悉 Windows 的用户一定对它的应用程序窗口不陌生，而且它的操作更简单、使用更方便。

3.2.1 Access 2003 数据库的启动与退出

1. *启动*

在使用 Access 数据库时，需要首先打开 Access 窗口，然后再打开需要使用的数据库进行其他操作。

启动 Access 2003 的方式，与启动其他 Office 软件完全一样，可通过选择【开始】|【程序】| Microsoft Office | Microsoft Office Access 2003 命令打开 Access 2003，启动后显示的界面如图 3.1 所示，此时可以创建新的数据库，也可以打开已有的数据库。

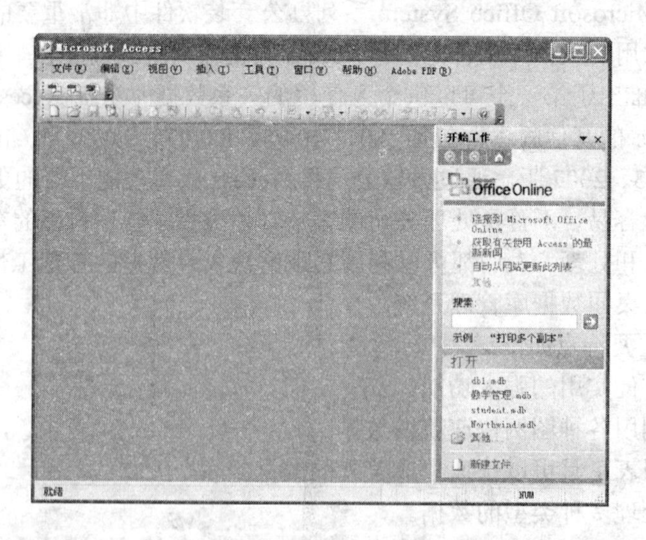

图 3.1 Access 2003 的界面

（1）创建一个新的数据库。单击窗口右侧的【新建文件】超链接，转到【新建文件】任务窗格，如图 3.2 所示；单击【空数据库】，弹出【文件新建数据库】对话框，设置文件保存位置和文件名，然后单击【创建】按钮。

（2）打开一个已经存在的数据库。选择【文件】|【打开】命令，弹出【打开】对话框，选择要打开的数据库，然后单击【打开】按钮，显示如图 3.3 所示的数据库窗口。

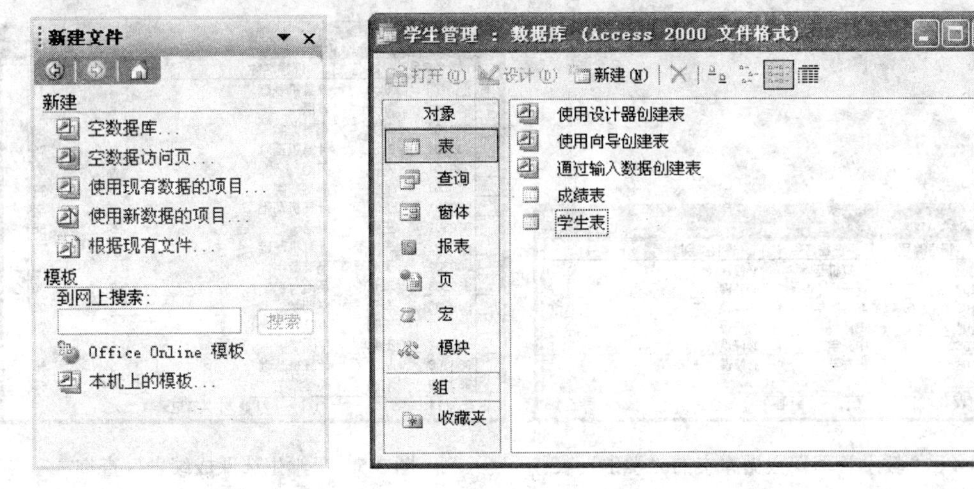

图 3.2　【新建文件】任务窗格　　　　图 3.3　Access 的数据库窗口

2. 退出

当完成数据库的各种操作之后，应该正常退出数据库以及 Access 2003 应用程序，退出 Access 2003 应用程序的方法有三种：

- 从菜单栏中选择【文件】|【退出】命令。
- 单击 Access 标题栏右边的【关闭】按钮。
- 单击程序左上角处的控制图标，在出现的下拉菜单中选择【关闭】命令。

如果在退出时没有保存数据，程序会提示保存，这时需要选择【是】按钮。

3.2.2　Access 2003 数据库的系统结构

Access 2003 将数据库定义成一个.mdb 文件，并分成多个对象，在数据库窗口中的【对象】栏显示了数据库的 7 种对象：表、查询、窗体、报表、页、宏和模块，如图 3.3 所示。

1. 表

表（Table）是数据库最基本的组件，是存储数据的基本单元，由不同的列、行组合而成。表中的列称为字段，说明一条信息在某一方面的属性。在图 3.4 所示的课程表中，显示出来的字段包括“课程编号”、“课程名称”、“课程类别”和“学分”等。表中的行称为记录，每一行由各个特定的字段组成。一条记录就是一个完整的信息，图 3.4 中共有 6 条记录。

2. 查询

查询（Query）是数据库设计目的的体现。建立数据库之后，数据只有被使用者查询才能体现出它的价值。查询是按照一定条件或准则从一个或多个表中筛选出所需要的数据，形成一个动态的数据集，查询的结果在一个虚拟的数据表窗口中显示出来，如图 3.5 所示。查询只是一个结构，它在使用的时候是根据结构从相应的表中提取数据。

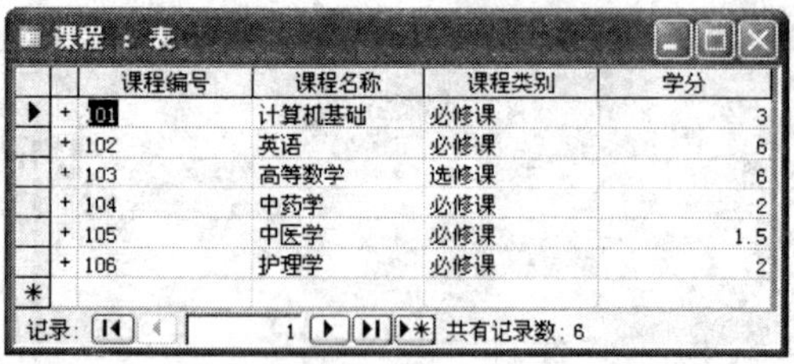

课程 : 表
课程编号 课程名称 课程类别 学分
101 计算机基础 必修课 3
102 英语 必修课 6
103 高等数学 选修课 6
104 中药学 必修课 2
105 中医学 必修课 1.5
106 护理学 必修课 2
记录: 1 共有记录数: 6

图 3.4 “教学管理”数据库中的“学生”表

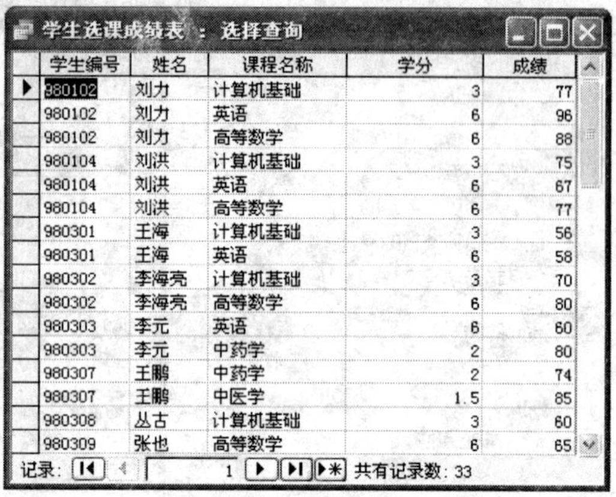

学生选课成绩表 : 选择查询
学生编号 姓名 课程名称 学分 成绩
980102 刘力 计算机基础 3 77
980102 刘力 英语 6 96
980102 刘力 高等数学 6 88
980104 刘洪 计算机基础 3 75
980104 刘洪 英语 6 67
980104 刘洪 高等数学 6 77
980301 王海 计算机基础 3 56
980301 王海 英语 6 58
980302 李海亮 计算机基础 3 70
980302 李海亮 高等数学 6 80
980303 李元 英语 6 60
980303 李元 中药学 2 80
980307 王鹏 中药学 2 74
980307 王鹏 中医学 1.5 85
980308 丛古 计算机基础 3 60
980309 张也 高等数学 6 65
记录: 1 共有记录数: 33

图 3.5 “学生选课成绩表”查询

3. 窗体

窗体（Form）是 Access 数据库与用户交流的接口，它将数据表和查询结果以一种比较直观和友好的界面提供给用户，如图 3.6 所示。窗体上面还可以放置控件，通过窗体上的各种控件可以方便而直观地访问数据表，使得数据输入、输出、修改更加灵活。

学生选课成绩
学生编号 980311 系别 护理
姓名 崔一南 专业 护理
性别 女 简历 北京海淀区
年龄 21
入校日期 98-9-1
团员否
照片
选课成绩
选课ID 学生编号 课程编号
24 980311 101
25 980311 106
980311
记录: 1 共有记录数: 2
记录: 13 共有记录数: 24

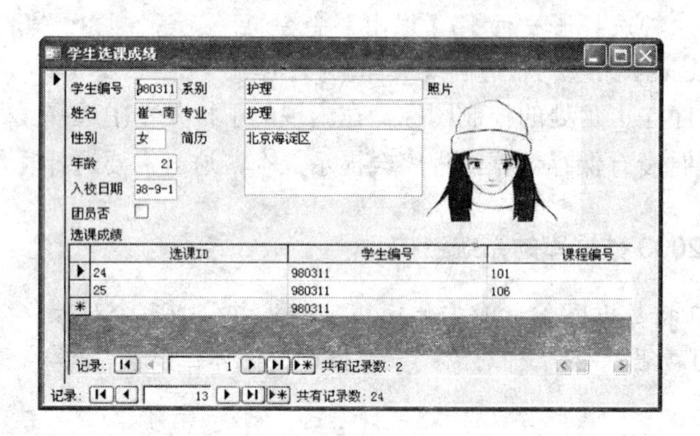

图 3.6 “学生选课成绩”窗体

4. 报表

报表（Report）用来将数据库中需要的数据提取出来进行分析、整理和计算，并将数据以格式化的方式发送到打印机。在报表中可以按照一定的要求和格式对数据加以概括和汇总，并将结果打印出来或者直接输出到文件中。图 3.7 所示为“教学管理”数据库中的“选课成绩”报表。

5. 数据访问页

数据访问页（或称为页）是一种特殊类型的 Web 页，如图 3.8 所示。数据访问页用于查看和处理来自 Internet 或 Intranet 的数据，它允许用户在 IE 浏览器上对 Access 数据库（.mdb）、SQL Server 数据库或 MSDE 数据库中存储的数据进行查看、编辑、更新、删除、排序、筛选和分组等。

选课成绩

学生选课成绩报表

学生编号	课程编号		成绩
980102			
	102		98
	103		86
	101		77
选修门数:	3	总成绩:	261
980104			
	101		75
	102		67
	103		77
选修门数:	3	总成绩:	219
980301			
	102		58
	101		56
选修门数:	2	总成绩:	114
980302			
	101		70
	103		80
选修门数:	2	总成绩:	150
980303			
	102		60
	104		80
选修门数:	2	总成绩:	140

页: 1

图 3.7　“教学管理”数据库中的“选课成绩”报表

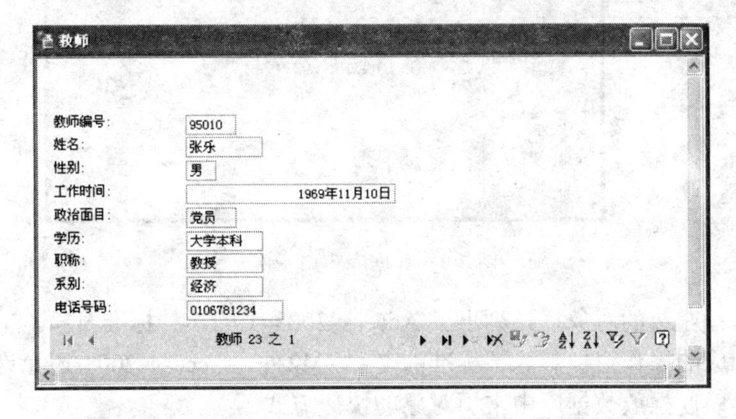

教师

教师编号: 95010
姓名: 张乐
性别: 男
工作时间: 1969年11月10日
政治面目: 党员
学历: 大学本科
职称: 教授
系别: 经济
电话号码: 0106781234
教师 23 之 1

图 3.8　“教学管理”数据库中的“教师”数据访问页

6. 宏

宏（Macro）是指一个或多个操作组成的集合，其中每个操作能够实现特定的功能。宏是一种操作命令，它和菜单操作命令是一样的，只是它们对数据库施加作用的时间有所不同，作用时的条件也有所不同。

宏可以是包含一系列操作的一个宏，也可以是由若干个宏组成的宏组。另外，还可以在宏操作中加条件来控制其是否执行。

7. 模块

模块（Module）是用 VBA 语言编写的程序段，它以 Visual Basic 为内置的数据库程序语言。模块是子程序和函数的集合，如一些通用的函数、通用的处理过程、复杂的运算过程、核心的业务处理等，都可以放在模块中，利用模块可以提高代码的可重用性，同时有利于代码的组织与管理。

3.2.3 Access 2003 数据库操作环境

在 Access 2003 数据库主界面中，包括标题栏、菜单栏、工具栏、状态栏和数据库窗口等。其中菜单栏、工具栏的操作与 Word 和 Excel 完全相同，下面主要介绍数据库窗口。

1. 数据库窗口

在创建或打开了某个 Access 2003 数据库后，Access 开发环境中就会显示数据库窗口。所有的数据库操作都是围绕数据库窗口进行的。数据库窗口由对象栏、对象列表和工具栏组成，如图 3.9 所示。

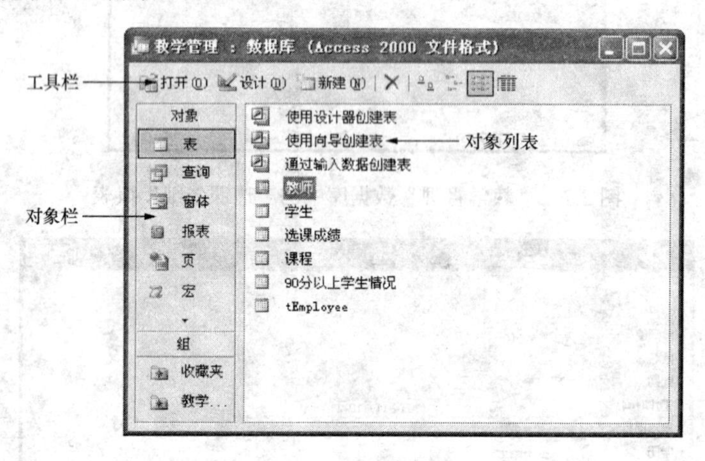

图 3.9 数据库窗口示例

数据库窗口左边的对象栏，列出了 Access 2003 中的 7 种标准对象。单击某个对象就可以进入相应的操作窗口。除了标准的 7 种对象外，Access 2003 还允许根据用户需求创建新组，以便摆放数据库中常用对象的快捷方式。

数据库窗口的主要界面显示各个对象中包括的对象列表，如“表”对象中的“教师”、“学生”、“选课成绩”、“课程”等，以及用于创建对象的快捷方式。

单击数据库窗口工具栏中的按钮，则可操作数据库窗口中的各种对象。【打开】|【设计】|【新建】按钮用于启动或打开选定的对象，其他按钮与 Word 中的按钮类似。

2. 组的操作

下面介绍以一个实例介绍组的操作方法。

【例 3.1】 为“教学管理”数据库建立一个名为“教学管理”的组，并将表对象中的“学生”表添加到该组中。

解析：操作步骤如下。

（1）右击某个对象，在快捷菜单中选择【新组】命令，屏幕上出现【新建组】对话框，如图 3.10 所示。

（2）在【新组名称】文本框中输入要创建的新组名称“教学管理”，单击【确定】按钮后，就会在组列表中添加一个新组“教学管理”。

图 3.10 【新建组】对话框

（3）右击表对象中的“学生”表，在快捷菜单中选择【添加到组】|【教学管理】命令即可。也可以将“表”对象中的“学生”表直接拖至“教学管理”组中，则在“教学管理”中出现一个“学生”的快捷方式。

3.3 Access 2003 数据库设计与操作

Access 2003 数据库管理系统将各种有关的表、索引、窗体、报表以及 VBA 程序代码都包含在一个.mdb 文件中，并为用户处理了所有的文件管理细节。

3.3.1 创建数据库

在 Access 2003 中，创建数据库有两种方法：第一种方法是使用数据库向导来创建数据库，使用这种方法用户只需要做一些简单的选择操作，就可以建立相应的表、查询、窗体、报表和页等对象，从而建立一个完整的数据库；第二种方法是先创建一个空数据库，然后创建表、查询、窗体、报表和页等对象。无论使用哪一种方法，在创建数据库之后，都可以在任何时候修改或扩展数据库。创建数据库的结果是在磁盘上生成一个扩展名为.mdb 的数据库文件。

1. 使用向导创建数据库

如果需要在创建数据库的同时，就为所选的数据库创建所需的表、窗体及报表等对象，可以选择数据库向导来创建数据库。

一般情况下，在使用“数据库向导”之前，应先从“数据库向导”所提供的模板中找出与所建数据库相似的模板。Access 提供了许多可以选择的数据库模板，如“订单”、“分类总帐”、“服务请求管理”等。选择模板的步骤为：在【新建文件】任务窗格中单击【本机上的模板】选项，打开【模板】对话框，切换到【数据库】选项卡，可以看到系统提供的各种数据库模板，选择一个模板，单击【确定】按钮。

选择模板之后，弹出【文件新建数据库】对话框，选择数据库应用程序保存的位置，输入文件名后单击“创建”按钮，Access 就会启动数据库向导。按照向导的提示步骤根据需要进行相应的取舍后，单击“完成”按钮即可完成数据库的创建。

2. 自定义创建数据库

常用创建数据库的方法是先创建一个空数据库，然后再创建其他数据库对象。

自定义创建数据库的步骤如下。

（1）在【新建文件】任务窗格中，单击【空数据库】选项。

（2）在出现的【文件新建数据库】对话框中输入新建数据库文件的路径及名称，单击【创建】按钮便创建了一个空数据库。

提示：Access 2003 同一时间只能处理一个数据库，因而每新建一个数据库的同时，会自动关闭前面打开的数据库。

3.3.2 数据库的打开与关闭

1. 打开数据库文件

要打开一个已经存在的数据库，可以使用工具栏上的【打开】按钮，或选择【文件】|【打开】命令，在出现的对话框中指定要打开的数据库文件即可。也可以通过【文件】菜单选择打开最近使用过的数据库。

在 Access 2003 中，数据库的打开有 4 种方式，如图 3.11 所示。

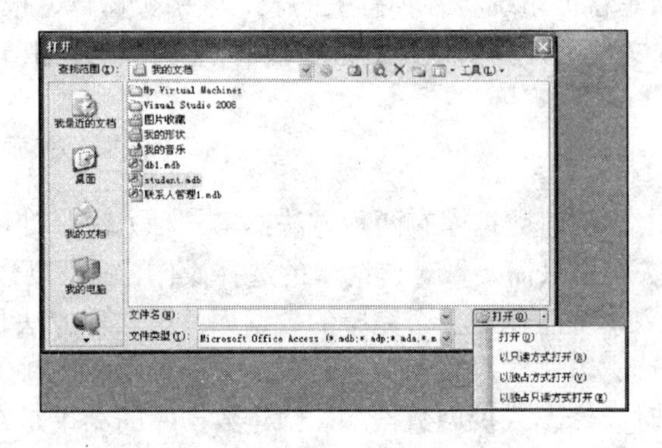

图 3.11 数据库的打开方式

- 打开：以共享方式打开数据库文件。使用这种方式，网络上的其他用户可以再打开这个文件，也可以同时编辑这个文件，这是默认的打开方式。
- 以只读方式打开：如果只是想查看已有的数据库而不想对它进行修改，可以选择这种方式，这样可以防止无意间对数据库的修改。
- 以独占方式打开：可以防止网络上的其他用户同时访问这个数据库文件，也可以有效地保护自己对共享数据库文件的修改。
- 以独占只读方式打开：不对数据库进行修改时，可以选择这种方式。选择这种方式可以防止网络上的其他用户同时访问这个数据库文件。

2. 关闭数据库文件

如果要退出 Access 2003，只需要单击主窗口中的【关闭】按钮，或者选择【文件】|【退出】命令。如果只想关闭数据库文件而不关闭 Access 2003，单击数据库窗口中的【关闭】按钮即可。

3.4　数据库管理与安全

3.4.1　Access 2003 数据库管理

在数据库应用系统的使用过程中，要保证数据的正确性、一致性，并使数据及时得到更新，数据库的管理是至关重要的。它的主要工作包括以下几个方面。

1. 转换数据库

由于 Access 版本的不同，所创建的数据库应用系统的文件格式也会有所区别。在 Access 2003 中，可以将旧版本的 Access 数据库转换成新版本的数据库格式，也可以进行反向操作。具体操作步骤如下。

（1）在 Access 2003 中打开源数据库。

（2）选择【工具】|【数据库实用工具】命令，在【转换数据库】子菜单中选择相应的选项。

（3）在弹出的【将数据库转换为】对话框中设置新文件的位置和名称，单击【保存】按钮。

在将 Access 2003 版本的数据库文件转换为旧版本的 Access 文件时，Access 2003 中专有的特性会由于以前版本的不支持而丢失。

注意： Access 2003 是以“只读”方式读取旧版本（Access 2000 之前）的数据库，此模式不允许改变表的设计、窗体的对象设计等，除非将数据库整个转换为 Access 2003 的数据库格式，然后再将其保存。

2. 压缩和修复数据库

在 Access 2003 中不断地增删对象时就会在文件中产生很多无法有效利用的碎片，从而使得整个数据库文件的使用效率下降，浪费了宝贵的磁盘空间。压缩可以去除碎片，使 Access 2003 重新安排数据，收回空间。

在对数据库文件压缩之前，Access 会对文件进行错误检查，如果检测到数据库被损坏，就会要求修复数据库。压缩和修复数据库的操作步骤如下。

（1）保证所有的用户都关闭了数据库。

（2）选择【工具】|【数据库实用工具】|【压缩和修复数据库】命令，弹出【压缩数据库来源】对话框。

（3）选中要压缩的数据库，单击【压缩】按钮。

（4）系统开始对数据库文件进行检查，检查没错后弹出【将数据库压缩为】对话框。

（5）为压缩的数据库文件设置一个新的名字，单击【保存】按钮即可。

3. 同步复制

同步复制是为数据库制作一个副本，此副本可以与原数据库保持同步更新。创建数据库副本的具体操作步骤如下。

（1）打开需要创建副本的源数据库。

（2）选择【工具】|【同步复制】|【创建副本】命令，系统弹出一对话框，提示“必须先关闭数据库才可以创建副本”，单击【是】按钮。

（3）数据库关闭，开始创建。系统弹出一个对话框，询问是否将原来的数据库转变为“设计母版”，单击【是】按钮，将源数据库转变为设计母版。

（4）弹出【新副本的位置】对话框，选择副本要存放的位置，设置副本的文件名，单击【确定】按钮。

当设计母版中数据库对象的结构发生改变后，通过【同步复制】|【立即同步】命令，可以使副本数据库保持同步更新。

4. 拆分数据库

把完成的数据库应用系统共享给网络上的其他用户时，就会发现用户若想访问数据库中的数据，必须要把所需要的表、查询、报表、页和宏等数据库对象都复制到本地计算机中，这样很不方便。数据库拆分可以把数据库应用系统一分为二，将数据部分放在后端的数据库服务器上，而前端的操作界面（如窗体和报表等）放在每一个想使用这个数据库的计算机上。这样用户可以在终端机器上操作时，而数据库服务器仅负责传输数据，从而构成一个客户机/服务器的应用模式。拆分数据库的操作步骤如下。

（1）打开要拆分的数据库。

（2）选择【工具】|【数据库实用工具】|【拆分数据库】命令，弹出【数据库拆分器】对话框，单击【拆分数据库】按钮。

（3）弹出【创建后端数据库】对话框，选择保存位置，设计文件名，然后单击【拆分】按钮。

（4）弹出对话框，提示拆分成功，单击【确定】按钮即可。

在拆分数据库后，前端数据库窗口中表对象的名字前都有一个小箭头，说明这些表是连接到后端数据库的，这里的表只是一个空壳，里面没有任何数据。打开这些表时，Access 2003 会自动连接到后端的数据库上，取回数据。而在后端数据库中，只有数据表，其他数据库对象都放在前端数据库中。

3.4.2　设置数据库密码

为数据库设置密码，可防止非法用户擅自进入数据库。

1）设置密码

设置数据库密码，应考虑密码的内容，不能使用易识别的信息作为密码，最好设置多于 6 位的密码；另外，使用字母作密码时要考虑大小写，比较好的做法是混合使用数字和字母，例如 abc123w。

【例 3.2】　为“教学管理”数据库设置密码“123ss456w”。

解析：设置数据库密码的操作步骤如下。

（1）以独占方式打开数据库“教学管理.mdb”。

(2) 选择【工具】|【安全】|【设置数据库密码】命令，打开如图 3.12 所示的【设置数据库密码】对话框。

(3) 在【密码】文本框中输入“123ss456w”；在【验证】文本框中再次输入相同的密码。

(4) 单击【确定】按钮。

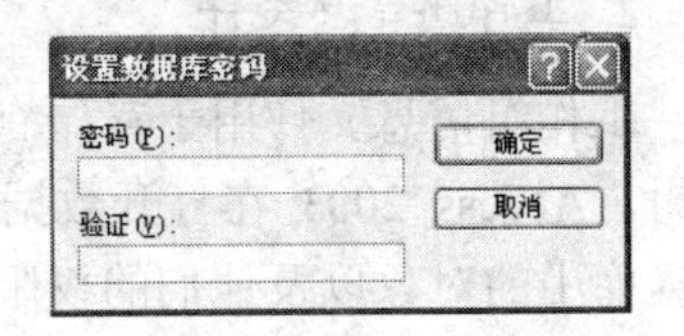

图 3.12　【设置数据库密码】对话框

注意： 密码是与数据库一起保存的，将数据库复制或者移动到新位置，密码也随之移动。要妥善保管数据库密码，如果忘记设定的密码，将不能再使用该数据库。

2) 撤销密码

如果需要撤销数据库的密码保护，可以撤销所设定的密码。具体操作步骤如下。

(1) 选择【文件】|【打开】命令。

(2) 在【打开】对话框中，选择数据库文件，单击【打开】按钮右侧下拉按钮，弹出一个包括 4 种指定打开数据库方式的菜单，选择【以独占方式打开】命令，输入预先设定的密码，打开数据库。

(3) 选择【工具】|【安全】|【撤销数据库密码】命令。

(4) 打开【撤销数据库密码】对话框，在【密码】文本框中输入设定的密码，单击【确定】按钮。

3.4.3　用户级安全机制

由于 Access 建立数据库时默认权限是所有的用户，每个人都可以修改和查询数据库。为了保护数据安全，Access 2003 提供了用户级安全机制，通过使用密码和权限，可以允许或限制个人、组对数据库中对象的访问操作。

1. 用户、组和权限

用户账户为个人提供特定的权限，以便访问数据库中的信息和资源。组是用户用于控制和管理这个组对数据库中对象的访问权限。一个组账户中包含若干用户账户，分配给一个组的权限适用于组中所有用户，定义不同的用户，并分配到不同的组中，为每个组分配相应的权限，可以达到限制不同权限用户对数据库实施不同级别操作的目的。

权限用于指定用户对数据库中的数据或对象所拥有的访问权限类型。常用的权限类型有打开/运行、以独占方式打开、读取对象的设计视图、使用对象的设计视图、管理员、读取数据、更新数据、插入数据和删除数据。

提示： 某些权限会自动隐含其他权限。例如，对表的“更新数据”权限会自动隐含“读取数据”和“读取对象的设计视图”权限，因为只有具有这两项权限才能修改表中的数据。“使用对象的设计视图”和“读取数据”权限则隐含了“读取对象的设计视图”权限。对宏的“读取对象的设计视图”权限则隐含了“打开/运行”权限。

2. 工作组信息文件

工作组信息文件用于存储有关工作组成员的信息，包括用户的账户名、密码及所属的组。Access 2003 在打开数据库时会读取工作组信息文件，以确定允许哪个用户访问数据库中的对象以及他们的权限。

提示：第一次安装 Access 2003 数据库系统时，系统会自动生成一个默认的工作组信息文件。可以修改默认工作组信息文件或为数据库创建新的工作组信息，建立用户级安全机制。

一个工作组信息文件中包含如下几个预定义的账户。

（1）管理员：默认的用户账户。

（2）管理员组：一个组账户。账户中的所有成员都能够管理 Access 2003 数据库，管理员组中至少有一个管理员权限的账户。最初建立数据库时，管理员组中只包含一个管理员账户 Administrator。

（3）用户组：一个组账户。账户中的所有成员都可以使用 Access 2003 数据库。当使用管理员账户建立一个新用户账户时，新建账户将被自动加入到用户组中。

只有拥有数据库的管理员权限，才能在该数据库的任何工作组信息文件中加入另外的用户账户或组账户。

3. 增加账户

所创建的账户必须保存在这些用户要使用的工作组信息文件中，如果运行不同的工作组信息文件创建数据库，在创建账户前应更改工作组。可以使用【工作组管理员】(【工具】|【安全】命令下）找出正在使用的工作组信息文件。

增加账户的主要操作步骤如下。

（1）打开数据库。

（2）选择【工具】|【安全】|【用户与组账户】命令，打开【用户与组账户】对话框。

（3）选择【用户】选项卡，单击【新建】按钮，打开【新建用户/组】对话框，如图 3.13 所示。

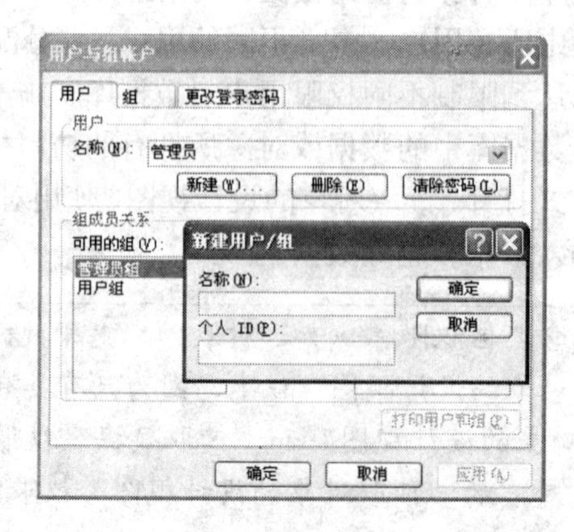

图 3.13 【新建用户/组】对话框

（4）在【新建用户/组】对话框中，输入新账户名称和个人ID（个人ID不是密码），单击【确定】按钮，新账户创建完毕。

（5）从【可用的组】列表框中选择组，然后单击【添加】按钮，即可将当前用户（显示在【名称】组合框中）添加到组中。

4. 删除账户

删除用户账户的操作也很简单，但管理员账户是不能删除的。

删除账户的主要操作步骤如下。

（1）以管理员组成员的身份登录。

（2）打开数据库。

（3）选择【工具】|【安全】|【用户与组账户】命令，打开【用户与组账户】对话框。

（4）在【用户】选项卡中，在【名称】下拉列表框中选择要删除的用户名，单击【删除】按钮。

（5）单击【是】按钮，单击【确定】按钮关闭对话框。

5. 更改账户权限

如果要更改某个用户的权限，可以使用以下操作步骤。

（1）打开数据库。

（2）选择【工具】|【安全】|【用户与组权限】命令，打开【用户与组权限】对话框。

（3）在【用户名/组名】列表框中单击要修改权限的账户名，在【对象名称】列表框中单击要授权的对象，然后在【权限】选项组中更改权限。

（4）单击【确定】按钮。

6. 打印账户和组账户列表

可以打印用户账户和组账户用户列表。具体操作如下。

（1）使用要打印的安全性信息的工作组信息文件启动Access 2003数据库。

（2）通过使用【安全】|【工作组管理员】命令可以得知哪个工作组信息文件是当前的，或对工作组进行更改。

（3）打开数据库。

（4）选择【工具】|【安全】|【用户与组账户】命令，打开【用户与组账户】对话框。

（5）在【用户】选项卡中，单击【打印用户和组】按钮。

（6）在【打印安全性】对话框中，选择下列操作之一。

- 用户和组：打印用户账户和组账户的信息。
- 仅限于用户：打印当前工作组定义的所有用户。
- 仅限于组：打印当前工作组定义的所有组。

说明： 在建立、删除账户和更改账户权限时，一定要使用管理员账户进入数据库，只有管理员账户才有权限对其他账户进行增加、删除以及账户权限的设置。

3.5 习　题

一、选择题

1．Access 是一个____。

A．数据库文件系统　　B．数据库系统

C．数据库应用系统　　D．数据库管理系统

2．不是 Access 关系数据库中的对象的是____。

A．查询　B．Word 文档　C．数据访问页　D．窗体

3．Access 的数据类型是____。

A．层次数据库　　B．网状数据库

C．关系数据库　　D．面向对象数据库

4．在 Access 中，用来表示实体的是____。

A．域　B．字段　C．记录　D．表

5．在 Access 数据库中，表就是____。

A．关系　B．记录　C．索引　D．数据库

6．Access 中表和数据库的关系是____。

A．一个数据库可以包含多个表　B．一个表只能包含两个数据库

C．一个表可以包含多个数据库　D．一个数据库只能包含一个表

7．利用 Access 创建的数据库文件，其扩展名为____。

A．.adp　B．.dbf　C．.frm　D．.mdb

8．若使打开的数据库文件能为网上其他用户共享，但只能浏览数据，要选择打开数据库文件的方式为____。

A．以只读方式打开　　B．以独占只读方式打开

C．以独占方式打开　　D．打开

9．Access 数据库具有很多特点，下列叙述中，不是 Access 特点的是____。

A．Access 数据库可以保存多种数据类型，包括多媒体数据

B．Access 可以通过编写应用程序来操作数据库中的数据

C．Access 可以支持 Internet/Intranet 应用

D．Access 作为网状数据库模型支持客户机/服务器应用系统

10．以下叙述中，正确的是____。

A．Access 只能使用系统菜单创建数据库应用系统

B．Access 不具备程序设计能力

C．Access 只具备模块化程序设计能力

D．Access 具有面向对象的程序设计能力，并能创建复杂的数据库应用系统

二、填空题

1．在 Access 中建立的数据库文件的扩展名是______。

2．使用 Alt＋F4 组合键或 Alt＋F＋X 组合键可以______Access。

3．Access 数据库由数据库______和______两部分组成，其中，______又分为表、查询、窗体、报表、数据访问页、宏和模块 7 种。

4．在 Access 中，______是用来以特定的方式来分析和打印数据对象的。

5．在表中，数据的保存形式类似于电子表格，是以行和列的形式保存的。表中的行和列分别称为记录和字段，其中，记录是由一个或多个______组成的。

6．通过在窗体中插入______，用户就可以很方便地把 Access 的各个对象联系起来。

第 4 章　数据表的设计与操作

本章要点

- 表的结构设计与字段属性设置。
- 表的管理与维护。
- 表的操作方法。
- 表的导入与导出。

表是数据记录的集合，是数据库最基本的组成部分。一个数据库中可以有多个数据表，它们包含了数据库的所有数据信息。一个表又由多个具有不同数据类型的字段组成。本章从数据表的创建入手，对表的管理与维护、表的操作和数据的导入与导出进行介绍。

4.1　创　建　表

表是 Access 2003 数据库最基本的对象，其他的数据库对象，如查询、窗体和报表等都是在表的基础上建立并使用的。因此，表的结构是否合理，可以说是整个数据库的关键所在。一个数据库中可以建立多个表，通过在表之间建立关系，就可以将存储在不同表中的数据联系起来供用户使用。Access 2003 提供三种创建表的方法：使用向导创建表、通过输入数据创建表和使用设计器创建表。这三种创建表的方法各有各的优点，适用于不同的场合。

4.1.1　数据表结构设计

数据表由表结构和表内容两部分组成，先建立表结构，然后才能输入数据。数据表结构设计主要包括字段名称、字段类型和字段属性的设置。设计表结构的主要工具是表设计器（又称为设计视图）。

1. 使用设计视图创建表

在 Access 2003 中，使用数据表设计视图，不仅可以创建表，而且可以修改已有表的结构。使用设计视图创建表的主要操作步骤如下。

（1）在数据库窗口的【对象】列表中单击【表】。

（2）在右侧列表中双击【使用设计器创建表】；或者单击【新建】按钮，在出现的【新建表】对话框中选择【设计视图】选项，然后单击【确定】按钮，进入如图 4.1 所示的表设计视图。

（3）在表设计视图中，【字段名称】列输入字段名；【数据类型】列选择字段的数据类型；【说明】栏中输入有关此字段的说明；窗口下部的【字段属性】区用于设置字段

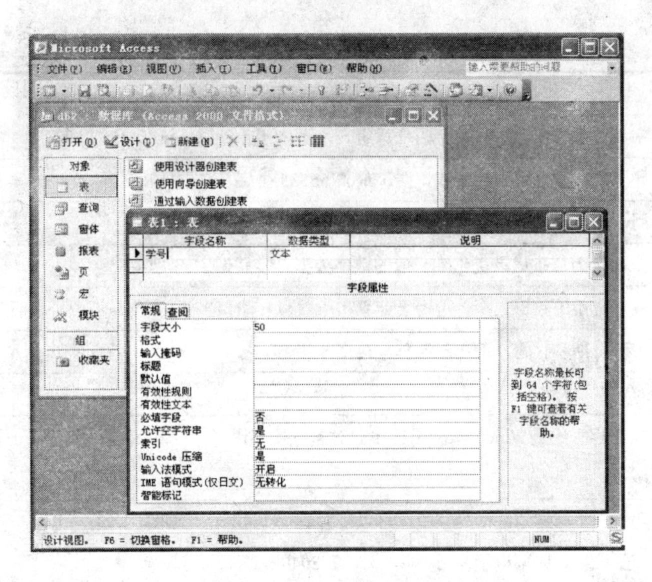

图 4.1　表设计视图

的属性，例如，设置文本字段的【字段大小】来控制允许输入的最大字符数。每个字段可用属性取决于为该字段选择的数据类型。

（4）当把数据表的所有字段名、数据类型、说明及字段属性等项都设置完毕后，可以选择【文件】|【保存】命令或单击工具栏中的【保存】按钮，在打开的【另存为】对话框中输入表的名称，然后单击【确定】按钮，完成数据表结构的设计。

（5）如果在保存表之前未定义主码字段，则 Access 2003 将询问是否由系统自动添加一个主码，选择【是】表示确认，也可以选择【否】表示不需要自动添加主码字段。

2. 关于字段名称、数据类型、说明

1）字段名称

在“字段名称”列中可以添加或显示已有字段名称，字段名的命名必须符合 Access 2003 的对象命名规则。

（1）可以包括字母、数字和空格，以及除句点、惊叹号、重音符号和方括号外的所有特殊字符。

（2）长度不能越过 64 个字符。

（3）不能使用前导空格或控制字符（ASCII 值从 0～31 的字符）。

2）数据类型

用于指定在字段中存储的数据类型。在 Access 2003 中，只允许选择使用系统提供的 10 种数据类型。

数据类型的种类与用途如表 4.1 所示。

3）说明

“说明”列用于对字段进行必要的说明，例如，字段的含义及用途等。

表 4.1 数据类型及其用途

数据类型	用 途
文本	字符、数字或字符与数字的任意组合，不能用于计算。最长 255 个字符，默认长度为 50 个字符
备注	超长的文本，用于注释或说明，最长 65535 个字符
数字	用于计算的值，1、2、4 或 8 字节
自动编号	Access 为每条记录提供唯一值的数值类型，常用做主码，4 字节
货币	表示货币的数据类型，可用于计算，小数点左边最多为 15 位，右边可精确到 4 位，最多 8 字节
日期/时间	表示日期和时间，可用于计算，最多 8 字节
是/否	布尔型，1 字节，如是/否、真/假、开/关等
OLE 对象	源于其他基于 Windows 应用程序的对象链接与嵌入，如 Excel 表单、Word 文档、图片、声音等，最多 1G 字节
超链接	建立一个存储超链接的字段，可以链接到一个 UNC 或 URL 字段，由 4 部分组成：显示文本、地址、子地址、屏幕提示，用#间隔。最多 2048 个字符
查阅向导	创建一个字段，该字段允许从其他表、列表框或组合框中选择字段类型。输入表数据时，可从一个下拉列表框中选择值

3. 字段属性

字段属性决定了如何存储和显示字段中的数据。每种类型的字段都有一个特定的属性集。Access 2003 为每一个字段指定一些默认属性，可改变这些属性。字段的常规属性选项卡如表 4.2 所示。

表 4.2 字段的常规属性选项卡

属 性	作 用
字段大小	设置文本、数据和自动编号类型的字段中数据的范围，可设置的最大字符数为 255
格式	控制显示和打印数据格式，选项预定义格式或输入自定义格式
小数位数	指定数据的小数位数，默认值是“自动”，范围是 0～15
标题	在各种视图中，可以通过对象的标题向用户提供帮助信息
输入掩码	用于指导和规范用户输入数据的格式
默认值	指定数据的默认值，自动编号和 OLE 数据类型无此项属性
有效性规则	一个表达式，用户输入的数据必须满足该表达式
有效性文本	当输入的数据不符合有效性规则时，要显示的提示性信息
输入法模式	确定当焦点移至该字段时，准备设置的输入法模式
必填字段	该属性决定是否出现 Null 值
允许空字符串	决定文本和备注字段是否可以等于零长度字符串("")
索引	决定是否建立索引及索引的类型
Unicode 压缩	指定是否允许对该字段进行 Unicode 压缩

1）字段大小

字段大小用于设置存储字段中，文本数据的最大长度或数值的取值范围，只有文本和数值类型的字段可以选择。文本类型的字段宽度范围为 1～255 个字符，系统默认为 50 个字符。

注意：对文本型字段，Access 2003 以实际输入的字符数来决定所需的磁盘存储空间。

数字类型的字段宽度如表 4.3 所示，共有 6 种可选择的字段大小：字节、整型、长整型、单精度型、双精度型，系统默认是长整型。

表 4.3　数字型字段大小的属性取值

类　型	作　用	小 数 位	占用空间
字节	0～255(无小数位)的数字		1 个字节
整型	−32768～32767(无小数位)的数字		2 个字节
长整型	−2147483648～2147483647(无小数位)的数字		4 个字节
单精度型	负值：-3.4×10^{38}～-1.4×10^{-45} 的数字 正值：1.4×10^{-45}～3.4×10^{38} 的数字	7	4 个字节
双精度型	负值：-1.8×10^{308}～-4.9×10^{-324} 的数字 正值：4.9×10^{-324}～1.8×10^{308} 的数字	15	8 个字节

2）格式属性

格式属性用来规定文本、数字、日期和是/否型字段的数据显示或打印格式，对存储数据不起作用，也不检查无效输入。对日期/时间型、数字/货币型、是/否型及文本/备注型，系统提供了如表 4.4 所示的格式类型。

表 4.4　几种数据类型的字段格式设置

类　型	格式类型与示例
日期/时间型	常规日期(默认设置)：1994-6-11 17:40:32
	长日期：1994 年 6 月 11 日
	中日期：94-06-11
	短日期：1994-6-11
	长时间：17:40:32
日期/时间型	中时间：下午 5:40
	短时间：17:40
数字/货币型	常规数字(默认值)：3456.789
	货币：￥3,456.79
	美元：$3,456.79
	固定：3456.79
	标准：3,456.79

续表

类 型	格式类型与示例
是/否型	真/假：True(-1)/False(0)
	是/否：Yes(-1)/No(0)
	开/关：On(-1)/Off(0)
文本/备注型	@：要求文本字符(字符或空格)
	&：不要求文本字符

3）输入掩码

输入掩码用于指导和规范用户输入数据的格式，还可以控制文本框类型控件的输入值。如果为某个字段定义了输入掩码，同时又设置了格式属性，格式属性在数据显示时优先于输入掩码的设置。输入掩码只为文本型和日期/时间型字段提供向导，其他数据类型没有向导帮助。因此，对于数字或货币型的字段来说，只能使用字符直接定义输入掩码属性。输入掩码属性所用字符及含义如表 4.5 所示。

表 4.5 输入掩码属性所使用字符的含义

字 符	意 义	说 明
0	数字	必须输入数字(0～9)
9	数字或空格	可以选择输入数字或空格
#	数字或空格	可以选择输入数据或空格(在“编辑”模式下空格以空白显示，但是在保存数据时将空白删除，允许输入加号和减号)
L	字母	必须输入字母(A～Z)
?	字母	可以选择输入字母(A～Z)
A	字母或数字	必须输入字母或数字
a	字母或数字	可以选择输入字母或数字
&	任一字符或空格	必须输入一个任意的字符或一个空格
C	任一字符或一个空格	可以选择输入一个任意的字符或一个空格
. : ; - /	数字	小数点占位符及千位、日期与时间的分隔符(实际的字符将根据 Windows 控制面板中“区域设置属性”的设置而定)
<	所有字符转换为小写	将所有字符转换为小写
>	所有字符转换为大写	将所有字符转换为大写
!	输入掩码从右到左显示	使输入掩码从右到左显示，而不是从左到右显示。输入掩码中的字符始终是从左到右填入。
\	其后字符显示本来含义	使接下来的字符以原义字符显示(例如，\A 只显示 A)

输入掩码属性设置可以使用向导或在输入掩码属性框中直接输入。例如，对于“入校日期”字段，为方便用户输入，可以预留年、月、日输入区，并用输入掩码定义字符分隔年、月、日。如设置其输入掩码为 0000/99/99。在 0000/99/99 中，0 表示此处只能输入一个数，而且必须输入；9 代表此处只能输入一个数，但不是必须输入；/符号为转

意分隔符，输入数据时直接跳过。对于数字或货币等类型的字段，只能使用字符直接定义输入掩码属性。例如，要定义“课程”表中的“学分”字段的输入掩码为9，可以在“课程”表的设计视图中，选择“学分”字段，在其输入掩码文本框中直接输入9。此设置意味着不管“学分”字段定义的宽度是多少位，在输入数据时仅接受0～9之间的数字，且只能输入一位。

使用输入掩码向导来完成掩码的输入，设置方法比较简单，在此不再详细说明。

4）标题

设置“标题”属性值，在显示表数据时，表中列的栏目名称将显示“标题”属性值，而不显示字段名称。

5）默认值

在向表中增加记录时，Access 2003 自动为字段填入设定的默认值。

6）有效性规则与有效性文本

有效性规则是指一个表达式，用户输入的数据必须满足表达式，使表达式的值为真，当焦点离开此字段时，Access 2003 会检测输入的数据是否满足有效性规则，如不满足，则根据“有效性文本”设置的内容提示相应信息。有效性规则表达式包括一个运算符和一个比较值，当运算符为＝时，可省略不写。常用的运算符如表4.6所示。

表4.6　在有效规则中使用的运算符

运　算　符	意　义
<	小于
<=	小于等于
>	大于
>=	大于等于
=	等于
<>	不等于
In	所输入数据必须等于列表中的任意成员
Between	“Between A and B”代表所输入的值必须在A和B之间
Like	必须符合与之匹配的标准文本样式

有效性文本的设定内容是当输入值不满足有效性规则时，系统提示的信息。有效性规则和有效性文本通常是结合起来使用的。

例如，下面给出了关于有效性规则和有效性文本的设置。

有效性规则设置	有效性文本设置
`<>0`	请输入一个非零值
`0 or >=100`	值必须为0或大于等于100
`<#1/1/2011#`	输入一个2011年之前的日期
`>=#1/1/2011# and <#1/1/2012#`	日期必须是在2011年内
`Like "A???"`	值必须是以A打头的4个字符

7）必填字段

“必填字段”属性取值只有“是”和“否”两项。当设置为“是”时，表示必须在字段中输入内容，不允许本字段为空。

8）允许空字符串

该属性仅对文本型字段有效，取值只有“是”和“否”两项，当设置为“是”时，表示字段可以不填写任何字符。

9）索引

用于设置单一字段索引。索引用于提高对索引字段的查询速度及加快排序与分组操作。共有如下 3 项取值。

- 无：表示本字段无索引。
- 有（有重复）：表示本字段有索引，但允许表中该字段数据重复。
- 有（无重复）：表示本字段有索引，但不允许表中该字段数据重复。

10）Unicode 压缩

取值只有“是”和“否”两项，当设置为“是”时，表示本字段中的数据可以存储和显示多种语言的文本。

11）输入法模式

常用“开启”和“关闭”选项，若选择“开启”，则在向表中输入数据时，一旦该字段获得焦点，将自动打开设定的输入法。

4. 查阅属性

字段的查阅属性选项卡只有一个【显示控件】属性，该属性仅对文本、数字和是/否类型的字段有效。对文本和数字类型的字段提供了 3 个选项值：文本框（默认值）、列表框和组合框；为是/否类型的字段提供了 3 个选项值：复选框（默认值）、文本框和组合框，如图 4.2 所示。

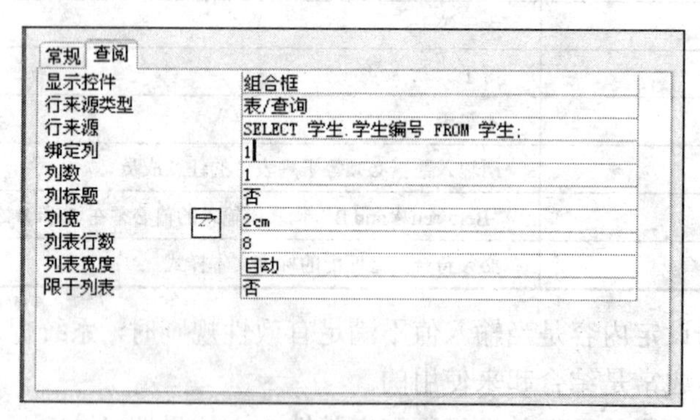

图 4.2　字段【查阅】属性参数

若对文本和数字类型的字段使用列表框或组合框，以及对是/否类型字段使用组合框，意味着可以与其他表或查询结合来向字段中输入数据。

若“是/否”类型字段的显示控件属性选择复选框，在输入字段值时，以－1 显示代表“真”值，以 0 显示代表“假”值。此时，【常规】选项卡中格式属性的设置不起作用。若“是/否”类型字段的显示控件属性选择文本框，【常规】选项卡中格式属性没有设置，则字段以－1 代表“真”值，以 0 代表“假”值，如果【常规】选项卡中格式属性已设置，其设定值将代表真假值的文字显示。

需说明的是，使用字段的【查阅向导】数据类型或设置字段的【字段属性】与【查阅】选项卡，对一些具有可选择输入数据的字段，例如“系别”、“专业”和“政治面貌”等，会给数据输入带来很大方便，特别是应用系统的初始数据录入，不必编写程序，即可提供方便的数据录入操作。

4.1.2　主码

主码（也称主键、主关键字）是用于唯一标识表中每条记录的一个或一组字段。Access 2003 建议每一个表设计一个主码，这样在执行查询时用主码作为主索引可以加快查找的速度。还可以利用主码定义多个表之间的关系，以便检索存储在不同表中的数据。表设计了主码，可以确保唯一性，即避免任何重复的数值或 Null（空）值保存到主码字段中。在 Access 2003 中，可以定义 3 种主码：自动编号、单字段及多字段主码。

1. 自动编号主码

创建一个空表时，在保存表之前如果未设置表的主码，Access 2003 会询问是否需要设置一个自动编号的主码。它的作用是在表中添加一个自动编号字段，在输入记录时，自动编号字段可设置为自动输入连续数字的编号。

2. 单字段主码

在表中，如果某一字段的值能唯一标识一条记录，就可以将此字段指定为主码。如果选择作为主码的字段有重复值或 Null（空）值，Access 2003 就不会将它设置为主码。

3. 多字段主码

在表中，可以将两个或更多的字段指定为主码（至多包括 10 个字段）。例如，在学生“选课成绩”表中，“学生编号”与“课程编号”字段的值可能都不是唯一的，因为一个学生可以选多门课，而一门课可以被多个学生选择。如果“学生编号”与“课程编号”两个字段组成的字段组合指定为主码，就有唯一的值，并成为每一条记录的标识。

设置主码的操作步骤非常简单。

（1）在设计视图中打开表。

（2）单击行选定器，选择主码字段所在的行，如果要设置多字段主码，先按住 Ctrl 键，然后单击行选定器选择所需的字段。

（3）单击工具栏中的【主码】按钮，或右击，从弹出的快捷菜单中选择【主码】命令。主码指示符将出现在该行的字段选择器上，表明已经将该字段设置为主码。

4.1.3　索引

使用索引就如同使用一本书的目录，可以在表中快速查找所需的数据。Access 2003 允许用户基于单个字段或多个字段创建记录的索引，一般可以将经常用于搜索或排序的单个字段设置为单字段索引；如果要同时搜索或排序两个或两个以上的字段，可以创建多字段索引，多字段索引能够区分与第一个字段值相同的记录。

1. 创建索引

Access 2003 将表中的主码自动创建为索引。如果要创建某个字段或字段的组合为索引，可按下述步骤进行。

1）创建单字段索引

（1）在设计视图中，打开需要设置单字段索引的表。

（2）单击要设置索引的字段行。

（3）在【字段属性】选项卡中，单击【索引】属性框，根据字段的数据值，选择【有（无重复）】或【有（有重复）】选项。

2）创建多字段索引

使用多字段索引排序记录时，Access 2003 将首先使用定义在索引中的第一个字段进行排序，如果记录在第一个字段中的值相同，使用索引中的第二个字段进行排序，依此类推。

（1）在设计视图中，打开需要创建多字段索引的表。

（2）选择【视图】|【索引】命令，或者单击工具栏中的【索引】按钮，打开如图 4.3 所示的【索引】对话框。如果当前表已定义了主码，Access 自动在【索引】对话框的第一行显示主码索引的名称、字段名称以及排序次序。

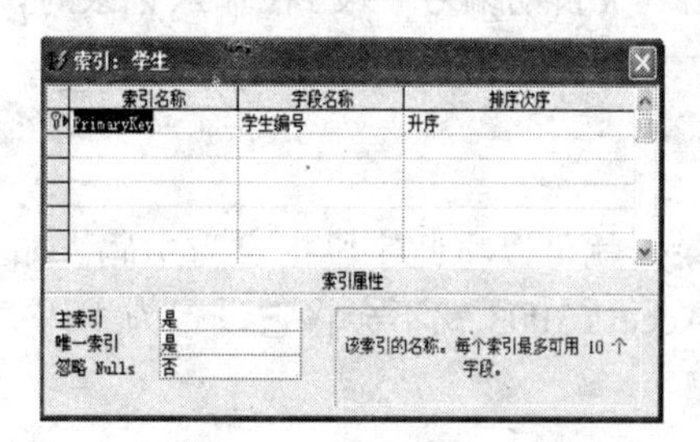

图 4.3 【索引】对话框

（3）在【索引名称】列中输入索引名称。

（4）在【字段名称】列中，单击右边向下箭头，从下拉列表中选择索引的第一字段。

（5）在【排序次序】列中，选择【升序】或【降序】选项。

（6）根据需要可继续定义其他需要索引的字段。

2. 查看与编辑索引

如果要查看或编辑表中已有的索引，可以按照下述步骤进行。

（1）在设计视图中打开包含索引的表。

（2）选择【视图】|【索引】命令，或单击工具栏中的【索引】按钮，打开【索引】对话框。

（3）在【索引】对话框中列出当前表中已定义的索引名称、索引字段、索引的排序次序以及索引属性等设置，可以根据需要更改这些设置。

（4）要删除某个索引，可以单击行选定器选择索引，然后按 Delete 键删除。

4.1.4 通过输入数据创建表

Access 2003 允许用户不先创建表结构，而是通过输入一组数据，由系统根据输入数据的特点自动确定各个字段的数据类型和长度，从而创建一个新表。若对表结构的设计不满意，可以在设计视图中进行修改。

通过输入数据创建表的操作步骤如下。

（1）在数据库窗口中选择【表】对象。

（2）双击【通过输入数据创建表】，系统自动打开一个空表，如图 4.4 所示。系统默认为 10 个字段，可以插入或删除字段，各个字段的默认名称依次是字段 1、字段 2、…、字段 10。

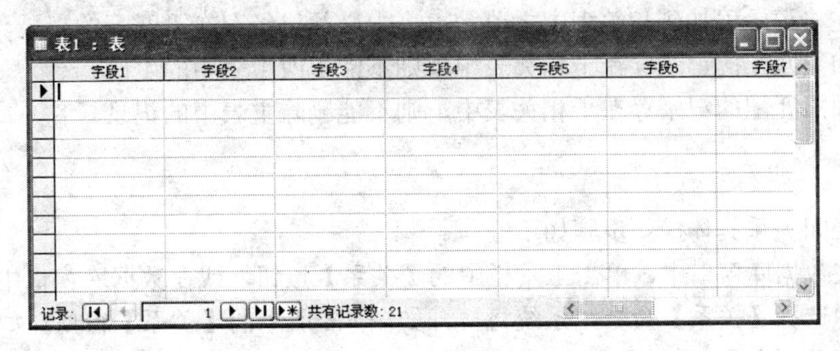

图 4.4　输入数据创建表

（3）如果要对字段重新命名，可双击字段名，然后输入新名称。

（4）在各字段中输入相应的数据。输入数据后，单击工具栏中的【保存】按钮，或者选择【文件】|【保存】命令，在显示的【另存为】对话框中输入表的名称，单击【确定】按钮保存表。

4.1.5　使用向导创建表

在 Access 2003 的创建表向导中，有各种各样预定义的示例表，如客户表、雇员表、产品表、订单表等，可以利用这些示例表为模板创建新表。

使用向导创建表的操作步骤如下。

（1）在数据库窗口中选择【表】对象。

（2）直接双击【使用向导创建表】或单击【新建】按钮，打开如图 4.5 所示的【新建表】对话框，选择【表向导】后单击【确定】按钮。

（3）按向导提示进行操作，逐步完成表结构的设计。由于向导操作提示详细，在此不给出每步的操作说明与界面。

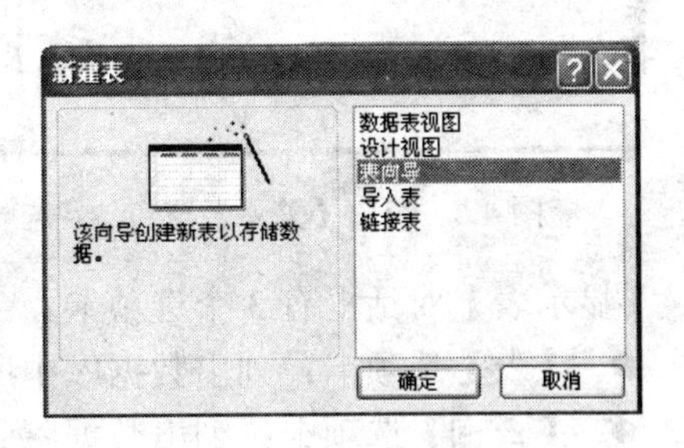

图 4.5　【新建表】对话框

4.2　管理与维护表

4.2.1　表间关系的建立

查询数据库数据时，经常要在两个或多个表的字段中查找和显示数据记录。表间的记录联接靠建立表间关系来保证，所以，指定表间的关系是非常重要的。一般情况下，如果两个表使用了共同的字段，就应该为这两个表建立一个关系，通过表间关系就可以指出一个表中的数据与另一个表中的数据的相关方式。表间关系的类型有一对一、一对多和多对多三种。

当创建表间关系时，必须遵从参照完整性规则，这是一组控制删除或修改相关表数据方式的规则。参照完整性规则具体如下。

（1）在将记录添加到相关表中之前，主表中必须已经存在了匹配的记录。

（2）如果匹配的记录存在于相关表中，则不能更改主表中的主码。

（3）如果匹配的记录存在于相关表中，则不能删除主表中的记录。

1. 创建表间关系

创建表间关系具体操作步骤如下。

（1）在数据库窗口中，单击工具栏中的【关系】按钮，或在数据库窗口中右击，在快捷菜单中选择【关系】命令，系统将打开如图 4.6 所示的【关系】窗口。如果在数据库中已经创建了关系，【关系】窗口中将显示这些关系；如果数据库中还没有定义任何关系，Access 2003 会打开一个空白【关系】窗口。

（2）在窗口中，右击，从快捷菜单中选择【显示表】命令，打开如图 4.7 所示的【显示表】对话框。

图 4.6　空白【关系】窗口

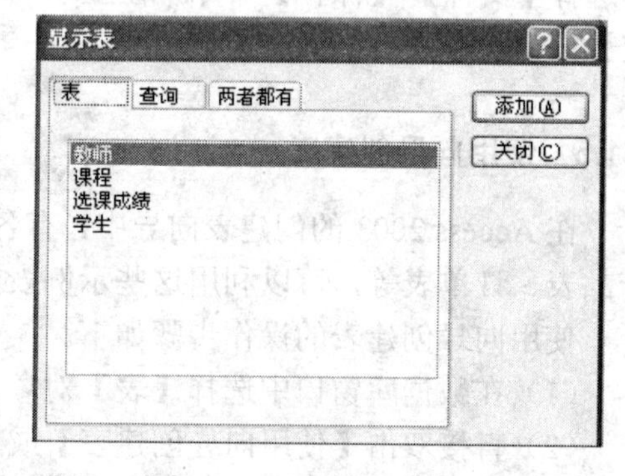

图 4.7　【显示表】对话框

【显示表】对话框有 3 个选项卡。

- 【表】选项卡：列出数据库中所有的数据表。
- 【查询】选项卡：列出数据库中所有的查询。
- 【两者都有】选项卡：列出数据库中所有的数据表和查询。

可以从中选择需要创建关系的表或查询，把它们添加到【关系】窗口中。例如，分别添加学生、课程和选课成绩表，此时，【关系】窗口呈现如图 4.8 所示的布局。

（3）在【关系】窗口中，将显示添加的表及字段，主码自动用粗体标识。

例如，建立学生与选课成绩表的关系。单击学生表的“学生编号”字段且按住不放，然后把它拖到选课成绩表中“学生编号”字段上，当释放鼠标时，系统打开【编辑关系】对话框，如图 4.9 所示。

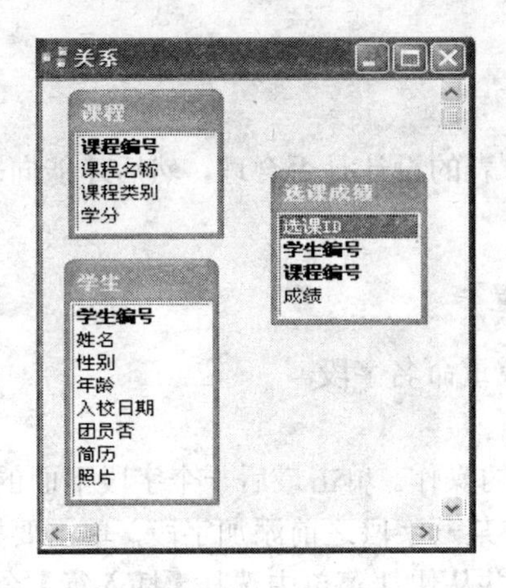

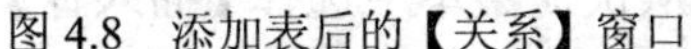

图 4.8　添加表后的【关系】窗口

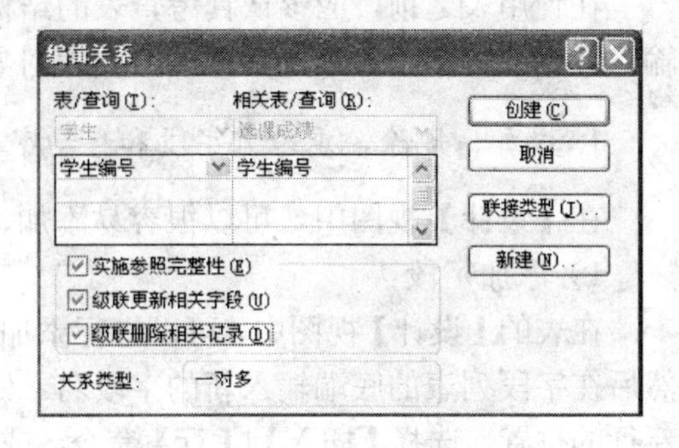

图 4.9　【编辑关系】对话框

（4）在【编辑关系】对话框中选中【实施参照完整性】和【级联更新相关字段】复选框，即当更新主表中码段的内容时，同步更新关系表中相关内容。若选中【级联删除相关记录】复选框，当在删除主表中某条记录时，同步删除关系表中相关记录。

（5）单击【联接类型】按钮，打开【联接属性】对话框，如图 4.10 所示，从中选择联接的方式。可以根据实际需要进行选择，系统默认选择为第一种，在此选择系统默认设置。

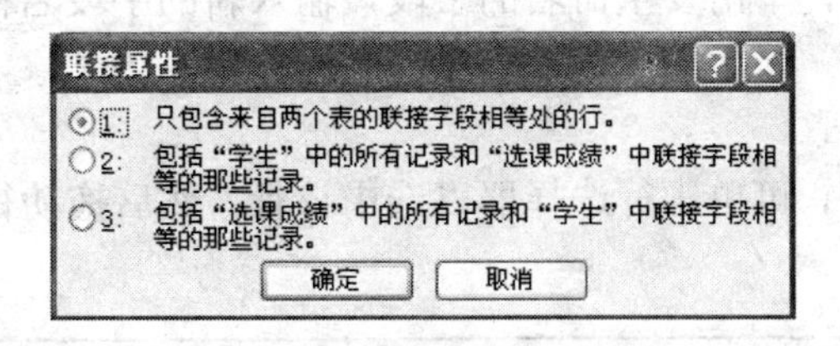

图 4.10　【联接属性】对话框

（6）在【编辑关系】对话框中，单击【创建】按钮，即在关系表之间用一条线将二者连接起来，表示已创建好表之间的关系。

（7）关闭【编辑关系】对话框，保存设定的关系。

2. 编辑与删除表间关联

1）编辑表间关系

对已存在的关系，单击关系连线，连线会变黑，右击，从快捷菜单中选择【编辑关系】命令，或双击关系连线，系统会打开【编辑关系】对话框，从中可以对创建的关系进行修改。

2）删除表间关系

单击关系连线后按 Delete 键或右击并从快捷菜单中选择【删除】命令，可删除表间的关联。

4.2.2 修改表结构

在使用表之前，应该认真考查表的结构，查看表的设计是否合理，然后才能向表中输入数据或者基于表创建其他的数据库对象。

1. 添加、删除、重命名字段和移动字段的位置

在【设计】视图中，可以很容易添加、删除或重命名字段。

1）添加字段

在表的【设计】视图中，可以进行添加新字段的操作。单击最后一个字段下面的行，然后在字段列表的底端输入新的字段名。如果要在某一字段之前添加字段，单击要插入新行的位置。选择【插入】|【行】命令，或者右击并从快捷菜单中选择【插入行】命令，即可在当前字段之前出现一个空行，输入新的字段名并设置相应属性即可。

2）删除字段

如果要删除某一字段，单击该字段名，然后选择【编辑】|【删除行】命令，即可删除该字段，同时也删除该字段中的数据。

3）重命名字段

改变表中字段的名字并不会影响该字段的数据，但是会直接影响到其他基于该表创建的数据库对象，其他数据库对象对表中该字段的引用必须做相应的修改后方可生效。

在【设计】视图中，单击要重命名的字段，输入新的字段名称，然后单击工具栏中的【保存】按钮。

4）移动字段的位置

要改变字段的顺序，可单击行选择器以选中该行，然后拖动行选择器把字段移动到新位置。

注意：可同时移动连续的多行，但不能同时移动非连续的多个字段。

2. 修改字段的数据类型

修改字段的数据类型将会造成表中数据的丢失。因此，在对包含数据的表进行数据类型的修改之前，应先做好表的备份工作。

在【设计】视图中，可方便地修改某字段的数据类型。为了使所做的修改生效，应单击工具栏中的【保存】按钮，系统打开一个对话框。如果单击【是】按钮，不能进行转换的现有数据被从该字段中清除。如果单击【否】按钮，则将该数据恢复为原来的类型。

3. 修改字段的属性

字段属性是一个字段的特征集合，它们控制着字段如何工作。

在【设计】视图中，通过字段属性的【常规】与【查阅】选项卡，可以修改或重新设置字段的各项属性。

4.3 操　作　表

4.3.1　数据输入

在数据库窗口中，选中要打开的数据表，在表名称上双击，或单击工具栏中的【打开】按钮，即进入数据表视图窗口。

窗口的主要组件说明如下。

- 记录选定器按钮（如图 4.11（a）所示）：数据表视图最左边的一列灰色按钮，用于选定记录。
- 星号（如图 4.11（b）所示）：出现在数据表视图最后一条记录的选择按钮上，用来表示这是一个假设追加记录。以只读方式打开数据库，在数据表视图中不出现假设追加记录。
- 记录导航器（如图 4.11（c）所示）：在数据表视图的底端，用于导航记录。

(a)记录选定器按钮　(b)星号　(c)记录导航器

图 4.11　数据表视图窗口的主要组件

由于文本、数字和货币型字段数据输入比较简单，在此不特别给出说明。

1. 输入“是/否”型数据

对“是/否”型字段，输入数据时显示一个复选框。选中表示输入了“是（−1）”，不选中表示输入了“否（0）”，例如，“性别”字段。为了使显示内容更明确，即“性别”字段显示“男”或“女”，而真正存储到字段中的数据仍是−1 或 0，可以使用“查阅向导”数据类型来实现这种功能。

2. 输入“日期/时间”型数据

输入“日期/时间”型数据，不需要将整个日期全部输入，系统会按输入掩码来规范输入格式；按格式属性中的定义显示数据。

例如，在出生年月字段中输入“11-5-1”，若格式属性设置“长日期”，则会自动显示为“2011 年 5 月 1 日”。

3. 输入“OLE 对象”型数据

OLE 对象类型的字段使用插入对象的方式输入数据。

例如，学生表中的“照片”字段。当光标位于该字段时，右击并选择快捷菜单中的【插入对象】命令，打开插入对象对话框，如图 4.12 所示。

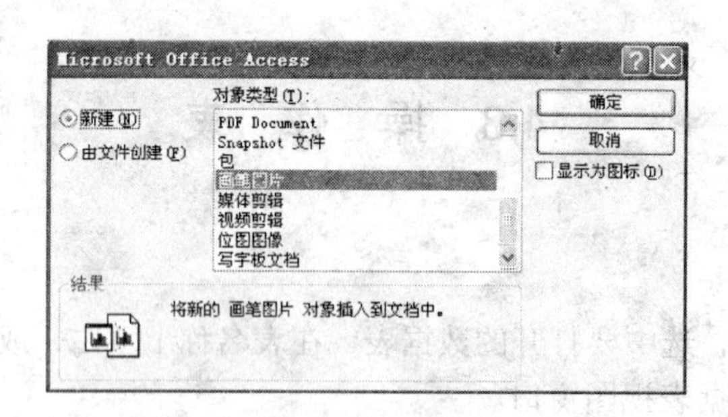

图 4.12 插入对象对话框

选择【新建】单选按钮，则对话框会显示各种对象类型，可以选择某种类型创建新的对象，并插入到字段中。选择【由文件创建】单选按钮，可以选择一个已存储的图片文件插入到字段中。

4. 输入“超链接”型数据

可以使用【插入超链接】对话框，实现超链接型字段的数据输入。当光标位于该字段时，右击并从快捷菜单中选择【超链接】|【编辑超链接】命令，打开【插入超链接】对话框，如图 4.13 所示。在对话框中可以选择 3 种超链接：原有文件或网页、新建页和电子邮件地址。根据实际需要，选择输入“超链接”型字段的数据。

图 4.13 【插入超链接】对话框

5. 输入“查阅向导”型数据

如果字段的内容取自一组固定的数据，可以使用查阅向导数据类型。例如，学生表中“性别”字段，可以选择为是/否型，但在输入数据时，要使用意义不明确的复选框。如选择“性别”字段为查阅向导数据类型，输入数据时，可以从组合框中选择“男”或“女”，而实际存储的可以设置为 0 或－1。

【例 4.1】 设计“性别”字段为查阅向导数据类型。

解析：具体设计方法如下。

（1）在学生表设计视图中，选择“性别”字段的数据类型为查阅向导，弹出【查阅向导】对话框；选择【自行键入所需的值】，打开如图 4.14 所示的对话框。

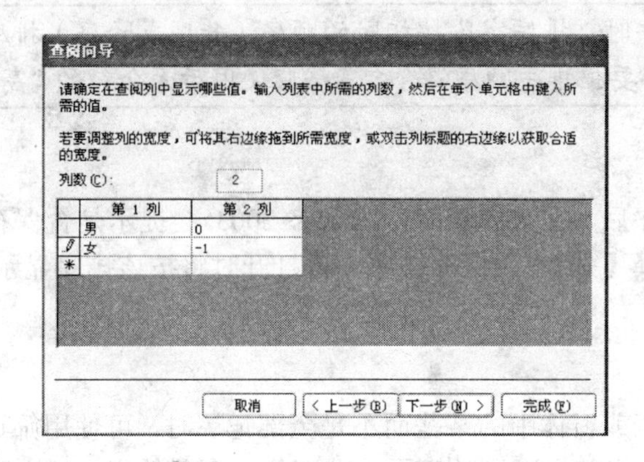

图 4.14　【查阅向导】对话框

在【列数】文本框中输入“2”，第 1 列中输入“男”、“女”，第 2 列中输入“0”、“−1”。

（2）在组合框列表中，若希望只显示第 1 列中的男、女，而不显示包含实际数据的第 2 列，可将第 2 列的宽度调整为 0。

（3）选择哪一列要保存到数据表中，这里选择第 2 列，即“性别”字段保存的实际值为 0、−1。

（4）在查阅向导的【请为查阅列指定标签】文本框中，保留“性别”，单击【完成】按钮，完成“性别”字段的查阅属性设置。

创建“性别”字段的值列表后，在数据表视图中，“性别”字段值的输入方式为组合框式的选择。

4.3.2　排序记录

排序就是按照某个字段的内容值重新排列数据记录。默认情况下，Access 2003 按主码字段排序记录，如果表中没有主码，则以输入的次序排序记录。在数据检索和显示时，可按不同的顺序来排列记录。

1. 单字段排序

若要对表或窗体中的单个字段排序，先单击要排序的字段，然后进行下列操作之一。

- 单击工具栏中的【升序】或【降序】按钮。
- 使用【记录】|【排序】命令，选择【升序排序】或【降序排序】。
- 右击字段并从快捷菜单中选择【升序排序】或【降序排序】命令。
- 若要将记录恢复到原来的顺序，使用【记录】|【取消筛选/排序】命令，或右击数据表并从快捷菜单中选择【取消筛选/排序】命令。

2. 多字段排序

如果要将两个以上的字段排序，这些字段在数据表中必须相邻。排序的优先权从左到右。在确保要排序的字段相邻后，选择这些字段，再选择【升序】或【降序】排列。

注意：对多字段排序时，排序字段按相同的顺序（升序或降序）排序，不会把升序和降序混合起来。要把排序顺序混合起来，应使用后面介绍的“高级筛选/排序”操作。

3. 保存排序顺序

改变记录的排序后，在关闭表时，Access 2003 会提示是否保存对设计（包括排序顺序）的更改。选择【是】，就保存排序，再打开时将按该排序显示。

4.3.3 筛选记录

当要显示数据表或窗体中的某些而不是全部记录时，可使用筛选操作。筛选处理是对记录进行筛选，选择符合准则的记录。准则是一个条件集，用来限制某个记录子集的显示。Access 2003 提供了 5 种筛选记录的方法。

- 按窗体筛选：按输入到表框架的准则筛选记录。
- 按选定内容筛选：显示与所选记录字段中的值相同的记录。
- 内容排除筛选：显示与所选记录字段中的值不相同的记录。
- 高级筛选/排序：除筛选外，可规定一个复合排序，以不同的顺序（升序或降序）对两个或多个字段排序。
- 输入筛选：显示快捷菜单输入框，直接输入筛选准则。

1. 按选定内容筛选

按选定内容筛选是应用筛选中最简单和快速的方法，可以选择数据表的部分数据建立筛选准则，Access 2003 将只显示与所选数据匹配的记录。

在数据表视图中，打开数据表，选择记录中要参加筛选的一个字段中的全部或部分内容，使用【记录】|【筛选】操作，选择【按内容筛选】命令即可。例如，在学生表中，可以选择性别字段中的“男”，应用筛选后，在数据表视图中仅显示性别为“男”的学生记录。如果选择【内容排除筛选】，则显示学生表中性别字段不含“男”的所有记录。

2. 按窗体筛选

可以在表的一个空白窗体中输入筛选准则，显示表中与准则相匹配的记录。打开数据表视图，单击工具栏中的【按窗体筛选】按钮，或使用【记录】|【按窗体筛选】命令，弹出按窗体筛选窗口，如图 4.15 所示。从字段列表中选择要搜索的一个或多个字段的值，然后选择【筛选】|【应用筛选/排序】命令，系统会自动执行所设定的筛选，并显示筛选结果。使用【记录】|【取消筛选/排序】命令，可以取消本次筛选操作。

3. 高级筛选/排序

使用【高级筛选/排序】操作，可以对一个或多个数据表、查询进行筛选，还可以在一个或多个字段上添加排序次序。打开数据表视图，使用【记录】|【筛选】操作，选择【高级筛选/排序】命令，打开高级筛选/排序操作窗口，如图 4.16 所示。

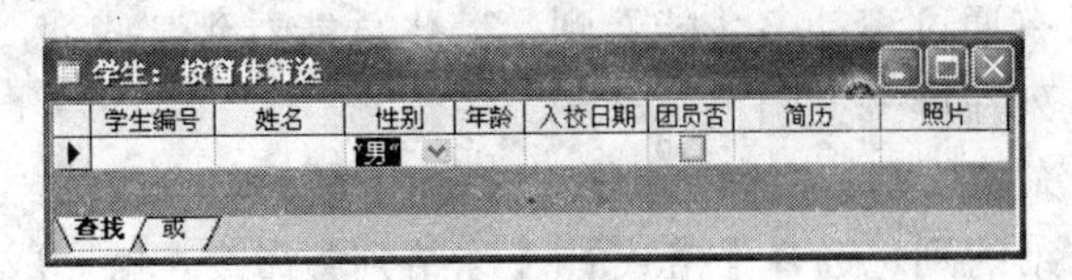

图 4.15　按窗体筛选窗口

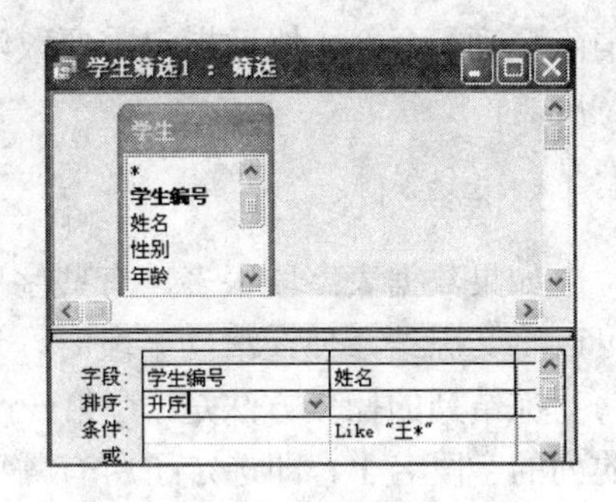

图 4.16　高级筛选/排序操作窗口

在“字段”栏中选择用于筛选的字段，在“条件”栏输入想要筛选的数值或表达式，单击工具栏或记录菜单中的【应用筛选/排序】命令，筛选结果将显示在数据表视图中。

4.3.4　设置数据表格式

1. 设置行高和列宽

1）设定行高参数

将鼠标指针停留在表中任一行，选择【格式】|【行高】命令，在【行高】对话框中，设定行高参数，为数据表指定行高。

2）手动调节列宽

将鼠标指针移至表中两个字段名的交界处，按住鼠标左键不放左右拖曳，可改变表的列宽。

3）设定列宽参数

将鼠标指针移至表中需要更改列宽的那一列，使用【格式】|【列宽】命令，在【列宽】对话框中，设定列宽参数或选择标准宽度，为选择的列指定列宽。

2. 数据字体的设置

数据表视图中的所有字体（包括字段数据和字段名），其默认值均为宋体、常规、小五号字、黑色、无下划线。若需要更改字体设置，使用【格式】|【字体】命令，可以设定数据表视图的数据显示字体。

3. 表格样式的设置

数据表视图的默认表格样式为白底、黑字、银白色表格线构成的具有平面单元格效果的数据表形式。使用【格式】|【数据表】命令，可以设置数据表格式。

4. 隐藏列

1）设置列宽为零

将那些需要隐藏的字段列宽度设置为 0，这些字段列就成为隐藏列。

2）设置隐藏列

选择【格式】|【隐藏列】命令，可以很方便地将当前光标所在列隐藏起来。选择【取

消隐藏列】命令，然后指定需要取消的隐藏列，可使得已经隐藏的列恢复为原来设置的宽度。

5. 冻结列

如果数据表字段很多，有些字段只有通过滚动条才能看到。若想总能看到某些列，可以将其冻结，使在滚动字段时，这些列在屏幕上固定不动。

冻结列的操作方法是，在第一个需冻结的列的字段名上拖曳鼠标至最后一个需冻结的列的字段名上，即选定了所有需要冻结的列。选择【格式】|【冻结列】命令，就完成了冻结列的操作。

选择【格式】|【取消对所有列的冻结】命令，可以取消对所有列的冻结。

4.4 数据的导入与导出

使用数据的导入、导出和链接功能，可以将外部数据源如 Access 数据库、文本文件、Excel、FoxPro、ODBC、SQL Server 数据库等的数据，直接添加到当前的 Access 数据库中，或者将 Access 数据库中的对象复制到其他格式的数据文件中。

4.4.1 导入、导出数据

1. 导入数据

使用导入操作可以将外部数据源数据变为 Access 格式。

导入操作的主要操作步骤如下。

（1）打开目标数据库。

（2）选择【文件】|【获取外部数据】|【导入】命令，在打开的【导入】对话框中，选择需要导入的文件类型及文件名。例如，选择 Excel 电子表格文件“学生成绩单”。

（3）单击【导入】按钮，系统打开如图 4.17 所示的【导入数据表向导】对话框。

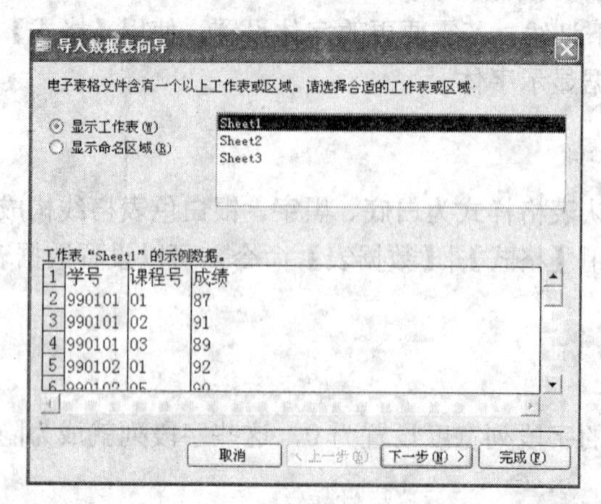

图 4.17 【导入数据表向导】对话框

（4）单击【下一步】按钮，确认是否采用 Excel 表的第一行（列标题）作为数据表的字段名。

（5）单击【下一步】按钮，选择【新表中】，将创建一个新的数据表。选择【现有的表中】，将导入的数据放入一个现有数据表中。

（6）若选择【新表中】，在随后打开的对话框中，可对字段名、数据类型等进行相应修改及设置主码等，最后为导入的新表命名，单击【完成】按钮，便会在数据库窗口中添加一个新表。

由于导入外部数据的类型不同，导入的操作步骤也会有所不同，但基本方法是一致的。

2. 导出数据

导出数据是将 Access 数据库中的表、查询或报表复制到其他格式的数据文件中。在数据库窗口中，选定某个数据表，选择【文件】|【导出】命令，在打开的对话框中选择文件的类型、文件的存储位置及文件名称即可。

4.4.2　链接数据

链接数据就是在源数据和目标数据之间建立一个同步的影像，所有对外部数据源数据的改动都会及时地反映到目标数据库中，同时，如果在 Access 中对链接数据进行的修改也会同步反映到外部数据源数据中。

链接数据操作的主要操作步骤如下：打开目标数据库，选择【文件】|【获取外部数据】|【链接表】命令，在打开的对话框中，选择需要链接的文件及相关选项。这样便可在当前数据库中建立一个与外部数据链接的表。

若要取消链接，只需在数据库窗口中删除链接表即可。删除链接表并不影响外部数据表本身。Microsoft Access 2003 数据库管理系统允许在 Access 2003 数据库与旧版本数据库之间互相转换，可以打开使用旧版本 Access 创建的数据库，并且能够查看数据库对象，添加、删除或修改记录等，但是不能修改该数据库中各个对象的设计。如果要在 Access 2003 中修改已有对象的设计，可以将旧版本的数据库转换为 Access 2003 格式的数据库。

4.5　习　　题

一、选择题

1．Access 数据库表中的字段可以定义有效性规则，有效性规则是____。

A．控制符　　B．文本

C．条件　　D．前三种说法都不对

2．在关于输入掩码的叙述中，错误的是____。

A．在定义字段的输入掩码时，既可使用输入掩码向导，也可直接使用字符

B．定义字段的输入掩码，是为了设置密码

C．输入掩码中的字符 0 表示可以选择输入数字 0～9 之间的一个数

D．直接使用字符定义输入掩码时，可以根据需要将字符组合起来

3．能够使用输入掩码向导创建输入掩码的字段类型是____。

A．数字和日期/时间　　B．文本和货币

C．文本和日期/时间　　D．数字和文本

4. 邮政编码是由 6 位数字组成的字符串，为邮政编码设置输入掩码，正确的是____。

A．000000　B．999999　C．CCCCCC　D．LLLLLL

5．在 Access 数据库的表设计视图中，不能进行的操作是____。

A．修改字段类型　　B．设置索引

C．增加字段　　D．删除记录

6．Access 数据库中，为了保持表之间的关系，要求在子表（从表）中添加记录时，如果主表中没有与之相关的记录，则不能在子表（从表）中添加该记录。为此需要定义的关系是____。

A．输入掩码　　B．有效性规则

C．默认值　　D．参照完整性

7．设有表示学生选课的三张表，学生 S（学号，姓名，性别，年龄，身份证号）、课程 C（课号，课名）、选课 SC（学号，课号，成绩），则表示 SC 的关键字为____。

A．课号，成绩　　B．学号，成绩

C．学号，课号　　D．学号，课号，成绩

8．"教学管理"数据库中有学生表、课程表和选课表，为了有效地反映这三张表中数据之间的联系，在创建数据库时应设置____。

A．默认值　　B．有效性规则

C．索引　　D．表之间关系

9．Access 数据库中，为了保持表之间的关系，要求在主表中修改相关记录时，子表相关记录随之更改。为此需要定义参照完整性关系的____。

A．级联更新相关字段　　B．级联删除相关字段

C．级联修改相关字段　　D．级联插入相关字段

10．在 Access 中，参照完整性规则不包括____。

A．更新规则　　B．查询规则

C．删除规则　　D．插入规则

11．在数据库中，建立索引的主要作用是____。

A．节省存储空间　　B．提高查询速度

C．便于管理　　D．防止数据丢失

12．假设有一组数据：工资为 800 元，职称为"讲师"，性别为"男"，在下列逻辑表达式中结果为"假"的是____。

A．工资>800 AND 职称＝"助教" OR 职称＝"讲师"

B．性别＝"女" OR NOT 职称＝"助教"

C．工资＝800 AND （职称＝"讲师" OR 性别＝"女"）

D．工资>800 AND （职称="讲师" OR 性别="男"）

13．在 Access 数据库中创建一个新表，应该使用的 SQL 语句是____。

A．Create Table　　B．Create Index

C．Alter Table　　D．Create Database

14．Access 提供的数据类型中不包括____。

A．备注　B．文字　C．货币　D．日期/时间

15．在 Access 数据库对象中，体现数据库设计目的的对象是____。

A．报表　B．模块　C．查询　D．表

16．在定义表中字段属性时，要求输入相对固定格式的数据，例如电话号码 010-65971234，应该定义字段的____。

A．格式　B．默认值　C．输入掩码　D．有效性规则

17．如果在新建表中建立字段“性别”，并要求用汉字表示，其数据类型应当是____。

A．是/否　B．数字　C．文本　D．备注

18．下面说法中，错误的是____。

A．文本型字段，最长为 255 个字符

B．要得到一个计算字段的结果，仅能运用总计查询来完成

C．在创建一对一关系时，要求两个表的相关字段都是主码

D．创建表之间的关系时，正确的操作是关闭相关已打开的表

19．在已经建立的数据表中，若在显示表中内容时使某些字段不能移动显示位置，可以使用的方法是____。

A．排序　B．筛选　C．隐藏　D．冻结

20．下面关于 Access 表的叙述中，错误的是____。

A．在 Access 表中，可以对备注型字段进行“格式”属性设置

B．若删除表中含有自动编号型字段的一条记录后，Access 不会对表中自动编号型字段重新编号

C．创建表之间的关系时，应关闭所有打开的表

D．可在 Access 表的设计视图“说明”列中，对字段进行具体的说明

二、填空题

1．______是 Access 数据库的基础，是______存储的地方，是查询、窗体、报表等其他数据库对象的基础。

2．表的组成包括_______和_______。

3．在 Access 中可以定义 3 种主码：自动编号、单字段及______。

4．在数据表视图下向表中输入数据，在未输入数值之前，系统自动提供的数值字段的属性是______。

5．某数据库表中要添加一段音乐，则该选用的字段类型是______。

6．关系是通过两张表之间的______字段建立起来的。一般情况下，一张表的主码是另一张表的______。

7．______是在输入或删除记录时，为维持表之间已定义的关系而必须遵循的规则。

8．在数据库视图中，______某字段后，无论用户怎么水平滚动窗口，该字段总是可见的，并且总是显示在窗口的最左边。

9．若要查找某表中“姓氏”字段所有包含 sh 字符串的姓，则该在“查找内容”文本框中输入______。

10．排列规则中，中文按______的顺序排列，升序时按 A 到 Z 排序，降序时按 Z 到 A 排序。

11．在“选课成绩”表中筛选刚好是 60 分的学生，需在“筛选目标”文本框中输入______。

12．建立表结构的方式有使用______，使用______，使用______。

13．Access 提供了两种字段数据类型保存文件或文本和数字组合的数据，这两种数据类型是文本型和______。

14．表结构的设计及维护，是在______完成的。

15．自动编号数据类型一旦被指定，就会永久地与______连接。

16．当向表中添加新记录时，Access 不再使用已删除的______类型字段数值。

17．向货币数据类型字段输入数据时，不必输入美元符号和______。

18．某学校学生的学号由 9 位数字组成，其中不能包含空格，则学号字段正确的输入掩码是______。

19．在数据表视图下向表中输入数据，在未输入数值之前，系统自动提供数据对应字段的属性是______。

20．如果表中一个字段不是本表的主码，而是另外一个表的主码或候选码，这个字段称为______。

第5章　查询的设计与应用

本章要点

- 认识 Access 2003 中的查询种类。
- 掌握不同查询的建立方法。
- 查询准则的设计。
- SQL 查询语句的使用。
- 使用查询操作表或表中数据。

查询是进行数据检索并对数据进行分析、计算、更新及其他加工处理的数据库对象。查询是通过从一个或多个表中提取数据并进行加工处理而生成的，查询结果可以作为窗体、报表或数据访问页等其他数据库对象的数据源。利用查询可以选择一组满足指定条件的记录，还可以将不同表中的信息组合起来，提供一个相关数据项的统一视图。本章从查询的种类与应用着手，对查询的建立方法、查询条件、查询设计、SQL 查询以及查询操作进行专门的介绍。

5.1　查询的种类与应用

创建了数据库之后，就可以对其中的表进行各种管理工作，其中最重要的操作就是查询。查询是数据浏览、数据重组、统计分析、编辑修改、输入输出等操作的基础。Access 提供了多种查询工具，通过这些工具，可以方便地创建和执行查询，并通过查询完成其他工作。

在设计一个数据库时，为了节省存储空间，常常把数据分类，并分别存放在多个表里。尽管在数据表中可以进行许多操作，如浏览、排序、筛选和更新等，但很多时候还是需要检索一个或多个表（或查询）中符合条件的数据，将这些数据集合在一起，执行浏览、计算等各种操作。查询实际上就是将这些分散的数据再集中起来。使用查询可以执行一组选定的数据记录集合，虽然这个记录在数据库中实际上并不存在，只是在运行查询时，Access 才从数据源表中提取数据创建它，但正是这个特性，使查询具有了灵活方便的数据操纵能力。

查询的基本作用如下：

（1）通过查询浏览表中的数据，分析数据或修改数据。

（2）利用查询可以使用户的注意力集中在自己感兴趣的数据上，而将当前不需要的数据排除在查询之外。

（3）将经常处理的原始数据或统计计算定义为查询，可大大简化数据的处理工作。用户不必每次都在原始数据上进行检索，从而提高了整个数据库的性能。

（4）查询的结果集可以用于生成新的基本表，可以进行新的查询，还可以为窗体、报表以及数据访问页提供数据。由于查询是经过处理的数据集合，因而适合于作为数据源，通过窗体、报表或数据访问页提供给用户。

5.1.1 查询的种类

在 Access 中，可以创建 5 种类型的查询，即选择查询、参数查询、交叉表查询、操作查询和 SQL 查询，其中操作查询和 SQL 查询是在选择查询的基础上创建的。

1. 选择查询

选择查询是最常见的查询类型，它从一个或多个表中检索数据，在一定条件下，还可以更改相关表（数据源）中的记录。选择查询中可以对记录进行求和、计数以及求平均值等多种类型的计算，也可以分组进行这些运算。

2. 参数查询

参数查询是一种特殊的选择查询。是将选择查询的条件设置成一个带有参数的“通用条件”，在运行查询时，由用户指定参数值，也就是说，参数查询会在执行时弹出对话框，提示用户输入必要的信息（参数），然后按照基于指定参数的条件进行检索。例如，可以设计一个参数查询，以对话框来提示用户输入两个日期，然后检索这两个日期之间的所有记录。

参数查询便于作为窗体和报表的基础。例如，以参数查询为基础创建月盈利报表。打印报表时，Access 显示对话框询问所需报表的月份。用户输入月份后，Access 便打印相应的报表。也可以创建自定义窗体或对话框，来代替使用参数查询对话框提示输入查询的参数。

3. 交叉表查询

交叉表查询用于计算并重新组织数据的结构，以便更好地观察和分析数据。交叉表查询可以在一种紧凑的（类似于 Excel 的数据透视表）的格式中，显示数据源中指定字段的合计值、计算值、平均值等。交叉表查询将这些数据分组，一组列在数据表的左侧，一组列在数据表的上部。

注意： 可以使用数据透视表向导来按交叉表形式显示数据，无须在数据库中创建单独的交叉表查询。

4. 操作查询

操作查询除具有从数据源中抽取记录的功能之外，还具有更改记录的功能。也就是说，可以在操作查询中设置条件，更改数据源中符合条件的记录。操作查询可以分为删除查询、更新查询、追加查询和生成表查询 4 种类型。

（1）删除查询：从一个或多个表中删除一组记录。例如，可以使用删除查询来删除没有订单的产品。使用删除查询，将删除整个记录而不只是记录中的一些字段。

（2）更新查询：对一个或多个表中的一组记录进行批量更改。例如，可以给某一类雇员增加 5%的工资。使用更新查询，可以更改表中已有的数据。

（3）追加查询：将一个（或多个）表中的一组记录添加到另一个（或多个）表的尾部。例如，获得了一些包含新客户信息表的数据库，利用追加查询将有关新客户的数据添加到原有“客户”表中即可，不必手工输入这些内容。

（4）生成表查询：可以将查询的结果转存为新表。

5. SQL 查询

SQL（Structured Query Language）是一种结构化查询语言，是数据库操作的工业化标准语言，使用 SQL 语言可以对任何数据库管理系统进行操作。SQL 查询是使用 SQL 语言创建的各种查询。

在查询设计视图中创建查询时，Access 将在后台构造等效的 SQL 语句，大多数查询功能也都可以使用 SQL 语句中等效的子句或选项来实现，因此，可以通过直接输入 SQL 语句（在 SQL 视图中）的方式来设计查询。

还有一些无法在查询设计视图中创建的 SQL 查询，称为“SQL 特定查询”，包括联合查询、传递查询、数据定义查询和子查询。

（1）联合查询：将来自多个表或查询中的相应字段（列）组合为查询结果中的一个字段（使用 UNION 运算符合并多个选择查询的结果）。例如，如果每月都有 6 个销售商发送库存货物列表，可使用联合查询将这些列表合并为一个结果记录集，然后基于这个联合查询创建一个生成表查询来生成新表。

（2）传递查询：用于直接向 ODBC 数据库服务器发送命令。通过使用传递查询，可以直接使用服务器上的表，而不用让 Microsoft Jet 数据库引擎处理数据。

（3）数据定义查询：包含数据定义语言语句的 SQL 特定查询。这些语句可用来创建或更改数据库中的表及其他对象。

（4）子查询：包含在另一个选择查询或操作查询之内的 SQL Select 语句。

对于传递查询、数据定义查询和联合查询，必须直接在 SQL 视图中输入 SQL 语句创建。对于子查询，可以在查询设计网格的“字段”行或“条件”行输入 SQL 语句创建。

5.1.2　查询的应用

查询的应用主要有如下几个方面。

1. 选择字段

在查询中，可以只选择表中的部分字段。例如，对于学生表，只选择学生学号、姓名、性别、院系和专业建立一个查询。利用这一查询功能，可以通过选择一个表中的不同字段生成所需的多个表。

2. 选择记录

根据指定的条件查询表中的记录。例如，在学生表中，可以创建一个只显示专业为“计算机科学与应用”的学生信息。

3. 编辑记录

编辑记录主要是添加记录、修改记录和删除记录等。可以利用查询添加、修改和删除表中的记录。例如，根据入学日期，将已毕业的学生从学生表中删除。

4. 实现计算

可以在查询中进行各种统计计算，如计算某门课的平均成绩、最高分、最低分、合格人数。还可以建立一个计算字段来保存计算结果。

5. 利用查询的结果生成窗体或报表

要从一个或多个表中选择合适的数据显示在窗体和报表中，可以先基于一个或多个表创建查询，然后，以查询的结果作为窗体或报表的数据源。

6. 利用查询的结果创建表

利用查询的结果可以建立一个新表。例如，可以利用查询将学生表中的“系别”为“计算机系”的学生记录存放到一个新表中。

总之，可以利用查询查看指定的字段，显示特定条件的记录。如果需要，可以将查询的结果保存起来，也可以将其作为窗体或报表的数据来源。

5.2 查询的建立方法

创建查询的方法主要有使用查询向导和查询设计视图两种。使用查询向导是利用提示指导用户完成创建查询的工作，而使用查询设计视图，不仅可以完成查询设计，也可以修改已有的查询，而且设计视图的功能更丰富和更强大。

5.2.1 使用查询向导

简单查询是应用最广泛的一种查询，它可以从一个或多个表、查询中查找相关记录。使用简单查询向导创建的查询具有以下特点：

- 不能添加选择准则或者指定查询的排序次序。
- 不能改变查询中字段的次序，字段将一直以第一个向导对话框中添加它们时的顺序出现。
- 如果所选的字段中有一个或者多个数字字段，该向导允许放置一个汇总查询，显示数字字段的总计值、平均值、最小值或者最大值。在查询结果集中还可以包含一个记录数量的计数。
- 如果所选的一个或者多个字段为“日期/时间”数据类型，则可以指定按日期范围分组，汇总查询一天、一月、一季或一年。

1. 简单查询向导

下面介绍以学生、课程和选课成绩表为数据源，利用向导创建学生成绩查询。

（1）在数据库窗口中，选择【查询】对象，双击【使用向导创建查询】，系统打开【简单查询向导】的第一个对话框，如图 5.1 所示。

（2）在【表/查询】下拉列表框中选择【表：学生】，学生表的所有字段都将出现在【可用字段】列表框中。

（3）在【可用字段】列表框中选择查询字段，例如，选择学生编号、姓名并单击>按钮将其添加到【选定的字段】列表框中，也可以通过双击字段将其添加到【选定的字段】列表框中。重复步骤（2）和（3），完成“课程”表的“课程名称”和“选课成绩”表的“成绩”字段的添加。

（4）单击【下一步】按钮，打开第二个向导对话框，选择是使用明细查询还是使用汇总查询。明细查询可以显示每条记录的每个字段，汇总查询可以计算字段的总值、平均值、最小值、最大值和记录数等。采用默认设置，选择【明细（显示每个记录的每个字段)】单选按钮，如图 5.2 所示。

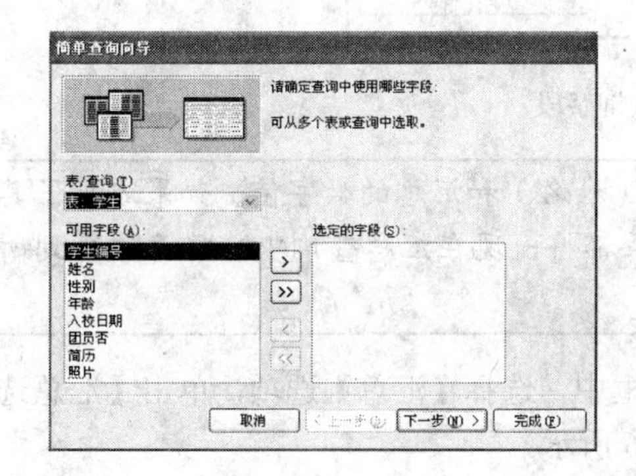

图 5.1　【简单查询向导】步骤之一

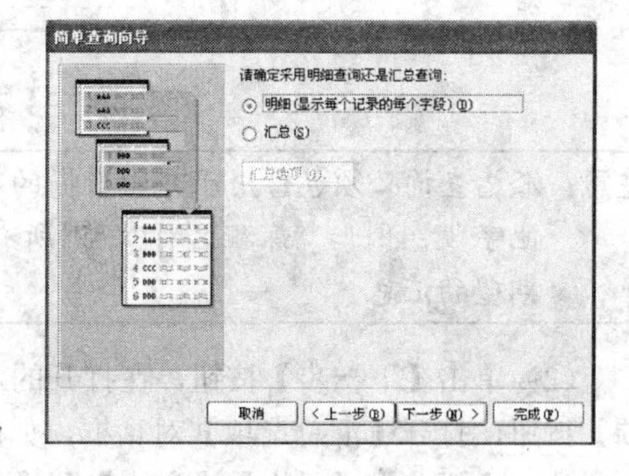

图 5.2　【简单查询向导】步骤之二

（5）单击【下一步】按钮，打开最后一个对话框，如图 5.3 所示。

在【请为查询指定标题】文本框中，输入查询名字“学生成绩查询”，单击【完成】按钮，在数据表视图中显示查询结果，如图 5.4 所示。

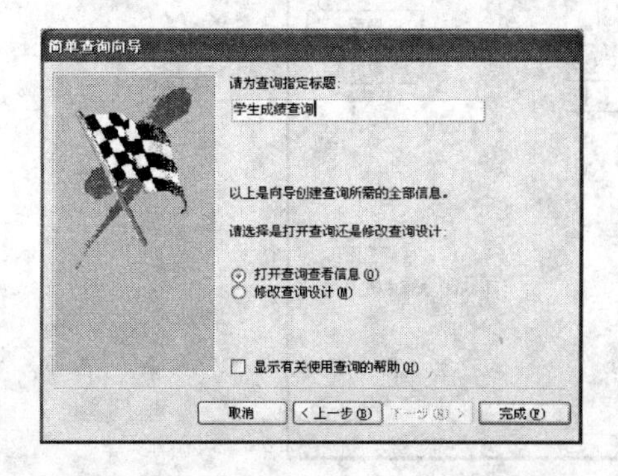

图 5.3　【简单查询向导】步骤之三

学生成绩查询 : 选择查询

学生编号	姓名	课程名称	成绩
980102	刘力	计算机基础	77
980102	刘力	英语	96
980102	刘力	高等数学	88
980104	刘洪	计算机基础	75
980104	刘洪	英语	67
980104	刘洪	高等数学	77
980301	王海	计算机基础	56
980301	王海	英语	58
980302	李海亮	计算机基础	70
980302	李海亮	高等数学	80
980303	李元	英语	60
980303	李元	中药学	80
980307	王鹏	中药学	74
980307	王鹏	中医学	85
980308	丛古	计算机基础	60
980309	张也	高等数学	65

记录: 1 共有记录数

图 5.4　查询结果

2. 向导的汇总查询

下面介绍如何查询每位同学的选课门数、总成绩、平均成绩、最低成绩和最高成绩。

（1）在【表/查询】下拉列表框中选择【表：学生】项，添加学生表的“姓名”字段到【选定的字段】列表框中；在【表/查询】下拉列表框中选择【表：选课成绩】项，添加选课成绩表的“成绩”字段到【选定的字段】列表框中，如图 5.5 所示。

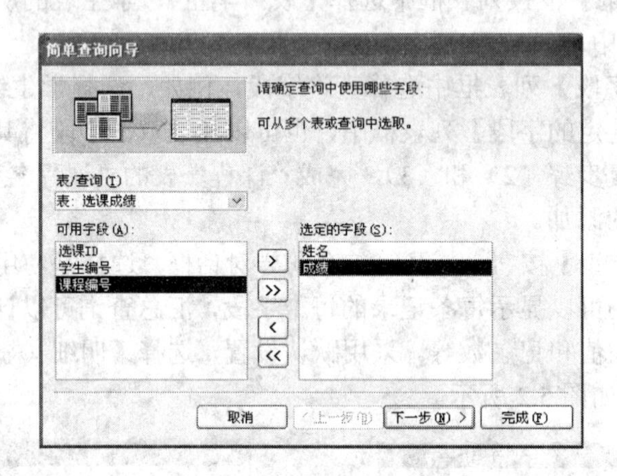

图 5.5 选择查询字段

注意： 汇总查询必须包含用于分组数据的字段（姓名）和汇总的数字值。如果添加了其他字段，例如“课程名称”，则所有记录都将出现在汇总查询中，将无法得到所期望的汇总。

（2）单击【下一步】按钮，在打开的对话框中，选择【汇总】选项，单击【汇总选项】按钮，打开【汇总选项】对话框，如图 5.6 所示。

选中【汇总】、【平均】、【最小】和【最大】复选框，分别计算学生的总成绩、平均成绩、最低成绩和最高成绩。选中【统计 选课成绩 中的记录数】复选框，为分组查询添加一列，提供记录计数。

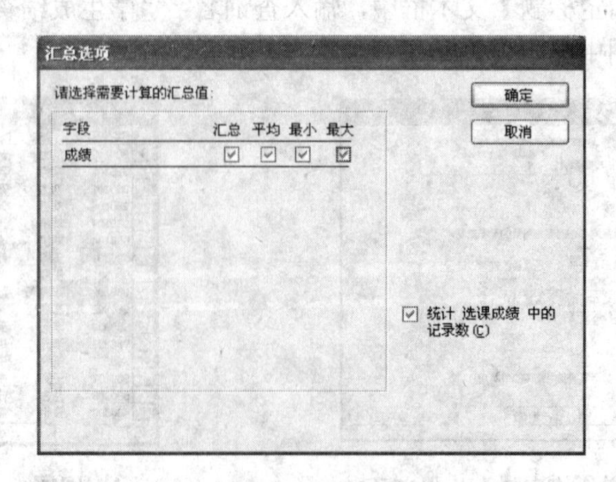

图 5.6 【汇总选项】对话框

（3）单击【确定】按钮，返回第二个向导对话框，然后单击【下一步】按钮，转向第三个向导对话框，为查询命名。

（4）单击【完成】按钮，执行该汇总查询。查询结果如图5.7所示。

学生 查询 : 选择查询

姓名	成绩 之 总计	成绩 之 平均值	成绩 之 最小值	成绩 之 最大值	选课成绩之计数
陈诚	130	65	58	72	2
丛古	60	60	60	60	1
崔一南	160	80	74	86	2
李海亮	150	75	70	80	2
李元	140	70	60	80	2
刘洪	219	73	67	77	3
刘力	261	87	77	96	3
马骑	172	86	82	90	2
王海	114	57	56	58	2
王鹏	159	79.5	74	85	2
文清	170	56.6666666667	45	64	3
吴东	108	54	50	58	2
严肃	163	81.5	78	85	2
张佳	175	58.3333333333	45	74	3
张也	155	77.5	65	90	2

记录: 1 共有记录数: 15

图5.7　汇总查询结果

5.2.2　使用查询设计器

使用简单查询向导有很大的局限性，最好的查询方法是在Access 2003的图形化查询设计窗口中设计查询。查询设计视图是Access最为强大的功能特征之一。

在Access 2003中，查询有3种视图：设计视图、数据表视图和SQL视图。使用设计视图，不仅可以创建各种类型的查询，而且可以对已有的查询进行修改。例如，要打开利用向导创建的“学生成绩查询”，可在数据库窗口中选中该查询，然后单击工具栏中的【设计】按钮，结果如图5.8所示。

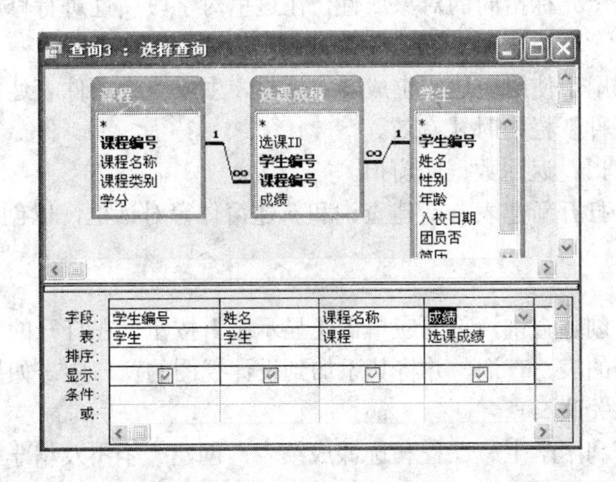

图5.8　查询设计视图

1. 查询设计视图

设计视图的窗口分两部分，上半部分显示查询所使用的表对象，下半部分定义查询设计的表格。

- 字段：选择查询中要包含的表字段。
- 表：选择字段的来源表。
- 排序：定义字段的排序方式。
- 显示：设置是否在数据表视图中显示所选字段。
- 条件：设置字段的查询条件。
- 或：用于设置多条件之间的或条件。

2. 查询设计视图的工具栏

查询设计视图的工具栏如图 5.9 所示。

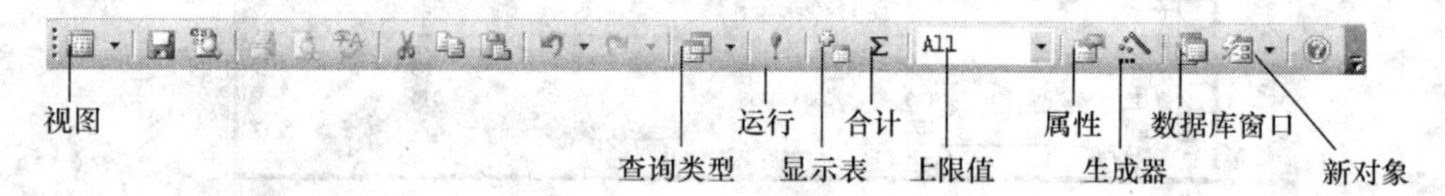

图 5.9 设计视图工具栏

- 视图：可以在查询的 3 个视图之间切换。
- 查询类型：可以在选择查询、交叉表查询、生成表查询、更新查询、追加查询和删除查询之间切换。
- 运行：执行查询，以数据表视图的形式显示结果。
- 显示表：打开显示表对话框，列出当前数据库中所有的表和查询，可以选择查询要使用的对象。
- 合计：在查询设计中增加“总计”行，用于进行各种统计计算。
- 上限值：对查询结果的显示进行约定，并在文本框中指定所要显示的范围。
- 属性：显示光标指向的对象属性，在这里对字段属性进行修改，不会反映到数据表中。
- 生成器：用于使用表达式生成器对话框，生成查询条件表达式，该按钮当光标处于【条件】栏中时才有效。
- 数据库窗口：返回数据库窗口。
- 新对象：打开新建表、新建查询和新建窗体等对话框，以创建相应的对象。

3. 创建查询

在设计视图中创建查询，首先应单击【显示表】按钮，在打开的【显示表】对话框中选择查询所依据的表、查询，并将其添加到设计视图的窗口中。如果选择多个表，多个表之间应先建立关联。

下面介绍如何利用学生、课程和选课成绩表，创建一个不及格学生的成绩查询。

（1）在【显示表】对话框中，把学生、课程和成绩表添加到设计视图的窗口中。

（2）依次拖入或在【字段】行中选择“姓名”、“课程名称”和“成绩”字段。

（3）在【成绩】列中的【条件】行中输入条件“<60”。设计结果如图 5.10 所示。

（4）单击工具栏中的【运行】按钮。查询结果如图 5.11 所示。

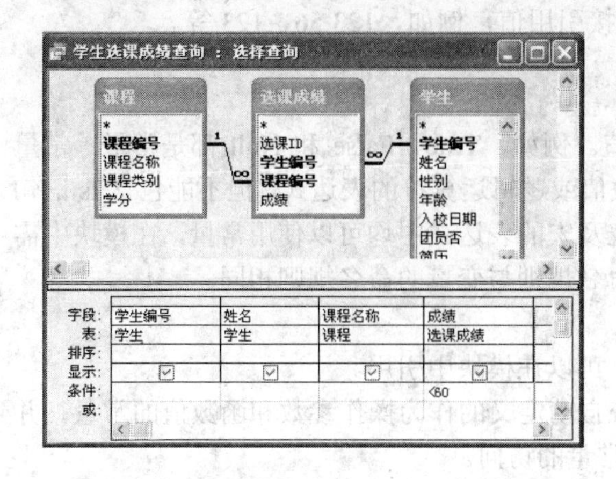

学生选课成绩查询 ：选择查询

	学生编号	姓名	课程名称	成绩
▶	980301	王海	计算机基础	56
	980301	王海	英语	58
	990401	吴东	高等数学	58
	990401	吴东	中医学	50
	980312	文清	高等数学	45
	980314	张佳	计算机基础	56
	980314	张佳	护理学	45
	980315	陈诚	高等数学	58
*				

记录: 1 共有记录数

图 5.10　学生选课成绩查询设计视图　　　　图 5.11　学生选课成绩查询运行结果

如果生成的查询不满足要求，可以单击【视图】按钮，返回设计视图进行修改。关闭设计视图窗口时，系统会要求输入查询名称，可以选择一个符合查询特征的名字，以保存查询对象，便于以后的使用。

5.3 查询条件

在实际应用中，用户的查询并非只是简单的查询，往往需要指定一定的条件，使查询结果中仅包含满足查询条件的记录。例如，查找中医系的张姓学生，这种带条件的查询需要通过设置查询条件来实现。查询条件是运算符、常量、字段值、函数以及字段名和属性等的任意组合，能够计算出一个结果。了解查询条件的组成及书写方法，对建立条件查询非常重要。

前面介绍的查询中，查询方式是根据查询准则检查表中的字段值是否相匹配，但在实际查询中往往需要对原有的数据进行适当的加工，以便显示实际需要的结果。例如在“学生期末考试成绩表”中，要查询每名学生的平均成绩、总评成绩、单科的班级平均成绩等，就需要使用表达式与函数进行计算，除此之外，数据库的其他对象也经常要用到表达式。

5.3.1 表达式

要想使用 Access 2003 数据库中的表达式，首先要清楚什么是常数、常量、变量和如何使用 Access 2003 的表达式。

1. 常数

通常可以在表达式中使用常数，也可以在用来编写 Access 模块的 VBA 语句中将它赋给常量和变量。在具体应用中，日期型的常数需要用界限符（#）括起来，例如，#2003-10-10#；字符型常数要用单引号（' '）或双引号（" "）括起来（单引号和双引号必须是半角的符号）；数值型常数可以直接引用值，例如，123.56、123 等。

2. 常量

常量代表固定不变的数值或字符串值。例如，True、False 和 Null 都是常量。常量可以代表单个字符串、数值、任何包含数值或逻辑运算符的表达式，但不能包含 Is 语句和乘幂运算符。在表、查询、窗体、报表及宏的表达式中均可以使用常量，在模块中需要使用 Const 语句来声明常量。常量的命名规则与变量的命名规则相同。

Access 2003 系统支持 3 类常量。

- 符号常量：用 Const 语句说明，可以在模块中引用。
- 固有常量：是 Access 2003 系统自动定义的作为操作参数和函数值的常量，并提供了对 VB、VBA、DAO 库常量的访问。
- 系统定义常量：True、False 和 Null。

3. 变量

变量是指命名的存储空间，用于存储在程序执行过程中可以改变的数据。有关变量的详细内容将在后续章节介绍。

4. 表达式

用运算符将常数、常量、变量、函数以及字段名、控件和属性等连接起来的式子称为表达式，表达式将计算出一个单个值。可以将表达式作为许多属性和操作参数的设置值；可以利用表达式在查询中设置条件（搜索条件）或定义计算字段；还可以利用表达式在窗体、报表和数据访问页中定义计算控件，以及在宏中设置条件。在 Access 2003 中，可以使用表达式来定义检查约束。

Access 2003 系统提供了算术运算、关系（比较）运算、连接运算和逻辑运算 4 种基本运算表达式。

1）算术运算表达式

算术运算符，包括+、−、*、/，也就是常用的四则运算符。算术运算符仅用于数值运算并且必须有两个数值运算数。

在查询中使用的计算字段就需要用到算术运算表达式。

下面介绍如何利用“学生期末考试成绩表”查询每位同学的总成绩和平均成绩。

（1）打开“教学管理”数据库，进入查询的设计视图。

（2）在【显示表】对话框中，把学生、课程和成绩表添加到设计视图的窗口中。

（3）依次拖入或在【字段】行中选择“姓名”、“课程名称”和“成绩”字段。

（4）在字段行中加入一列计算新成绩。由于新成绩并不是表中字段，在此要使用如下格式定义：

```
新成绩：成绩*0.9
```

查询的设计视图如图 5.12 所示。

（5）选择【查询】|【运行】命令，即显示查询结果，如图 5.13 所示。

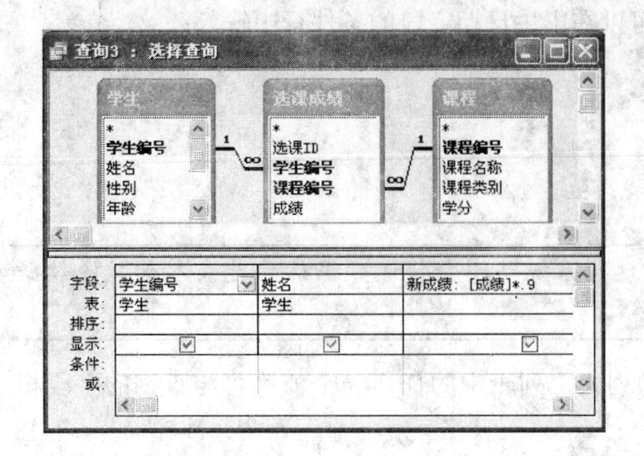

图 5.12　设计视图

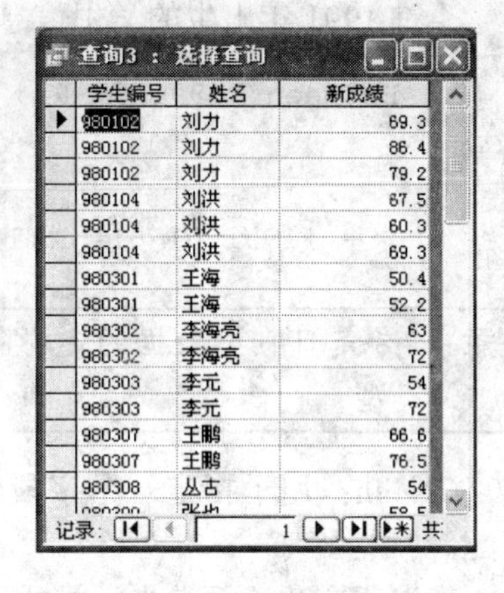
查询3 ：选择查询

学生编号	姓名	新成绩
980102	刘力	69.3
980102	刘力	86.4
980102	刘力	79.2
980104	刘洪	67.5
980104	刘洪	60.3
980104	刘洪	69.3
980301	王海	50.4
980301	王海	52.2
980302	李海亮	63
980302	李海亮	72
980303	李元	54
980303	李元	72
980307	王鹏	66.6
980307	王鹏	76.5
980308	丛古	54

记录: 1 共

图 5.13　查询结果

2）关系运算表达式

关系运算符包括>、<、>=、<=、<>。用关系运算符连接的两个表达式构成关系表达式，结果为一个逻辑值 True 或者 False。

3）连接运算表达式

连接运算符包括&和+。连接运算符具有连接字符串的功能。

4）逻辑运算表达式

逻辑运算符包括 And、Or、Not。逻辑运算主要用于对真、假进行判断。And 表示两个操作数都为 True 时，表达式的值才为 True；Or 表示两个操作数只要有一个为 True，表达式的值就为 True；Not 表示取操作数的相反值。

例如，查询会计系的学生党员与查询会计系学生及全院学生党员，可分别设定如下条件：

```
政治面貌="党员" And 系别="会计系"
政治面貌="党员" Or 系别="会计系"
```

在学生表中查询不是男生的记录，可以在“性别”字段的条件行中输入：

```
Not -1(等价于<>-1)
```

因为性别字段的类型为是/否型，−1 表示“是”，我们约定为男；0 表示“否”，我们约定为女。

5）其他运算表达式

其他的 Access 2003 运算符与比较运算有关，这些运算符根据字段中的值是否符合这个运算符的限定条件返回 True 或 False。

（1）Between…And…：用于指定一个字段值的取值范围，指定的范围之间用 And 连接。

在学生期末考试成绩表中，查找所有“大学英语”成绩在 70～90 之间的学生，可以在“大学英语”字段条件行中输入：

```
Between 70 And 90
```

查询 1991 年出生的学生信息，可以在出生日期字段的条件行中输入：

```
Between #1991-01-01# and #1991-12-31#
```

或者

```
>= #1991-01-01# And <=# 1991-12-31#
```

注意：#号是日期型数据的定界符，这样系统就不会将该数据认为是文本或其他数据类型。

（2）In：用于指定一个字段值的列表，列表中的任何一个值都可与查询的字段相匹配。

查询所有政治面貌为党员或团员的学生，可以在政治面貌字段的条件行中输入：

```
In("党员","团员") 或 "党员" Or "团员"
```

上面两种用法是等价的，当表达式中包含的值较多时，使用 In 运算符会使表达式更简洁，意义也更明确。

（3）Is：指定所在字段中是否包含数据，Is Null 表示查找该字段没有数据的记录，Is Not Null 表示查找该字段有数据的记录。

查询所有大学英语无成绩的学生，可以在大学英语字段的条件行中输入：

```
Is Null
```

（4）Like：查找相匹配的文字，用通配符来设定文字的匹配条件。

Access 2003 提供了如下通配符。

- ?：代表任意一个字符。
- *：代表任意多个字符。
- #：代表任意一个数字位（0～9）。
- [字符表]：代表在字符表中的单一字符。
- [!字符表]：代表不在字符表中的单一字符。

可以使用一对方括号为字符串中该位置的字符设置一个范围，如[0-9]、[a-z]、[!a-z]等，连字符“-”用于分隔范围的上下界。例如

```
Like "AV??"             '以 AV 开始的连续 4 个字符，后 2 位为任意字符
Like "李*"              '以李开头的所有字符串
Like "A[b-f]###"        '以 A 开头，后跟 b～f 之间的一个字母和 3 个数字
Like "?[!3-8][A-P]*"    '第一个字符为任意字符，第二个为非 3～8 的任意字符，
                         第三个为 A～P 之间的一个字母，其后为任意字符串
```

5.3.2 标准函数

表达式不但可以使用数学运算符，还可以使用 Access 2003 内置函数。系统提供了大量的标准函数，如数值函数、字符函数、日期时间函数和统计函数等。这些函数为用

户设计查询条件提供了极大的便利，也为进行统计计算、实现数据处理提供了有效的方法。

常用函数请参见附录 A。在此仅简单介绍常用的统计函数。

1. 求和函数

格式：Sum（<字符串表达式>）

功能：返回字段中值的总和。

说明："字符串表达式"可以是一个字段名（数值类型），或者是含有数值类型字段的表达式。

例如，有一个"单价"字段和一个"数量"字段，求总价。可以用 Sum 函数计算其总价：Sum（单价*数量）。

2. 求平均函数

格式：Avg（<字符串表达式>）

功能：求数值类型字段的平均值。

说明：

（1）"字符串表达式"可以是一个字段名（数值类型），或者是含有数值型字段的表达式。

（2）Avg 不计算任何 Null 值字段。

例如，设有一个"成绩"字段，可用 Avg（成绩）求平均分。

3. 统计记录个数函数

格式：Count（<字符串表达式>）

功能：统计记录个数。

说明：

（1）"字符串表达式"可以是一个字段名（数值类型），或是含有数值型字段的表达式。

（2）当用格式 Count（*）时，将统计所有记录的个数，包括有 Null 值字段的记录。

例如，Count（姓名）（其中"姓名"为字段名）。统计姓名字段不是 Null 值的所有记录的个数。

4. 最大、最小值函数

格式：Max（<字符串表达式>）

　　　Min（<字符串表达式>）

功能：返回一组指定字段中的最大、最小值。

说明："字符串表达式"可以是一个字段名（数字类型），或者是含有数字型字段的表达式。

例如，有一个"成绩"字段，可以用 Max（成绩）求该字段中的最高分，用 Min（成绩）求该字段中的最低分。

在查询条件设计过程中，灵活运用上面介绍的函数与表达式，对于增强查询的功能、丰富查询的应用非常重要。

5.4 查 询 设 计

在实际应用中，需要创建的查询多种多样，本节将重点介绍条件选择查询、交叉表查询、参数查询及 4 种操作查询的设计。

5.4.1 条件选择查询

使用 Access 2003 提供的向导可以方便地创建基于一个或多个表的不带条件的查询。但在日常应用中，需要建立的查询往往带有一定的条件。例如，查找中医系 2009 年入学的中医专业的学生。这种查询需要通过设计视图来创建，在设计视图的“条件”行输入查询条件。

下面介绍如何查询中医系 2009 年入学的中医专业的学生，显示学生编号、姓名、性别、入学日期和系别。

（1）在“教学管理”数据库窗口中，单击【查询】对象，然后双击【在设计视图中创建查询】项，系统将打开如图 5.14 所示的查询设计视图，同时在此视图上面还出现一个【显示表】对话框。

（2）在【显示表】对话框中，把学生表添加到设计视图上半部分的窗口中。

（3）分别双击“学生编号”、“姓名”、“性别”、“入校日期”和“系别”等字段，这时 5 个字段将依次显示在【字段】行上的第 1 列到第 5 列中，同时，【表】行将显示出这些字段所在表的名称，【显示】行复选框均选中，代表查询结果中显示这些字段。但由于查询要求显示的字段并没有“专业”字段，该字段仅作为查询的一个条件，所以应取消选中“专业”字段【显示】行上的复选框，结果如图 5.15 所示。

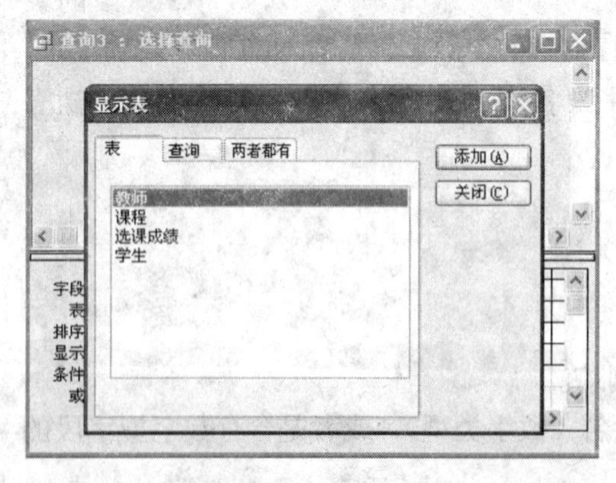

图 5.14 查询设计视图

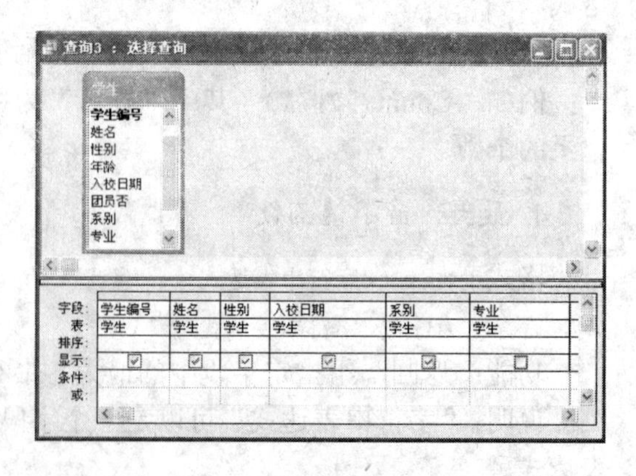

图 5.15 设置查询字段

（4）在“入校日期”字段列的【条件】行中可以输入以下等价条件：

```
Year([入学日期]) = 2009
```

或者

```
Between #2009-1-1# And #2009-12-31#
```

或者

```
>= #2009-1-1# And <= #2009-12-31#)
```

在“系别”和“专业”字段列的【条件】行中分别输入条件：“中医”和“中医”。设计结果如图 5.16 所示。

> **注意：** 在查询表达式中使用字段名，要用方括号（[]）括起来，运算符与引号等要用西文字符。

（5）单击工具栏中的【保存】按钮，在出现的【另存为】对话框中，命名查询为“学生信息查询”，然后单击【确定】按钮，保存创建的查询。可以用多种方式运行该查询，查看查询结果。

设计查询，要正确理解查询条件。在上面建立的查询中，涉及 3 个条件，查询结果要求同时满足 3 个条件，即是与（and）条件，所以条件均写在【条件】行上。若希望查询中医专业或者 2009 年入学的学生，就要使用【或】行，查询设计视图结果如图 5.17 所示。

如果生成的查询不满足要求，可以单击视图按钮，返回设计视图进行修改。

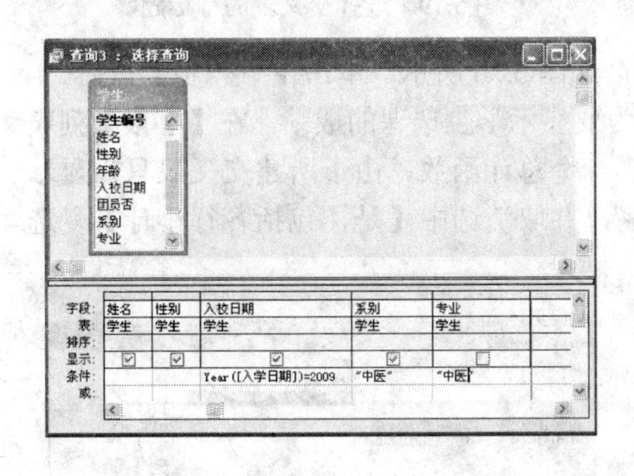

图 5.16　学生信息查询设计视图

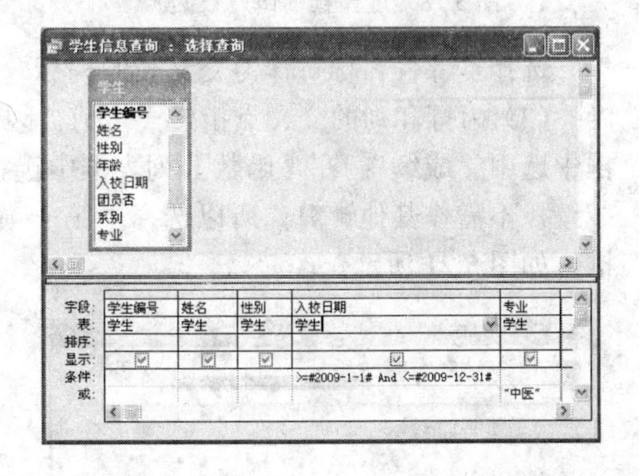

图 5.17　使用“或”条件

5.4.2　交叉表查询

交叉表查询以行和列的字段作为标题和条件选取数据，并在行与列的交叉处对数据进行汇总、统计计算等。设计交叉表查询，需要指定 3 种字段：一是放在数据表最左端的行标题，它把某一字段或相关的数据放入指定的一行中；二是放在数据表最上边的列标题，它对每一列指定的字段或表进行统计，并将统计结果放在该列中；三是放在数据表行与列交叉位置上的字段，需要为该字段指定一个总计项，如 Sum、Avg 和 Count 等。对于交叉表查询，只能指定一个总计类型的字段。

1. 使用向导创建交叉表查询

下面介绍建立学生选课成绩交叉表查询的操作步骤。

（1）在“教学管理”数据库窗口中，单击【查询】对象，再单击【新建】按钮，在【新建】查询对话框中选择【交叉表查询向导】，打开如图 5.18 所示的【交叉表查询向导】对话框之一。在【视图】选项组中选择【查询】单选按钮，在上方的列表框中选择“学生成绩查询”。

（2）单击【下一步】按钮，在向导对话框之二中选择“姓名”字段作为交叉表的行标题，如图 5.19 所示。单击【下一步】按钮。

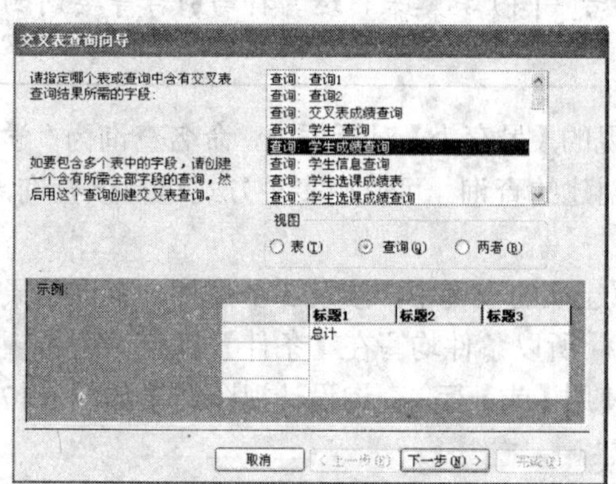

图 5.18　选择查询作为数据源

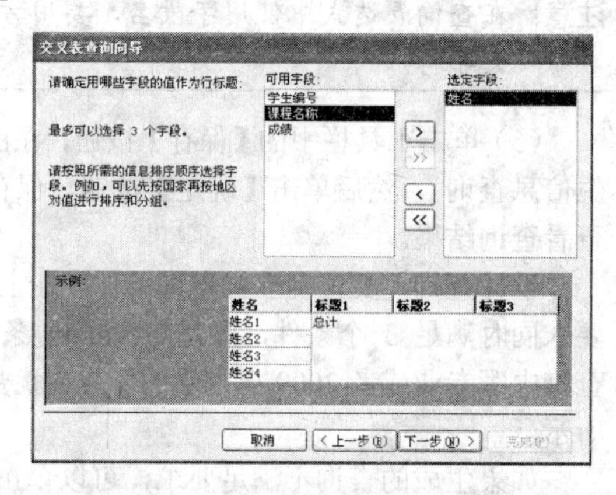

图 5.19　选择交叉表的行标题

选择“课程名称”作为交叉表的列标题，如图 5.20 所示。单击【下一步】按钮。

（3）为行和列的交叉点指定一个值。因为要显示学生选课的成绩，在【字段】列表框中选中“成绩”；在【函数】列表框中选择一个总计函数，由于所建交叉表只需显示成绩，不需作其他计算，所以选择“第一项”，并取消选中【是，包括各行小计】复选框，如图 5.21 所示。

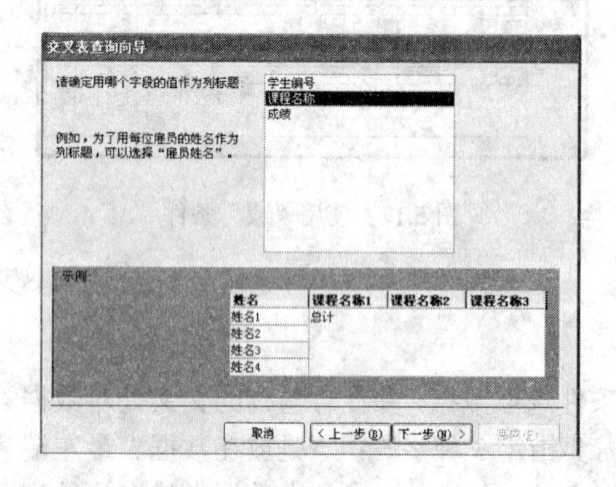

图 5.20　选择交叉表的列标题

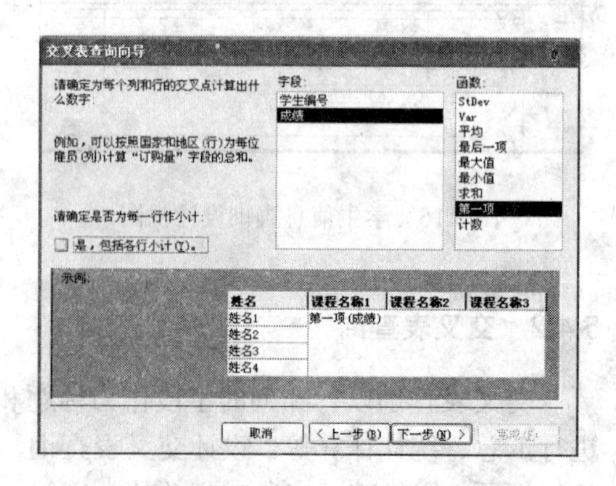

图 5.21　选择交叉表的计算字段

（4）为所创建的交叉表查询指定一个名字，如“交叉表成绩查询”，单击【完成】按钮。创建交叉表查询的运行结果如图 5.22 所示。

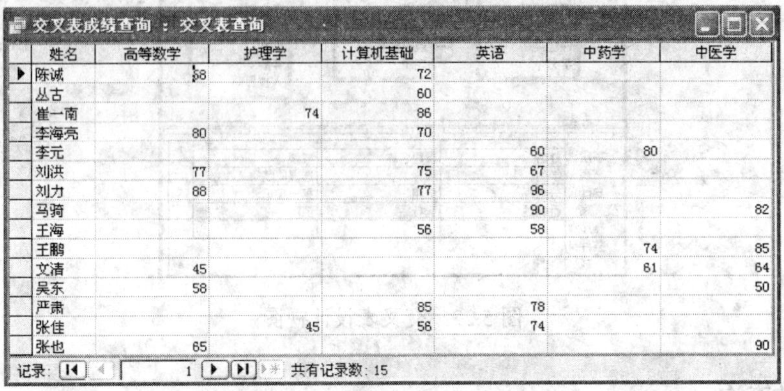

交叉表成绩查询 : 交叉表查询

姓名	高等数学	护理学	计算机基础	英语	中药学	中医学
陈诚	68		72			
丛古			60			
崔一南		74	86			
李海亮	80		70			
李元				60	80	
刘洪	77		75	67		
刘力	88		77	96		
马骑				90		82
王海			56	58		
王鹏					74	85
文清	45				61	64
吴东	58					50
严肃			85	78		
张佳		45	56	74		
张也	65					90

记录: 1 共有记录数: 15

图 5.22　交叉表查询运行结果

注意： 创建交叉表的数据源必须来自一个表或查询。如果数据源来自多个表，可以先建立一个查询，然后再用此查询作为数据源。

2. 在设计视图下创建交叉表查询

使用设计视图，可以基于多个表创建常见交叉表查询。

在“教学管理”数据库中，使用“学生”、“课程”和“选课成绩”表创建一个交叉表查询，使其显示每位学生各门课的成绩。

主要操作步骤如下。

（1）在“教学管理”数据库窗口中，单击【查询】对象，然后双击【在设计视图中创建查询】项，系统将打开查询设计视图，同时显示【显示表】对话框。

（2）在【显示表】对话框中，把“学生”、“课程”和“成绩”表添加到设计视图上半部分的窗口中，然后关闭【显示表】对话框。

（3）分别双击学生表中的“姓名”字段、课程表中的“课程名称”字段和选课成绩表中的“成绩”字段，依次添加到【字段】行的第 1 列到第 3 列。

（4）单击工具栏中的【查询类型】按钮，然后从下拉列表中选择【交叉表查询】命令。

（5）单击“姓名”列的【交叉表】行单元格，选择其下拉列表中的“行标题”选项，使“姓名”放在每行的左边；单击“课程名称”列的【交叉表】行单元格，选择其下拉列表中的“列标题”选项，使“课程名称”放在第一行上；单击“成绩”列的【交叉表】行单元格，选择其下拉列表中的“值”选项，使在行列的交叉处显示成绩数值；单击“成绩”列的【总计】行单元格，选择其下拉列表中的“第一条记录”函数。设计视图结果如图 5.23 所示。

（6）保存与运行创建的交叉表查询，结果与图 5.22 相同。

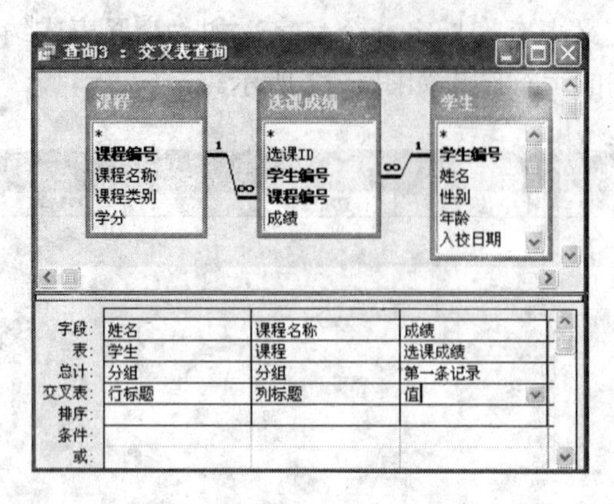

图 5.23 交叉表设计视图

5.4.3 参数查询

参数查询可以在运行查询的过程中根据参数输入值自动设定查询的规则，用户在执行参数查询时会显示一个输入对话框以提示用户输入信息，这种查询叫做参数查询。当需要对某个字段进行参数查询时，首先切换到这个查询的设计视图，然后在作为参数使用的字段下的“条件”单元格中的方括号内输入相应的提示文本，此查询运行时，Access 2003 将显示该提示。参数查询是建立在选择查询或交叉查询的基础之上的，如果希望根据某个或某些字段的不同值来查找记录，就可以使用参数查询。在参数查询中，可以建立单参数查询，也可以建立多参数查询。

以学生、课程和成绩表为数据源，查询某班级、某门课程和某分数之上的学生选课情况。假定学生编号的前 4 位为班级号码。

主要操作步骤如下。

（1）在“教学管理”数据库窗口中，单击【查询】对象，然后双击【在设计视图中创建查询】，打开查询设计视图，同时显示【显示表】对话框。

（2）在【显示表】对话框中，把“学生”、“课程”和“选课成绩”表添加到设计视图上半部分的窗口中，然后关闭【显示表】对话框。

（3）分别双击学生表中的“学生编号”和“姓名”字段、课程表中的“课程名称”字段和成绩表中的“成绩”字段，依次添加到【字段】行的第 1 列到第 4 列。

（4）在【字段】行的第 1 列单元格中，把“学生编号”字段名改为“班级:left（学生!学生编号,4)”，在【条件】行单元格输入“[输入班级:]”。

其含义是：在查询结果中，显示别名“班级”，取每个记录“学生编号”字段值的前 4 位与“输入班级”参数值进行比较，确定是否是要查询的班级。

设计视图结果如图 5.24 所示。

（5）单击工具栏中的【视图】按钮，或单击工具栏中的【运行】按钮，系统将依次显示输入班级的【输入参数值】对话框，可以根据需要输入参数值，查询需要的班级所选课的成绩信息。

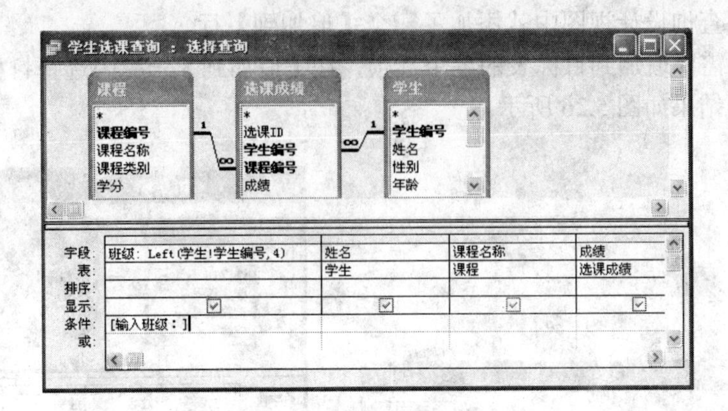

图 5.24　设置单参数查询

注意：在本例中，学生编号的前 4 位代表班级号，为取得班级号，用到了字符串截取函数 Left。

针对本例，也可以设计成多参数查询。对于参数查询，关键是查询条件含义的理解，较之选择查询，参数查询能满足更多的应用要求。

5.4.4　操作查询

操作查询用于创建新表或者修改现有表中的数据。Access 2003 提供的操作查询有以下几种类型。

- 追加查询：把查询结果添加到另一个表，但要注意两者之间的格式与类型要相同。
- 更新查询：根据查询结果集中的行改变表中现有记录的相应字段的值。
- 生成表查询：用查询结果集中的数据创建新表。从表中查询数据要比从查询中访问数据块，如果经常需要从多个表中提取数据，最好的办法是使用生成表查询，即从多个表中提取数据组合起来生成一个新表永久保存。
- 删除查询：用于从表中删除与查询结果集中的行相对应的记录。

1. 创建追加查询

生成表查询用查询选择的字段创建新表结构，然后写入查询记录。而追加查询是对原数据库表进行追加记录的操作，它提供了一个不用到表中就可以增加记录的方法。

利用追加查询将选课成绩在 80～90 分之间的学生追加到已建立的“90 分以上学生情况”表中。

主要操作步骤如下。

（1）打开查询设计视图，将“学生”表和“选课成绩”表添加到窗口中。

（2）单击【查询类型】按钮，从下拉菜单中选择【追加查询】命令。系统会弹出【追加】对话框，如图 5.25 所示。

在【表名称】下拉列表框中输入要追加记录的表：90 分以上学生情况，单击【确定】

按钮，这时，查询设计视图中就添加了一个【追加到】行。

（3）设置需要追加到目标表的各个选项，在【追加到】一栏中选择目标表对应的字段。设计视图结果如图 5.26 所示。

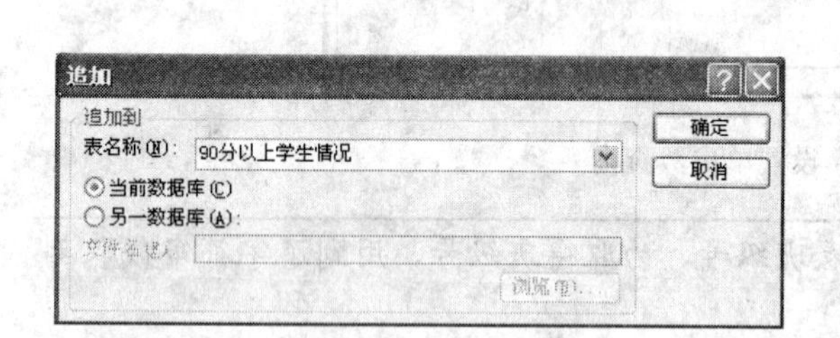

图 5.25 【追加】对话框

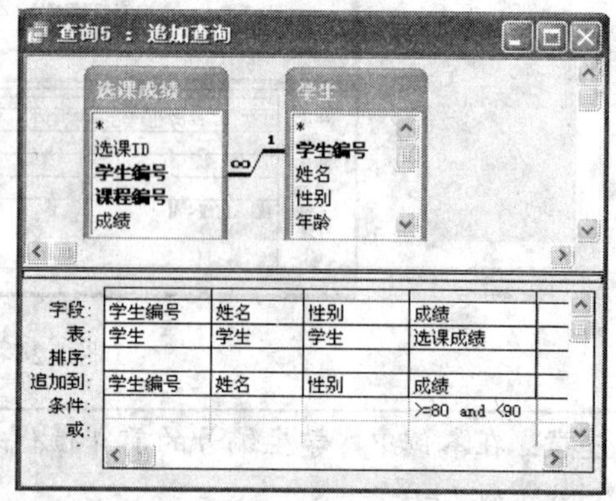

图 5.26 设置追加查询

（4）单击【视图】按钮，可以查看要追加的记录。确认无误后，单击【运行】按钮，系统会弹出追加记录提示框，单击【是】按钮，将选择记录追加到目标表中。

一般情况下，把追加表的字段拖到【字段】行后，系统会自动在【追加到】行给出相对应的字段，也可以选择要追加到的对应字段。

2. 创建更新查询

更新查询可以改变表中记录的数据值。当需要用相同表达式更新许多记录的字段值时，这种查询是很有用的。例如，需要按固定的比率增加或者降低所有产品或某一类特定产品的单位价格等。

要更新的记录就是查询中通过设置条件所查询到的记录。

在选课成绩表中，把所有选课成绩不及格的“成绩”字段值置为 0。

主要设计步骤如下。

（1）打开查询设计视图，将“选课成绩”表添加到窗口中。

（2）单击【查询类型】按钮，从下拉菜单中选择【更新查询】命令，这时，查询设计视图中添加了一个【更新到】行。

（3）单击“选课成绩”字段列表中的“成绩”字段，并将其拖到【字段】行的第 1 列上，在【更新到】一行输入数值：0，在【条件】行输入更新条件：<60。设计视图结果如图 5.27 所示。

（4）单击【视图】按钮，可以查看要更新的记录。确认无误后，单击执行查询按钮，系统会弹出更新提示框，单击【是】按钮，将完成对成绩表中选课成绩不及格记录的“成绩”字段更新。

3. 创建生成表查询

将学生选课成绩在 90 分以上的学生信息保存到一个新表中。

主要操作步骤如下。

（1）打开查询设计视图，将“学生”、“课程”、“选课成绩”表添加到窗口中。

（2）单击【查询类型】按钮或选择【查询】|【生成表查询】命令，打开如图 5.28 所示的【生成表】对话框。

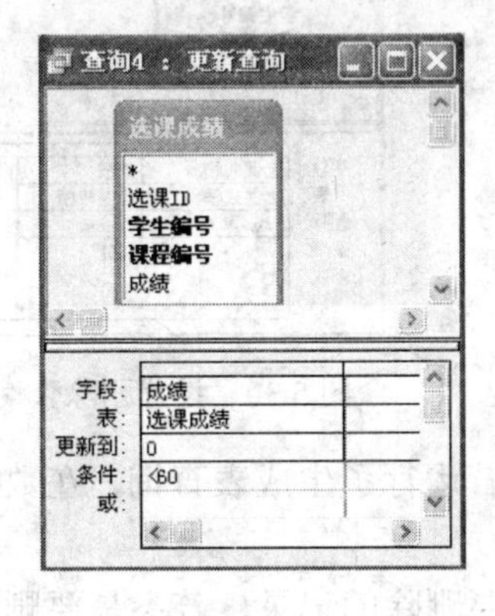

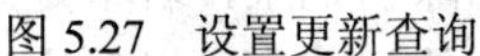
图 5.27　设置更新查询

图 5.28　【生成表】对话框

在对话框中，输入新表的名称，并选择保存到当前数据库还是另一数据库中。

（3）在查询设计视图中设置所需的各个选项，与选择查询设计相同。设计结果如图 5.29 所示。

（4）保存所作的设置，单击【运行】按钮，系统会弹出【创建新表】对话框，通过选择“是/否”向新表粘贴记录，确定是否创建新表。

4. 创建删除查询

删除查询可以从表中删除符合条件的记录，且所做的删除操作无法撤销。删除查询可以从单个表中删除记录，也可以从多个相互关联的表中删除记录。如果要从多个表中删除相关记录，多个表之间必须满足以下条件：在【关系】窗口定义相关表之间的关系，在【关系】窗口中选中【实施参照完整性】复选框与【级联删除相关记录】复选框。

将学生选课成绩在 60 分以下的记录删除。

主要操作步骤如下。

（1）打开查询设计视图，将“选课成绩”表添加到窗口中。

（2）单击【查询类型】按钮，从下拉菜单中选择【删除查询】命令。这时，查询设计视图中添加了一个【删除】行。

（3）单击“选课成绩”字段列表中的“*”号，并将其拖到【字段】行的第 1 列上，第一列将显示“选课成绩.*”，同时，在该字段【删除】单元格中显示 From，表示从何处删除记录。

（4）将“选课成绩”字段拖到“字段”行的第 2 列上，同时，在该字段【删除】单元格中显示 Where，表示要删除哪些记录。在该字段的【条件】单元格中输入条件：<60。设计视图结果如图 5.30 所示。

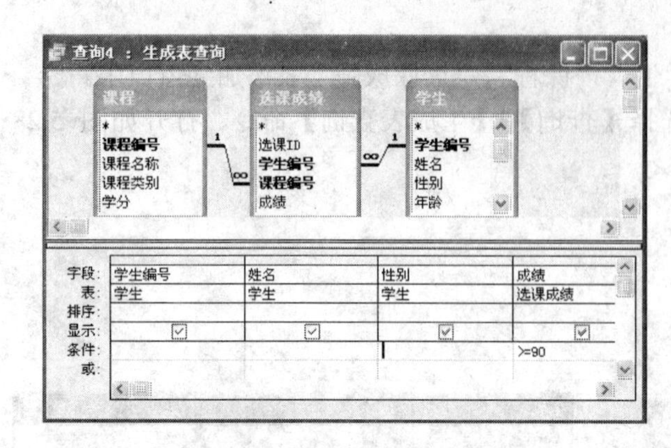

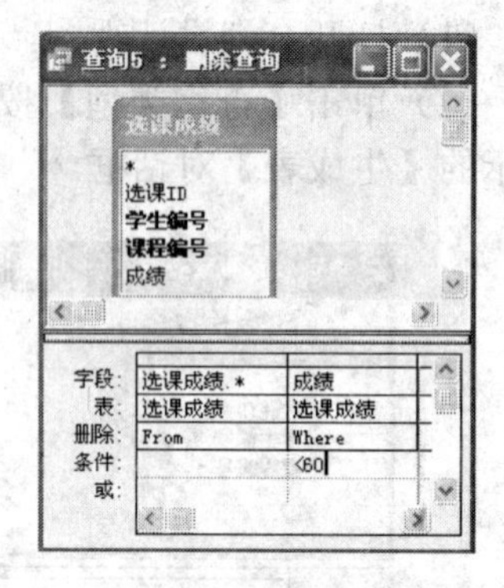

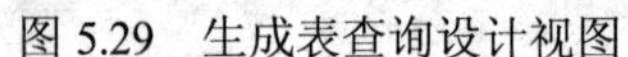
图 5.29 生成表查询设计视图

图 5.30 设置删除查询

也可以先保存查询，以后再运行查询来生成表。若运行了生成表查询，在数据库的表对象中，可以查看所生成的表。

（5）单击工具栏中的【视图】按钮，可以先预览要删除的记录，若不是要删除的记录，可以返回查询设计视图，修改查询条件；若是要删除的记录，可以单击工具栏中的【运行】按钮，这时系统打开【确认删除】对话框，单击【是】按钮，将从成绩表中永久删除查询到的记录。

5.4.5 重复项、不匹配项查询

1. 创建查找重复项查询

在数据表中，除设置为主键的字段不能重复外，其他字段允许有重复值。

在 Access 2003 中，可能需要对数据表中某些具有相同值的记录进行检索、分类。利用系统提供的查找重复项查询向导可以快速完成一个查找重复项查询。

创建查找重复项查询的步骤如下。

（1）在【新建查询】对话框中，选择【查找重复项查询向导】，并在向导对话框中选择查询所基于的表或查询。例如，选择“成绩”表，以查询每门课被学生选修的情况。

（2）选取设为重复值的字段，系统会按照选取的字段自动对数据表中的记录进行检索，如选择“课程编号”。

（3）可以选择另外查询的字段。

（4）为查询指定一个名字后，单击【完成】按钮，即完成查找重复项查询的建立。

2. 建立不匹配查询

不匹配查询就是在一个表中搜索另一个表中没有相关记录的记录行。在 Access 2003 中，可能需要对数据表中的记录进行检索，查看它们是否与其他表的记录相关，是否真正具有实际意义。

建立不匹配查询的步骤如下。

（1）在【新建查询】对话框中，选择【查找不匹配项查询向导】，并在向导对话框中选择查询所基于的表或查询。例如，选择“课程”表，以查询没有被学生选修的课程

有哪些。

（2）选择不包含匹配记录的表，在此，选择“选课成绩”表。

（3）选择在两个表中的匹配字段，在此选择“课程”和“选课成绩”表的“课程编号”字段。

（4）为查询指定一个名字后，单击【完成】按钮，即完成查找不匹配项查询的建立。

5.5　SQL 查询

SQL 包括数据定义、数据查询、数据操纵和数据控制 4 个部分，是一种功能齐全的数据库语言。该语言于 20 世纪 70 年代就由 Boyce 和 Chamberlin 提出，在 IBM 大型计算机上实现（当时称为 SEQUEL）。由于 SQL 具有语言简洁、方便实用、功能齐全等突出优点，很快得到推广和应用。SQL 有两种使用方法，一种是以与用户交互的方式联机使用，另一种是作为子语言嵌入到其他程序设计语言中使用。

5.5.1　SQL 的数据定义

SQL 的数据定义功能是指定义数据库的结构，包括定义基本表、定义视图和定义索引 3 个部分。由于视图是基于基本表的虚表，索引是依附于基本表的，因此 SQL 通常不提供修改视图定义和修改索引定义的操作。如果想修改视图定义或索引定义，只能先将它们删除，然后再重建，不过有些产品如 Oracle 允许直接修改视图定义。

SQL 数据定义语句如表 5.1 所示。

表 5.1　SQL 的数据定义语句

操作对象	操作方式		
	创　建	删　除	修　改
表	CREATE TABLE	DROP TABLE	ALTER TABLE
视图	CREATE VIEW	DROP VIEW	
索引	CREATE INDEX	DROP INDEX	

1. 定义基本表

建立数据库的第一步就是定义基本表。定义基本表的命令为 CREATE TABLE，其格式如下：

```
CREATE TABLE <表名> (<列名 1><数据类型>[列级完整性约束条件]
                    [,<列名 2><数据类型>[列级完整性约束条件]…]
                    [,<表级完整性约束条件>]
```

其中，<表名>是所要定义的基本表的名字，它可以由一个或多个属性（列）组成。建表的同时通常还可以定义与该表有关的完整性约束条件，这些完整性约束条件被存入系统的数据字典中，当用户操作表中的数据时，由 DBMS 自动检查该操作是否违背这些完整性约束条件。如果完整性约束条件涉及该表的多个属性列，则必须定义在表级上，否则既可以定义在列级，也可以定义在表级。

建立一个“学生”表，它由学生编号、姓名、性别、年龄和所在系 5 个属性组成，其中学生编号属性不能为空，并且其值是唯一的。代码如下：

```
CREATE TABLE 学生(学生编号 CHAR(5) NOT NULL UNIQUE
                 姓名 CHAR(8)
                 性别 CHAR(2)
                 年龄 INT
                 所在系 CHAR(15))
```

其中，NOT NULL 表示该列不能为空值，UNIQUE 表示该属性值唯一。

2. 修改基本表

由于应用环境和应用需求的变化，有时可能需要修改已建立好的基本表，包括增加新列、增加新的完整性约束条件、修改原有的列定义或删除已有的完整性约束条件等。

修改基本表的命令为 ALTER TABLE，其格式为：

```
ALTER TABLE <表名> [ADD<新列名><数据类型>[完整性约束]]
                   [DROP<完整性约束>]
                   [MODIFY<列名><数据类型>]
```

在学生表中增加“入学时间”列，设置其数据类型为日期型：

```
ALTER TABLE 学生 ADD 入学时间 DATE
```

将学生表中的年龄的数据类型改为半字长整数：

```
ALTER TABLE 学生 MODIFY 年龄 SMALLINT
```

删除学生表中学生编号必须取值唯一的约束：

```
ALTER TABLE 学生 DROP UNIQUE(学生编号)
```

SQL 没有提供删除属性列的语句，用户只能间接实现这一功能，即先将原表中要保留的列及其内容复制到一个新表中，然后删除原表，并将新表重命名为原表名。

3. 删除基本表

可用 DROP TABLE 命令删除基本表，其格式为：

```
DROP TABLE <表名>
```

删除成绩表：

```
DROP TABLE 成绩
```

基本表一旦删除，表中的数据和在此表上建立的索引都将自动被删除，而建立在此表上的视图虽然仍然保留，但已无法引用。

5.5.2 SQL 的数据操纵

数据操纵是指对表中的数据进行查询、插入、删除和更新等操作。

1. SQL 查询

SELECT 查询是数据库的核心操作。

其命令格式为：

```
SELECT [ALL|DISTINCT] <目标列表达式 1>[,<目标列表达式 2>]…
FROM <表名或视图名列表>
[WHERE <条件表达式>]
[GROUP BY <分组属性名> [HAVING<组选择条件表达式>]]
[ORDER BY <排序属性名> ] [ASC|DESC]
```

SELECT 语句的含义是，从指定的表或视图中找出符合条件的记录，按目标列表达式的设定，选出记录中的字段值形成查询结果。

<目标列表达式>：要查询的数据，一般是列名或表达式。

FROM 子句：数据来源，即从哪些表或视图中查询。

WHERE 子句：查询条件，即选择满足条件的记录。

GROUP BY 子句：对查询结果进行分组。

HAVING 子句：限定分组的条件，必须在 GROUP BY 子句后用。

ORDER BY 子句：对查询结果进行排序，ASC 表示升序，DESC 表示降序。

下面以一个简单的图书管理关系数据模型为基础，通过示例来介绍 SELECT 语句的使用方法。

设图书管理关系数据模型包括以下 3 个关系模式：

图书（总编号，分类号，书名，作者，出版单位，职称，地址）。主码为总编号。

读者（借书证号，姓名，性别，单位，职称，地址）。主码为借书证号。

借阅（借书证号，总编号，借阅日期，备注）。主码为（借书证号，总编号，借阅日期），外码为借书证号和总编号。

1）简单查询

找出读者陈佳所在的单位：

```
SELECT 姓名,单位
FROM 读者
WHERE 姓名="陈佳"
```

查看所有读者的全部情况：

```
SELECT *
FROM 读者
```

其中，SELECT 子句中的“*”表示所有属性。

列出图书馆中所有藏书的书名及出版单位：

```
SELECT DISTINCT 书名,出版单位
```

```
FROM 图书
```

DISTINCT 选项用于从查询结果中去掉重复元组。系统默认为 ALL，即无论重复与否全部给出。

查找清华大学出版社的所有图书及单价，结果按单价降序排列：

```
SELECT 书名,出版单位,单价
FROM 图书
WHERE 出版单位="清华大学出版社"
ORDER BY 单价 DESC
```

查找价格在 10～15 元之间的图书，结果按分类号和单价升序排列：

```
SELECT 书名,作者,单价,分类号
FROM 图书
WHERE 单价 BETWEEN 10 AND 15
ORDER BY 分类号,单价 ASC
```

查找清华大学出版社和科学出版社的所有图书及作者：

```
SELECT 书名,作者,出版单位
FROM 图书
WHERE 出版单位 IN("清华大学出版社","科学出版社")
```

查找书名以“数据库”打头的所有图书及作者：

```
SELECT 书名,作者
FROM 图书
WHERE 书名 LIKE "数据库*"
```

2）联接查询

简单查询只涉及一个关系，如果查询涉及两个或几个关系，往往要进行联接运算。由于 SQL 是高度非过程化的，用户只要在 FROM 子句中指出关系名称，在 WHERE 子句中写明联接条件即可，联接运算由系统完成并实现优化。

查找所有借阅了图书的读者的姓名及所在单位：

```
SELECT DISTINCT 姓名,单位
FROM 读者,借阅
WHERE 读者.借书证号=借阅.借书证号
```

必须注意，如果不同关系中有相同的属性名，为了避免混淆，应当在前面冠以关系名并用“.”分开。

查找李晶借的所有图书的书名及借阅日期：

```
SELECT 姓名,书名,借阅日期
FROM 图书,借阅,读者
WHERE 读者.借书证号=借阅.借书证号
AND 借阅.总编号=图书.总编号
AND 姓名="李晶"
```

查询涉及 3 个关系之间的自然联接，只需用外码指出联接条件。

3）嵌套查询

嵌套查询是指在 SELECT-FROM-WHERE 查询块内部再嵌入另一个查询块，称为子查询，并允许多层嵌套。由于 ORDER 子句是对最终查询结果的表示顺序提出要求，因此它不能出现在子查询中。

找出借阅了“C 语言程序设计”一书的读者的姓名及所在单位。

此查询可以用联接查询来完成：

```
SELECT 姓名,单位
FROM 读者,借阅,图书
WHERE 读者.借书证号=借阅.借书证号 AND 借阅.总编号=图书.总编号 AND 书名="C
语言程序设计"
```

对于非专业用户来讲，WHERE 子句中的条件可能过于复杂，往往容易丢掉一部分联接条件。下面的嵌套查询形式则清晰、自然，并可体现出结构化程序设计的优点：

```
SELECT 姓名,单位 FROM 读者 WHERE 借书证号 IN (SELECT 借书证号 FROM 借阅
WHERE 总编号 IN(SELECT 总编号 FROM 图书 WHERE 书名="C 语言程序设计"))
```

在执行嵌套查询时，先对内层子查询求结果，外层使用内层的查询结果。从形式上看是自下向上进行处理的，从这个规律出发，按照手工查询的思路来组织嵌套查询就会显得很简单。

在嵌套查询中最常用的是 IN。由于外层查询使用内层查询的结果，用户事先并不知道内层结果，因此这里的 IN 就不能用一系列 OR 来代替。另处，并非所有的嵌套查询都能用联接查询替代，有时结合使用更简洁、方便。

找出与梁艳荣在同一天借了书的读者的姓名、所在单位：

```
SELECT 姓名,单位,借阅日期 FROM 读者,借阅 WHERE 借阅.借书证号=读者.借书证号
AND 借阅日期 IN (SELECT 借书日期 FROM 借阅,读者 WHWRE 借阅.借书证号=借书证号
AND 姓名="梁艳荣");
```

4）使用聚函数查询

SQL 提供的常用统计函数称为聚函数。这些聚函数使检索功能进一步增强，它们的自变量是表达式的值，是按列计算的。最简单的表达式就是字段名。

SQL 的聚函数有如下几个。

- COUNT：计算元组的个数。
- SUM：对某一列的值求和（属性必须是数值类型）。
- AVG：对某一列的值求平均值（属性必须是数值类型）。
- MAX：找出一列值中的最大值。
- MIN：找出一列值中的最小值。

查询各个出版社图书的最高价格、最低价格和平均价格：

```
SELECT 出版单位,MAX(单价),MIN(单价),AVG(单价) FROM 图书 GROUP BY 出版单位
```

查询清华大学出版社图书的最高价格、最低价格和平均价格：

```
SELECT MAX(单价),MIN(单价),AVG(单价) FROM 图书 WHERE 出版单位="清华大学出版社"
```

计算藏书总册数：

```
SELECT COUNT(*) AS 藏书总册数 FROM 图书
```

其中，GROUP BY 的作用是按属性的取值对记录分组，然后对每一组分别使用聚函数。在此例中，有几个出版单位就分几个组，按组分别计算最高价格、最低价格和平均价格。

> **注意**：如果在 SELECT 子句中出现聚函数，与之并列的其他项目必须也是聚函数或者是 GROUP BY 的对象，否则会出现逻辑错误。

找出当前至少借阅了 5 本图书的读者的姓名及其所在单位：

```
SELECT 姓名,单位 FROM 读者 WHERE 借书证号 IN (SELECT 借书证号 FROM 借阅 GROUP BY 借书证号 HAVING COUNT(*)>=5)
```

例中的 HAVING 子句通常跟随在 GROUP BY 之后，其作用是限定检索条件。条件中必须包含聚函数，否则条件可直接放到 WHERE 子句中。

5）联合查询

使用 UNION 可以把多个 SELECT 语句的结果进行并操作。

查询中医系的学生及年龄不大于 20 岁的学生：

```
SELECT 学生编号,姓名 FROM 学生 WHERE 系别="中医"
UNION SELECT 学生编号,姓名 FROM 学生 WHERE YEAR(DATE())-YEAR([出生日期])<=20
```

使用 UNION 将多个查询结果合并起来时，系统会自动去掉重复元组。注意，参加 UNION 操作的各查询结果的列数必须相同；对应的数据类型也必须相同。

2. 插入操作

使用 INSERT 语句可以向基本表中插入数据。通常有两种使用形式，一种是插入一个元组，另一种是插入子查询结果，后者可以一次插入多个元组。

1）插入单个元组

语句格式为：

```
INSERT INTO <表名>[(<属性 1>,<属性 2>,…)] )
VALUES (<常量 1>,<常量 2>,…)
```

其功能是将新元组插入指定表中，其中新元组属性 1 的值为常量 1，属性 2 的值为常量 2，依此类推。

如果某些属性列在 INTO 子句中没有出现，则新元组在这些列上将取空值。

如果 INTO 子句中没有指明任何列名，则新插入的元组必须在每个属性列上均有值。

但必须注意，在表定义时说明了 NOT NULL 的属性列不能取空值。

向图书表（总编号，分类号，书名，作者，出版单位，单价）中新加一个元组：

```
INSERT INTO 图书 VALUES("446943","TP31/138","计算机应用基础","王彬彬","清华大学出版社",30.00)
```

向图书表中插入一个元组的部分属性：

```
INSERT INTO 图书(总编号,书名,单价) VALUES ("44698088","数据库原理及应用",46.50)
```

2）插入子查询结果

语句格式为：

```
INSERT INTO <表名>[(<属性 1>,<属性 2>,…)]
```

子查询的其功能是批量插入，一次将子查询的结果全部插入指定表中。

建立一个各单位借阅图书情况的统计表，名称为 DWJS，每隔一段时间，如一个月，向此表中追加一次数据：

```
CREATE TABLE DWJS (单位 CHAR(20),借书人数 SMALLINT,借书人次 SMALLINT)
INSERT INTO DWJS (单位,借书人数,借书人次)SELECT 单位,COUNT(DISTINCT 借书证号),COUNT(总编号)
FROM 借阅,读者
WHERE 读者.借书证号=借阅.借书证号
GROUP BY 单位
```

3. 删除记录

使用 DELETE 命令可以从表中删除一个或多个元组。

删除元组的格式为：

```
DELETE FROM <表名> [WHERE <条件>]
```

删除借书证号为 9611100 所借总编号为 44698080 的借阅登记：

```
DELETE FROM 借阅 WHERE 借书证号="9611100" AND 总编号="44698080"
```

删除借书证号以 97 开头的所有读者登记和借阅登记：

```
DELETE FROM 读者 WHERE 借书证号="97*"
DELETE FROM 借阅 WHERE 借书证号="97*"
```

4. 更新操作

更新操作又称修改操作。在更新命令中可以用 WHERE 子句限定条件，对满足条件的元组给以更新，若不写条件，则对所有元组更新。

更新命令的格式为：

```
UPDATE<表名> SET <属性名 1>=<表达式 1>[,<属性名 2>=<表达式 2>,…] [WHERE <条件>]
```

其功能是修改指定表中满足条件的元组，用表达式 1 的值替代属性名 1 的值，用表达式 2 的值替代属性名 2 的值，依此类推。

将总编号为 44698088 的图书填上作者和出版单位：

```
UPDATE 图书 SET 作者="王彬彬",出版单位="南京大学出版社" WHERE 总编号="44698088"
```

将所有图书的单价上调 2%：

```
UPDATE 图书 SET 单价=单价*1.02;
```

5.5.3　SQL 视图

任何类型的查询都可以在 SQL 视图中打开，通过修改查询的 SQL 语句，就可以对现有的查询进行修改，使之满足用户的要求。

例如，将已建立的“学生信息查询”中的“中医专业或者 2009 年入学的学生”的条件改为“中西医专业或者 2010 年入学的学生”。

主要操作步骤如下。

（1）在设计视图中打开已建立的查询，结果如图 5.17 所示。

（2）选择【视图】|【SQL 视图】命令，或单击工具栏中的【视图】按钮，从下拉列表中选择【SQL 视图】，这时系统打开如图 5.31 所示的 SQL 视图窗口。

（3）在 SQL 视图窗口中，可以直接修改 WHERE 子句后面的条件，例如，把专业条件中的“中医”改为“中西医”；把入学日期条件中的年度值 2009 改为 2010，结果如图 5.32 所示。

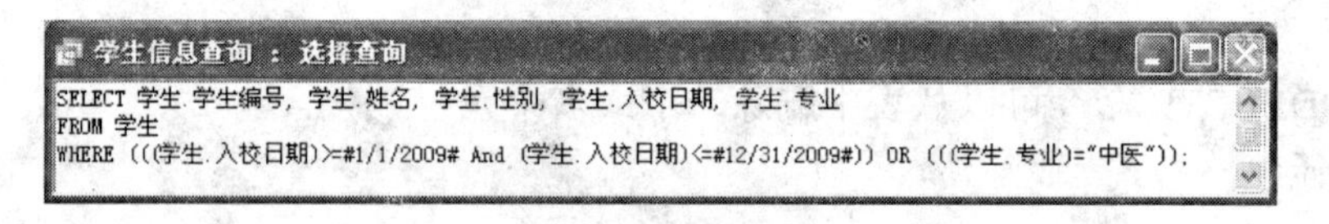

图 5.31　SQL 视图

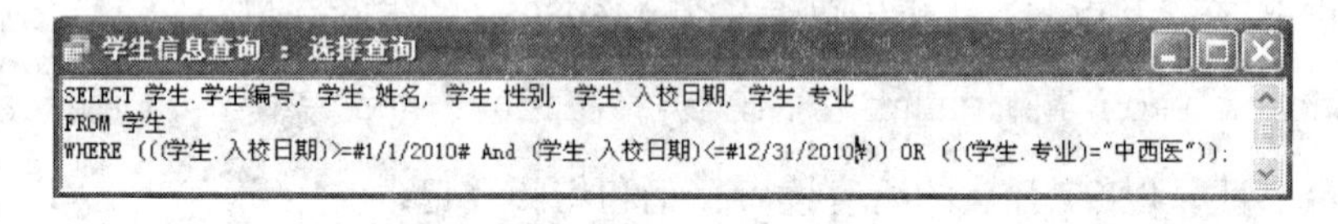

图 5.32　修改后的 SQL 视图

（4）单击工具栏中的【视图】按钮，可以预览查询的结果。单击【保存】按钮，可以保存此次通过 SQL 视图对查询所作的修改。

切换和对比查询视图的设计视图和 SQL 视图，可以帮助用户掌握 SQL 语句的使用，反过来，也可以提高用户在设计视图中建立查询条件的能力。

5.6　习　　题

一、选择题

1. 以下关于选择查询叙述错误的是____。

A．根据查询准则，从一个或多个表中获取数据并显示结果

B．可以对记录进行分组

C．可以对查询记录进行总计、计数和平均等计算

D．查询的结果是一组数据的“静态集”

2．如果经常要从几个表中提取数据，最好的查询办法是____。

A．操作查询　　B．生成表查询

C．参数查询　　D．选择查询

3．Access 提供了查询准则的运算符是____。

A．关系运算符　　B．逻辑运算符

C．算术运算符　　D．以上都是

4．在以下查询中有一种查询除了从表中选择数据外，还对表中数据进行修改的是____。

A．选择查询　　B．交叉表查询

C．操作查询　　D．参数查询

5．____在执行时弹出对话框，提示用户输入必要的信息，再按照这些信息进行查询。

A．选择查询　　B．参数查询

C．交叉表查询　　D．操作查询

6．可以从一个或多个表中检索数据，一般不更改相应表中记录的查询是____。

A．选择查询　　B．参数查询

C．操作查询　　D．SQL 查询

7．可以在类似于电子表格的交叉表格式中显示某个字段的合计值、计数值、平均值等的查询方式是____。

A．SQL 查询　　B．参数查询

C．操作查询　　D．交叉表查询

8．当条件（Ci,i＝1－N）全都为真时，F 为假的表达式是____。

A．F＝C1 And…And…CN

B．F＝C1 Or C2 Or…Or…CN

C．F＝Not（C1 And C2 And…And…CN）

D．以上都不对

9．下列算式正确的是____。

A．Int（2.5）＝3　　B．Int（2.5）＝2

C．Int（2.5）＝2.5　　D．Int（2.5）＝0.5

10．函数 Sgn（－2）返回值是____。

A．0　　B．1　　C．－1　　D．－2

11．从字符串 S（"abcdefg"）中返回字符串 B（"cd"）的正确表达式是____。

A．Mid（S,3,2）　　B．Right（Left（S,4）,2）

C．Left（Right（S,5）,2）　　D．以上都可以

12．假设某数据库表中有一个“学生编号”字段，查找编号第 3、4 个字符为 03 的

记录的准则是____。

A．Mid（[学生编号],3,4）="03"

B．Mid（[学生编号],3,2）= "03"

C．Mid（"学生编号",3,4）="03"

D．Mid（"学生编号",3,2）= "03"

13．字符函数 String（2,"abcdef"）返回的值是____。

A．aa B．AA C．ab D．AB

14．假设某数据库表中有一个工作时间字段，查找 1992 年参加工作的职工记录的准则是____。

A．Between #92-01-01# And #92-12-31#

B．Between "92-01-01" And "92-12-31"

C．Between "92.01.01" And "92.12.31"

D．#92.01.01# And #92.12.31#

15．适合将“计算机应用软件”课程不及格的学生从“学生”表中删除的是____。

A．生成表查询 B．更新查询

C．删除查询 D．追加查询

16．能够对一个或者多个表中的一组记录作全面的更改的是____。

A．生成表查询 B．更新查询

C．删除查询 D．追加查询

17．将信息系 1999 年以前参加工作的教师的职称改为副教授合适的查询为____。

A．生成表查询 B．更新查询

C．删除查询 D．追加查询

18．____可以从一个或多个表中选取一组记录添加到一个或多个表中的尾部。

A．生成表查询 B．更新查询

C．删除查询 D．追加查询

19．____是将一个或多个表、一个或多个查询的字段组合作为查询结果中的一个字段，执行此查询时，将返回所包含的表或查询中对应字段的记录。

A．联合查询 B．传递查询

C．数据定义查询 D．子查询

20．在使用向导创建交叉表查询时，用户需要指定____字段。

A．1 B．2 C．3 D．4

二、填空题

1．操作查询共有 4 种类型，分别是删除查询、______、追加查询和生成表查询。

2．若要查找最近 30 天之内参加工作的职工记录，查询准则为______。

3．创建交叉表查询时，必须对行标题和______进行分组（Group By）操作。

4．函数 Right（"计算机等级考试"，4）的执行结果是______。

5．如果将表中的若干记录删除，应该创建______查询。

6．分组统计查询时，总计项应选择______。

7．参数查询是通过运行查询时的______来创建的动态查询结果。

8．查询可作为______数据的来源。

9．创建查询的首要条件是要有______。

10．字符函数 String（3,"abcdef"）返回的值是______。

11．在文本值作为查询准则时文本值要用______的双引号括起来。

12．在通讯录表中查找没有电话的记录时，用______作为准则表达式。

13．准则是查询中用来识别所需特定记录的______。

14．查询不仅能简单地检索记录，还能通过创建______对数据进行统计运算。

15．______查询是最常用的查询类型，顾名思义，它是根据指定的查询准则，从一个或多个表中获取数据并显示结果。

16．______查询将来源于某个表中的字段进行分组，一组列在数据表的左侧，一列在数据表的上部，然后在数据表行与列的交叉处显示表中某个字段统计值。

17．______查询是一种利用对话框来提示用户输入准则的查询，这种查询可以根据用户输入的准则来检索符号相应条件的记录。

18．______查询与选择查询相似，都是由用户指定查找记录条件，但选择查询是检查符合特定条件的一组记录，而操作查询是在一次查询操作中对所得结果进行编辑等操作。

19．______查询就是利用了表中的行和列来统计数据的。

20．返回数值表达式值的绝对值的函数为______。

第6章　窗体的设计与应用

本章要点

- Access 2003 中窗体的作用、结构和类型。
- 使用向导创建窗体。
- 使用设计器创建窗体。
- 窗体中控件对象的使用。
- 窗体及控件的属性、事件与方法的设置。

窗体是 Access 2003 数据库中的一个非常重要的对象，同时也是最复杂和最灵活的对象。通过窗体可以方便地输入数据、编辑数据、显示统计和查询数据，窗体是人机交互的窗口。本章主要介绍窗体的基本概念、窗体的创建方法、窗体的设计以及窗体的格式化等内容。

6.1　认 识 窗 体

窗体的设计最能展示设计者的能力与个性，好的窗体结构能使用户方便地进行数据库操作。此外，利用窗体可以将整个应用程序组织起来，控制程序流程，形成一个完整的应用系统。

6.1.1　窗体的作用

窗体是应用程序与用户之间的接口，是创建数据库应用系统最基本的对象。实际上窗体就是程序运行时的 Windows 窗口，在应用系统设计时称为窗体。对用户而言，窗体是操作应用系统的界面，靠菜单或按钮提示用户进行业务流程操作，不论数据处理系统的业务性质如何不同，必定有一个主窗体，提供系统的各种功能，用户通过选择不同操作进入下一步操作的界面，完成操作后返回主窗体。

用户通过使用窗体来实现数据维护、控制应用程序流程等人机交互的功能。窗体的主要作用如下。

（1）数据的显示与编辑。窗体的最最基本功能是显示与编辑数据，窗体可以显示来自多个数据表中的数据。用户利用窗体对数据库中的相关数据进行添加、删除、修改以及设置数据的属性等各种操作。

一般地，用一个窗口（运行以后的窗体）显示一条记录（也可以显示多条记录）。使用窗口上提供的移动按钮、滚动条等控件，可以直观地翻查数据库中的任何记录或者记录中的任何字段。

（2）数据输入。窗体经常被用来创建一个填充数据的窗口，作为数据库中数据输入的接口。在这种情况下，窗体利用表或查询作为自身的数据源。窗口的数据输入功能也正是它与报表功能的主要区别。

一个设计优良的窗体能使数据输入更加方便而准确。例如，当数据库中的表比较复杂时，期望所有的数据库用户都能有效地利用数据表视图中的每个表格来输入数据是不大可能的。应该创建一个窗体来从众多的表中选出相关的表，显示希望用户看到的内容。通过仔细地安排输入数据的位置和提供解释性的文字，就能指引用户完成数据输入操作以及其他操作。

（3）应用程序流控制。在使用流行的软件开发工具，如 Visual Basic 等所开发的应用程序中，窗体是重要的组成部分。一般地，窗体提供程序和用户之间信息交互的界面及一些简单的操作任务，而实际的工作主要由程序代码来完成。Access 中的窗体也可以与函数、子程序这样的程序代码段相结合。在每个窗体中，都可以使用 VBA 来编写代码，并利用代码执行相应的功能。

（4）信息显示和数据打印。在窗体中，可采取灵活多样的形式显示一些警告或解释的信息，另外，窗体也可以用来打印数据库中的数据。

6.1.2　窗体构成

窗体一般由若干部分构成，每一部分称为一个“节”，窗体最多可拥有 5 个节，分别是：窗体页眉、窗体页脚、页面页眉、页面页脚和主体，如图 6.1 所示。除主体节外，其他节可通过设置确定有无，但所有窗体必有主体节。

图 6.1　窗体的结构

1. 窗体页眉

窗体页眉位于窗体的顶部位置，，一般用于显示每一条记录的内容说明，如窗体标题、窗体使用说明或放置窗体任务按钮等。

2. 页面页眉

页面页眉只显示在应用于打印的窗体上，可设置诸如标题、图像、列标题、用户要在每一打印页上方显示的内容。

3. 主体

主体是窗体的主要部分，绝大多数的控件及信息都出现在主体节中，通常用来显示记录数据，是数据库系统数据处理的主要工作界面。

4. 页面页脚

页面页脚用于设置窗体在打印时的页脚信息。例如，日期、页码或用户要在每一打印页下方显示的内容。

5. 窗体页脚

窗体页脚位于窗体底部，其功能与窗体页眉基本相同，一般用于显示对记录的操作说明、设置命令按钮。

说明：由于窗体设计主要应用于系统与用户的交互接口，通常在窗体设计时很少考虑页面页眉和页面页脚的设计。

6.1.3 窗体类型

在 Access 2003 数据处理窗体的设计中，根据数据记录的显示方式提供了 7 种类型的窗体，分别是纵栏式窗体、表格式窗体、数据表窗体、图表窗体、数据透视表窗体、数据透视图窗体以及主/子窗体。

1. 纵栏式窗体

所谓纵栏式窗体，是指在窗体界面中每次只显示表或查询中的一条记录，而将该记录中的每个字段纵向排列在窗体中，用户可以在一个画面中完整地查看并维护一条记录的全部数据。如图 6.2 所示。

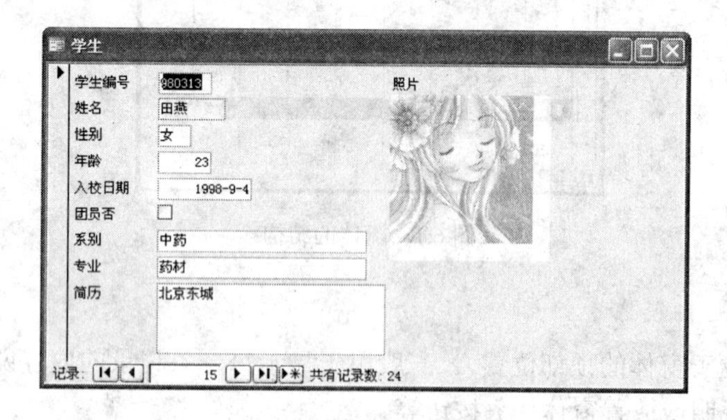

图 6.2 纵栏式窗体示例

纵栏式窗体通常用于输入数据。这种窗体可以占一个或多个屏幕页，字段可以随意安排在窗体中，每个字段的标签一般都放在字段左边。可以使用 Windows 的大多数控制操作，从而提高输入效率。

另外，还可以在窗体中设置直线、方框、颜色、特殊效果等，使窗体的界面友好、便于使用。

2. 表格式窗体

表格式窗体将每条记录中的字段横向排列，而将记录纵向排列，从而在窗体的一个画面中显示表或查询中的全部记录，如图 6.3 所示。每个字段的标签都放在窗体顶部，叫做窗体页眉。可通过滚动条来查看和维护其他记录。滚动窗体时，页眉部分不动。

教师

教师编号	姓名	性别	工作时间	政治面	学历	职称	系别	电话号
95010	张乐	男	1月10日星期一	党员	大学本科	教授	中药	(010)6
95011	赵希明	女	1月25日星期二	群众	研究生	副教授	中药	(010)1
95012	李小平	男	5月19日星期日	党员	研究生	讲师	中医	
95013	李历宁	男	月29日星期日	党员	大学本科	讲师	中医	
96010	张爽	男	7月8日星期二	党员	大学本科	教授	护理	
96011	张进明	男	1月26日星期日	团员	大学本科	副教授	护理	
96012	邵林	女	1月25日星期二	群众	研究生	副教授	中医	
96013	李燕	女	3月25日星期三	群众	大学本科	讲师	中医	
96014	苑平	男	9月18日星期三	党员	研究生	教授	中药	
96015	陈江川	男	9月9日星期五	党员	大学本科	讲师	中医	
96016	靳晋复	女	5月19日星期日	群众	研究生	副教授	护理	
96017	郭新	女	3月25日星期三	群众	研究生	副教授	针灸	
97010	张山	男	3月18日星期一	群众	大学本科	讲师	针灸	
97011	杨灵	男	3月18日星期一	群众	大学本科	讲师	护理	
97012	林泰	男	3月18日星期一	群众	大学本科	讲师	护理	
97013	胡方	男	7月8日星期二	党员	大学本科	副教授	中医	

退出

图 6.3　表格式窗体示例

在表格式窗体中，一次可以看到多条记录，每条记录也可占用多行。可以将特殊效果，如阴影、三维效果等添加到字段中，也可在该窗体上使用字段控制，如下拉式列表等，以简化数据的输入。

3. 数据表式窗体

数据表式窗体就是直接将数据表视图摆放到窗体中，如图 6.4 所示。如果用户熟悉数据表视图，则可创建数据表式窗体，以便进行数据维护操作。其实，数据表式窗体和表格式窗体是同一窗体的不同显示方式，可以在这两种窗体方式之间进行切换。

选课成绩

选课ID	学生编号	课程编号	成绩
1	980102	101	77
2	980102	102	96
3	980102	103	88
4	980104	101	75
5	980104	102	67
6	980104	103	77
7	980301	101	56
8	980301	102	58
9	980302	101	70

记录: 1 共有记录数: 33

图 6.4　数据表式窗体示例

4. 图表式窗体

图表窗体就是利用 Microsoft Office 提供的 Microsoft Graph 程序以图表方式显示用户的数据，这样在比较数据方面显得更直观方便，如图 6.5 所示。在 Microsoft Access 2003 中，既可以单独使用图表窗体，也可以在窗体中插入图表控件。

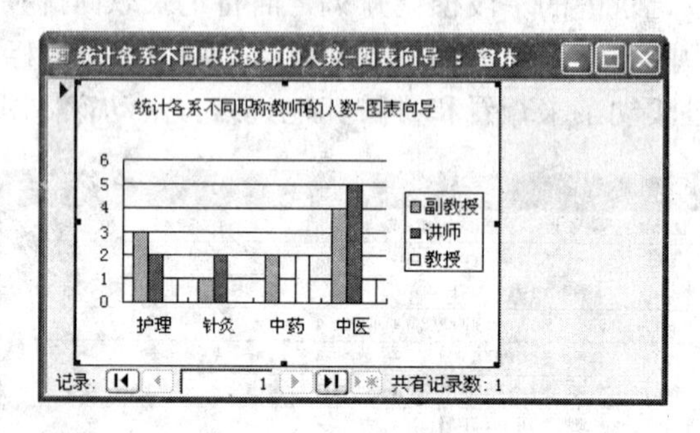

图 6.5 图表式窗体示例

图表窗体将数据表示成商业图表，可以表示图表本身，也可以将它嵌入到其他窗体中作为子窗体。Access 提供了多种图表，包括折线图、柱形图、饼图、圆环图、面积图、三维条形图等。

5. 数据透视表窗体

数据透视表是一种交互式的表，可以进行某些计算，如求和与计数等，如图 6.6 所示。所进行的计算与数据在数据透视表中的排列有关。例如，可以水平或者垂直显示字段值，然后计算每一行或列的合计；也可以将字段值作为行号或列标，在每个行列交汇处计算出各自的数量，然后计算小计和总计。

教师

	职称			
	副教授	讲师	教授	总计
系别	教师编号 的计数	教师编号 的计数	教师编号 的计数	教师编号 的计数
护理	3	2	1	6
针灸	1	2		3
中药	2		2	4
中医	4	5	1	10
总计	10	9	4	23

图 6.6 数据透视表窗体示例

例如，如果要按季度来分析每个雇员的销售业绩，可以将雇员名称作为列标放在数据透视表的顶端，将季度名称作为行号放在表的左侧，然后对每一个雇员计算以季度分类的销售数量，放在每个行和列的交汇处。

之所以称为数据透视表，是因为可以动态地改变它们的版面布置，以便按照不同方式分析数据，也可以重新安排行号、列标和页字段。每一次改变版面布置时，数据透视表会立即按照新的布置重新计算数据。另外，如果原始数据发生更改，则可以更新数据透视表。

在 Access 中可以用“数据透视表向导”来创建数据透视表。这种向导调用 Excel 创建数据透视表，再用 Access 创建内嵌数据透视表的窗体。

6. 数据透视图窗体

数据透视图窗体用于显示数据表和窗体中数据的图形分析窗体，如图 6.7 所示。它允许通过拖动字段和项或通过显示和隐藏字段的下拉列表中的项，查看不同级别的项信息或指定布局。

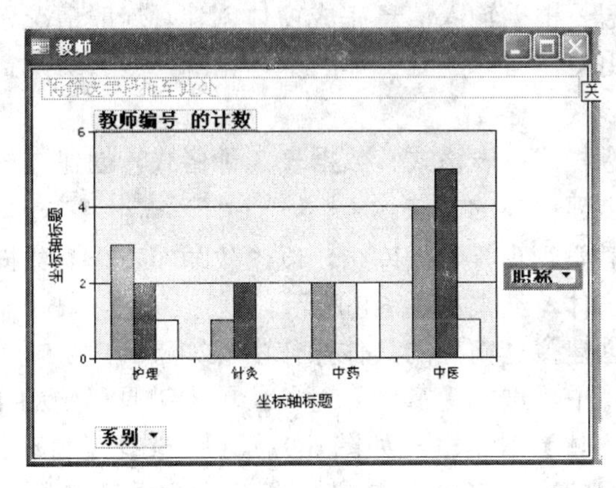

图 6.7　数据透视图窗体示例

7. 主/子窗体

主/子窗体：子窗体是包含在另一个基本窗体中的窗体。主窗体和子窗体通常用于显示具有“一对多”关系的表或查询中的数据。

6.1.4　窗体视图

窗体视图是窗体在具有不同功能和应用范围下呈现的外观表现形式。Access 的窗体有 5 种视图，分别为“设计”视图、“窗体”视图、“数据表”视图、“数据透视表”视图和“数据透视图”视图。

（1）“设计”视图是用于创建窗体或修改窗体的窗口。在窗体的设计视图中，可利用控件工具箱向窗体添加各种控件，通过设置控件属性和事件代码处理，完成窗体功能的设计；然后通过格式工具栏中的工具完成对控件布局等窗体格式的设计。

（2）“窗体”视图是窗体运行时的显示格式，用于输入、修改或查看数据的窗口。

（3）“数据表”视图以表格的形式显示表、查询或窗体中的窗口，在“数据表”视图中可以编辑、添加、修改、查找或删除数据。

（4）“数据透视表”视图使用“Office 数据透视表”组件，易于进行交互式数据分析。

（5）“数据透视图”视图使用“Office Chart 组件”，帮助用户创建动态的交互式图表。

6.2　创 建 窗 体

在 Access 2003 中可以使用两种方法创建窗体，一种是使用系统提供的各种窗体向导快速创建；另一种是在窗体的“设计”视图中手动创建。

6.2.1 自动创建窗体

如果只需要创建一个简单的数据维护窗体，显示选定表或查询中所有字段及记录，可使用自动创建窗体向导。用窗体向导可以简单、快捷地创建窗体，Access 2003 会提示设计者输入有关信息，根据输入信息完成窗体创建。一般情况下，即使是经验丰富的设计人员，仍需先利用窗体向导建立窗体的基本轮廓，然后切换到设计视图完成进一步的设计。

自动创建窗体有纵栏式、表格式、数据表 3 种格式，创建过程完全相同。下面以具体的实例来介绍自动创建窗体的方法。

【例 6.1】 在“教学管理”数据库中，以“教师”表作为数据源，使用【自动创建窗体：纵栏式】创建窗体，结果如图 6.8 所示。

解析：使用自动创建窗体向导的具体操作步骤如下。

（1）在数据库窗口中，选择【窗体】对象。单击工具栏中的【新建】按钮。

（2）打开【新建窗体】对话框，如图 6.9 所示。选择【自动创建窗体：纵栏式】，在【请选择该对象数据的来源表或查询：】下拉列表框中选择作为窗体数据来源的“教师”表。

（3）单击【确定】按钮，保存窗体，结束窗体的创建。

图 6.8 自动窗体

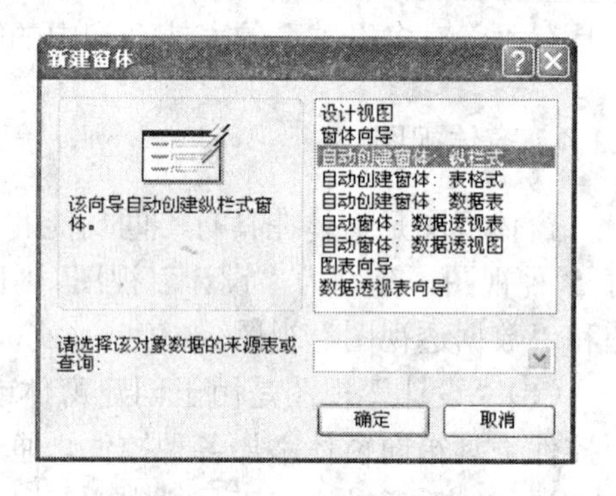

图 6.9 【新建窗体】对话框

6.2.2 使用窗体向导创建窗体

在使用自动创建窗体向导创建窗体时，作为数据源的表或查询中的字段默认方式为全部选中，窗体布局的格式也已确定，如果要选择数据源中的字段及窗体的布局和窗体样式，可以使用窗体向导来创建窗体。

1. 创建基于单一数据源的窗体

使用“窗向导体”创建的窗体，其数据可以源于一个或多个表（或查询）。下面以一个实例介绍如何创建基于单一数据源的窗体。

【例 6.2】 在“教学管理”数据库中，使用“窗体向导”创建“选课成绩”窗体，窗体布局为表格式，内容为“选课成绩”表的所有字段，如图6.4所示。

解析：操作步骤如下。

（1）在【新建窗体】对话框中，双击【窗体向导】选项，进入【窗体向导】对话框。

（2）在【表/查询】下拉列表框中选择“选课成绩”表作为窗体数据源，如图6.10所示。

（3）在【可用字段】列表框显示“选课成绩”表的所有字段。单击>>按钮将字段全部添加到【选定的字段】列表框。

（4）单击【下一步】按钮，选择窗体布局格式，这里选择“表格”，如图6.11所示。

（5）单击【下一步】按钮，选择窗体的样式，这里选择“标准”，如图6.12所示。

（6）单击【下一步】按钮，为窗体指定标题，这里输入为“选课成绩”，如图6.13所示。

（7）单击【确定】按钮，保存窗体，结束创建。

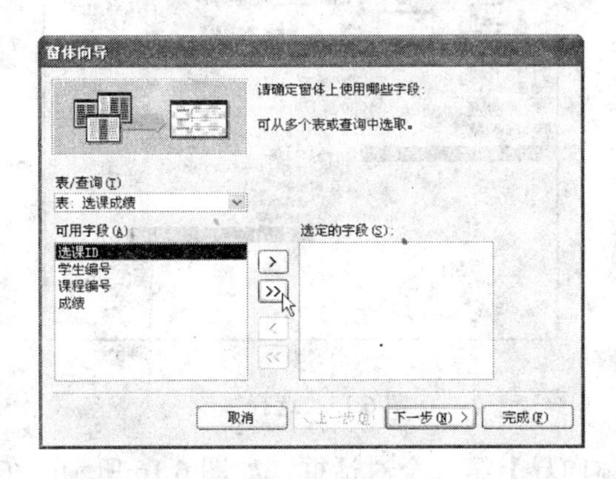

图6.10　选择窗体数据源

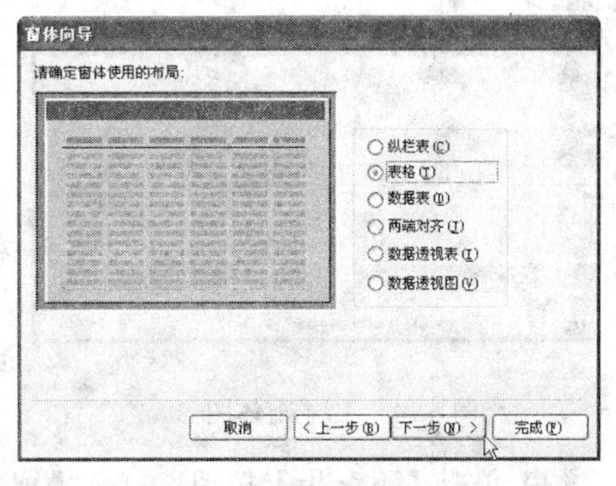

图6.11　选择窗体的布局格式

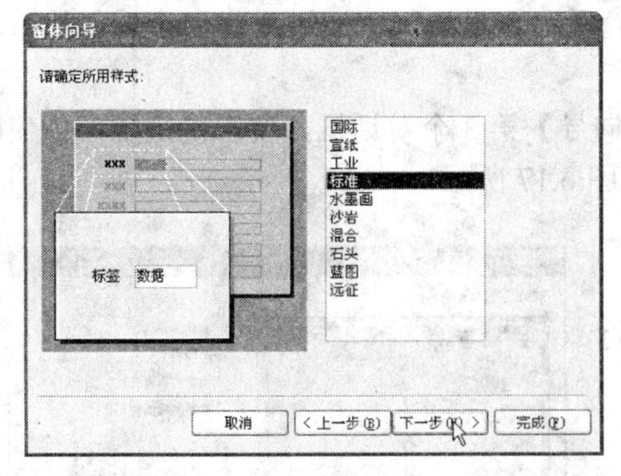

图6.12　选择窗体的样式

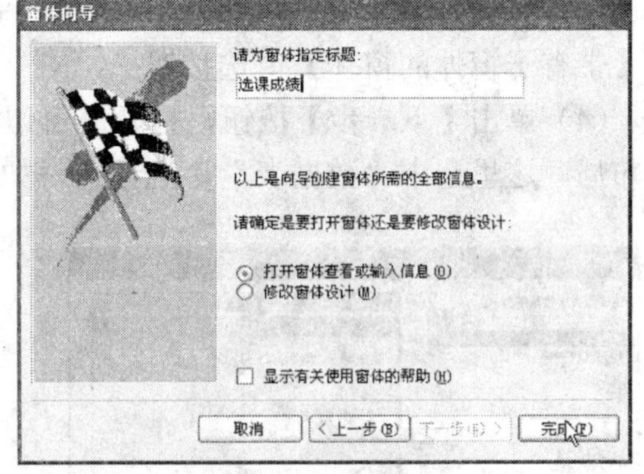

图6.13　为窗体指定标题

2. 创建基于多个数据源的窗体

基于多个数据源的窗体是从多个表或查询中提取数据。常用的方法是建立主/子窗体，但在创建窗体之前，要确保作为主窗体的数据源与作为子窗体的数据源之间建立了一对多的关系。在Access 2003中，创建主/子窗体的方法有两种：一是同时创建主窗体与子窗体，二是将已有的窗体作为子窗体添加到另一个已有窗体中。子窗体与主窗体之间的关系可以是嵌入式，也可以是链接式。

【例 6.3】 在“教学管理”数据库中，以“学生”表和“选课成绩”表作为数据源，创建嵌入式的主/子窗体，如图 6.14 所示。

解析：主要操作步骤如下。

（1）在【新建窗体】对话框中双击【窗体向导】，打开【窗体向导】第 1 个对话框。

（2）在【表/查询】下拉列表框中选择“表：学生”，在【可用字段】列表框中选择要显示的字段，使用>按钮添加要显示的字段。在【表/查询】下拉列表框中选择“表：选课成绩”，在【可用字段】列表框中选择要显示的字段，使用>按钮添加要显示的字段。如图 6.15 所示。

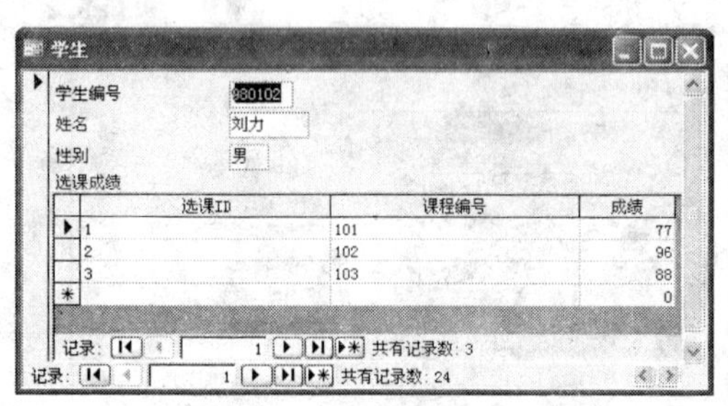

图 6.14 主/子窗体图

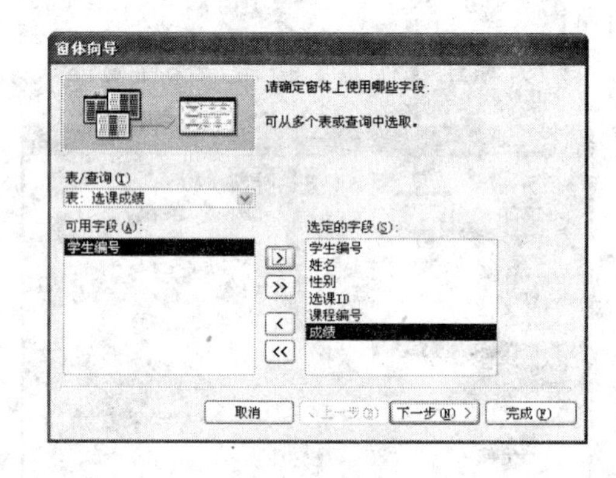

图 6.15 选择字段

（3）单击【下一步】按钮，打开【窗体向导】第 2 个对话框，如图 6.16 所示。在图 6.16 所示的对话框中，要求确定窗体查看数据的方式。由于数据来源于两个表，有两个选项：“通过学生”或“通过选课成绩”查看，这里选择“通过学生”查看。然后选中【带有子窗体的窗体】单选按钮。

（4）单击【下一步】按钮，打开【窗体向导】第 3 个对话框，要求确定子窗体使用的布局，这里选中“数据表”单选按钮，如图 6.17 所示。

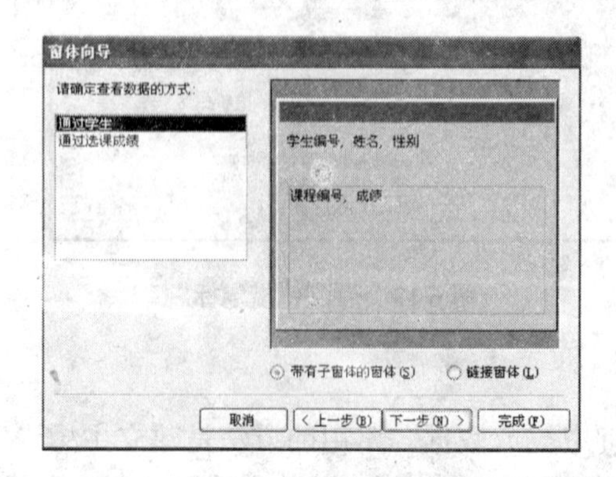

图 6.16 选择窗体查看数据的方式

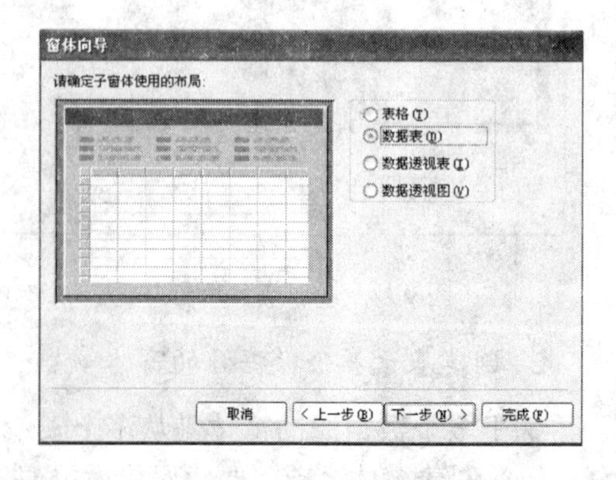

图 6.17 确定子窗体使用的布局

（5）单击【下一步】按钮，打开【窗体向导】第 4 个对话框，要求确定窗体所采用的样式，在此选中【标准】，如图 6.18 所示。

（6）单击【下一步】按钮，打开【窗体向导】第 5 个对话框，要求确定主/子窗体的窗体标题，在【窗体】文本框中输入主窗体标题“学生成绩主窗体”，【子窗体】文本框中输入子窗体标题“选课成绩子窗体”，如图 6.19 所示。

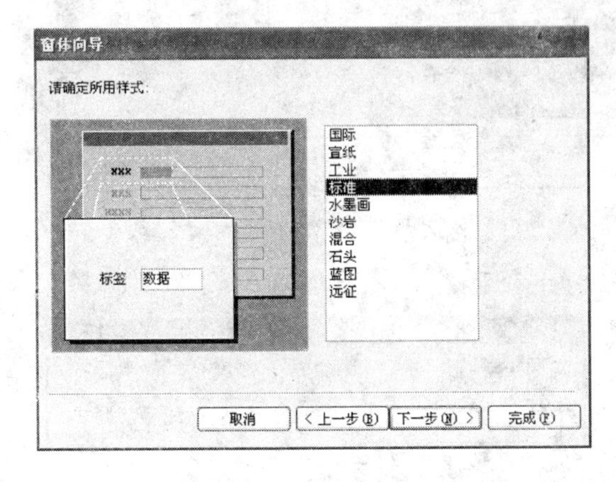

图 6.18 确定窗体的样式

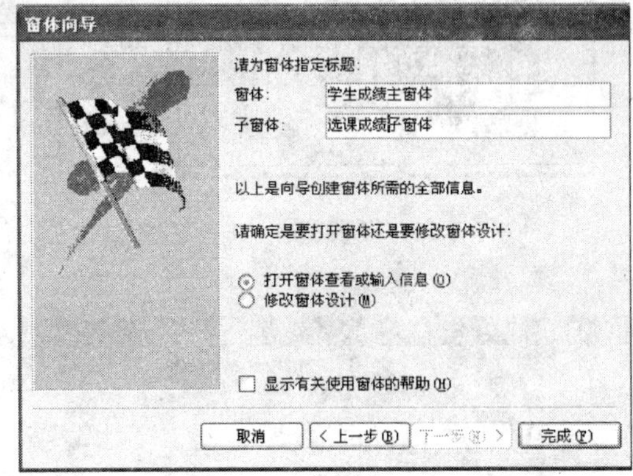

图 6.19 指定标题

（7）单击【完成】按钮，完成如图 6.14 所示的主/子窗体的创建。

提示： 在例 6.3 中，数据源于两个表，且这两个表之间存在主从关系。如果在选择记录源和字段的操作中，选择的多个表之间没有任何关系，单击【下一步】按钮后窗体向导将提示重新定义相应的表间关系。

6.2.3 创建图表窗体

在实际应用中，使用图表描述表或查询中的数据及其之间的关系，能更加直观地反映数据处理结果。在 Access 2003 中，可以使用【图表向导】快速地创建图表窗体。

下面通过一个实例介绍使用图表向导创建图表窗体的方法。

【例 6.4】 在“教学管理”数据库中，以“教师”表为数据源，使用【图表向导】创建窗体，统计并显示各系不同职称的人数。结果如图 6.20 所示。

解析： 操作步骤如下。

（1）在【新建窗体】对话框中选择【图表向导】选项，选择“教师”表为数据源。

（2）单击【确定】按钮，打开【图表向导】第 1 个对话框，要求为图表选择所需的字段。在【可用字段】列表框中分别选择“系别”、“职称”和“教师编号”字段，单击>按钮添加到“用于图表的字段”列表中，如图 6.21 所示。

（3）单击【下一步】按钮，打开【图表向导】第 2 个对话框，要求选择图表的类型。这里选择【三维柱形图】，如图 6.22 所示。

（4）单击【下一步】按钮，打开【图表向导】第 3 个对话框，需设置各字段在图表中如何显示，这里选择“系别”为横坐标，“数据”为纵坐标，如图 6.23 所示。

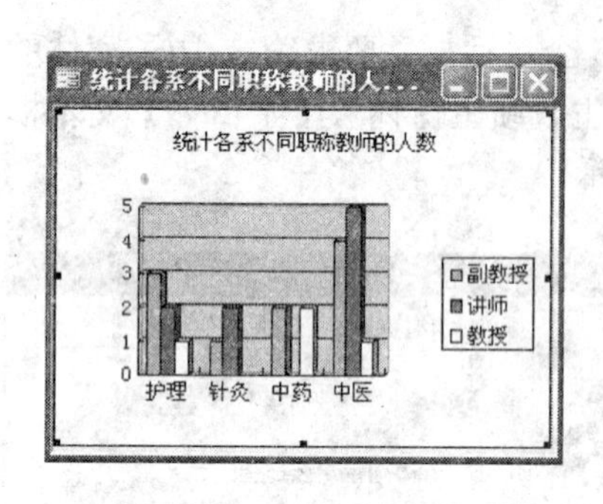

图 6.20 图表窗体

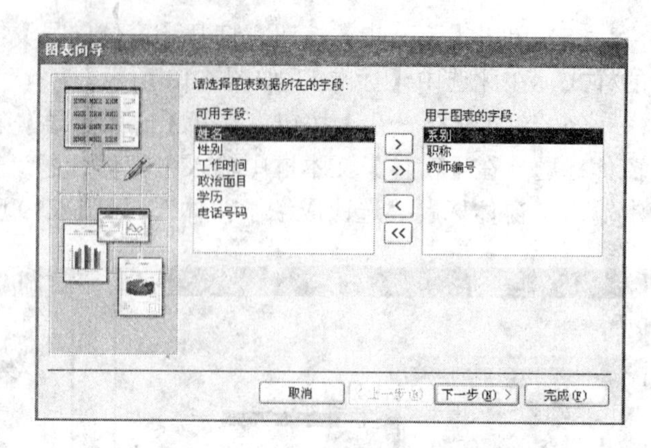

图 6.21 选择字段

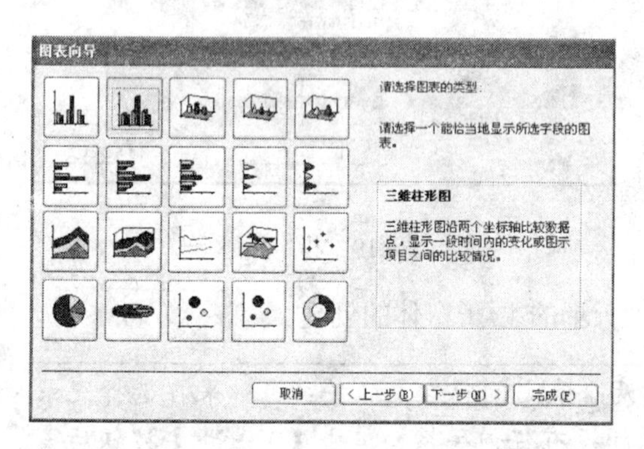

图 6.22 选择图表类型

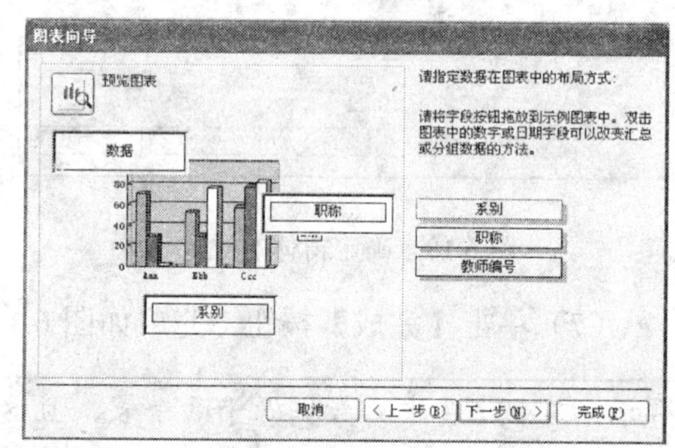

图 6.23 调整图表布局

（5）单击【下一步】按钮，打开【图表向导】第 4 个对话框，在【请指定图表的标题】文本框最后输入图表名称“统计各系不同职称教师的人数”，单击【完成】按钮，完成如图 6.20 所示图表的创建。

6.2.4 创建数据透视表窗体

数据透视表窗体是一种交互式的表，可以进行数据计算和分析。通过使用数据透视表，可以动态更改表的布局。每次改变布局时，数据透视表都会基于新的排列立即重新计算数据。

提示：使用数据透视表窗体，需要安装 Microsoft Excel。

下面通过一个实例介绍使用数据透视表设计窗口创建数据透视表窗体的方法。

【例 6.5】 在“教学管理”数据库中，以“教师”表为数据源，创建计算各系不同职称教师人数的数据透视表窗体，结果如图 6.24 所示。

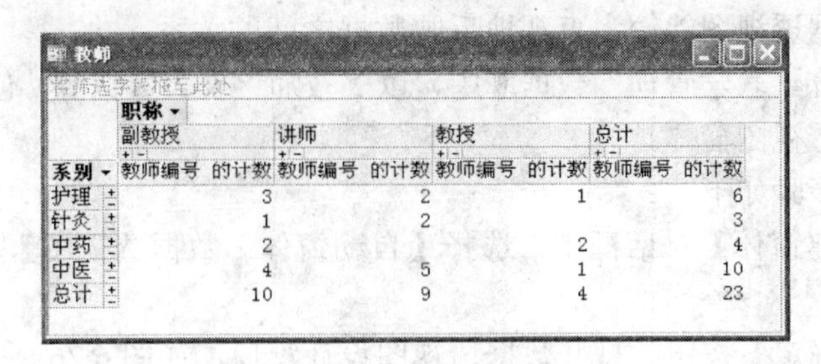

系别	副教授 教师编号 的计数	讲师 教师编号 的计数	教授 教师编号 的计数	总计 教师编号 的计数
护理	3	2	1	6
针灸	1	2		3
中药	2		2	4
中医	4	5	1	10
总计	10	9	4	23

图 6.24　设置数据透视表布局

解析：操作步骤如下。

（1）在【新建窗体】对话框中，选择【自动窗体：数据透视表】，并在【请选择该对象数据的来源表或查询】下拉列表中选择“教师”表，再单击【确定】按钮。

（2）打开数据透视表设计窗口，如图 6.25 所示。

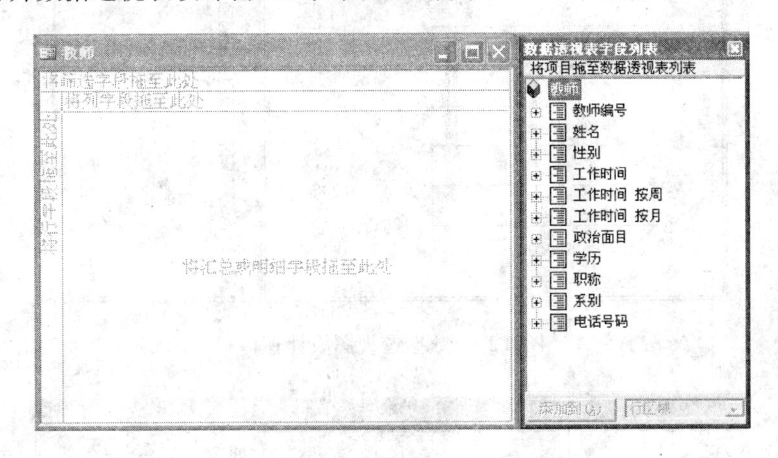

图 6.25　数据透视表设计窗口

（3）将【数据透视表字段列表】中的“系别”字段拖至“行字段”区域，将“职称”字段拖至“列字段”区域，选中“教师编号”字段，在右下角的下拉列表框中选择【数据区域】项，单击【添加到】按钮，如图 6.24 所示。可以见到在字段列表中新生成一个“汇总”字段，该字段的值是选中的“教师编号”字段的计数，同时在数据区域产生了在“系别”（行字段）和“职称”（列字段）分组下有关“教师编号”的计数，也就是各系不同职称的人数。

提示：数据透视表有 4 个主要轴，每个轴都有不同的作用。“行字段”列在数据透视表的左侧；“列字段”列在数据透视表的上方；“筛选字段”是筛选数据透视表的字段，可以做进一步的分类筛选；“汇总或明细字段”显示在各行和各列交叉部分的字段，用于计算。

6.2.5　创建数据透视图窗体

数据透视图是一种交互式的图表，功能与数据透视表类似，只不过以图形化的形式来表现数据。数据透视图能较为直观地反映数据之间的关系。

【例 6.6】　在“教学管理”数据库中，以“教师”表为数据源，创建计算各系不同职称人数的数据透视图窗体。

解析：操作步骤如下。

（1）在【新建窗体】对话框中，选择【自动窗体：数据透视图】，选择“教师”表为数据源。

（2）单击【确定】按钮，打开数据透视图设计窗口，如图 6.26 所示。

（3）将【图表字段列表】中的“系别”字段拖至分类字段区域，将“职称”字段拖至系列字段区域，选中“教师编号”字段，在右下角的下拉列表框中选择【数据区域】项，单击【添加到】按钮，生成如图 6.27 所示的事件透视图。

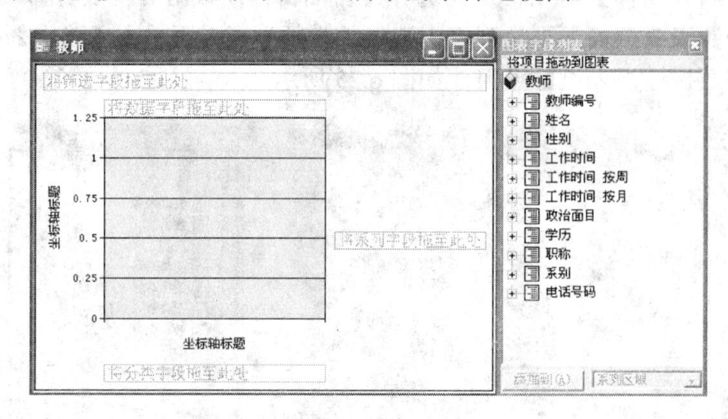

图 6.26　数据透视图设计窗口

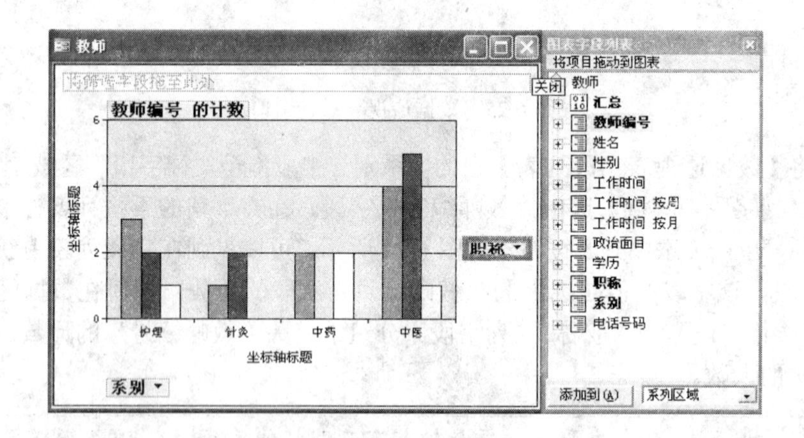

图 6.27　设置数据透视图布局

6.3　设 计 窗 体

利用向导工具可以创建多种窗体，但这只能满足一般的显示与功能要求。而利用人工方式创建窗体，可以为用户提供最大的灵活性，完成功能强大、格式美观的窗体，有经验的设计者均是通过设计视图来完成窗体设计的。Access 2003 提供了窗体设计器，使用窗体设计器，专业人员可以设计出功能更强大、界面更友好的窗体。

6.3.1　窗体设计视图

窗体设计器就是窗体的设计视图。在窗体的设计视图中，利用工具箱可以向窗体添加各种控件；利用属性对话框可以设置控件的属性、定义窗体及控件的各种事件过程、修改窗体的外观。窗体设计的核心即是控件对象设计。

1. 窗体设计视图的组成

窗体的设计视图主要由 5 个节组成，包括窗体页眉、页面页眉、主体、页面页脚、窗体页脚，如图 6.28 所示。默认情况下，窗体设计视图只显示主体节。

2. 工具栏

窗体设计工具栏包含各种命令按钮，这些命令按钮可以在设计窗体时使用，如图 6.29 所示。

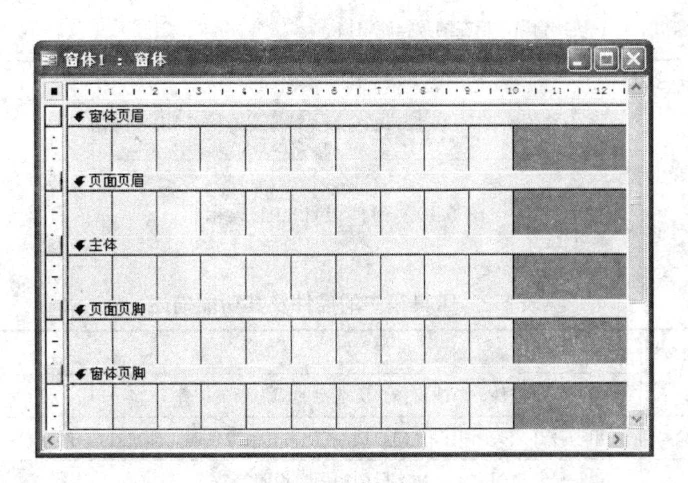

图 6.28　窗体设计的组成

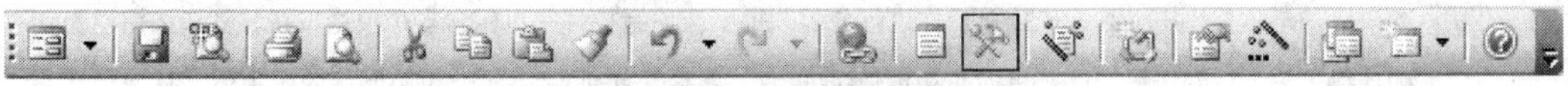

图 6.29　窗体设计工具栏

表 6.1 列出了窗体设计工具栏中常用按钮的功能。

3. 工具箱

工具箱是设计窗体最重要的工具。工具箱提供了用于窗体设计的各种控件对象，利用控件工具箱可以向窗体上添加各种控件。

一般情况下，打开窗体设计视图后，工具箱将被自动打开，如图 6.30 所示。工具箱中有 18 种工具按钮用来向窗体中添加控件，此外还有两个按钮分别用于选择控件对象和设置控件向导的有效性。工具箱中的各种工具按钮的作用如表 6.2 所示。

表 6.1　窗体设计工具栏中常用的功能

按　钮	按钮名称	功 能 描 述
	视图	显示当前窗口的可用视图。单击按钮旁边的箭头，选择所需的视图
	字段列表	显示相关数据源中的所有字段。只有当窗体绑定了数据源后，【字段列表】才有效
	工具箱	用于打开和关闭工具箱，默认打开
	自动套用格式	显示窗体自动套用格式对话框，选择格式应用到当前窗体
	代码	进入 VBA 窗口，显示当前窗体的代码
	属性	打开和关闭窗体、控件属性对话框
	生成器	打开生成器对话框
	数据库窗口	切换到当前所在的数据库窗口

图 6.30　窗体设计的工具箱

表 6.2　工具箱中的控件及其功能描述

控件	控件名称	功　　能
	选择对象	用来选定控件、节或窗体，所选定的即为当前控件
	控件向导	用于打开或关闭控件“向导”。在使用其他控件时，即可在向导的引导下一步步完成设计
	标签	用于显示说明文本，如字段的标题、说明等
	文本框	用于输入、编辑和显示文本。通常作为文本、数字、货币、日期、备注等类型字段的绑定控件
	选项组	用于对选项按钮控件进行分组。每个选项组控件中可包含多个单选按钮、复选按钮以及切换按钮控件。目的是在窗体(或报表、数据访问页)上显示一组限制性的选项值，从而使选择值变得更加容易
	切换按钮	具有弹起和按下两种状态的命令按钮，可用做“是／否”型字段的绑定控件；也可作为定制对话框或选项组的一部分，以接受用户输入
	选项按钮	具有选中和不选两种状态，常作为互相排斥(每次只能选一项)的一组选项中的一项，以接受用户输入

续表

控件	控件名称	功能
	复选框	具有选中和不选两种状态，常作为可同时选中的一组选项中的一项，可用做“是/否”型字段的绑定控件
	组合框	包含一个文本框和一个下拉列表框。既可在文本框部分输入数据，也可用列表部分选择输入
	列表框	用于显示一个可滚动的数据列表。可从列表中选择值，以便在新记录中输入数据或更改现存的数据记录
	命令按钮	用来执行命令，完成各种操作，如记录的查找、打印等
	图像	用于在窗体中显示静态图片
	非绑定对象	用于在窗体显示非绑定的 OLE 对象，即其他应用程序对象。这些对象只属于表格的一部分，不与某一个表或查询中的数据相关联
	页框控件	用于创建多页窗体或多页控件。可以在多页控件上添加其他控件
	绑定对象	用于绑定到“OLE 对象”型的字段上，在窗体或报表上显示一系列图片等。所绑定的对象不但属于表格的一部分，也与某一表格或查询中的数据相关联
	分页符	用于定义多页数据表格的分页位置
	子窗口/报表	用于在窗体(或报表)中添加“子窗体 / 子报表”，即将其他数据表格放置到当前数据表格上，从而可在一个窗体或报表中显示多个表格
	直线	常用于绘制分隔线，将一个窗体或数据访问页分成不同部分
	矩形	可在表格上绘制方框或填满颜色的方块。常用于绘制分隔区域，即在窗体、报表或数据访问页上分组其他控件
	其他控件	单击将弹出一个列表，显示所有已加载的控件

除了这些 Access 内置的控件之外，还可以使用在系统中注册的其他控件。单击“其他控件”按钮时，将显示所有在系统中注册的 Active x 控件的列表，在列表中选择某一类控件后，就可在窗体中使用了。

提示：如果打开设计视图后没有显示工具箱，则可以通过选择【视图】|【工具箱】命令或单击窗体设计工具栏中的【工具箱】按钮，将【工具箱】显示出来。

6.3.2 属性、事件与方法

1. 属性

属性是对象特征的描述。每一窗体、报表、节和控件都有各自的属性设置，可以利用这些属性来更改特定项目的外观和行为。使用属性表、宏或 Visual Basic，可以查看并更改属性。关于宏与 Visual Basic 对属性的操作将在后续章节介绍，在此仅介绍属性表。

在窗体设计视图中，每当使用工具箱向窗体添加某个控件后，可随时设置该控件的属性。设置方法有多种，常用的设置方法是：右击该控件，在快捷菜单中选择【属性】命令，调出该控件的属性设置对话框。例如，在窗体中加入文本框后，按以上操作调出文本框控件的属性设置对话框，如图 6.31 所示。

控件属性分为格式属性、数据属性、事件属性和其他属性，各项属性的含义及主要属性的设置将在 6.3.3 节中介绍。

2. 事件

事件是对象行为的描述，当外来动作作用于某个对象时，可以确定是否通过事件响应该动作。事件是一种特定的操作，在某个对象上发生或对某个对象发生。Access 2003 可以响应多种类型的事件：鼠标单击、数据更改、窗体打开或关闭及许多其他类型的事件。事件的发生通常是用户操作的结果。例如，单击某个命令按钮，该命令按钮会响应单击事件，做出相应动作。

使用事件过程或宏，可以为在窗体或控件上发生的事件添加自定义的事件响应。这里先介绍使用事件过程，宏将在第 8 章介绍。

在窗体设计视图中，每当使用工具箱向窗体添加某个控件后，可设置该控件的事件响应。设置方法有多种，常用的设置方法是：右击该控件，在快捷菜单中选择【属性】命令，调出该控件的属性设置对话框；选择【事件】选项卡，进入该对象的事件设置界面。例如，在窗体中加入文本框后，按以上操作调出文本框控件的事件设置对话框，如图 6.32 所示。

控件事件有多种类型，各种事件的含义及添加方法将在 6.3.4 节中介绍。

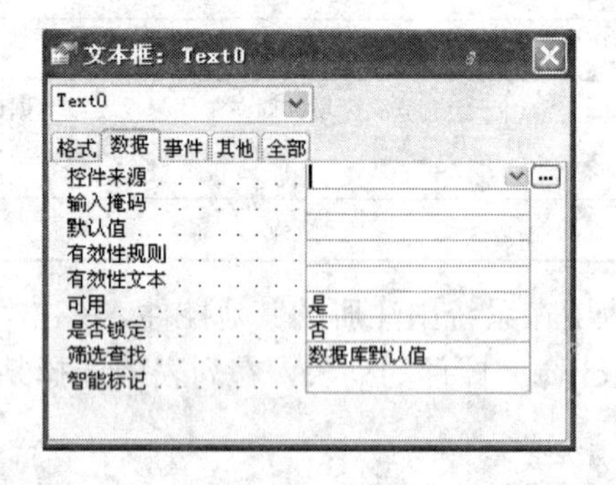

图 6.31　文本框控件数据属性设置对话框

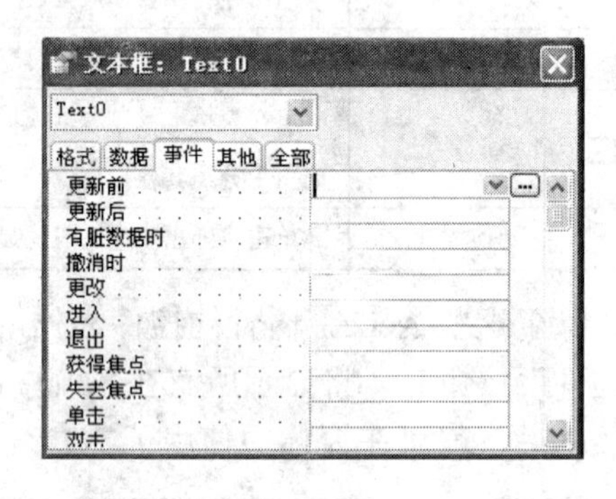

图 6.32　文本框控件事件设置对话框

3. 方法

方法是 Access 2003 提供的完成某项特定功能的操作，每种方法有一个名字，在系统设计中可根据需要调用方法。

例如，SetFocus 方法，其功能是：让控件获得焦点，使其成为活动对象。

Access 2003 提供了多种方法，常用方法的含义及使用方法将在以后章节中介绍。

6.3.3 窗体与对象的属性及设置方法

1. 窗体的主要属性

窗体的主要属性如下。

- 标题（Caption）：用于指定窗体的显示标题。

- 默认视图（DefaultView）：设置窗体的显示形式，可以选择单个窗体、连续窗体、数据表、数据透视表和数据透视图等方式。
- 允许的视图（ViewsAllowed）：指定是否允许用户通过选择【视图】|【窗体视图】或【数据表视图】命令，或者单击【视图】按钮，选择【窗体视图】或【数据表视图】，以在数据表视图和窗体视图之间进行切换。
- 滚动条（Scrollbars）：决定窗体显示时是否具有窗体滚动条，属性值有 4 个选项，分别为【两者均无】、【水平】、【垂直】和【水平和垂直】，可以选择其一。
- 记录选定器（RecordSelectors）：选择“是/否”，决定窗体显示时是否有记录选定器，即窗体最左边是否有标志块。
- 浏览按钮（NavigationButtons）：用于指定在窗体上是否显示浏览按钮和记录编号框。
- 分隔线（DividingLines）：选择“是/否”，决定窗体显示时是否显示各节间的分隔线。
- 自动居中（AutoCenter）：选择“是/否”，决定窗体显示时是否自动居于桌面的中间。
- 最大最小化按钮（MaxMinButtons）：决定窗体是否使用 Windows 标准的最大化和最小化按钮。
- 关闭按钮（CloseButton）：决定窗体是否使用 Windows 标准的关闭按钮。
- 弹出方式（PopUp）：可以指定窗体是否以弹出式窗体形式打开。
- 内含模块（HasModule）：指定或确定窗体或报表是否含有类模块。设置此属性为“否”能提高效率，并且减小数据库的大小。
- 菜单栏（MenuBar）：用于将菜单栏指定给窗体。
- 工具栏（ToolBar）：用于指定窗体使用的工具栏。
- 节（Section）：可区分窗体或报表的节，并可以对该节的属性进行访问。同样可以通过控件所在窗体或报表的节来区分不同的控件。
- 允许移动（Moveable）：在【是】或【否】两个选项中选取，决定在窗体运行时是否允许移动窗体。
- 记录源（RecordSource）：可以为窗体或者报表指定数据源，并显示来自表、查询或者 SQL 语句的数据。
- 排序依据（OrderBy）：为一个字符串表达式，由字段名或字段名表达式组成，指定排序的规则。
- 允许编辑（AllowEdits）：在【是】或【否】两个选项中选取，决定在窗体运行时是否允许对数据进行编辑修改。
- 允许添加（AllowAdditions）：在【是】或【否】两个选项中选取，决定在窗体运行时是否允许添加记录。
- 允许删除（AllowDeletions）：在【是】或【否】两个选项中选取，决定在窗体运行时是否允许删除记录。
- 数据入口（DataEntry）：在【是】或【否】两个选项中选取，如果选择【是】，则在窗体打开时，只显示一条空记录，否则显示已有记录。

2. 控件属性

1）标签（Label）控件

- 标题（Caption）：该属性值将成为控件中显示的文字信息。
- 名称（Name）：该属性值将成为控件对象引用时的标识名字，在 VBA 代码中设置控件的属性或引用控件的值时使用。
- 其他常用的格式属性：高度（Height）、宽度（Width）、背景样式（BackStyle）、背景颜色（BackColor）、显示文本字体（FontBold）、字体大小（FontSize）、字体颜色（ForeColor）、是否可见（Visible）等。

2）文本框（Text）控件

常用的格式属性同标签控件。

- 控件来源（ControlSource）：设置控件如何检索或保存在窗体中要显示的数据。如果控件来源中包含一个字段名，那么在控件中显示的就是数据表中该字段的值。在窗体运行中，对数据所进行的任何修改都将被写入字段中；如果设置该属性值为空，除非通过程序语句，否则在窗体控件中显示的数据将不会被写入到数据表的字段中；如果该属性设置为一个计算表达式，则该控件会显示计算的结果。
- 输入掩码（InputMask）：用于设置控件的数据输入格式，仅对文本型和日期型数据有效。
- 默认值（DefaultValue）：用于设定一个计算型控件或非结合型控件的初始值，可以使用表达式生成器向导来确定默认值。
- 有效性规则（ValidationRule）：用于设定在控件中输入数据的合法性检查表达式，可以使用表达式生成器向导来建立合法性检查表达式。若设置了“有效性规则”属性，在窗体运行期间，当在该控件中输入数据时将进行有效性规则检查。
- 有效性文本（ValidationText）：用于指定当控件输入的数据违背有效性规则时，显示给用户的提示信息。
- 是否有效（Enabled）：用于决定能否操作该控件。如果设置该属性为【否】，该控件将以灰色显示在窗体视图中，不能用鼠标、键盘或 Tab 键单击或选中它。
- 是否锁定（Locked）：用于指定在窗体运行中，该控件的显示数据是否允许编辑等操作。默认值为 False，表示可编辑，当设置为 True 时，文本控件相当于标签的作用。

3）组合框（Combo）控件（与文本框相同的不再说明）

- 行来源类型（RowSourceType）：该属性值可设置为【表/查询】、【值列表】或【字段列表】，与【行来源】属性配合使用，用于确定列表选择内容的来源。选择【表/查询】，“行来源”属性可设置为表或查询，也可以是一条 Select 语句，列表内容显示为表、查询或 Select 语句的第一个字段内容；若选择【值列表】，“行来源”属性可设置为固定值用于列表选择；若选择【字段列表】，“行来源”

属性可设置为表，列表内容将为选定表的字段名。

- 行来源（RowSource）：与行来源类型（RowSourceType）属性配合使用。

4）列表框（List）控件

列表框与组合框在属性设置及使用上基本相同，区别是列表框控件只能选择输入数据而不能直接输入数据。

5）命令按钮（CommandButton）控件

- 名字（Name）：可引用的命令按钮对象名。
- 标题（Caption）：命令按钮的显示文字。
- 标题的字体（FontName）：命令按钮的显示文字的字体。
- 标题的字体大小（FontSize）：命令按钮的显示文字的字号。
- 前景颜色（ForeColor）：命令按钮的显示文字的颜色。
- 是否有效（Enabled）：选择“是/否”，用于决定能否操作该控件。如果设置该属性为【否】，该控件将以灰色显示在窗体视图中，不能用鼠标、键盘或 Tab 键单击或选中它。
- 是否可见（Visible）：选择“是/否”，用于决定在窗体运行时该控件是否可见，如果设置该属性为【否】，该控件在窗体视图中将不可见。
- 图片（Picture）：用于设置命令按钮的显示标题为图片方式。

选项按钮（Option）控件、选项组（Frame）控件、复选框（Check）控件、切换按钮（Toggle）控件、选项卡控件、页控件的主要属性基本与上述控件相一致，有个别不同的将在控件设计时说明，在此不详细介绍。

3. 设置窗体属性

在 Access 2003 中，使用属性表和 VBE 可以查看并修改属性。用属性表设置属性，操作直观，但只能在设计视图状态下进行。在 VBE 中，通过命令语句可在系统运行中动态设置属性，但大部分属性可以在设计视图状态下利用属性表设置。

用属性表设置窗体属性的具体步骤如下。

（1）在窗体设计视图中，单击窗体左上角的【窗体选定器】来选择一个窗体。

（2）右击，然后选择快捷菜单中的【属性】命令，或单击工具栏中的【属性】按钮，显示【属性表】。

（3）单击需要设置其值的属性，然后执行以下操作之一。

- 在属性对话框中，输入适当的设置或表达式。
- 如果属性对话框包含箭头，单击该箭头，打开下拉列表，然后单击列表中的值。
- 如果【生成器】按钮显示在属性框的右边，单击该按钮以显示生成器或显示能够选择生成器的对话框。例如，可以使用代码生成器、宏生成器或表达式生成器设置某些属性。

【例6.7】　设置窗体的背景图案。

解析：背景图案可以是 Windows 环境下的各种图形格式的文件，如位图文件、图元文件和图标文件等。

在窗体【格式】属性中做如下设置。

（1）【图片】属性：直接输入用作背景图案的图形文件的完整路径及文件名，或者单击生成器按钮，打开【插入图片】对话框，利用该对话框选择用作背景图案的图形文件。

（2）【图片类型】属性有两种选择。

- 链接：图形文件必须与数据库同时保存，并可以单独打开图形文件进行编辑修改。
- 嵌入：图形直接嵌入到窗体中。此方式增加数据库文件长度，嵌入后可以删除原图形文件。

（3）【图片缩放模式】属性有 3 种选择。

- 剪裁：图形按照其实际大小直接用作窗体背景。如果图形大于窗体背景，依据窗体进行剪裁，多余部分被裁掉。此选项为默认选项。
- 拉伸：拉伸图形以适应窗体的大小。此方式将改变图形的宽高比，除非图形的宽高比与窗体宽高比相同。
- 缩放：改变图形大小以适应窗体背景，同时保持图形的宽高比。

（4）【图片对齐方式】属性有 5 种选择。

- 中心（在窗体中上下左右居中）。
- 左上（窗体的左上角）。
- 左下（窗体的左下角）。
- 右上（窗体的右上角）。
- 右下（窗体的右下角）。

（5）【图片平铺】属性：是/否。

【例 6.8】 设置窗体的格式属性。

解析：默认的窗体【格式】属性设置与窗体视图如图 6.33 所示。

在本例中，设置窗体以下属性。

- 标题（Caption）：“学生信息”。
- 滚动条：“两者均无”。
- 记录选定器：“否”。
- 导航按钮：“否”。
- 分隔线：“否”。

修改以上属性后，窗体【格式】属性设置与窗体视图如图 6.34 所示。

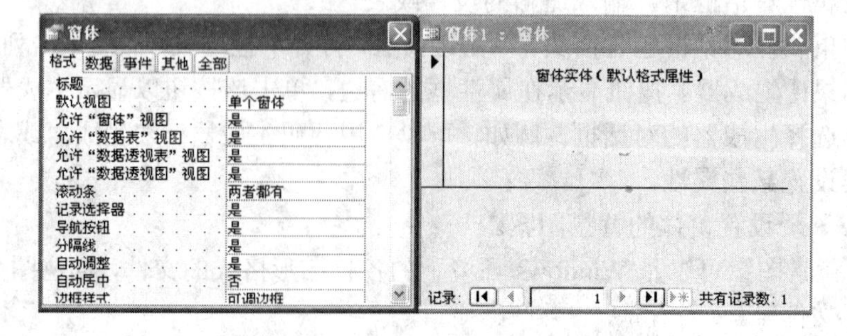

图 6.33 窗体默认【格式】属性设置与窗体视图

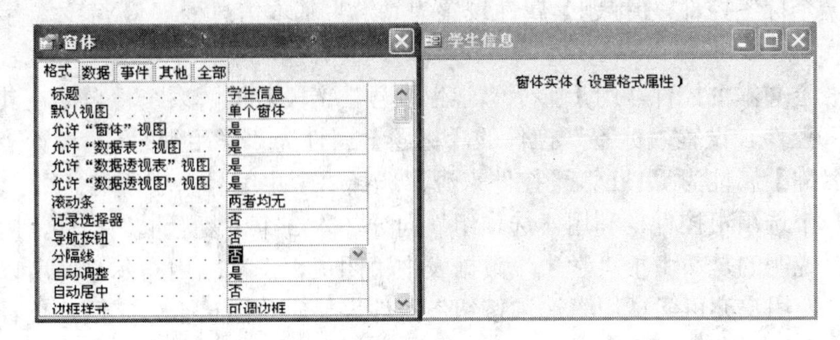

图 6.34　设置窗体【格式】属性与窗体视图

4. 在窗体中添加当前日期和时间

Access 2003 提供了将系统时钟日期和时间显示在窗体上的方法，添加日期和时间后，在窗体视图中，系统时钟日期和时间将显示在窗体上。

【例 6.9】　使用菜单命令为窗体添加当前日期和时间。

解析：操作方法如下。

（1）进入窗体设计视图。

（2）选择【插入】|【日期和时间】命令，打开【日期和时间】对话框。

（3）在【日期和时间】对话框中，选中【包含日期】复选框，然后选择日期格式；选中【包含时间】复选框，然后选择时间格式。

（4）单击工具栏中的【保存】按钮。

完成上述操作后，Access 2003 将在窗体上添加两个文本框，其【控件来源】属性分别设置为表达式“＝Date（）”和“＝Time（）”，如果有窗体页眉，文本框将添加到窗体页眉节，否则添加到主体节中。

通过以上 3 个例子，除数据属性外，对于窗体的其他属性设置，可用相同的方法进行设置并查看结果。

5. 使用属性表设置控件属性

设置控件属性，方法同窗体属性设置，具体属性值要根据控件的具体用途来确定。

【例 6.10】　建立“学生信息处理”窗体，给出各控件的具体使用及属性设置，结果如图 6.35 所示。

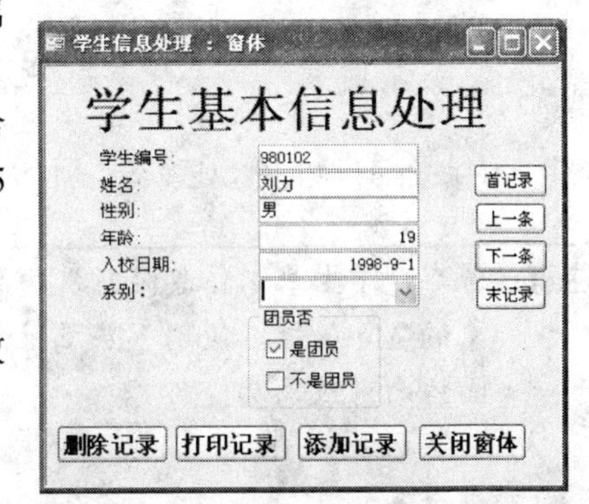

图 6.35　【学生信息处理】窗体视图

解析：主要操作步骤如下。

（1）设置窗体【数据源】属性为“学生”数据表。

（2）完成字段对应控件的添加。

字段与控件的对应，亦即用户要根据表字段的类型，选择何种控件来显示、编辑字段数据。由于篇幅所限，仅就个别情况给予说明。

添加一个标签控件，【标题】属性设置为“学生基本信息处理”，字体、字号作相应设置。

添加一个文本框控件，用于显示“学生编号”字段数据，系统将自动在其前添加一个“标签”控件。设置“标签”控件的【标题】属性为“学生编号”；设置“文本框”控件的【名称】属性为“Txh”，【控件来源】选择“学生编号”字段名。

添加一个选项组控件，利用“选项组”向导加入 2 个“复选框”控件，用于显示团员否。需要说明的是，由于“学生”数据表中“团员否”字段用布尔型，所以选用“复选框”控件，用户亦可尝试用“选项按钮”控件来显示“团员否”字段，查看结果有何不同。2 个“复选框”控件的【标签】属性分别设为“是团员”和“不是团员”，【选项值】属性分别设为－1 和 0。在这里应注意，布尔型数据只有两个值，分别为 True 和 False，布尔型数据转换为其他类型数据时，True 转换为－1，False 转换为 0。

添加一个组合框控件，显示学生所在系，由于系别名称为标准内容，选用组合框控件，用户在录入信息时，可以选择录入。

使用向导方式添加命令按钮控件，可依此建立【首记录】、【上一条】、【下一条】、【末记录】4 个记录导航按钮；【删除记录】、【打印记录】和【添加记录】3 个记录操作按钮；【关闭窗体】操作按钮。

关于对应“学生”数据表其他字段的控件的建立，用户可参照以上过程自己来完成。

6. 在 VBE 中设置窗体和控件属性

窗体（Form）和控件（Control）对象都是 VBE 对象，可以在 VBE 子过程（Sub）、函数过程（Function）或事件过程中设置这些对象的属性。在此仅给出示例，详细的语法说明将在后续章节中介绍。

1）设置窗体属性

在 VBE 代码中，可以通过引用 Forms 集合中单个窗体，其后跟随着属性的名称来设置窗体属性。

例如，若要将上例建立的“学生信息处理”窗体的 Visible 属性设置为 True（－1），可在 VBE 代码中使用以下代码行：

```
Forms!学生基本信息处理.Visible=True
```

或者

```
Forms!学生信息处理.Visible=-1(可以是除 0 以外的任何值)
```

注意： 若在“学生基本信息处理”窗体某个控件的事件代码中引用上述语句，可使用对象的 Me 属性，使用 Me 属性的代码比使用完整对象名称的代码执行得更快。上面语句可改写为：

```
Me.Visible=True
```

或者

```
Me.Visible=-1
```

2）设置控件属性

引用 Forms 对象的 Controls 集合中的控件。既可以隐式引用也可以显式引用 Controls 集合。

例如，若要将上例建立的“学生信息处理”窗体的【删除记录】命令按钮设为变灰，不可选用，其 Enabled 属性需设置为 False(－1),【删除记录】命令按钮的名字为 Comdel，可在 VBE 代码中使用以下代码行：

```
Me!Comdel.Enabled = false(当前窗体事件代码中用)
```

或者

```
Forms!学生信息处理!Comdel.Enabled = false
```

6.3.4 窗体与对象的事件

在 Access 2003 中，对象能响应多种类型的事件，每种类型的事件又由若干种具体事件组成，通过编写相应的事件代码，用户可定制响应事件的操作。以下将分类给出 Access 2003 窗体、报表及控件的一些事件。

1. 窗口事件

窗口事件是指操作窗口时引发的事件，如表 6.3 所示，正确理解此类事件发生的先后顺序，对控制窗体和报表的行为非常重要。

表 6.3　窗口事件

事件属性	事件对象	事件发生情况
OnOpen	窗体和报表	窗体被打开，但第一条记录还未显示出来时发生该事件。或虽然报表被打开，但在打印报表之前发生
OnLoad	窗体	窗体被打开，且显示了记录时发生该事件。发生在 Open 事件之后
OnResize	窗体	窗体的大小变化时发生。此事件也发生在窗体第一条记录显示时
OnUnload	窗体	窗体对象从内存撤销之前发生。发生在 Close 事件之前
OnClose	窗体和报表	窗体对象被关闭但还未清屏时发生

2. 数据事件

数据（Data）事件指与操作数据有关的事件，又称操作事件，如表 6.4 所示。当窗体或控件的数据被输入、修改或删除时将发生数据事件。

表 6.4　数据事件

事件属性	事件对象	事件发生情况
AfterDelConfirm	窗体	确认删除记录，其记录实际上已经删除或取消删除之后发生的事件
AfterInsert	窗体	插入新记录保存到数据库时发生的事件
AfterUpdate	窗体和控件	更新控件或记录数据之后发生的事件；此事件在控件或记录失去焦点时，或单击菜单中的“保存记录”时发生

续表

事件属性	事件对象	事件发生情况
BeforeDelConfirm	窗体	删除记录后，但在 Access 2003 显示对话框提示确认或取消之前发生的事件。此事件在 Delete 事件之后发生
BeforeInsert	窗体	在新记录中输入第一个字符，但还未将记录添加到数据库之前发生的事件
BeforeUpdate	窗体和报表	更新控件或记录数据之前发生的事件；此事件在控件或记录失去焦点时，或单击菜单中的“保存记录”时发生
Change	控件	当文本框或组合框的部分内容更改时发生的事件
Current	窗体	当焦点移动到一条记录，使它成为当前记录，或当重新查询窗体数据源时发生的事件
Delete	窗体	删除记录，但在确认删除和实际执行删除之前发生该事件
NoInList	控件	当输入一个不在组合框列表中的值时发生的事件

3. 焦点事件

焦点（Focus）即鼠标或键盘操作的当前状态，当窗体、控件失去或获得焦点时，或窗体、报表成为激活或失去激活状态时，将发生焦点事件，如表 6.5 所示。

表 6.5　焦点事件

事件属性	事件对象	事件发生情况
OnActivate	窗体和报表	在窗体或报表成为激活状态时发生的事件
OnDeactivate	窗体和报表	在窗体或报表由活动状态转为非活动状态之前发生的事件
OnEnter	控件	在控件实际接收焦点之前发生，此事件发生在 GotFocus 事件之前
OnExit	控件	当焦点从一个控件移动到同一窗体的另一个控件之前发生的事件，此事件发生在 LostFocus 事件之前
OnGotFocus	窗体和控件	当窗体或控件对象获得焦点时发生的事件。当“获得焦点”事件或“失去焦点”事件发生后，窗体只能在窗体上所有可见控件都失效，或窗体上没有控件时，才能重新获得焦点
OnLostFocus	窗体和控件	当窗体或控件对象失去焦点时发生的事件

4. 键盘事件

键盘（Keyboard）事件是操作键盘引发的事件，如表 6.6 所示。

表 6.6　键盘事件

事件属性	事件对象	事件发生情况
OnKeyDown	窗体和控件	在控件或窗体具有焦点时，键盘有键按下时发生该事件
OnKeyUp	窗体和控件	在控件或窗体具有焦点时，释放一个按下的键时发生该事件
OnKeyPress	窗体和控件	在控件或窗体具有焦点时，当按下并释放一个键或组合键时发生该事件

5. 鼠标事件

鼠标（Mouse）事件是用户操作鼠标引发的事件，如表 6.7 所示。鼠标事件应用较多，特别是“单击”事件，命令按钮的功能处理大多用鼠标事件来完成。

表 6.7　鼠标事件

事件属性	事件对象	事件发生情况
OnClick	窗体和控件	在控件上单击时发生的事件
OnDblClick	窗体和控件	在控件上双击时发生的事件，对窗体，双击窗体空白区域或窗体上的记录选定器时发生
OnMouseDown	窗体和控件	当鼠标指针在窗体或控件上，按下左键时发生的事件
OnMouseMove	窗体和控件	当鼠标指针在窗体、窗体选择内容或控件上移动时发生的事件
OnMouseUp	窗体和控件	当鼠标指针位于窗体或控件时，释放一个按下的鼠标键时发生的事件

6. 打印事件

在打印报表或设置打印格式时发生打印（Print）事件，如表 6.8 所示。

表 6.8　打印事件

事件属性	事件对象	事件发生情况
OnNoData	报表	设置没有数据的报表打印格式后，在打印报表之前发生该事件。用该事件可取消空白报表的打印
OnPage	报表	在设置页面的打印格式后，在打印页面之前发生该事件
OnPrint	报表	该页在打印或打印预览之前发生

7. Timer 和 Error 事件

1）Timer 事件

在 VB 中提供的 Timer 时间控件可以实现计时功能，但在 VBE 中并没有直接提供 Timer 时间控件，而是通过窗体的“计时器间隔（TimerInterval）”属性和“计时器触发（OnTimer）”事件来完成计时功能，“计时器间隔（TimerInterval）”属性值以毫秒为单位。

处理过程为：“计时器触发（OnTimer）”事件每隔 TimerInterval 时间间隔就被激发一次，运行 OnTimer 事件过程，这样重复不断，可实现计时功能。

2）Error 事件

Error 事件在窗体或报表拥有焦点，同时在 Access 中产生了一个运行错误时才发生。这包括 Microsoft Jet 数据库引擎错误，但不包括 Visual Basic 中的运行时错误或来自 ADO 的错误。如果要在此事件发生时执行一个宏或事件过程，需将 OnError 属性设置为宏的名称或事件过程。在 Error 事件发生时，通过执行事件过程或宏，可以截取 Access 错误消息而显示自定义消息，这样可以根据应用程序传递更为具体的信息。

6.3.5 常用控件的创建方法

控件是窗体设计的主要对象，其功能主要用于显示数据和执行操作。根据应用的类型，控件可划分为结合型、非结合型与计算型。结合型控件有数据源，主要用来显示、输入及更新数据表中的字段，例如文本框、组合框、列表框等控件可作为结合型控件使用；非结合型控件没有数据源，主要用来显示提示信息、线条、矩形及图像，例如标签、线条、矩形及图像等控件；计算型控件以表达式作为数据源，表达式可以使用窗体或报表所引用的表或查询中的字段数据，也可以是窗体或报表上其他控件的值，例如，文本框也可用来作计算控件使用，像显示合计值等。

在以上几节中主要介绍了窗体及控件的属性和事件及 Access 2003 的一些常用方法。本节将继续通过“学生基本信息录入”窗体，说明窗体及控件的使用及功能按钮的设计方法。

1. 命令按钮

命令按钮是用于接收用户操作指令、控制程序流程的主要控件之一，可以通过它指示 Access 2003 进行特定的操作。命令按钮响应用户的特定动作，这个动作触发一个事件操作，该事件操作可以是一段程序或对应一些宏，用于完成特定的任务。

在 Access 2003 中，可以利用向导创建命令按钮，也可以手工创建命令按钮。

1）利用向导

使用向导可方便地创建数据编辑、处理等常用功能的命令按钮，用户不必自写处理代码，但处理功能较弱。

【例 6.11】 通过向导创建“学生基本信息录入”窗体的命令按钮。

解析：主要操作步骤如下。

（1）打开“学生基本信息录入”窗体的设计视图，确保工具箱中的【控件向导】按钮已经按下。

（2）单击工具箱中的【命令按钮】，在窗体需要放置命令按钮的位置单击，打开【命令按钮向导】对话框之一，如图 6.36 所示。

（3）在此对话框中，Access 2003 提供了 30 多种操作，本例中，【类别】选择【记录导航】选项，【操作】选择【转至第一项记录】，单击【下一步】按钮，打开【命令按钮向导】对话框之二，如图 6.37 所示。

（4）在此对话框中，可以设置按钮上的显示内容（等同于设置按钮的“标题”属性），可选择【文本】或【图片】。选择【文本】，在文本框中输入要在按钮上显示的内容；选择【图片】，可单击【浏览】按钮查找所需显示的图片。单击【下一步】按钮，打开【命令按钮向导】对话框之三，如图 6.38 所示。

（5）在该对话框中，可以为创建的命令按钮命名（等同于设置按钮的“名字”属性），以便以后引用。

（6）单击【完成】按钮，完成该命令按钮的创建。

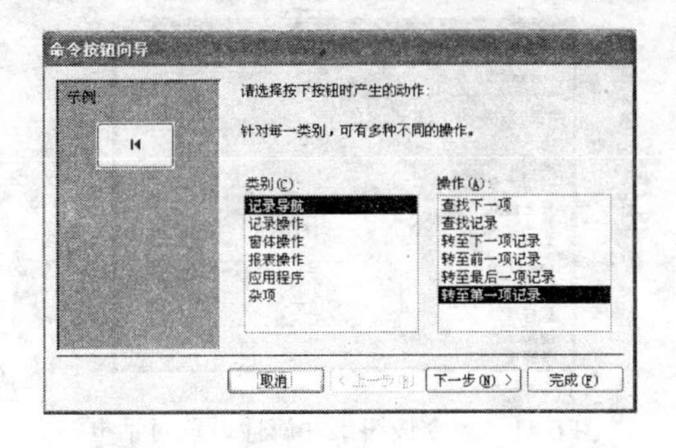

图 6.36　【命令按钮向导】对话框之一

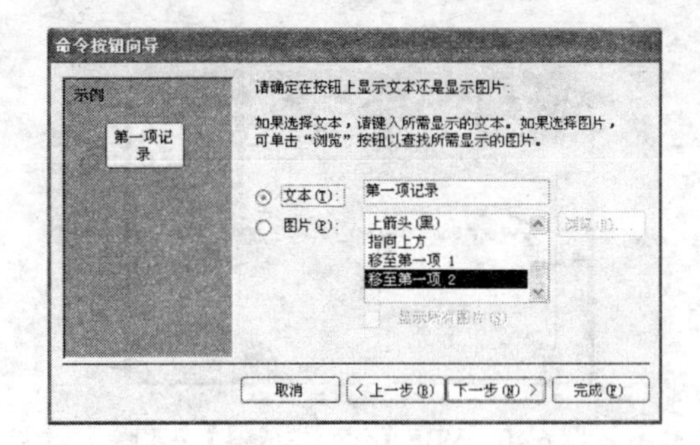

图 6.37　【命令按钮向导】对话框之二

其他功能的命令按钮，如【转至前一项记录】、【转至下一项记录】、【转至最后一项记录】、【添加记录】、【保存记录】、【删除记录】、【打印记录】等，创建方法与此相同。

2）手工创建命令按钮

手工创建命令按钮，通过事件代码处理，可使命令按钮具有更强的功能、更多的灵活性。其方法是：首先将命令按钮放置在窗体中，然后通过命令按钮的属性设置及事件代码编写，来达到用户特定的目的。

创建步骤如下。

（1）打开“学生基本信息处理”窗体的设计视图，确保工具箱中的【控件向导】按钮已经弹起。

（2）单击工具箱中的【命令按钮】，在窗体中单击要放置命令按钮的位置。

（3）设置属性。在该命令按钮上右击，从快捷菜单中选择【属性】命令，打开【属性设置】对话框，设置该命令按钮相应的属性，例如“标题”和“名字”属性。

（4）事件过程设计。有两种方法进入事件过程设计。

一是在该命令按钮上右击，从快捷菜单中选择【事件生成器】命令，进入如图 6.39 所示的对话框，选择【代码生成器】选项，进入 VBA 代码处理窗口，如图 6.40 所示。关于代码设计将在第 10 章介绍。

二是在该命令按钮上右击，从快捷菜单中选择【属性】命令，打开属性设置对话框，选择【事件】选项卡，如图 6.41 所示，所列项目即是命令按钮可响应的事件。

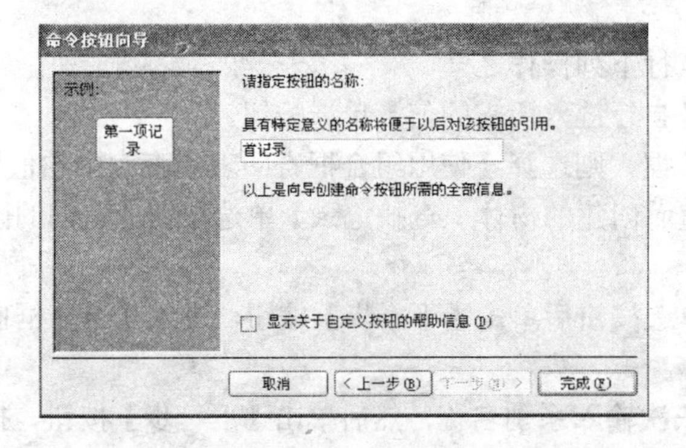

图 6.38　【命令按钮向导】对话框之三

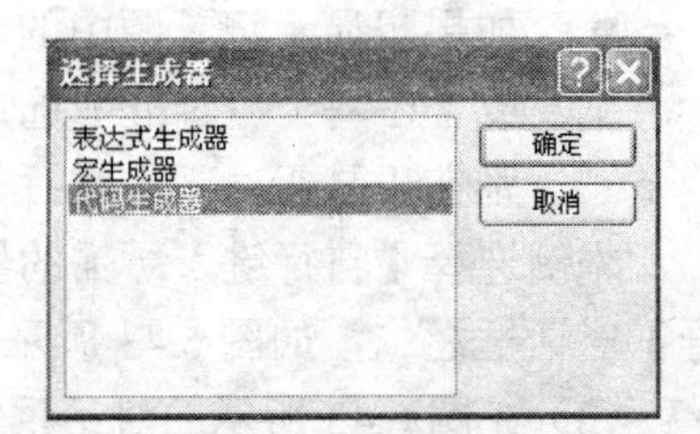

图 6.39　【选择生成器】对话框

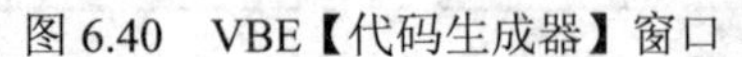
图 6.40 VBE【代码生成器】窗口

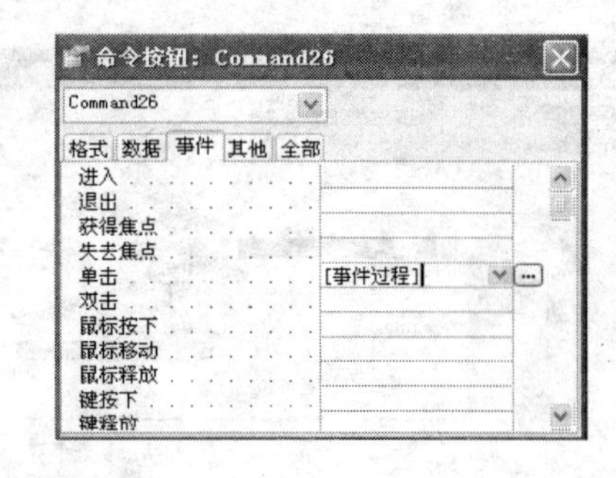

图 6.41 命令按钮事件属性设置对话框

每个事件选择项可以使用下拉箭头选择【宏】或【事件过程】选项，亦可单击表达式生成器按钮。若建有宏，可以直接选择【宏】，按钮的单击事件将执行选择的宏操作；若选择【事件过程】，然后单击表达式生成器按钮，可直接进入 VBA 代码生成器窗口；若直接单击表达式生成器按钮，则进入【选择生成器】对话框。

2. 列表框和组合框

列表框是由数据行组成的列表，每行可以包含一个或多个字段，就是说列表框可以包含多列数据，可以从列表框中选择某行数据。组合框是一个文本框与一个列表框的组合，在组合框中，既可以从列表中选择数据，也可以在文本框中输入数据。

列表框和组合框都可分为绑定的与非绑定的。绑定的列表框和组合框将选定的数据（组合框还包括输入的数据）与数据源绑定，选择某一行数据或输入某一数据后，该数据被保存到数据源中。

列表框和组合框有使用向导和不使用向导两种创建方法。

1）使用向导创建组合框

【例 6.12】 以“教学管理”数据库为例，在“学生信息录入”窗体中，利用向导创建处理“系别”字段的组合框。

解析：主要操作步骤如下。

（1）在“学生信息录入”窗体设计视图下，确保【工具箱】对话框中的【控件向导】按钮已经按下，单击【组合框】控件按钮，然后在窗体中相应的位置单击，打开【组合框向导】对话框之一，如图 6.42 所示。

（2）在此对话框中有三个选项，执行下列操作之一。

- 如果想显示固定值，则选择【自行键入所需的值】单选按钮。
- 如果想显示记录源中的当前数据，则选择【使用组合框查阅表或查询中的值】或【在基于组合框中选定的值而创建的窗体上查找记录】单选按钮，它们的区别在于是否对记录进行筛选。

本例选择【自行键入所需的值】单选按钮后单击【下一步】按钮，进入【组合框向导】对话框之二，如图 6.43 所示。

（3）在图 6.43 所示的对话框中，依次输入系别名称，然后单击【下一步】按钮，打开【组合框向导】对话框之三，如图 6.44 所示。

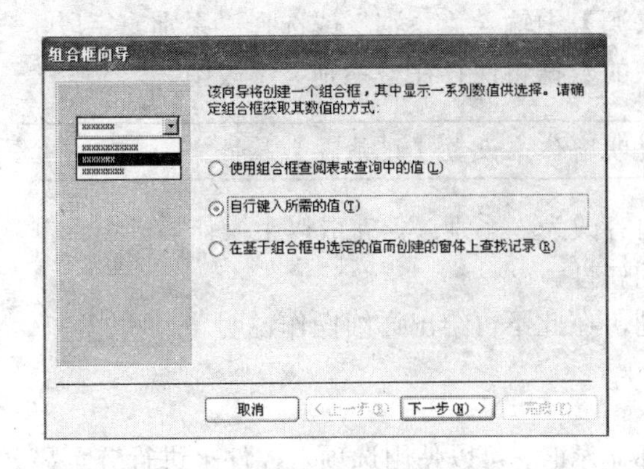

图 6.42　【组合框向导】对话框之一

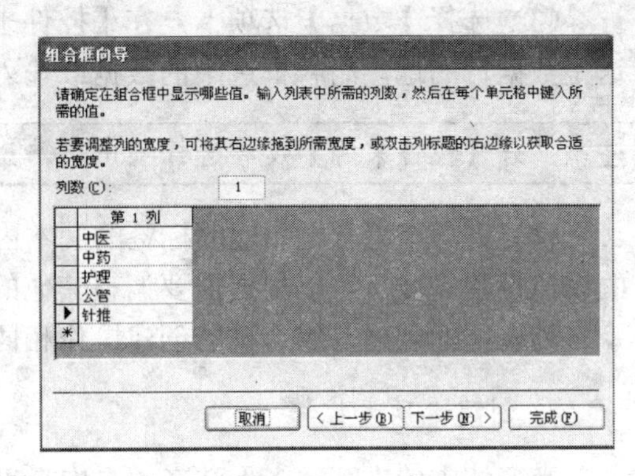

图 6.43　【组合框向导】对话框之二

（4）在图 6.44 所示的对话框中，确定组合框中选择数值后 Access 的动作。如果选择【记忆该数值供以后使用】单选按钮，则创建一个非绑定的组合框，其数据由程序自由使用；如果选择【将该数值保存在这个字段中】单选按钮，则创建一个绑定的组合框，组合框的数据会自动保存到用户选择的字段中。本例选择【将该数值保存在这个字段中】单选按钮并选择保存在字段"系别"中，完成后单击【下一步】按钮，打开【组合框向导】对话框之四，如图 6.45 所示。

（5）在本对话框中指定组合框的标签显示文本，本例中输入"系别:"，单击【完成】按钮，组合框创建成功。可以手工调整该组合框的属性。

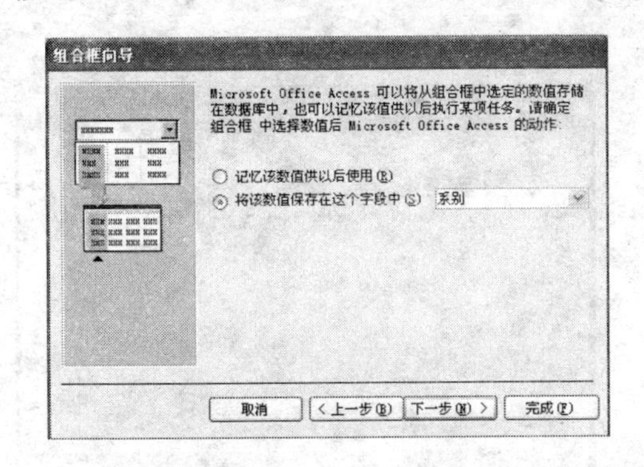

图 6.44 【组合框向导】对话框之三

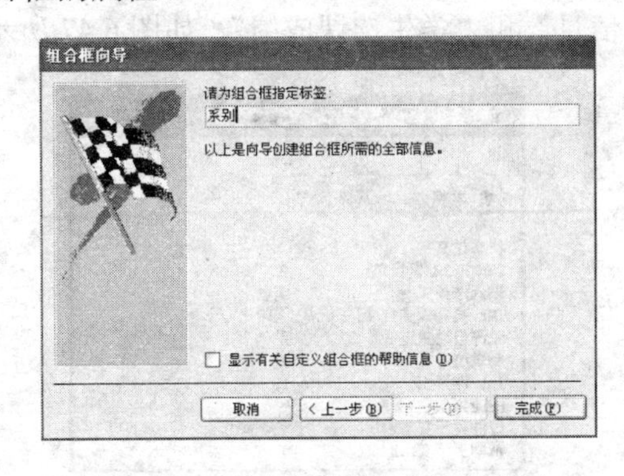

图 6.45 【组合框向导】对话框之四

2）不使用向导创建组合框

【例 6.13】　以"教学管理"数据库为例，在"学生信息录入"窗体中，不使用向导创建处理"系别"字段的组合框。

解析：主要操作步骤如下。

（1）将【工具箱】对话框中的【控件向导】按钮弹起。单击【工具箱】中的【组合框】控件按钮，在窗体要放置组合框的位置单击，放入组合框。

（2）右击组合框并从快捷菜单中选择【属性】命令，打开【属性】设置对话框并选择其中的【其他】选项卡，将【名称】属性改为 Cxb，以后可以通过【名称】属性对该控件进行引用，如图 6.46 所示。

（3）选择【数据】选项卡，在【控件来源】中输入“系别”或选择“系别”字段，这是数据目的地，组合框选中的数据或输入的数据将保存在“系别”字段中。

注意：若【控件来源】没有选择项出现，说明窗体未设置【记录源】属性。

（4）将与该组合框相连的标签的文本内容改为“系别:”。完成以上操作后，组合框的属性设置完成。可以根据需要调整其他的属性。

列表框的创建与组合框的创建操作相同，在此不再给出详细操作说明。

3. 创建选项卡控件

当窗体中的内容较多无法在一页中全部显示时，可以使用选项卡控件来进行分页显示，只需要单击选项卡对应的标签，就可以进行页面的切换。

【例 6.14】 创建“学生信息浏览”窗体，在窗体中使用选项卡控件，一个页面显示“学生基本信息”，另一个页面显示“学生选课成绩”信息。

在窗体中使用选项卡控件，在选项卡中使用列表框控件显示学生信息。

解析：先使用向导建立选项卡控件，主要操作步骤如下。

（1）进入窗体设计视图。

（2）单击工具箱中的【选项卡】控件按钮，在窗体中选择要放置【选项卡】的位置单击，调整其大小。系统默认【选项卡】为 2 个页，可根据需要使用鼠标右键插入新页。

（3）打开【属性】对话框，分别设置页 1 和页 2 的【标题】格式属性为“学生基本信息”和“学生选课成绩”，如图 6.47 所示。

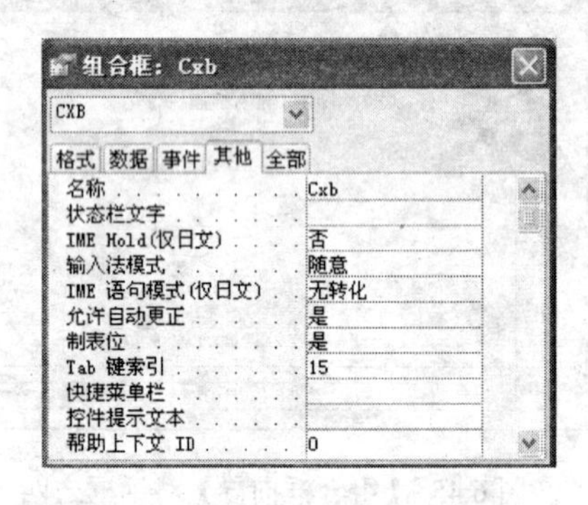

图 6.46　组合框属性设置对话框的【其他】选项卡

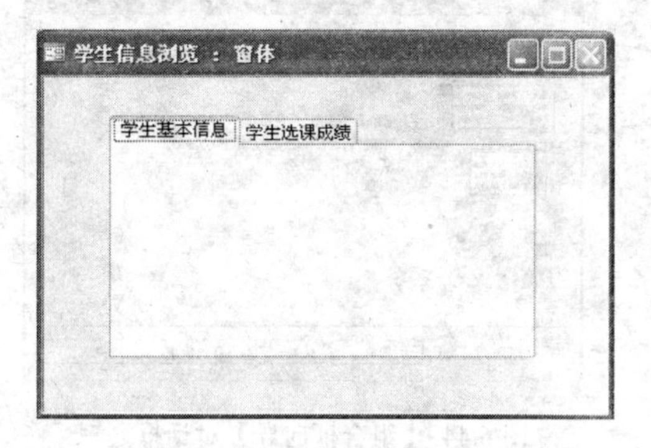

图 6.47　使用【选项卡】控件的窗体视图

（4）确保工具箱中的【控件向导】工具按钮已按下，在“学生基本信息”页面上添加一个【列表框】控件，用来显示学生基本信息的记录内容。操作步骤如下。

① 选中“学生基本信息”页面，单击工具箱中的【列表框】控件，在“学生基本信息”选项卡的合适位置单击放入，系统显示【列表框向导】对话框之一，如图 6.48 所示。选择【使用列表框查阅表或查询中的值】单选按钮。

② 单击【下一步】按钮，进入【列表框向导】对话框之二，如图 6.49 所示。选择为列表框提供数值的表或查询，在此选择“学生”表。

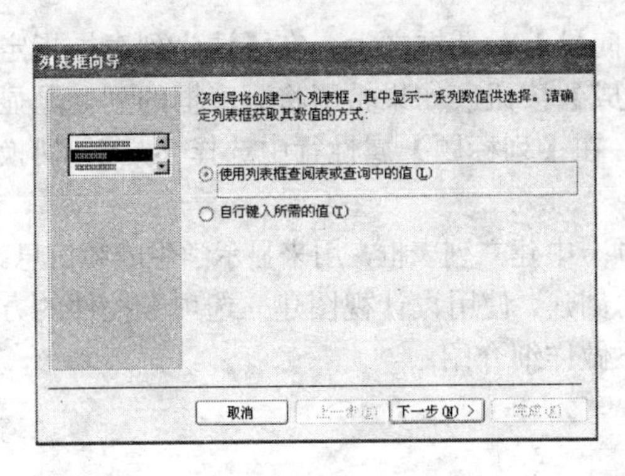

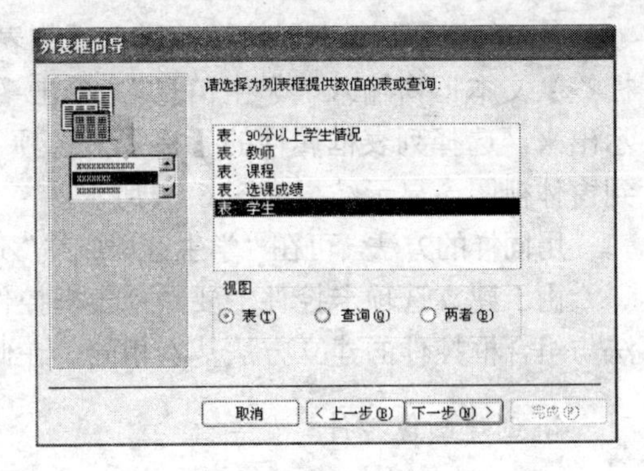

图 6.48 【列表框向导】对话框之一　　图 6.49 【列表框向导】对话框之二

③ 单击【下一步】按钮，进入【列表框向导】对话框之三，如图 6.50 所示。选择列表框要显示的表或查询中的字段。

④ 单击【下一步】按钮，进入【列表框向导】对话框之四，如图 6.51 所示。选择“学生编号”字段为【升序】。

⑤ 单击【下一步】按钮，进入【列表框向导】对话框之五，如图 6.52 所示。在列表框中显示出所有选择的表或查询中字段的列表，拖动各列右边框可以调整列的显示宽度。

⑥ 单击【下一步】按钮，进入【列表框向导】对话框之六，如图 6.53 所示，选择【学生编号】。

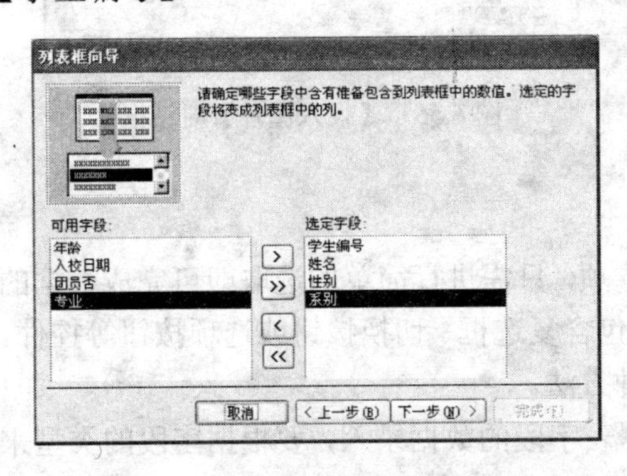

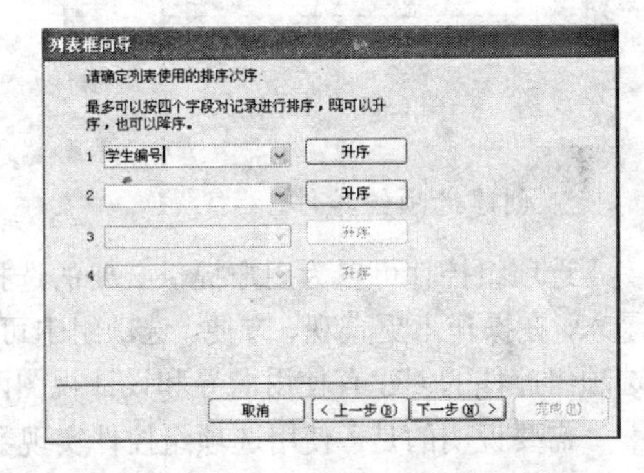

图 6.50 【列表框向导】对话框之三　　图 6.51 【列表框向导】对话框之四

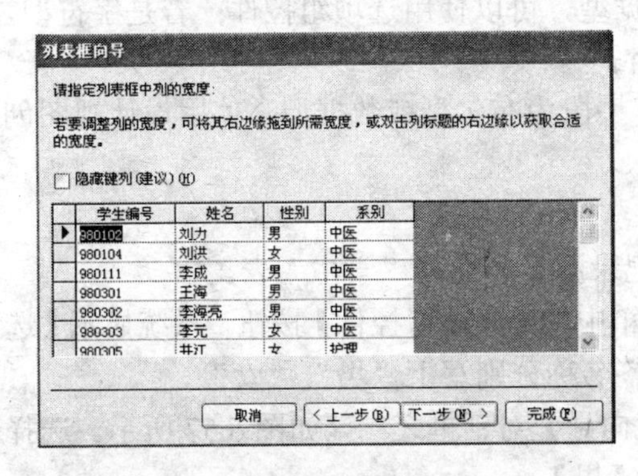

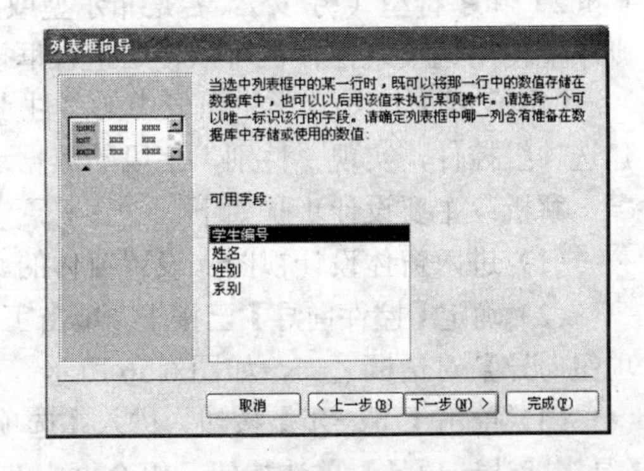

图 6.52 【列表框向导】对话框之五　　图 6.53 【列表框向导】对话框之六

⑦ 单击【下一步】按钮，进入【列表框向导】对话框之七，在【请为列表框指定标签】文本框内输入“学生信息”，单击【完成】按钮。如果希望将列表框的列标题显示出来，选择列表框属性的【格式】选项卡，在【列标题】属性行中选择【是】。切换到窗体视图，显示结果如图 6.54 所示。

用同样的方法，可在“学生选课成绩”选项卡中建立列表框，用来显示学生成绩信息。

由于建立选项卡控件主要是列表框控件的创建，使用设计视图建立选项卡控件的方法与组合框控件的建立方法基本相同，在此不做详细介绍。

4. 创建图像控件

图像控件主要用于美化窗体，可以放置开发单位的图标等。图像控件的创建比较简单，单击工具箱中的【图像】控件，在窗体的合适位置上单击，系统提示【插入图片】对话框，如图 6.55 所示，选择要插入的图片文件即可。

图 6.54　显示结果

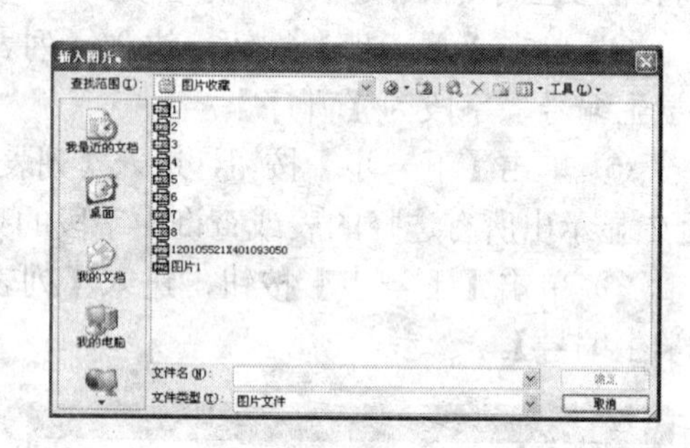

图 6.55　【插入图片】对话框

5. 创建选项组控件

选项组控件可以为用户提供必要的选择选项，只需进行简单的选取即可完成数据的录入，在操作上更直观、方便。选项组中可以包含复选框、切换按钮或选项按钮等控件。选项组控件的创建有使用向导和设计视图两种方法。

需要说明的是，使用选项组控件实现数据表字段的数据录入，要根据字段的类型来确定设计方法。例如“性别”字段，其类型可以是布尔型（True/False）、数据型（值为 1 和 2）和字符型（男/女）。若是布尔型或数据型，可以使用选项组控件；若是字符型，则不能使用选项组控件，可以使用组合框控件。

【例 6.15】　设“学生”表中的“性别”字段为布尔型或数据型，使用设计视图创建选项组控件，实现“性别”字段的数据录入。

解析：主要设计步骤如下。

（1）进入窗体设计视图，设置窗体的【记录源】属性为“学生”表。

（2）确定【控件向导】已按下，单击工具箱中的【选项组控件】按钮，系统显示【选项组向导】对话框之一，如图 6.56 所示。标签名称分别写上“男”、“女”。

（3）单击【下一步】按钮，进入【选项组向导】对话框之二，如图 6.57 所示。选择【是，默认选项是】单选按钮，组合框中选择【男】。

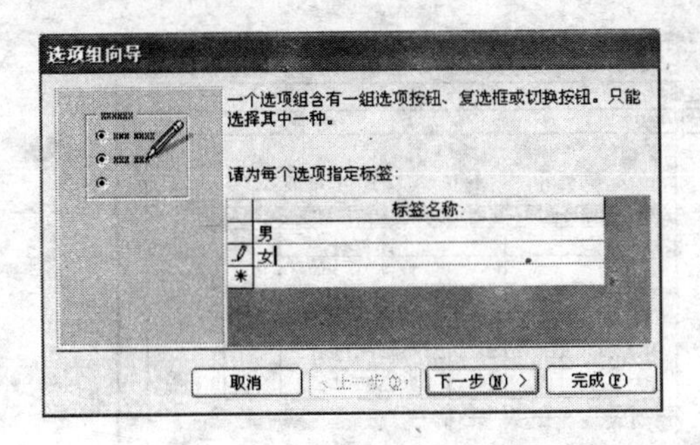

图 6.56　【选项组向导】对话框之一

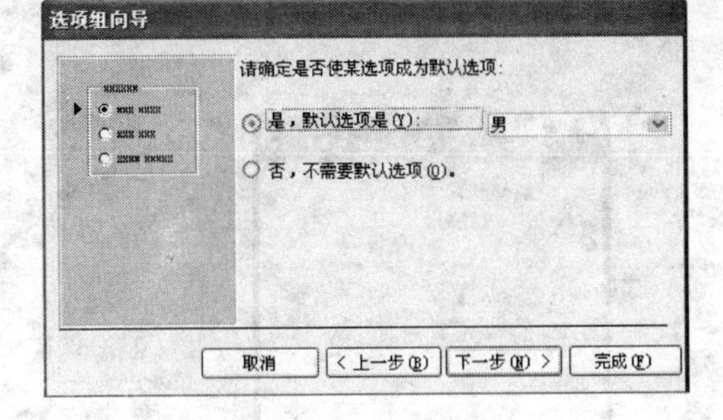

图 6.57　【选项组向导】对话框之二

（4）单击【下一步】按钮，进入【选项组向导】对话框之三，如图 6.58 所示。由于“性别”字段的类型为布尔型（True/False），即 True 对应“男”，False 对应“女”，则标题为“男”的“选项按钮”的“选项值”设为－1，“女”的“选项按钮”的“选项值”设为 0。

（5）单击【下一步】按钮，进入【选项组向导】对话框之四，如图 6.59 所示。控件类型选择【选项按钮】，样式选择【蚀刻】。

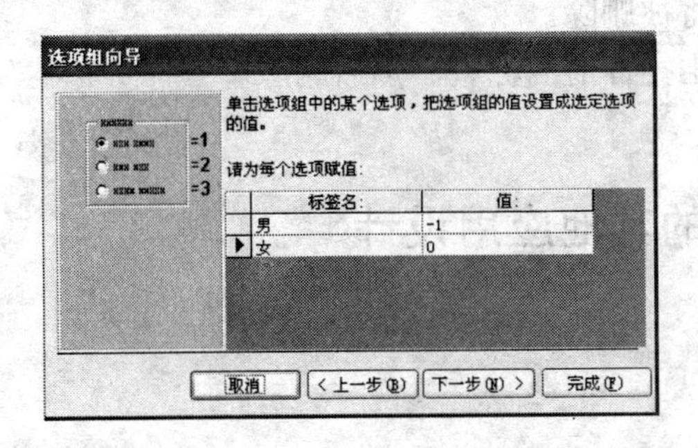

图 6.58　【选项组向导】对话框之三

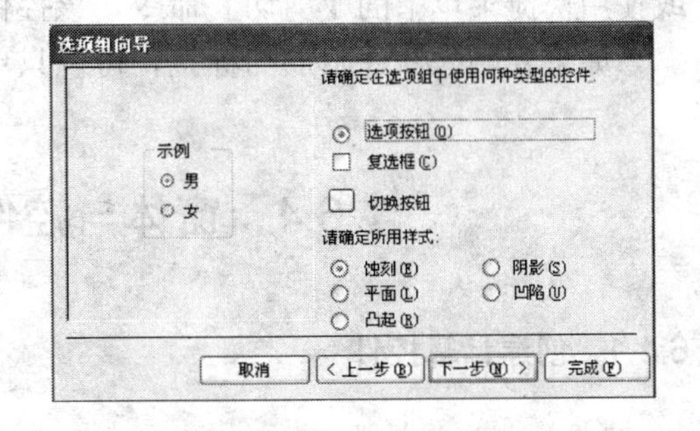

图 6.59　【选项组向导】对话框之四

（6）单击【下一步】按钮，进入【选项组向导】对话框之五，在【请为选项组指定标题】文本框中输入“性别”。单击【完成】按钮。保存设置，完成【选项组】控件的创建。结果如图 6.60 所示。

6. 添加 ActiveX 控件

Access 2003 提供了功能强大的 ActiveX 控件，可直接在窗体中使用 ActiveX 控件添加并显示一些具有某一功能的组件，例如日历控件等。

添加 ActiveX 控件的方法如下。

（1）在窗体设计视图中，单击工具箱中的【其他控件】按钮，系统显示 ActiveX 控件列表。

（2）从中选取需要的 ActiveX 控件，这里选择【日历控件 11.0】。

（3）在窗体内单击，窗体上显示日历控件，调整其大小，结果如图 6.61 所示。

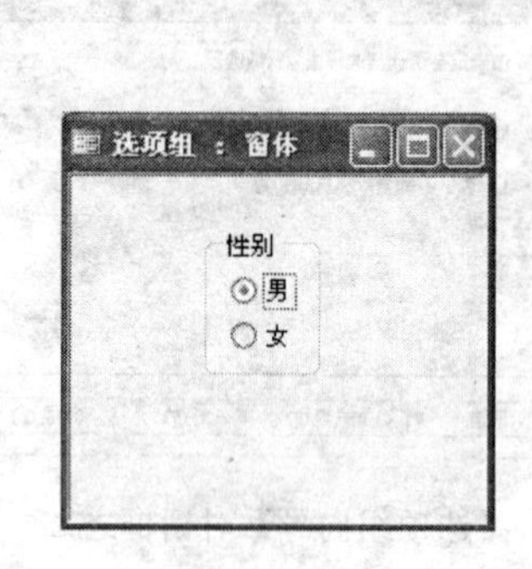

图 6.60　显示结果

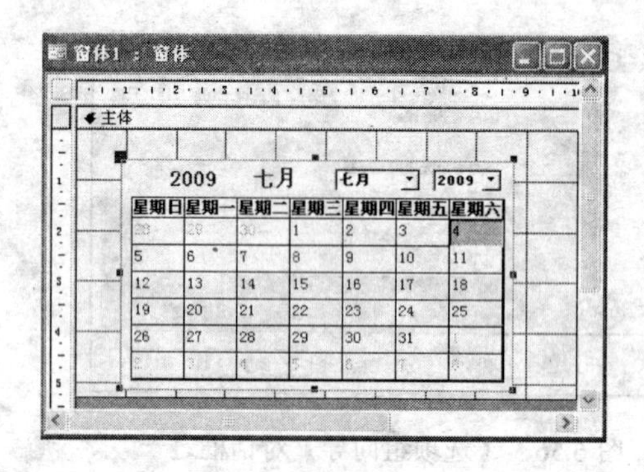

图 6.61　添加日历控件设计窗口

7. 删除控件

窗体中添加的每个控件都被看作独立的对象，在设计视图中，可以用鼠标选中并操作控件。例如使用选中控件后四周出现的控制句柄，可以改变控件大小、移动控件位置等。若要删除控件，可以选中要删除的控件，按 Del 键，或选择【编辑】|【删除】命令，或使用快捷菜单中的【剪切】命令，该控件将被删除。

如果要删除控件附加的标签，可以只单击控件前的标签，然后删除。

6.4　窗体与控件的其他应用设计

6.4.1　创建计算控件

1. 表达式生成器

在窗体设计视图中，打开【属性设置】对话框，单击表达式生成器按钮“…”，打开【选择生成器】对话框，如图 6.39 所示。

在【选择生成器】对话框中，选中【表达式生成器】项，单击【确定】按钮，系统进入【表达式生成器】对话框，如图 6.62 所示。

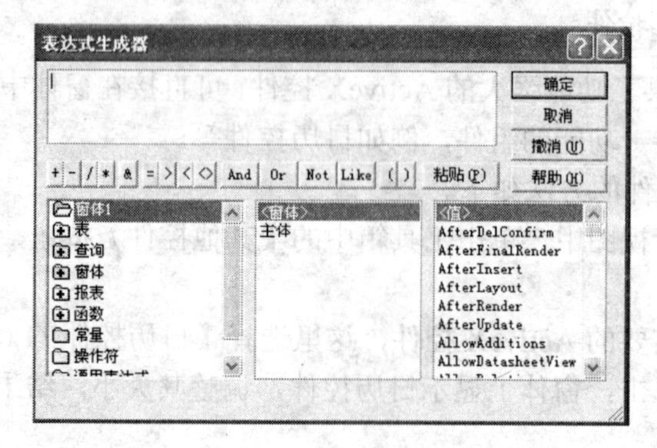

图 6.62　【表达式生成器】对话框

【表达式生成器】由3部分组成。

1）表达式文本框

生成器的上方是一个表达式文本框，可在其中创建表达式。使用生成器的其他部分可以创建表达式的元素，然后将这些元素粘贴到表达式文本框中以形成表达式。也可以直接在表达式文本框中输入表达式的组成部分。

2）运算符按钮

常用运算符的按钮位于生成器的中部。单击某个运算符按钮，表达式生成器将在表达式文本框中的插入点位置插入相应的运算符。单击左下角列表框中的"操作符"文件夹和中部框中相应的运算符类别，可以得到表达式中所能使用的运算符的完整列表。右侧的列表框列出的是所选类别中的所有运算符。

3）表达式元素

生成器下方含有3个列表框。

- 左侧的列表框列出了包含表、查询、窗体及报表等数据库对象，以及内置和用户定义的函数、常量、操作符和常用表达式的文件夹。
- 中间的列表框列出左侧列表框中选定文件夹内特定的元素或特定的元素类别。例如，如果在左边的列表框中单击【内置函数】，中间的列表框便列出Microsoft Access函数的类别。
- 右侧的列表框列出了在左侧和中间列表框中选定元素的值。例如，如果在左侧的列表框中单击【函数】，并在中间列表框中选定了一种函数类别，则右侧的列表框将列出选定类别中所有的函数。

注意：将标识符粘贴到表达式中时，表达式生成器只能粘贴在当前环境中必需的标识符部分。例如，如果从"学生信息管理"窗体的属性设置对话框中打开表达式生成器，然后在表达式文本框中粘贴窗体的Visible属性的标识符，则表达式生成器只粘贴属性名称：Visible。如果在窗体的环境以外使用这个表达式，则必须包含完整的标识符：Forms![学生信息管理].Visible。

2. 创建计算控件

在窗体设计中，经常需要添加一些控件，例如文本框控件，其显示内容不是从数据表的字段中直接取出，而是需要通过多个字段计算其值。例如工资管理窗体中的应发工资、扣发工资和实发工资等项目，这些项目一般不作为字段设计到工资数据表中，在窗体中要显示这些项目的数据，只有通过计算得出。

例如，在"学生信息管理"窗体设计中，不显示学生的出生年月，要显示年龄可以通过添加计算控件实现。操作方法如下。

（1）进入"学生信息管理"窗体设计视图，添加一个文本框控件，命名其标签标题为"年龄"。

（2）打开文本框控件的属性设置对话框，设置其控件来源属性。

可以使用表达式生成器来创建表达式，也可以利用组合表达式元素来创建表达式。

① 使用表达式生成器。

在“学生信息管理”窗体中，右击【年龄】文本框，打开属性设置对话框；单击【控件来源】文本框右侧的【表达式生成器】按钮，进入【表达式生成器】对话框。

使用“函数”和“表”文件夹选项，选择生成表达式元素，结果如图 6.63 所示。

图 6.63 生成计算表达式对话框

单击【确定】按钮，即完成“年龄”计算控件的创建。

② 使用手动方式创建。

假如对函数及表达式的语法比较熟悉，可以使用手动方法创建计算表达式。在“学生信息管理”窗体中，右击“年龄”文本框，打开属性设置对话框；在其【控件来源】文本框中直接输入表达式“＝Year（Date（））－Year（[出生日期]）”。

完成上述设计后，在“学生信息管理”的窗体视图中，“年龄”文本框将显示经过计算的学生年龄。

注意： 由于“年龄”文本框是非绑定型控件，输入或改变其值并不能保存到“出生日期”字段中。

6.4.2 查找记录

在数据表中可以查找数据。同样，在窗体中也可以使用“查找”命令来执行查找功能。具体操作方法如下（以“学生信息处理”窗体为例）。

（1）在“教学管理”数据库窗口中，单击【窗体】对象。

（2）打开“学生信息处理”的窗体视图。

（3）单击窗体中的“姓名”后的文本框，用于定位要查找的字段范围。

（4）选择【编辑】|【查找】命令，打开【查找和替换】对话框。

（5）在【查找内容】文本框内输入要查找学生的姓名，然后单击【查找下一个】按钮。如果找到，窗体上将显示该条记录的内容；否则，提示未找到信息。

（6）单击【关闭】按钮，将对话框关闭。

6.4.3 显示提示信息

“控件提示文本”（ControlTipText）属性用于设置提示文本，当鼠标指针指向控件时，将显示设置的控件提示文本。

关于该属性说明如下。

- ControlTipText 属性的设置文本不能多于 255 个字符。
- 可以使用控件的属性表、宏或 Visual Basic 来设置 ControlTipText 属性。
- 对于窗体上的控件，可以使用默认控件样式或 Visual Basic 的 DefaultControl 方法来设置此属性的默认值。
- 可以在任何视图中设置 ControlTipText 属性。
- ControlTipText 属性提供了一种简捷的方法来显示窗体上控件的帮助信息。

- 对于窗体或窗体上的控件，还有一些其他方法来提供帮助信息。StatusBarText 属性用于将控件的有关信息显示在状态栏上。如果要对窗体或控件提供更广泛的帮助，可以使用 HelpFile 和 HelpContextId 属性。

6.4.4 创建与使用主/子窗体

子窗体是窗体中的窗体，在显示具有一对多关系的表或查询中的数据时，子窗体特别有效。例如，可以创建一个带有子窗体的主窗体，用于显示“学生”表和“成绩”表中的数据。主/子窗体的数据源必须建立一对多关系，“学生”表中的数据是一对多关系中的“一”端，而“成绩”表中的数据则是此关系中的“多”端，每个同学都可以有多门选修课。

在这类窗体中，主窗体和子窗体彼此链接，使子窗体仅显示与主窗体当前记录相关的记录。

如果用带有子窗体的主窗体来输入新记录，则在子窗体中输入数据时，Access 2003 就会保存主窗体的当前记录，这就可以保证在“多”端的表中每一记录都可与“一”端表中的记录建立联系。在子窗体中添加记录时，Access 2003 也会自动保存每一记录。

主窗体可以包含多个子窗体，还可以嵌套子窗体，最多可以嵌套七级子窗体。也就是说，可以在主窗体内包含子窗体，子窗体内可以再有子窗体等。例如，可以用一个主窗体来显示学生基本信息数据，用子窗体来显示选课成绩，再用另一个子窗体来显示图书借阅信息。

要创建子窗体，可以同时创建主窗体和子窗体，也可以创建子窗体并将其添加到已有的窗体中。关于使用窗体向导创建基于多表的主/子窗体，在例 6.2 中已详细介绍。以下仅介绍将子窗体添加到已有窗体中的方法。

在添加子窗体之前，要确保已正确设置了表之间的关系。

（1）在窗体设计视图中打开要向其中添加子窗体的窗体，确保已按下了工具箱中的【控件向导】按钮。

（2）在工具箱中单击【子窗体/子报表】控件。

（3）在窗体中要放置子窗体的位置单击。

（4）以下操作按照向导对话框的提示进行。

（5）单击【完成】按钮后，Access 2003 将在已有的主窗体中添加一个子窗体控件，并为子窗体创建一个单独的窗体。

6.4.5 打印与预览窗体

可以在窗体的各个视图中打印窗体或预览窗体。

1. 在设计、窗体或数据表视图中打印窗体

（1）选择【文件】|【打印】命令。

（2）在【打印】对话框中，选择需要的打印选项，单击【确定】按钮。

Access 2003 如何打印窗体，取决于要打印的视图类型，如表 6.9 所示。

表 6.9 窗体的视图类型

视图类型	窗体打印类型	视图类型	窗体打印类型
设计视图	窗体视图	数据表视图	数据表
窗体视图	窗体视图		

如果不想指定【打印】对话框中的选项而直接打印窗体，可单击工具栏中的【打印】按钮。

2. 在数据库窗口中打印窗体

（1）在【窗体】对象中，选择要打印的窗体。
（2）选择【文件】|【打印】命令。
（3）在【打印】对话框中，选择需要的打印选项，单击【确定】按钮。
Access 2003 将在窗体的默认视图中打印窗体。

3. 在设计、窗体或数据表视图中预览窗体

（1）单击工具栏中的【打印预览】按钮。
（2）单击工具栏中的【视图】按钮以返回到设计视图、窗体视图或数据表视图中。

4. 在数据库窗口中预览窗体

（1）在【窗体】对象中，选择要预览的窗体。
（2）单击工具栏中的【打印预览】按钮。
Access 2003 在【打印预览】中如何显示窗体，取决于进行预览的视图类型，如表 6.10 所示。

表 6.10 打印预览时的窗体显示类型

视图类型	窗体显示类型	视图类型	窗体显示类型
设计视图	设计视图	数据表视图	数据表
窗体视图	窗体视图	数据库窗口	窗体默认视图

6.5 窗体外观格式设计

在窗体的设计视图中，有工具箱、窗体设计和格式（窗体/报表）工具栏。在进行设计时，需要充分利用这些工具以及窗体的弹出式菜单。

例如，可使用直线或矩形适当分隔和组织控件，对一些特殊控件使用特殊效果，对显示的文字使用颜色和各种各样的字体，均可以美化窗体。

6.5.1 加线条

利用工具箱中的【直线】和【矩形】按钮可以为窗体添加直线和矩形，然后修改其

属性，将其他控件加以分隔和组织，从而大大增强窗体的可读性。

例如，要向窗体添加直线，主要操作步骤如下。

（1）单击工具箱中的【直线】控件按钮。

（2）单击窗体的任意处可以添加默认大小的直线，如果要添加任意大小的直线则可以拖动鼠标。

（3）单击刚添加的直线，通过拖动直线的移动手柄以调整直线的位置，选择或移动控件时按住 Shift 键，可保持该控件在水平或垂直方向上与其他控件对齐。如果需要细微地调整控件的位置，更简单的方法是按住 Ctrl 键和相应的方向键。以这种方式在窗体中移动控件时，即使对齐网格功能为打开状态，Access 2003 也不会将控件对齐网格。拖动直线的大小手柄，以调整直线的长度和角度，如果想要细微地调整窗体中控件的大小，更简单的方法是按住 Shift 键，并使用相应的方向键。要修改直线的属性，首先右击直线，从快捷菜单中选择【属性】命令，然后选择【格式】选项卡进行设置。

6.5.2　加矩形

为窗体添加矩形，其操作方法与添加直线相同，而且矩形与直线的同名属性具有相似的作用。Access 2003 为控件提供了 6 种特殊效果，即平面、凸起、凹陷、阴影、蚀刻和凿痕。其他控件如果有“特殊效果”(SpecialEffect)，属性也与此类似。

“特殊效果”属性设置影响相关的“边框样式”(BorderStyle)、“边框颜色”(BorderColor)和“边框宽度”(BorderWidth)属性设置。例如，如果特殊效果属性设为“凸起”，则忽略“边框样式”、“边框颜色”和“边框宽度”设置。另外，更改或设置“边框样式”、“边框颜色”和“边框宽度”属性会使 Access 2003 将“特殊效果”属性设置更改为“平面”。

当设置文本框的“特殊效果”属性为“阴影”时，文本在垂直方向上显示的面积会减少。可以调整文本框的“高度”(Height)属性来增加文本框的显示面积。

6.5.3　设置控件格式属性

除了如前所述的可以设置控件的特殊效果、控件上的文本颜色外，还可以通过调整控件的大小、位置等来改变窗体的布局。

1. 选择控件

选择控件包括选择一个控件和选择多个控件。要选择多个控件，首先按住 Shift 键，然后依次单击所要选择的控件。在选择多个控件时，如果已经选择某控件后又想取消选择此控件，只要在按住 Shift 键的同时再次单击该控件即可。

通过拖动鼠标包含控件的方法选择相邻控件时，需要圈选框完全包含整个控件。如果要求圈选框部分包含时即可选择相应控件，需作进一步的设置。选择【工具】|【选项】命令，在【选项】对话框中选择【窗体/报表】选项卡，然后将【选中方式】设置成【部分包含】。通过上述设置后，当选择控件时，只要矩形接触到控件就可以选择控件，而不需要完全包含控件。

2. 移动控件

要移动控件，首先选择控件，然后移动鼠标指针指向控件的边框，当指针变为手掌形时，即可拖动鼠标将控件拖到目标位置。

当单击组合控件两部分中的任一部分时，Access 2003 将显示两个控件的移动控制句柄，以及所单击的控件的调整大小控制句柄。如果要分别移动控件及其标签，应将鼠标指针放在控件或标签左上角处的移动控制句柄上，当指针变成向上指的手掌图标时，拖动控件或标签就可以移动控件或标签。如果指针移动到控件或其标签的边框（不是移动控制句柄）上，指针变成手掌图标时，可以同时移动两个控件。

对于复合控件，即使分别移动各个部分，组合控件的各部分仍将相关。如果要将附属标签移动到另一个节而不想移动控件，必须使用【剪切】及【粘贴】命令。如果将标签移动到另一个节，该标签将不再与控件相关。

在选择或移动控件时按住 Shift 键，保持该控件在水平或垂直方向上与其他控件对齐，可以水平或垂直移动控件，这取决于首先移动的方向。如果需要细微地调整控件的位置，更简单的方法是按住 Ctrl 键和相应的方向键。

3. 调整控件大小

单击要调整大小的一个控件或多个控件，拖动调整大小控制句柄，直到控件变为所需的大小；也可以通过属性设置来改变控件的大小。具体操作为：右击所选择的控件，选择快捷菜单中的【属性】命令，在相应控件的属性设置对话框中选择【格式】选项卡，分别在【宽度】和【高度】文本框中输入控件的宽度和高度；按住 Shift 键，使用相应的方向键可以细微地调整控件的大小；要调整控件的大小正好容纳其内容，则选择要调整大小的一个控件或多个控件，然后选择【格式】|【大小】|【正好容纳】命令，Access 2003 将根据控件内容确定其宽度和高度。

4. 对齐控件

在设计窗体时应该正确排列窗体的各控件。对齐控件包括使控件相互对齐和使用网格对齐控件两种情况。

1）使用网格对齐控件

首先选择要调整的控件，然后选择【格式】|【对齐】|【对齐网格】命令。

如果网格上点与点之间的距离需要调整，在设置窗体属性的对话框中选择【格式】选项卡，如果要更改水平点，为“网格线 X 坐标”属性输入一个新值。如果要更改垂直点，则为“网格线 Y 坐标”属性输入一个新值。数值越大表明点间的距离越短。网格的默认设置为水平方向每英寸 24 点，垂直方向每英寸 24 点。如果用厘米作为测量单位，则网格设置为 10×10。这些设置可以更改为 1～64 之间的任何整型值。如果选择了每英寸多于 24 点或每厘米多于 9 点的设置，则网格上的点将不可见。

2）使控件互相对齐

首先选择要调整的控件，这些控件应在同一行或同一列，然后选择【格式】|【对齐】子菜单，再选择下列其中一项命令。

靠左：把控件的左缘对齐最左边控件的左缘。

靠右：把控件的右缘对齐最右边控件的右缘。

靠上：把控件的上缘对齐最上面控件的上缘。

靠下：把控件的下缘对齐最下面控件的下缘。

如果选定的控件在对齐之后可能重叠，Access 2003 会将这些控件的边相邻排列。

5. 修改控件间隔

1）平均间隔控件

选择要调整的控件（至少 3 个），对于有附属标签的控件，应选择控件，而不要选择其标签。选择【格式】|【水平间距】或【垂直间距】子菜单，然后再选择【相同】命令，Access 2003 将这些控件等间隔排列。实际上只有位于中间的控件才会调整，顶层与底层的控件位置不变。

2）增加或减少控件之间的间距

选择要调整的控件，选择【格式】|【水平间距】或【垂直间距】子菜单，然后再选择【增加】或【减少】命令。在控件之间的间距增加或减少时，最左侧（水平间距）及最顶端（垂直间距）的控件位置不变。

6.5.4　使用 Tab 键设置控件次序

在设计窗体时，特别是数据录入窗体，需要窗体中的控件按一定的次序响应键盘，便于用户操作，在设计视图中，Tab 键次序通常是控件的创建次序。可以使用【视图】|【Tab 键次序】命令重新设置窗体控件次序。

在设计视图中，打开窗体或数据访问页，执行下列操作之一。

1）更改窗体中的 Tab 键次序

打开窗体的设计视图，选择【视图】|【Tab 键次序】命令，打开【Tab 键次序】对话框，如图 6.64 所示。

如果希望 Access 2003 创建从左到右、从上到下的 Tab 键次序，单击【自动排序】按钮。

如果希望创建自定义 Tab 键次序，在【自定义顺序】列表框中，单击选定要移动的控件（单击并进行拖动可以一次选择多个控件），然后再次单击拖动控件到列表中所需的地方。

2）更改数据访问页中的 Tab 键次序

打开数据访问页设计视图，选择要按照 Tab 键次序移动的控件，打开控件的属性设置对话框，在 TabIndex 文本框中，输入新的 Tab 键次序，如图 6.65 所示。

3）从 Tab 键次序中移除控件

在窗体或数据访问页设计视图中，选择要从 Tab 键次序中移除的控件，然后打开控件的属性设置对话框，执行下列操作之一。

- 如果控件在窗体中，则将“制表位”属性设为【否】。只要控件的“可用”属性设为“是”，就仍可以通过单击该控件选定它。
- 如果控件位于数据访问页中，则将 TabIndex 属性设为－1。只要控件的 Disabled 属性设为 False，就仍可以通过单击该控件选定它。

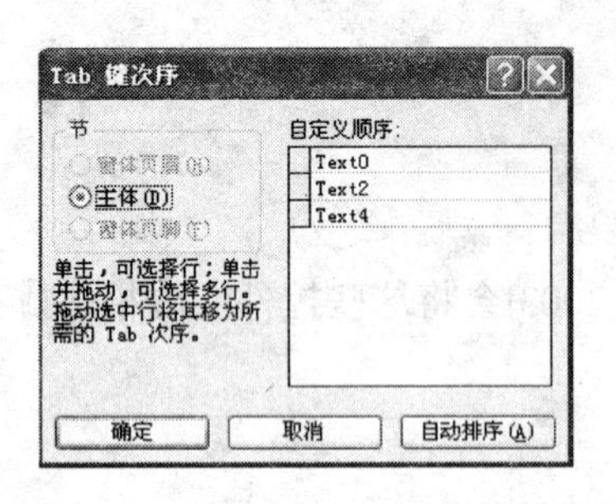

图 6.64　【Tab 键次序】对话框

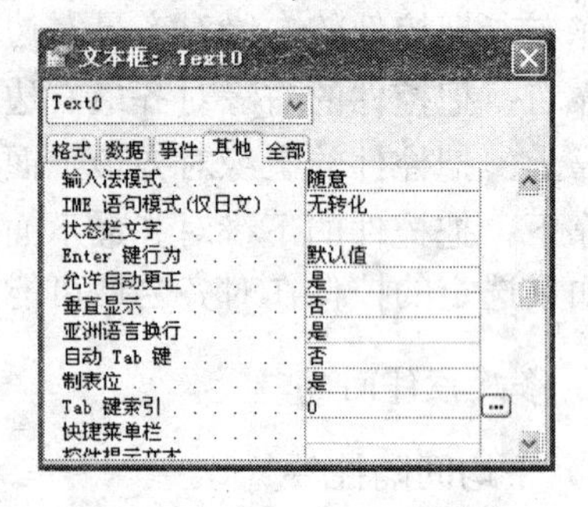

图 6.65　设置控件的 Tab 键次序

6.6　习　　题

一、选择题

1．不属于 Access 的窗体视图的是____。

A．设计视图　　B．查询视图
C．窗体视图　　D．数据表视图

2．在窗体的窗体视图中可以进行____。

A．创建或修改窗体　　B．显示、添加或修改表中数据
C．创建报表　　D．以上都可以

3．主窗体和子窗体的链接字段不一定在主窗体或子窗体中显示，但必须包含在____。

A．外部数据库中　　B．查询中
C．主窗体/子窗体的数据源中　　D．表中

4．使用窗体设计视图，不能创建____。

A．数据维护窗体　　B．开关面板窗体
C．报表　　D．自定义对话窗体

5．不是窗体控件的是____。

A．表　　B．标签　　C．文本框　　D．组合框

6．窗体的控件类型有____。

A．结合型　　B．非结合型　　C．计算型　　D．A、B 和 C

7．当窗体中的内容较多无法在一页中显示时，可以使用什么控件来进行分页____。

A．命令按钮控件　　B．组合框控件
C．选项卡控件　　D．选项组控件

8．在计算控件中，每个表达式前都要加上____。

A．＝　　B．！　　C．.　　D．like

9．关于控件组合叙述错误的是____。

A．多个控件组合后会形成一个矩形组合框

B．移动组合中的单个控件超过组合框边界时，组合框的大小会随之改变

C．当取消控件的组合时，将删除组合的矩形框并自动选中所有控件

D．选中组合框，按 Delete 键就可以取消控件的组合

10．窗体中的信息主要有____两类。

A．结合型信息和非结合型信息

B．动态信息和静态信息

C．用户自定义信息和系统信息

D．设计窗体时附加的提示信息和所处理表和查询的记录

11．如果在窗体上输入的数据总是取自某一个表或查询中记录的数据，或取自某个固定内容的数据，可以使用的控件是____。

A．文本框　　B．选项卡

C．选项组　　D．组合框或列表框

12．在窗体中，用来输入或编辑字段数据的交互控件是____。

A．文本框控件　　B．标签控件

C．复选框控件　　D．列表框控件

13．窗口事件是指操作窗口时所引发的事件。下列事件中，不属于窗口事件的是____。

A．打开　　B．关闭　　C．加载　　D．取消

14．在窗体上，设置控件 Command0 为不可见的属性是____。

A．Command0.Color　　B．Command0.Caption

C．Command0.Enabled　　D．Command0.Visible

15．能够接受数值型数据输入的窗体控件是____。

A．图形　　B．文本框　　C．标签　　D．命令按钮

16．在窗体设计工具箱中，代表组合框的图标是____。

A.　　B.　　C.　　D.

17．要改变窗体上文本框控件的输出内容，应设置的属性是____。

A．标题　　B．查询条件　　C．控件来源　　D．记录源

（18、19 题中使用下图，窗体的名称为 fmTest，窗体中有一个标签和一个命令按钮，名称分别为 Label1 和 bChange。）

18．在窗体视图显示该窗体时，要求在单击命令按钮后标签上显示的文字颜色变为红色，以下能实现该操作的语句是____。

A．label1.ForeColor＝255　　B．bChange.ForeColor＝255

C．label1.ForeColor＝"255"　　D．bChange.ForeColor＝"255"

19．若将窗体的标题设置为“改变文字显示颜色”，应使用的语句是____。

A．Me ="改变文字显示颜色"

B．Me.Caption="改变文字显示颜色"

C．Me.text="改变文字显示颜色"

D．Me.Name="改变文字显示颜色"

20．在窗体视图中显示窗体时，窗体中没有记录选定器，应将窗体的“记录选定器”属性值设置为____。

A．是　　B．否　　C．有　　D．无

二、填空题

1．窗体的数据来源主要包括表和______。

2．窗体中的主要信息有两类：一类是设计的提示信息，另一类是所处理_______的记录。

3．窗体通常由窗体页眉、窗体页脚、页面页眉、页面页脚及______组成。

4．页面页眉与页面页脚只出现在______中。

5．窗体主体节通常用来显示______。

6．窗体由多个部分组成，每个部分称为一个______，大部分的窗体只有______。

7．______窗体是 Access 为了以指定的数据表或查询为数据源产生一个 Excel 的分析表而建立的一种窗体形式。

8．主窗体只能显示为________的窗体，子窗体可以显示为________窗体，也可显示为______窗体。

9．在 Access 中，创建主/子窗体有两种方法：一是同时创建主窗体和子窗体，二是将______作为子窗体加入到另一个已有的窗体中。

10．______属性决定了一个控件或窗体中的数据来自何处，以及操作数据的规则。

11．______主要是针对控件的外观或窗体的显示格式而设置的。

12．利用______型控件可以在窗体的控件和窗体的数据来源之间建立链接。

13．在“窗体”对象的工具箱中图标 的名称为______。

14．______位于窗体顶部位置，一般用于设置窗体的标题、窗体使用说明或打开相关窗体以及执行其他任务的命令。

15．______用于显示窗体或报表的主要部分，该节通常包含绑定到记录源中字段的控件。但也可能包含未绑定控件，如字段或标签等。

16．______用于显示在窗体中每页的顶部显示标题、列标题、日期或页码。

17．______用于在窗体和报表中每页的底部显示汇总、日期或页码。

18．控件中的______属性值将成为控件中显示的文字信息。

19．______属性值用于设定控件的显示效果，如“平面”、“凸起”和“凹陷”等。

20．______控件主要用来输入或编辑字段数据，它是一种交互式控件；它分为 3 种类型：结合型、非结合型与计算型。

第 7 章 报表的设计与应用

本章要点

- 报表的定义、组成及类型。
- 使用报表向导创建报表的方法。
- 报表设计视图中可以完成的各种设计操作。
- 报表的排序与分组方法。
- 报表的计算和汇总。
- 创建主/子报表和多列报表的方法。
- 报表的预览与打印。

报表主要用于对数据库的数据进行分组、计算、汇总和打印输出。使用报表对象来打印格式数据是一种非常有效的方法，因为报表为查看和打印概括性的信息提供了最灵活的方法。Access 提供了可以在报表中控制每个对象的大小和显示方式的方法，并可以按照所需的方式显示相应的内容。还可以在报表中添加多级汇总、统计比较，甚至加上图片和图表。本章主要介绍 Access 2003 报表对象的基本知识以及设计报表的方法。

7.1 报表的基础知识

7.1.1 报表的定义

报表是 Access 2003 数据库的的对象之一，根据指定规则打印输出格式化的数据信息。例如，在按部门显示教职工工资的报表中，可以显示各部门教职工工资的合计，也可以显示各部门教职工工资的合计占所有教职工工资合计的百分比。

报表作为 Access 2003 数据库的一个重要组成部分，不仅可用于数据分组，单独提供各项数据和执行计算，还提供了以下功能。

- 可以制成各种丰富的格式，从而使用户的报表更易于阅读和理解。
- 可以使用剪贴画、图片或者扫描图像来美化报表的外观。
- 通过页眉和页脚，可以在每页的顶部和底部打印标识信息
- 可以利用图表和图形来帮助说明数据的含义。

7.1.2 报表的结构

报表一般由报表页眉、页面页眉、主体、页面页脚和报表页脚五部分组成，每一部分称为一个“节”。所有报表都必须有主体节，根据需要报表可以随时添加报表页眉节、页面页眉节、页面页脚节和报表页脚节，如图 7.1 所示。

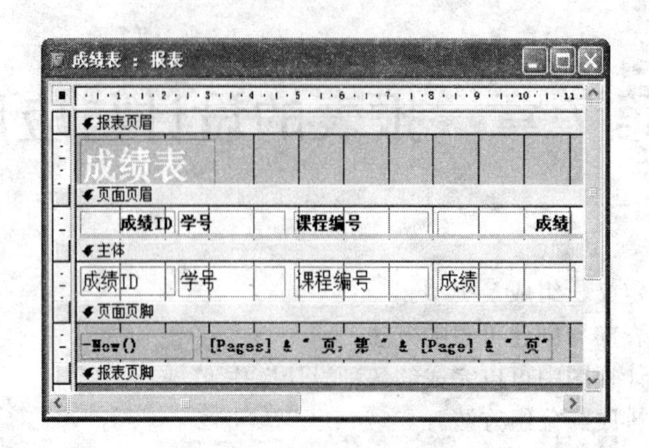

图 7.1 报表的组成区域

1. 报表页眉

报表页眉是整个报表的页眉，用来显示整个报表的标题、说明性文字、图形、制作时间或制作单位等，每个报表只有一个报表页眉。

一般以大的字体将该份报表的标题放在报表顶端。只有报表的第 1 页才出现报表页眉内容。报表页眉节的作用是作封面或信封等。

2. 页面页眉

页面页眉中的文字或字段，通常会打印在每页的顶端。如果报表页眉和页面页眉共同存在于第 1 页，则页面页眉数据会打印在报表页眉的数据下面。

3. 主体

主体用于处理每一条记录，其中的每个值都要被打印。主体节是报表内容的主体区域，通常含有计算的字段。

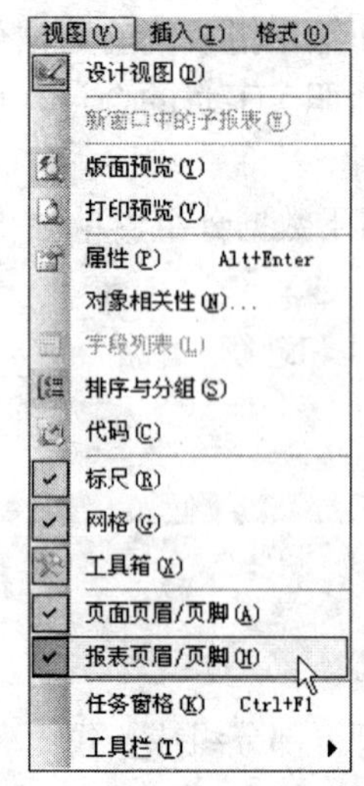

图 7.2 报表的视图菜单

4. 页面页脚

页面页脚打印在每页的底部，用来显示本页的汇总说明，报表的每一页有一个页面页脚。页面页脚通常包含页码或控件，其中的【=“第”&[page]&“页”】表达式用来打印页码。

5. 报表页脚

报表页脚用于打印报表末端，通常使用它显示整个报表的计算汇总、日期和说明性文本等。

选择【视图】菜单中的【报表页眉/页脚】或【页面页眉/页脚】命令，可添加或删除对应的节，如图 7.2 所示。

除了以上通用区段外，在分组和排序时，有可能需要组页眉和组页脚区段。可选择【视图】|【排序与分组】命令，弹出【排序与分组】对话框。选定分组字段后，对话框下端会出现【组

属性】选项组，将【组页眉】和【组页脚】框中的设置改为【是】，在工作区即会出现相应的组页眉和组页脚。

7.1.3　报表的视图

Access 2003 为报表提供了设计、打印预览和版面预览 3 种视图。

设计视图：用于创建和编辑报表的结构。该视图类似于一个工作台，用户可以在其上安排项目以及所需的工具。设计视图中提供的工具包括标尺、工具箱和字段列表等。

打印预览视图：用于查看报表的每一页上显示的数据。打印预览视图一般用于用户在生成报表对象之后，在打印之前先在屏幕上显示报表打印时将要出现的效果，如果有不合适的地方，可以很快进行调整，直到满意才真正打印出来。这样可以节省纸张，也可以提供工作效率。

版面预览视图：用于查看报表的字体、字号和常规布局等版面设置。版面预览视图只显示报表示例，而不是实际打印效果的完整呈现。

单击工具栏中的视图下拉按钮，分别选择选项【设计视图】、【打印预览】和【版面预览】，可实现 3 个视图之间的切换，如图 7.3 所示。

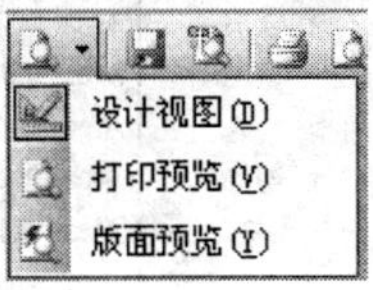

图 7.3　报表的视图方式

7.1.4　报表的分类

报表主要分为 4 种类型：纵栏式报表、表格式报表、图表报表和标签报表。

1　纵栏式报表

纵栏式报表，也称为窗体报表，一般是指以垂直方式在每一页中主体节区显示一条或多条记录。用来记录数据的字段标题信息与字段记录数据一起被安排在每页的主体节区内同时显示。

利用纵栏式报表可以安排显示一条记录的区域，也可同时显示一对多关系的“多”端的多条记录的区域，甚至包括合计。纵栏式报表的结构如图 7.4 所示。

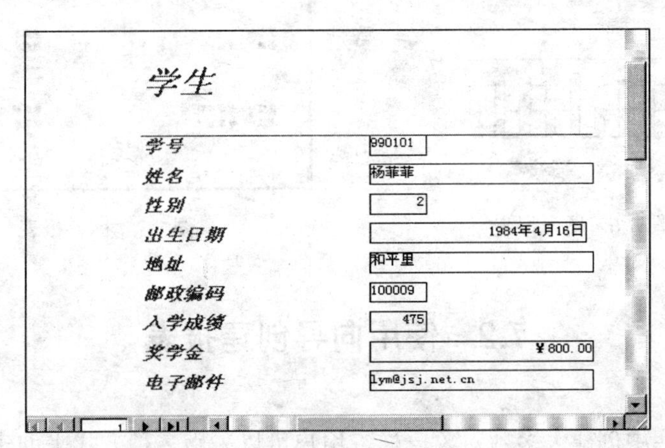

图 7.4　纵栏式报表

2 表格式报表

表格式报表是以整齐的行、列形式显示记录数据，通常一行显示一条记录、一页显示多行记录。表格式报表与纵栏式报表不同，其记录数据的字段标题信息不是被安排在每页的主体节区内显示，而是安排在页面页眉节区内显示。表格式报表的结构如图 7.5 所示。

学生

学	姓名	性别	出生日期	地址	邮政	学成绩	奖学金
9901	杨菲菲	2	1984年4月16日	和平里	100009	475	¥800.00
9901	赵欣欣	2	1984年7月30日	中轴路	100033	468	¥500.00
9902	陈明	2	1984年12月19日	北方交大	100001	458	
9902	吴月	2	1983年12月6日	鼓楼大街	100013	472	¥800.00
9901	王海东	1	1985年8月4日	北太平庄	100002	483	¥1,000.00
9902	郑强	1	1985年8月13日	中关村	100021	405	
9902	王小伟	1	1984年12月25日	望京小区	100077	439	
9903	李小龙	1	1985年5月31日	怀柔	100008	459	
9903	赵健	1	1985年5月5日	丰台	100004	421	

图 7.5　表格式报表

3 图表报表

利用图表报表可以将数据以图表的形式直观地打印出来。图表报表的结构如图 7.6 所示。

4 标签报表

标签报表是一种特殊类型的报表。在实际应用中，经常会用到标签，主要用于打印书签、名片、信封、邀请函等特殊用途。标签报表的结构如图 7.7 所示。

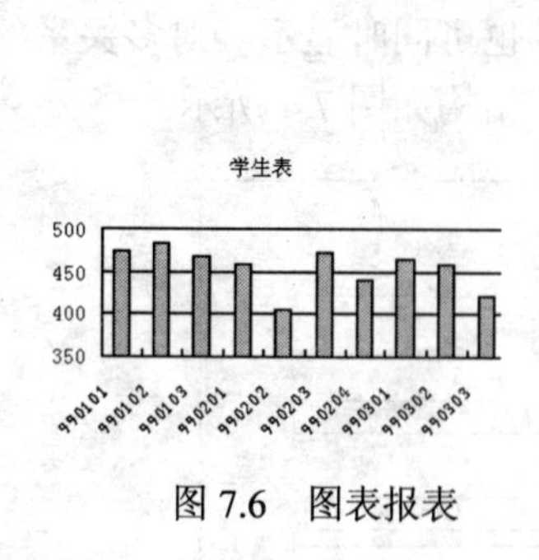

图 7.6　图表报表

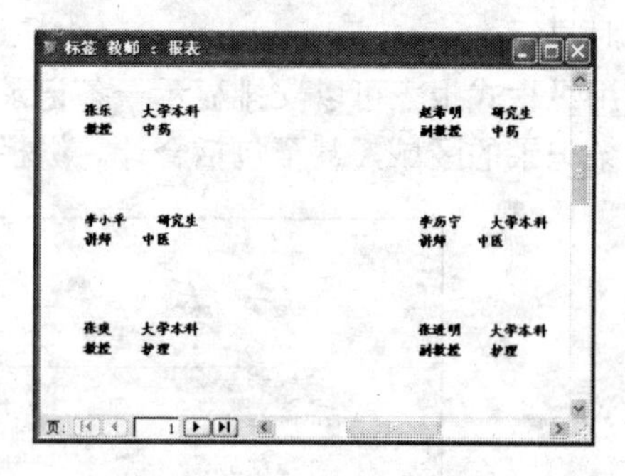

图 7.7　标签报表

7.2 使用向导创建报表

如同数据库中创建大多数对象一样，用户可以采用多种方式来创建所需的报表。

新建报表，首先，打开数据库窗口，单击【对象】列表中的【报表】按钮，然后单击数据库窗口工具栏上的【新建】按钮，则弹出【新建报表】对话框，如图 7.8 所示。Access 2003 在【新建报表】对话框中提供了多种创建报表的方法。除设计视图不需要向导而创建新报表外，其余 5 种：报表向导、自动创建纵栏式报表、自动创建表格式报表、图表向导和标签向导均为使用向导创建报表的方法。

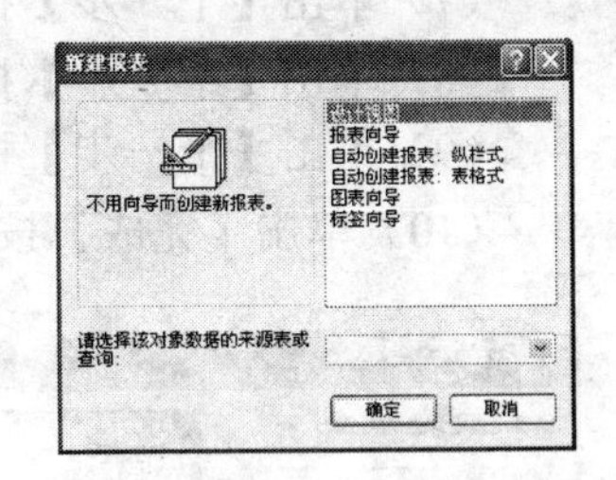

图 7.8　【新建报表】对话框

7.2.1　使用报表向导创建报表

创建报表最简单的方法是使用向导。在报表向导中，需要选择在报表中出现的信息，并从多种格式中选择一种格式以确定报表外观。与自动报表向导不同的是，用户可以用报表向导选择希望在报表中看到的指定字段，这些字段可来自多个表和查询，向导最终会按照用户选择的布局和格式，建立报表。下面通过一个具体的实例介绍使用“报表向导”创建报表的方法。

【例 7.1】　使用“报表向导”创建输出学生编号、姓名、性别、年龄、课程名称和成绩的学生选课成绩报表，并带有成绩平均值汇总项。

解析：操作步骤如下。

（1）在数据库窗口中，单击【对象】列表中的【报表】对象，然后单击数据库窗口工具栏上的【新建】按钮。

（2）在【新建报表】对话框中，选择【报表向导】选项。单击作为报表数据来源的“学生”表，如图 7.9 所示。

（3）单击【确定】按钮，然后从可用字段中选择学生编号、姓名、性别、年龄字段。在【表/查询】列表框中选择“表：课程”，从中选择“课程名称”字段。在【表/查询】列表框中再选择“表：选课成绩”，从中选择“成绩”字段，操作结果如图 7.10 所示。

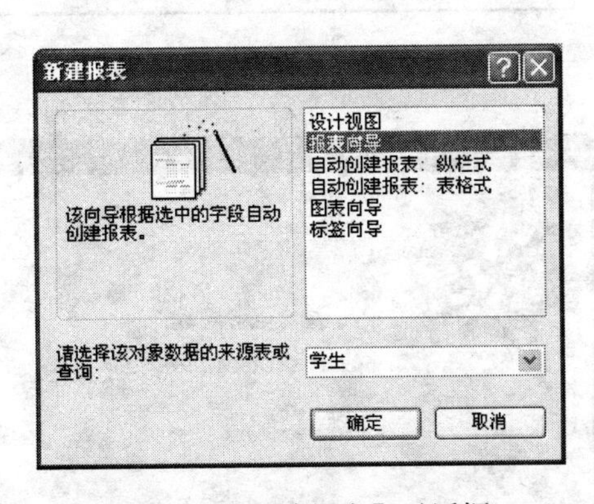

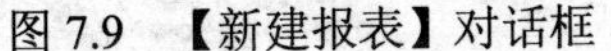

图 7.9　【新建报表】对话框

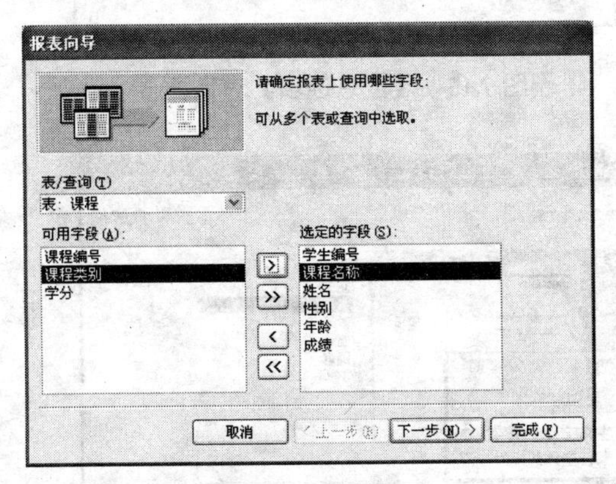

图 7.10　选择字段

（4）单击【下一步】按钮，选择查看数据的方式为“通过学生”，如图 7.11 所示。

（5）单击两次【下一步】按钮后，选择按“课程名称”排序，如图 7.12 所示。

（6）单击【汇总选项】按钮，选中“平均”复选框，如图 7.13 所示。

（7）单击【下一步】按钮，选择布局为“递阶”，如图 7.14 所示。

（8）单击【下一步】按钮，选择“淡灰”样式，如图 7.15 所示。

（9）单击【下一步】按钮，输入报表的名称，如图 7.16 所示。

（10）单击【完成】按钮预览，报表如图 7.17 所示。

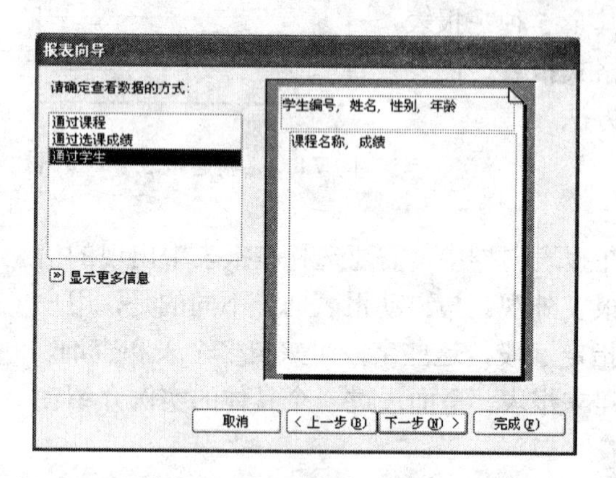

图 7.11 确定查看数据的方式

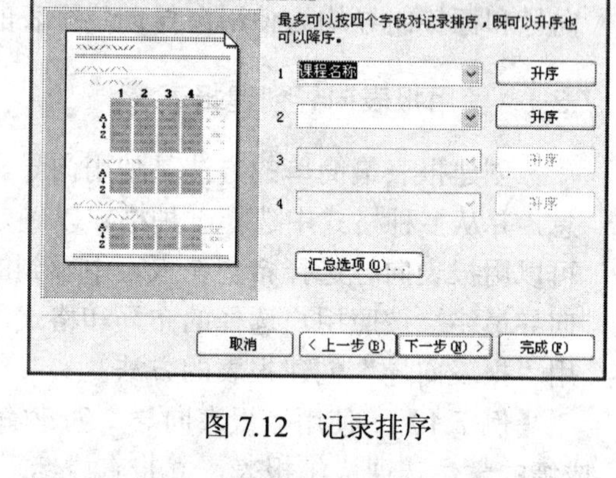

图 7.12 记录排序

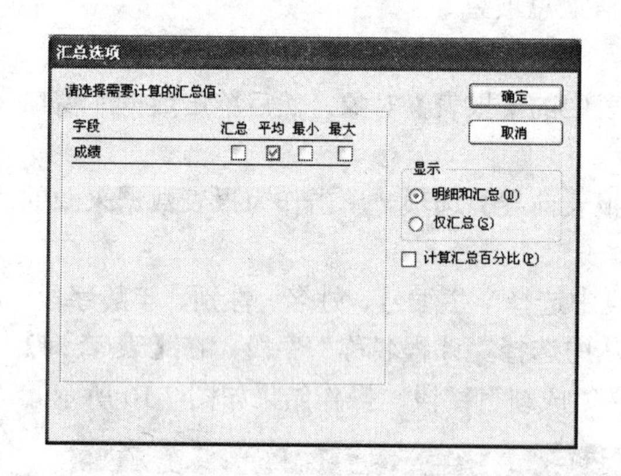

图 7.13 【汇总选项】对话框

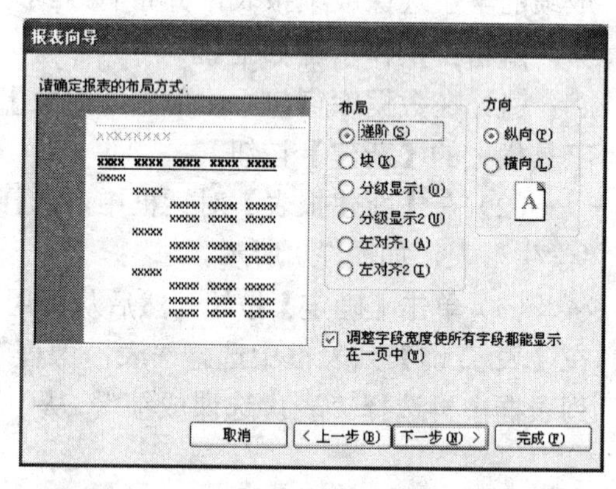

图 7.14 选择布局方式

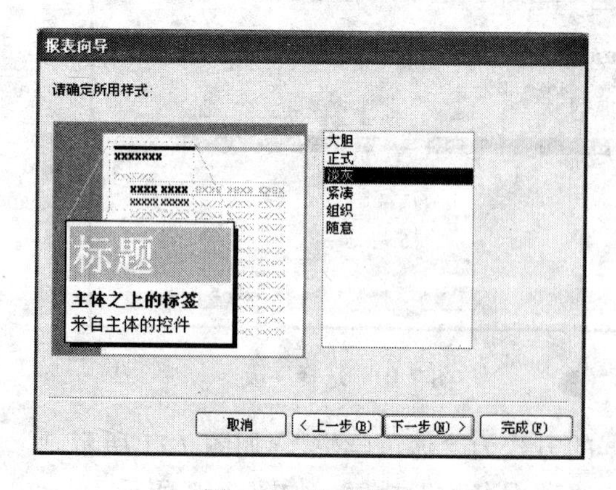

图 7.15 选择样式

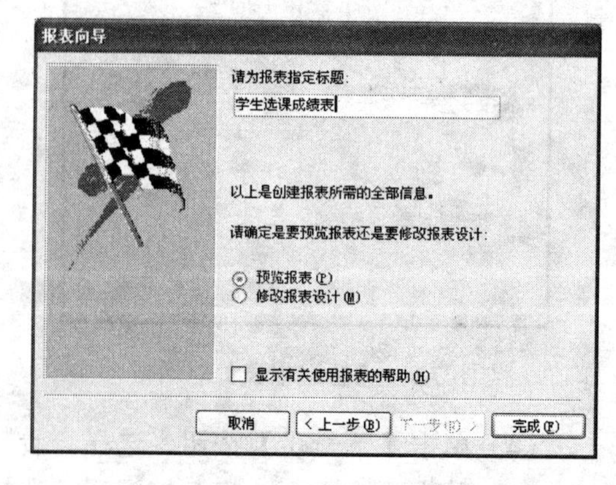

图 7.16 指定标题

学生选课成绩表

学生	姓名	性	年龄	课程名称	成绩
98010	刘力	男	19		
				高等数学	88
				计算机基础	77
				英语	96
汇总 '学生编号' = 980102 (3 项明细记录)					
平均值					87
98010	刘洪	女	18		
				高等数学	77
				计算机基础	75
				英语	67
汇总 '学生编号' = 980104 (3 项明细记录)					
平均值					73
98030	王海	男	20		
				计算机基础	56
				英语	58
汇总 '学生编号' = 980301 (2 项明细记录)					
平均值					57
98030	李海亮	男	18		
				高等数学	80
				计算机基础	70
汇总 '学生编号' = 980302 (2 项明细记录)					
平均值					75

图 7.17　报表结果图

以上步骤可以得到由报表向导设计的初步报表，用户可以使用垂直和水平滚动条来调整预览窗。另外，在报表向导设计出的报表基础上，可以根据需要对其进行修改，从而得到一个令人满意的报表。

7.2.2　使用“自动创建报表”创建报表

“自动创建报表”是 Access 2003 使用向导快速创建报表的一种方法。使用“自动创建报表”，可以选择记录源和报表格式包括纵栏式或表格式来创建报表，该报表能够显示基础表或查询的所有字段和记录。

自动创建报表建立的报表只有主体节，没有报表页眉/页脚节和页面页眉/页脚节。

使用该方法创建报表的操作步骤如下。

(1) 在数据库窗口中，单击【对象】列表中的【报表】对象，然后单击数据库窗口工具栏上的【新建】按钮。

(2) 在【新建报表】对话框中根据需要任选下列向导之一，如图 7.18 所示。

【自动创建报表：纵栏式】：每个字段都将以单独的行显示，并在左侧附以标志。

【自动创建报表：表格式】：每个记录的字段在一行显示，只在每页顶部打印标志。

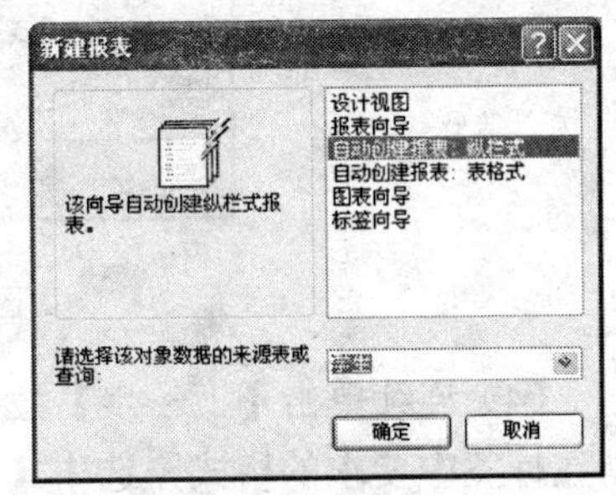

图 7.18　自动创建报表：纵栏式

(3) 选择下拉列表中包含的报表所需数据的表或查询。

(4) 单击【确定】按钮。

7.2.3 使用“标签向导”创建报表

标签是报表的一种特殊形式，利用标签向导可以很方便地创建标签。

【例 7.2】 使用“标签向导”创建一个学生证标签，输出学号、姓名和性别，格式如图 7.19 所示。

解析：操作步骤如下。

（1）在数据库窗口中，单击【对象】列表中的【报表】对象，然后单击数据库窗口工具栏上的【新建】按钮。

（2）在【新建报表】对话框中，选择【标签向导】选项。单击作为报表数据来源的“学生”表，如图 7.20 所示。

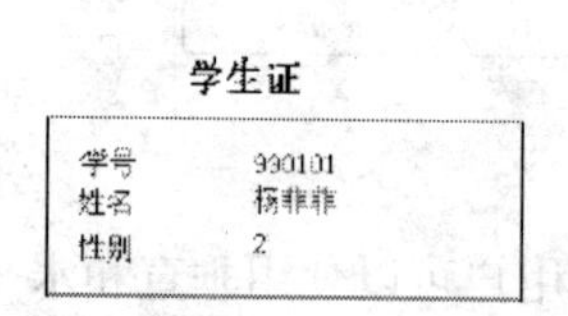

图 7.19 标签格式

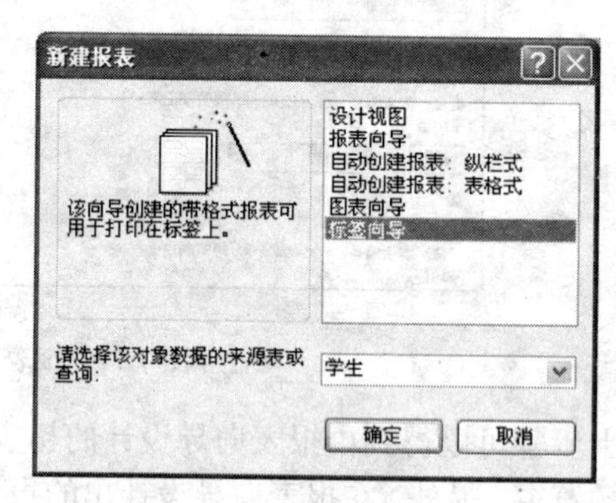

图 7.20 “标签向导”步骤 2

（3）连续单击【下一步】按钮，选择标签中的字段，如图 7.21 所示。

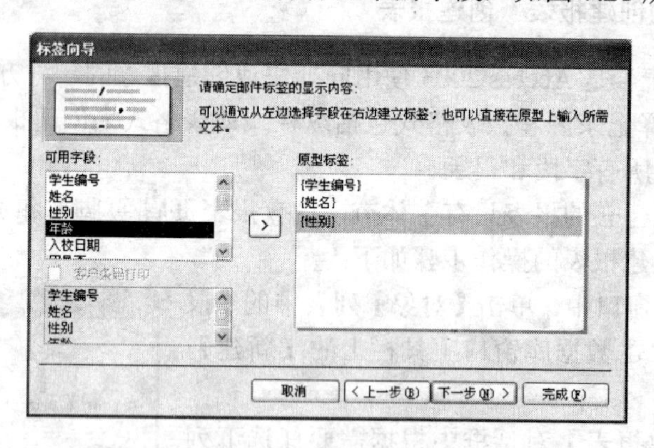

图 7.21 “标签向导”步骤 3

（4）连续单击【下一步】按钮，在最后一个画面中输入标签的名称。由于向导无法创建标签中要求的格式，选中【修改标签设计】单选钮，如图 7. 22 所示。

（5）进入标签的设计视图，修改设计。添加 4 个标签控件和一个矩形控件。调整控件的布局，将所有的【标签】控件和【文本框】控件粘贴到【矩形】控件中，结果如图 7.23 所示。

图 7.22　“标签向导”步骤 4

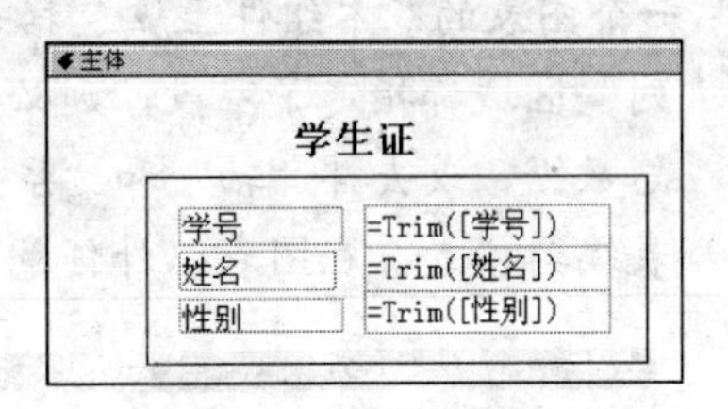

图 7.23　标签的设计视图

7.2.4　使用“图表向导”创建报表

如果需要将数据以图表的形式表示出来，使其更加直观，就可使用图表向导创建报表。图表向导功能强大，提供了几十种图表形式供用户选择。操作步骤如下：

（1）在数据库窗口中，单击【对象】列表中的【报表】对象，单击数据库窗体工具栏中的【新建】按钮，打开【新建报表】对话框，选择【图表向导】选项，指定具体的数据源，单击【确定】按钮，如图 7.24 所示。

（2）选择需要由图表表示的字段数据，如图 7.25 所示，然后单击【下一步】按钮。

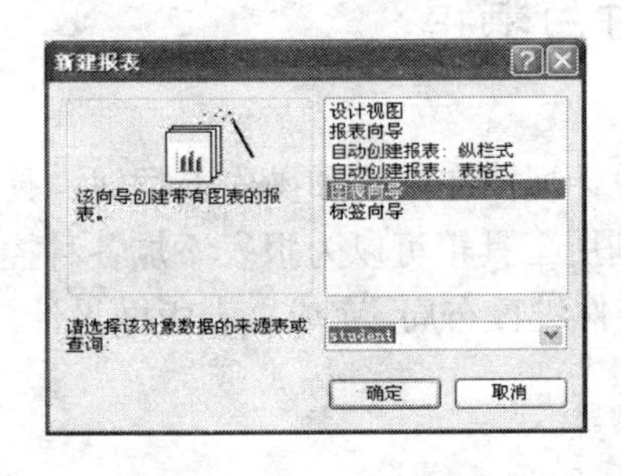

图 7.24　“图表向导”步骤 1

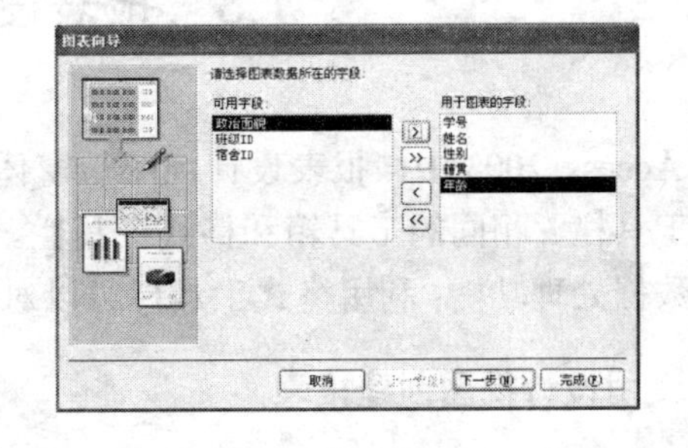

图 7.25　选择图表数据所在字段

（3）选择需要的图表类型，如图 7.26 所示，然后单击【下一步】按钮。

（4）确定布局图表数据的方式，即以一个字段为横坐标，另一个字段为纵坐标，如图 7.27 所示，然后单击【下一步】按钮。

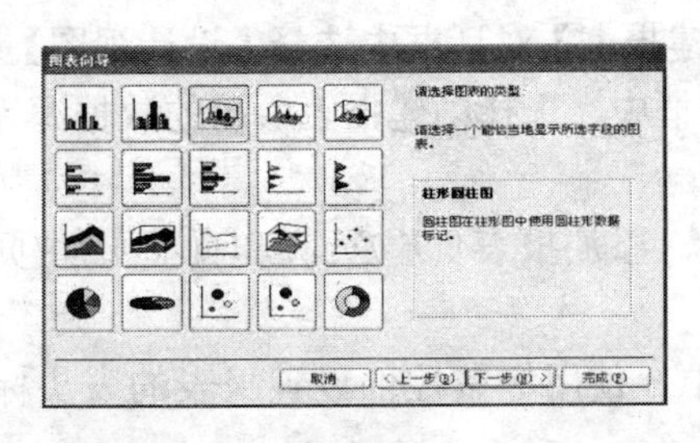

图 7.26　选择图表的类型

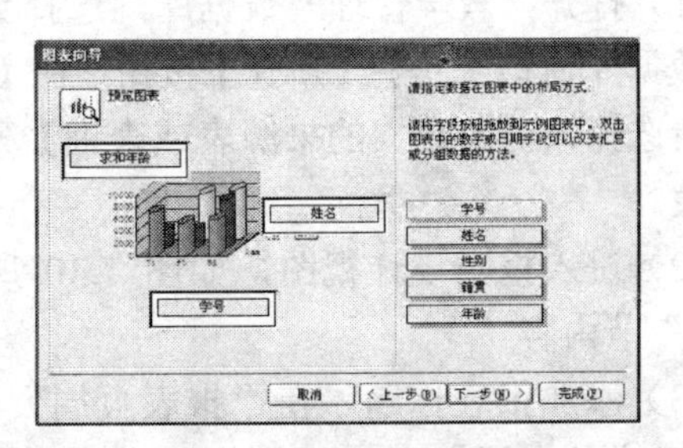

图 7.27　指定图表的布局

（5）确定图表的标题，如图 7.28 所示，单击【完成】按钮。

（6）运行图形报表，得到结果如图 7.29 所示。

如果对生成的报表不十分满意的话，可以在“设计”视图中对其进行修改。

注意： 一个图表的基本组件至少包括一个类别字段和一个数据字段；如果在“轴”和“系列”区域都指定了字段，则必须选择 Sum、Avg、Min、Max、Count 函数之一汇总数据，或去掉“轴”和“系列”区域任一字段；在图表任意处双击，可进入图表编辑模式，在图表以外任意处单击，可结束图表编辑模式。

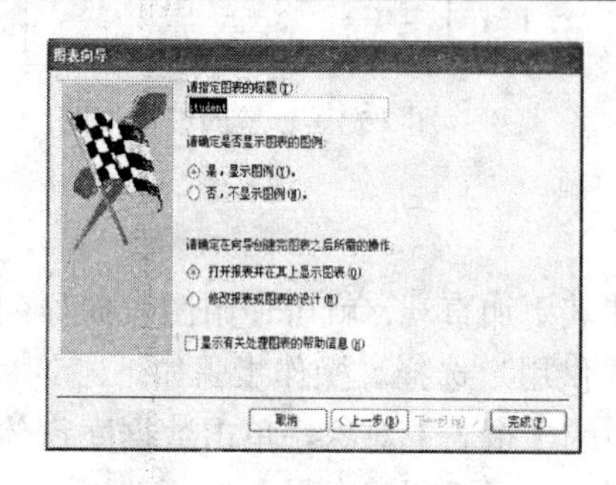

图 7.28 确定图表的标题

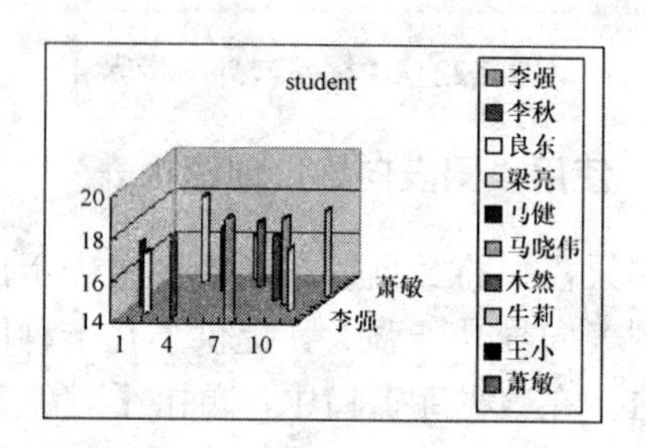

图 7.29 运行图形报表

7.3 报表设计与编辑

在 Access 2003 中，报表设计视图与窗体设计视图在结构和操作上类似，具有相似的设计工具栏、相同的工具箱和格式工具栏。利用工具箱可以为报表添加各种控件，实现各种数据处理功能；利用格式工具栏可以对控件进行布局，完成报表版面设计与编辑。

7.3.1 使用设计视图创建报表

7.2 节介绍了 5 种使用向导设计报表的方法。但有些报表无法通过报表向导来创建，必须使用报表设计视图来完成。

【例 7.3】 使用报表设计视图建立“学生基本信息报表”。

解析： 主要设计步骤如下。

（1）打开“教学管理”数据库，选择数据库窗口中【对象】列表的【报表】对象。单击数据库窗口工具栏【新建】按钮，在【新建报表】对话框中选择【设计视图】选项，在【请选择该对象数据的来源表或查询】列表框中，选择创建报表所需的数据源为“学生”表。

（2）进入报表设计视图，如图 7.30 所示，添加报表页眉/页脚和页面页眉/页脚及“主体”节内容。

（3）添加报表标题。在“报表页眉”节中，使用标签控件设置报表的表头标题为“学生基本信息报表”。

（4）设置报表每页的数据列标题。在“页面页眉”节中，使用标签控件设置显示列标题。

（5）在报表“主体”节中，设置相应控件用于显示数据记录。

单击工具栏中的【字段列表】按钮，系统将打开“学生”表的字段列表选择面板，可以直接选中字段拖入“主体”节区，然后删除字段文本框前的标签。依此拖入需要的字段，按照与“页面页眉”中列标题相对应的顺序，调整各字段显示的顺序、宽度、字体、字号等格式内容。

按照以上方法，依次完成学生编号、姓名、性别、出生日期、民族和身份证号码等字段显示文本框的设置。

（6）调整各控件的顺序与格式。

使报表标题居中；“页面页眉”中显示列标题的标签控件位于一行，并适当调整大小和彼此间的距离；对应“页面页眉”中的显示列标题，用相同的方法调整“主体”节中的文本框控件。

完成以上操作后，报表的设计视图如图7.31所示。

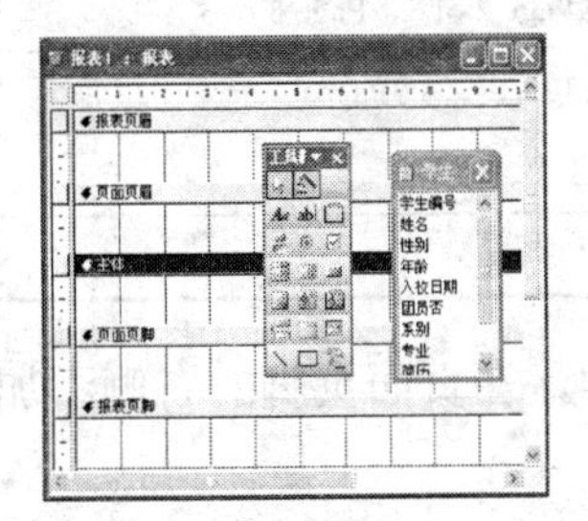

图7.30　报表设计视图

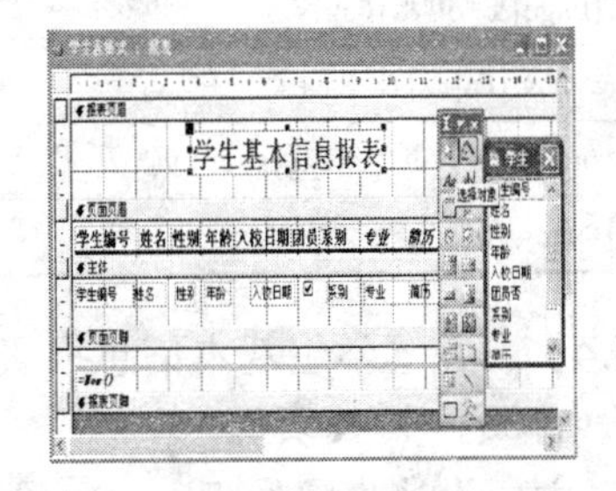

图7.31　“学生基本信息报表”设计视图

7.3.2　报表控件及格式设计

1. 报表设计视图中的工具栏和工具箱

在报表设计视图中，Access 2003 提供了各种工具帮助用户完成报表的设计，其中就包括【报表设计】工具栏和工具箱。

【报表设计】工具栏如图7.32所示。

报表设计工具箱如图7.33所示，各按钮功能与窗体设计视图中基本一致。

图7.32　【报表设计】工具栏

图7.33　报表设计工具箱

2. 为报表添加页码

在报表中添加页码的具体操作如下。

（1）在报表设计视图中打开要添加页码的报表。

（2）选择【插入】|【页码】命令。

（3）在【页码】对话框中，根据需要选择相应的页码格式、位置和对齐方式。

（4）如果要在第一页显示页码，选中【首页显示页码】复选框。

表 7.1 列出了在报表设计视图中可以使用的页码表达式示例以及在其他视图中可以见到的结果。

表 7.1 “对齐方式”的可选项

表 达 式	结 果
=[Page]	1、2、3
="Page"&[Page]	Page1、Page2、Page3
="第"&[Page]& "页"	第 1 页、第 2 页、第 3 页
="Page"&[Page]& "of"& [Pages]	Page 1 of 3、Page 2 of 3、Page 3 of 3
= [Page]& "/"& [Pages] &"Pages"	1/3Pages、2/3Pages、3/3Pages
="第"&[Page]& "页，共"& [Pages] & "页"	第 1 页，共 3 页
=Format([Page], "000")	001，002，003

【例 7.4】 在“学生基本信息报表”的设计报表中，在页面页脚的右侧添加页码，格式为“第 N 页，共 N 页”。

解析： 主要设计步骤如下。

（1）在报表设计视图中打开“学生基本信息报表”。

（2）选择【插入】|【页码】命令，在【页码】对话框中，选择相应的页码格式、位置和对齐方式，如图 7.34 所示。

（3）单击【确定】按钮，回到如图 7.35 所示的设计视图。

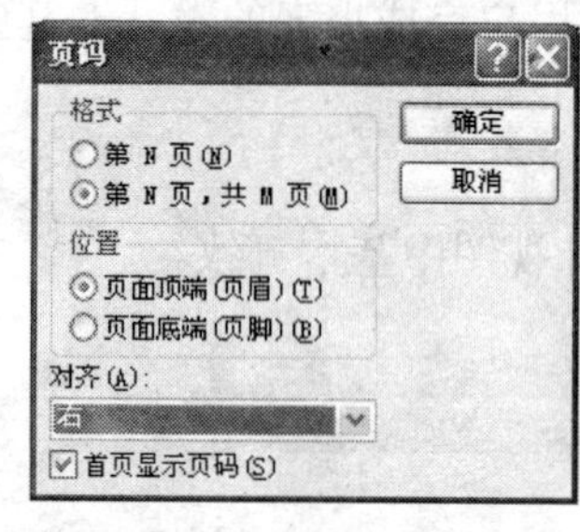

图 7.34　选择页码格式

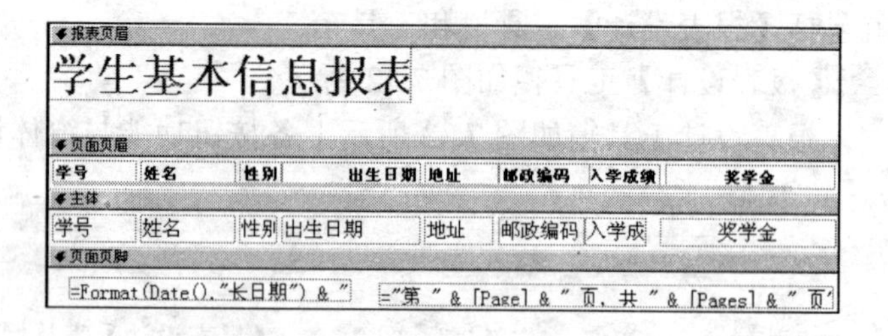

图 7.35　在设计视图中添加页码

3. 为报表添加分页符

在报表中，可以在某一节中使用分页控制符来标志需要另起一页的位置。例如，如果需要报表标题页和前言信息分别打印在不同的页上，可以在报表页眉中标题页上要显示的最后一个控件之后和第二页的第一个控件之前设置一个分页符，操作方法与在窗体下使用分页符相同。

（1）在设计视图中打开报表。

（2）单击工具箱中的【分页符】按钮。

（3）单击报表中需要设置分页符的位置，将分页符设置在某个控件之上或之下，以免拆分了控件中的数据。Access 2003 将分页符以短虚线标志在报表的左边界上。

如果要将报表中的每个记录或分组记录均另起一页，可通过设置组页眉、组页脚或主体节的“强制分页”属性来实现。

4. 为报表添加当前日期和时间

在报表中添加当前日期和时间的操作方法如下。

（1）在报表设计视图中打开报表。

（2）选择【插入】|【日期和时间】命令，在打开的【日期和时间】对话框中，选择日期和时间的显示格式。如果要添加日期，选中【包含日期】复选框，然后再单击相应的日期格式选项。如果要添加时间，选中【包含时间】复选框，然后再单击相应的时间格式选项，然后单击【确定】按钮即可。

说明：可以使用 date ( )、now ( ) 等日期函数添加日期和时间。

【例 7.5】　在“学生基本信息报表”的设计视图中，向页面页脚中添加当前日期。

解析：操作步骤如下。

（1）在设计视图中打开报表。

（2）单击【插入】菜单中的【日期和时间】命令，选中【包含日期】复选框，然后再单击相应的日期格式选项。

（3）将新添加的控件拖动到页面页脚处，操作结果如图 7.36 所示。

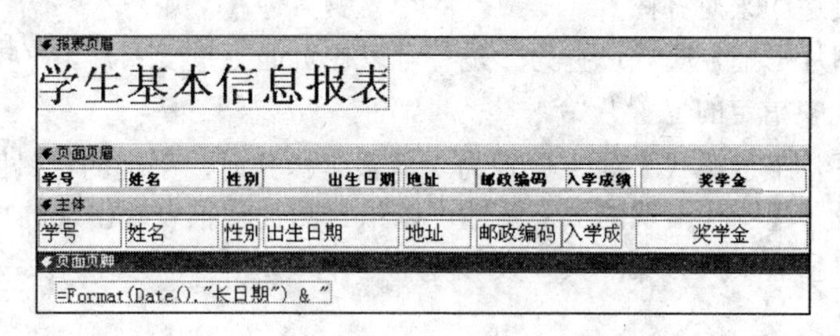

图 7.36　在设计视图中添加当前日期

（4）还可以在页面页脚中直接添加一个【文本框】控件，该【文本框】的【控件来源】属性为“＝Date（）”。

5. 在报表上绘制线条和矩形

报表中线条和矩形的作用与在窗体中类似，都可以用来将其他控件加以分隔和组织，从而增强报表的可读性。在报表中添加线条和矩形的操作也与在窗体中类似。

【例 7.6】　在“学生基本信息报表”中，在“页面页眉”与“主体”节之间，“主体”节与“页面页脚”之间加直线。

解析：主要设计步骤如下。

（1）在报表设计视图中打开“学生基本信息报表”。

（2）在“页面页眉”的列标题标签下添加水平直线；在“页面页脚”顶部添加水平直线。

说明：由于仅在每页的开始处（列标题下）和每页的结束处（最后一条记录后）打印横线，所以，直线添加在“页面页眉”和“页面页脚”节区。若在“主体”节中添加，直线会分隔每条记录。

6. 为报表添加背景图案

通过在报表中添加背景图片，可以模拟水线。报表中的背景图片可应用于全页。

操作步骤如下。

（1）在设计视图中打开报表，双击报表选定器打开报表的属性表。

（2）将【图片】属性设置为.bmp、 .ico、 .wmf、.dib 或.emf 文件。

（3）在【图片类型】属性框中指定图片的添加方式：嵌入或是链接。如果指定的是嵌入图片，该图片将存储到数据库文件中。如果以后将同一个图片嵌入到其他窗体或报表中，该图片将再次存储到数据库文件中。如果指定的是链接图片，则该图片并不存储到数据库文件中，但是必须在硬盘上保存该图片的复制本。如果要有效地使用硬盘空间，应指定为“链接”设置。

（4）通过设置【图片缩放模式】属性可以控制图片的比例，该属性有 3 种设置：剪裁、拉伸和缩放。

（5）通过设置【图片对齐方式】属性可以指定图片在页面上的位置。Access 2003 将按照报表的页边距来对齐图片。

（6）将【图片平铺】属性设置为“是”可以在页面上重复图片。平铺将从在【图片对齐方式】属性中指定的位置开始。

（7）将【图片缩放模式】属性设置为“剪裁”模式时，平铺的背景图片效果最好。

（8）通过设置【图片出现的页】属性可以指定图片在报表中出现的页码位置。可用的设置选项有“所有页”、“第一页”及“无”。

7.3.3 报表排序和分组

默认情况下，报表中的记录是按照自然顺序，即数据输入的先后顺序来排列显示的。在实际应用过程中，经常需要按照某个指定的顺序来排列记录，例如，按照年龄从小到大排列等，称为报表“排序”操作。此外，报表设计时还经常需要就某个字段按照其值的相等与否划分成组来进行一些统计操作并输出统计信息，这就是报表的“分组”操作。

1. 记录排序

使用“报表向导”创建报表时，操作到“排序与分组”对话框会提示设置报表中的记录排序，这时最多可以对 4 个字段进行排序。并且限制排序只能是字段，不能是表达式。实际上，一个报表最多可以安排 10 个字段或字段表达式进行排序。

记录排序的操作方法如下。

（1）在报表设计视图中打开相应的报表。

（2）单击工具栏中的【排序与分组】按钮或选择【视图】|【排序与分组】命令，打开【排序与分组】对话框。

（3）在【字段/表达式】列中，可以依次选择第 1、第 2 直到第 10 个排序字段，【排序次序】列可以选择升序或降序排序，系统默认为【升序】。第 1 行的字段或表达式具有最高排序优先级（最大的设置），第 2 行具有次高的排序优先级，依次类推。

（4）要改变排序次序，可以在【排序次序】列表中进行选择。

（5）单击工具栏上的【打印预览】按钮，对排序数据进行预览，保存报表。

2. 记录分组

分组是指报表设计时按选定的某个（或几个）字段值是否相等而将记录划分成组的过程。操作时，先选定分组字段，在这些字段上字段值相等的记录归为同一组，字段值不等的记录归为不同组。报表通过分组可以实现同组数据的汇总和显示输出，增强了报表的可读性和信息的利用。一个报表中最多可以对 10 个字段或表达式进行分组。

【例 7.7】 制作如图 7.37 所示的“各门课成绩的明细表及平均值报表”。要求按“课程号”分组，每组内按“学号”的升序排列数据，成绩的平均值保留整数位，并在页面的顶端显示总页数和当前页码。

各门课成绩的明细表及平均值

共 1 页，第 1 页

课程号: 01	学号	成绩
	990101	82
	990201	85
	990203	80
	990204	57
	成绩平均值	76
课程号: 02	学号	成绩
	990101	86
	990102	87
	990202	87
	990203	87
	990303	80
	成绩平均值	85
课程号: 03	学号	成绩
	990101	89
	990202	61
	成绩平均值	75
课程号: 04	学号	成绩
	990103	81
	990201	95
	成绩平均值	88

图 7.37　各门课成绩的明细表及平均值报表

说明：在“报表页眉”处显示“各门课成绩的明细表及平均值”；在“页面页眉”处显示“共 1 页，第 1 页”。按“课程号”分组，在“组页眉”处显示“课程号”、“学号”、“成绩”的标题；在“主体”处显示“学号”、“成绩”的值；在“组页脚”处显示“成绩的平均值”。

解析：操作步骤如下。

（1）新建报表的设计视图，选择报表所需数据“成绩表”。

（2）单击【视图】菜单上的【报表页眉/页脚】和【页面页眉/页脚】命令。

（3）单击“报表页眉”的节选定器，添加一个【标签】控件，输入标题“各门课成绩的明细表及平均值”，设置结果如图 7.38 所示。

（4）单击“页面页眉”的节选定器，添加一个【文本框】控件，其【控件来源】属性设置为="共 " & [Pages] & " 页，第 " & [Page] & " 页"，设置结果如图 7.39 所示。

图 7.38 “报表页眉”的设置

页面页眉

[Pages] & " 页，第 " & [Page] & " 页"

图 7.39 “页眉页脚”的设置

（5）由于没有“报表页脚”和“页面页脚”，可以将其【高度】属性设为 0。

（6）单击工具栏上的【排序与分组】按钮，显示排【排序与分组】对话框。选择按“课程号”分组，设置成如图 7.40 所示的结果。

（7）在【排序与分组】对话框中，继续选择按“学号”的升序排序，设置成如图 7.41 所示的结果。

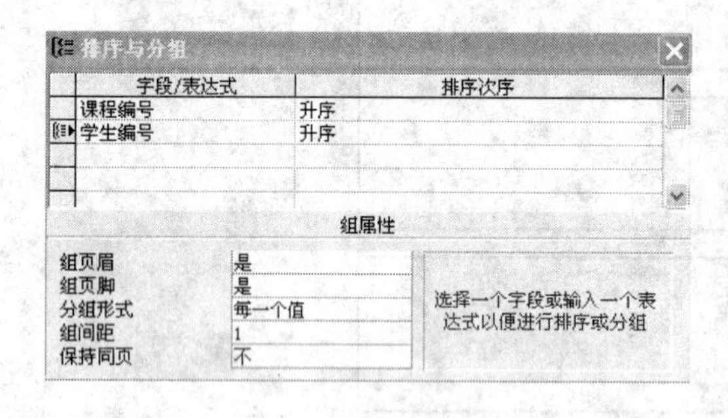

图 7.40 按“课程号”分组的设置

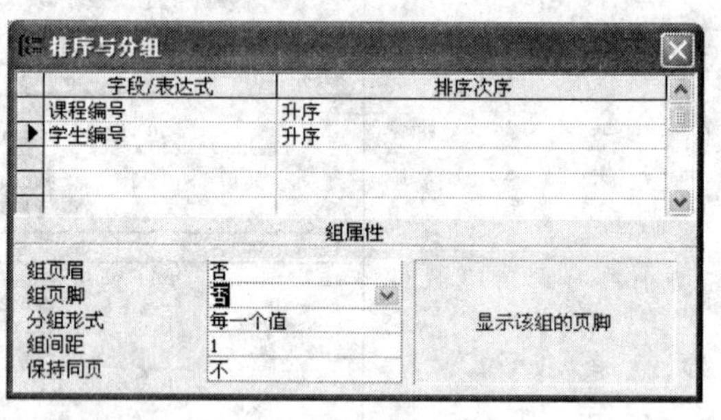

图 7.41 按“学号”排序的设置

（8）单击“课程号页眉”的节选定器，添加一个“课程号”【文本框】控件，“学号”、“成绩”【标签】控件各一个，两个【直线】控件设置。结果如图 7.42 所示。

（9）单击“主体”的节选定器，添加“学号”、“成绩”【文本框】控件各一个，设置结果如图 7.43 所示。

课程号页眉

课程号: 课程号 学号 成绩

图 7.42 “课程号页眉”的设置

图 7.43　“主体”的设置

（10）单击“课程号页脚”的节选定器，添加一个“成绩平均值”【文本框】控件，其【控件来源】属性设置为“＝ROUND（AVG（[成绩]）,0)”。设置结果如图 7.44 所示。

课程号页脚

成绩平均值：=ROUND (Avg

图 7.44　“课程号页脚”的设置

（11）预览“各门课成绩的明细表及平均值报表”，结果如图 7.37 所示。

7.3.4　使用计算控件

报表设计过程中，除在版面上布置绑定控件直接显示字段数据外，还经常要进行各种运算并将结果显示出来。例如，报表设计中页码的输出、分组统计数据的输出等均是通过设置绑定控件的控件源为计算表达式形式而实现的，这些控件就称为“计算控件”。

1. 报表添加计算控件

计算控件的控件来源是计算表达式，当表达式的值发生变化时，会重新计算结果并输出。文本框是最常用的计算控件。

【例 7.8】　在“教师信息表”报表设计中根据教师“工作时间”字段值使用计算控件来计算教师工龄。

解析：主要设计步骤如下。

（1）打开“教学管理”数据库，选择数据库窗口【对象】列表中的【报表】对象。

（2）单击【新建】按钮，选择【设计视图】，设计出以“教师”表为记录源的一个表格式报表，如图 7.45 所示。

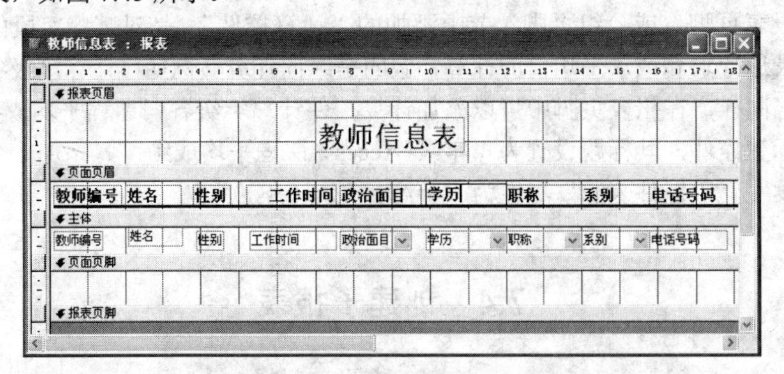

图 7.45　教师信息表设计视图

（3）将页面页眉节内的“工作时间”标签标题更改为“工龄”。

（4）在主体节内选择“工作时间”绑定文本框，打开其属性对话框，选择【全部】选项卡，设置“名称”属性为“工龄”，设置“控件来源”属性为计算工龄的表达式“＝year (date（））－year（[工作时间]）”，如图 7.46 所示。

注意：计算控件的控件来源必须是等号“＝”开头的计算表达式。

（5）单击工具栏中的【打印预览】按钮，报表输出结果如图 7.47 所示。

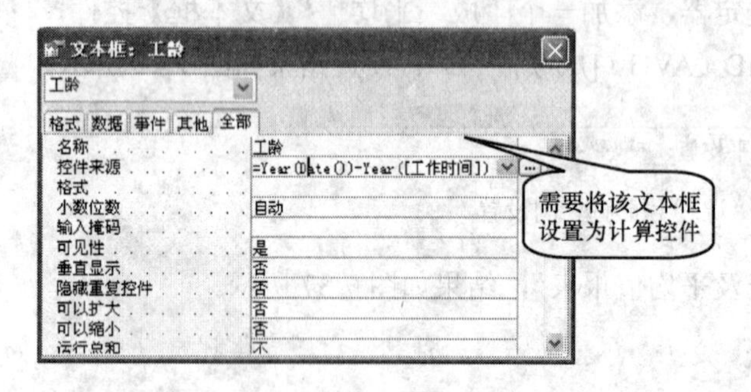

图 7.46 设置计算控件“控件来源”属性

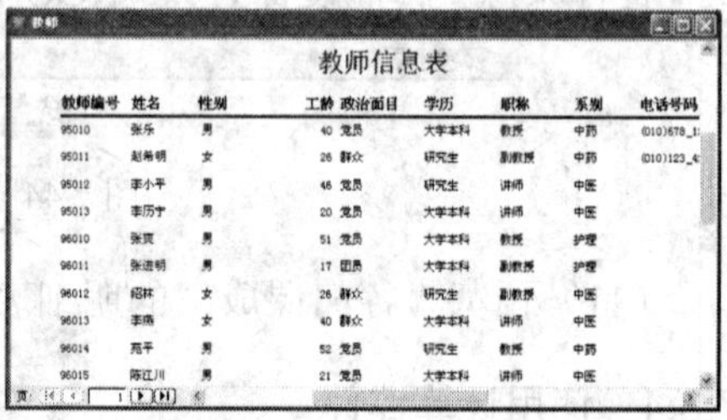

图 7.47 添加了计算控件后的报表预览

2. 报表统计计算

报表设计中，可以根据需要进行各种类型统计计算并输出显示，操作方法就是使用计算控件设置其控件源为合适的统计计算表达式。

在 Access 2003 中利用计算控件进行统计运算并输出结果，有两种形式。

1）主体节内添加计算控件

在主体节内，若要对每条记录的若干字段进行求和或求平均计算，可以设置计算控件的控件源为不同字段的计算表达式。例如，当在一个报表中列出教授所教的 3 门课程（“机械制造基础”、“现代设计方法”和“机械振动”）的课时，如果要计算求这三项之和时，只要设置新添计算控件的控件源为“＝[机械制造基础课时]＋[现代设计方法课时]＋[机械振动课时]”就可以了。

2）组页眉/组页脚节内或报表页眉/报表页脚节内添加计算字段

在“报表页脚”或“组页脚”节中添加的“计算控件”，是对某些字段的全部记录或分组记录进行求和或求平均值的计算，做的是纵向计算。例如，计算班级各门课程平均成绩等。同样，在报表页脚中可以添加计算控件计算年级各门课程平均成绩，例如，设置一个标签控件，其标题设置为“年级 Access 课程平均成绩:”，添加一个文本框计算控件，设置其“控件来源”属性为“＝Avg（[Access]）”。

7.4 创建子报表

7.4.1 子报表的概念

子报表是出现在另一个报表内部的报表，包含子报表的报表称为主报表。主报表中包含的是一对多关系中的“一”，而子报表显示“多”的相关记录。在合并报表时，两个报表中必须有一个作为主报表，主报表可以是绑定的，也可以是未绑定的。也就是说，报表可以基于表、查询或SQL语句，也可以不基于其他数据对象。

7.4.2 在已有报表中创建子报表

在创建子报表之前，要确保已正确建立了主/子报表数据源的联系。主要操作步骤如下。

（1）在设计视图中打开作为主报表的报表。

（2）确保已经按下工具箱中的【控件向导】按钮。

（3）单击工具箱中的【子窗体/子报表】控件，在报表上单击需放置子报表的插入点。

（4）以下操作按照向导对话框的提示进行。

在单击【完成】按钮之后，Access 2003 将在报表中添入子报表控件，同时还将创建一个作为子报表显示的单独报表。

7.4.3 将某个报表添加到其他已有报表来创建子报表

如果要将子报表链接到主报表上，要确保在进行此操作之前已经正确建立了主/子报表数据源的联系。主要操作步骤如下。

（1）在设计视图中打开作为主报表的报表。

（2）确保已经按下了工具箱中的【控件向导】按钮。

（3）按F11键切换到数据库窗口。

（4）将报表或数据表从数据库窗口拖曳到主报表中需要放置子报表的节，系统将子报表控件添加到报表中。

7.4.4 链接主报表和子报表

在插入包含与主报表数据相关的信息的子报表时，【子报表】控件必须与主报表相链接。该链接可以确保在子报表中打印的记录与在主报表中打印的记录保持正确的对应关系。

在通过向导创建子报表，或者直接将报表或数据表由数据库窗口拖到其他报表中来创建子报表时，如果满足下列条件，Access 2003 将自动使子报表与主报表保持同步。

（1）已经定义了所选表的关系，或者已经定义了所选查询基础表的关系。

（2）主报表是基于具有主键的表创建的报表，而子报表则基于包含与该主键同名并且具有相同或兼容数据类型的字段的表。例如，如果主窗体基础表的主键是 AutoNumber 类型字段该字段的【字段大小】属性设置为“长整型”，子窗体的基础表中相应的字段应该为 Number 类型的字段，并且它的【字段大小】属性设置也为“长整型”。如果选中了一个或多个查询，这些查询的基础表必须满足相同的条件。

如果通过报表向导或子报表向导创建了所需的子报表，在某种条件下 Access 2003 将自动将主报表与子报表相链接。如果主报表和子报表不满足指定的条件，则可以通过下列过程来进行链接。

（1）在设计视图中打开主报表。

（2）如果要显示属性表，确保已选定了【子报表】控件，然后单击工具栏上的【属性】按钮，如图 7.48 所示。

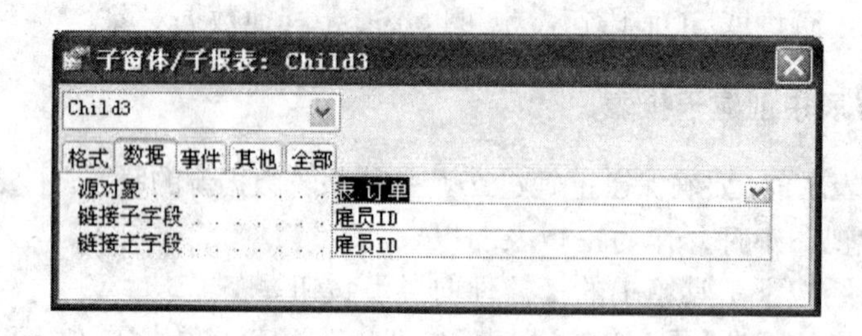

图 7.48 子报表属性对话框

（3）设置链接字段。若要输入一个以上链接字段或控件，请使用分号将字段或控件名分隔。如果输入了多个字段或控件，必须在【链接子字段】和【链接主字段】属性中以相同次序排列这些名称。

在【链接子字段】属性框中，输入子报表中链接字段的名称。

在【链接主字段】属性框中，输入主报表中链接字段或控件的名称。

（4）如果不能确定链接字段，单击与属性对话框相邻的生成器按钮，打开【子窗体/子报表字段链接器】。

注意： 设置主报表/子报表链接字段时，链接字段并不一定要显示在主报表或子报表上，但必须包含在主报表/子报表的数据源中。

7.5 创建多列报表

默认情况下，利用向导或设计视图创建的报表是单列报表。在单列报表的基础上创建一个多列报表的具体操作步骤如下。

（1）在设计视图中打开单列报表。

- 在打印多列报表时，报表页眉、报表页脚和页面页眉、页面页脚将占满报表的整个宽度。因此就可以在设计视图中将控件放置在这些节中的任意位置。
- 在打印多列报表时，组页眉、组页脚和主体节将占满整个列的宽度。例如，如果要打印两列 3 英寸的数据，将控件放在列的宽度内：也就是说，在设计视图中，将控件放在这些节的前 3 英寸。

图 7.49 “页面设置”对话框

（2）选择【文件】|【页面设置】命令。

（3）在【页面设置】对话框中，切换到【列】选项卡，如图 7.49 所示。

（4）在【网格设置】的【列数】文本框中输入每一页所需的列数。

（5）在【行间距】文本框中输入各记录间的垂直距离。

（6）在【列间距】文本框中输入各列之间所需的距离。在【列尺寸】下的【宽度】文本框中输入所需的列宽。在【高度】文本框中输入所需的高度值。既可设置主体节的高度，也可在设计视图中直接用鼠标调整节的高度。

（7）在【列布局】标题下单击“先列后行”或“先行后列”选项。

（8）选择【页】选项卡，在【打印方向】标题下单击“纵向”或“横向”选项，最后单击【确定】按钮完成创建。

（9）预览、命名保存设计报表。

7.6 复杂报表设计

除前面介绍的一些设置报表格式的方法外，通过灵活地使用报表的一些属性、节的属性和控件属性，可以设计出格式更丰富和美观的报表。

7.6.1 报表属性

单击工具栏中的【属性】按钮或单击【视图】菜单中的【属性】命令，打开报表属性对话框，如图7.50所示。最常用的报表属性如下。

- 记录源：将报表与某一数据表或查询绑定起来（为报表设置表或查询数据源）。
- 打开：可在其中添加宏的名称。“打印”或“打印预览”报表时，会执行该宏。
- 关闭：可在其中添加宏的名称。“打印”或“打印预览”完毕后，自动执行该宏。
- 网格线X坐标（GridX）：指定每英寸水平所包含点的数量。
- 网格线Y坐标（GridY）：指定每英寸垂直所包含点的数量。
- 打印版式：设置为“是”时，可以从TrueType和打印机字体中进行选择；如果设置为“否”，可以使用TrueType和屏幕字体。
- 页面页眉：控制页标题是否出现在所有的页上。
- 页面页脚：控制页脚注是否出现在所有的页上。
- 记录锁定：可设定在生成报表所有页之前，禁止其他用户修改报表需要的数据。
- 宽度：设置报表的宽度。

图7.50 报表属性对话框

7.6.2 节属性

常用的节属性主要如下。

- 特殊效果：节外观的三维效果。
- 强制分页：可设置属性值为【无】、【节前】、【节后】和【节前和节后】，可以强制换页。

- 新行或新列：通过设置该属性可以强制在多列报表的每一列的顶部显示两次标题信息。
- 保持同页：可设置属性值为【是/否】，设为【是】，一节区域内的所有行保持在同一页中；选择【否】，可以跨页边界编排。
- 可见性：用于设置节的可见性。
- 可以扩大：设置为【是】，表示可以让节扩展，以容纳较长的文本。
- 可以缩小：设置为【是】，表示可以让节缩小，以容纳较短的文本。
- 打印：打印或打印预览该节区域时，执行该属性所设置的宏。

7.7 打印输出报表

报表的输出有两种形式：预览报表和打印报表。预览报表可显示打印页面的版面，这样可以快速查看报表打印结果的页面版面，该页面版面只包括报表上数据的示例，或者可以通过查看报表的每页内容来确认数据的正确性。

7.7.1 预览报表

1. 预览报表的版面布局

报表的版面预览视图方式主要用于查看报表的版面布局，通过版面预览可以快速查看报表的页面布局。具体操作步骤如下。

（1）在设计视图中打开需要预览版面的报表。

选择【视图】|【版面预览】命令，或者单击工具栏中的【视图】按钮并选择【版面预览】命令，进入版面预览视图。

（2）在版面预览视图下，可以进行如下操作。

单击【打印预览】工具栏中的【显示比例】文本框，可以选择或输入所需的缩放比例。

如果要预览页，可以单击窗口底部的【记录浏览】按钮。

如果要同时预览多页报表内容，可以单击工具栏中的【两页】或【多页】按钮。

单击【打印预览】工具栏中的【关闭】按钮，可以返回到报表的设计视图中。

2. 预览报表中的数据

如果需要以报表页的方式预览报表中的所有数据，可以在打印预览视图中打开相应的报表。具体操作步骤如下。

（1）在数据库窗口中，单击【报表】对象。

（2）单击要预览的报表名。

（3）单击工具栏中的【打印预览】按钮，或者选择【文件】|【打印预览】命令，在打印预览视图中显示报表的布局和数据。

7.7.2 打印报表

如果不进行打印设置。可以直接单击工具栏上的【打印】按钮打印。如果要进行打印设置，操作方法如下。

（1）在数据库窗口选择报表。或在“设计视图”、“打印预览”或“版面预览”中打开报表。

（2）单击【文件】菜单中的【打印】命令。

（3）在【打印】对话框中进行以下设置，如图7.51所示。

在【打印机】下，指定打印机的型号

在【打印范围】下，指定打印所有页或者确定打印页的范围。

在【份数】下，指定复制的份数和是否需要对其进行分页。

（4）单击【确定】按钮。

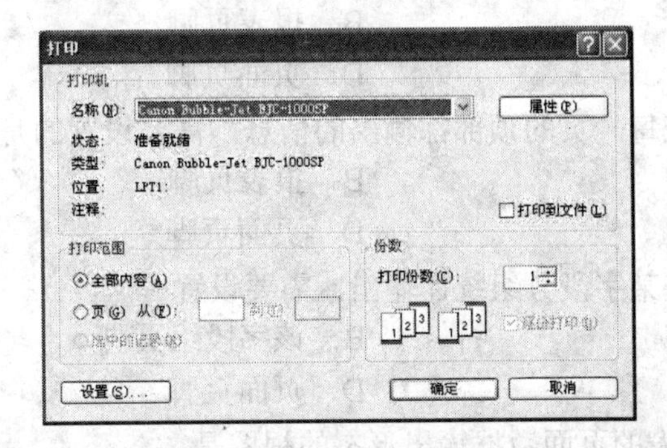

图7.51 【打印】对话框

7.8 习 题

一、选择题

1．以下关于报表组成的叙述中错误的是____。

A．打印在每页的底部，用来显示本页的汇总说明的是页面页脚

B．报表显示数据的主要区域叫主体

C．用来显示报表中的字段名称或对记录的分组名称的是报表页眉

D．用来显示整份报表的汇总说明，在所有记录都被处理后，只打印在报表的结束处的是报表页脚

2．以下叙述正确的是____。

A．报表只能输入数据　　B．报表只能输出数据

C．报表可以输入和输出数据　　D．报表不能输入和输出数据

3．要实现报表的分组设计，其操作区域是____。

A．报表的页眉或报表的页脚区域

B．页面页眉或页面页脚区域

C．主体区域

D．组页眉或组页脚区域

4．关于报表的数据源设置，以下说法正确的是____。

A．可以是任意对象　　B．只能是表对象

C．只能是查询对象　　D．只能是表对象或查询对象

5．要设置只在报表的最后一页主体内容之后输出的信息，需要设置____。

A．报表页眉　　B．报表页脚

C．只能是查询对象　　D．只能是表对象或查询对象

6．在报表设计中，以下可以作绑定控件显示字段数据的是____。

A．文本框　　B．标签　　C．命令按钮　　D．图像

7．要设置在报表每一页的底部都输出信息，需要设置____。

A．报表页眉　　B．报表页脚

C．页面页眉　　D．页面页脚

8．要设置在报表每一页的顶部都输出的信息，需要设置的是____。

A．报表页眉　　B．报表页脚

C．页面页眉　　D．页面页脚

9．要实现报表按某字段分组统计输出，需要设置____。

A．报表页脚　　B．该字段组页脚

C．主体　　D．页面页脚

10．用来查看报表的页面数据输出形态的视图是____。

A．“打印预览”视图　　B．“设计”视图

C．“版面预览”视图　　D．“报表预览”视图

11．下列不属于报表的 4 种类型的是____。

A．纵栏式报表　　B．数据表报表

C．图表报表　　D．表格式报表

12．要显示格式为“页码/总页数”的页码，应当设置文本框的控件来源属性为____。

A．[Page]/[Pages]　　B．＝[Page]/[Pages]

C．[Page]&"/"&[Pages]　　D．＝[Page]& "/"&[Pages]

13．如果设置报表上某个文本框的控件来源属性为“＝2*3＋1”，则打开报表视图时，该文本框显示的信息是____。

A．未绑定　　B．7　　C．2*3＋1　　D．出错

14．下列选项中，不属于报表功能的是____。

A．分组组织数据，进行汇总　　B．可以包含子报表以及图表数据

C．显现格式化数据　　D．可以建立查询

15．下列选项中，不属于报表结构的是____。

A．报表页脚　　B．页面页眉

C．组页眉　　D．主体

16. 下面关于报表的叙述中，不正确的是____。

A. 在报表中可以包含子报表及图表数据

B. 报表是 Access 数据库的对象之一

C. 报表根据指定规则打印输出格式化的数据信息，对数据进行分组、计算和汇总

D. 报表可以输入和输出数据

17. 如果将标题移到____中，则该标题在每一页上都显示。

A. 组页眉节　　B. 报表页脚节

C. 页面页眉节　　D. 主体节

18. 创建的报表只有主体区的创建方法是____。

A. 使用向导功能　　B. 使用“自动报表”功能

C. 使用设计视图　　D. 以上都是

19. 下列选项中，不属于报表编辑操作的是____。

A. 设置报表格式　　B. 添加时间日期和页码

C. 更改报表的类型　　D. 添加背景图案

20. 下列关于主报表叙述错误的是____。

A. 主报表可以是绑定的也可以是非绑定的

B. 非绑定的主报表可以作为容纳要合并的无关联子报表的容器

C. 主报表可以包含子报表，也可以包含子窗体

D. 主报表的数据源只能是表

二、填空题

1. 在 Access 中，报表设计时分页符以_______标志显示在报表的左边界上。

2. Access 报表对象的数据源可以设置为_______。

3. 报表不能对数据源中的数据________。

4. 报表数据输出不可缺少的内容是_______的内容。

5. 计算控件的控件来源属性一般设置为________开头的计算表达式。

6. 要在报表上显示格式为“4/总 15 页”的页码，则计算控件的控件来源应该设置为_______。

7. 要设计出带表格线的报表，需要向报表中添加________控件完成表格线显示。

8. Access 的报表要实现排序和分组统计操作，应该通过设置_______属性来进行。

9. 用来显示报表中的字段名称或对记录的分组名称的是________。

10. Access 中报表的视图有三种，分别为版面预览视图、打印预览视图、_________。

11. 完整报表设计通常由报表页眉、报表页脚、页面页眉、页面页脚、主体、组页脚和________7 个部分组成。

12. 报表页脚的内容只在报表的_________打印输出。

13. 以下是某个报表的设计视图。根据视图内容，可以判断出分组字段是__________。

14．报表记录分组操作时，首先要选定分组字段，在这些字段上值_____的记录数据归为同一组。

15．在 Access 中，一个主报表最多能包含________级子窗体或子报表。

第 8 章　数据访问页的设计与应用

本章要点

- 在 Access 2003 中如何使用数据访问页设计向导。
- 如何自动创建数据访问页。
- 使用设计视图创建数据访问页及控件对象的使用。
- 创建包含图表的数据访问页。
- 编辑数据访问页。
- 在 IE 浏览器中查看数据访问页。

数据访问页是特殊的 Web 页，设计用于查看和操作来自 Internet 或 Intranet 的数据，这些数据保存在 Access 数据库或 SQL Server 数据库中，数据访问页也可能包含来自其他源的数据，例如 Microsoft Excel。

在 Access 中，有静态 HTML 文件，也有动态 HTML 文件，用户可根据应用程序的需求来确定使用哪一种 HTML 文件格式。如果数据不常更改且 Web 应用程序不需要窗体时，则使用静态 HTML 格式。如果数据经常需要更改，而且 Web 应用程序需要使用窗体来保存和获取 Access 数据库的现有数据时，则使用动态 HTML 格式。

8.1　数据访问页的概念和视图方式

数据访问页实际上就是一种 Web 页，它增强了 Access 与 Internet 的集成，为数据库用户提供了更强大的网络功能，方便用户通过 Internet 或 Intranet 访问保存在 Access 数据库中的数据。

8.1.1　数据访问页的基本概念

数据访问页是直接与数据库中的数据联系的 Web 页，用于查看和操作来自 Internet 的数据，而这些数据是保存在 Access 数据库中的。数据访问页可以用来添加、编辑、查看或处理 Access 数据库的当前数据。可以创建用于输入和编辑数据的页，类似于 Access 窗体，也可以创建显示按层次分组记录的页，类似于 Access 报表。在 Access 2003 的数据访问页中，相关数据还可以根据数据库中内容的变化而变化，以便于用户随时通过 Internet 访问这些资料。

数据访问页有两种视图方式：页视图和设计视图。下面分别展开介绍。

8.1.2　页视图

页视图是查看所生成的数据访问页样式的一种视图方式，主要包括两个部分：数据访问页的主体部分，它由各种控件组成；记录导航工具栏，利用它可以对数据进行浏览、添加、删除、保存、排序和筛选。

例如，在“教学管理”数据库中的【页】对象中，双击“学生名单”页，则系统以页视图方式打开该数据访问页，如图 8.1 所示。

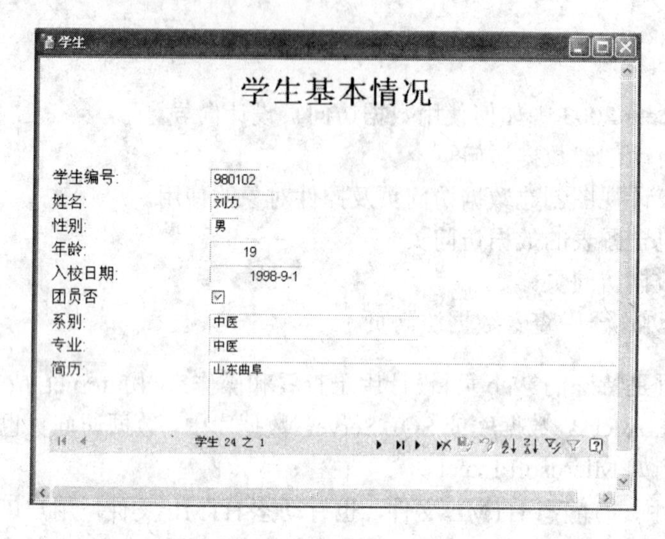

图 8.1　数据访问页的页视图

8.1.3　设计视图

以设计视图方式打开数据访问页通常是要对数据访问页进行修改，例如，想要改变数据访问页的结构或显示内容等。单击要打开的数据访问页名称，然后单击【设计】按钮，即可以打开数据访问页的设计视图。此外，用右击页名，并从弹出的快捷菜单中选择【设计视图】命令也可以打开数据访问页的设计视图。页设计视图如图 8.2 所示。

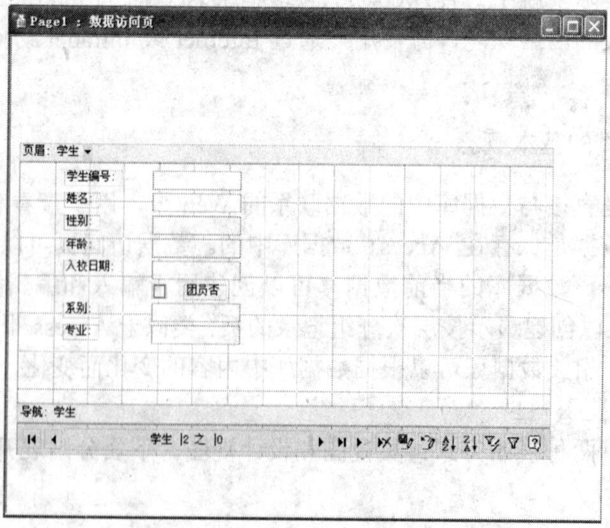

图 8.2　数据访问页的设计视图

打开数据访问页的设计视图时，系统会同时打开设计工具箱，如图 8.3 所示。如果系统没有打开工具箱，则可通过选择【视图】|【工具箱】命令或单击【工具箱】按钮来打开。

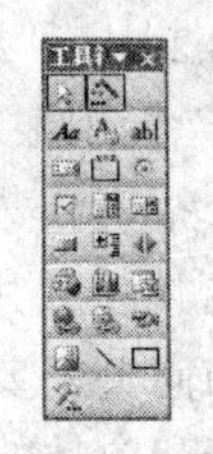

图 8.3　页设计时的工具箱

与其他数据库对象设计视图中的工具箱相比，数据访问页的工具箱增加了一些专用于网上浏览数据的控件，各控件基本功能如表 8.1 所示。

表 8.1　数据访问页工具箱主要控件及作用

控　件	名　称	说　明
	绑定 HTML	显示数据库中某个字段的数据，或者显示一个表达式的结果
	滚动文字	可以显示移动或滚动的文字
	展开	可以显示或隐藏已被分组的记录
	记录浏览	插入浏览数据的按钮
	Office 数据透视表	可以查看和更新数据透视表中的数据，但不能对其进行修改
	Office 图表	显示绑定数据集的特定字段的统计数据，增强网页的统计功能
	Office 电子表	提供某些 Excel 工作表中同样的功能，如输入值、添加公式、应用筛选等
	超链接	可以链接到指定的 Web 页
	图像超链接	可以在图像上创建超链接
	影片	创建影片控件，插入影片片段，增强网页的动态性

8.2　窗体、报表和数据访问页的区别

每个 Access 数据库对象都设计用于特定目的，如表 8.2 所示。

表 8.2　窗体、报表和数据访问页的区别

任务和目的	窗　体	报　表	数据访问页
在 Microsoft Access 数据库或项目中输入编辑和交互处理数据	是	不	是
通过 Internet 或 Intranet 在 Access 数据库或 Access 项目之外输入编辑和交互处理活动数据用户必须具有 Microsoft Office 2000 许可权，但不必安装 Office	不	不	是
打印要发布的数据	可能	是	可能
通过电子邮件发布数据	不	不	是（活动数据）

在表 8.2 中，“是”标识最适合完成特定任务的对象；“可能”标识可以完成任务的对象；“不”标识根本不能完成任务的对象。

窗体、报表和数据访问页的主要区别如下。

（1）窗体主要用于制作用户与系统交互的界面报表主要用于数据库数据的打印输出；数据访问页主要用于通过 Internet 查看或操作数据库中的数据。

（2）表和窗体的数据源存储在本地数据库中；数据访问页的数据源是存储在 Internet 或 Intranet 上的 Access 2003 数据库或 SQL 服务器上的数据库。

（3）报表和窗体存储在本地数据库中；数据访问页作为分离文件单独存放在 Access 2003 数据库外部。

（4）报表和窗体的数据源是表、查询或 SQL 语句；数据访问页的数据源是表、查询和视图。

（5）数据访问页可通过 E-mail 发布动态数据，具有一些特有的控件，如滚动文本等。

8.3 创建数据访问页

数据访问页的创建方法与窗体和报表的方法相近，可通过向导和设计视图创建，但对于数据访问页，还可直接利用现有 Web 页创建。本节首先介绍两种创建数据访问页的方法：自动创建数据访问页和使用向导创建数据访问页。如果用户对由这两种方法创建的数据访问页不够满意，则可以使用设计视图进行编辑和修改，以生成满足要求的数据访问页。

8.3.1 使用“自动创建数据页”创建数据访问页

创建数据访问页的最快捷的方法就是自动创建数据访问页，用户不需要做任何设置，所有工作都由 Access 自动来完成。使用“自动创建数据访问页”创建数据访问页时，Access 自动在当前文件夹下将创建的页保存为 HTML 格式，并在数据库窗口中添加一个访问该页的快捷方式。将鼠标指针指向该快捷方式时，可以显示文件的路径。

下面以一个具体的实例介绍自动创建数据访问页的方法。

【例 8.1】 利用“自动创建数据页”为学生表创建一个数据访问页。

解析：操作步骤如下。

（1）在数据库窗口中，单击【对象】栏中的【页】对象，然后单击数据库窗口工具栏上的【新建】按钮。

（2）在【新建数据访问页】对话框中，选择【自动创建数据页：纵栏式】选项，然后选择数据访问页的数据源“学生”表，如图 8.4 所示。

（3）单击【确定】按钮，Access 自动创建数据访问页，如图 8.5 所示。

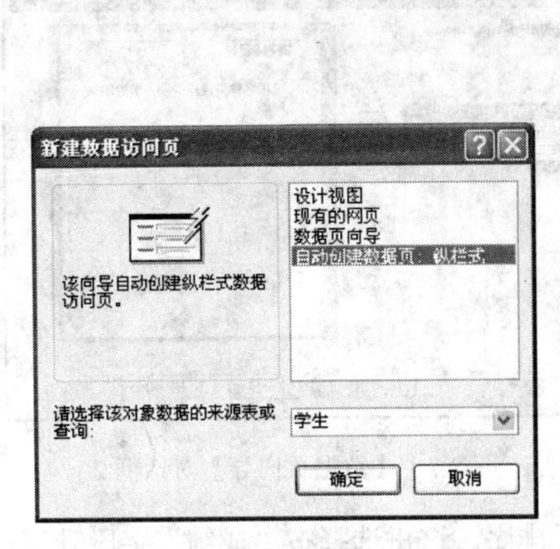

图 8.4　【新建数据访问页】对话框

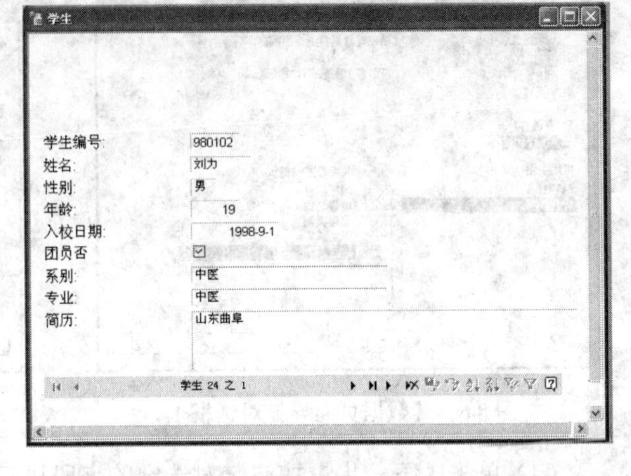

图 8.5　利用“自动创建数据页”创建的数据访问页

注意： 保存创建的数据访问页后，在数据库“页”对象下，保存的是指向该数据访问页的快捷方式，而作为 HTML 格式的数据访问页文件单独存储在数据库外部，当鼠标指针指向该快捷方式时，可以显示 HTML 格式数据访问页文件的存放路径。

8.3.2　使用“数据访问页向导”创建数据访问页

使用“数据访问页向导”创建数据访问页，会询问有关的记录源、字段、布局和格式等详细问题，并且根据回答创建页。通过向导创建数据访问页，可以对数据源表的记录进行分组和排序。

下面结合实例介绍使用“数据访问页向导”创建数据访问页的具体操作步骤。

【例 8.2】　利用“数据页向导”创建一个数据访问页“课程成绩”，包含“课程编号”、“课程名称”、“课程类别”、“学生编号”和“成绩”字段。

解析： 具体设计与操作步骤如下。

（1）在数据库窗口中，选择【页】对象后，单击【新建】按钮，打开【新建数据访问页】对话框。

（2）在【新建数据访问页】对话框中选择【数据页向导】选项，选择数据访问页的数据源为“课程”表，然后从中选择“课程编号”、“课程名称”、“课程类别”字段。再选择“选课成绩”表，然后从中选择“学生编号”、“成绩”字段，如图 8.6 所示。

（3）单击【下一步】按钮，对选定的字段进行分组。如果按课程编号分组，双击“课程编号”字段，如图 8.7 所示。

注意： 在数据访问页添加分组级别后，该数据访问页只能浏览数据源（表、查询或视图）中的数据，而不能编辑或删除数据。

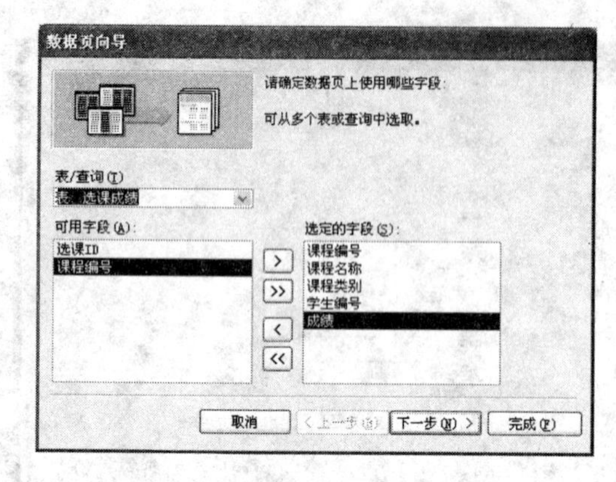

图 8.6 【数据页向导】对话框 1

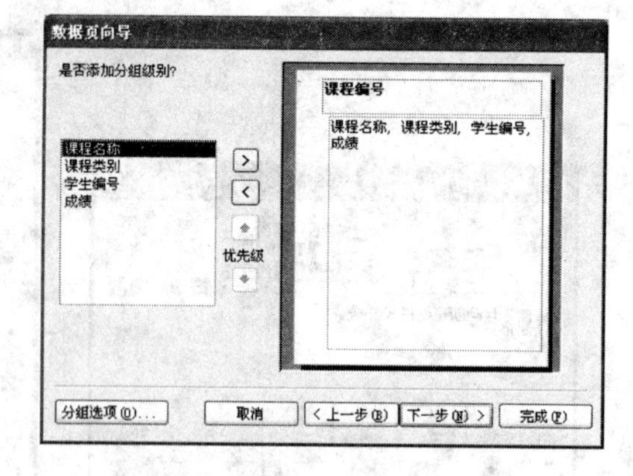

图 8.7 【数据页向导】对话框 2

（4）单击【下一步】按钮，对选定的字段进行排序。这里选择按“成绩”字段升序排列，如图 8.8 所示。

（5）单击【下一步】按钮，输入数据访问页的标题“课程成绩”，然后选择“打开数据页”单选按钮，单击【完成】按钮打开该数据访问页，如图 8.9 所示。

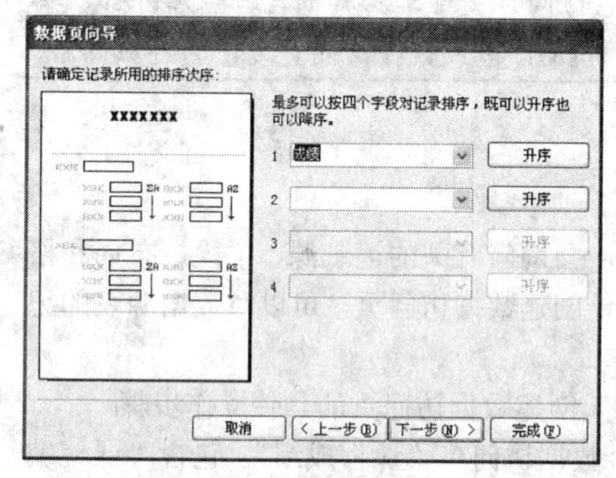

图 8.8 【数据页向导】对话框 3

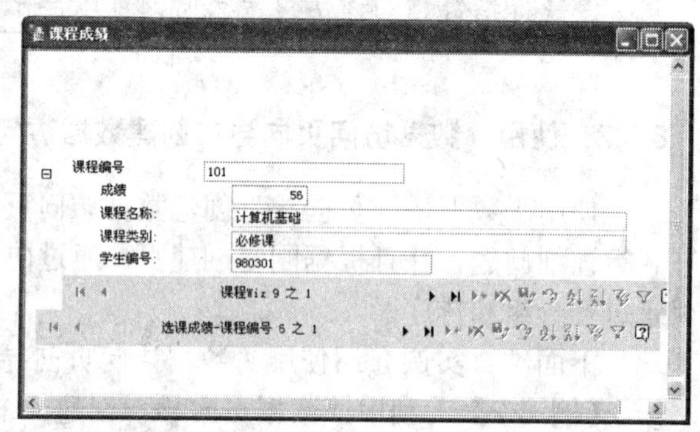

图 8.9 使用“数据页向导”创建的数据访问页

8.3.3 使用“设计视图”创建数据访问页

使用数据访问页设计视图可以创建功能更丰富、格式更灵活的数据访问页。下面通过具体的实例介绍使用设计视图创建数据访问页的方法。

【例 8.3】 利用“设计视图”创建一个数据访问页，包含学生表中除“照片”和“简历”以外的全部字段。

解析：操作步骤如下。

（1）在数据库窗口中，单击【对象】栏中的【页】对象，然后单击数据库窗口工具栏上的【新建】按钮。在【新建数据访问页】对话框中，选择【设计视图】选项。

（2）单击【确定】按钮，创建一个空白的数据访问页，如图 8.10 所示。

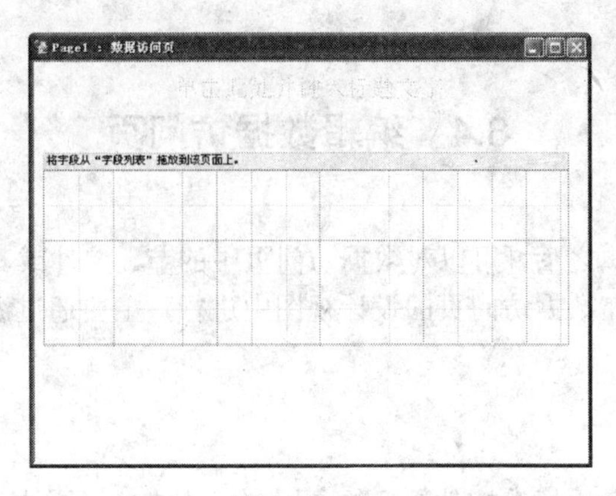

图 8.10　数据页的空白设计视图

（3）单击工具栏上的【字段列表】按钮来显示字段列表，如图 8.11 所示。从字段列表中选择“学生”表，然后单击【添加到页】按钮

（4）打开【版式向导】对话框，选中【纵栏式】单选按钮，如图 8.12 所示。

（5）单击【确定】按钮后，回到设计视图，从中删除多余的字段，如图 8.13 所示。

（6）切换到页视图下，显示该数据访问页，如图 8.14 所示。

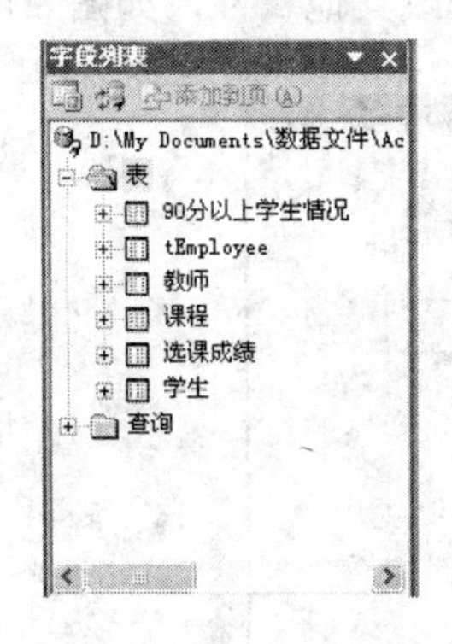

图 8.11　将“学生表”添加到页

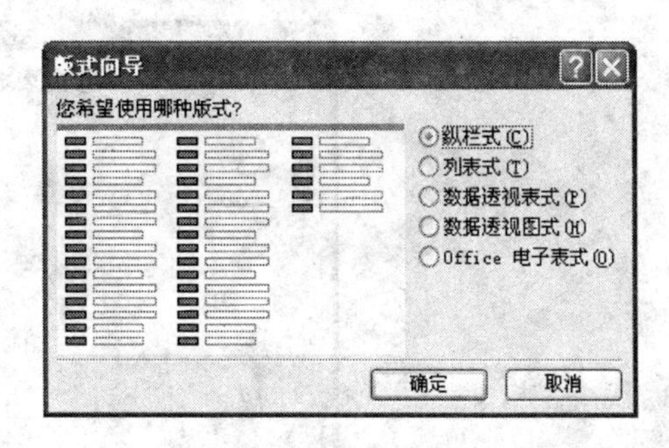

图 8.12　【版式向导】对话框

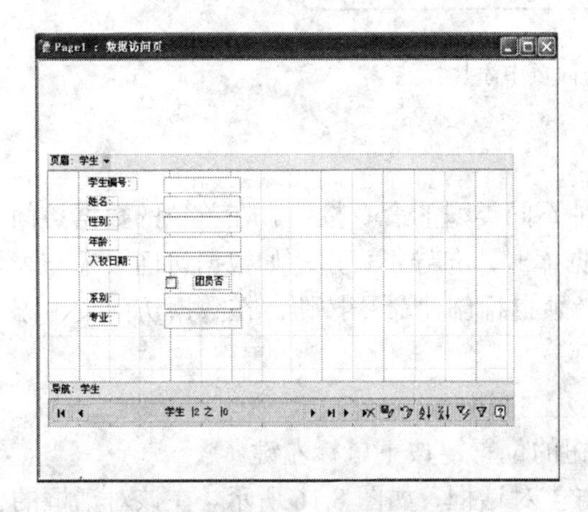

图 8.13　数据访问页的设计视图

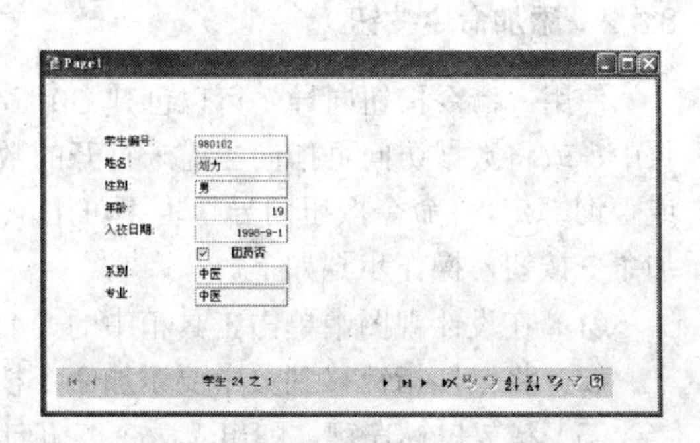

图 8.14　数据访问页的页视图

8.4 编辑数据访问页

在创建数据访问页之后，可以对数据访问页中的节、控件或其他元素进行编辑和修改。这些操作都需要在数据访问页的设计视图中进行，主要通过添加控件、主题和背景实现。

8.4.1 添加标签

在数据访问页上使用标签控件的目的是用来显示描述性文本信息。例如，数据访问页的标题或字段内容说明等。如果要向数据访问页中添加标签，操作步骤如下：

（1）在数据访问页的设计视图中，单击工具箱中的【标签】按钮。

（2）用鼠标将其拖动到页的合适位置。

（3）在标签中输入所需的文本信息，利用【格式】工具栏的工具设置文本所需要的字体、字号和颜色等。

（4）用鼠标右键单击标签，打开【属性】命令，修改其他属性，如图 8.15 所示。

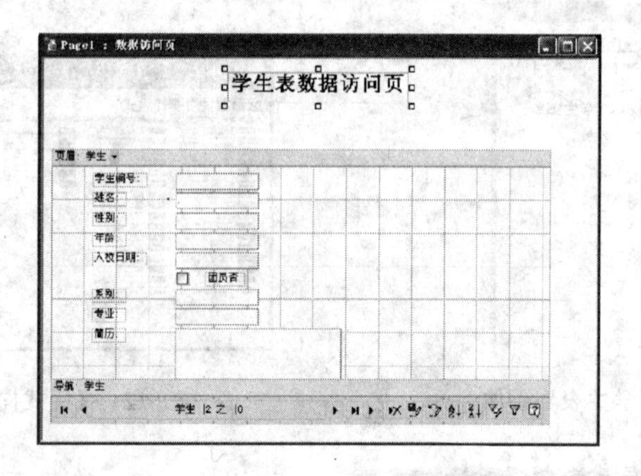

图 8.15 在数据访问页中添加标签

8.4.2 添加命令按钮

使用“命令按钮向导”可以创建 30 多种不同类型的命令按钮。在单独的数据访问页中，或将数据访问页指向当前未打开的数据库时，向导不可用。如数据访问页未与表或查询绑定，“命令按钮向导”也不可用，必须自行创建命令按钮。在数据访问页中添加命令按钮，操作步骤如下。

（1）在设计视图中单击工具箱中的【命令】按钮。

（2）将鼠标指针移到页中要添加命令按钮的位置，按下鼠标左键。

（3）释放鼠标左键，弹出【命令按钮向导】对话框，如图 8.16 所示。在该对话框的【类别】列表框中选择【记录导航】，在【操作】列表框中选择【转至下一项记录】。

（4）单击【下一步】按钮，在出现的对话框中要求用户选择按钮上面显示文本还是图片，这里选择【图片】，并选择列表框中的【指向右方】，如图 8.17 所示。

（5）单击【下一步】按钮，在出现的对话框中输入按钮的名称，单击【完成】按钮。

（6）调整命令按钮的大小和位置。

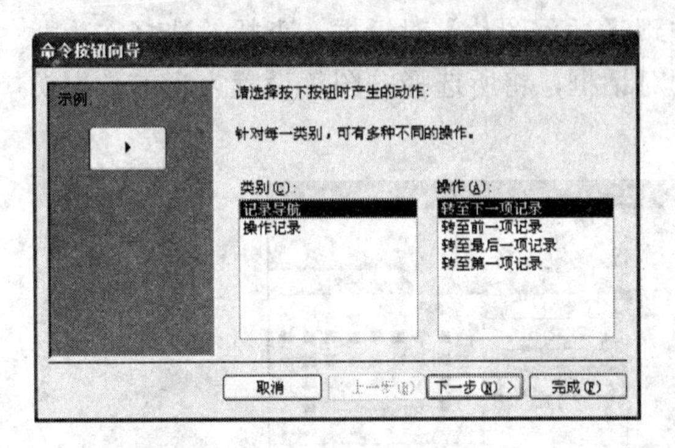

图 8.16　选择按下按钮时产生的动作

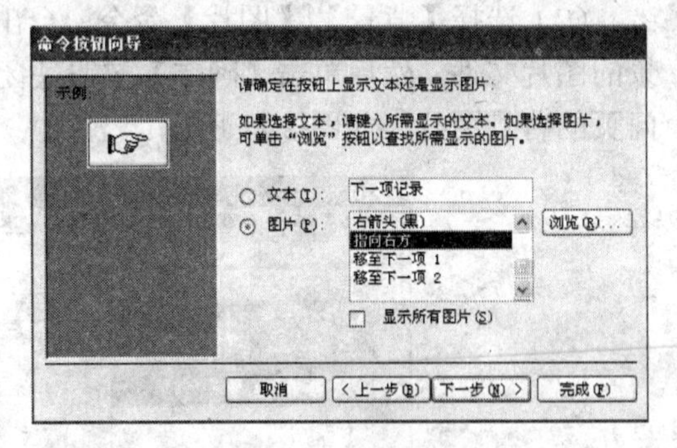

图 8.17　确定在按钮上显示文本还是图片

8.4.3　添加滚动文字

在数据访问页中使用滚动文字控件，可以显示移动或滚动的文字，操作步骤如下。

（1）在数据访问页的设计视图中，单击工具箱中的【滚动文字】按钮，放入数据访问页的合适位置。在滚动文字控件框中输入要滚动显示的文字。

（2）选中滚动文字框，右击，弹出如图 8.18 所示的快捷菜单，在其中选择【元素属性】命令，即可打开滚动文字控件的属性框，并设置相关的属性，如滚动的字体类型、字号和滚动方向等。

（3）切换到页视图方式下，可以看到文字滚动的效果，如图 8.19 所示。

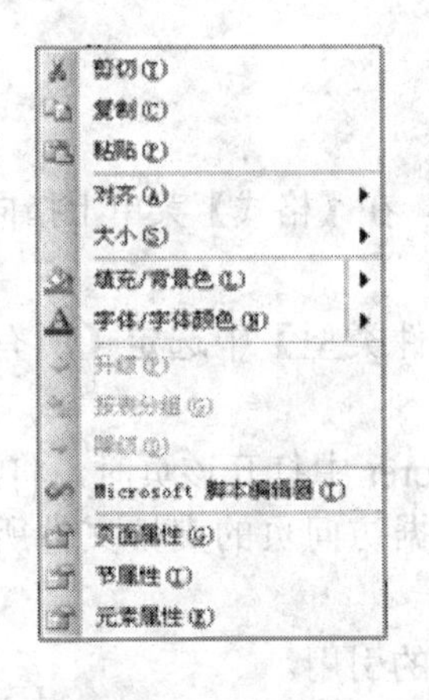

图 8.18　快捷菜单

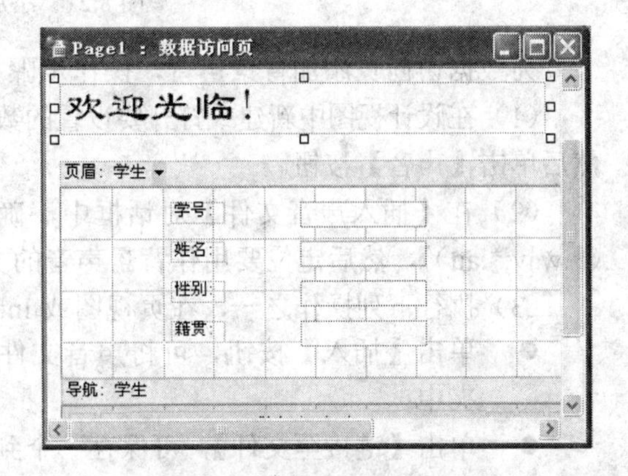

图 8.19　使用滚动文字效果

8.4.4　设置背景

在 Access 中，提供了设置数据访问页背景的功能，用户可以设置自定义的背景颜色、背景图片以及背景声音等，以增强数据访问页的视觉效果和音乐效果。

为数据访问页添加背景颜色或图片，操作步骤如下。

（1）在设计视图中新建或打开要设置的数据访问页，然后选择【格式】|【背景】命令，系统显示出【背景】子菜单，然后选择【颜色】。如图 8.20 所示。

（2）选择【背景】|【图片】命令，会出现【插入图片】对话框，查找并选择作为背景的图片文件，然后单击【确定】按钮关闭对话框，将所选择的图片设置为当前数据访问页的背景图片，如图 8.21 所示。

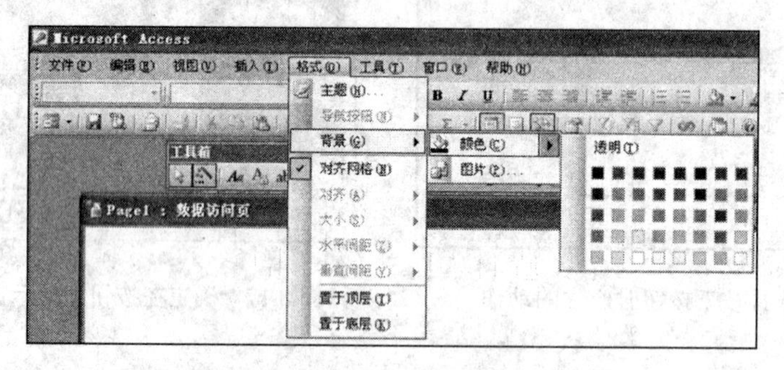

图 8.20 选择背景颜色

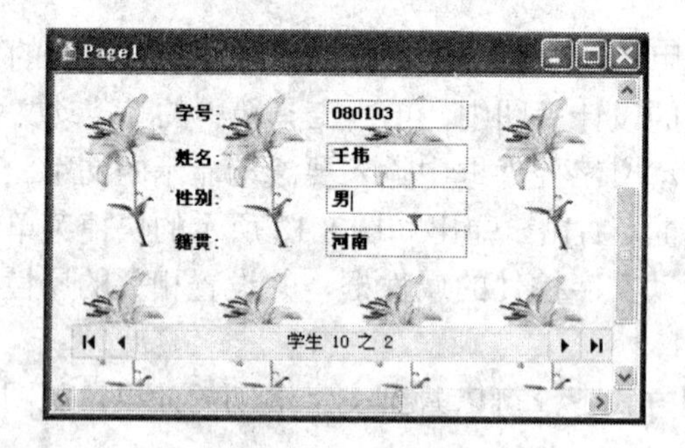

图 8.21 添加背景图片

为数据访问页添加背景声音，操作步骤如下。

（1）在设计视图中新建或打开要设置的数据访问页，在【格式】菜单上指向【背景】，然后单击【声音】按钮。

（2）在【插入声音文件】对话框中，确保在【文件类型】中选定【所有声音文件(*.wav;*.au)】，然后定位要用作背景声音的文件。

（3）执行下列操作之一，在页视图或 Internet Explorer 中打开该页时，将播放声音。

- 单击【插入】按钮，可将声音文件保存到数据访问页的支持文件所在的文件夹中；
- 单击【链接至文件】，可保存一个到声音文件的引用。

8.4.5 使用主题

主题是项目符号、字体、水平线、背景图像和其他数据访问页元素的设计元素和颜色方案的统一体。主题有助于方便地创建专业化设计的数据访问页。

将主题应用于数据访问页时，将会自定义数据访问页中的以下元素：正文和标题样式、背景色彩或图形、表边框颜色、水平线、项目符号、超链接颜色以及控件。

对现有的数据访问页应用主题的操作方法如下：

（1）在设计视图中打开要应用主题的数据访问页，单击【格式】中的【主题】命令。

（2）在【请选择主题】列表中选择所需的主题，如图 8.22 所示。

（3）选择所需的选项，单击【确定】按钮，所选择的主题就会应用于当前的数据访问页，如图 8.23 所示，转到页面视图，按主题显示页。

提示： 如果在【请选择主题】列表框中选择了【(无主题)】，则可以从现有数据访问页中删除主题。

“主题”比“背景”优先级高。若已经设置了“主题”，再设置“背景”，则“背景”不起作用；若已经设置了“背景”，再设置“主题”，则“主题”起作用。

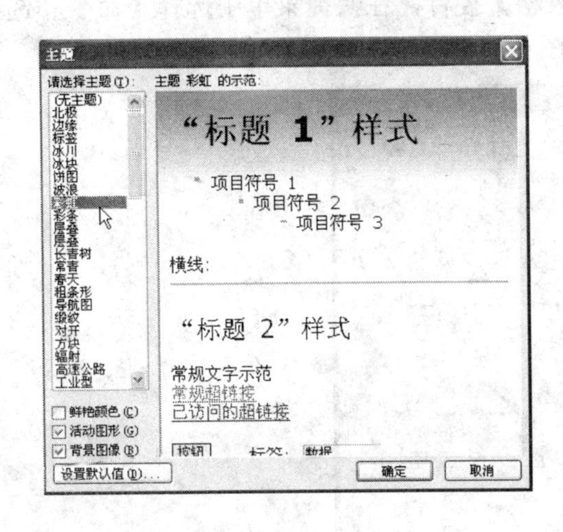

图 8.22　【主题】对话框

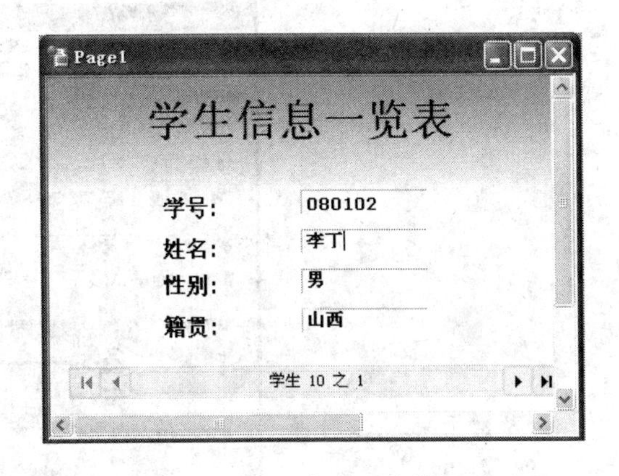

图 8.23　应用主题后的数据页

8.4.6　添加 Office 电子表格

Access 2003 允许用户向数据访问页中添加 Microsoft Office 电子表格组件，提供 Excel 工作表的某些功能，如输入数据、公式计算等。

要在数据访问页中添加电子表格，可以按以下步骤操作。

（1）在数据库窗口中的“页”对象中，选择要添加电子表格的数据访问页，在设计视图中打开该数据访问页。

（2）如果工具箱没有打开，选择【视图】|【工具栏】|【工具箱】菜单命令，打开工具箱。单击工具箱中的【Office 电子表格】按钮，然后在数据页上要添加电子表格控件的位置单击并拖动到合适位置释放鼠标左键，Access 将在数据页上添加 Office 电子表格控件，如图 8.24 所示。

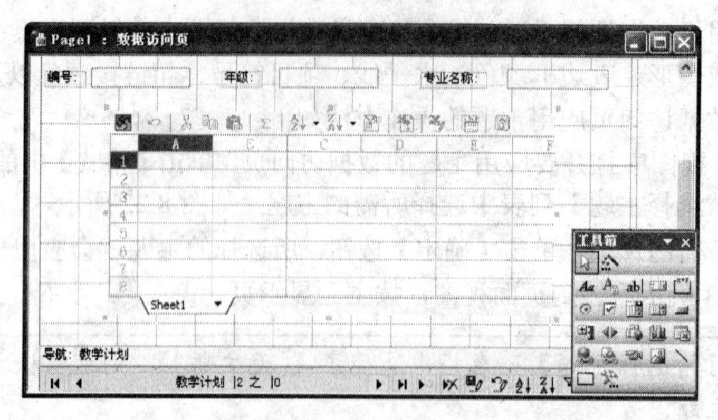

图 8.24　在数据访问页上添加 Excel 电子表格

（3）在电子表格中的每一个单元格中可以输入数据或公式，或者直接导入需要用的数据。用鼠标右键单击添加的【Office 电子表格】控件，在快捷菜单中选择【命令和选项】命令，打开【命令和选项】对话框，如图 8.25 所示。

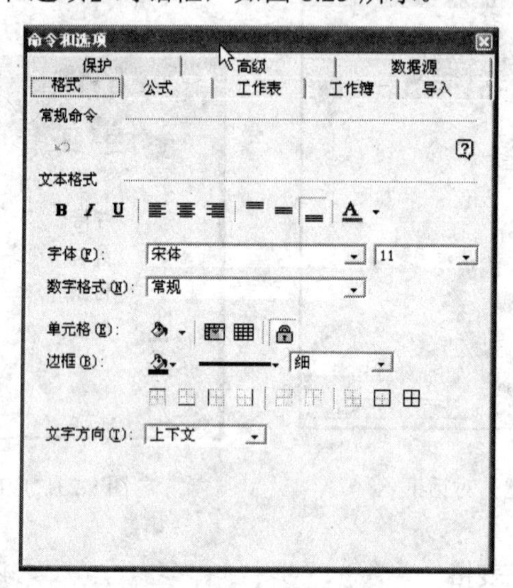

图 8.25　电子表格“命令和选项”对话框

（4）在【命令和选项】对话框中，用户可以通过对话框中的各选项卡对电子表格进行自定义设置。

在数据访问页中添加了 Office 电子表格后，用户可以利用数据访问页的页视图或 IE 浏览器来查看和分析相关的数据。

8.5　通过 IE 浏览器查看数据访问页

用户可以用 IE 浏览器来查看和访问所创建的数据访问页。打开 IE 浏览器，在地址栏中输入数据访问页的路径和名称，按 Enter 键即可在浏览器中显示数据访问页。在默认情况下，当用户在 IE 窗口中打开创建的分组访问页时，下层组级别都呈折叠状态。

例如，已创建“学生名单”数据访问页，假设保存在 C:\根目录下，用 IE 可查看该页，如图 8.26 所示。

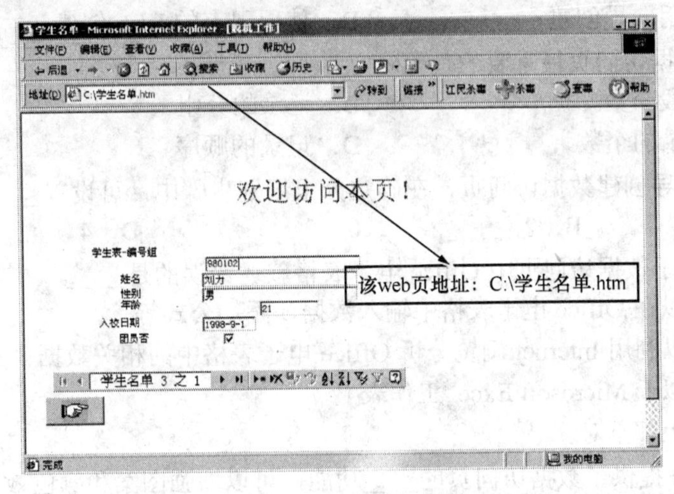

图 8.26　通过 IE 浏览器查看数据访问页

8.6　习　　题

一、选择题

1．将 Access 数据库中的数据发布在 Internet 网络上可以通过____。

A．查询　　B．窗体　　C．表　　D．数据访问页

2．Access 通过数据访问页可以发布的数据____。

A．只能是静态数据　　B．只能是数据库中保持不变的数据

C．只能是数据库中变化的数据　　D．是数据库中保存的数据

3．____类型的数据访问页不可以编辑数据。

A．数据输入页　　B．数据分析页

C．交互式报表页　　D．都可以

4．如果想要改变数据访问页的结构或显示内容，应该以什么方式打开数据访问页进行修改____。

A．设计视图　　B．页视图

C．动态 HTML　　D．静态 HTML

5．下面关于数据访问页中正文的叙述中，错误的是____。

A．在支持数据输入的页中可以用来显示信息性文本

B．正文是数据访问页的基本设计表面

C．正文用于显示数据和计算结果值

D．不能添加计算控件

6．若不要求对某个不包含图片信息的记录源中的字段的显示与否进行选择，则创建数据访问页时应该选择____方式创建。

A．自动创建　　B．使用设计视图创建

C．使用向导创建　　D．使用现有的 Web 创建

7．创建数据访问页最重要的是要确定____。

A．字段个数　　B．记录的分组

C．记录的个数　　D．记录的顺序

8．使用向导创建数据访问页，在确定分组级别步骤中，可设置____个分组级别。

A．1　　B．2　　C．3　　D．4

9．下列关于数据访问页中 Office 电子表格叙述错误的是____。

A．可以在 Office 电子表格中输入数据、添加公式等

B．可以利用 Internet 浏览分析 Office 电子表格中的相关数据

C．类似于 Microsoft Excel 工作表

D．以上都不对

10．Access 提供了数据访问页的____功能，可以增强图案和颜色效果。

A．添加命令按钮　　B．添加标签

C．添加滚动文字　　D．设置背景

11．下列关于数据访问页作用的叙述中，正确的是____。

A．用户通过数据访问页对数据的筛选和排序结果将保存在数据库中

B．用户通过数据访问页，可以远程修改数据但不会将修改结果保存到数据库中

C．用户可以随时刷新数据访问页上的数据

D．通过数据访问页，用户可以浏览、分析数据，但不能修改数据

12．用于选取控件、节或窗体的按钮名称是____。

A．标签　　B．选择对象　　C．文本框　　D．命令按钮

13．____是为数据访问页提供了字体、横线、背景图像以及其他元素的统一设计和颜色方案的集合。

A．命令　　B．背景　　C．按钮　　D．主题

14．与窗体和报表的设计视图工具箱相比，下列哪个控件是数据访问页特有的____。

A．标签　　B．文本框　　C．命令按钮　　D．滚动文字

15．数据访问页是一种独立于 Access 数据库的文件，该文件的类型是____。

A．TXT 文件　　B．HTML 文件

C．MDB 文件　　D．DOC 文件

16．在 Access 中，可通过多种方式创建数据访问页，最快捷的方法是____。

A．使用数据访问页的“页”视图

B．使用自动创建功能

C．使用向导创建

D．使用数据访问页的“设计”视图

17．数据访问页可以简单地认为就是一个____。

A．网页　　B．数据库文件　　C．word 文件　　D．子表

18．使用向导创建数据访问页的步骤顺序是____。

①选择字段　　②启动数据访问向导　③确定排序顺序　　④确定分组级别

A．①③②④　　B．①②③④

C．②①④③　　D．②①③④

19．以下有关数据访问页的叙述错误的是____。

A．数据源为查询的数据访问页中的数据是只读的

B．数据访问页可以具有两个以上分组级别

C．数据源为基本表的数据访问页的数据都是只读的

D．数据访问页可以在 IE 浏览器中显示

二、填空题

1. 数据访问页有两种视图，分别为______和______。

2．在 Access 中需要发布数据库中的数据的时候,可以采用的对象是______。

3．使用自动创建数据访问页只能创建_______数据访问页。

4．在使用自定义背景颜色、图片或声音之前，必须删除已经应用的_______。

5．Office 电子表格类似于 Microsoft Excel 工作表，用户可以在 office 电子表格中输入______、添加公式以及执行电子表格运输等。

6．用户在 Internet Explorer 中显示数据访问页时，他们正在看的是该页的______。

7．用户可以用______来查看所创建的数据访问页。

8．在数据访问页的工具箱中，图标代表的是_______。

9．在数据访问页的工具箱中，图标代表的是_______。

10．在数据访问页的工具箱中，图标代表的是_______。

11．在数据访问页的工具箱中，图标代表的是_______。

12．在数据访问页的工具箱中，图标代表的是_______。

第 9 章　宏的设计与应用

本章要点

- 宏和宏组的概念。
- 序列宏、条件宏和宏组的创建方法。
- Access 2003 中常用的宏操作。
- 在窗体和报表中使用宏。
- 两个特殊的宏 AutoExec 和 AutoKeys 的使用。
- 宏的调试与运行。

宏是一些操作的集合，使用宏可以方便快捷地操作 Access 数据库系统。在 Access 2003 中，一些简单重复的操作，如打开和关闭窗体、显示和隐藏工具栏、运行并打印报表等，实现这些操作的自动化可以极大地提高工作效率，同时也可以减少因失误操作引起的错误。本章主要讲解 Access 2003 中宏的基本知识和使用技巧。

9.1　宏 的 概 念

9.1.1　宏的基本概念

宏是 Access 2003 数据库对象之一，它和表、窗体、查询、报表等其他数据库对象一样，拥有单独的名称。宏分为操作序列宏、宏组和条件操作宏 3 种类型。

宏是指一个或多个操作的集合，其中每个操作实现特定的功能，例如打开某个窗体或打印某个报表。宏可以使某些普通的任务自动完成。例如，可设置某个宏，在用户单击某个命令按钮时运行该宏，以打印某个报表。

例如，图 9.1 显示的宏 1 包含两个操作序列。其中，OpenTable 操作打开学生表，ApplyFilter 筛选入学成绩大于 460 的记录。每次运行该宏时，Access 都将执行这些操作。要运行该宏，可以在合适的地方引用“宏 1”宏。

图 9.1　宏

9.1.2　宏组

宏可以是包含操作序列的一个宏，也可以是某个宏组。宏组是以一个宏名存储的相关宏的集合。如果有许许多多的宏，那么将相关的宏分别存放到不同的宏组，有助于方便地对数据库进行管理。要显示宏组中宏的名称，可以单击【宏】窗口的【视图】菜单中的【宏名】命令。

例如，图 9.2 所示的“宏 2” 宏组是两个相关的宏组成的：宏 21 和宏 22 。每个宏都执行 OpenForm 操作，打开不同的窗体。

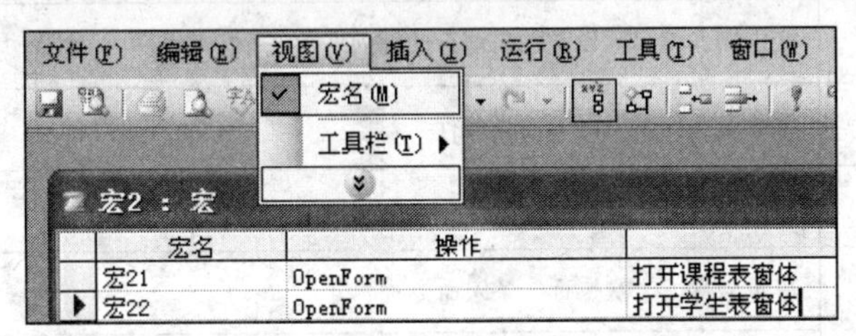

图 9.2　宏组

“宏名”列用于标识宏在宏组中运行宏时 Access 将执行操作列中的操作和操作列中其“宏名”列为空时立即跟随的操作。

为了在宏组中运行宏，可以使用这样的格式调用宏：宏组名＋“句点”＋宏名。例如在前面的示例中引用“宏 2”宏组中的“宏 22”宏，可以使用句式：宏 2.宏 22。

9.1.3　条件宏

使用条件表达式可以决定在某些情况下运行宏时。某个操作是否进行。带有条件表达式的宏叫条件宏。

单击【宏】窗口【视图】菜单中的【条件】命令，可以显示条件列图 9.3 中的宏只有在“条件”列中的表达式为真时，才运行 ApplyFilter、ShowAllRecords 操作。

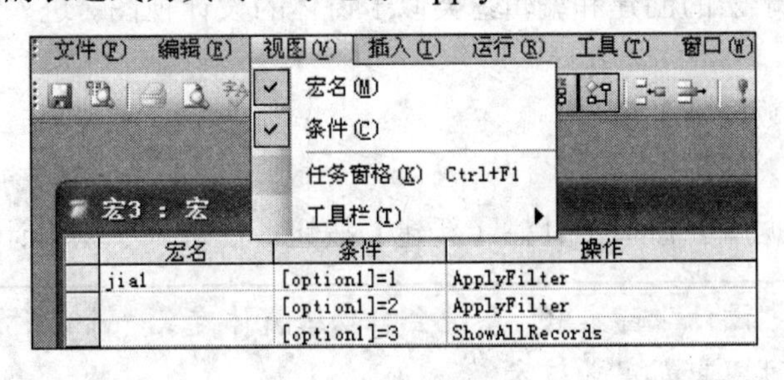

图 9.3　条件宏

9.1.4　宏设计工具栏

单击数据库窗口的【宏】选项卡中的【新建】按钮，即可打开宏的设计工具栏。宏的设计工具栏如图 9.4 所示，主要按钮及其功能如表 9.1 所示。

图 9.4　宏设计工具栏

表 9.1 宏设计工具栏各按钮的功能

按 钮	名 称	说 明
	宏名	显示宏的名称。单击此按钮，在宏的定义窗口中会增加/删除“宏名”列
	条件	设置条件宏。单击此按钮，在宏的定义窗口中会增加/删除“条件”列
	插入行	在宏操作编辑区设定的当前行的前面增加一个空白行
	删除行	删除宏操作编辑区中的当前行
	运行	执行当前宏
	单步	单步运行，一次执行一条宏命令
	生成器	设置宏的操作参数

9.2 宏的创建和编辑

创建宏的过程主要有指定宏名、添加操作、设置参数及提供注释说明信息等。创建宏之后，对于新需求和不完善之处可以编辑宏。宏的创建很简单，它没有涉及到 VB 语言等知识。用户可以在宏的数据库窗口下创建宏，也可以创建与指定对象连接的宏。

9.2.1 宏的设计视图

宏设计视图用于宏的创建和编辑，类似于窗体的设计视图。进入宏设计视图的操作如下。

（1）切换至【数据库】窗口。

（2）选中【宏】选项卡。

（3）单击【数据库】窗口工具栏【新建】按钮，便进入了宏设计视图。

提示：在打开的宏“设计”窗体中，系统会自动给窗体定义一个名称，在第一次保存该宏时，用户可以重新定义该宏

图 9.5 显示的是空白宏，菜单和工具栏于其他的设计视图很类似。宏窗口的上半部

图 9.5 宏设计视图

分用于设计宏，分成两列，左边【操作】列为每个步骤添加操作，【注释】列为每个操作提供一个说明，说明数据被 Microsoft Access 所忽略。在宏窗口中，还有两个隐藏列：【宏名】和【条件】。按下工具栏的【宏名】和【条件】按钮，就可显示这两个列了。宏窗口下半部分是操作参数区，左边是具体的参数及其设置，右边是帮助说明区。在窗口上半部分的操作列中任选择一个操作，其参数和说明便会显示在宏窗口的下半部分。

9.2.2　创建操作序列宏

创建操作序列宏，操作步骤如下。

（1）进入【宏】对象窗口，单击【新建】按钮会打开如图 9.6 所示的宏设计窗口。

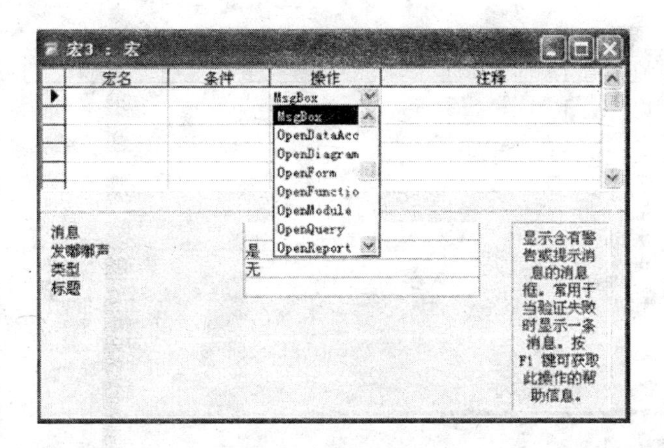

图 9.6　宏设计窗口

（2）将光标定在【操作】列的第一个空白行，单击下拉按钮打开操作列表，从中选择要使用的操作。如有必要，可在设计窗口的下半部设置操作参数，在【注释】列中输入一些解释性文字。

（3）如需添加更多的操作，可以把光标移到下一操作行并重复步骤（2）和（3）。

（4）单击【保存】按钮，命名并保存设计好的宏。

提示： 运行宏是按宏名进行调用。被命名为 AutoExec 的宏在打开数据库时会自动运行。要想取消自动运行，打开数据库时按住 Shift 键即可。

【例 9.1】　建立一个打开“学生信息管理”窗体的宏，要求在运行宏时，先最小化数据库窗口，然后打开“学生信息管理”窗体。

解析： 主要设计步骤如下。

（1）在数据库窗口中，选择【宏】对象，单击工具栏上的【新建】按钮，打开宏设计窗口。

（2）在宏设计窗口中，选择第一行的【操作】列，此时在该行的右边出现一个下拉箭头。单击该下拉箭头，在下拉列表中选择 Minimize 选项，添加第一个宏操作，该操作是把当前激活的窗口最小化，无操作参数。

(3) 在下一【操作】列中，选择 OpenForm 选项，添加第二个宏操作。

(4) 设置 OpenForm 的操作参数，共有六个操作参数，分别设置如下。

- 窗体名称：选择“学生信息管理”窗体。
- 视图：选择“窗体”视图。
- 筛选名称：默认选择。
- Where 条件：默认选择。
- 数据模式：选择“编辑”。
- 窗体模式：选择“普通”。

参数的设置内容见 9.4 节，宏的设置结果如图 9.7 所示。

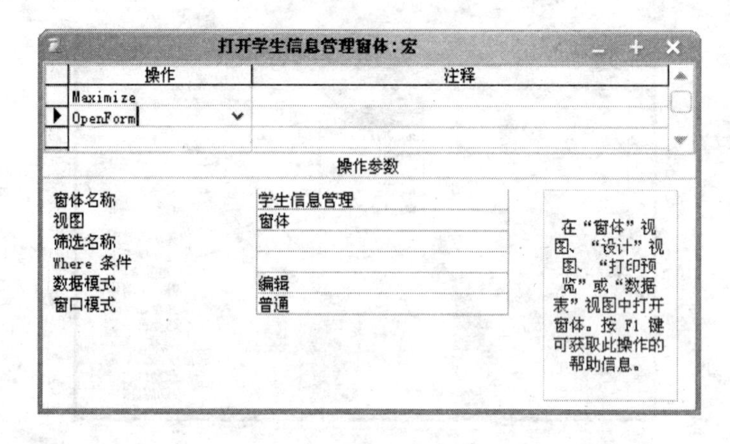

图 9.7 打开学生信息管理窗体宏

(5) 完成以上设置后，命名并保存创建的宏。

在宏操作列表选择框中，由于命令较多，亦可以键入操作命令的第一个字符，系统会自动定位并显示以此字符开头的操作命令，达到快速选择的目的。

9.2.3 创建宏组

如果有多个宏，可将相关的宏设置成宏组，以便于用户管理数据库。使用宏组可以避免单独管理这些宏的麻烦。为了在宏组中区分各个不同的宏，需要为每一个宏指定一个宏名，然后为每一个宏设置操作。具体的操作步骤如下。

(1) 进入【宏】对象窗口，单击【新建】按钮会打开宏设计窗口。

(2) 单击工具栏中的【宏名】按钮或选择【视图】|【宏名】命令，可在宏的设计窗口中增加【宏名】列，如图 9.8 所示。

(3) 在第一个宏对应的【宏名】列内输入该宏的名字，并添加需要执行的宏操作，设置操作参数、添加注释文字等。

(4) 如果希望在宏组内包含其他的宏，请重复步骤 (3)。

(5) 保存并命名设计好的宏组。

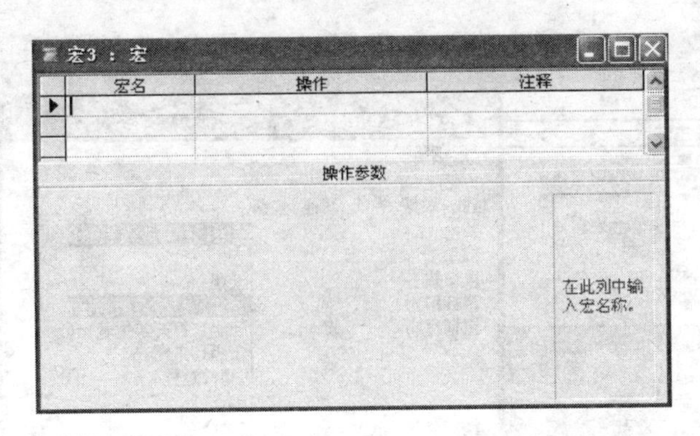

图 9.8　添加了“宏名”列的设计视图

提示：保存宏组时，指定的名字是宏组的名字。该名字也是显示在【数据库】窗体中的宏和宏组列表的名字。

为了执行宏组中的宏，可使用如下的格式调用宏：宏组名.宏名。

【例 9.2】　建立一个窗体，在上面添加 3 个命令按钮，每个按钮的功能都是通过宏组中的宏来实现的，窗体如图 9.9 所示。

解析：主要设计步骤如下。

（1）在数据库窗口中，选择【宏】对象，单击工具栏上的【新建】按钮，打开宏设计窗口。

（2）单击工具栏上的【宏名】按钮，出现宏名列。在【宏名】栏内键入宏组中的第一个宏的名字，并选择一个宏操作。重复此操作，添加 3 个宏名。操作结果如图 9.10 所示。关闭【宏】窗口，保存宏组为“宏组 1”。

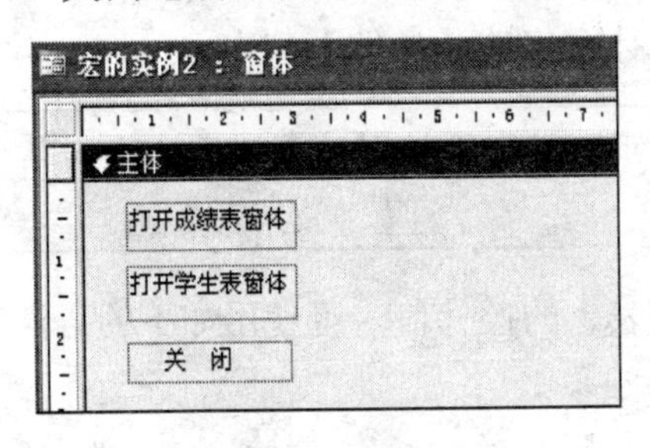

图 9.9　宏组示例

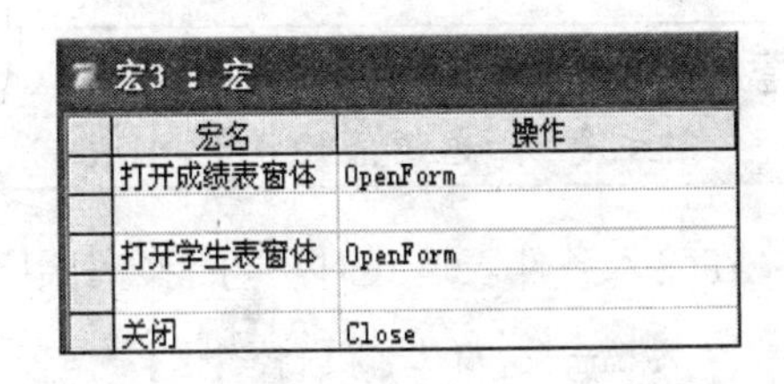

图 9.10　“宏组 1”的宏窗口

（3）建立一个窗体，分别添加 3 个按钮（如果出现按钮向导对话框，单击【取消】按钮）。在按钮的属性窗口中选择【事件】，设置【单击】事件的属性，从中选择宏组中相应的宏名，如图 9.11 所示。

（4）运行该窗体，单击各按钮后会执行宏组中相应的宏。

提示：要将一个操作或操作集合赋值给某个特定的按键或组合键，可以创建一个 AutoKeys 宏组。在按下特定的按键或组合键时，Access 就会执行相应的操作。

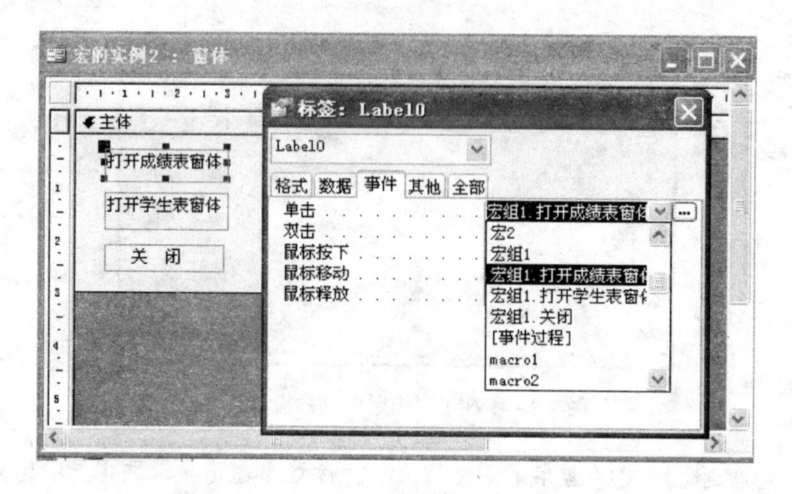

图 9.11 【单击】事件的属性设置

9.2.4 创建条件操作宏

在某些情况下，可能希望仅当特定条件为真时才在宏中执行一个或多个操作。例如，如果在某个窗体中使用宏来校验数据，可能要显示相应的信息来响应记录的某些输入值，另一信息来响应另一些不同的值。在这种情况下，可以使用条件来控制宏的流程。

在宏中添加条件的操作步骤如下。

（1）单击数据库窗口左边对象面板中的【宏】，进入宏数据库窗口。

（2）单击工具栏中的【新建】按钮，打开宏的设计视图。单击工具栏中的【条件】按钮或选择【视图】|【条件】命令，可在宏的设计视图中增加【条件】列。在【条件】列中，可以指定某个宏操作的执行条件。

（3）将所需要的条件表达式输入到【宏】设计窗口的【条件】列中。

注意： 在【条件】列中仅能输入逻辑表达式，不可输入其他类型的表达式（比如算术表达式等），也不能使用 SQL 语句。

在输入条件表达式时，可能会引用窗体或报表上的控件值。可使用如下的语法：

```
Forms![窗体名]![控件名]
Reports![报表名]![控件名]
```

（4）在【操作】列中选择条件式为真时要执行的操作。若条件为真时要执行多项操作，则在接下来的行内输入所需的操作，并在对应的【条件】列内输入省略号“…”。条件式为假时，则忽略其后的操作。

提示： 运行该宏时，Access 将求出第一个条件表达式的结果。如果结果为真，将执行此行所设置的操作，以及紧接着此操作且在“条件”栏内有省略号的所有操作。如果结果为假，Access 会忽略这个操作以及紧接着此操作且在条件字段内有省略号的操作，并且移到下一个包含其他条件或空“条件”字段的操作。

【例 9.3】　创建一个【条件宏】实例窗体，在窗体中使用宏。根据用户输入的不同数字，弹出不同的消息，框窗体内容如图9.12所示。

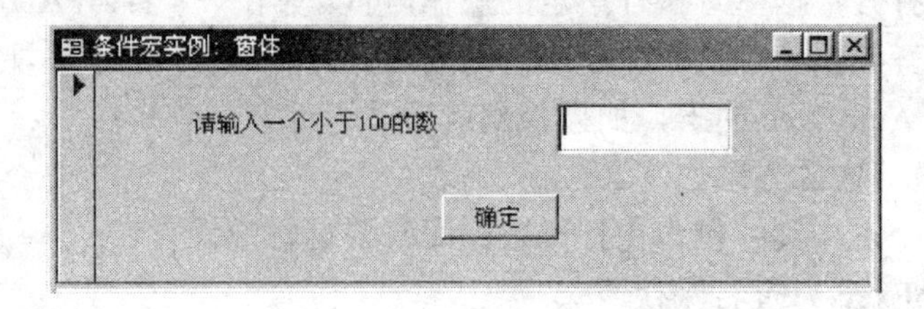

图 9.12　【条件宏】实例窗体

解析：主要设计步骤如下。

（1）建立一个窗体，输入一个文本框，文本框名称为“输入数字”，再添加一个“确定”按钮。

（2）建立宏，并将宏名命名为“条件宏”。

（3）单击工具栏上的【条件】按钮，为宏添加条件列。第一行表示当“[Forms]![条件宏实例].[输入数字]<50 And [Forms]![条件宏实例].[输入数字]>=0 ”时，显示一个“你输入了一个小于 50 的数字”的消息。第二行表示当“[Forms]![条件宏实例].[输入数字]<100 And [Forms]![条件宏实例].[输入数字]>=50”时，显示一个“你输入了一个小于 100 的数字”的消息，操作结果如图 9.13 所示 。

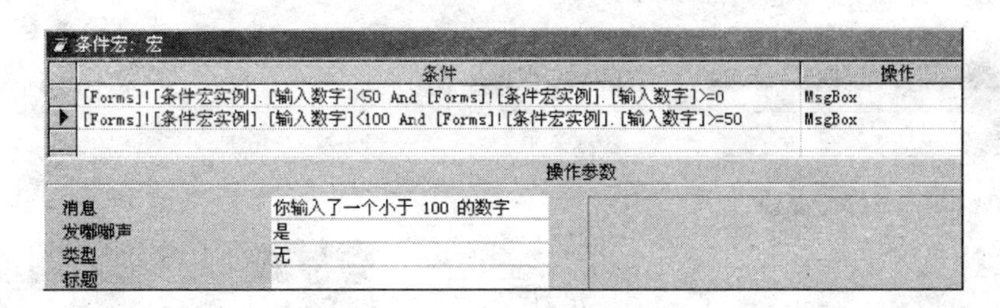

图 9.13　【条件宏】窗体

（4）关闭【宏】窗口，保存宏。

（5）打开窗体的设计视图，设置“确定”按钮的【单击】事件属性，从中选择【条件宏】。

（6）运行窗体。当输入了一个数字 51，将显示如图 9.14 所示的消息框。

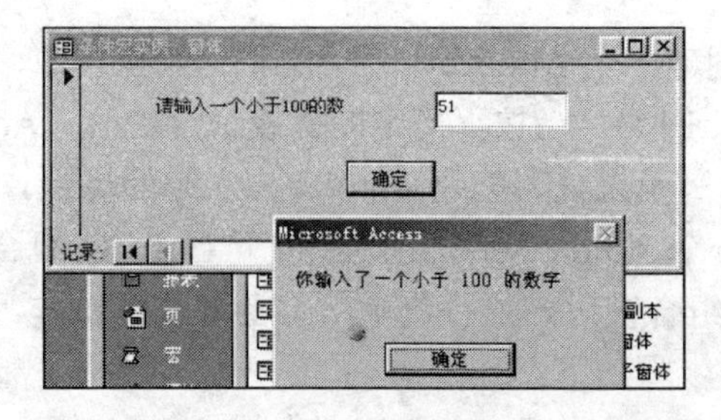

图 9.14　运行【条件宏】实例窗体

9.2.5 创建 AutoExec 宏

如果在首次打开数据库时执行指定的操作，可以使用一个名为 AutoExec 的特殊宏。该宏可在首次打开数据库时执行一个或一系列的操作。在打开数据库时，Access 2003 将查找一个名为 AutoExec 的宏，如果找到就自动运行它。

创建 AutoExec 宏的方法如下。

（1）创建一个宏，其中包含在打开数据库时要运行的操作。

（2）以 AutoExec 为宏名保存该宏。

（3）下一次打开数据库时，Access 将自动运行该宏。

（4）如果不想在打开数据库时运行 AutoExec 宏，可在打开数据库时按住 Shift 键。

【例 9.4】 创建一个AutoExec宏，当打开学生数据库时出现一个“欢迎使用学生数据库”消息框。

解析：操作与设计步骤如下。

（1）在数据库窗口中，单击【对象】列表中的【宏】对象。然后单击数据库窗口工具栏上的【新建】按钮。

（2）在操作列表中选择 MsgBox，在【消息】文本框中输入“欢迎使用学生数据库”，操作结果如图 9.15 所示。

（3）以 AutoExec 为宏名保存该宏。下一次打开数据库时，Access 将首先自动运行该宏，弹出一个消息框，如图 9.16 所示。

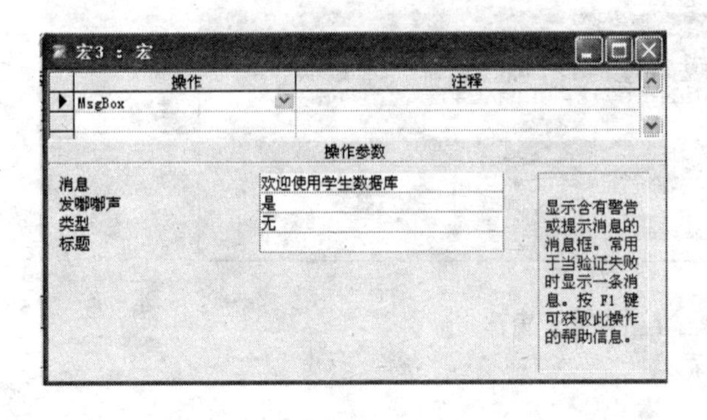

图 9.15 AutoExec 的宏窗口

图 9.16 运行 AutoExec 宏

9.2.6 创建 AutoKeys 宏组

在 Access 中可以创建一个 AutoKeys 宏组，将一个操作或一组操作指派给某个特定的键或组合键，比如 Ctrl＋O。当按下指定的键或组合键时，Access 就会执行相应的操作。下面以一个简单的例子来说明创建 AutoKeys 宏组的步骤。

【例 9.5】 创建一个 AutoKeys 宏组，当按下 Ctrl＋O 组合键时，执行打开学生表操作；当按下 Ctrl＋Q 组合键时，执行查询学生全部信息操作。

解析：操作与设计步骤如下：

（1）在数据库窗口中，单击【对象】列表中的【宏】对象。然后单击数据库窗口工具栏上的【新建】按钮。

（2）单击工具栏上的【宏名】按钮，在【宏名】列中键入要使用的“^O”组合键。在【操作】列中选择 OpenTable，下面参数的【表名称】中选择“学生表”。

（3）在下一行的【宏名】列中键入要使用的“^Q”组合键，在【操作】列中选择 OpenQuery，在【查询名称】文本框中选择“学生全部信息”，操作结果如图 9.17 所示。

（4）以 AutoKeys 为名称保存宏组。只要学生数据库是打开的，在任何情况下按 Ctrl＋O 组合键将打开学生表，按 Ctrl＋Q 组合键将查询学生全部信息。

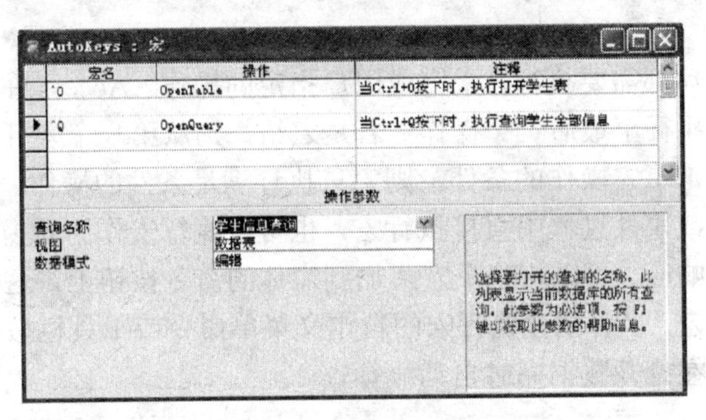

图 9.17 AutoKeys 的宏窗口

9.2.7 编辑宏操作

宏设置完之后难免需要修改编辑。修改宏主要包括插入、删除及复制宏的操作、修改操作参数、调整操作顺序等。这些步骤都是在宏的设计视图中完成。

1. 插入宏操作

主要操作步骤如下。

（1）在【宏】窗口的【操作】列单击第一个空白行。如果要在两个操作行之间插入一个操作，单击插入行下面的操作行的行选定器，然后在工具栏上单击【插入行】按钮。

（2）在【操作】列，单击箭头显示操作列表。

（3）单击要使用的操作。

（4）为操作键入相应的说明说明是可选的。

2. 删除宏操作

主要操作操作步骤如下。

（1）在宏窗口中单击操作行的行选定器以选中该行。

（2）单击工具栏中的【删除行】按钮，则选中的操作行将被删除。

若要连续选择多个操作行，则先选中第一个操作行，然后按下 Shift 键的同时选择最后一行。

3. 复制宏操作

复制宏操作时，系统将同时复制该操作的参数以及条件表达式等设置。复制宏操作的操作步骤如下。

（1）在【宏】窗口中，单击操作行的行选定器。

（2）单击工具栏上的【复制】按钮。

（3）将插入点放到指定的【操作】列的单元格中，单击工具栏上的【粘贴】按钮。

9.3 宏的调试和运行

宏在创建完之后都需要执行，来完成用户指定的操作。Access 在执行宏时，从宏的第一个操作开始，执行至最后一个操作；若是宏组，则从第一个宏开始执行，至最后一个宏。当然如果指定了宏操作的条件，则宏只执行满足条件的操作。

可以从其他宏或事件过程中直接执行宏，也可将执行宏作为对窗体、报表、控件中发生的事件作出的响应。可以将某个宏附加到窗体的命令按钮上，这样在用户单击按钮时就会执行相应的宏，也可创建执行宏的自定义菜单命令或工具栏按钮而将某个宏指定到组合键中，或者在打开数据库时自动执行宏。

9.3.1 宏调试

当一个宏中的操作很多时，一次性运行整个宏并不是一种理想的方法。因为如果运行出错的话，很难知道错误到底出在何处。此时就需要对宏进行调试。在 Access 系统中提供了单步执行的宏调试工具。使用单步跟踪执行，可以观察到宏的流程和每一个操作的执行结果，从中发现并排除问题和错误的操作。

调试宏的基本步骤如下。

（1）在宏的设计视图中保存需要运行的宏。

（2）单击工具栏中的【单步】按钮，使其处于按下的状态，即选中的状态。

（3）单击工具栏中的【运行】按钮，打开【单步执行宏】的第一个对话框，如图 9.18 所示。该对话框中列出了宏名、第一个操作的条件、操作名称和参数等。如果宏操作有误，则会出现【操作失败】对话框。如果要在宏执行过程中暂停宏的执行，可按快捷 Ctrl＋Break 键。

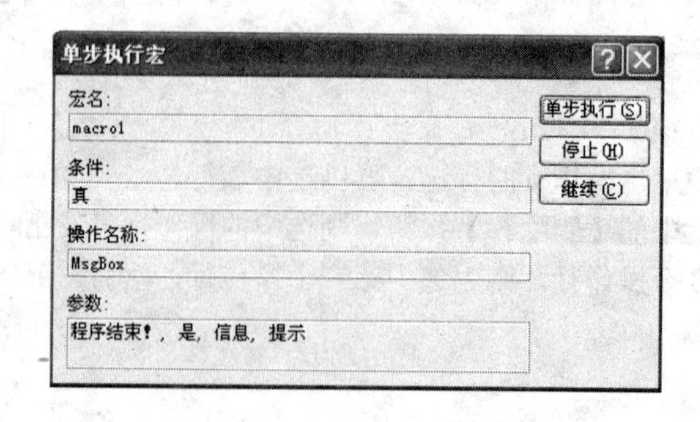

图 9.18 【单步执行宏】的第一个对话框

（4）单击【单步执行】按钮，将执行第一个操作，同时打开【单步执行宏】的第二个对话框，在对话框中列出了第二个操作的条件、操作名称和参数。当单击【单步执行】按钮时将运行第二个操作。依此类推。

（5）单击【停止】按钮将停止宏的运行并关闭【单步执行宏】对话框。单击【继续】按钮时关闭【单步执行宏】对话框并继续运行剩下的操作。

9.3.2　运行宏

宏有多种运行方式。可以直接运行某个宏，可以运行宏组里的宏，还可以通过响应窗体、报表及其上控件的事件来运行宏。

1. 直接运行宏

执行下列操作方法之一即可直接运行宏。

- 从【宏】设计窗口运行宏，单击工具栏中的【执行】按钮。
- 从数据库窗体中执行宏，单击【宏】对象，然后双击相应的宏名。
- 选择【工具】|【宏】|【运行宏】命令，再选择或输入要运行的宏。
- 使用 Docmd 对象的 RunMacro 方法，在 VBA 代码过程中运行宏。

2. 运行宏组中的宏

执行下列操作方法之一即可运行宏组中的宏。

- 将宏指定为窗体或报表的属性设置，或指定为 RunMacro 操作的宏名参数。
- 选择【工具】|【宏】|【运行宏】命令，再选择或输入要运行宏组中的宏。
- 使用 Docmd 对象的 RunMacro 方法，在 VBA 代码过程中运行宏。

3. 在窗体或报表中运行宏

通常情况下，直接运行宏或宏组中的宏是在设计和调试宏的过程中进行，只是为了测试宏的正确性。在确保宏设计无误后，可以将宏附加到窗体、报表或控件中。

如果希望从窗体、报表或控件中运行宏，只需单击设计视图中的相应控件，在相应的属性对话框中选择【事件】选项卡的对应事件，然后在下拉列表框中选择当前数据库中的相应宏。这样在事件发生时，就会自动执行所设定的宏。例如建立一个宏，执行操作“Quit”，将某一窗体中的命令按钮的单击事件设置为执行这个宏，则当在窗体中点击按钮时，将退出 Access。

9.4　通过事件触发宏

在实际的应用系统中，设计好的宏更多的是通过窗体、报表或查询产生的事件触发相应的宏，使之投入运行。

9.4.1 事件的概念

事件（Event）是在数据库中执行的一种特殊操作，是对象所能辨识和检测的动作，当此动作发生于某个对象上时，其对应的事件便会被触发。例如单击、打开窗体或者打印报表。可以创建某一特定事件发生时运行的宏，如果事先已经给这个事件编写了宏或事件程序，此时就会执行宏或事件过程。例如，当使用单击窗体中的一个按钮时，会引起“单击”（Click）事件，此时事先指派给“单击”事件的宏或事件程序也就被投入运行。

事件是预先定义好的活动，也就是说一个对象拥有哪些事件是由系统本身定义的，至于事件被引发后要执行什么内容，则是由用户为此事件编写的宏或事件过程决定的。事件过程是为响应由用户或程序代码引发的事件或由系统触发的事件而运行的过程。

宏运行的前提是有触发宏的事件发生。在窗体或报表中与宏相关的常见事件参见附录 B。

打开或关闭窗体，在窗体之间移动，或者对窗体中数据进行处理时，将发生与窗体相关的事件。由于窗体的事件比较多，在打开窗体时，将按照下列顺序发生相应的事件：

打开（Open）→加载（Load）→调整大小（Resize）→激活（Activate）→成为当前（Current）

如果窗体中没有活动的控件，在窗体的激活事件发生之后仍会发生窗体的“获得焦点”（GotFocus）事件，但是该事件将在“成为当前”事件之前发生。

在关闭窗体时，将按照下列顺序发生相应的事件：

卸载（Unload）→停用（Deactivate）→关闭（Close）

如果窗体中没有活动的控件，在窗体的“卸载”事件发生之后仍会发生窗体的“失去焦点”（LostFocus）事件，但是该事件将在“停用”事件之前发生。

引发事件不仅仅是用户的操作，程序代码或操作系统都有可能引发事件，例如，如果窗体或报表在执行过程中发生错误便会引发窗体或报表的“出错”（Error）事件；当打开窗体并显示其中的数据记录时会引发“加载”（Load）事件。

9.4.2 通过事件触发宏

【例 9.6】 建立一个窗体，添加两个命令按钮，使两个命令按钮的单击事件分别触发宏组 macro2 中的 macro2_1 和 macro2_2，如图 9.19 所示。

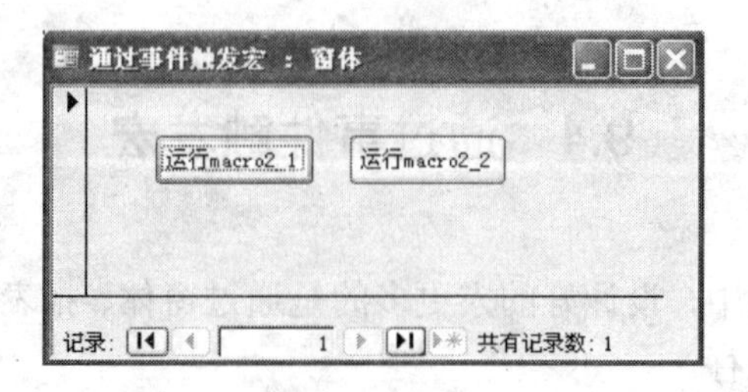

图 9.19 通过事件触发宏的示例

解析：主要设计步骤如下。

（1）创建窗体，在其上添加两个命令按钮（注意，不使用向导方式）。

（2）分别设置显示标题为“运行 macro2_1”和“运行 macro2_2”。

（3）为命令按钮设置触发宏组的事件。在按钮的“单击”事件下拉列表框中，分别选择 macro2.macro2_1 和 macro2.macro2_2。

注意：不要选择 Macrogroup 宏组名，若在按钮的“单击”事件下拉列表框中选择宏组名，按钮的“单击”事件将仅触发宏组中的第一个宏。

9.5　常用宏操作及综合实例

9.5.1　常用宏操作

在宏的设计窗口中的【操作】列中，提供了 50 多种操作，用户可以从这些操作中进行选择，创建自己的宏。而对于这些操作，用户可以通过查看帮助，从中了解每个操作的含义和功能。表 9.2 列出了一些常用的宏操作。

表 9.2　常用宏操作命令

操作命令	功能说明
OpenTable	打开表并选择数据输入方式
OpenQuery	打开查询、选择数据输入方式
OpenForm	打开窗体
OpenDateAccessPage	打开数据访问页
Close	关闭窗口，没有指定窗口则关闭活动窗口
RunSQL	执行指定的 SQL 语句
RunApp	执行指定外部应用程序
Quit	退出 Access
GotoRecord	指定当前记录
FindRecord	查找记录
FindNext	找下一个记录
ApplyFilter	应用筛选
Maximize	最大化
Minimize	最小化
MoveSize	移动活动窗口或调整其大小
Restore	将处于最大化或最小化的窗口恢复为原来的大小
GotoContro	转移焦点
GoToPage	转到某页
Runquery	用于实施指定控件重新查询

续表

操 作 命 令	功 能 说 明
Beep	可以通过个人计算机的扬声器发出嘟嘟声
MsgBox	显示消息框
SetWarnings	关闭或打开系统信息
SetMenuItem	操作可设置活动窗口的自定义菜单栏或全局菜单栏上的菜单项状态
setdata	被用来传递文本数据
TransferDatabase	从其他数据库导入和导出数据
TransferText	从文本文件导入和导出数据
SetValue	对窗体、窗体数据表或报表上的字段、控件或属性的值进行设置
Echo	指定是否打开回响

9.5.2 宏操作综合实例

【例 9.7】 创建一个包含条件的宏组，用来实现对口令的检验。如果口令正确，就先关闭这个身份核对窗口，再打开另一个窗体。如果口令不正确，将出现信息框要求重新输入口令。

解析：操作步骤如下。

（1）建立一个【检验口令】窗体，添加文本框，文本框名称为“口令”，用来接收用户输入的口令（口令为“123”），文本框的【输入掩码】属性设置为“密码”，当输入口令时以“*”显示。再添加一个【确定】按钮和一个【取消】按钮，如图 9.20 所示。

（2）建立一个“口令宏组”宏组，宏组的设计窗口如图 9.21 所示。“条件”栏内的省略号（…）表示条件为真时可以连续地执行这些操作。

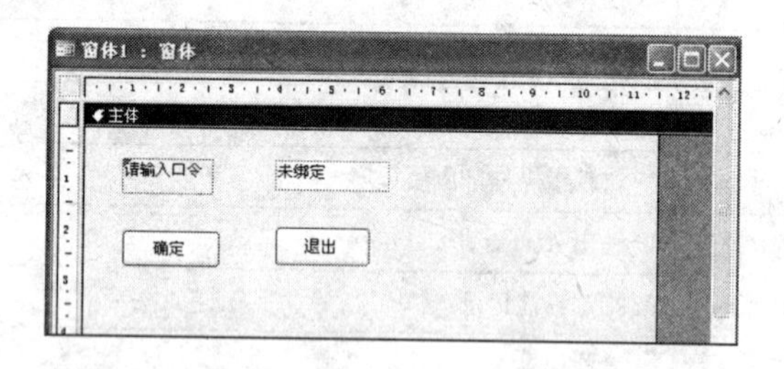

图 9.20 【检验口令】窗体的设计视图

口令宏组 : 宏

宏名	条件	操作	
确定	[口令]='123'	Close	关闭当前窗体
	...	OpenForm	打开学生表主窗体
	...	StopMacro	终止当前宏
	[口令]<>'123'	MsgBox	弹出口令不正确的消息框
	...	GoToControl	焦点回到文本框
取消		Close	关闭当前窗体

图 9.21 “口令宏组“的宏窗体

（3）在窗体的设计视图中，将“确定”按钮的【单击】事件属性设置为“口令宏组.

确定”，将“取消”按钮的【单击】事件属性设置为“口令宏组.取消”，如图 9.22 所示。

（4）切换到窗体视图方式，该窗体运行的效果是：当输入的口令不正确时，单击【确定】按钮将出现一个“口令不正确”的消息框，然后焦点回到文本框。当输入的口令正确时，单击【确定】按钮将打开一个窗体。单击“取消”按钮将关闭当前窗体，如图 9.23 所示。

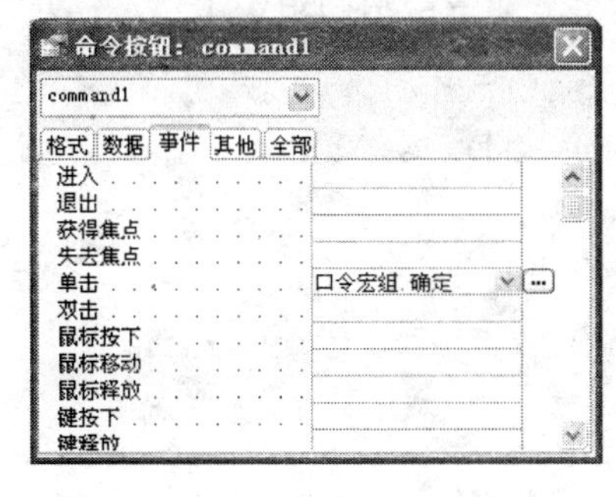

图 9.22　【确定】按钮的【单击】事件属性设置

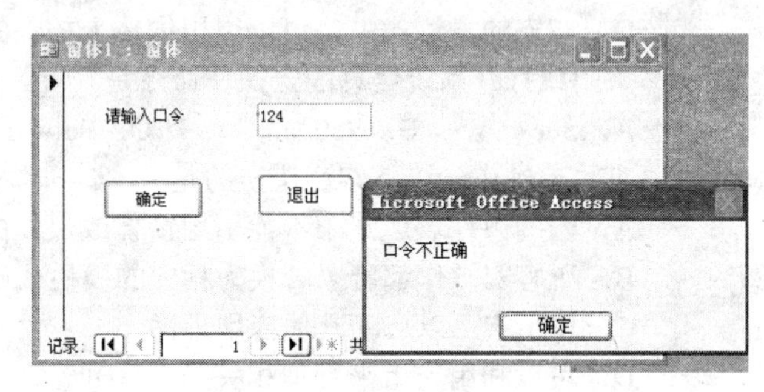

图 9.23　运行【检验口令】窗体

在这个实例中，管理员口令被定义为“123”。而在实际的应用中，口令会因为需要而随时更改。为了实现这样的功能，可以先建一个口令表，里面保存了用户的口令，在宏中将用户输入的口令和口令表中的口令进行比较。如果要更改口令，只需要更改口令表中的数据。

9.6　习　　题

一、选择题

1．下列关于宏的书法中，错误的是____。

A．宏是多个操作的集合

B．每一个宏操作都有相同的宏操作参数

C．宏操作不能自定义

D．宏通常与窗体、报表中命令按钮相结合来使用

2．下列说法错误的是____。

A．Access 启动时，将会加载自动启动宏

B．可以设置宏的命令执行顺序为随机或者顺序执行

C．如果设计了条件宏，宏中的有些操作会根据条件情况决定是否执行

D．宏可以分类组织到不同的宏组中

3．创建条件宏的时候，如果需要在条件表达式中引用窗体“Form”中控件“Ng”控件值，应该使用的表达式是____。

A．Form![Ng]　　B．[forms]![form]![Ng]

C．[report]![form]![Ng]　　D．Ng

4．下面描述错误的是____。

A．在 Access 中，宏可以分为操作序列宏、宏组和包括条件操作的宏

B．在宏的设计过程中，可以通过将某些对象拖动至“宏”窗体的操作行内的方式来快速创建一个指定的数据库对象上执行操作的宏

C．在设计宏窗口，单击工具栏上的按钮，会在设计窗口中增加一个“条件”列

D．在宏的表达式中，可以引用窗体上控件的值，不可以引用报表上控件的值

5．关闭或打开系统信息的宏操作命令是____。

A．Set　　B．SetData　　C．Setwarnings　　D．SetValue

6．有关宏操作，以下叙述错误的是____。

A．宏的条件表达式中不能引用窗体或报表的控件值

B．所有宏操作都可以转换为相应的模块代码

C．使用宏可以启动其他应用程序

D．可以利用宏组来管理相关的一系列宏

7．查找满足条件的第一条记录的宏操作是____。

A．Requery　　B．FindRecord　　C．FindNext　　D．GotoRecord

8．在条件宏设计时，对于连续重复的条件，可以代替的符号是____。

A．…　　B．＝　　C．,　　D．;

9．在一个宏的操作序列中，如果既包含带条件的操作，又包含无条件的操作。则带条件的操作是否执行取决于条件式的真假，而没有指定条件的操作则会____。

A．无条件执行　　B．有条件执行

C．不执行　　D．出错

10．能够创建宏的设计器是____。

A．窗体设计器　　B．报表设计器　　C．表设计器　　D．宏设计器

11．要限制宏命令的操作范围，可以在创建宏时定义____。

A．宏操作对象　　B．宏条件表达式

C．窗体或报表属性　　D．宏操作目标

12．在宏的表达式中要引用报表 test 上的控件 txtName 的位置，可以使用引用式____。

A．txtName　　B．test! txtName

C．Report! Test! txtName　　D．Report! txtName

13．VBA 的自动运行宏，应当命名为____。

A．AutoExec　　B．Autoexe

C．Auto　　D．AutoExec.bat

14．为窗体或报表上的控件设置属性值的宏命名是____。

A．Echo　　B．Msgbox　　C．Beep　　D．SetValue

15．使用宏组的目的是____。

A．设计出功能复杂的宏　　B．设计出包含大量操作的宏

C．减少程序内存消耗　　D．对多个宏进行组织和管理

16．以下是宏对象 m1 的操作序列设计，如图 9.24 所示。

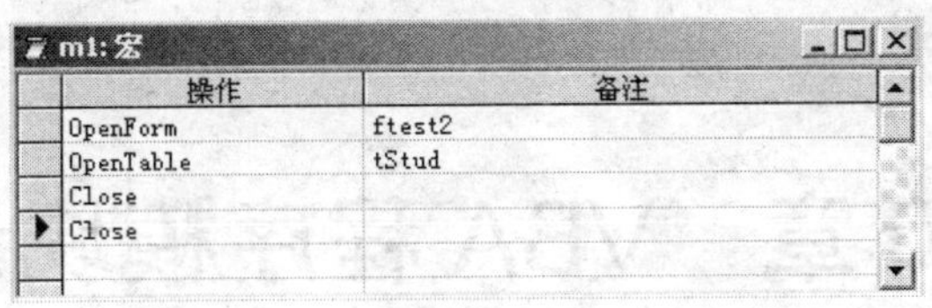

图 9.24　运行【检验口令】窗体

假定在宏 m1 的操作中涉及的对象均存在，现将设计好的宏 m1 设置为窗体“fTest”上某个命令按钮的单击事件属性，则打开窗体“fTest1”运行后，单击该命令按钮，会启动宏 m1 的运行。宏 m1 运行后，前两个操作会先后打开窗体对象“fTest2”和表对象“tStud”。那么执行 Close 操作后，会____。

A．只关闭窗体对象“fTest1”

B．只关闭表对象“tStud”

C．关闭窗体对象“fTest2”和表对象“tStud”

D．关闭窗体“fTest1”和“fTest2”及表对象“tStud”

17. 在一个数据库中已经设置了自动宏 AutoExec，如果在打开数据库的时候不想执行这个自动宏，正确的操作是____。

A．用 Enter 键打开数据库　　B．打开数据库时按住 Alt 键

C．打开数据库时按住 Ctrl 键　　D．打开数据库时按住 Shift 键

18. 打开查询的宏操作是____。

A．OpenForm　　B．OpenQuery

C．OpenTable　　D．OpenModule

19. 在宏的调试中，可配合使用设计器上的工具按钮____。

A．【调试】　　B．【条件】

C．【单步】　　D．【运行】

20. 在Microsoft Access 2003数据库系统中，不是数据库对象的是____。

A．数据库　　B．报表　　C．宏　　D．数据访问页

二、填空题

1．宏是一个或多个_______的集合。

2．如果要引用宏组中的宏，采用的语法是_______。

3．如果要建立一个宏，希望执行该宏后，首先打开一个表，然后打开一个窗体，那么在该宏中应该使用_______和_______两个操作命名。

4．有多个操作构成的宏，执行时是按_______依次执行的。

5．VBA 的自动运行宏 ，必须命名为_______。

6．在 Access 中，宏可以分为 3 类，分别是：操作序列宏、_______和条件操作宏。

7．用于指定当前记录的宏操作命令是_______。

8．用于执行指定的外部应用程序的宏操作命令是_______。

9．用于执行指定 SQL 语句的宏操作是_______。

10．打开一个表应该使用的宏操作是_______。

第10章 VBA程序模块设计

本章要点

- 模块的基本概念。
- 创建模块。
- VBA 程序设计基础。
- VBA 流程控制语句。
- 过程调用和参数传递。
- VBA 常用操作方法。
- VBA 的数据库编程。
- VBA 程序运行错误处理与调试。

在 Access 系统中，借助宏对象可以完成事件的响应处理，如打开/关闭窗体、报表等。但是宏的使用有一定的局限性，一是它只能处理一些简单的操作，对于复杂条件和循环等结构则无能为力；二是宏对数据库对象的处理能力较弱。在这种情况下，可使用 Access 系统提供的“模板”来解决一些实际开发活动中的复杂应用。

模块是 Access 数据库的一个重要对象。模块由一个或多个过程组成，每个过程实现各自的特定功能，利用模块可以将各种数据库对象连接起来，构成一个完整的系统。模块与宏具有相似的功能，都可以运行及完成特定的操作。模块就是将 VBA（Visual Basic for Applications）声明和过程作为一个单元来保存的集合。在 VBA 模块中，可以创建子过程和函数过程，完成数据库的复杂应用。模块是 Access 项目的基本构件，如何安排模块内的代码，对实现数据库应用功能、代码的维护与调试都非常重要。

10.1 模块的基本概念

模块是将 VBA 声明和过程作为一个单元进行保存的集合，是 Access 系统中的一个重要对象。它以 VBA 语言为基础编写，以函数过程（Function）或子过程（Sub）为单元的集合方式存储。在 Access 中，模块分为类模块和标准模块两种类型。

10.1.1 类模块

窗体模块和报表模块都是类模块，而且它们都依附于某一窗体或报表而存在。窗体和报表模块通常都含有自己所包含的对象，每种对象都有自己固有的事件过程，该过程用于响应窗体或报表中的事件。可以使用事件过程来控制窗体或报表的行为，以及它们对用户操作的相应。

在 Access 2003 中，类模块既包含和窗体或报表相关联的模块，也包含可以独立存在的类模块，并且这种类型的模块可以在数据库窗口【对象】栏的【模块】对象中显示。使用【模块】对象中的类模块可以创建自定义对象的定义。

为窗体或报表创建第一个事件过程时，系统会自动创建与之关联的窗体或报表模块。如果要查看窗体或报表的模块，可单击窗体或报表设计视图中工具栏中的【代码】按钮进入，如图 10.1 所示。

打开模块代码窗口，如图 10.2 所示。要查询或添加窗体事件过程请在对象框中选择窗体对象然后在过程框中选择事件已经具有事件过程的事件名称用黑色粗体表示。

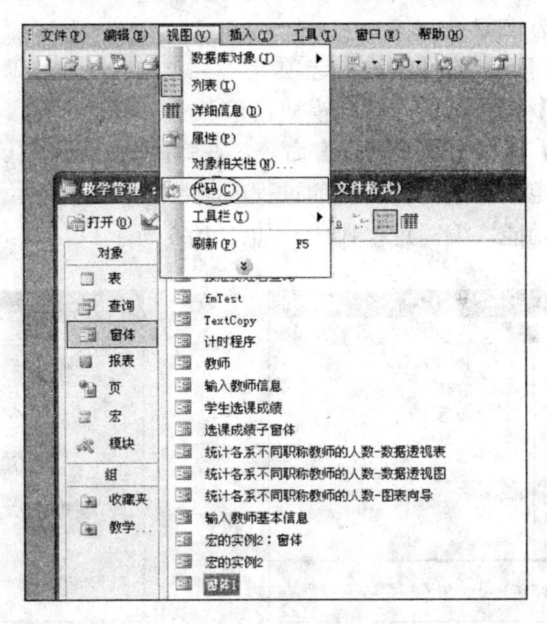

图 10.1　数据库窗口

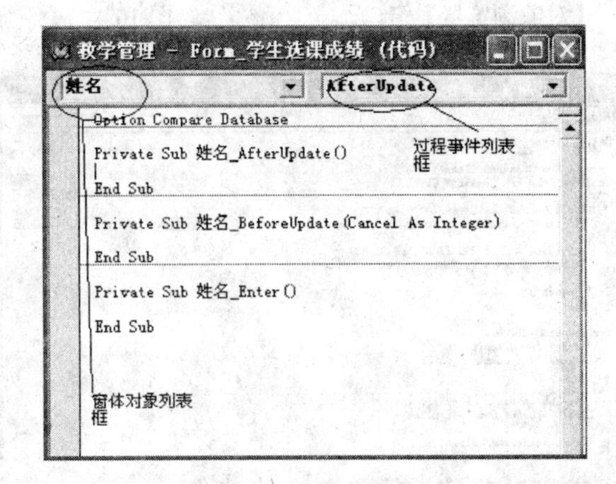

图 10.2　模块代码窗口

窗体模块或报表模块中的过程可以调用标准模块中已定义好的过程。其作用范围局限在其所属的窗体和报表内部，具有局部特征。随着窗体或报表的打开而开始、关闭而结束。

10.1.2 标准模块

标准模块包含的是不与任何对象相关联的通用过程，这些过程可以在数据库中的任何位置直接调用执行。其中的公共变量和公共过程具有全局特性，其作用范围在整个应用程序里，伴随关应用程序的运行而开始、关闭而结束。

选定数据库窗口中的【模块】选项卡，可以查看数据库中标准模块的列表。进入VBA 环境后，可以通过“对象浏览器”（按 F2 键）将所有的类模块和标准模块都显示出来，如图 10.3 所示。

创建标准模块的方法如下。

（1）选定数据库窗口中的【模块】选项卡。

（2）单击【新建】按钮，进入标准模块窗口。

（3）选择【插入】菜单中的【过程】命令，在弹出的对话框中输入过程名称和过程类型，然后单击【确定】按钮，将所需的过程或函数添加到模块，如图 10.4 所示。

（4）根据过程的功能，编写过程代码，如图 10.5 所示。

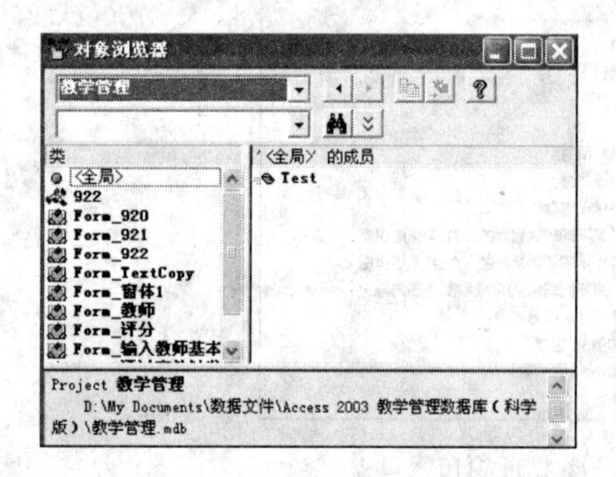

图 10.3 【对象浏览器】窗口

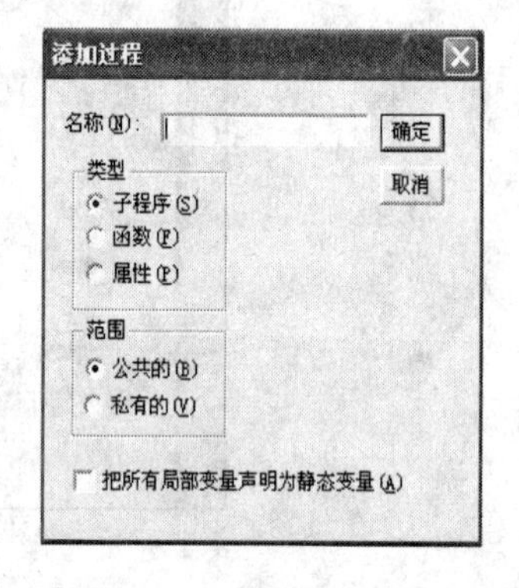

图 10.4 【添加过程】对话框

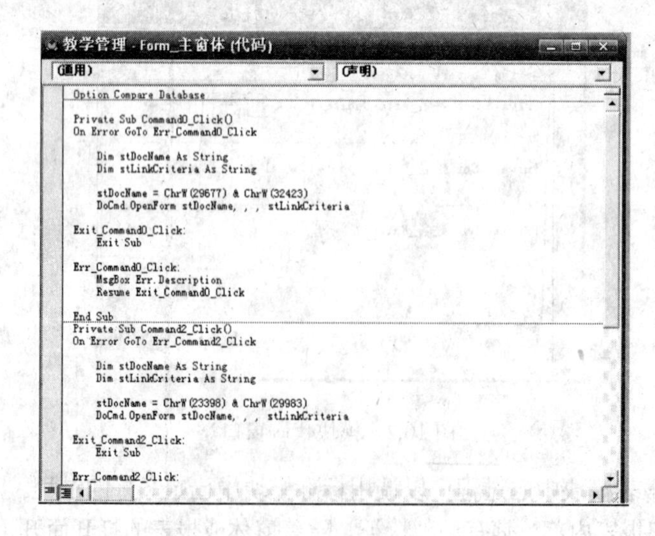

图 10.5 标准模块窗口

10.1.3　将宏转换为模块

每一个宏操作都有自己对应的 VBA 代码，根据需要我们可以把宏转换为模块。

10.2　创 建 模 块

模块是以过程为单元组成的，一个模块包含一个声明区域及一个或多个子过程与函数过程，声明区域用于定义模块中使用的变量等内容。

过程是由代码组成的单元，包含一系列计算语句和执行语句。每一个过程都有名字，过程名不能与所在模块的模块名相同。过程有两种类型：Sub 过程和 Function 过程。

1. Sub 过程

Sub 过程又称子过程，以关键词 Sub 开始，以 End Sub 结束，用于执行一个操作或一系列的运算，无返回值。用户可以自己创建子程序或使用 Access 所创建的事件过程模板。其定义语句语法格式为：

```
[Public | Private][Static] Sub 子过程名（[<形参>]）[As 数据类型]
    [<程序代码>]
End Sub
```

其中，关键字 Public 和 Private 用于表示该过程所能应用的过程。Public 过程能被所有模块的所有其他过程调用。Private 过程只能被同一模块的其他过程调用。Static 用于设置静态变量，Sub 代表当前定义的是一个子程序。

子过程调用有两种形式：①Call 子过程名（[<实参>]）；②子过程名 [<实参>]。在过程名前加上 Call 是一个很好的程序设计习惯，因为关键词 Call 标明了其后的名字是过程名而不是变量名。

【例 10.1】　创建报表类模块，在名为“选课成绩”的报表运行时，根据学生各门课程考试成绩显示或隐藏一个祝贺消息。当成绩超过 90 分时，将有一名为 Message 的标签在打印此节时显示消息“祝贺您取得了好成绩”，当成绩低于 90 分时此标签将被隐藏。

解析：设计与操作步骤如下。

（1）从数据库窗口【对象】列表中的【报表】对象中选择要操作的报表“选课成绩”。从模块代码窗口中的【对象】列表框中选择要操作的对象名称，选择“成绩明细”。

（2）选择对象后从模块代码窗口中的过程事件列表框中选择相关联的过程名选择 Format 事件。

（3）在代码窗口中添加要实现的代码，如图 10.6 所示。

（4）在在报表中要包含一个名为 Message 的标签和名为“成绩”的文本框（显示某门功课成绩）以及名为“成绩明细”的主体节。报表预览效果如图 10.7 所示。

图 10.6 报表类模块设计窗口

学号	课程ID	成绩	
99001			
	03	91	祝贺你取得好成绩
	03	89	
	03	87	
汇总 '学号' = 99001 (3 项明细记录)			
Max		91	
990102			
	03	90	祝贺你取得好成绩
	03	92	祝贺你取得好成绩
汇总 '学号' = 990102 (2 项明细记录)			
Max		92	

图 10.7 报表模块设计实例

2. Function 过程

Function 过程又称函数过程，以关键词 Function 开始，以 End Function 结束。在 VBA 中，除了系统提供的函数之外，还可以由用户自行定义函数过程。函数过程和子过程在功能上略有不同，主程序调用子过程后，是执行了一个过程；主程序调用 Function 函数过程后，是得到了一个结果，因此 Function 函数过程有返回值。在 Function 函数过程的函数体中，至少要有一次对函数名进行赋值。这是 Function 函数过程和 Sub 子过程的根本区别。其定义语句语法格式为：

```
[Public|Private][Static] Function 函数过程名([<形参>])[As 数据类型]
    [<程序代码>]
End Function
```

As 子句用于定义函数过程返回的变量数据类型，若默认，系统将自动赋给函数过程一个最合适的数据类型。

【例 10.2】 编写一个返回系统日期的函数过程 Getdate()。

解析：

```
Function Gatedate()
getdate = Str(Year(Now)) + "年" + Str(Month(Now)) + "月" + Str(Day(Now)) + "日"
End Function
```

函数过程的调用形式为：函数过程名([<实参>])，不能使用 CALL 来调用执行，需要直接引用函数名并加括号来辨别，可以在查询、宏等中调用使用，函数过程的返回值可以直接赋给某个变量。

3. 在模块中执行宏

在模块的过程定义中，使用 DoCmd 对象的 RunMacro 方法，可以执行已设计的宏。其调用格式为：

```
DoCmd.RunMacro MacroName[ ,RepeatCount] [ ,RepeatExpression]
```

其中，MacroName 表示当前数据库中宏的有效名称；RepeatCount 用于计算宏运行次数；RepeatExpression 为数值表达式，在每一次运行宏时进行计算，结果为 False（0）时，停止运行宏。

10.3　VBA 程序设计基础

10.3.1　使用 VBA 编程的场合

VBA 的功能非常强大。要用 Access 来完成一个实际的数据库应用系统，就应该掌握 VBA 编程。用户在下列情况下需要使用 VBA 编程：

（1）对于用户反复使用的用以验证数据、为文本框计算数值和执行其他任务的表达式，可以创建用户定义函数（Use r-defined Function, UDF）来代替，创建 UDF 可以使程序代码更加简洁从而减少拼写错误，使文档表达更加有效。

(2)为了编写比标准的 IIF 函数更复杂的判断结构(例如在 I F..THEN..ELSE..END IF 结构中）或为了书写需要循环的表达式。

（3）显示错误信息。当用户在使用数据库遇到预料之外的事情时， Access 将显示一则错误信息，但该信息对于用户而言可能是莫名其妙的，特别是当用户不熟悉 Access 时。而使用 VBA 则可以在出现错误时检测错误，并显示指定的信息或执行某些操作。

（4）为了用自动操作代码操作 ActiveX 控件和其他应用程序对象。

（5）当应用程序中出现问题时，可以提供错误处理。通过使用 VBA 代码，可以控制应用程序对错误作出反应，这些错误包括丢失窗体、丢失错误、用户输入错误等。

10.3.2　面向对象程序设计的基本概念

Access 内嵌的 VBA 功能强大，采用了面向对象机制和可视化编程环境。

1. 对象

在自然界中，一个对象就是一个实体，如一辆汽车就是一个对象。在面向对象的程序设计中，对象代表应用程序中的元素，如表、窗体、按钮等。每一个对象有自己的属性、方法和事件，用户就是通过属性、方法和事件来处理对象的。

2. 对象的属性和属性值

属性是对象的特征。如汽车有颜色和型号属性，按钮有标题和名称属性。对象的类别不同，属性会有所不同。同类别对象的不同实例，属性也有差异。例如，同是命令按钮，名称属性不允许相同。

既可以在创建对象时给对象设置属性值，也可以在执行程序时通过命令的方式修改对象的属性值。

3. 事件

事件是对象能够识别的动作。如按钮可以识别单击事件、双击事件等。在类模块每一个过程的开始行，都显示对象名和事件名。如：Private Sub c1_Click（）。

为了使得对象在某一事件发生时能够做出所需要的反应，必须针对这一事件编写相应的代码来完成相应的功能。如果某个对象中的某个事件已经被添加了一段代码，当此事件发生时，这段代码程序就被自动激活并开始运行。如果这个事件不发生。则此事件所包含的代码可以永远也不被执行，反之若没有为这个事件编写任何代码，即使这个事件发生了，也不会产生任何动作。

实际上，Access 窗体、报表和控件的事件有很多，一些主要对象的事件参见附录 B。

4. 方法

方法是对象能够执行的动作，决定了对象能完成什么事。不同对象有不同的方法。如 close 方法能关闭一个窗体。

在 VBA 中，如果要调用一个对象的方法，必须要指定这个对象的名称，然后说明该对象下的方法名，即可以调用该对象的方法。具体实现的格式如下：

对象名.方法名称

5. Docmd 对象

Docmd 是 Access 的一个特殊对象，用来调用内置方法，在程序中实现对 Access 的操作，诸如打开窗口、关闭窗体、打开报表、关闭报表等。

DoCmd 对象的大多数方法都有参数，有些参数是必需的，有些则是可选的。若省略可选参数，参数将采用默认值。

（1）用 DoCmd 对象打开窗体

格式：`DoCmd.OpenForm "窗体名"`

功能：用默认形式打开指定窗体。

（2）用 DoCmd 对象关闭窗体

格式 1：`DoCmd.Close acForm, "窗体名"`

功能：关闭指定窗体。

格式 2：`DoCmd.Close`

功能：关闭当前窗体。

（3）用 DoCmd 对象打开报表

格式：`DoCmd.OpenReport "报表名",acViewPreview`

功能：用预览形式打开指定报表。

（4）用 DoCmd 对象关闭报表

格式 1：`DoCmd.Close acReport, "报表名"`

功能：关闭指定报表。

格式 2：`DoCmd.Close`

功能：关闭当前报表。

（5）用 DoCmd 对象运行宏

格式：`DoCmd.RunMacro "宏名"`

功能：运行指定宏。

（6）用 DoCmd 对象退出 Access。

格式：`DoCmd.Quit`

功能：关闭所有 Access 对象和 Access 本身。

10.3.3　VB 编程环境：VBE

1. VBE 窗口

VBE（Visual Basic Editor）是编辑 VBA 代码时使用的界面。在 VBA 编辑器中可编写 VBA 函数和过程。Access 数据库的 VBE 窗口如图 10.8 所示。使用 Alt＋F11 组合键，可以方便地在数据库窗口和 VBE 间进行切换。

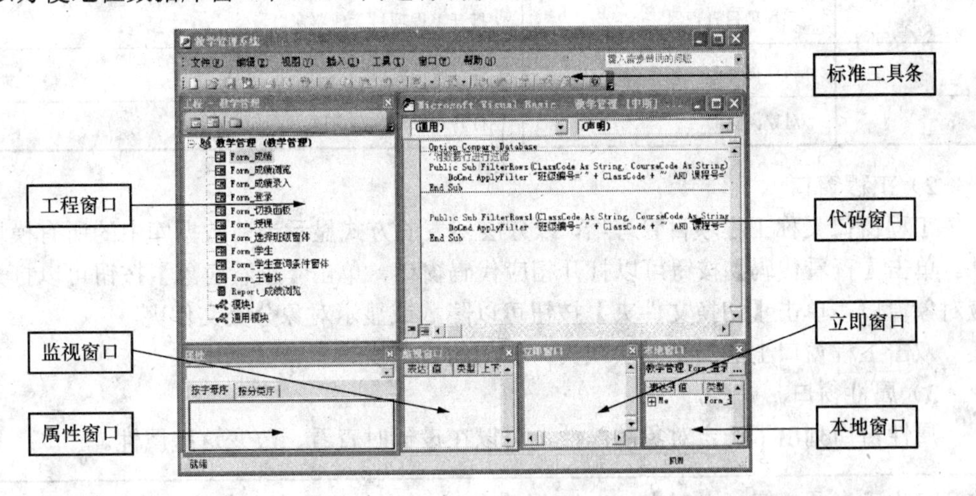

图 10.8　VBE 窗口

2. VBE 窗口组成

VBA 编程窗口主要包含标准工具栏、工程窗口、属性窗口、代码窗口、监视窗口、立即窗口和本地窗口。在 VBE 窗口的【视图】菜单中包括了用于打开各种窗口的命令。

1）标准工具栏

标准工具栏如图 10.9 所示。工具栏中主要按钮的功能如表 10.1 所示。

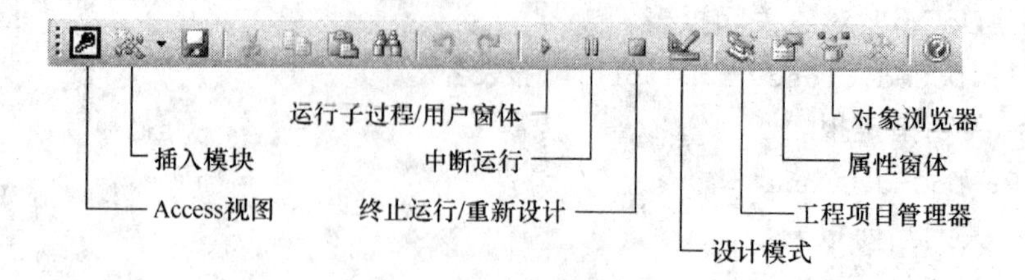

图 10.9　VBE 标准工具栏

表 10.1　标准工具栏各按钮功能

按　钮	名　称	功　能
	Access 视图	切换 Access 数据库窗口
	插入模块	插入新模块对象
	运行子过程/用户窗体	运行模块程序
	中断运行	中断正在运行的程序
	终止运行/重新设计	结束正在运行的程序，重新进入模块设计状态
	设计模式	切换设计模式与非设计模式
	工程项目管理器	打开工程项目管理器窗口
	属性窗体	打开属性窗口
	对象浏览器	打开对象浏览器窗口

2）工程窗口

工程窗口又称工程项目管理器，以分层列表的方式显示当前数据库中的所有模块文件。单击【查看代码】按钮可以打开相应代码窗口，单击【查看对象】按钮可以打开相应对象窗口，单击【切换文件夹】按钮可以隐藏或显示对象分类文件夹。

双击工程窗口上的一个模块或类，相应的代码窗口就会显示出来。

3）属性窗口

属性窗口列出了选定对象的属性，可以在设计时查看、改变这些属性。

注意：为了在属性窗口中列出 Access 类对象，应首先打开这些类对象的“设计”视图。

4）代码窗口

代码窗口用来显示、编写以及修改 VBA 代码。实际操作时，可以打开多个代码窗口，以查看不同窗体或模块中的代码，窗口之间的代码可以相互进行复制和粘贴。

代码窗口的窗口部件主要有：对象列表框、过程/事件列表框、自动提示信息框。具体操作时，在对象列表框选择了一个对象后，与该对象相关的事件会在过程/事件下拉列表框显示出来，可以根据需要选择相应的事件，系统将会自动生成相应的事件过程模板，用户可根据具体需要向其中添加代码。

5）立即窗口

在立即窗口中，可以输入或粘贴一行代码并执行该代码。要在立即窗口打印变量或表达式的值，可使用 Debug.Print 语句。

6）监视窗口

在调试 VBA 程序时，可利用监视窗口显示正在运行过程定义的监视表达式的值。

7）本地窗口

使用本地窗口，可以自动显示正在运行过程中的所有变量声明及变量值。

3. 进入 VBE 编程环境

进入 VBE 编程环境有多种方式。对于类模块，其方法有以下两种。

- 单击属性对话框中的【事件】选项卡，选中某个事件并设置属性为“(事件过程)”选项，再单击属性栏右侧的“…”按钮即可进入。
- 单击属性对话框中的【事件】选项卡，选中某个事件直接单击属性栏右边的“…”按钮，打开如图 10.10 所示的【选择生成器】对话框。选择其中的【代码生成器】，单击【确定】按钮即可进入。

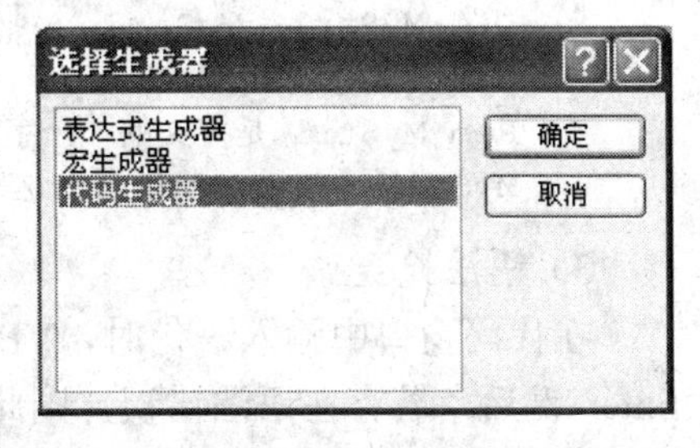

图 10.10 【选择生成器】对话框

对于标准模块，有 3 种进入方法。

- 要创建新的标准模块，从数据库窗体对象列表上选择【模块】选项，打开模块窗口，单击工具栏中的【新建】按钮即可进入。
- 对于已存在的标准模块，从数据库窗体对象列表上选择【模块】选项，打开模块窗口，双击要查看的模块对象即可进入。
- 在数据库对象窗体中，选择【工具】|【宏】|【Visual Basic 编辑器】命令即可进入。

4. VBA 程序书写原则

1）语句书写规定

通常将一个语句写在一行。当语句较长时，可以使用续行符“_”将语句连续写在下一行；也可以使用冒号“：”将多条较短的语句分隔写在同一行中。

【例 10.3】 判断闰年的程序。

解析：

```
Sub chekyear(year as integer)
   Dim strtemp As integer
   If (year mod 4=0 and year mod 100 <>0) or year mod 400=0 then
     msgbox (year& "是闰年")
End if
Strtemp="你知道如何判断某一年"&_
      "是闰年吗?方法是若某一年能够"&_
      "被 4 整除而不能被 100 整除"&_
```

```
        "或者该年能够被 400 整除."
    Msgbox(strtemp)
End Sub
```

2）注释语句

在代码书写过程适当地添加注释，有助于程序的阅读和维护。注释语句可以添加到程序的任意位置，并且默认以绿色文本显示。在 VBA 程序中，注释的实现方式有以下两种。

- 使用 Rem 语句，格式为：Rem 注释语句。注意，该语句在其他语句之后出现要用冒号分隔。
- 使用单引号“'”，格式为：' 注释语句。

【例 10.4】 定义变量并赋值，且使用注释语句。

解析：

```
Dim MyStr1, MyStr2
MyStr1 = "Hello"
Rem MyStr1 是定义的一个字符串变量
MyStr2 = "Goodbye" '这也是一条注释
```

3）语法检查

在代码窗口中输入语句时，VBA 会自动进行语法检查。当输入完一行代码并按下 Enter 键后，若存在语法错误，则此行代码以红色文本显示，并显示一条错误消息，如图 10.11 所示，必须找出语句中的错误并改正它才可以运行。

图 10.11 语法检查窗口

10.3.4 数据类型

Access 2003 数据库系统创建表时所使用的字段数据类型（OLE 对象和备注数据类型除外），在 VBA 中都有相对应的类型，如表 10.2 所示。

1. 布尔型数据

布尔型数据又称为逻辑型数据，只有 True（真）或 False（假）两个值。布尔型数据转换成其他类型数据时，True 转换为－1，False 转换为 0。其他类型数据转换成布尔型数据时，0 转换为 False，非零值转换为 True。

表 10.2　VBA 基本数据类型

数据类型	含　义	类型符	有效值范围
Byte	字符		0～255
Integer	短整数	%	-32768～32767
Long	长整数	&	-2147483648～2147483647
Single	单精实数	!	-3.402823E38～3.402823E38
Double	双精实数	#	-1.7976916486D3～1.7976913486D308
Sring	字符串	$	0～65500 字符
Currency	货币	@	-922337203685～922337203685
Boolean	布尔值（真/假）		True（非 0）和 False（0）
Date	日期		January 1100～December 319999
Object	对象		
Variant	变体类型		

2. 日期/时间型数据

任何可以识别的文本日期数据都可以赋给日期变量。日期/时间类型数据必须前后都用“#”括住，如#2011/10/28#。

3. 变体数据类型

Variant 数据类型是所有没被显式声明（用如 Dim、Private、Public 或 Static 等语句）为其他类型变量的数据类型。Variant 数据类型没有类型声明字符。VBA 规定，如果没有使用 Dim…As [数据类型]显式声明或使用符号来定义变量的数据类型，系统默认为变体类型（Variant）。

Variant 是一种特殊的数据类型，除了定长 String 数据及用户定义类型外，可以包含任何种类的数据。Variant 也可以包含 Empty、Error、Nothing 及 Null 等特殊值。可以用 VarType 函数或 TypeName 函数来决定如何处理 Variant 中的数据。

4. 对象数据类型

对象型数据（Object）用来表示图形、OLE 对象或其他对象，用 4 个字节存储，对象变量可引用应用程序中的对象。

5. 用户定义的数据类型

应用过程中可以建立包含一个或多个 VBA 标准数据类型的数据类型，这就是用户定义的数据类型。它不仅包含 VBA 的标准数据类型，还包含其他用户定义的数据类型。

用户定义数据类型可以在 Type ... End Type 关键字间定义，可包含一个或多个基本数据类型的数据元素、数组或一个先前定义的用户自定义类型。定义格式如下：

```
Type [数据类型名]
        <域名> As <数据类型>
```

```
        <域名> As <数据类型>
        …
    End  Type
```

例如：

```
    Type MyType
        MyName As String           '定义字符串变量存储一个名字。
        MyBirthDate As Date        '定义日期变量存储一个生日。
        MySex As Integer           '定义整型变量存储性别
    End Type                       '（0 为女，1 为男）
```

上例定义了一个名称为 MyType 的数据类型，MyType 类型的数据具有 3 个元素 MyName、MyBirthDate 和 MySex。

用户自定义数据类型使用时，首先在模块区域中定义用户数据类型，然后显示以 Dim、Public 或 Private 关键字来声明自定义数据类型的作用域。

用户自定义类型变量的赋值，使用“变量名.元素名”格式。例如，定义一个 MyType 数据类型的变量 NewStu 并操作其分量的例子如下：

```
Dim NewStu as MyType
NewStu.MyName="许嵩"
NewStu.MyBirthDate=#11/20/1988#
NewStu.MySex=1
```

可用关键字 With 简化程序中重复的部分。例如，上面的变量赋值可重写为：

```
With NewStu
    .MyName="许嵩"
    .MyBirthDate=#11/20/1988#
    .MySex=1
End With
```

10.3.5 常量、变量与数组

常量是指在程序运行的过程中，其值不能被改变的量。

变量是指程序运行时会发生变化的数据。每个变量都有变量名，使用前可以指定数据类型（即采用显式声明），也可以不指定（即采用隐式声明）。

数组是由一组具有相同数据类型的变量（称为数组元素）构成的集合。

1. 常量

在 Access 2003 中，常量的类型有以下 3 种。

- 符号常量：用 Const 语句创建，并且在模块中使用的常量。
- 内部常量：是 Access 2003 或引用库的一部分。
- 系统常量：True、False、Null、Yes、No、On 和 Off 等。

1）符号常量

若经常要在代码中反复使用相同的值，或者代码中经常有一些没有明显意义的数字。在这种情况下，就可以在出现数字或字符串的地方使用具有明显含义的符号常量或用户定义的常量来增加程序代码的可读性与可维护性。

符号常量的值不能修改或指定新值，也不允许创建与固有常量同名的常量。符号常量使用关键字 Const 来定义，格式如下：

```
[Public/Private] Const 符号常量名 [As 数据类型] = 常量值
```

符号常量有 3 个范围级别：过程级别（在过程中声明的）、私有模块级别（Private）、公共模块级别（Public）。此外，符号常量一般要求大写命名，以便与变量区分。

例如：

```
Const Pi=3.14159265358979323
Public Const A1 As Integer=6
Const BornDay=#03/23/82#
Private Const A2="Abcdef258"
```

2）内部常量

VBA 提供了一些预定义的内部符号常量，它们主要作为 DoCmd 命令语句中的参数。内部常量以前缀 ac 开头，如 acCmdSaveAs。可通过在【对象浏览器】窗口中，选择【工程/库】列表的 Access 项，再在【类】列表中选择【全局】选项，Access 的内部常量就会列出，如图 10.12 所示。

图 10.12　【对象浏览器】显示内部常量

3）系统常量

系统定义的常量有 7 个：True、False、Null、Yes、No、On 和 Off 等，在系统启动时即存在，在编写程序时可以直接使用。

2. 变量

变量是用来存储在程序运行中可以改变的量，常用来临时保存数据。

VBA 的变量命名规则如下。

- 变量名只能由字母、数字、汉字和下划线组成，不能含有空格和除了下划线字符“_”外的其他任何标点符号，长度不能超过 255 个字符。
- 必须以字母开头，不区分变量名的大小写。例如，“NewStu”和“newstu”代表的是同一个变量。
- 不能使用 VBA 的关键字。例如，不能以 if 命名一个变量。
- 变量名在同一作用域内不能相同。

虽然在代码中允许使用未经声明的变量，但一个良好的编程习惯应该是在程序开始的几行声明将用于本程序的所有变量。编程时。根据变量直接定义与否，可以将变量声明划分为隐式声明和显式声明两种形式。

1）隐式声明

没有直接定义，借助将一个值指定给变量名的方式来建立变量，例如：NewVar = 2046 语句定义一个 Variant 类型变量 NewVar，值是 2046。当在变量名称后没有附加类型说明字符来指明隐含变量的数据类型时，默认为 Variant 数据类型。这种声明方式不但增加了程序运行的负担，而且极容易出现数据运算问题，造成程序出错。

为了避免使用隐式声明变量，可以在程序开始处使用 Option Explicit 语句来强制使用显式声明变量。在该方式下，如果变量没有经过下面即将介绍的 Dim 显式声明就使用，系统会提示错误。

2）显式声明

变量先定义后使用是一个良好的程序设计习惯。显式声明变量要使用 Dim 语句，语法格式为：

- Dim 变量名 As [数据类型]
- Dim 变量名称 1，变量名称 2…变量名称 n AS 某种数据类型
- Dim 变量名称 1，变量名称 2…AS 数据类型 1 变量名称 n AS 数据类型 2

如果不使用“数据类型”可选项，默认定义的变量为 Variant 数据类型。可以使用 Dim 语句在一行中声明多个变量。

例如：

```
Dim strX As String                    '定义了 1 个字符型变量 strX
Dim intX As Integer,strZ As String    '定义了 1 个整型变量 intX 和 1 个字符型
变量 strZ
Dim x                                 '定义了 1 个变体（Variant）类型变量 x
Dim I,j,k As integer                  '只有 k 是 integer 型，I 与 j 都是 Variant 型
```

3）变量的作用域

在 VBA 程序中所声明的变量都是有其有效范围的，它的有效范围仅限于其所属的子程序之中（SUB…END SUB 之间的程序代码），一旦超出这个区域，就无法再存取这些变量值。

在过程内部声明的变量称为局部变量，该变量只在过程内有效，无法在过程外部访问它。在过程外部声明的变量叫全局变量，任何过程都可以访问全局变量。全局变量一般都在模块的声明节中加以声明，如图 10.13 所示，这样模块中的各个过程都可以这些变量了。

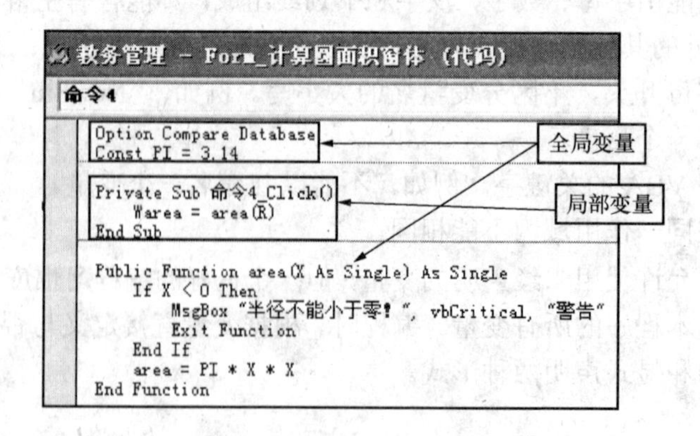

图 10.13　模块中声明节的应用

另外，可以在声明变量时加上 PUBLIC 关键字，可使变量成为全局变量，被应用程序的任何位置访问，例如：

```
Public weight AS Integer book_name AS String
```

以上 3 种变量的使用规则与作用域如表 10.3 所示。

表 10.3　变量的使用规则与作用域

作用范围	局部变量	模块变量	全局变量
声明方式	Dim、Static	Dim、Private	Public
声明位置	在子过程中	在窗体/模块的声明区域	在标准模块的声明区域
能否被本模块的其他过程存取	不能	能	能
能否被其他模块的过程存取	不能	不能	能

4）数据库对象变量

Access 建立的数据库对象及其属性，均可被看成是 VBA 程序中的变量及其指定的值来加以引用。例如，窗体和报表对象的引用格式为：

```
Forms（或 Reports）!窗体（或报表）名称!控件名称[.属性名称]
```

其中，Forms 或 Reports 分别代表窗体或报表对象集；感叹号（!）为分隔符，用于分隔开对象名称和控件名称；“属性名称”为可选项，若省略，则默认为控件的基本属性 Value。

注意： 如果对象名称中含有空格或标点符号，引用时要用方括号把对象名称括起来。

例如，要在代码中引用窗体（Myform1）中名为 Txtx 的文本框控件，可使用以下语句：

```
Forms!Myform1!Txtx = "990808"
Forms!Myform1![T x tx]="990808"
```

若在本窗体的模块中引用，可以使用 Me 代替 Forms!Myform1。语句变为：

```
Me!Txtx = "990808"
```

当需要多次引用对象时，可以先声明一个 Control（控件）数据类型的对象变量，然后使用 Set 关键字建立指向控件对象的对象变量。方式如下：

```
Dim Txtxhl As Control        '定义对象变量，数据类型为 Control（控件）数据类型
Set Txtxh1=Forms!Myform1!Txtx   '为对象变量指定窗体控件对象
```

3. 数组的使用

数组由数组名和数组下标组成。在 VBA 中不允许隐式说明数组，可用 Dim 语句来声明数组，说明数据元素的类型、数组大小及数组的作用范围。数组声明方式为：

```
Dim 数组名（[下标下界 to] 下标上界） As 数据类型
```

下标下界的默认值为 0，数组元素为：数组名（0）至数组名（下标上界）。如果设

置下标下界非 0，要使用 to 选项以指定数组上下界。

在使用数组时，可以在模块的通用声明部分使用 Option Base 来指定数组的默认下标下界是 0 或 1。

- Option Base 1：设置数组的默认下标下界为 1。
- Option Base 0：语句的默认形式。

数组有两种类型：固定数组和动态数组。若数组的大小在声明时被指定，则它是个固定大小的数组。这种数组在程序运行时不能改变数组元素的个数。若程序运行时数组的大小可以被改变，则它是个动态数组。

1）声明固定大小的数组

（1）声明一维数数组，语句格式为：Dim 数组变量名（下标上界） as 数据类型。例如：

```
Dim Book_name(100) As String  '定义 100 个元素的字符串元素数组
Dim Score(50) As Integer      '定义 50 个元素的整数元素数组
```

（2）声明二维数数组和多维数组，语句格式为：

```
Dim 数组名（[下标] To 上界，[[下标] To 上标,……]） [As 数据类型]
```

例如：

```
Dim IntArray (3,5) As Integer
```

定义了一个二维数组，第一维有 3 个元素，第二维有 5 个元素。

类似的声明也可以用在二维以上的数组中，例如：

```
Dim MultArray (3,1 to 5,0 to 5) As Long
```

定义了一个三维数组，第一维有 4 个元素，第二维有 5 个元素，第三维有 6 个元素，其中数组元素的总数为 3 个维数的乘积：4×5×6＝120。

2）声明动态数组

如果在程序运行之前不能肯定数组的大小，可以使用动态数组。建立动态数组的步骤是：首先声明空维表：Dim Array ( )，但不指定数组元素的个数；然后用 ReDim 语句配置数组个数。ReDim 语句声明只能用在过程中，它是可执行语句，可以改变数组中元素的个数，但不能改变数组的维数。每次用 ReDim 配置数组时，原有数组的值全部清零。

若要保存数组中原先的值，则可以使用 ReDim Preserve 语句来扩充数组。例如，下列的语句将 varArray 数组扩充了 10 个元素，而原本数组中的当前值并没有消失掉。

```
ReDim Preserve varArray(UBound(varArray) + 10)
```

【例 10.5】 定义动态数组 Intdyn，设默认下界为 1。

解析：

```
Dim Intdyn () As Integer          '声明动态数组
ReDim Intdyn (5)                  '声明 5 个元素数组，下标从 1~5
For I = 1 To 5                    '使用循环程序给数组元素赋值
    Intdyn (I) = 2*I
Next I
```

```
ReDim Preserve intdyn(UBound(intdyn) + 10) '将数组元素个数增为10 个
```

执行不带 Preserve 关键字的 ReDim 语句时，数组中存储的数据会全部丢失。VBA 将重新设置其中元素的值。对于 Variant 变量类型的数组，设为 Empty；对于 Numeric 类型的数组，设为 0；对于 String 类型的数组则设为空字符串；对象数组则设为 Nothing。

3）数组使用实例

【例 10.6】 声明一个 5 行 10 列的二维数组。如果将数组想成矩阵，则第一个参数代表行而第二个参数代表列。可以使用嵌套的 For...Next 语句去处理多重维数数组。下列的过程将一个两维数组的所有元素都填入 Single 值。

解析：实例程序如下。

```
Sub FillArrayMulti()
   Dim intI As Integer, intJ As Integer
   Dim sngMulti(1 To 5, 1 To 10) As Single
   Rem 用值填入数组
   For intI = 1 To 5
      For intJ = 1 To 10
         sngMulti(intI, intJ) = intI * intJ
         Debug.Print sngMulti(intI, intJ)
      Next intJ
   Next intI
End Sub
```

10.3.6　运算符与表达式

在 VBA 编程语言中，提供了丰富的运算符，通过运算符与操作数组合成表达式，完成各种形式的运算和处理。

1. 运算符

运算符是表示实现某种运算的符号。根据运算的不同，VBA 中的运算符可分为 4 种类型：算术运算符、字符串运算符、关系运算符和逻辑运算符。

1）算术运算符

算术运算符是常用的运算符，用来执行简单的算术运算。VBA 提供了 8 个算术运算符，表 10.4 列出了这些算术运算符。

表 10.4　算术运算符

运 算 符	名　称	优 先 级	表达式例子	说　明
^	乘幂运算	1	X^Y	计算乘方和方根
*	乘法运算	2	X*Y	
/	浮点除法运算	2	X/Y	标准除法操作，其结果为浮点数
\	整数除法运算	3	X\Y	执行整除运算，结果为整数型
Mod	取模运算	3	X Mod Y	求余数

续表

运 算 符	名　称	优 先 级	表达式例子	说　明
+	加法运算	4	X+Y	
-	减法运算	4	X-Y	

其中，

- 乘幂运算（^）用来求一个数字的某次方。在运用乘方运算符时，只有当指数为整数值时，底数才可以为负数。
- 整数除法（\）运算符用来对两个操作数做除法运算并返回一个整数。整除的操作数一般为整型值。当操作数带有小数时，首先被四舍五入为整型数或长整型数，然后进行整除运算；如果运算结果有小数，系统将截断为整型数（Integer）或长整型数（Long）。
- 取模（Mod）运算符用来对两个操作数做除法运算并返回余数。如果操作数有小数，系统会四舍五入变成整数后再运算。如果被除数是负数，余数也取负数；反之，如果被除数是正数，余数则为正数。
- 算术运算符两边的操作数应是数值型，若是数字字符或逻辑型，系统自动转换成数值类型后再运算。

例如，如下算术运算符应用示例。

```
2^8                    '计算 2 的 8 次方
2^（1/2）或 2^0.5       '计算 2 的平方根
7/2                    '标准除法，结果为 3.5
7\2                    '整数除法，结果为 3
10 Mod 4               '取模运算，结果为 2
10 Mod -4              '结果为 2
-10 Mod -4             '结果为-2
-8.8 Mod 5             '结果为-4
20 - True              '结果为 21，逻辑量 True 转化为数值-1
20 ＋ False ＋6         '结果为 26，逻辑量 False 转化为数值 0
```

2）字符串运算符

字符串运算就是将两个字符串连接起来生成一个新的字符串。字符串运算符包括&运算符和＋运算符。

（1）&运算符。&运算符用来强制两个表达式作字符串连接。

注意： 由于符号&还是长整型的类型定义符，在字符串变量后使用运算符&时，变量与运算符&之间应加一个空格。

运算符&两边的操作数可以是字符型，也可以是数值型。不管是字符型还是数值型，进行连接操作前，系统先进行操作数类型转换，数值型转换成字符型，然后再做连接运算。

例如，&运算符应用如下所示。

```
Strx ="ABC"
Strx&"是大写英文字母"          '出错
Strx & "是大写英文字母"        '结果为"ABC 是大写英文字母"
"Access" & "数据库教程"        '结果为"Access 数据库教程"
"abcd" & 1234                  '结果为 abcd1234
"abcd" & "1234"                '结果为 abcd1234
"4321" & "1234"                '结果为 43211234
4321 & 1234                    '结果为 43211234
"2+3" & "=" & (2+3)            '结果为 2+3=5
```

（2）+运算符。+运算符用来连接两个字符串表达式，形成一个新的字符串。

注意： +运算符要求两边的操作数都是字符串。

如果两边都是数值表达式时，做普通的算术加法运算；若一个是数字型字符串，另一个为数值型，则系统自动将数字型字符串转化为数值，然后进行算术加法运算；若一个为非数字型字符串，另一个为数值型，则出错。

例如，+运算符应用如下所示。

```
"4321"+1234              '结果为 5555
"4321"+"1234"            '结果为 43211234
"abcd"+1234              '出错
4321+"1234" & 100        '结果为 5555100
```

3）关系运算符

关系运算符也称比较运算符，用来表示两个或多个表达式间的大小关系，比较的结果是一个逻辑值，即真（True）或假（False）。用关系运算符连接两个算术表达式所组成的表达式叫做关系表达式。VBA 提供了 6 个关系运算符，如表 10.5 所示。

表 10.5　关系运算符列表

运 算 符	名　称	表达式例子	结　果
=	等于	"abcd"="abc"	False
>	大于	"abcd">"abc"	True
>=	大于等于	"abcd">="abce"	False
<	小于	"41"<"5"	True
<=	小于等于	41<=5	False
<>	不等于	"abcd"<>"ABCD"	True

在使用关系运算符进行比较时，应注意以下规则。

- 如果参与比较的操作数均是数值型，则按其大小进行比较。
- 如果参与比较的操作数均是字符型，则按字符的 ASCII 码从左到右一一对应比较，即首先比较两个字符串的第一个字符，ASCII 码大的字符串大。如果两个字符串的第一个字符相同，则比较第二个字符串，以此类推，直到出现不同的字符为止。汉字字符大于西文字符。

例如，关系运算符应用如下所示。

```
Dim S                              '定义变量 S
S=（3>2）                          '结果为 True
S=（2>=3）                         '结果为 False
S=（"abcd">"abc"）                 '结果为 True
S=（"张力">"刘力"）                '结果为 True
S=（#2011/10/10#>#2010/10/12#）    '结果为 True
```

4）逻辑运算符

逻辑运算也称布尔运算，包括与（And）、或（Or）和非（Not）3 个运算符。除了非（Not）是单目运算符外，其余均是双目运算符。由逻辑运算符连接两个或多个关系式，对操作数进行逻辑运算，结果是逻辑值 True 或 False。逻辑运算法则如表 10.6 所示。

表 10.6 逻辑运算表

A	B	A And B	A Or B	Not A
True	True	True	True	False
True	False	False	True	False
False	True	False	True	True
False	False	False	False	True

例如，逻辑运算符应用如下所示。

```
Dim S                      '定义变量 S
S=（5>3 And 3>=5）         '结果为 False
S=（5>3 Or 3>=5）          '结果为 True
S=Not（3>=4）              '结果为 True
```

2. 表达式和优先级

1）表达式的组成

表达式由字面值、常量、变量、运算符、函数、标识符、逻辑量和括号等按一定的规则组成，表达式通过运算得出结果，运算结果的类型由操作数的数据和运算符共同决定。

注意： 在 VBA 中，逻辑量在表达式中进行算术运算时，True 值被当成-1，False 值被当成 0 处理。

2）表达式的书写规则

- 只能使用圆括号且必须成对出现，可以使用多个圆括号，但必须配对。
- 乘号不能省略。X 乘以 Y 应写成 X*Y，不能写成 XY。
- 表达式从左至右书写，无大小写区分。

3）运算优先级

当一个表达式中含有多种不同类型的运算符时，运算进行的先后顺序由运算符的优先级决定。VBA 常用运算符的优先级划分如表 10.7 所示。

表 10.7　运算符的优先级

优先级	高 ←——————————— 低			
	算术运算符	字符串运算符	关系运算符	逻辑运算符
高	指数运算（^）		=	Not
↑	负数（-）		<>	And
↑	乘法和除法（*、/）	&	<	Or
↑	整数除法（\）	+	>	
低	取模运算（Mod）		<=	
	加法和减法（+、-）		>=	

- 不同类型运算符的优先级为：算术运算符>字符串运算符>关系运算符>逻辑运算符。
- 圆括号优先级最高，因此可以用圆括号改变表达式的优先顺序。
- 所有关系运算符的优先级相同。也就是说，按从左到右顺序处理。

10.3.7　函数

在 VBA 中，除模块创建中可以定义子过程与函数过程来完成特定功能外，又提供了近百个内置的标准函数，可以方便地完成许多操作。

标准函数一般用于表达式中，其标准形式如下：

```
函数名（<参数 1><,参数 2>[,参数 3][,参数 4][,参数 5]…）
```

其中，函数名必不可少，函数的参数放在函数名后的圆括号中，参数可以是常变量、变量或表达式，可以有一个或多个，少数函数为无参函数。每个函数被调用时，都会返回一个特定类型的值。

1. 数学函数

数学函数完成数学计算功能，主要包括以下函数。

1）绝对值函数：Abs（<表达式>）

返回数值表达式的绝对值。如 Abs（－6）＝6。

2）向下取整函数：Int（<数值表达式>）

返回数值表达式的向下取整数的结果，参数为负值时返回小于等于参数值的第一个负数。

3）取整函数：Fix（<数值表达式>）

返回数值表达式的整数部分。参数为负值时返回大于等于参数值的第一个负数。

Int 和 Fix 函数当参数为正值时，结果相同；当参数为负值时结果可能不同。Int 返回小于等于参数值的第一个负数，而 Fix 返回大于等于参数值的第一个负数。

例如，Int（4.25）=4，Fix（4.25）=4，但 Int（－4.25）＝－5，Fix（－4.25）＝－4。

4）自然指数函数：Exp（<数值表达式>）

计算 e 的 N 次方，返回一个双精度数。

5）自然对数函数：Log（<数值表达式>）

计算以 e 为底的数值表达式的值的对数。

6）开平方函数：Sqr（<数值表达式>）

计算数值表达式的平方根。例如：Sqr（16）=4

7）三角函数

Sin（<数值表达式>）：计算数值表达式的正弦值。

Cos（<数值表达式>）：计算数值表达式的余弦值。

Tan（<数值表达式>）：计算数值表达式的正切值。

这里，数值表达式是以弧度为单位的角度值。

例如：

```
Const Pi=3.14159
Sin（60*Pi/180）          '计算60°角的正弦值
Cos（90*Pi/180）          '计算90角的余弦值
Tan（45*Pi/180）          '计算45°角的正切值
```

8）产生随机数函数：Rnd（<数值表达式>）

产生一个 0～1 之间的随机数，为单精度类型。

例如：

```
Int（100*Rnd）            '产生[0,99]的随机数
Int（101*Rnd）            '产生[0,100]的随机数
Int（100*Rnd+1）          '产生[1,100]的随机数
Int（100+200*Rnd）        '产生[100,299]的随机数
```

2. 字符串函数

字符串函数完成字符串处理功能，主要包括以下函数。

1）字符串检索函数：InStr（[Start,]<Str1>,<Str2>[,Compare]）

检索子字符串 Str2 在字符串 Str1 中最早出现的位置，返回一整型数。Start 为可选参数，为数值式，设置检索的起始位置。如省略，从第一个字符开始检索；Compare 也为可选参数，指定字符串比较的方法。值可以为 1、2 和 0（默认）。指定 0（默认）做二进制比较，指定 1 做不区分大小写的文本比较，指定 2 做基于数据库中包含信息的比较。如指定了 Compare 参数，则一定要有 Start 参数。

注意： 如果 Str1 的串长度为零，或 Str2 表示的串检索不到，则 InStr 返回 0；如果 Str2 的串长度为零，InStr 返回 Start 的值。

例如：

```
Str1="98765"
Str2="65"
s=InStr（Str1,Str2）             '返回4
s=InStr（3,"aSsiAB","a",1）      '返回5（从字符s开始，检索出字符A）
```

2）字符串长度检测函数：Len（<字符串表达式>或<变量名>）

该函数用于返回字符串所含字符数。

例如：

```
Dim str As String *10
Dim i
str="123"
i=12
len1=Len("12345")            '返回 5
len3=Len(i)                '返回 2
len4=Len("考试中心")         '返回 4
len5=Len(str)              '返回 10
```

3）字符串截取函数

Left（<字符串表达式>,<N>）：从字符串左边起截取 N 个字符。

Right（<字符串表达式>,<N>）：从字符串右边起截取 N 个字符。

Mid（<字符串表达式>,<N1>,<N2>）：从字符串左边第 N1 个字符起截取 N2 个字符。

注意：对于 Left 函数和 Right 函数，如果 N 值为 0，返回零长度字符串；如果大于等于字符串的字符数，则返回整个字符串。对于 Mid 函数，如果 N1 值大于字符串的字符数，返回零长度字符串；如果省略 N2，返回字符串中左边起 N1 个字符开始的所有字符。

例如：

```
str1="opqrst"
str2="计算机等级考试"
str=Left(str1,3)         '返回 opq
str=Left(str2,4)         '返回"计算机等"
str=Right(str1,2)        '返回 st
Str=Right(str2,2)        '返回"考试"
Str=Mid(str1,4,2)        '返回 rs
Str=Mid(str2,1,3)        '返回"计算机"
Str=Mid(str2,4)          '返回"等级考试"
```

4）生成空格字符函数：Space（<数值表达式>）

返回数值表达式的值指定的空格字符数。

例如：

```
str1=Space(3)      '返回 3 个空格字符
```

5）大小写转换函数

Ucase（<字符串表达式>）：将字符串中的小写字母转成大写字母。

Lcase（<字符串表达式>）：将字符串中的大写字母转成小写字母。

例如：

```
str1=Ucase("Abc")        '返回 ABC
Str2=Lcase("Abc")        '返回 abc
```

6）删除空格函数

LTrim（<字符串表达式>）：删除字符串的开始空格。

RTrim（<字符串表达式>）：删除字符串的尾部空格。

Trim（<字符串表达式>）：删除字符串的开始和尾部空格。

例如：

```
str="  ab  cde  "
Str1=LTrim(str)    '返回"ab  cde  "
Str2=RTrim(str)    '返回"  ab  cde"
Str3=Trim(str)     '返回"ab  cde"
```

3. 日期/时间函数

日期/时间函数的功能是处理日期和时间。主要包括以下函数。

1）系统日期和时间函数

Date（）：返回当前系统日期。

Time（）：返回当前系统时间。

Now（）：返回当前系统日期和时间。

例如：

```
D=Date()      '返回当前系统日期，如2011-04-24
T=Time()      '返回当前系统时间，如10：32：20
DT=Now()      '返回当前系统日期和时间，如2011-04-24  10：32：20
```

2）截取日期分量函数

Year（<表达式>）：返回日期表达式年份。

Month（<表达式>）：返回日期表达式月份。

Day（<表达式>）：返回日期表达式日期。

Weekday（<表达式>，[W]）：返回1～7的整数，表示星期几。

Weekday函数中，参数W为可选项，是一个指定一星期的第一天是星期几的常数。如省略，默认为vbSunday，即周日返回1，周一返回2，以此类推。

W参数的设定值如表10.8所示。

表10.8　指定一星期的第一天的常数

常　数	值	描　述
vbSunday	1	星期日（默认）
vbMonday	2	星期一
vbTuesday	3	星期二
vbWednesday	4	星期三
vbThursday	5	星期四
vbFriday	6	星期五
vbSaturday	7	星期六

例如：

```
D＝#2011-4-24#
YY＝Year（D）                 '返回 2011
MM＝Month（D）           '返回 4
DD＝Day（D）                  '返回 294
WD＝Weekday（D）         '返回 0，因为#2011-4-24#不是星期日
WD＝Weekday（D,3）       '返回 4
```

3）截取时间分量函数

Hour（<表达式>）：返回时间表达式的小时数。

Minute（<表达式>）：返回时间表达式的分钟数。

Second（<表达式>）：返回时间表达式的秒数。

例如：

```
T＝#10:32:20#
HH＝Hour（T）          '返回 10
MM＝Minute（T）        '返回 32
SS＝Second（T）        '返回 20
```

4. 类型转换函数

类型转换函数的功能是将数据类型转换成其他指定数据类型，常用类型转换函数如下。

1）字符串转换字符代码函数

Asc（<字符串表达式>）：返回字符串首字符的 ASCII 值。

例如：

```
s＝Asc（"abc"）              '返回 97
```

2）字符串代码转换字符函数

Chr（<字符串代码>）：返回字符代码相关的字符。

例如：

```
s＝Chr（65）                    '返回 a
s＝Chr（13）                    '返回回车字符
```

3）数字转换成字符串函数

Str（<数值表达式>）：将数值表达式值转换成字符串。

注意： 当一数字转成字符串时，会在前头保留一空格来表示正负。表达式值为正，返回的字符串包含一前导空格表示一正号。

例如：

```
s＝Str（80）                    '返回 80，有一前导空格
s＝Str（-5）                    '返回-5
```

4）字符串转换成数字函数

Val（<字符串表达式>）：将数字字符串转换成数值型数字

注意： 数字串转换时可自动将字符串中的空格、制表符和换行符去掉，当遇到它不能识别为数字的第一个字符时，停止读入字符串。

例如：

```
s=Val ("20")                    '返回 20
s=Val ("3 45")                      '返回 345
s=Val ("78af20")                    '返回 78
```

10.4 VBA 流程控制语句

VBA 中的语句是能够完成某项操作的一条完整命令，它可以包含关键字、函数、运算符、变量、常量以及表达式等。每一个语句都属于下列 3 种类别之一。

- 声明语句：该语句用来为变量、常量或程序命名，并且指定一个数据类型。
- 赋值语句：把一个值或表达式赋给一个变量。
- 可执行语句：一个可执行的语句可以完成某个动作。它可以执行一个方法或者函数，并且可以循环或从代码块中分支执行。可执行的语句通常包含数学的或条件运算符。

10.4.1 声明语句

在 VBA 中，可以使用声明语句去命名和定义过程、变量、数组以及常数。当声明一个过程、变量或常数时，也同时定义了它的范围，而此范围是取决于声明位置以及用什么关键字来声明它。

声明的范围是指定义变量、过程或对象的可见性。例如，以 Public 来声明的变量对直接引用的工程中所有模块中的所有过程是可见的。过程中声明的变量只在过程中可见，而且在调用时会丢失其变量值，除非将它们声明为 Static。

例如，一个包含 3 个声明的实例如下所示。

```
Public Sub test()
Const value=32145                  '声明常量 1，这是一个在过程内定义并使用的
常量。
Dim x As Imteger                '声明常量 2
Dim abc As New AbasicClass      '声明常量 3
abc.display ("数据格式不对!")
x = abc.x1(value)
MsgBox (x)
End Sub
```

10.4.2　赋值语句

赋值语句用于指定一个值或表达式给变量或常量。使用格式为：

```
[Let] 变量名= 值或表达式
```

其中，Let 为可选项，在使用赋值语句时一般都省略。

例如：指定 InputBox 函数的返回值给变量 yourName。

```
Sub Question()
    Dim yourName As String
    yourName = InputBox("What is your name?")   '赋值语句
    MsgBox "Your name is " & yourName
End Sub
```

说明：当要指定一个对象给已声明成对象类型的变量，赋值语句关键字 Set 不能省略。

例如：使用 Set 语句指定 Sheet1 上的一个范围给对象变量 myCell，代码如下。

```
Sub ApplyFormat()
Dim myCell As Range
Set myCell = Worksheets("Sheet1").Range("A1")
    With myCell.Font
        .Bold = True
        .Italic = True
    End With
End Sub
```

10.4.3　标号和 Goto 语句

Goto 语句用于在程序执行过程中实现无条件转移。格式为：Goto 标号

程序执行过程中，遇到 Goto 语句，会无条件地转到其后的“标号”位置，并从该位置继续执行程序。

标号定义时，名字必须从代码行的第一列开始书写，名字后加冒号“:”。

例如：

```
    ⋮
Goto Label1          '跳转到标号为 Label1 的位置执行
    ⋮
Label1:              '定义的 Label1 标号位置
    ⋮
```

说明：在 VBA 中，程序的执行流程可用结构化语句控制，除在错误处理的“On Error Goto…”结构中使用外，应避免使用 Goto 语句。

10.4.4　执行语句

执行语句是程序的主体，程序功能靠执行语句来实现。语句的执行方式按流程可以

分为顺序结构、条件判断结构和循环结构 3 种。

- 顺序结构：按照语句的逻辑顺序依次执行，如赋值语句。
- 条件判断结构：又称选择结构，根据条件是否成立选择语句执行路径。
- 循环结构：可重复执行某一段程序语句。

1. If 条件语句

在 VBA 代码中使用 If 条件语句，可根据条件表达式的值来选择程序执行哪些语句。If 条件语句的主要格式有单分支、双分支和多分支等。

1）单分支结构语句

单分支结构语句格式为：

```
If <条件表达式> Then  <语句>
```

或

```
If <条件表达式> Then
<语句块>
End If
```

功能：当条件表达式为真时，执行 Then 后面的语句块或语句，否则不做任何操作。

说明：语句块可以是一条或多条语句。在使用上边的单行简单格式时，Then 后只能是一条语句，或者是多条语句用冒号分隔，但必须与 If 语句在一行上。

例如，比较两个数值变量 x 和 y 的值，用 x 保存大的值，y 保存小的值。语句如下：

```
If x<y Then
  t=x         't 为中间变量,用于实现 x 与 y 值的交换
  x=y
  y=t
End If
```

或

```
If x<y Then t=x: x=y: y=t
```

2）双分支结构语句

双分支结构语句格式为：

```
If <条件表达式> Then <语句 1> Else <语句 2>
```

或

```
If <条件表达式> Then
    <语句块 1>
Else
    <语句块 2>
End If
```

功能：当条件表达式为真时，执行 Then 后面的语句 1 或语句块 1，否则执行 Else 后面的语句 2 或语句块 2。

【例 10.7】　自定义过程 Procedure1，其功能是：如果当前系统时间在 12～18 点之间，则在立即窗口显示“下午好!”，否则显示“欢迎下次光临!”。

在代码窗口输入下列自定义过程代码。

解析：

```
Sub Procedure1()
    If Hour(Time())>= 12 And Hour(Time())<18 Then      '不含 18:00 点
        Debug.Print"下午好!"
    Else
      Debug.Print"欢迎下次光临! "
    End If
End Sub
```

双分支结构语句只能根据条件表达式的真或假来处理两个分支中的一个。当有多种条件时，要使用多分支结构语句。

3）多分支结构语句

多分支结构语句格式为：

```
If <条件表达式 1> Then
     <语句块 1>
ElseIf <条件表达式 2> Then
     <语句块 2>
ElseIf <条件表达式 3> Then
     <语句块 3>
⋮
Else
     <语句块 n+1>
End If
```

功能 z：依次测试条件表达式 1、条件表达式 2、…，当遇到条件表达式为真时，则执行该条件下的语句块。如均不为真，若有 Else 选项，则执行 Else 后的语句块，否则执行 End If 后面的语句。

【例 10.8】　根据工作级别来计算奖金，编写 VBA 代码如下。

解析：

```
Function Bonus(performance, salary)
     If performance = 1 Then
         Bonus = salary * 0.1
     ElseIf performance = 2 Then
         Bonus = salary * 0.09
     ElseIf performance = 3 Then
         Bonus = salary * 0.07
     Else
         Bonus = 0
     End If
End Function
```

【例 10.9】　判断一个字符是否是字母和它的大小写，可用下列 VBA 代码。

解析：

```
If Asc(strChar)>63 And Asc(strChar)<91  Then
     strCharType = "大写字母"
ElseIf Asc(strChar)>96 And Asc(strChar)<123 Then
    strCharType = " 小写字母"
End If
```

通常，If...End If 结构的使用频率要比其他流控制语句高。

2. 多分支 Select Case 语句

当条件选项较多时，使用 If 语句嵌套来实现，程序的结构会变得很复杂，不利于程序的阅读与调试。此时，用 Select Case 语句会使程序结构更清晰。

Select Case 语句格式为：

```
Select Case 变量或表达式
    Case 表达式 1
      <语句块 1>
    Case 表达式 2
      <语句块 2>
    ⋮
    [Case Else
       <语句块 n+1>]
End Select
```

功能：Select 语句首先计算 Select Case 后<变量或表达式>的值，然后依次计算每个 Case 子句中表达式的值，如果<变量或表达式>的值满足某个 Case 值，则执行相应的语句块，如果当前 Case 值不满足，则进行下一个 Case 语句的判断。当所有 Case 语句都不满足时，执行 Case Else 子句。如果条件表达式满足多个 Case 语句，则只有第一个 Case 语句被执行。

说明：“变量或表达式”可以是数值型或字符串表达式。Case 表达式与“变量或表达式”的类型必须相同。每个 Case 的值是一个或几个值的列表，如果在一个列表中有多个值，就用逗号把值隔开。

【例 10.10】 判断一个字符的类型，可用下列 VBA 代码。

解析：

```
Select Case strChar
     Case "A" To " Z "
         strCharType="大写字母"
     Case  "a" To " z "
         strCharType="小写字母"
     Case "0" To " 9 "
         strCharType="数字"
     Case "!", "?", ".", ",", ";"
         strCharType="标点符号"
```

```
        Case " "
            strCharType="空串"
        Case < 32
            strCharType="特殊字符"
        Case Else
            strCharType="未知字符"
    End Select
```

本例说明当 Select Case 语句中有字符串时，不管是在被测试的变量还是在 Case 语句后的表达式中，将只判断该串的第一个字符的 ASCII 码值。因此，尽管 strChar 为一个字符串变量，Case < 32 仍为一个有效的测试。

除了以上几种选择结构外，VBA 还提供了 3 个函数来完成相应的选择操作。

1）IIf 函数

调用格式为：IIf（条件式,表达式 1,表达式 2）。该函数是根据“条件式”的值来决定函数的返回值。当“条件式”为真（True）时，函数返回“表达式 1”的值；当“条件式”为假（False）时，函数返回“表达式 2”的值。

例如：

```
Sub qq()
Score = 85
Result = IIf(Score < 60, "不及格", "及格")
Debug.Print Result
End Sub
```

上例是根据 Score 的值来决定 Result 的值，如果 Score 的值小于 60，那么 Result 的值为“不及格”；否则，Result 的值为“及格”。

2）Switch 函数

调用格式为：Switch（条件式 1,表达式 1[,条件式 2,表达式 2]…）

该函数是根据满足哪一条件式的要求来决定返回其后对应表达式的值。条件式是由左至右进行计算判断的，而表达式则会在第一个对应的条件式为 True 时作为函数返回值返回。如果其中有部分不成对，则会产生一个运行错误。

例如：

```
Sub qq()
    Score = 85
    Result=Switch(Score<60, "不及格", Score<85, "及格", Score<=100,
"良好")
    Debug.Print Result
End Sub
```

上例是根据 Score 的值来决定 Result 的值。如果 Score 的值小于 60，则 Result 的值为“不及格”；如果 Score 的值在[60，85）区间，那么 Result 的值为“及格”；如果 Score 的值在[85，100）区间，那么 Result 的值为“良好”。

3）Choose 函数

调用格式为：Choose（索引式,选项 1[,选项 2,…[,选项 n]]）

该函数是根据“索引式”的值来决定返回选项列表中的某个值。当“索引式”值为1时，函数返回“选项1”；当“索引式”值为2时，函数返回“选项2”值；依次类推。需要说明的是，只有当“索引式”的值界于1和可选的项目数之间时，函数才会返回其后所对应的选项值；否则会返回无效值（Null）。

3. 循环语句

循环结构允许重复执行一行或数行程序代码。在VBA中提供了两种循环结构，即DO循环和FOR循环。

1）Do While…Loop 循环语句

语法格式为：

```
Do While 条件表达式
    <循环体>
    [Exit Do]
    <语句块>
Loop
```

功能：当条件表达式结果为真时，执行循环体，直到条件表达式结果为假或执行到Exit Do语句而退出循环体。

2）Do Until…Loop 循环语句

语法格式为：

```
Do Until 条件表达式
    <循环体>
    [Exit Do]
    <语句块>
Loop
```

功能：当条件表达式结果为假时，执行循环体，直到条件表达式结果为真或执行到Exit Do语句而退出循环体。

3）Do…Loop While 循环语句

语法格式为：

```
Do
    <语句块>
    [Exit Do]
    <语句块>
Loop While 条件表达式
```

功能：此种结构是先执行语句块，再测试表达式的值。如果为假，就结束循环语句，只要表达式为真，循环就一直执行，直至表达式为假时结束循环。

4）Do…Loop Until 循环语句

语法格式为

```
Do
    <语句块>
    [Exit Do]
```

```
  <语句块>
Loop Until 条件表达式
```

功能：此种结构是先执行循环语句块，再测试表达式的值，直到表达式条件为真时结束循环语句。如果表达式为假，执行循环语句块，只要表达式为真时结束循环。

对于 1）和 2）循环语句先判断后执行，循环体有可能一次也不执行；而对于 3）和 4）循环语句为先执行后判断，循环体至少执行一次。

在 Do…Loop 循环体中，可以在任何位置放置任意个数的 Exit Do 语句，随时跳出 Do…Loop 循环。如果 Exit Do 使用在嵌套的 Do…Loop 语句中，则 Exit Do 会将控制权转移到 Exit Do 所在位置的外层循环。

循环结构仅由 Do...Loop 关键字组成，表示无条件循环，若在循环体中不加 Exit Do 语句，循环结构为“死循环”。

【例10.11】　声明一个名为Alphabet（）的有26个元素的数组，将把从A～Z的大写字母赋给数组元素。

解析：

```
Dim Alphabet（1 to 26） As String
intLetter = 1
Do While intLetter <=27
Alphabet (intLetter) = Chr (intLetter + 64)
intLetter = intLetter + 1
Loop
```

5）For…Next 循环语句

For…Next 循环语句主要用于循环次数已知的循环操作。语句格式为：

```
For 循环变量=初值 To 终值 [step 步长值]
  <语句块>
[Exit For]
  <语句块>
Next 循环变量
```

功能：循环变量先被赋初值。判断循环变量是否在终值内，如果是，则执行循环体，然后循环变量加步长值继续；如果否，结束循环，执行 Next 后的语句。

step 步长值是可选参数。如果没有指定，则 step 的步长值默认为 1。注意，步长值可以是任意的正数或负数。一般为正数，初值应小于等于终值；若为负数，初值应大于等于终值；步长值不能为 0，否则造成“死循环”或循环体一次都不执行。

【例 10.12】　用 For 循环实现例 10.16 的功能。

解析：

```
Dim Alphabet（1 to 26） As String
For intLetter = 1 To 2 6
Alphabet(intLetter) = Chr(intLetter + 64)
Next intLetter
```

若用户使用了 Dim Alphabet(26)As String 而不是 Dim Alphabet（1 To 26)As String，

则给数组的 27 个元素中的 26 个赋值，由于字母 A 的 ASCII 码值为 65，intLetter 的初始值为 1，故给 intLetter 加 64。

【例 10.13】 在立即窗口中显示由（*）组成的 5*5 的正方形。

解析：

```
Sub Procedure5 ()          '输出 5*5 的正方形
  Const MAX=5              '定义常量
  Dim Str As String
  Str=""
  For n=1 to Max
     Str=Str+"*"
  Next n
  For n=1 to Max
     Debug.print Str
  Next n
End Sub
```

10.5 过程调用与参数传递

在前面已经介绍了子过程和函数过程的创建方法，本节结合实例介绍子过程与函数过程的调用和参数传递的使用。

10.5.1 过程调用

1. 函数过程的调用

函数过程的调用形式只有一种，语句格式如下：函数过程名（[实参列表]）。

说明：多个实参之间用逗号分隔。“实参列表”必须与形参保持个数相同，位置与类型一一对应，实参可以是常数、变量或表达式。

调用函数过程时，把实参的值传递给形参，称为参数传递。参数传递有两种方式，分别是传值（ByVal 选项）和传址（ByRef 选项）。

由于函数过程会返回一个值，故函数过程不作为单独的语句加以调用，必须作为表达式或表达式中的一部分使用。例如，将函数过程返回值赋给某个变量。格式为：变量=函数过程名（[实参列表]），将函数过程返回值作为某个过程的实参来使用。

【例 10.14】 在窗体对象中，使用函数过程实现任意半径的圆面积计算，当输入圆半径值时，计算并显示圆面积。

解析：设计和操作步骤如下。

在窗体中创建两个标签控件，其标题分别设为“半径”和“圆面积”；创建两个文本框控件，其名字分别设为 SinR 和 SinS；创建一个命令按钮，其标题设为“计算”，在其 Click 事件过程中，加入如下代码语句。

```
Private Sub command1_Click ()
```

```
    me!SinS=Area (me!SinR)
End Sub
```

在窗体模块中，建立求解圆面积的函数过程 Area（），代码如下。

```
Public Function Area (R As Single) As Single
    IF R<=0 Then
        Msgbox "圆半径必须为正数值!",vbCritical, "警告"
        Area=0
        Exit Function
    End If
    Area=3.14*R*R
End Function
```

运行结果：当在【半径】文本框中输入数值数据时，单击【计算】按钮，将在【圆面积】文本框中显示计算的圆面积值。

函数过程可以被查询、宏等调用使用，在某些计算控件的设计中经常使用。

2. 子过程的调用

子过程的调用有两种方法，语句格式为：

```
Call 子过程名 [（实参列表）]
子过程名 [实参列表]
```

说明：用 Call 关键字调用子过程时，若有实参，则必须把实参用圆括号括起，无实参时可省略圆括号；不使用 Call 关键字，若有实参，也不用圆括号括起。

若实参要获得子过程的返回值，则实参只能是变量，不能是常量、表达式或控件名。

【例 10.15】 在窗体对象中，使用子过程实现数据的排序操作，当输入两个数值时，从大到小排列并显示结果。

在窗体中创建两个标签控件，其标题分别设为“x 值”和“y 值”；创建两个文本框控件，其名字分别设为 Sinx 和 Siny；创建一个命令按钮，其标题设为“排序”，在其 Click 事件过程中，加入如下代码语句。

解析：

```
Private Sub command1_Click ()
    Dim a,b
    If Val (me!Sinx) >Val (me!Siny) Then
        Msgbox "x 值大于 y 值，不需要排序",vbinformation, "提示"
        Me!Sinx.SetFocus
    Else
        a= Me!Sinx
        b= Me!Siny
        Swap a,b
        Me!Sinx = a
        Me!Siny = b
        Me!Sinx.SetFocus
    End If
End Sub
```

在窗体模块中，建立完成排序功能的子过程 Swap，代码如下。

```
Public Sub Swap (x,y)
    Dim t
    t=x
    x=y
    y=t
End Sub
```

运行窗体，可实现输入数据的排序。

10.5.2 参数传递

在调用过程中，主调过程和被调过程之间一般都有数据传递，即主调过程的实参传递给被调过程的形参，然后执行被调过程。

在 VBA 中，实参向形参的数据传递有两种方式，即传值（ByVal 选项）和传址（ByRef 选项），传址调用是系统默认参数传递方式。区分两种方式的标志是：要使用传值的形参，在定义时前面加有 ByVal 关键字。

1）传值调用的处理方式

当调用一个过程时，系统将相应位置实参的值复制给对应的形参，在被调过程处理中，实参和形参没有关系。被调过程的操作处理是在形参的存储单元中进行，形参由于操作处理引起的任何变化均不反馈、影响实参的值。当过程调用结束时，形参所占用的内存单元被释放，因此，传值调用方式具有“单向性”。

2）传址调用的处理方式

当调用一个过程时，系统将相应位置实参的地址传递给对应的形参。因此，在被调过程处理中，对形参的任何操作处理都变成了对相应实参的操作，实参的值将会随被调过程对形参的改变而改变，传址调用方式具有“双向性”。

说明： 在调用过程时，若要对实参进行处理并返回处理结果，必须使用传址调用方式。这时的实参必须是与形参同类型的变量，不能是常量或表达式。

当实参是常量或表达式时，形参即使已为传址（ByRef 选项）定义说明，实际传递的也只是常量或表达式的值，这种情况下，传址调用的双向性不起作用。

此外，在实参向形参的数据传递中，实参的数目和类型应与对应形参的数目和类型相匹配。

【例 10.16】 创建有参被调子过程 Test（），通过主调过程 test_click（）被调用，观察实参值传递前后的变化。

解析：被调子过程 Test（）：

```
Public Sub Test (ByRef x As Integer)      '形参 x 说明为传址形式的整型量
    x=x+10                                '改变形参 x 的值
End Sub
```

主调子过程 test_click（）：

```
Private Sub test_click()
    Dim n As Integer            '定义整型变量 n
    n=6                         '变量 n 赋初值 6
    Call Test(n)
    MsgBox n                    '显示 n 值
End Sub
```

当主调过程 test_click（）调用子过程 Test（）后，MsgBox n 语句显示 n 的值已经发生了变化，其值变为 16，说明通过传址调用改变了实参 n 的值。

如果将主调子过程 test_click（）中的调用语句 Call Test（n）换成 Call Test（n+1），再运行主调过程 test_click（），结果显示 n 的值依旧是 6。这表明常量或表达式在参数的传址调用过程中，双向作用无效，不能改变实参的值。

10.6　VBA 常用操作方法

在 VBA 编程过程中会经常用到一些操作，如打开或关闭某个窗体或报表，显示一些提示信息，对控件输入数据进行验证或实现一些"定时"功能等。这些功能可以使用 VBA 的输入框、信息框及计时事件 Timer 等来完成。

10.6.1　打开和关闭操作

1. 打开窗体操作

一个程序中往往包含多个窗体，可以用代码的形式关联这些窗体，从而形成完整的程序结构。打开窗体操作的命令格式为：

```
DoCmd.OpenForm  formname[,view]  [,filtername]  [,wherecondition]
[,datamode] [,windowmode]
```

有关参数说明如下。

- formname：字符串表达式，代表窗体的有效名称。
- view：窗体打开模式。具体参数值如表 10.9 所示。

表 10.9　view 选项取值说明

常　量	值	说　明
acNormal	0	默认值。窗体视图打开
acDesign	1	设计视图打开
acPreview	2	预览视图打开
acFormDS	3	

- filtername：字符串表达式，代表过滤查询的有效名称。
- wherecondition：字符串表达式，不含 WHERE 的有效 SQL WHERE 子句。
- datamode：窗体的数据输入模式。具体参数值如表 10.10 所示。

表 10.10　datamode 选项取值说明

常　量	值	说　明
acFormAdd	0	可以追加，但不能编辑
acFormEdit	1	可以追加和编辑
acFormReadOnly	2	只读
acFormPropertySettings	-1	默认值

- windowmode：打开窗体时所采用的窗口模式。具体参数值如表 10.11 所示。

表 10.11　windowmode 选项取值说明

常　量	值	说　明
acWindowNormal	0	默认值。正常窗口模式
acHidden	1	隐藏窗口模式
acIcon	2	最小化窗口模式
acDialog	3	对话框模式

其中，filtername 与 wherecondition 用于对窗体的数据源数据进行过滤和筛选；windowmode 规定窗体的打开形式。

例如，以对话框形式打开名为“学生基本信息”窗体：

```
DoCmd.OpenForm "学生基本信息",,,,acDialog
```

提示：参数可以省略，取其默认值，但相应的分隔符“,”不能省略。

2. 打开报表操作

命令格式为：

```
DoCmd. OpenReport reportname[,view][,filtername][,wherecondition]
```

有关参数说明如下。

- reportname：字符串表达式，代表报表的有效名称。
- view：报表打开模式。具体参数值如表 10.12 所示。

表 10.12　view 选项取值说明

常　量	值	说　明
acViewNorma	0	默认值。打印模式
acViewDesig	1	设计模式
acViewPreview	2	预览模式

- filtername：字符串表达式，代表当前数据库中查询的有效名称。
- wherecondition：字符串表达式，不含 WHERE 的有效 SQL WHERE 子句。

例如，预览名为“学生信息表”报表。命令语句为：

```
DoCmd.OpenReport "学生信息表",acViewPreview
```

3. 关闭操作

命令格式为：

```
DoCmd.Close [,objecttype][,objectname][,save]
```

有关参数说明如下。

- objecttype：关闭对象的类型。具体参数值如表 10.13 所示。
- objectname：字符串表达式，代表有效的对象名称。
- save：对象关闭时的保存性质。具体参数值如表 10.14 所示。

表 10.13 objecttype 选项取值说明

常　量	值	说　明
acDefault	-1	默认值
acTable	0	表
acQuery	1	查询
acForm	2	窗体
acReport	3	报表
acMacro	4	宏
acModule	5	模块
acDataAccessPage	6	数据访问页
acServerView	7	视图
acDiagram	8	图表
acStoredProcedure	9	存储过程
acFunction	10	函数

表 10.14 save 选项取值说明

常　量	值	说　明
acSavePrompt	0	默认值。提示保存
acSaveYes	1	保存
acSaveNo	2	不保存

DoCmd.Close 命令广泛用于关闭 Access 各种对象。省略所有参数的命令（DoCmd.Close）可以关闭当前窗体。

例如，关闭名为“学生基本信息”的窗体。

```
DoCmd.Close acForm,"学生基本信息"
```

如果“学生基本信息”窗体为当前窗体，则可以使用语句：DoCmd.Close。

10.6.2 输入框（InputBox）

在一对话框中显示提示信息，等待用户输入正文或单击按钮，并返回包含文本框内容的 String 。此函数主要用于接收用户从键盘输入的内容，其使用格式如下：

```
InputBox (prompt[,title][,default][,xpos][,ypos][,helpfile,context])
```

有关参数说明如下。

- prompt：提示字符串，最大长度大约是 1024 个字符。如包含多个行，则可在各行之间用回车符 Chr（13）、换行符 Chr（10）或回车换行符组合 Chr（13）&Chr（10）来分隔。
- title：显示对话框标题栏中的字符串表达式。如果省略 title，则把应用程序名放入标题栏中。
- default：显示文本框中的字符串表达式。
- xpos：指定对话框的左边与屏幕左边的水平距离。如果省略 xpos，则对话框会在水平方向居中。
- ypos：数值表达式，成对出现，指定对话框的上边与屏幕上边的距离。如果省略 ypos，则对话框被放置在屏幕垂直方向距下边大约 1/3 的位置。
- helpfile：字符串表达式，识别帮助文件，用该文件为对话框提供上下文相关的帮助。如果已提供 helpfile，则也必须提供 context。
- context：数值表达式，由帮助文件的作者指定给某个帮助主题的帮助上下文编号。如果已提供 context，则也必须要提供 helpfile。

调用该函数时，若中间若干个参数省略，其对应分隔符逗号“,”不能缺少。

如果用户单击 OK 按钮或按下 Enter 键，则 InputBox 函数返回文本框中的内容。如果用户单击 Cancel 按钮，则此函数返回一个长度为零的字符串（“”）。

【例 10.17】 本例说明使用 InputBox 函数来显示用户输入数据的不同用法。如果省略 x 及 y 坐标值，则会自动将对话框放置在两个坐标的正中。如果用户单击【确定】按钮或按下 Enter 键，则变量 Value 保存用户输入的数据。如果用户单击【取消】按钮，则返回一零长度字符串。

解析：

```
Dim Message, Title, Default, Value
Message = "Enter a value between 1 and 3"  ' 设置提示信息
Title = "InputBox Demo"  ' 设置标题
Default = "1" ' 设置默认值
Value = InputBox(Message, Title, Default)  ' 显示信息标题及默认值
' 使用帮助文件及上下文"帮助"按钮便会自动出现
Value = InputBox(Message, Title, , , , "DEMO.HLP", 10)
Value = InputBox(Message, Title, Default, 100, 100)  ' 在 100, 100 的
位置显示对话框
```

又如，通过下面的 InputBox 函数输入学生考试分数，运行结果如图 10.14 所示。

```
inputbox("请输入考试分数","成绩录入框")
```

图 10.14 InputBox 函数应用对话框

10.6.3 消息框（MsgBox）

消息框（MsgBox）用于在对话框中显示消息，等待用户单击按钮，并返回一个整型值告诉用户单击哪一个按钮。其使用格式如下：

```
MsBox (prompt[,buttons][,title][,helpfile][,context])
```

有关参数说明如下。

- prompt：显示在对话框中的消息，最大长度大约是 1024 个字符。如包含多个行，可在各行之间用回车符、换行符或是回车与换行符的组合分隔开来。
- buttons：指定显示按钮的数目及形式、使用的图标样式、默认按钮是什么以及消息框的强制回应等。如果省略，则 buttons 的默认值为 0。具体取值或其组合如表 10.15 所示。
- title：在对话框标题栏中显示的字符串表达式。如果省略 title，则将应用程序名放在标题栏中。
- helpfile：字符串表达式，识别用来向对话框提供上下文相关帮助的帮助文件。如果提供了 helpfile，则也必须提供 context。

表 10.15 buttons 选项取值说明

常 量	值	说 明
VbOKOnly	0	只显示 OK 按钮
VbOKCancel	1	显示 OK 及 Cancel 按钮
VbAbortRetryIgnore	2	显示 Abort、Retry 及 Ignore 按钮
VbYesNoCancel	3	显示 Yes、No 及 Cancel 按钮
VbYesNo	4	显示 Yes 及 No 按钮
VbRetryCancel	5	显示 Retry 及 Cancel 按钮
VbCritical	16	显示 Critical Message 图标
VbQuestion	32	显示 Warning Query 图标
VbExclamation	48	显示 Warning Message 图标
VbInformation	64	显示 Infornation Message 图标

- context：数值表达式，指定给适当的帮助主题的上下文编号。如果提供了 context，则也必须提供 helpfile。

图 10.15 显示的是打开消息（MsgBox）对话框的一个实例。调用以下语句：

```
MsgBox "打开窗体成功!",VbInformation,"提示"。
```

图 10.15　MsgBox 消息框

10.6.4　VBA 编程验证数据

使用窗体和数据访问页，每当保存记录数据时，所做的更改便会保存到数据源表中。在控件中的数据被改变之前或记录数据被更新之前会发生 BeforeUpdate 事件。通过创建窗体或控件的 BeforeUpdate 事件过程，可以实现对输入到窗体控件中的数据进行各种验证。

【例 10.18】　对窗体 test 上文本框控件 testAge 中输入的学生年龄数据进行验证。要求：该文本框中只接受 10～25 之间的数值数据，提示取消不合法的数据。

解析：添加该文本控件的 BeforeUpdate 事件过程代码如下：

```
Private Sub testAge_BeforeUpdate (Cancel As Integer)
  If Me!testAge ="" Or IsNull (Me!testAge) Then        '数据为空时的验证
    MsgBox "年龄不能为空!",VbCritical,"提示"
    Cancel = True                                   '取消 BeforeUpdate 事件
  ElseIf IsNumeric (Me!testAge) = False Then        '非数值数据输入的验证
    MsgBox "年龄必须输入数值数据!",VbCritical,"提示"
    Cancel = True                                   '取消 BeforeUpdate 事件
  Elseif Me! testAge <10 or Me! testAge > 25 Then   '非法范围数据输入的验证
    MsgBox "年龄必须为 10～25 范围内数据!",VbCritical,"提示"
    Cancel = True                                   '取消 BeforeUpdate 事件
  Else                                           '数据验证通过
    MsgBox "数据验证 OK!",VbInformation,"通告"
  End If
End Sub
```

注意：控件 BeforeUpdate 事件过程是有参过程。通过设置其参数 Cancel，可以确定 BeforeUpdate 事件是否会发生。将 Cancel 参数设置为 True 将取消 BeforeUpdate 事件。

此外，在进行控件输入数据验证时，VBA 提供了一些相关函数来帮助进行验证。例如上面过程代码中用到 IsNumeric 函数来判断输入数据是否为数值。常用的验证函数如表 10.16 所示。

表 10.16　VBA 常用验证函数

函数名称	返　回　值	说　　明
IsNumeric	Boolean 值	指出表达式的运算结果是否为数值。返回 True，为数值
IsDate	Boolean 值	指出一个表达式是否可以转换成日期。返回 True，可转换
IsNull	Boolean 值	指出表达式是否为无效数据（Null）。返回 True，无效数值

续表

函数名称	返 回 值	说　明
IsEmpty	Boolean 值	指出变量是否已经初始化。返回 True，未初始化
IsArray	Boolean 值	指出变量是否为一个数组。返回 True，为数组
IsError	Boolean 值	指出表达式是否为一个错误值。返回 True，有错误
IsObject	Boolean 值	指出标识符是否表示对象变量。返回 True，为对象

10.6.5　计时事件（Timer）

VBA 并没有直接提供计时事件（Timer）时间控件，而是通过设置窗体的“计时器间隔（TimerInterval）”属性与添加“计时器触发（Timer）”事件来完成类似的定时功能。其处理过程是：Timer 事件每隔 TimerInterval 时间间隔就会被激发一次，并运行 Timer 事件过程来响应。这样不断重复，即可实现“定时”处理功能。

【例 10.19】　使用计时事件 Timer 在窗体的一个标签上实现自动计数操作（从 1 开始）。要求：窗体打开时开始计数，单击其上按钮，则停止计数，再单击一次按钮，继续计数。窗体运行如图 10.16 所示。

解析：操作步骤如下。

（1）创建窗体 timer，并在其上添加一个标签 lBell 和一个按钮 bOK。

（2）打开窗体属性对话框，设置“计时器间隔”属性值为 1000，并选择“计时器触发”属性为“[事件过程]”项，如图 10.17 所示。单击其后的“…”，进入 Timer 事件过程编辑环境编写事件代码。

图 10.16　窗体打开计时效果

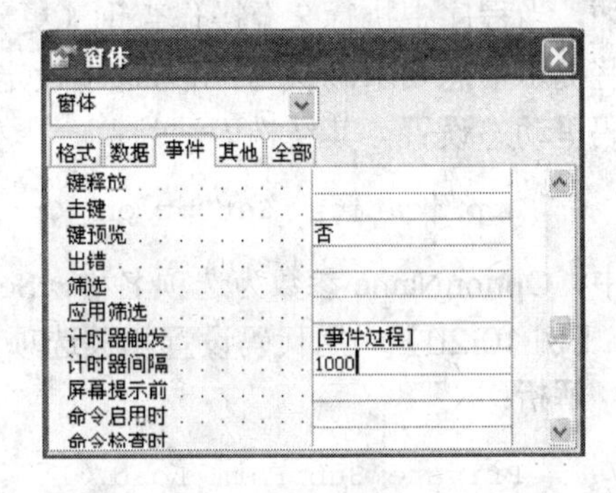

图 10.17　设置计时间隔和计时器事件属性

注意：“计时器间隔”属性值以毫秒为计量单位，故输入 1000 表示间隔为 1 秒。

（3）设计 timer 窗体“计时器触发”事件、timer 窗体“打开”事件和 bOK 按钮“单击”事件代码及有关变量的类模块定义如下：

```
Option Compare Datebase
Dim flag As Boolean                  '标记标量，用于存储按钮的单击动作
Private Sub bOK_Click ()             '按钮单击事件过程
```

```
      flag = Not flag                       '单击按钮，标记变量状态值改变
   End Sub

   Private Sub Form_Open (Cancel As Integer)     '窗体打开事件过程
      flag = True                           '设置窗体打开时标记变量的初始状态为
True
   End Sub

   Private Sub Form_timer ()                '窗体 Timer 事件过程
      If flag = True Then                   '根据标记变量状态值来决定是否进行屏
幕数据更新显示
         Me!lBell.Caption=CLng(Me!lbell.Caption)+1      '标签更新
      End If
   End Sub
```

（4）运行测试，结果如图 10.16 所示。

利用窗体 Timer 事件进行动画效果设计时，只需将相关代码添加进 Form_Timer（）事件模板中即可。

此外，“计时器间隔”属性值也可以安排在代码中进行动态设置（Me.TimerInterval = 1000），而且可以通过设置“计时器间隔”属性值为零（Me.TimerInterval＝0）来终止 Timer 事件继续发生。

10.6.6 用代码设置 Access 选项

Access 系统环境有许多选项设定（工具/选项菜单项），值不同会产生不同的效果。例如，当程序中执行某个操作查询（更新、删除、追加、生成表）时，有些环境会弹出一些提示信息要求确认等。所有选项设定均可在 Access 环境下静态设置，也可以在 VBA 代码里动态设置。其结构语法为：

```
Application. SetOption (OptionName,Setting)
```

其中，OptionName 参数为选项名称，Setting 参数为设置的选项值。

【例 10.20】 用代码设置相关选项，以消除操作查询执行时的确认提示。

解析：

```
   Private Sub Form_Load()
     Application.SetOption "Confirm Record Changes",False '确认取消（记
录更改）
     Application.SetOption "Confirm Document Deletions",False '确认取消
（删除文档）
     Application.SetOption "Confirm Action Queries",False '确认取消（操
作查询）
   End Sub
```

其效果如图 10.18 所示。

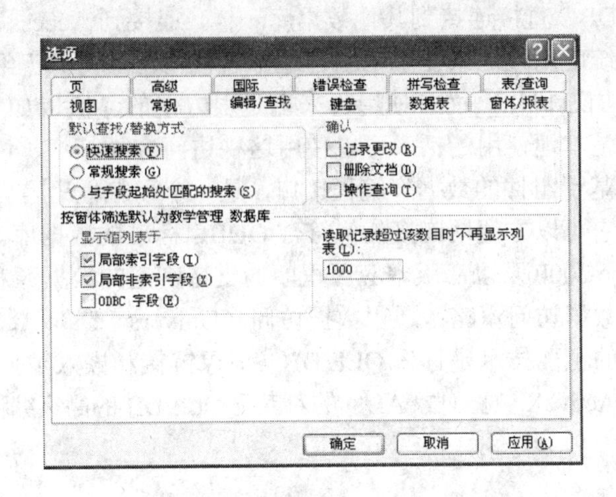

图 10.18　操作确认选项示意图

10.7　VBA 的数据库编程

前面的章节中，已经介绍了使用各种类型的 Access 数据库对象来处理数据的方法和形式。实际上，要想快速、有效地管理好数据，开发出更具使用价值的 Access 数据库应用程序，还应当了解和掌握 VBA 的数据库编程方法。

10.7.1　数据库引擎及其接口

VBA 是通过 Microsoft Jet 数据库引擎工具来支持对数据库的访问。所谓数据库引擎实际上是一组动态链接库（DLL），当程序运行时被连接到 VBA 程序而实现对数据库的数据访问功能。数据库引擎是应用程序与物理数据库之间的桥梁，它以一种通用接口的方式，使各种类型物理数据库对用户而言都具有统一的形式和相同的数据访问与处理方法。

在 Microsoft Office VBA 中主要提供了 3 种数据库访问接口：开放数据库互连应用编程接口（Open Database Connectivity API，ODBC API）、数据访问对象（Data Access Objects，DAO）和 ActiveX 数据对象（ActiveX Data Objects，ADO）。

- ODBC API：目前 Windows 提供的 32 位 ODBC 驱动程序对每一种客户机/服务器 RDBMS、最流行的索引顺序访问方法（ISAM）数据库（Jet、dBase、Foxbase 和 FoxPro）、扩展表（Excel）和划界文本文件都可以操作。在 Access 应用中，直接使用 ODBC API 需要大量 VBA 函数原型声明（Declare）和一些繁琐、低级的编程，因此，实际编程很少直接进行 ODBC API 的访问。
- DAO：提供一个访问数据库的对象模型。利用其中定义的一系列数据访问对象，如 Database、QueryDef、RecordSet 等对象，实现对数据库的各种操作。这是 Office 早期版本提供的编程模型，用来支持 Microsoft Jet 数据库引擎，像开发者通过 ODBC 直接连接到其他数据库一样，连接到 Access 数据库。DAO 最适用于单系统应用程序或在小范围本地分布使用，其内部已经对 Jet 数据库的访问进行了加速优化，而且使用起来也是很方便的。所以如果数据库是 Access 数据库且是本地使用的话，可以使用这种访问方式。

- ADO：是基于组件的数据库编程接口，是一个和编程语言无关的 COM 组件系统。使用它可以方便地连接任何符合 ODBC 标准的数据库。

Microsoft Office 2000 及以后版本应用程序均支持广泛的数据源和数据访问技术，于是产生了一种新的数据访问策略：通用数据访问（Universal Data Access，UDA）。用来实现通用数据访问的主要技术是称作 OLE DB（对象链接和嵌入数据库）的低级数据访问组件结构和称为 ActiveX 数据对象 ADO 的对应于 OLE DB 的高级编程接口。逻辑结构如图 10.19 所示。

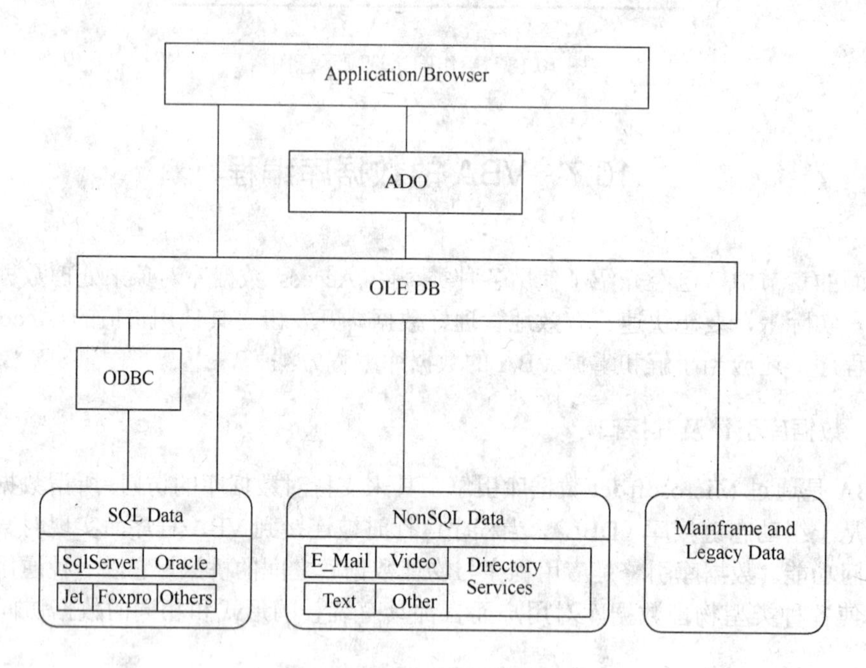

图 10.19　UDA 链接示意图

OLE DB 定义了一个 COM 接口集合，它封装了各种数据库管理系统服务。这些接口允许创建实现这些服务的软件组件。OLE DB 组件包括 3 个主要内容。

1）数据提供者（Data Provider）

提供数据存储的软件组件，小到普通的文本文件、大到主机上的复杂数据库，或者电子邮件存储，都是数据提供者的例子。有的文档把这些软件组件的开发商也称为数据提供者。

2）数据消费者（Data Consumer）

任何需要访问数据的系统程序或应用程序，除了典型的数据库应用程序之外，还包括需要访问各种数据源的开发工具或语言。

3）服务组件（Business Component）

专门完成某些特定业务信息处理和数据传输、可以重用的功能组件。

OLE DB 的设计是以消费者和提供者概念为中心。OLE DB 消费者表示传统的客户方，提供者将数据以表格形式传递给消费者。因为有 COM 组件，消费者可以用任何支持 COM 组件的编程语言去访问各种数据源。

分析 DAO 和 ADO 两种数据访问技术，ADO 是 DAO 的后继产物，它“扩展”了 DAO 所使用的层次对象模式，用较少的对象，更多的属性、方法（和参数），以及事件来处理各种操作，简单易用，微软已经明确表示今后把重点放在 ADO 上，对 DAO 等不再作升级，所以 ADO 已经成为了当前数据库开发的主流技术。

Microsoft Access 2003 同时支持 ADO（含 ADO＋ODBC 及 ADO＋OLE DB 两种形式）和 DAO 的数据访问。

10.7.2　VBA 访问的数据库类型

VBA 访问的数据库有 3 种。

（1）JET 数据库，即 Microsoft Access。

（2）ISAM 数据库，如 dBase、FoxPro 等。

索引顺序访问方法（Indexed Sequential Access Method，ISAM）是一种索引机制，用于高效访问文件中的数据行。

（3）ODBC 数据库，凡是遵循 ODBC 标准的客户机/服务器数据库。如 Microsoft SQL Server、Oracle 等。

实际上，使用 UDA 技术可以大大扩展上述 Office VBA 的数据访问能力，完成多种非关系结构数据源的数据操作。

10.7.3　数据访问对象

数据访问对象（DAO）是 VBA 提供的一种数据访问接口。包括数据库创建、表和查询的定义等工具，借助 VBA 代码可以灵活地控制数据访问的各种操作。

需要指出的是，在 Access 模块设计时要想使用 DAO 的各个访问对象，首先应该增加一个对 DAO 库的引用。Access 2003 的 DAO 引用库为 DAO 3.6，其引用设置方式为：先进入 VBA 编程环境——VBE，选择【工具】|【引用】命令，弹出【引用】对话框，如图 10.20 所示，从【可使用的引用】列表框选项中选中 Microsoft DAO 3.6 Object Library 并单击【确定】按钮即可。

1）DAO 模型结构

DAO 模型的分层结构简图如图 10.21 所示。它包含了一个复杂的可编程数据关联对象的层次，其中 DBEngine 对象处于最顶层，它是模型中唯一不被其他对象所包含的数据库引擎本身。层次低一些的对象，如 Workspace（s）、Database（s）、QueryDef（s）、RecordSet（s）和 Field（s）是 DBEngine 下的对象层，其下的各种对象分别对应被访问的数据库的不同部分。在程序中设置对象变量，并通过对象变量来调用访问对象方法、设置访问对象属性，这样就实现了对数据库的各项访问操作。

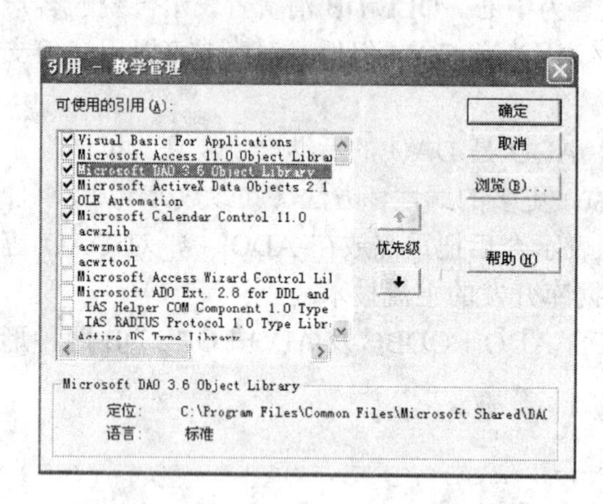

图 10.20　DAO 和 ADO 对象引用对话框

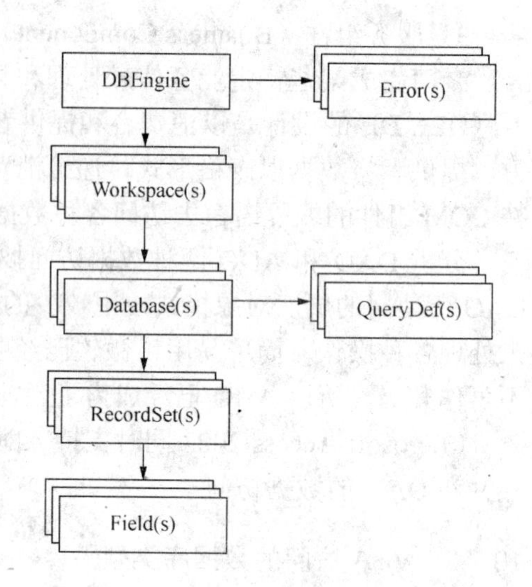

图 10.21　DAO 模型层次简图

下面对 DAO 的对象层次分别进行说明。

（1）DBEngine 对象：表示 Microsoft Jet 数据库引擎。它是 DAO 模型的最上层对象，而且包含并控制 DAO 模型中的其余全部对象。

（2）Workspace 对象：表示工作区。

（3）Database 对象：表示操作的数据库对象。

（4）RecordSet 对象：表示数据操作返回的记录集。

（5）Field 对象：表示记录集中的字段数据信息。

（6）QueryDef 对象：表示数据库查询信息。

（7）Error 对象：表示数据提供程序出错时的扩展信息。

2）利用 DAO 访问数据库

通过 DAO 编程实现数据库访问时，首先要创建对象变量，然后通过对象方法和属性来进行操作。下面给出数据库操作一般语句和步骤。

程序段：

```
'定义对象变量
Dim ws  As Workspace
Dim db As Database
Dim rs As RecordSet
'通过 Set 语句设置各个对象变量的值
Set ws = DBEngine.Workspace(0)                          '打开默认工作区
Set db = ws.OpenDatabase(<数据库文件名>)                 '打开数据库文件
Set rs = db.OpenRecordSet(<表名、查询名或 SQL 语句>)      '打开数据记录集
Do While Not rs.EOF              '利用循环结构遍历整个记录集直至末尾
    :                            '安排字段数据的各类操作
  rs.MoveNext                    '记录指针移至下一条
Loop
rs. close                        '关闭记录集
```

```
db. close                    '关闭数据库
Set rs = Nothing             '回收记录集对象变量的内存占有
Set db = Nothing             '回收数据库对象变量的内存占有
……
```

10.7.4　ActiveX 数据对象（ADO）

ActiveX 数据对象（ADO）是基于组件的数据库编程接口，它是一个和编程语言无关的 COM 组件系统，可以对来自多种数据提供者的数据进行读取和写入操作。

在 Access 模块设计时要想使用 ADO 的各个组件对象，也应该增加对 ADO 库的引用。Access 2003 的 ADO 引用库为 ADO 2.1，其引用设置方式为：先进入 VBA 编程环境 VBE，选择【工具】|【引用】命令，弹出引用对话框，如图 10.21 所示，从【可使用的引用】列表框中选中 Microsoft　ActiveX Data Objects 2.1 Library 并单击【确定】按钮即可。

需要指出的是，当打开一个新的 Access 2003 数据库时，Access 可能会自动添加对 Microsoft DAO 3.6 Object Library 库和 Microsoft ActiveX Data Objects 2.1 库的引用，即同时支持 DAO 和 ADO 的数据库操作。但两者之间存在一些同名对象（如 RecordSet、Field），为此 ADO 类型库引用必须加 ADODB 短名称前缀，用于明确标识与 DAO（RecordSet）同名的 ADO 对象。

如 Dim rs As new ADODB. RecordSet 语句，显式定义一个 ADO 类型库的 RecordSet 对象变量 rs。

1）ADO 对象模型

ADO 对象模型简图如图 10.22 所示，它提供一系列组件对象供使用。

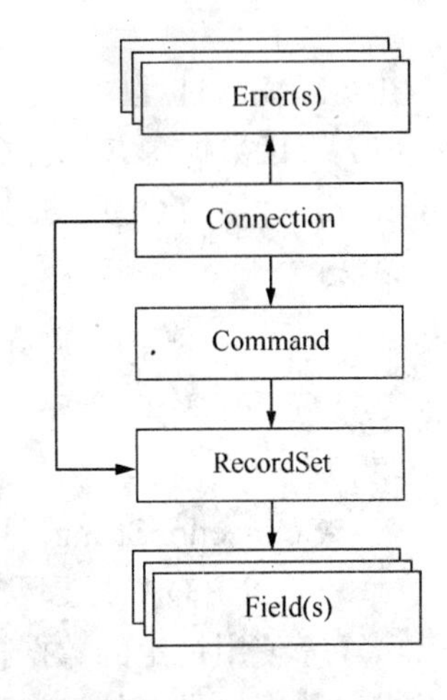

图 10.22　ADO 对象模型简图

不过，ADO 接口与 DAO 不同，ADO 对象无须派生，大多数对象都可以直接创建（Field 和 Error 除外），没有对象的分级结构。使用时，只需在程序中创建对象变量，并通过对象变量来调用访问对象方法，设置访问对象属性，这样就可实现对数据库的各项访问操作。

其主要对象如下。

- Connection 对象：用于建立与数据库的连接。通过连接可从应用程序访问数据源，它保存诸如指针类型、连接字符串、查询超时、连接超时和默认数据库这样的连接信息。例如，可以用连接对象打开一个对 Access 数据库的连接。
- Command 对象：在建立数据库连接后，可以发出命令操作数据源。一般情况下，Command 对象可以在数据库中添加、删除或更新数据，或者在表中进行数据查询。Command 对象在定义查询参数或执行存储过程时非常有用。
- RecordSet 对象：表示数据操作返回的记录集。这个记录集是一个连接的数据库中的表，或者是 Command 对象的执行结果返回的记录集。所有对数据的操作几乎都是在 RecordSet 对象中完成的，可以完成指定行、移动行、添加、更改和删除记录操作。

- Field 对象：表示记录集中的字段数据信息。
- Error 对象：表示数据提供程序出错时的扩展信息。

2）主要 ADO 对象使用

ADO 的各组件对象之间都存在一定的联系（参见图 10.23），了解并掌握这些对象间的联系形式和联系方法是使用 ADO 技术的基础。

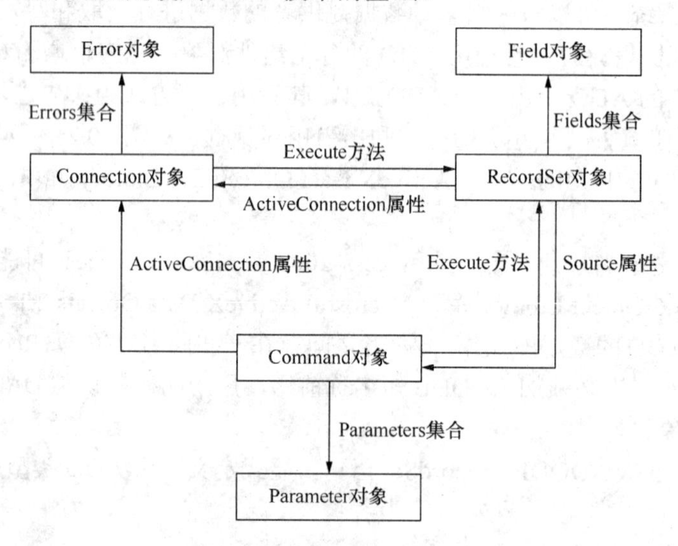

图 10.23 ADO 对象联系图

在实际编程过程中，使用 ADO 存取数据的主要对象操作如下。

（1）连接数据源。利用 Connection 对象可以创建一个数据源的连接。应用的方法是 Connection 对象的 Open 方法。

语法：

```
Dim cnn As new ADODB.Connection                    '创建 Connection 对象实例
Cnn.Open[ConnectionString][,UserID][,PassWord][,OpenOptions]  '打开连接
```

其中，

- ConnectionString：可选项，包含了连接的数据库信息。其中，最重要的就是体现 OLE DB 主要环节的数据提供者（Provider）信息。不同类型的数据源连接，需使用规定的数据提供者。

  数据提供者信息也可以在连接对象 Open 操作之前的 Provider 属性中设置。如 cnn 连接对象的数据提供者（Access 数据源）可以设置为：

  ```
  cnn.Provider="Microsoft.Jet.OLEDB.4.0"
  ```

- UserID：可选项，包含建立连接的用户名。
- PassWord：可选项，包含建立连接的用户密码。
- OpenOptions：可选项，假如设置为 adConnectAsync，则连接将异步打开。

此外，利用 Connection 对象打开连接之前，一般还有一个因素需要考虑：记录集游标位置。它是通过 CursorLocation 属性来设置的。其语法格式为：

```
cnn.CursorLocation=Location
```

其中，Location 指明了记录集存放的位置。具体取值如表 10.17 所示。

表 10.17 Location 取值说明

常 量	值	说 明
adUseServer	2	默认值。使用数据提供者或驱动程序提供的服务器端游标
adUseClient	3	使用由本地游标库提供的客户端游标

CursorLocation 属性简单理解就是记录集保存的位置，对于客户端游标，记录集将会被下载到本地缓冲区，这样对于大数据量查询，会导致网络资源的严重占用，而服务器端游标直接将记录集保存到服务器缓冲区上，可以大大提高页面的处理速度。

服务器端游标对数据的变化有很强的敏感性。客户端游标在处理记录集的速度上有优势，配合仅向前游标等使用可以提高程序的性能，并且少占网络资源。

如果取到记录集以后，有人修改了数据库中的数据，使用服务器端游标加上动态游标就可以得到最新的数据，而客户端游标就无法察觉到数据的变化，要根据实际情况来使用。使用服务器端游标可以调用存储过程，但无法返回记录条数（RecordCount）。

（2）打开记录集对象或执行查询。实际上，记录集是一个从数据库取到的查询结果集；执行查询则是对数据库目标表直接实施追加、更新和删除记录操作。一般有 3 种处理方法：一是使用记录集的 Open 方法，二是用 Connection 对象的 Execute 方法，三是用 Command 对象的 Execute 方法。其中第一部分只涉及记录集操作，第二、三部分则会涉及记录集及执行查询操作。

（3）使用记录集。得到记录集后，可以在此基础上进行记录指针定位，记录的检索、追加、更新和删除等操作。

ADO 提供了多种定位和移动记录指针的方法。主要有 Move 和 MoveXXXX 两部分方法。例如，MoveFirst、MoveLast、MoveNext、MovePrevious 等方法。

在 ADO 中，记录集内信息的快速查询检索主要提供了两种方法：Find 和 Seek。

如语句“rs.Find "姓名 LIKE '王*'"”就是查找记录集 rs 中姓“王”的记录信息，检索成功记录指针会定位到第一条王姓记录。

在 ADO 中添加新记录用的方法为 AddNew。

更新记录其实与记录重新赋值没有什么太大的区别，只要用 SQL 语句将要修改的记录字段数据找出来重新赋值就可以了。

注意：更新记录后，应使用 UpDate 方法将所更新的记录数据存储在数据库中。

在 ADO 中删除记录集中的数据的方法为 Delete 方法。这与 DAO 对象的方法相同，但是在 ADO 中它的能力增强了，可以删掉一组记录。

（4）关闭连接或记录集。在应用程序结束之前，应该关闭并释放分配给 ADO 对象（一般为 Connection 对象和 RecordSet 对象）的资源，操作系统回收这些资源并可以再分配给其他应用程序。

使用的方法为 Close 方法。

语法：

```
'关闭对象
Object.Close          'Object 为 ADO 对象
'回收资源
Set Object = Nothing   'Object 为 ADO 对象
```

3）利用 ADO 访问数据库的一般过程和步骤

利用 ADO 访问数据库的一般过程和步骤如下。

（1）定义和创建 ADO 对象实例变量。

（2）设置连接参数并打开连接——Connection。

（3）设置命令参数并执行命令（分返回和不返回记录集两种情况）——Command。

（4）设置查询参数并打开记录集——RecordSet。

（5）操作记录集（检索、追加、更新、删除）。

（6）关闭、回收有关对象。

具体可参阅以下程序段分析。

程序段 1——在 Connection 对象上打开 RecordSet。

```
⋮
'创建对象引用
Dim cn As new ADODB.Connection          '创建一连接对象
Dim rs As new ADODB .RecordSet          '创建一记录集对象

cn.Open<连接串等参数>                    '打开一个连接
rs.Open<连接串等参数>                    '打开一个记录集

Do While Not rs.EOF                     '利用循环结构遍历整个记录集直至末尾
  ⋮                                     '安排字段数据的各类操作
  rs.MoveNext                           '记录指针移至下一条
Loop
rs.close                                '关闭记录集
cn.close                                '关闭连接
Set rs = Nothing                        '回收记录集对象变量的内存占用
Set cn = Nothing                        '回收连接对象变量的内存占用
⋮
```

程序段 2——在 Command 对象上打开 RecordSet。

```
⋮
'创建对象引用
Dim cm As new ADODB.Command             '创建一命令对象
Dim rs As new ADODB.RecordSet           '创建一记录集对象
'设置命令对象的活动连接、类型及查询等属性
With cm
    .ActiveConnection = <连接串>
```

```
        .CommandType = <命令类型参数>
        .CommandText = <查询命令串>
    End With
    Rs.Open cm，<其他参数>                      '设置 rs 的 ActiveConnection 属性
    Do While Not rs.EOF                        '利用循环结构遍历整个记录集直至末尾
        ⋮                                      '安排字段数据的各类操作
        rs.MoveNext                            '记录指针移至下一条
    Loop
    rs.close                                   '关闭记录集
    Set rs = Nothing                           '回收记录集对象变量的内存占用
    ⋮
```

10.7.5　数据库编程分析

综合分析 Access 环境下的数据库编程，大致可以划分为以下情况。

- 利用 VBA＋ADO（或 DAO）操作当前数据库。
- 利用 VBA＋ADO（或 DAO）操作本地数据库（Access 数据库或其他）。
- 利用 VBA＋ADO（或 DAO）操作远端数据库（Access 数据库或其他）。

对于这些数据库编程设计，完全可以使用前面叙述的一般 ADO（或 DAO）操作技术进行分析和加以解决。操作本地数据库和远端数据库，最大的不同就是连接字符串的设计。对于本地数据库的操作，连接参数只需要给出目标数据库的盘符路径即可；对于远端数据库的操作，连接参数还必须考虑远端服务器的名称或 IP 地址。

从前面的 ADO（或 DAO）技术分析看，对数据库的操作都要经历打开连接、创建记录集并实施操作的主要过程。尤其是连接字符串的确定、记录集参数的选择等成为能否完成数据库操作的关键环节。关于不同数据库的连接字符串构造，网上资料也比较多，下面仅列举常用的一些数据源的连接字符串定义。

1）Access

（1）ODBC：

```
"Driver = {Microsoft Access Driver(*.mdb)}; Dbq = 数据库文件;
Uid = Admin; Pwd =; "
```

（2）OLE DB：

```
"Provider = Microsoft.Jet.OLEDB.4.0; Data Source = 数据库文件;
User ID = admin; Password =; "
```

2）SQL Server

（1）ODBC：

```
"Driver = {SQL Server}; Server = 服务器名或 IP 地址; Database = 数据库名;
Uid = 用户名; Pwd = 密码; "
```

（2）OLE DB：

```
"Provider = sqloledb; Data Source = 服务器名或 IP 地址;
Initial Catalog = 数据库名; User Id = 用户名; Password = 密码; "
```

3）Text

（1）ODBC：

```
"Driver ={Microsoft Text Driver(*.txt; *.csv)}; Dbq = 文件路径;
Extensions =asc, csv, tab, txt; "
```

（2）OLE DB：

```
"Proveder =Microsoft.Jet.OLEDB.4.0;
        Extended Properties =""Text; HDR=YES; DATABASE = 文件路径"""
```

或

```
"Proveder =Microsoft.Jet.OLEDB.4.0; Data Source = 文件路径;
        Extended Properties =""Text; HDR=Yes; FMT = Delimited"""
```

这里，HDR＝Yes 表示第一行是标题。

提示：SQL 语法："Select * From customer.txt"

4）Excel

（1）ODBC：

```
"Driver = {Microsoft Excel Driver(*.xls)}; Dbq = 文件名;
DefaultDir = 文件路径; ReadOnly = False; "
```

（2）OLE DB：

```
"Provider = Microsoft.Jet.OLEDB.4.0; Data Source = 文件名; Extended
Properties =""Excel 11.0; HDR = Yes; IMEX = 1"""
```

这里，HDR ＝ Yes 表示第一行是标题。

IMEX ＝ 1 表示数据以文本方式读取。

Excel 97、Excel 2000、Excel 2002（XP）和 Excel 2003 工作簿分别对应 Excel 版本号为 8.0、9.0、10.0、11.0。

提示：SQL 语法："SELECT * FROM[sheetl $]"，即工作表的名称后要加一个"$"符号，而且将名称放在一对“[ ]”内。

对当前数据库的操作，除了一般的 ADO 编程技术外，还有一些特殊的处理方法需要了解和掌握。

1）直接打开（或连接）当前数据库

在 Access 的 VBA＋DAO 操作当前数据库时，系统提供了一种数据库打开的快捷方式，即 Set dbName ＝ Application.CurrentDB（），用以绕过 DAO 模型层次开头的两层集合并打开当前数据库，但在 Office 其他套件（如 Word、Excel、PowerPoint 等）的 VBA 及 Visual Basic 的代码中则不支持 Application 对象的 CurrentDB（）用法。

在 Access 的 VBA＋ADO 操作当前数据库时，系统也提供了上述类型的当前数据库连接快捷方式，即 Set cnn＝Application.CurrentProject.Connection，它指向一个默认的

ADODB.Connection 对象，该对象与当前 Access 数据库的 Jet OLE DB 服务提供者一起工作。不像 CurrentDB（）是可选的，必须使用 Application.CurrentProject.Connection 作为当前打开数据库的 ADODB.Connection 对象的引用。

实际上，借助 Application.CurrentProject 对象引用的当前 Access 项目还可获得当前项目的其他一些有用属性和方法。如 Application.CurrentProject.Path 可返回项目的路径等。

需要说明的是，Application 对象是 Access 的基类对象，包含其所有对象和集合。实际使用时可以省略前面的 Application。使用 Application 对象，可以将其方法或属性设置应用于整个 Access 应用程序。

2）绑定表单窗体与记录集对象并实施操作

可以绑定表单窗体（或控件）与记录集对象，从而实现对记录数据的多种操作形式。

这些窗体和控件的相关属性如下。

（1）RecordSet 属性。返回或设置 ADO RecordSet 或 DAO RecordSet 对象，代表指定窗体、报表、列表框控件或组合框控件的记录源。可读写。该属性是窗体（报表及控件）记录源的直接反映，如果更改其 RecordSet 属性返回的记录集内某记录为当前记录，则会直接影响表单窗体（或报表）的当前记录。

RecordSet 属性的读/写行为取决于该属性所标识的记录集内所包含的记录集类型（ADO 或 DAO）和数据类型（Jet 或 SQL）。具体参阅表 10.18。

表 10.18　RecordSet 属性的读/写行为

记录集类型	基于 SQL 数据	基于 Jet 数据
ADO	读/写	读/写
DAO	N/A	读/写

（2）RecordSetClone 属性。返回有窗体的 RecordSource 属性指定的基础查询或基础表的一个副本。只读。如果窗体基于一个查询，那么对 RecordSetClone 属性的引用与使用相同查询来复制 RecordSet 对象是等效的。

使用 RecordSetClone 属性可以独立于窗体本身对窗体上的记录进行导航或操作。例如，如果要使用一个不能用于窗体的方法（如 DAO Find 方法），则可以使用 RecordsSetClone 属性。

注意： 与使用 RecordSet 属性不同的是，对 RecordSetClone 属性返回记录集的操作一般不会直接影响表单窗体（或报表）的输出，只有重新启动对象或刷新其记录源（对象.Requery），状态变化才会反映在表单窗体（或报表）之上。

（3）RecordSource 属性。指定窗体或报表的数据源。String 型，可读写。

RecordSource 属性设置可以是表名称、查询名称或者 SQL 语句。

如果对打开的窗体或报表的记录源进行了更改，则会自动对基础数据进行重新查询。如果窗体的 RecordSet 属性在运行时设置，则会更新窗体的 RecordSource 属性。

下面举例说明 VBA 的数据库编程应用。

【例 10.21】　试编写子过程分别用 DAO 和 ADO 来完成对“教学管理.mdb”文件

中“学生表”的学生年龄都加 1 的操作。假如文件存放在 E 盘“考试中心教程”文件夹中。

解析：子过程 1——使用 DAO。

```
Sub SetAgePlus1()
    '定义对象变量
    Dim ws As DAO.Workspace                    '工作区对象
    Dim db As DAO.Database                     '数据库对象
    Dim rs As DAO.Recordset                    '记录集对象
    Dim fd As DAO.Field                        '字段对象

    '注意：如果操作当前数据库，可用 Set db = CurrentDb()来替换下面两条语句
    Set ws = DBEngine.Workspaces(0)                          '打开 0 号工作区
    Set db = ws.OpenDatabase("e:\考试中心教程\教学管理.mdb")  '打开数据库

    Set rs = db.OpenRecordset("学生表")        '返回"学生表"记录集
    Set fd = rs.Fields("年龄")                 '设置"年龄"字段引用

    '对记录集使用循环结构进行遍历
    Do While Not re.EOF
        rs.Edit                                '设置为"编辑"状态
        fd = fd + 1                            '年龄加 1
        rs.Update                              '更新记录集，保存年龄值
        rs.MoveNext                            '记录指针移动至下一条
    Loop

    '关闭并回收对象变量
    rs.Close
    db.Close
    Set rs = Nothing
    Set db = Nothing
End Sub
```

子过程 2——使用 ADO。

```
Sub SetAgePlus2()
    '创建或定义对象变量
    Dim cn As New ADODB.Connection             '连接对象
    Dim rs As New ADODB.Recordset              '记录集对象
    Dim fd As ADODB.Field                      '字段对象
    Dim strConnect As String                   '连接字符串
    Dim strSQL As String                       '查询字符串
    '注意：如果操作当前数据库，可用 Set cn = CurrentProject.Connection 替
换下面 3 条语句
    strConnect ="e:\考试中心教程\教学管理.mdb" '设置连接数据库
    cn.Provider ="Microsoft.Jet.OLEDB.4.0"     '设置 OLE DB 数据提供者
    cn.Open strConnect                         '打开与数据源的连接
```

```
    strSQL ="Select 年龄 from 学生表"           '设置查询表
    rs.Open strSQL,cn,adOpenDynamic,adLockOptimistic,adCmdText  '记录集
    Set fd = rs.Fields("年龄")

    '对记录集使用循环结构进行遍历
    Do While Not rs.EOF
        fd = fd + 1                              '年龄加 1
        rs.Update                                '更新记录集，保存年龄值
        rs.MoveNext                              '记录指针移动至下一条
    Loop

'关闭并回收对象变量
    rs.Close
    cn.Close
    Set rs = Nothing
    Set cn = Nothing
End Sub
```

【例 10.22】 假设“教学管理”数据库内存在学生信息表 stud（sno，sname，ssex）。其中性别 ssex 字段已经建立索引。编程查询男同学的第一条和最后一条记录。

解析：代码如下。

```
Private Sub Form_Load()
    Dim rs As ADODB.RecordSet
    Set rs = New ADODB.Recordset

    rs.ActiveConnection ="Provider = Microsoft.Jet.OLEDB.4.0; "&_
            "Data Source = e:\考试中心教程\教学管理.mdb; "
    rs.CursorType = adOpenKeyset
    rs.LockType = adLockOptimistic
    rs.Index ="ssex"                  '设置 Index 属性，配合 Seek 检索用
    rs.Open "stud",,,,adCmdTableDirect     '打开记录集，并保证 Seek 检索
    rs.Seek "男", adSeekFirstEQ           '查找男第一条记录
    Debug.Print rs("sno"), rs("sname"), rs("ssex")  '调试窗口输出记录信息
    rs.Seek "男", adSeekLastEQ            '查找男最后一条记录
    Debug.Print rs("sno"), rs("sname"), rs("ssex")  '调试窗口输出记录信息
    rs.Close
    Set rs = Nothing
End Sub
```

【例 10.23】 下面的过程示例是打开一个记录集，然后通过将当前窗体的 RecordSet 属性设为新建 RecordSet 对象，从而将窗体与记录集绑定。然后，使用窗体过滤（Filter）属性选择女教师信息。

解析：代码如下。

```
Dim rs As ADODB.Recordset                        '定义变量
Sub GetRS()
    Set rs = New ADODB.Recordset                 '创建变量
```

```
        rs.CursorLocation = adUseClient            '设置游标类型
        rs.Open  "Select  *  From  教 师 表 ",  CurrentProject.Connection ,
    adOpenKeyset，adLockOptimistic
        Set Me.Recordset = rs       '设置窗体的 Recordset 属性，注意，必须用 Set
        'Filter 属性可以在对窗体、报表、查询或表应用筛选时指定要显示的记录子集
        Me.Filter ="性别='女'"
        'FilterOn 属性确定是否应用窗体或报表的 Filter 属性(取 True 或 False)
        Me.FilterOn = True
    End Sub
```

【例 10.24】 分别使用 RecordSet 和 RecordSetClone 属性来实现表单窗体记录集内的记录和窗体当前记录的同步。当从组合框中选择学生姓名时，使用 DAO FindFirst 方法来定位该学生的记录。

解析：代码如下。

```
'使用 Recordset 属性实现同步
Sub SName1()
    Dim rst As DAO.Recordset
    Dim strSName As String
    Set rst Me.Recordset
    srtSName = Me!SName
    ret.FindFirst "姓名 ='"& strSName & "'"
    If rst.NoMatch Then
        MsgBox "无该记录!"
    End If
End Sub
'使用 RecordsetClone 属性实现同步
Sub SName2()
    Dim rst As DAO.Recordset
    Dim strSName As String
    Set rst = Me.RecordsetClone
    strSName = Me!SName
    rst.FindFirst "姓名 ='"& strSName & "'"
    If rst.NoMatch Then
        MsgBox "无该记录!"
    Else
    'Bookmark 为书签，用来标识窗体基表、基础查询或 SQL 语句中的特定记录
      Me.Bookmark = rst.Bookmark
    End If
    rst.Close
End Sub
```

【例 10.25】 使用 ADO 和 OLE DB 技术连接 Excel 磁盘文件 MyBook.xls。该文件为 Excel 2003 版，且第一行为标题设置。

解析：代码如下。

```
Dim cn As ADODB.Connection                         '定义变量
Set cn = New ADODB.Connection                      '创建实例
```

```
With cn
    .Provider ="Microsoft.Jet.OLEDB.4.0"    '设置 OLE DB 提供者
    .ConnectionString ="Data Source =C:\MyFolder\MyBook.xls; "&_
"Extended Properties = Excel 11.0; HDR = Yes; "      '连接字符串
    .Open                                          '打开连接
End With
```

【例 10.26】　使用 ADO 和 OLE DB 技术连接 C 盘根目录下文本磁盘文件 aaa.txt。该文档结构内容如下。

a，b，c

1，2，3

2，3，4

3，4，5

每行数据间用逗号分隔，且第一行为标题设置。

解析：代码如下。

```
Sub Text()
    Dim iDB      As ADODB.Connection
    Dim iRe      As ADODB.Recordset
    Dim iConc  $
    '设置数据库的连接字符串。c:\是文本文件所在目录
    iconc ="Provider = Microsoft.Jet.OLEDB.4.0; "_
          "Extended Properties =""Text;HDR = Yes;DATABASE = c:\"""
    Set iDB = New ADODB.connection
    iDB.Open iConc
    Set iRe = New ADODB.Recordset
    '使用的时候注意，要将.txt 换成#txt
    iRe.Open " [aaa#txt] ", iDB          ' [aaa#txt]是文件名 aaa.txt
    MsgBox iRe(0)              '消息框输出第一行的首行记录值，这里为 1
    '关闭并回收对象变量
    iRe.Close
    Set iRe = Nothing
    iDB.Close
    Set iDB = Nothing
End Sub
```

【例 10.27】　存在关系 STUD（学号，姓名，性别，年龄），试编程分别实现其主键设置和取消。

解析：代码如下。

```
'设置主键为"学号"字段
Function AddPrimaryKey()
    Dim strSQL As String
    'SQL 语句设置主键
    strSQL = "ALTER TABLE STUD ADD CONSTRAINT PRIMARY_KEY"_
         &"PRIMARY KEY(学号) "
    CurrentProject.Connection.Execute strSQL
```

```
End Function
'取消 STUD 表的主键
Function DropPrimaryKey()
    Dim strSQL As String
    'SQL 语句取消主键
    strSQL ="ALTER TABLE STUD Drop CONSTRAING PRIMABY_KEY"
    CurrentProject.Connection.Execute strSQL
End Function
```

【例 10.28】 下面的过程示例是定义一个对象变量，发挥当前窗体的 Recordset 属性记录集引用，最后输出记录集（即窗体记录源）的记录个数。

解析：代码如下。

```
Sub GetRecNum()
    Dim rs As Object          '定义对象变量
    Set rs = Me.Recordset     '引用窗体的 Recordset 属性，注意，必须用 Set
    MsgBox rs.RecordCount
End Sub
```

【例 10.29】 根据窗体上组合框控件 cmbZHICHE 中选定的教师职称，将窗体的记录源更改为“教师表”的有关信息。该组合框的内容由一条 SQL 语句决定，该语句返回的是选定职称教师的信息。“职称”的数据类型为“文本”型。

解析：代码如下。

```
Sub cmbZHICHE_AfterUpdate()
    Dim strSQL As String
    strSQL ="SELECT * FROM 教师表"&"WHERE 职称 = '"& Me!cmbZHICHE &"'"
    Me.RecordSource = strSQL          '设置窗体的记录源属性
End Sub
```

【例 10.30】 已经设计出一个表格式表单窗体，可以输出教师表的相关字段信息。按照以下功能要求补充设计。

（1）改变窗体当前记录时，弹出消息提示“选择的教师是×××”。

（2）单击【记录删除】按钮，直接删除窗体当前记录。

（3）单击【退出】按钮，关闭窗体。

其效果示意图如图 10.24 所示。

解析：代码如下。

```
'单击【退出】按钮，关闭窗体
Private Sub btnCancel_Click()
    DoCmd.Close
End Sub
'单击【记录删除】按钮，直接删除窗体当前记录
Private Sub btnDelete_Click()
    Me.Recordset.Delete
End Sub
'表格式窗体当前记录变化时触发 Form_Current 事件
Private Sub Form_Current()
```

```
    MsgBox "选择的教师是" & Me!姓名      ' "姓名"为文本框控件名称
    '也可以使用窗体以下 Recordset 属性
    MsgBox "选择的教师是" & Me.Recordset.Fields(1)
    MsgBox "选择的教师是" & Me.Recordset.Fields("姓名")
End Sub
```

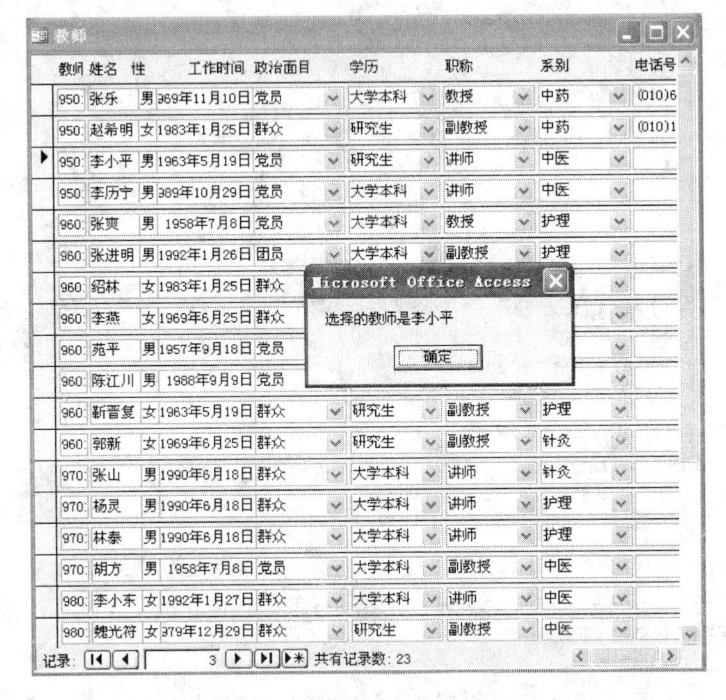

教师	姓名	性	工作时间	政治面目	学历	职称	系别	电话号
950	张乐	男	369年11月10日	党员	大学本科	教授	中药	(010)6
950	赵希明	女	1983年1月25日	群众	研究生	副教授	中药	(010)1
950	李小平	男	1963年5月19日	党员	研究生	讲师	中医	
950	李历宁	男	389年10月29日	党员	大学本科	讲师	中医	
960	张爽	男	1958年7月8日	党员	大学本科	教授	护理	
960	张进明	男	1992年1月26日	团员	大学本科	副教授	护理	
960	绍林	女	1983年1月25日	群众				
960	李燕	女	1969年6月25日	群众				
960	苑平	男	1957年9月18日	党员				
960	陈江川	男	1988年9月9日	党员				
960	靳晋复	女	1963年5月19日	群众	研究生	副教授	护理	
960	郭新	女	1969年6月25日	群众	研究生	副教授	针灸	
970	张山	男	1990年6月18日	群众	大学本科	讲师	针灸	
970	杨灵	男	1990年6月18日	群众	大学本科	讲师	护理	
970	林泰	男	1990年6月18日	群众	大学本科	讲师	护理	
970	胡方	男	1958年7月8日	党员	大学本科	副教授	中医	
980	李小东	女	1992年1月27日	群众	大学本科	讲师	中医	
980	魏光符	女	379年12月29日	群众	研究生	副教授	中医	

图 10.24　当前记录变化示意图

【例 11.31】　编写程序过程，用 ADO 实现在学生基本信息表中查询学生信息的操作。具体要求：创建查询窗体，当用户在查找内容输入框中输入学生“籍贯”信息并按“查询”按钮时，查找符合条件的学生信息。若找到则显示相应数据记录，否则，提示相应信息。

解析：主要设计步骤如下（仅以“学生”表中的部分字段为例说明）。

（1）创建查询窗体，添加如下控件。

文本框控件 1：名字 Strjg，标签标题：“输入学生籍贯：”。

文本框控件 2：名字 w1，标签标题：“学号”。

文本框控件 3：名字 w2，标签标题：“姓名”。

文本框控件 4：名字 w3，标签标题：“性别”。

文本框控件 5：名字 w4，标签标题：“籍贯”。

文本框控件 6：名字 Recc，标签标题：“符合条件的记录数：”

4 个浏览记录的按钮控件，名字分别为 Cfirst、Cprev、Cnext、Clast，标题分别为“首记录”、“上一条”、“下一条”、“末记录”。

2 个查询操作按钮控件，名字分别为 Rccx 和 Rcjx，标题分别为“查询”和“继续”，窗体运行结果如图 10.25 所示。

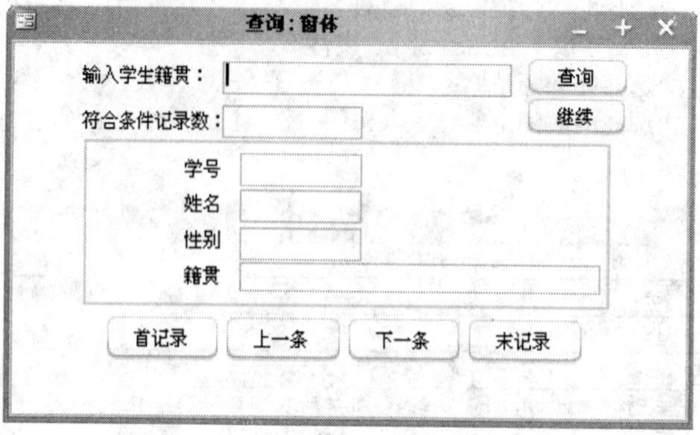

图 10.25　查询窗体视图

（2）建立事件过程代码。

```
Option Compare Database
Dim cn1 As New ADODB.Connection
Dim rs As New ADODB.Recordset
Dim x as String
Dim y as String

Private Sub Rccx_Click()
Set cn1 = CurrentProject.Connection
y = Trim(Me!strjg)

        x = "select * from b2 where jg='" & y & " ' "
        rs.LockType = adLockPessimistic
        rs.CursorType = adOpenKeyset
        rs.Open x, cn1, adCmdText
        If rs.RecordCount = 0 Then
            MsgBox "没有符合条件的记录", vbInformation, "提示"
            rs.Close
            cn1.Close
            Set rs = Nothing
            Set cn1 = Nothing
            Me!com1.Enabled = True
            Me!cx.SetFocus
            Me!com2.Enabled = False
        Else
            Me!Recc= rs.RecordCount
            Call s1
            Me!cx.SetFocus
            Me!com1.Enabled = False
            Me!com2.Enabled = True
        End If
End Sub
```

```
Private Sub Rcjx_Click()
        rs.Close
        cn1.Close
        Set rs = Nothing
        Set cn1 = Nothing
        Me!com1.Enabled = True
        Me!cx.SetFocus
        Me!com2.Enabled = False
End Sub

Private Sub s1()
Me!w1 = rs.Fields(0)
        Me!w2 = rs.Fields(1)
        Me!w3 = rs.Fields(2)
        Me!w4 = rs.Fields(3)
End Sub

Private Sub Formcx_Load()
        Me!w1 = ""
        Me!w2 = ""
        Me!w3 = 0
        Me!w4 = ""
        Me!cx = ""
        Me!wj = ""
End Sub

Private Sub Cfirst_Click()
        rs.MoveFirst
        Call s1
End Sub

Private Sub Cprev_Click()
        rs.MovePrevious
        If rs.BOF Then
            rs.MoveLast
        End If
        Call s1
End Sub

Private Sub Cnext_Click()
        rs.MoveNext
        If rs.EOF Then
            rs.MoveFirst
        End If
        Call s1
End Sub

Private Sub Clast_Click()
```

```
        rs.MoveLast
        Call s1
    End Sub
```

在上述几例中，主要介绍了使用 DAO 和 ADO 对象进行数据库编程的基本知识，熟练掌握 DAO 和 ADO 中的各个对象的使用，对使用 VBA 开发数据应用系统十分重要。必须说明的是，DAO 和 ADO 中各个对象都具有自己的属性和方法。由于篇幅所限，本书不做详细介绍。

10.7.6 特殊函数与 RunSQL 方法

下面介绍数据库数据访问和处理时使用的几个特殊域聚合函数及 DoCmd 对象下 RunSQL 方法的使用。

1. Nz 函数

Nz 函数可以将 Null 值转换为 0、空字符串（""）或者其他的指定值。在数据库字段数据处理过程中，如果遇到 Null 值的情况，就可以使用该函数将 Null 值转换为规定值以防止它通过表达式去扩散。

调用格式：

```
Nz(表达式或字段属性值[,规定值])
```

当“规定值”参数省略时，如果“表达式或字段属性值”为数值型且值为 Null，Nz 函数返回 0；如果“表达式或字段属性值”为字符型且值为 Null，Nz 函数返回空字符串（"")。当“规定值”参数存在时，如果“表达式或字段属性值”为 Null，Nz 函数返回“规定值”。

【例 10.32】 对窗体 test 上的一个控件 tValue 进行判断，并返回基于控件值的两个字符串之一。如果控件值为 Null，则使用 Nz 函数将 Null 值转换为空字符串。

解析：代码如下。

```
Sub CheckValue()
    Dim fm As Form, ctl As Control
    Dim strResult

    Set fm = Forms!test                          '返回指向 test 窗体的 Form 对象变量
    Set ctl = fm!tValue                          '返回指向 tValue 的控件对象变量
    '根据控件的值选择结果
    strResult = IIf(Nz(ctl.Value)= "","值不存在!","值为"& ctl.Value)
       MsgBox strResult                          '消息框显示结果
End Sub
```

2. DCount 函数、DAvg 函数和 DSum 函数

Dcount 函数用于返回指定记录集中的记录数；DAvg 函数用于返回指定记录集中某个字段列数据的平均值；DSum 函数用于返回指定记录集中某个字段列数据的和。它们均可以直接在 VBA、宏、查询表达式或计算控件中使用。

调用格式：

```
DCount(表达式，记录集[,条件式])
DAvg(表达式，记录集[,条件式])
DSum(表达式，记录集[,条件式])
```

这里，“表达式”用于标识统计的字段；“记录集”是一个字符串表达式，可以是表的名称或查询的名称；“条件式”是可选的字符串表达式，用于限制函数执行的数据范围。“条件式”一般要组织成 SQL 表达式中的 WHERE 子句，只是不含 WHERE 关键字，如果忽略，函数在整个记录集的范围内计算。

【例 10.33】 在一个文本框控件中显示“教师表”中女教师的人数。

解析：设置文本框控件的“控件源（ControlSource）”属性为以下表达式：

```
=DCount("编号","教师表","性别='女'")
```

【例 10.34】 在一个文本框控件中显示“学生表”中学生的平均年龄。

解析：设置文本框控件的“控件源（ControlSource）”属性为以下表达式：

```
=DAvg("年龄","学生表")
```

3. DMax 函数和 DMin 函数

DMax 函数用于返回指定记录集中某个字段列数据的最大值；DMin 函数用于返回指定记录集中某个字段列数据的最小值。它们均可以直接在 VBA、宏、查询表达式或计算控件中使用。

调用格式：

```
DMax(表达式,记录集[,条件式])
DMin(表达式,记录集[,条件式])
```

这里，“表达式”用于标识统计的字段；“记录集”是一个字符串表达式，可以是表的名称或查询的名称；“条件式”是可选的字符串表达式，用于限制函数执行的范围。“条件式”一般要组织成 SQL 表达式中的 WHERE 子句，只是不含 WHERE 关键字，如果忽略，函数在整个记录集的范围内计算。

【例 10.35】 在一个文本框控件中显示“学生表”中男同学的最大年龄。

解析：设置文本框控件的“控件源（ControlSource）”属性为以下表达式：

```
=DMax("年龄","学生表","性别='男'")
```

4. DLookup 函数

DLookup 函数是从指定记录集中检索特定字段的值。它可以直接在 VBA、宏、查询表达式或计算控件中使用，而且主要用于检索来自外部表（而非数据源表）字段中的数据。

调用格式：

```
DLookup(表达式,记录集[,条件式])
```

这里，“表达式”用于标识需要返回其值的检索字段；“记录集”是一个字符串表达式，可以是表的名称或查询的名称；“条件式”是可选的字符串表达式，用于限制函数的检索范围。“条件式”一般要组织成 SQL 表达式中的 WHERE 子句，只是不含 WHERE 关键字，如果忽略，函数在整个记录集的范围内查询。

如果有多个字段满足“条件式”，DLookup 函数将返回第一个匹配字段所对应的检索字段值。

【例 10.36】 试根据窗体上一个文本框控件（名为 tNum）中输入的课程编号，将“课程表”中对应的课程名称显示在另一个文本框控件（名为 tName）中。

解析：添加以下窗体事件过程即可。

```
Private Sub tNum_AfterUpdate()
    '用于字符串型条件值，则字符串的单引号不能丢失
    '用于日期型条件值，则日期的#号不能丢失
  Me!tName = DLookup("课程名称","课程表","课程编号='"& Me!tNum &"'")
End Sub
```

这些域聚合函数是 Access 为用户提供的内置函数，通过这些函数可以方便地从一个表或查询中取得符合一定条件的值赋予变量或控件值，而无需进行数据库的连接、打开等操作，这样所写的代码要少许多。

但是如果需要更灵活的设计，比如所查询的域没有在一个固定的表或查询中，而是一个动态的 SQL 语法，或是临时生成的、复杂的 SQL 语句，此时还是需要从 DAO 或者 ADO 中定义记录集来获取值。因为上述域聚合函数毕竟是一个预先定义好格式的函数，支持的语法有限。

5. DoCmd 对象的 RunSQL 方法

用来运行 Access 的操作查询，完成对表的记录操作。还可以运行数据定义语句实现表和索引的定义操作。它也无须从 DAO 或者 ADO 中定义任何对象进行操作，使用方便。

调用格式：

```
DoCmd.RunSQL(SQLStatement[,UseTransaction])
```

SQLStatement 为字符串表达式，表示操作查询或数据定义查询的有效 SQL 语句。它可以使用 INSERT INTO、DELETE、SELECT...INTO、UPDATE、CREATE TABLE、ALTER TABLE、DROP TABLE、CREATE INDEX 或 DROP INDEX 等 SQL 语句。UseTransaction 为可选项，使用 True 可以在事务处理中包含该查询，使用 False 则不使用事务处理。默认值为 True。

【例 10.37】 编程实现学生表中学生年龄加 1 的操作。

解析：添加以下几行代码即可。

```
Dim strSQL As String                          '定义变量
strSQL ="Update 学生表 Set 年龄 = 年龄 + 1"    '赋值 SQL 操作字符串
DoCmd.RunSQL  strSQL                          '执行查询
```

10.8　VBA 程序的运行错误处理与调试

10.8.1　程序的运行错误处理

1. 模块中常见错误

在模块中编写程序代码不可避免地会发生错误。常见的错误主要发生在以下 3 个方面。

（1）语法错误，如变量定义错误，语句前后不匹配等。例如，在条件语句的嵌套使用中，For 与 Next 关键字不匹配等。

Access 2003 的代码窗口是逐行进行检查的，VBA 编辑器能自动检测到语法错误。对于复杂的错误，如数据的重复定义等，可选择菜单中的 Compile 命令，来编译当前代码，在编译过程中，模块中的所有语法错误都将被指出。

（2）运行错误，如数据传递的类型不匹配，数据发生异常和动作发生异常等。

程序在运行时发生错误，Access 2003 会在出现错误的地方停下来，并且将代码窗口打开，显示出错代码。

（3）逻辑错误，应用程序没有按照希望的结果执行，导致运算结果不符合逻辑。

程序运行不发生错误，但得到的结果不正确，这类错误一般属于程序算法上的错误，比较难以查找和排除。需要修改程序的算法来排除错误。程序调试的大部分时间将放在发现和纠正逻辑错误上，一般可通过设置断点、单步执行、观察值的变化等方法来发现和纠正逻辑错误。

2. 设置错误陷阱的 4 种语句

不管用户如何认真地测试程序代码，最终总会出现运行错误。当 Access 2003 执行程序代码时出现的错误就叫运行错误。当出现运行错误时，可使用 On Error GoTo 指令来控制应用程序。On Error 指令不是很高级的指令，却是对 Access 模块进行错误处理的最佳选择。用户可以使之分支到标签或忽略错误。

此外，在 VBA 编程语言中，除了使用 On Error 指令外，还提供了一个 Err 对象、一个 Error 函数和一个 Error 语句来辅助了解错误信息。

（1）On Error Goto 语句：在遇到错误发生时，控制程序的处理。

语句的使用格式有如下几种。

```
On Error Goto 标号
On Error Resume Next
On Error Goto 0
```

“On Error Goto 标号”语句在遇到错误发生时，程序将转移到指定的标号位置来执行，标号后的代码一般包含一个错误处理的过程调用。一般来说，“On Error Goto 标号”语句放在过程的开始，错误处理程序代码放在过程的最后。比如下述的的 ErrorProc：

```
On Error GoTo ErrHandler
```

```
…
[ RepeatCode:(Code using ErrProc to handle errors)]
…
GoTo SkipHandler
ErrHandler:
Call ErrorProc
[GoTo RepeatCode]
SkipHandler:
…
(Additional code)
```

在这个例子中，On Error GoTo 指令使得程序流向 ErrHandler 标签分支。该标签执行错误处理过程 ErrorProc。通常，错误处理代码位于过程的尾部。如果有不止一个错误处理或者错误处理位于一组指令的中间，那么若以前的代码没有错误则必须绕过它。使用 Go To SkipHandler 声明绕过 Errhandler 指令。为了重复在 ErrorProc 完成其工作之后又产生错误的代码，在重复的代码的开始处增加如 RepeatCode 样的标签，然后分支到 ErrHandler :代码。或者，可以在代码的末端添加关键字 Resume 来恢复对产生错误的行的处理。

On Error Resume Next 语句在遇到错误发生时，系统会忽略错误，且继续处理随后的指令。

On Error Goto 0 语句用于关闭错误处理。

如果在程序代码中没有使用 On Error Goto 语句捕捉错误，或使用 On Error Goto 0 语句关闭了错误处理，则当程序运行发生错误时，系统会提示一个对话框，给出相应的出错信息。

（2）Err 对象：返回错误代码。

Err 对象取代了 Access 早期版本的 Err 函数。默认属性 Err.Number 返回一代表最后一个错误代码的整数。如果没有错误发生，则返回 0。这个属性通常在 Select Case 结构中使用，以决定错误句柄所应采用的动作，错误句柄由出现的错误类型所决定。用 Err. Description 属性来返回由它的参数所决定的错误代号的文本名称，如下例所示。

```
strErrorName = Err. Description
Select Case Err.Number
   Case 58 To 76
      Call FileError      'procedure for handling file errors
   Case 281 To 22000
      Call DDEError       'procedure for handling DDE errors
   Case 340 To 344
      Call ArrayError     'procedure for control array errors
End Select
Err. Clear
```

提示：用户可用上例中的 Call 指令替代实际的错误处理代码，但最好还是使用单个的过程来进行错误处理。Err. Numbers 设置错误代码为一特定的整数。使用 Err. Clear 方法在错误句柄完成他的操作后重置错误代码为 0，如上述所示。

（3）Error()函数：返回出错代码所在的位置，或根据错误代码返回错误名称。

（4）Error 语句：用于错误模拟，以检查错误处理语句的正确性。

在实际编程中，要充分利用上述错误处理机制，快速准确地找到错误原因并加以处理，从而编写出正确的程序代码。

10.8.2　程序的调试

为避免程序运行错误的发生，在编码阶段要对程序的可靠性和正确性进行测试与调试。VBA 编程环境提供了一套完整的调试工具与调试方法，利用这些工具与方法，可以在程序编码调试阶段，快速准确地找到问题所在，使编程人员及时修改并完善程序。VBA 提供的调试技术有：设置“断点”、单步跟踪和设置监视窗口。

1）“断点”概念及设置

“断点”是在过程的某个特定语句上设置一个位置点以中断程序的执行。“断点”的设置和使用贯穿在程序调试运行的整个过程。

在程序的某条语句上设置“断点”。其作用是：在程序运行中，遇到“断点”设置，程序将中断执行，编程人员可以查看此刻程序运行的状态信息。

“断点”的设置方法：选择需要设置断点的代码行，然后选择【调试】工具栏中【切换断点】命令，或直接按 F9 功能键，设置好的“断点”行将以酱色亮条显示，如图 10.26 所示。

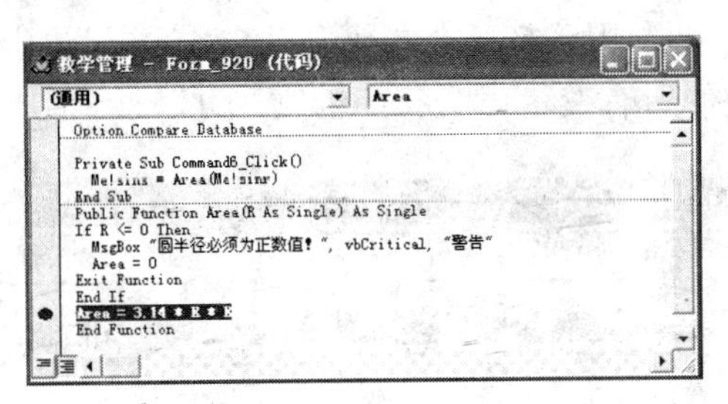

图 10.26　设置断点

设置“断点”后，当程序运行到该代码行时会自动停下来，可以选择【调试】工具栏中的【逐语句】命令进入程序的单步执行状态。当需要清除“断点”时，可以选择【调试】工具栏中的【清除所有断点】命令，或在设置断点的代码行上按 F9 功能键来清除本行的断点。

2）调试工具栏

在 VBE 环境中，程序的调试主要使用【调试】工具栏或【调试】菜单中的命令选项来完成，两者功能基本相同。VBE 的【调试】工具栏如图 10.27 所示。

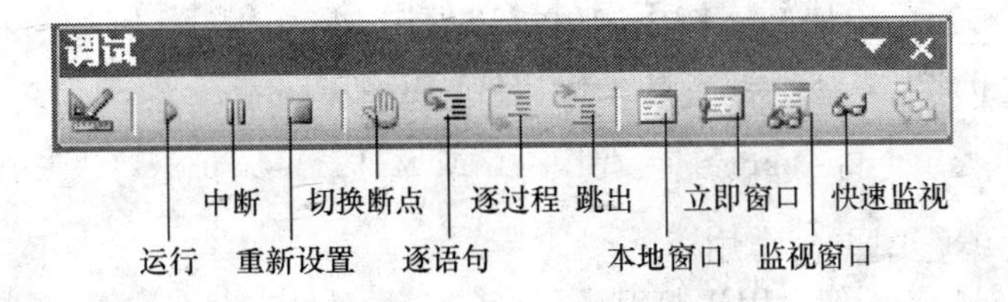

图 10.27　【调试】工具栏

【调试】工具往往和“断点”配合使用进行各种调试操作。下面介绍【调试】工具栏中主要的调试工具按钮。

- 【运行】按钮：当程序运行到“断点”行，调试运行处于“中断”状态时，单击该按钮，程序可以继续运行至下一个“断点”行或结束程序。
- 【中断】按钮：用于暂时中断程序运行。在程序的中断位置会使用黄色亮条显示该代码行。
- 【重新设置】按钮：用于中止程序调试运行，返回到代码编辑状态。
- 【切换断点】按钮：用于设置/取消“断点”。
- 【逐语句】按钮（快捷键 F8)：用于单步跟踪操作。每单击一次，程序执行一步（用黄色亮条移动提示)。在遇到调用过程语句时，会跟踪到被调用过程的内部去执行。
- 【逐过程】按钮（快捷键 Shift＋F8)：其功能与“逐语句”按钮基本相同。但在遇到调用过程语句时，不会跟踪到被调用过程的内部去执行，而是在本过程中继续单步执行。
- 【跳出】按钮（快捷键 Ctrl＋Shift＋F8)：当程序在被调用过程的内部调试运行时，单击【跳出】按钮可以提前结束在被调用过程中的内部调试，返回到调用过程调用语句的下一语句行。
- 【本地窗口】按钮：用于打开【本地窗口】对话框，如图 10.28 所示。在其内部显示当前过程的所有变量声明和变量值，可以查看到一些有用的数据信息。

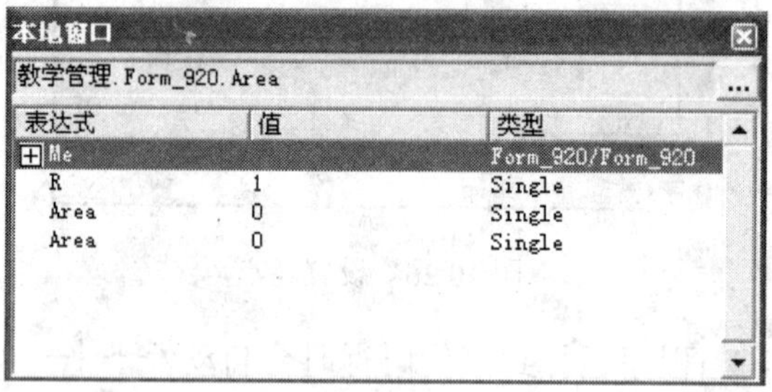

本地窗口

教学管理.Form_920.Area

表达式	值	类型
⊞ Me		Form_920/Form_920
R	1	Single
Area	0	Single
Area	0	Single

图 10.28　本地窗口

在图 10.28 所示窗口中，【表达式】列的第一项内容是一个特殊的模块变量，对于类模块，定义为 Me。Me 是对当前模块定义的类实例的引用，可以展开以显示当前实例的全部属性和数据成员。

Me 类模块变量广泛应用于 VBA 程序设计中，不需要专门定义，可以直接使用。在编写类模块时，对当前模块的实例引用就可以使用 Me 关键字。例如，编写设置窗体 Test 上控件 testname 的值为“张华”，其类模块代码语句为：

```
Forms! Test! testname = "张华"  或 Me! testname = "张华"
```

后者在实际编程中更为常用。

- 【立即窗口】按钮：用于打开【立即窗口】对话框。在中断模式下，【立即窗口】中可以使用调试语句，用于分析与查看此时程序运行的状态。

例如，可以使用“Print 变量名”语句，显示某个变量此刻的值，如图 10.29 所示。

- 【监视窗口】按钮：用于打开【监视窗口】对话框，如图 10.30 所示。

图 10.29　立即窗口

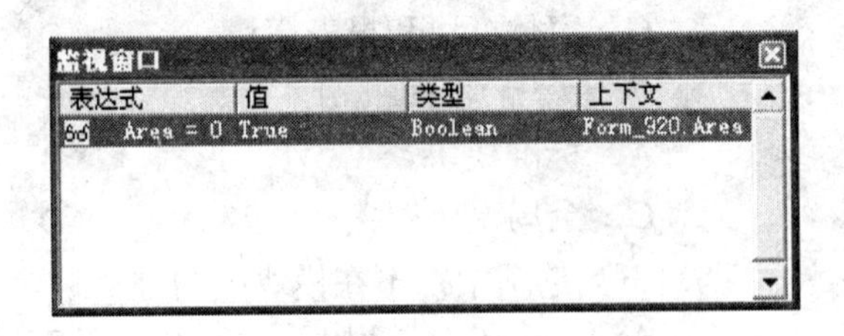

图 10.30　监视窗口

在中断模式下，右击监视窗口区域，弹出含有【添加监视】命令的快捷菜单，选择【添加监视】命令，系统打开如图 10.31 所示的【添加监视】对话框。在【表达式】文本框中，可以输入监视的变量或表达式，输入变量或表达式的状态信息将显示在监视窗口中。若需修改监视变量或表达式，可以利用【监视窗口】右击快捷菜单中的【编辑监视】、【添加监视】和【删除监视】等命令。使用【监视窗口】功能，可以动态地了解一些关键变量或表达式值的变化情况，进而检查与判断代码执行是否正确。

- 【快速监视】按钮：在中断模式下，可以先在程序代码中选定某个变量或表达式，然后单击【快速监视】按钮，系统将打开【快速监视】对话框，如图 10.32 所示。从中将快速观察到选中变量或表达式的当前值，达到快速监视的效果。如果需要，还可以单击【添加】按钮，将选定的变量或表达式添加到随后打开的【监视窗口】对话框中，以做进一步的分析。

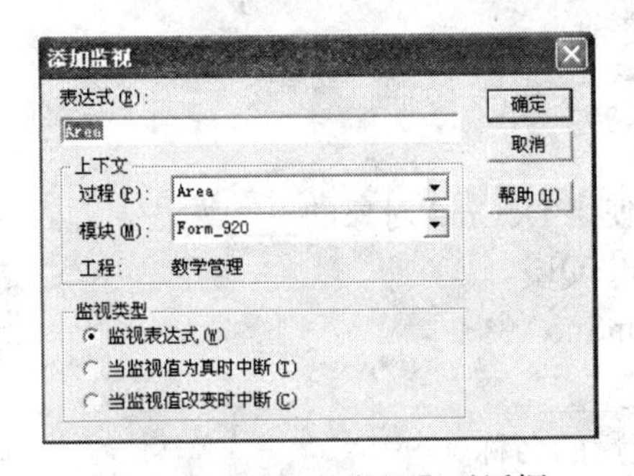

图 10.31　【添加监视】对话框

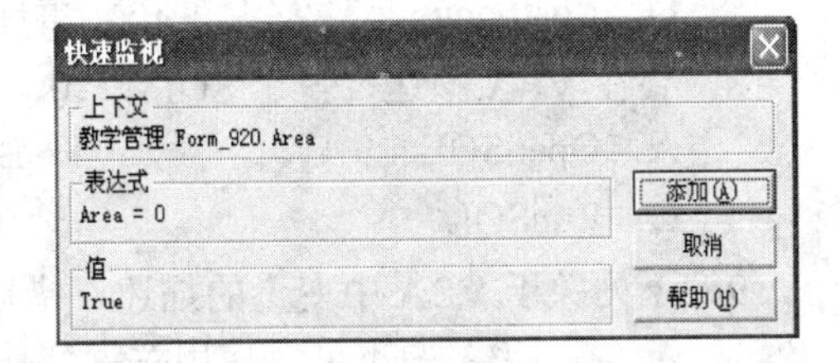

图 10.32　【快速监视】对话框

掌握上述调试工具与方法的使用，对于大程序的调试是非常有用的。除此之外，还可以使用“调试”菜单中的相关命令选项来完成相应的操作。

10.9　习　　题

一、选择题

1. 模块是将 VBA 声明和____作为一个单元进行保存的集合。

A．函数　B．过程　C．类　D．子过程

2．在 Access 中，模块可以分为____两种类型。

A．函数过程和子过程　B．标准模块和类模块

C．窗体模块和报表模块　D．标准模块和宏

3．窗体模块属于____。

A．标准模块　B．类模块

C．全局模块　D．局部模块

4．下列选项中，不在模块中的是____。

A．一个函数过程　B．一个子过程

C．多个声明区域　D．多个函数过程

5．关于 VBA 的过程，描述正确的是____。

A．函数过程调用时，需要加 Call 关键字

B．Sub 过程调用时，必须使用 Call 关键字调用

C．Sub 过程既可以执行一系列的操作，也可以有返回值

D．函数过程有返回值

6．现有一个已经建好的窗体，窗体中有一命令按钮，单击此按钮，将执行宏“Qt”，如果采用 VBA 代码完成，下面语句正确的是____。

A．docmd.RunMacro “QT”　B．docmd.RunSQL “QT”

C．docmd.OpenMacro “QT”　D．docmd.RunMacroQT

7．下列描述中错误的是____。

A．Activate 事件只有当窗体或报表可见时才能发生

B．Activate 事件发生在 GotFocus 事件之前

C．GotFocus 事件在 Enter 事件之前发生

D．LostFocus 事件发生在 Exit 事件之后

8．要在 VBA 中运行一个 SQL 语句，应该使用 DoCmd 对象的____方法。

A．OpenSQL　B．CallSQL

C．RunSQL　D．RunSub

9．下列关于 VBA 中变量的描述，错误的是____。

A．在 VBA 中不可以使用关键字作为变量的名称

B．一个数组中各元素的类型可以不同

C．变量名不能包含有下划线字符(_)

D．在 VBA 宏没有使用 Dim 显示指定变量类型，系统自动将变量作为 Variant 类型

10．已知窗体中存在命令按钮 test，该命令的按钮的 Click 事件过程为

```
Private  Sub  test_Click()
   Me.test.caption="等级考试" & "二级Access"
End  sub
```

在窗体的“窗体视图”窗口中，单击该按钮，按钮上的文字为____。

A．等级考试二级 Access　B．“等级考试二级 Access”

C．等级考试&二级 Access　　D．发现错误提示

11．VBA 表达式 2^3^2 的输出结果是____。

A．12　　B．64　　C．128　　D．32

12．VBA 表达式 13Mod-5 的值是____。

A．–2　　B．3　　C．–3　　D．2

13．以下关于函数过程的叙述中正确的是____。

A．函数过程形参的类型与函数返回值的类型没有关系

B．在函数过程中，过程的返回值可以有多个

C．当数组作为函数过程的参数时，既能以传值的方式传递，也能以传址方式传递

D．如果不指明函数过程参数的类型，则参数没有数据类型

14．下面程序运行之后，则变量 J 的值为____。

```
Private Sub Fun()
Dim  As Integer
J=5
Do
J=J+2
Loop While J>10
End Sub
```

A．5　　B．7　　C．9　　D．11

15．下面 Main 过程运行之后，则变量 J 的值为____。

```
Private Sub MainSub()
Dim J As Integer
J=5
Call GetData(J)
End Sub
Private Sub GetData(ByRef f As Integer)
f =f * 2 + Sgn(-1)
End Sub
```

A．5　　B．7　　C．9　　D．10

16．关于模块，下面叙述错误的是____。

A．是 Access 中的一个重要对象

B．以 VBA 语言为基础，以函数和子过程为存储单元

C．模块包括全局模块和局部模块

D．能够完成宏所不能完成的复杂操作

17．给定日期 DD，可计算该日期当月最大天数的表达式是____。

A．Day（DD.

B．Day（DateSerial（Year（DD.，Month（DD.，Day（DD.））

C．Day（DateSerial（Year（DD.，Month（DD.，0））

D．Day（DateSerial（Year（DD.，Month（DD.＋1，0））

18．已定义好有参函数 f(m)，其中 m 是整形量。下面调用该函数，传递实参为 10，将返回的函数值赋给 t。以下正确的是____。

A．t ＝ f(m)　　B．t ＝ call f(m)
C．t ＝ f(5)　　D．t ＝ Call f(5)

19．DAO 模型层次中处在最顶层的对象是____。

A．DBEngine　　B．Workspace
C．Database　　D．Recordset

20．在 VBA 代码调试过程中，能够显示出所有在当前过程中变量声明及变量信息的是____。

A．快速监视窗口　　B．监视窗口
C．立即窗口　　D．本地窗口

二、填空题

1．利用 Docmd 对象打开窗体“Employees”语句为________。

2．要产生一个在[0,99]区间的随机整数，可以使用函数________。

3．如下程序段运行后，i 的值为________。

```
i=0
a=100
If a > 60 Then
i=i+1
End If
If a > 80 Then
i = i+3
End If
If a > 90 Then
i = i+4
End If
```

4．单击该命令按钮时，信息框中结果为__________。

```
Function FirProc (x As Integer , y As Integer , z As Integer)
FirProc=2*x+y+3*z
End Function
Function SecProc (x As Integer , y As Integer , z As Integer)
SecProc=FirProc(z , x , y)+x
End Function
Private Sub Conmmand1_Click()
Dim a As Integer , b As Integer , c As Integer
a=2 : b=3 : c=4
MsgBox SecProc(c , b , a)
End Sub
```

5．以下程序的功能是：从键盘上输入若干个数字，当输入负数时结束输入，统计出若干数字的平均值，显示结果如下所示。请填空。

```
Pribate Sub Form_click()
Dim x , y As Single
Dim z As Integer
x = InputBox("Enter a score")
Do while_____
y = y + x
z = z + 1
x =InputBox("Enter a score")
Loop
If z= 0 Then
z =1
End If
y = y/z
msgbox y
End Sub
```

6. 以下是一个竞赛评分程序。8 位评委，去掉一个最高分和一个最低分，计算平均分，请填空补充完整。

```
Private Sub Form_Click()
Dim Max as Integer, Min as Integer
Dim i as Integer, x as Integer, s as Integer
Dim p as Single
Max=0
Min=10
For i=1 to 8
x=Val(InputBox("请输入分数："))
if_____ Then Max=x
if_____ Then Min=x
s=s+x
Next I
s =
p = s/6
MsgBox "最后得分：" & p
End Sub
```

7. 在窗体中添加一个命令按钮，名称为 Command1，然后编写如下程序：

```
Private Sub Command1_Click()
   Dim s, i
   For i=1 To 10
       s=s+i
   Next i
       MsgBox s
End Sub
```

窗体打开运行后，单击命令按钮，则消息框的输出结果为______。

8. 设计一个计时的 Access 应用程序。该程序界面如下图所示，由一个文本框（名为 Text1）、一个标签及两个命令按钮（一个标题是 Start，命名为 Command1；另一个标题是 Stop，命名为 Command2）组合。程序功能为：打开窗体运行后，单击 Start 按钮，则开始计时，文本框中显示秒数；单击 Stop 按钮，则计时停止；双击 Stop 按钮，则退出。程序代码如下，请填空补充完整。

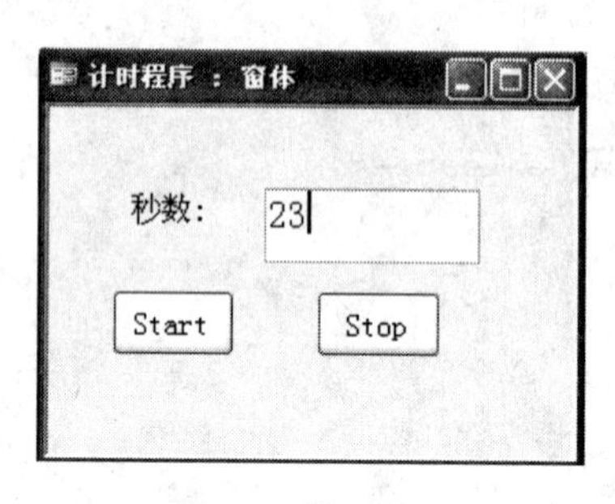


```
Dim i
  Private Sub Command1_Click()
    i = 0
    Me.TimerInterval = 1000
  End Sub
  Private Sub Command2_Click()

  End Sub
  Private Sub Command2_DblClick(Cancel As Integer)
    DoCmD. _______
  End Sub
Private Sub Form_Load()
    Me.TimerInterval = 0
    Me!Text1 = 0
  End Sub
  Private Sub Form_Timer()
    i =i + 1
    Me!Text1 =________
  End Sub
```

9. 在如下图所示的窗体中使用一个文本框（名为 num1）接受输入值，有一个命令按钮 run9，事件代码如下：

```
Private Sub run9_Click ()
    If Me!num1 >= 60 Then
       Result = "及格"
    ElseIf Me!num1 >=70 Then
       Result = "通过"
    ElseIf Me!num1 >= 85 Then
       Result = "合格"
    EndIf
    MsgBox result
End Sub
```

打开窗体后，若通过文本框输入的值为 85，单击命令按钮，输出结果是______。

第 11 章　数据库应用系统开发实例

本章要点

- 系统设计的思想。
- 系统功能的规划。
- 数据库的规划与设计。
- 各功能模块的实现方法。
- 菜单与窗体的设计。

本章以图书管理系统为背景，介绍 Access 2003 在具体应用中的开发与设计方法。在本系统设计过程中，以菜单集成操作各个子模块，每个子模块的窗体都运用 Access 2003 对象进行设计与编程，使窗体设计既满足应用需求又格式美观。

11.1　图书管理系统的分析和设计

确定开发数据库应用系统后，就要进行系统的分析，如了解需求、目的、背景等方面的信息，再进行功能分析；然后根据分析，进行模块的设计、流程图的设计等。

11.1.1　功能描述

本图书管理系统包括五个模块，分别为“图书信息管理”、“借阅者信息管理”、“借还书信息管理”、“出版社信息管理”和“报表显示”，具体功能如下。

（1）图书信息管理。实现图书信息的录入，图书详细信息的浏览和查询，以及图书的统计等。

（2）借阅者信息管理。实现借阅者信息的录入，及借阅者详细信息的浏览或查询等。

（3）借还书信息管理。实现借书信息的录入，及浏览借还书的相关信息。

（4）出版社信息管理。实现出版社信息的录入，及出版社信息的浏览和查询等。

（5）报表显示。实现各类所需报表的显示等。

11.1.2　模块和流程图的设计

1. E-R 图的设计

一个简单的图书管理数据库，其实体部分包括“图书”和“借阅者”两方面。其中，实体“图书”的属性又包括书号、分类号、书名、作者、出版社、定价、库存量、出版日期、入库时间。实体“借阅者”的属性包括借书证号、姓名、性别、联系电话、借书数量。把实体间的联系用 E-R 图表示出来，并画出图书管理系统的数据模型，如图 11.1 所示。

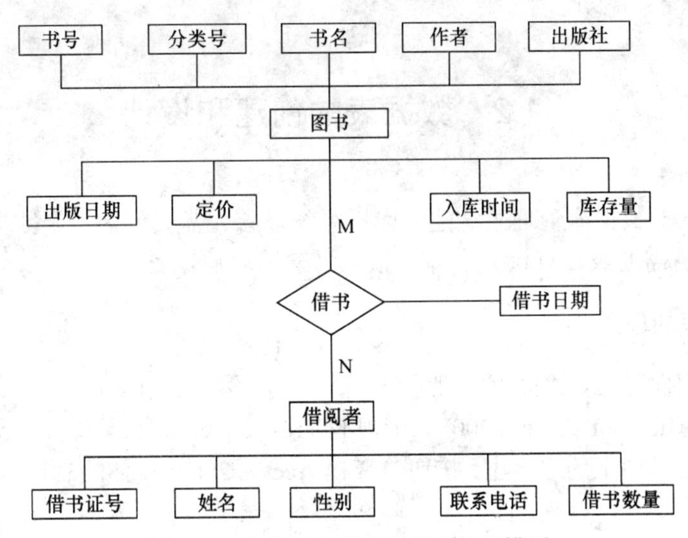

图 11.1　完整图书管理系统的数据模型

2. 模块的设计

根据上述的分析，可设计出“图书管理系统”的模块，如图 11.2 所示。

3. 信息流程图的设计

根据上面的分析和模块设计，可得出系统的信息流程图，如图 11.3 所示。

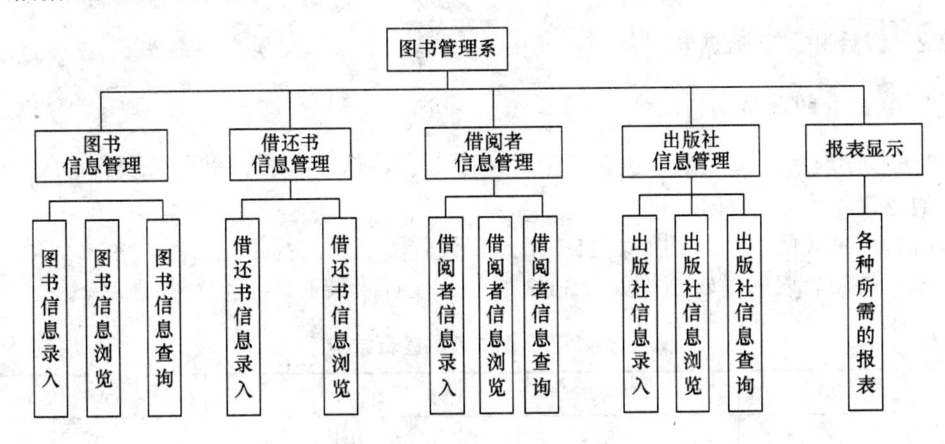

图 11.2　图书管理系统模块

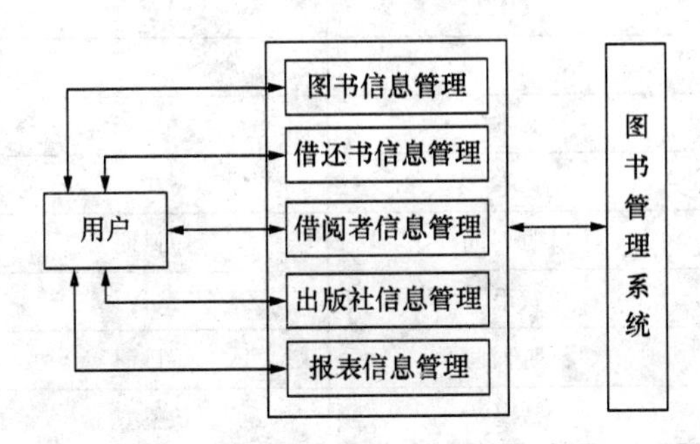

图 11.3　系统信息流程图

11.2 数据表的创建和设计

使用 Access 数据库管理系统建立应用系统，首先需要创建一个数据库，然后在该数据库中添加所需的表、查询、窗体、报表、宏等对象。

11.2.1 数据库的创建

首先，使用向导创建“图书管理系统”数据库，然后进行表的设计，具体步骤如下。

（1）启动 Microsoft Access 2003，出现 Microsoft Access 数据库设计界面。

（2）单击工具栏上的【新建】按钮，在 Access 2003 窗体的右边出现【新建文件】任务窗格。

（3）在该任务窗格中选择项 本机上的模板...，系统弹出【模板】对话框。单击【常用】选项卡，然后选择其中的【空数据库】模板。

（4）单击【确定】按钮，出现要选择数据库保存路径的对话框。在【文件名】文本框中输入文件名为“图书管理系统”。

（5）单击【创建】按钮，进入数据库窗口。

目前设计的“图书管理系统”数据库是空的，接下来需要为其添加各种对象。

11.2.2 设计和建立数据表

1. 数据表的逻辑结构设计

“图书管理系统”数据库包含四个表：图书表、借阅者表、借还书表和出版社表。各表的逻辑结构设计如下。

（1）图书表的逻辑结构如表 11.1 所示，设置“书号”为主键。

（2）借阅者表的逻辑结构如表 11.2 所示，设置“借书证号”为主键。

表 11.1 图书表的逻辑结构

字段名称	数据类型	字段大小	允许空值
书号	文本	10	必填
分类号	文本	6	必填
书名	文本	20	必填
作者	文本	10	
出版社	文本	20	
出版日期	日期/时间	短日期	
定价	货币	默认	
进库日期	日期/时间	短日期	
库存量	数字	长整型	

表 11.2　借阅者表的逻辑结构

字段名称	数据类型	字段大小	允许空值
借书证号	文本	10	必填
姓名	文本	10	必填
性别	文本	2	
联系电话	文本	8	
借书数量	数字	整型	

（3）借还书表的逻辑结构如表 11.3 所示，设置“借书 ID”为主键。

（4）出版社表的逻辑结构如表 11.4 所示，设置“出版社编号”为主键。

表 11.3　借还书表的逻辑结构

字段名称	数据类型	字段大小	允许空值
借书 ID	自动编号	默认	必填
借书证号	文本	10	必填
姓名	文本	10	必填
书号	文本	20	必填
借书日期	日期/时间	短日期	
是否已还	是/否	默认	
应还日期	日期/时间	短日期	

表 11.4　出版社表的逻辑结构

字段名称	数据类型	字段大小	允许空值
出版社编号	自动编号	默认	必填
出版社名称	文本	20	必填
电话	文本	20-	
地址	文本	50	

2. 数据表的创建

设计好各数据表的逻辑结构后，就可以在数据库中创建数据表，并按上述表的内容设置表的属性。下面以创建“图书表”为例来说明创建的具体步骤。

（1）在数据库窗口的【表】对象中双击 使用设计器创建表选项，进入表的设计视图。

（2）在【字段名称】列的第一行中输入第一个字段名“书号”，在【数据类型】列表框中选择“文本”，然后在下边的字段属性框中，在【字段大小】文本框中把字节长度改为“10”，在【必填字段】文本框中选择“是”，在【允许空字符串】文本框中输入“否”。

（3）重复上一步，在设计视图窗口中再分别输入表 11.1 中的其他字段名，并设置相应的字段属性，并设置“书号”为主键。

（4）单击工具栏上的【保存】按钮，系统将弹出【另存为】对话框，输入表名为“图书表”。

（5）单击【确定】按钮。

（6）关闭表设计视图窗口，在【表】对象选区中双击打开“图书表”，可在字段名行下边的文本框中输入数据，结果如图 11.4 所示。

按照上述的六个步骤，再分别建立“借阅者表”、“借还书表”和“出版社表”，并分别按照对应表的内容设置各表的属性，打开表并输入数据，分别如图 11.5～图 11.7 所示。建立好后的表会显示在数据库窗口的【表】对象选区内。

图书表 ：表

书号	分类号	书名	作者	出版社名称	出版日期	定价	进库日期	库存量
J10001	TP311	电网络分析	吴小宁	科学出版社	2000-12-3	¥38.00	2001-2-9	20
J10021	TM312	数据库原理	方真晴	人民出版社	1995-6-13	¥30.00	1995-10-29	25
S10013	TP127	现代经济学	张爱萍	冶金工业出版社	1996-5-6	¥28.00	1996-9-23	30
T10050	TN212	Photoshop 7.0	王少杰	人民邮电出版社	2001-12-12	¥36.00	2002-2-25	20
						¥0.00		0

图 11.4　图书表

借阅者表 ：表

借书证号	姓名	性别	联系电话	借书数量
XJ12023	李小燕	女	37625496	3
XJ2540	邓光勇	男	87654312	4
XJ1805	王志强	男	87604456	2
XJ2132	梁明霞	女	85465879	5
				0

图 11.5　借阅者表

借还书表 ：表

借书ID	借书证号	姓名	书号	书名	借出日期	应还日期	是否已还
1	XJ12023	李小燕	J10001	电网络分析	2002-3-8	2002-5-6	☐
2	XJ1805	王志强	J10021	数据库原理	2003-1-9	2003-3-9	☐
3	XJ2132	梁明霞	S10013	现代经济学	2003-12-12	2004-2-10	☐
4	XJ2540	邓光勇	T10050	Photoshop 7.0	2002-5-9	2002-7-9	☐
(自动编号)							

图 11.6　借换书表

出版社表 ：表

出版社编号	出版社名称	电话	地址
1	科学出版社	010-22334567	北京
2	清华出版社	010-22546987	北京
3	人民出版社	021-33541234	上海
4	人民邮电出版社	010-22626695	北京
5	青年出版社	020-87609527	广州
(自动编号)			

图 11.7　出版社表

11.2.3　创建表间关系

查询数据库数据时，经常要在两个或多个表的字段中查找和显示数据记录。表间的记录联接靠建立表间关系来保证，所以，指定表间的关系是非常重要的。一般情况下，如果两个表使用了共同的字段，就应该为这两个表建立一个关系，通过表间关系就可以指出一个表中的数据与另一个表中的数据的相关方式。在本数据库的 4 个数据表间，图书表和借还书表可利用“书号”字段建立关系，借阅者表和借还者表可按“借书证号”字段建立关系等。

（1）单击 Access 2003 窗口菜单栏上的【工具】菜单，选择【关系】菜单项，或者直接单击工具栏上的【关系】按钮。在【显示表】对话框中，选择要建立关系的表："图书表"、"借阅者表"、"借还书表" 和 "出版社表"。单击【添加】按钮将这四个表添加到【关系】窗口中，然后单击【关闭】按钮，关闭【显示表】对话框。然后调整布局，结果如图 11.8 所示。

（2）从"借阅者表"中选定"借书证号"字段，按住鼠标左键将其拖动到"借还书表"的"借书证号"字段，然后释放鼠标，会出现【编辑关系】对话框，如图 11.9 所示。

（3）单击【创建】按钮，两表间就建立了一个联系。用同样的方法创建其他表间的关系，如图 11.10 所示。

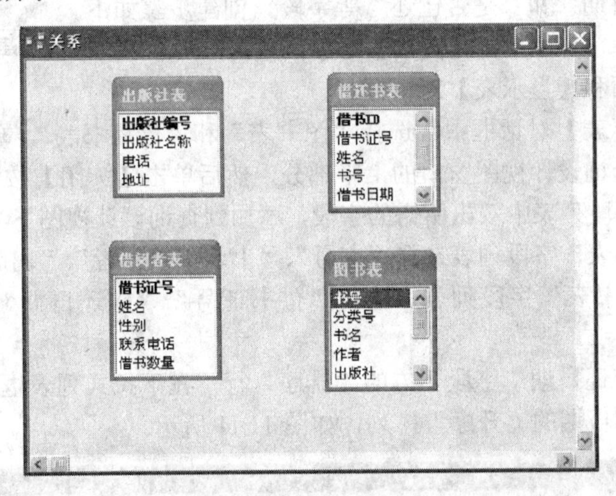

图 11.8 添加表

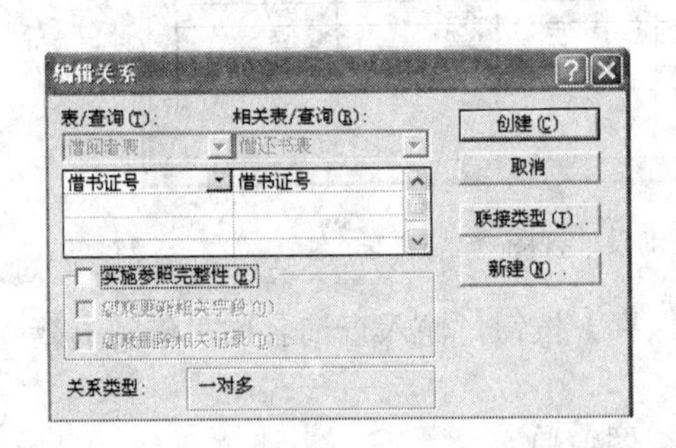

图 11.9 【编辑关系】对话框

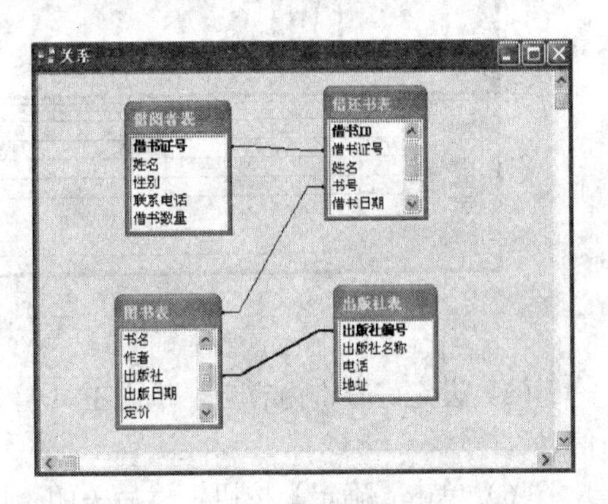

图 11.10 完整的表间联系

11.3 查 询 设 计

本系统的查询功能是通过窗体与所建的查询进行连接来实现的。因此，首先要创建查询。根据本“图书管理系统”查询的具体需求，创建 4 种类型的查询：选择查询、计算查询、参数查询和生成表查询，查询功能及查询操作如下。

11.3.1　选择查询的设计

1. 无条件的选择查询的设计

无条件的选择查询是最常见的查询类型，可以从一个或多个表或者其他的查询中获取数据，并按照所需要的排列次序显示，利用选择查询可以方便地查看一个或多个表中的部分数据。这里，需要查询“书号”、“书名”、“作者”、“出版社名称”、“库存量”、“借书证号”、“应还日期”和“是否已还”等字段。创建步骤如下。

（1）在数据库窗口中单击【查询】对象，双击 在设计视图中创建查询 项，屏幕出现查询设计视图界面和【显示表】对话框。

（2）在【显示表】对话框中，选择“图书表”和“借还书表”，单击【添加】按钮将两个表添加到查询设计视图窗口的上半部分，然后单击【关闭】按钮。

（3）在两个字段列表中双击所需的字段，添加到查询设计视图下半部分的视图网格中。这里在“图书表”字段列表选择“书号”、“书名”、“作者”、“出版社名称”和“库存量”，在“借还书表”字段列表中选择“借书证号”、“应还日期”和“是否已还”字段。

（4）单击“应还日期”字段下方的“排序”行，在下拉式列表框选择“升序”，让查询的结果按还书日期的“升序”排列，如图 11.11 所示。

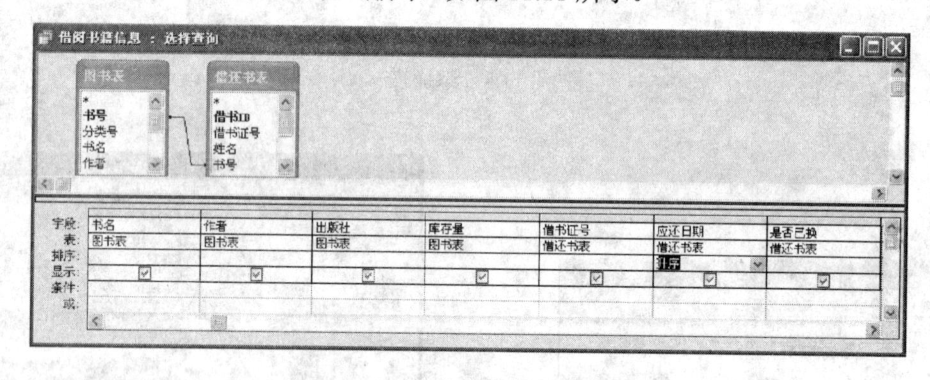

图 11.11　无条件选择查询设计视图

（5）设定好查询内容后，单击工具栏上的【保存】按钮，输入查询名称“借阅书籍信息”。

（6）单击【确定】按钮，然后关闭查询设计视图窗口。

（7）用同样的方法创建“读者借阅情况”查询。在“借阅者”字段列表中选择“借书证号”、“姓名”、“联系电话”和“借书数量”字段；在“图书表”字段列表中选择“图书编号”、“书名”和“作者”；在“借还书表”字段列表中选择“借出日期”、“应还日期”、“是否已还”字段，并按“借书证号”作“升序”排列，如图 11.12 所示。

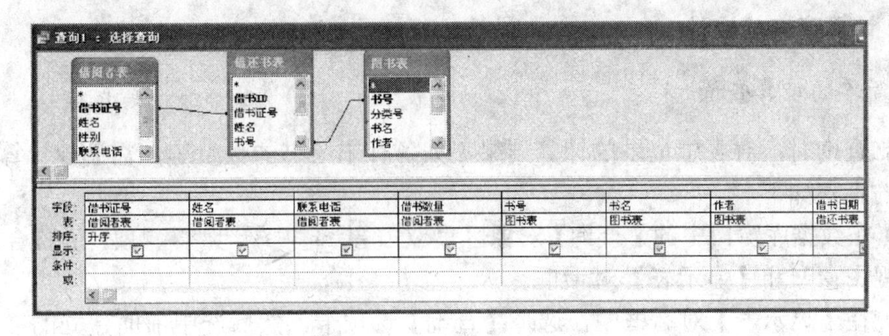

图 11.12　“读者借阅情况”查询

2. 有条件的选择查询的设计

对于所建立的查询，往往需要查看某一方面的信息，如查询未还书信息等。因此，要用到有条件的选择查询，其创建的具体步骤如下。

（1）在数据库窗口中单击【查询】对象，双击 在设计视图中创建查询 项。在【显示表】对话框中，选择“借还书表”，单击【添加】按钮将该表添加到查询设计视图窗口的上半部分，然后单击【关闭】按钮。

（2）依次双击字段列表里的“书号”、“书名”、“借出日期”、“应还日期”和“是否已还”字段，把它们添加到查询设计视图下半部分的设计网格中。

（3）在字段“是否已还”的“条件”行的网格文本框输入“No”，如图 11.13 所示。

（4）单击【保存】按钮，在弹出的【另存为】对话框中，输入查询名称为“未还书信息”。

（5）运行该查询，结果如图 11.14 所示。

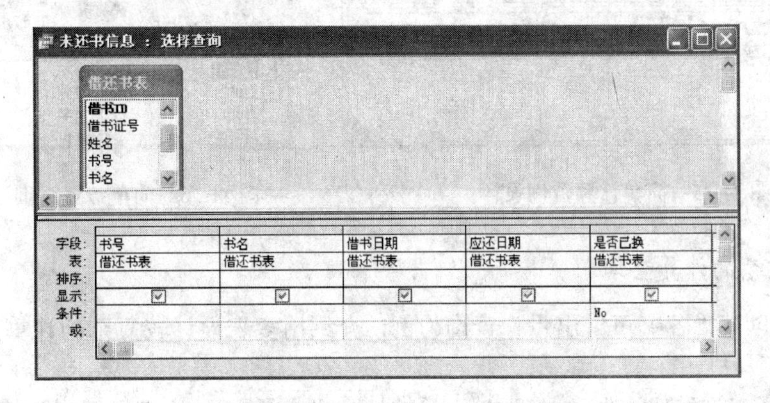

图 11.13　有条件选择查询设计视图

未还书信息 : 选择查询

	书号	书名	借出日期	应还日期	是否已还
▶	T10001	电网络分析	2002-3-8	2002-5-6	☐
	J10021	数据库原理	2003-1-9	2003-3-9	☐
	S10013	现代经济学	2003-12-12	2004-2-10	☐
	T10050	Photoshop 7.0	2002-5-9	2002-7-9	☐
	T10050	Photoshop 7.0	2003-1-3	2003-3-3	☐
*					

图 11.14　有条件选择查询的运行结果

11.3.2 计算查询的设计

1. 简单的计算查询

建立查询时，对表中记录的计算结果，如各种未还书的数量等，需创建计算查询，其创建的步骤如下。

（1）在数据库窗口中的【查询】对象区里双击 在设计视图中创建查询 项，屏幕会出现查询设计视图窗口和【显示表】对话框。

（2）在【显示表】对话框中，选择【查询】选项卡，然后选中前面建立的“未还书信息”查询，单击【添加】按钮，把“未还书信息”添加到查询设计视图的上半部分，然后单击【关闭】按钮将“显示表”关闭。

（3）双击字段列表中的“书号”和“书名”字段，将其加到查询设计视图下半部分的设计网格中，这里要将“书名”重复加多一个。

（4）另一个“书名”字段设置如下：“数量: [未还书数量]![书名之计数]”。其意义是：新增字段名“数量”的值是引用“未还书数量”查询中的“书名之计数”的值。如图 11.15 所示。

（5）单击工具栏上的【保存】按钮，在弹出的【另存为】对话框中输入查询名称为“统计各未还书数量”，然后单击【确定】按钮，保存所建的查询。

（6）在【查询】对象选区中双击该查询，运行结果如图 11.16 所示。

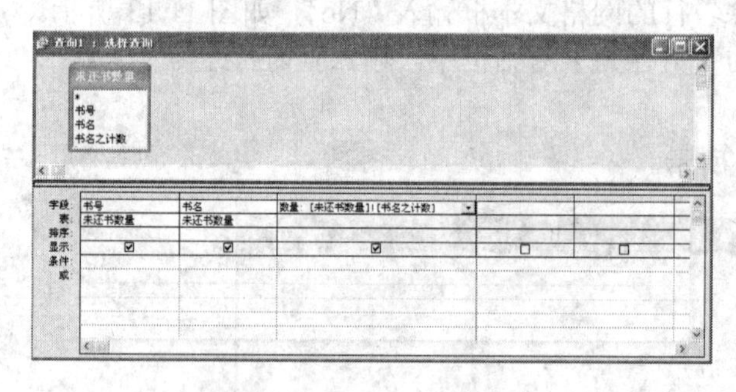

图 11.15 简单计算查询设计

统计各未还书数量 : 选择查询

书号	书名	数量
T10001	电网络分析	1
J10021	数据库原理	1
S10013	现代经济学	1
T10050	Photoshop 7.0	2

图 11.16 简单计算查询运行结果

2. 较复杂的计算查询

下面以创建“各书可借出量”查询为例，介绍用多表设计较复杂的计算查询。设计步骤如下。

（1）在【查询】对象选区中双击 在设计视图中创建查询 项，在【显示表】对话框的【两者都有】选项卡中选择“图书表”表和“统计各未还书数量”查询，然后单击【添加】按钮，再单击【关闭】按钮。

（2）在“图书表”字段列表里双击“书号”、“分类号”“作者”和“出版社名称”4 个字段，在“统计各未还书数量”字段列表里双击“书名”字段，将它们加入到设计视图下半部分的设计网格中，并新增一个字段，设置如下：“可借量: [图书表]![库存量]-[统计各未还书数量]![数量]”。并要选中该新增字段下的【显示】行复选项，使得该新增字段将显示在新创建的查询中，设置结果如图 11.17 所示。

（3）单击工具栏上的【保存】按钮，在出现的【另存为】对话框中输入查询名称为“各书可借出量”，然后单击【确定】按钮，保存所建的查询。

（4）运行该查询，结果如图 11.18 所示。

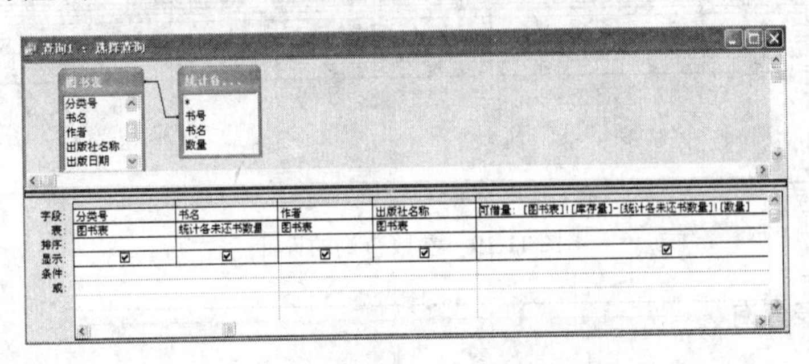

图 11.17　较复杂的计算查询设计视图

各书可借出量 : 选择查询

书号	分类号	书名	作者	出版社名称	可借量
J10001	TP311	电网络分析	吴小宁	科学出版社	19
J10021	TM312	数据库原理	方真晴	人民出版社	24
S10013	TP127	现代经济学	张爱萍	冶金工业出版社	29
T10050	TN212	Photoshop 7.0	王少杰	人民邮电出版社	18

图 11.18　较复杂的计算查询运行结果

11.3.3　参数查询的设计

如果用户希望根据不同的条件值来查找记录，则需要建立参数查询。例如：按“书号”查图书信息，按“书名”查图书信息，按“出版社名称”查图书信息，按“书号”或者按“书名”查未还书信息，按“借书证号”查借阅者信息，按“出版社名称”查出版社信息等。下面以创建“按书号查图书信息”查询为例来说明参数查询的创建步骤。

（1）在数据库窗口中，选择【查询】对象，然后双击“在设计视图中创建查询”项，在【显示表】对话框的【两者都有】选项卡中选择“图书表”表和“各书可借出量”查询，然后单击【添加】按钮，再单击【关闭】按钮。

（2）双击“图书表”字段列表的所有字段和“各书可借出量”中的“可借量”字段，将这些字段都加到设计网格中。

（3）在“书号”字段下的“条件”行中输入“[请输入书号：]”，如图 11.19 所示。

（4）单击工具栏上的【保存】按钮，在出现的【另存为】对话框中输入查询名为“按书号查图书信息”，然后单击【确定】按钮，保存所建的查询。

（5）在【查询】对象中，运行“按钮书号查图书信息”查询。系统会出现一个【输入参数值】对话框。在“请输入书号”下的文本框中输入用户想要查看图书的书号，然后单击【确定】按钮，对应的图书信息就会显示出来。

按照同样的方法，创建其他的参数查询。

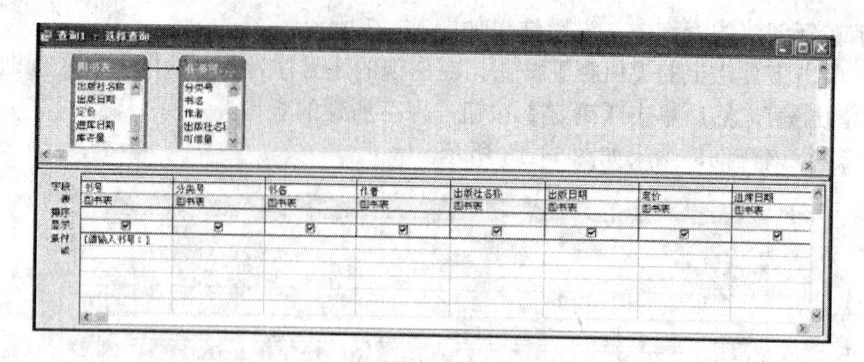

图 11.19 参数查询的设计

11.3.4 生成表查询

生成表查询是利用现有的一个或多个表中的数据创建新表。与选择查询等查询方式最大的不同之处，在于生成表查询将查询的结果保存为一张新的数据表。

（1）在数据库窗口中的【查询】对象中，双击【在设计视图中创建查询】项，在弹出在【显示表】对话框中，单击【两者都有】选项卡，把“图书表”和“各书可借出量”查询添加到设计视图上半部分的设计网格中。

（2）在“图书表”字段列表中，双击“书号”、“分类号”、“书名”、“作者”、“出版社名称”、“出版日期”、“定价”和“进库日期”字段，在“各书可借出量”字段列表双击“可借量”字段，把这些字段都加到设计视图下半部分的设计网格中。

（3）选择【查询】|【生成表查询】命令，会出现一个【生成表】对话框，输入生成新表的名称为“可借图书信息”，如图 11.20 所示，然后单击【确定】按钮。

（4）单击工具栏上的!按钮，更新表中的数据。这时系统会弹出一个提示对话框，单击【是】按钮。

（5）单击工具栏上的【保存】按钮，在弹出的【另存为】对话框中输入查询的名称为“可借书信息”，然后单击【确定】按钮。

（6）回到数据库窗口中的【表】对象区，会发现新建的“可借图书信息”表，如图 11.21 所示，运行该表即可看到查询结果。

图 11.20 生成表查询窗口图

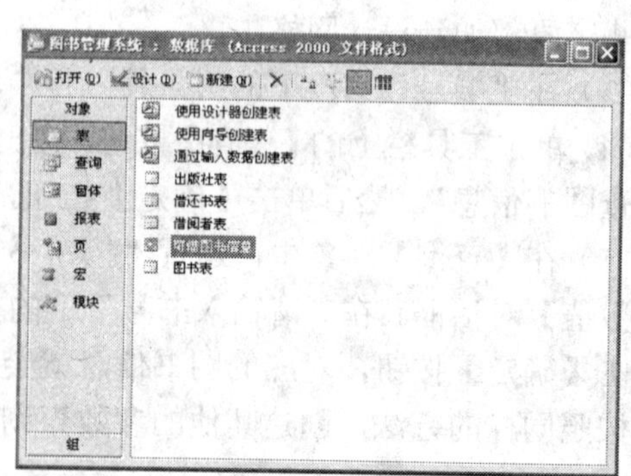

图 11.21 查询设计完成后的数据库窗口

11.4 宏 的 设 计

在后续设计窗体中的按钮时，会应用到宏或者宏组，包括“可借图书量”、“借阅图书信息”、“按书号查图书信息”、“按书名查图书信息”、“按出版社查图书信息”等宏。下面以“图书信息”宏组为例介绍宏组中各宏的创建过程。

（1）在数据库窗口单击【宏】对象，单击［新建(N)］按钮，打开宏设计视图窗口。

（2）单击工具栏上的【宏名】按钮和条件按钮，把“宏名”和“条件”两个字段列加到宏设计视图窗口中。

（3）在【宏名】列的第一个空白文本框中输入“可借图书量”；在【操作】列的第一个空白的下拉列表框中选择“OpenQuery”操作；在【操作参数】区的【查询名称】行，单击右边的下拉按钮，在弹出的列表中选择“各书可借出量”查询，如图 11.22 所示。

（4）在【宏名】列的第二个文本框中输入“借阅图书信息”；在【操作】列的第二个下拉列表框中选择“OpenQuery”操作；在【操作参数】区中的“查询名称”行右边的下拉列表框选择“借阅书籍信息”查询。

（5）重复上述步骤，完成所有的宏操作设置，最后结果如图 11.23 所示。

（6）单击工具栏上的【保存】按钮，在弹出的【另存为】对话框中的【宏名称】文本框中输入“图书信息”，单击【确定】按钮。

使用同样的方法创建“借还书信息”的宏组。其他的宏组的创建方法也是类似的。

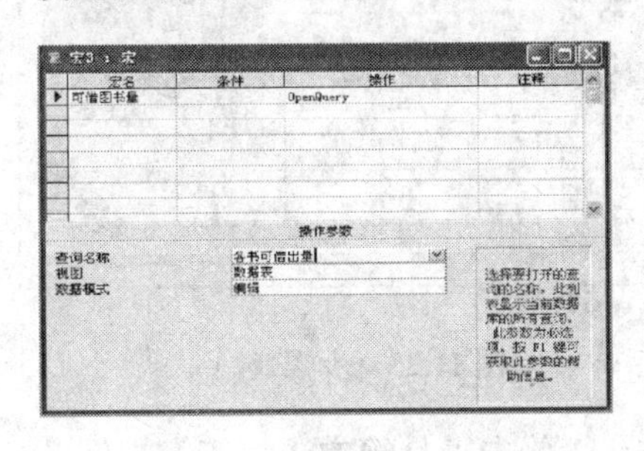

图 11.22　宏设计视图窗口

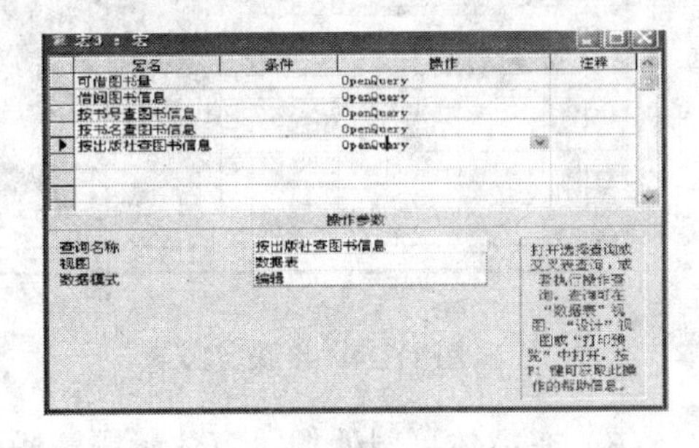

图 11.23　宏操作设计结果窗口

11.5 窗体的设计

在上述创建的数据表、查询和宏或者宏组的基础上，创建所需的窗体，主要包括“录入图书信息”、“录入借还书信息”、“录入借阅者信息”、“录入出版社信息”等。

11.5.1 数据录入窗体的设计

以创建“录入图书信息”为例，说明数据录入窗体的创建步骤。

1. 用向导创建窗体的雏形

（1）在数据库的【窗体】对象区域内双击 使用向导创建窗体 项，这时会弹出【窗体向导】的第一个对话框。单击【表/查询】下拉列表框右侧的箭头，在列出的表或查询中选择“表：图书表”，然后单击按钮选择所有字段。

（2）单击【下一步】按钮，出现【窗体向导】的第二个对话框，要求选择窗体的布局，这里选择“纵栏表”。

（3）单击【下一步】按钮，弹出【窗体向导】的第三个对话框，要求选择窗体的样式，这里选择“远征”样式。

（4）单击【下一步】按钮，出现【窗体向导】的最后一个对话框，要求为窗体指定标题，这里输入窗体的名称为“录入图书信息”。

（5）单击【完成】按钮。至此，“录入图书信息”窗体的雏形创建完毕。

2. 在设计视图完善窗体

（1）单击工具栏上的按钮，将刚创建好的窗体雏形切换到窗体设计视图，如图 11.24 所示。

（2）适当调整各控件的大小和位置，使窗体布局美观，调整结果如图 11.25 所示。

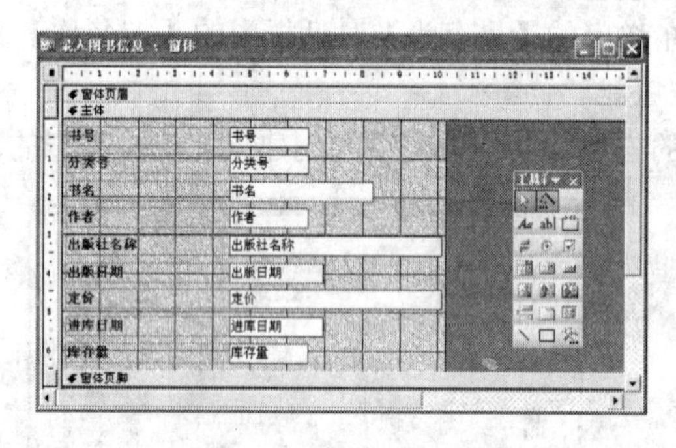

图 11.24 步骤（1）

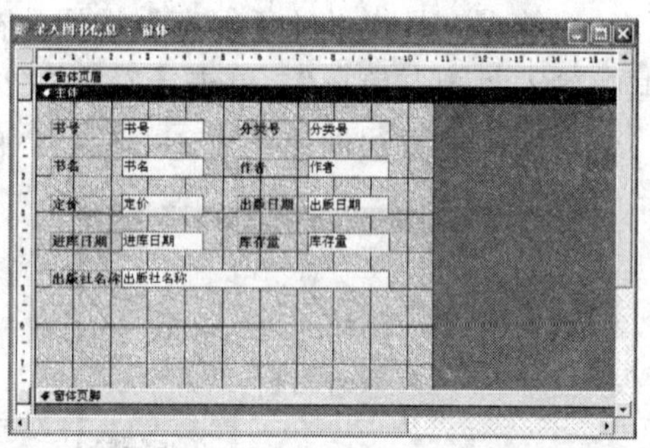

图 11.25 步骤（2）

（3）在窗体页眉处加入窗体标题。操作方法是：单击工具箱的【标签】按钮，单击窗体页眉要放置标签的位置，然后单击工具栏上的按钮，打开该标签的属性窗口，按表 11.5 所示设置属性。

标签的属性都设置好后，结果如图 11.26 所示。

表 11.5 标签控件属性

属 性 名	属 性 值	属 性 名	属 性 值
名称	Label18	字号	24
标题	录入图书信息	字体粗细	加粗
可见性	是	文本对齐	居中
字体名称	隶书		

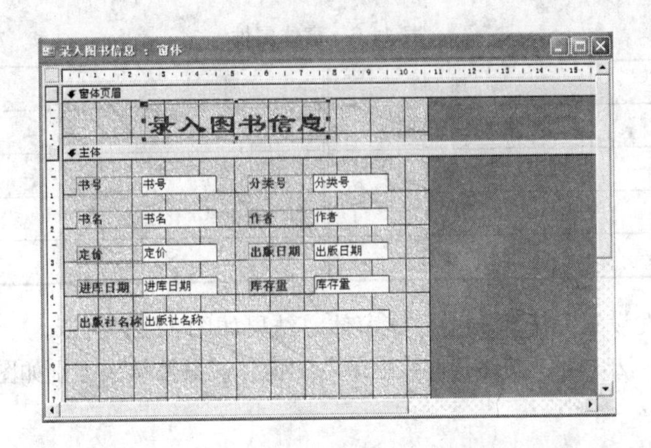

图 11.26　设计完标签属性后的窗体

（4）为窗体加入一个矩形。单击工具箱中的□按钮，在窗体设计视图的主体区画一个矩形，把所有的控件都包含在内，并设置其【特殊效果】为“凸起”。

（5）为窗体加入【添加记录】、【保存记录】和【退出】命令按钮。

① 在确保控件向导按钮按下的情况下，单击工具箱中的按钮，在设计视图主体区要放置命令按钮的位置单击一下，这时会弹出【命令按钮向导】的第一个对话框。在【类别】中选择“记录操作”，在【操作】选择“添加新记录”。

② 单击【下一步】按钮，出现【命令按钮向导】的第二个对话框。这里选中【文本】单选按钮，如图 11.27 所示。

③ 单击【完成】按钮，则【添加记录】命令按钮就会显示在设计视图中。

按照相同的方法添加【保存记录】按钮和【退出】按钮。添加【退出】按钮时，在【命令按钮向导】的第一个对话框中的【类别】列表框中选择“窗体操作”，在【操作】列表框中选择“关闭窗体”。而在【命令按钮向导】的第二个对话框中选中【文本】单选按钮，并在其文本框内输入“退出”，如图 11.28 所示。

④ 适当调整 3 个命令按钮的大小和位置。

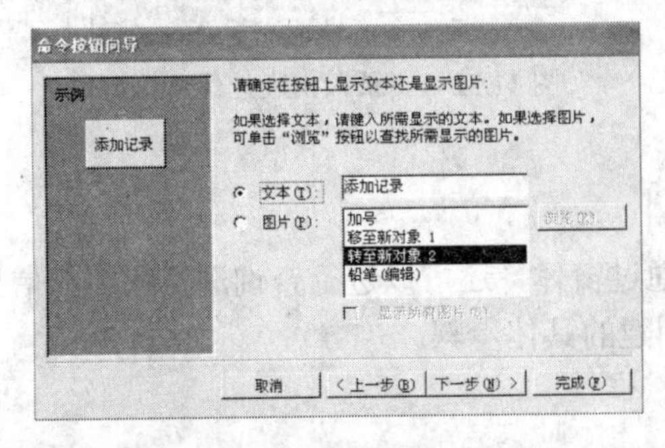

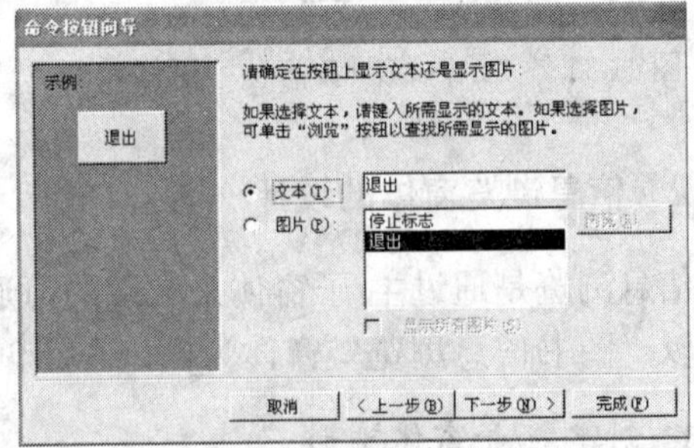

图 11.27　步骤②　　　　图 11.28　步骤③

（6）设置窗体的属性。

选中窗体，单击工具栏上的按钮，打开窗体属性对话框，并按表 11.6 所示设置各个属性项。

表 11.6　窗体属性

属性名	属性值	属性名	属性值
标题	录入图书信息	分隔线	否
默认视图	单个窗体	边框样式	细边框
数据输入	是	最小最大化按钮	最小化按钮
滚动条	两者均无		

（7）窗体属性设置完毕后，运行该窗体，结果如图 11.29 所示。

按照相同的方法，可以创建其他数据录入的窗体，具体结果分别如图 11.30～图 11.32 所示。

图 11.29　“录入图书信息”窗体

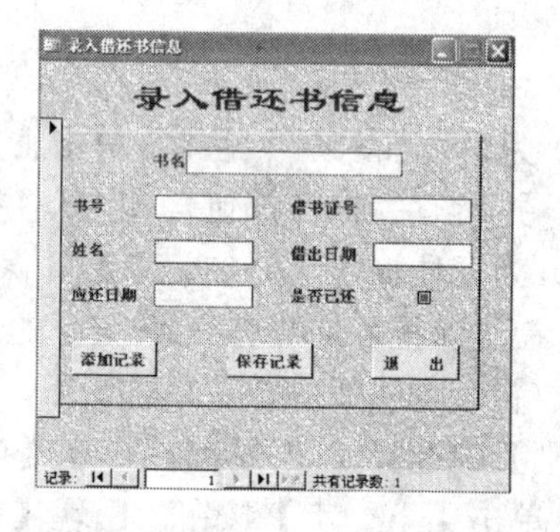

图 11.30　“录入借还书信息”窗体

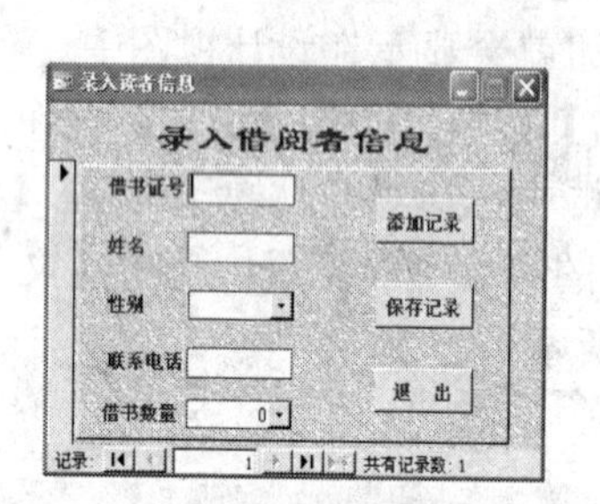

图 11.31　“录入借阅者信息”窗体

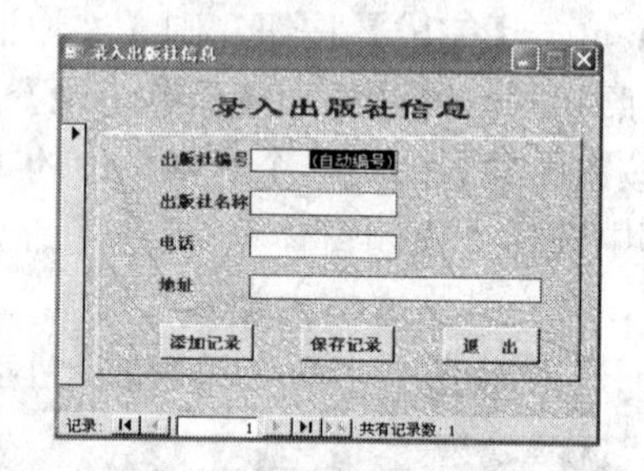

图 11.32　“录入出版社信息”窗体

11.5.2　信息浏览窗体的设计

信息浏览是通过主/子窗体来实现的，通过窗体，还可以进行查询浏览相关的信息。下面以“图书信息浏览”窗体为例，介绍创建的具体步骤。

1. 创建主/子窗体雏形

（1）在【窗体】对象选区中双击 使用向导创建窗体 项，系统弹出【窗体向导】的第一个对话框。在【表/查询】的下拉列表框中，先选择“表：图书表”，然后单击 » 按钮选择全部字段；然后再在【表/查询】下拉列表框中选择“表：可借图书信息”，然后选择“书号”和“可借量”字段。

（2）单击【下一步】按钮，出现【窗体向导】的第二个对话框，要求查看数据的方式，这里选择“通过图书表”方式，在下边选择【带有子窗体的窗体】项。

（3）单击【下一步】按钮，出现【窗体向导】的第三个对话框，要求确定子窗体所采用的布局。这里选择【数据表】项。

（4）单击【下一步】按钮，出现【窗体向导】的第四个对话框，要求确定窗体所采用的样式，这里选择【远征】样式。

（5）单击【下一步】按钮，出现【窗体向导】的第五个对话框，如图 11.33 所示。在【窗体】文本框输入“图书信息浏览”作为主窗体的标题，在【子窗体】文本框输入“可借图书信息子窗体”作为子窗体的标题。

（6）单击【完成】按钮，结果如图 11.34 所示。

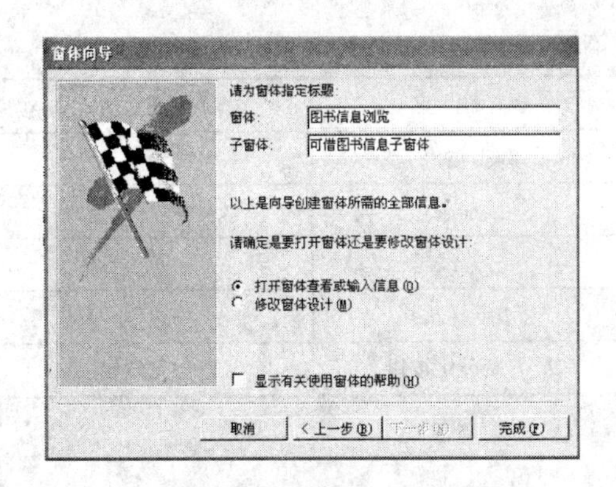

图 11.33　指定窗体标题

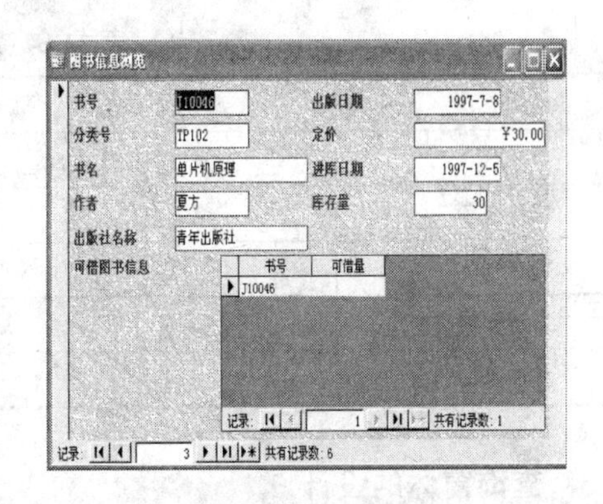

图 11.34　图书信息浏览窗体

2. 在设计视图中完善窗体

上面所创建的窗体只是一个雏形，需要在设计视图中进一步完善，步骤如下。

（1）打开“图书信息浏览”的设计视图，调整各个控件与子窗体的大小和位置。

（2）单击工具箱的标签按钮，单击窗体页眉要放置标签的位置，为窗体添加一个标题为“图书信息浏览”的标签，该标签的属性设置如表 11.7 所示，并适当调整其位置。

表 11.7　标签控件属性

属 性 名	属 性 值	属 性 名	属 性 值
标题	图书信息浏览	字号	24
字体名称	隶书	文本对齐方式	居中

（3）为“图书信息浏览”窗体添加命令按钮，包括：“各可借图书数量”、“借阅图书信息”和“退出”。以“借阅图书信息”命令按钮为例，说明添加步骤。

① 单击工具箱中的，单击窗体要放置命令按钮的位置，会出现【命令按钮向导】的第一个对话框，在【类别】中选择“杂项”，在【操作】中选择“运行宏”。

② 单击【下一步】按钮，出现【命令按钮向导】的第二个对话框，在运行宏列表框中选择“图书信息.借阅图书信息”项。

③ 单击【下一步】按钮，出现【命令按钮向导】的第三个对话框，这里选择【文本】，在其右边的文本框输入"借阅图书信息"。

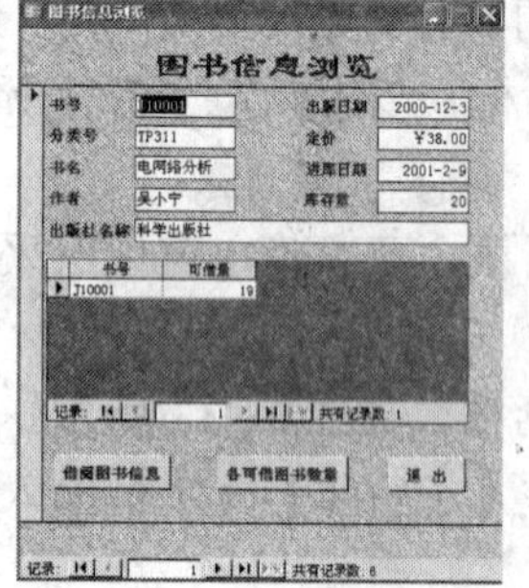

图 11.35 运行窗体的结果

④ 单击【完成】按钮，"借阅图书信息"命令按钮就出现在窗体设计视图中。按相同方法添加【各可借图书数量】和【退出】命令按钮。

（4）按表 11.8 的内容设置窗体的属性。

（5）按上述设置好后，运行该窗体，结果如图 11.35 所示。

按照上述相同的方法、步骤，还可以创建其他的信息浏览窗体，如"借还书信息浏览"、"读者信息浏览"和"出版社信息浏览"等。

表 11.8 窗体属性

属 性 名	属 性 值	属 性 名	属 性 值
标题	图书信息浏览	数据输入	否
默认视图	单个窗体	滚动条	两者均无
允许编辑	否	分隔线	是
允许删除	否	边框样式	细边框
允许添加	否	最大最小化按钮	最小化按钮

11.5.3 查询窗体的设计

系统的查询功能，也是通过窗体的控制来实现的。下面以"查询图书信息"窗体为例，说明创建查询窗体的具体步骤：

（1）在【窗体】对象选区中，双击 在设计视图中创建查询项，弹出一个窗体设计视图。

（2）适当调整窗体主体区的大小，然后单击工具栏上的按钮，系统弹出【自动套用格式】对话框，这里选择"远征"样式，如图 11.36 所示，然后单击【确定】按钮。

（3）单击工具箱上的按钮，在设计视图的主体区画一个适当大小的矩形，单击工具栏上的按钮设置其【特殊效果】为"凸起"。

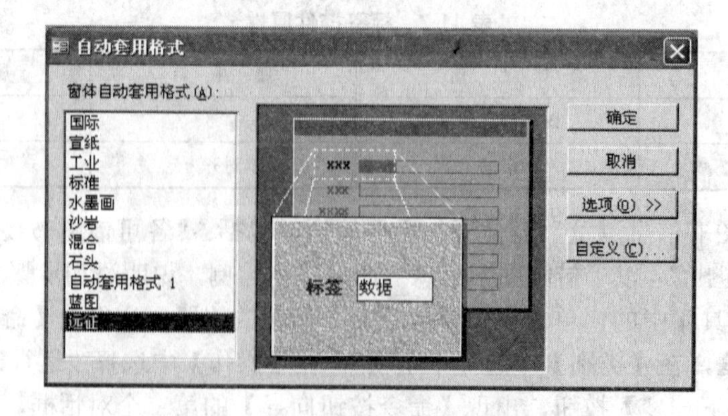

图 11.36 【自动套用格式】对话框

（4）按照上述方法，为该查询窗体添加“按书号查”、“按书名查”、“按出版社查”和“退出”按钮，并适当调整好布局，结果如图 11.37 所示。

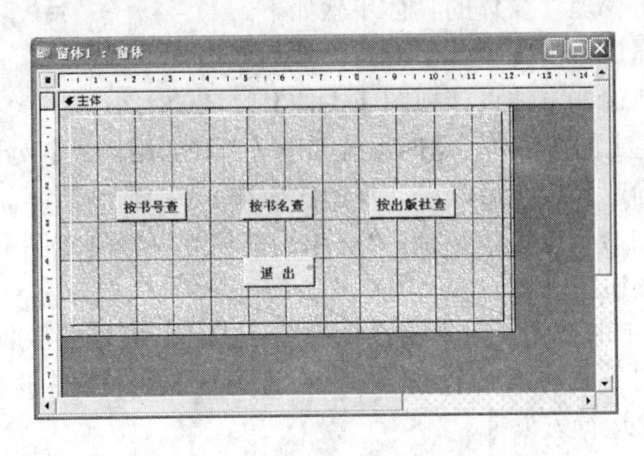

图 11.37　步骤（4）

（5）单击工具箱上的 按钮，然后单击设计视图主体的上方，为查询窗体添加一个标题为“查询图书信息”的标签，并按上述设置标签属性的方法设置好该标签的属性。

（6）按表 11.9 所示设置该窗体的属性。

（7）单击工具栏上的【保存】按钮，在弹出的【另存为】对话框中输入窗体名称为“查询图书信息”，然后单击【确定】按钮将该查询保存。

（8）运行该窗体，设计结果如图 11.38 所示。其他查询窗体的创建方法与此类似。

表 11.9　窗体属性

属 性 名	属 性 值	属 性 名	属 性 值
标题	查询图书信息	记录选择器	否
允许编辑	否	导航按钮	否
允许删除	否	分隔线	否
允许添加	否	边框样式	细边框
滚动条	两者均无	最大最小化按钮	最小化按钮

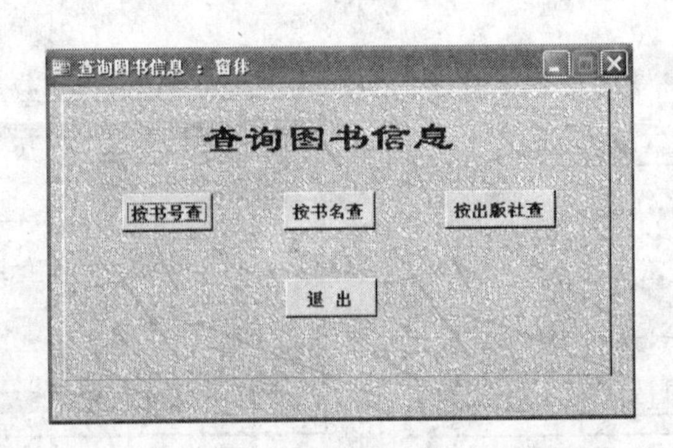

图 11.38　运行查询窗体的结果

11.5.4　图书信息管理窗体的设计

设计“图书信息管理”窗体的具体步骤如下。

（1）在数据库窗口单击【窗体】对象，然后双击 在设计视图中创建窗体，系统弹出窗体设计视图，并适当地调整窗体设计视图【主体】区域的大小。

（2）单击工具栏上的按钮，这时系统弹出【自动套用格式】对话框，这里选择“远征”样式。单击【确定】按钮后，设计视图的效果如图 11.39 所示。

（3）为窗体添加命令按钮，包括：“登记图书信息”、“浏览图书信息”、“查询图书信息”和“退出”按钮。

① 单击工具箱中的按钮，单击设计视图【主体】区域要放置命令按钮的位置，会弹出【命令按钮向导】的第一个对话框。在【类别】列表框中选择“杂项”，在【操作】列表框中选择“运行宏”。

② 单击【下一步】按钮，会出现【命令按钮向导】的第二个对话框，确定要运行的宏。这里选择“图书信息.图书信息录入”项，如图 11.40 所示。

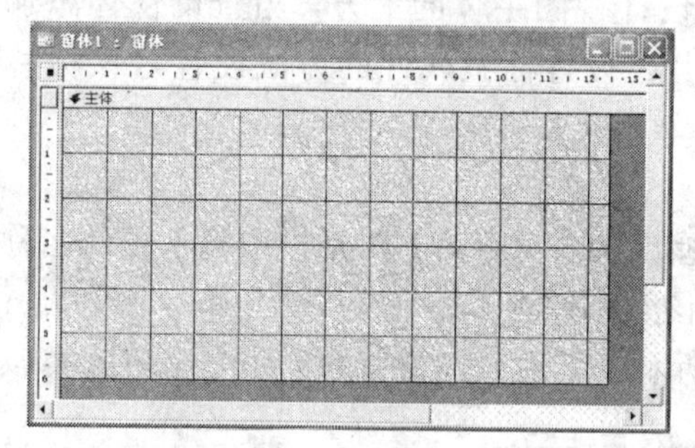

图 11.39　步骤（2）

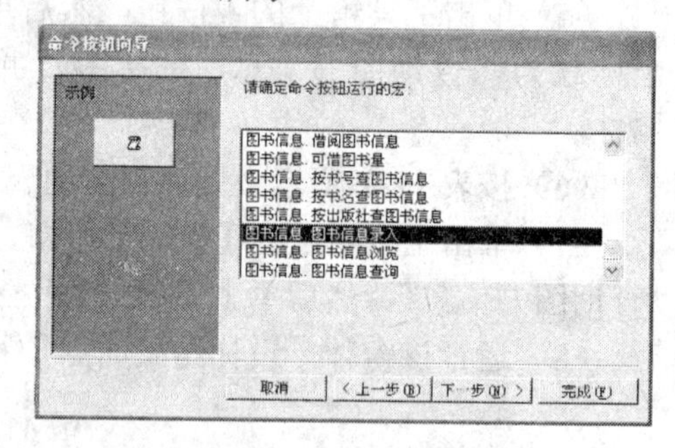

图 11.40　步骤②

③ 单击【下一步】按钮，屏幕上出现【命令按钮向导】的第三个对话框，这里选择“文本”，然后在其右边的文本框中输入“登记图书信息”。

④ 单击【下一步】按钮，屏幕上出现【命令按钮向导】的最后一个对话框，要求指定命令按钮的名称，这里输入该命令按钮的名称为“cmdDJ”，如图 11.41 所示。

⑤ 单击【完成】按钮，“登记图书信息”命令按钮就出现在设计视图中，如图 11.42 所示。

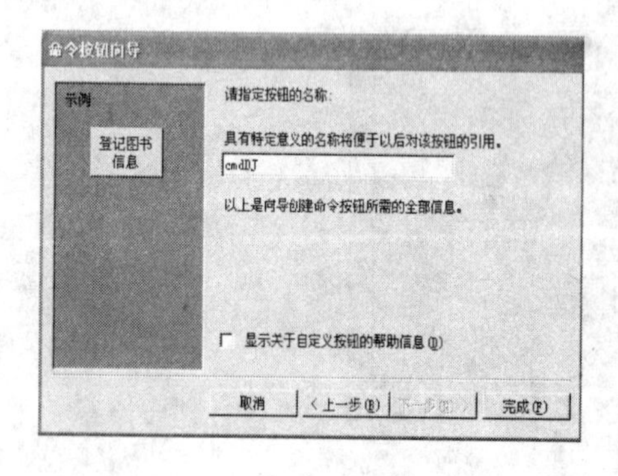

图 11.41　步骤④

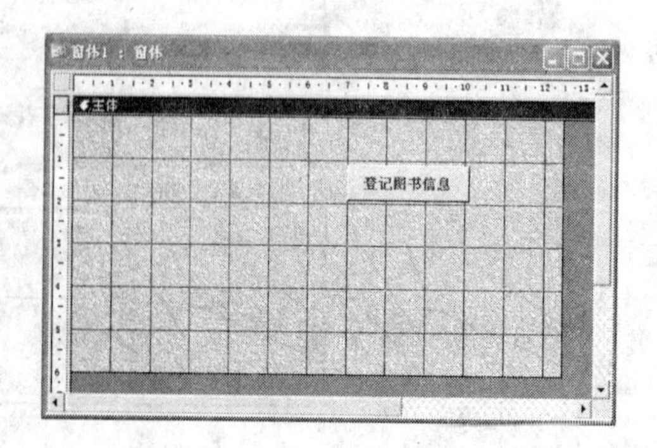

图 11.42　步骤⑤

⑥ 以相同的方法创建其他几个命令按钮。这里要说明的是，在创建【退出】命令按钮时，在【命令按钮向导】的第一个对话框中的【类别】中应该选择“窗体操作”，然后在【操作】中选择“关闭窗体”。

⑦ 调整各个命令按钮的大小和位置，然后选中全部命令按钮，选择【格式】|【垂直间距】|【相同】命令，结果如图 11.43 所示。

（4）单击工具箱中的按钮，单击设计视图【主体】区域要放置标签的位置，然后直接输入标题为“图书信息管理”。然后单击工具栏上的按钮，打开该标签的属性对话框，如图 11.44 所示，并按表 11.10 所示设置其属性。该标签属性设置完毕后，结果如图 11.45 所示。

（5）单击工具箱中的按钮，在设计视图的【主体】区域画一个矩形，将之前添加的所有控件都包含在内。调整该矩形大小和位置，然后单击工具栏上的按钮，选择“凸起”的特殊效果，结果如图 11.46 所示。

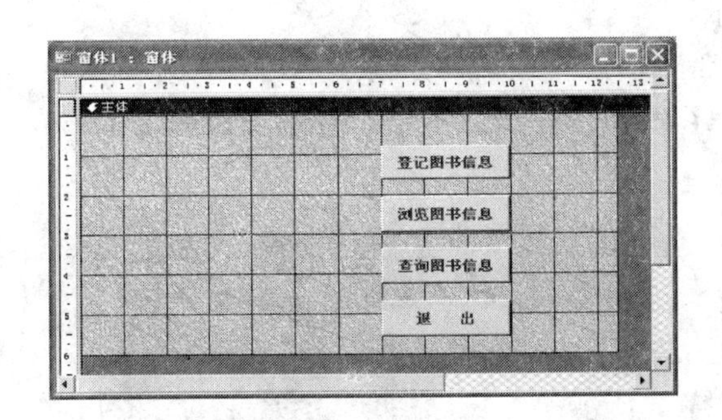

图 11.43　步骤⑦

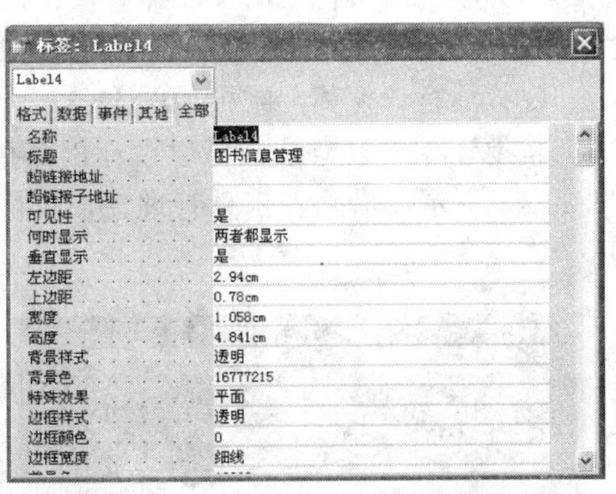

图 11.44　属性对话框

表 11.10　标签控件属性

属性名	属性值	属性名	属性值
名称	Labe14	字号	22
标题	图书信息管理	文本对齐方式	居中
字体名称	隶书	倾斜字体	否

图 11.45　标签属性设置完毕后的效果

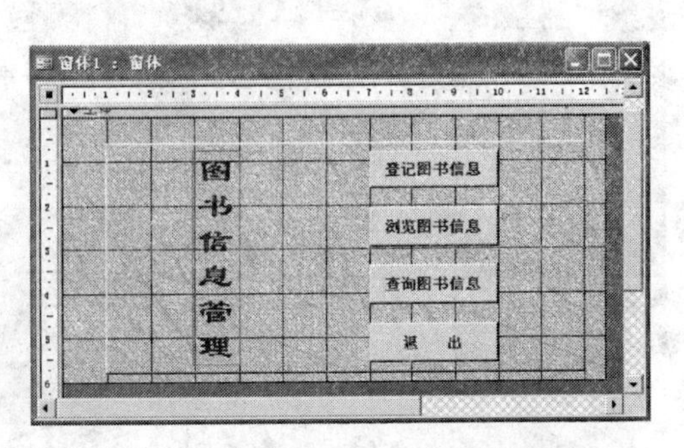

图 11.46　设置“凸起”效果

（6）双击窗体左上角的窗体选择器▢，打开窗体的属性对话框，按照表 11.11 所示设置窗体的属性。

表 11.11　窗体控件属性

属 性 名	属 性 值	属 性 名	属 性 值
标题	图书信息管理	记录选择器	否
默认视图	单个窗体	导航按钮	否
允许编辑	否	分隔线	否
允许删除	否	边框样式	细边框
允许添加	否	最大最小化按钮	最小化按钮
滚动条	两者均无		

（7）单击工具栏上的【保存】按钮，在弹出的【另存为】对话框中输入窗体的名称为“图书信息管理”，然后单击【确定】按钮，将该窗体保存。

（8）运行该窗体，结果如图 11.47 所示。

按上述相同的方法，可以设计出其他 3 个信息管理窗体，借还书信息管理窗体如图 11.48 所示，借阅者信息管理窗口如图 11.49 所示，出版社信息管理窗口如图 11.50 所示。

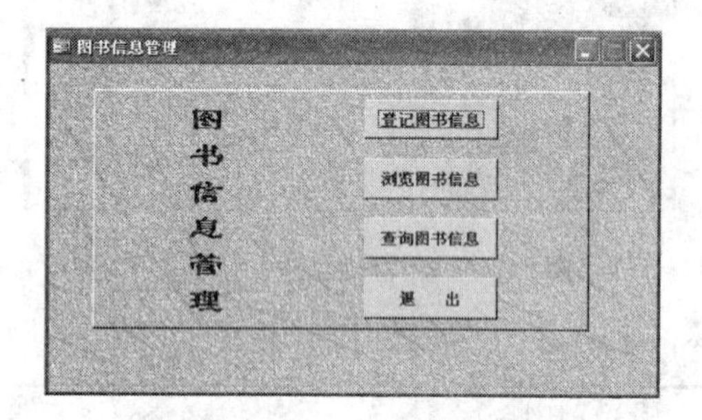

图 11.47　图书信息管理窗体

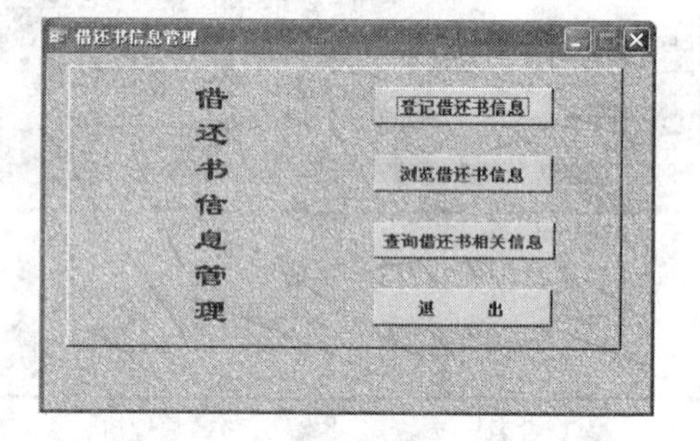

图 11.48　借还书信息管理窗体

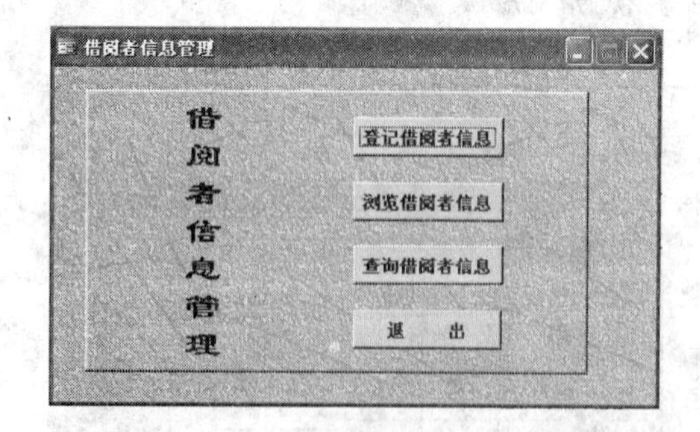

图 11.49　借阅者信息管理窗体

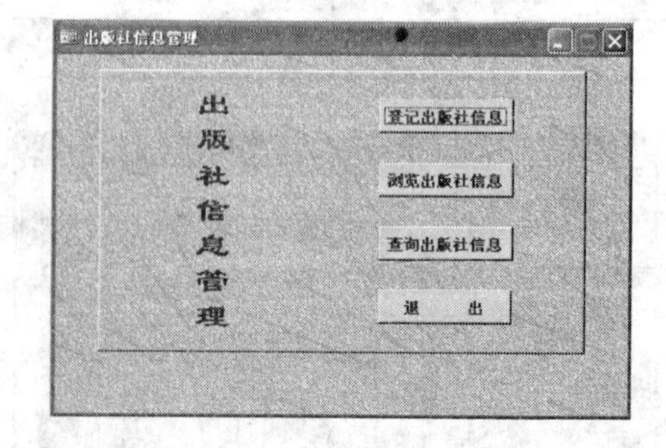

图 11.50　借阅者信息管理窗体

11.6　报表的设计

本图书管理系统有三张报表，分别是：“图书信息报表”、“读者信息报表”和“出版社信息报表”。下面以“图书信息报表”为例，介绍报表设计的步骤。

11.6.1　利用向导创建报表

使用向导创建报表的步骤如下：

（1）在数据库系统中，单击【报表】对象，然后双击 使用向导创建报表 项，系统弹出【报表向导】的第一个对话框。单击【表/查询】的下拉按钮，在弹出的下拉列表框中选择【表：可借图书信息】，然后单击按钮选择全部字段。

（2）单击【下一步】按钮，屏幕上出现【报表向导】的第二个对话框，要求确定分组级别，这里选择不分组。

（3）单击【下一步】按钮，会出现【报表向导】的第三个对话框，要求确定记录所用的排列次序，可以选择一个或者多个字段作排序，最多是四个。这里选择“书号”作“升序”排列。

（4）单击【下一步】按钮，出现【报表向导】的第四个对话框，要求确定报表的布局方式。这里在【布局】下边选择“表格”，在【方向】下边选择“纵向”。

（5）单击【下一步】按钮，这时会出现【报表向导】的第五个对话框，要求确定报表的样式。这里选择“组织”样式。

（6）单击【下一步】按钮，会出现【报表向导】的最后一个对话框，要求指定报表的标题。这里输入报表的标题为“图书信息报表”。

（7）单击【完成】按钮，系统就会弹出“图书信息报表”的雏形了。

11.6.2　在设计视图中完善报表

在上面的设计中，“图书信息报表”还有许多不完善的地方，可以通过报表设计视图来进一步完善它，步骤如下。

（1）单击工具栏上的按钮，切换到报表设计视图，如图 11.51 所示，并调整各个控件的位置和大小。

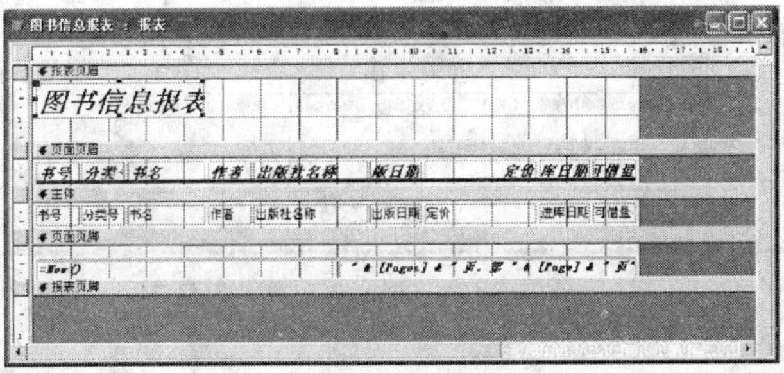

图 11.51　报表设计视图

（2）打开标题的标签属性对话框，按照表 11.12 设置标题“图书信息报表”的属性。

表 11.12　标签控件属性

属 性 名	属 性 值	属 性 名	属 性 值
标题	图书信息报表	倾斜字体	否
字体名称	隶书	字号	24
字号	24	文本对齐方式	居中
文本对齐方式	居中		

（3）将各个控件上的字体的属性项【倾斜字体】的属性值都改为“否”，【文本对齐方式】的属性值改为“居中”。

（4）为了使界面更美观，增强可读性，为报表添加两条直线。单击【工具箱】中的按钮，然后在标题“图书信息报表”的下边画一直线，打开其属性对话框设置其属性项【边框宽度】为“2 磅”；以相同方法在【主体】下边画一条直线，【边框宽度】为“细线”，结果如图 11.52 所示。

（5）运行该报表，调整后的结果如图 11.53 所示。

按照上述同样的方法，再设计出其余的 3 个报表。

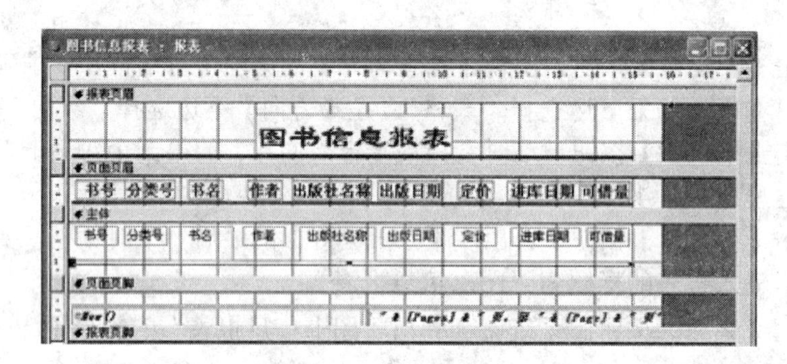

图 11.52　绘制直线

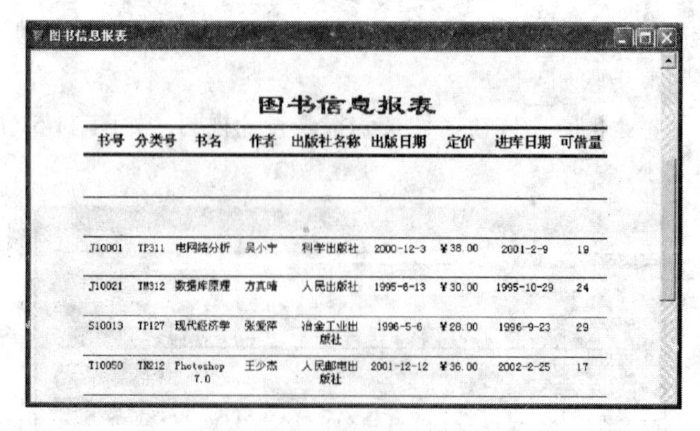

图 11.53　步骤（5）

11.6.3 报表显示窗体的设计

有了上述的四个报表，就可以设计“报表显示”窗体了，具体步骤如下。

（1）在数据库窗口中，单击【窗体】对象，然后双击 在设计视图中创建查询项，系统弹出一个窗体设计视图。然后单击工具栏上的按钮，这时系统弹出【自动套用格式】对话框，这里选择“远征”样式，然后单击【确定】按钮。

（2）单击工具箱上的按钮，在设计视图的主体区画一个适当大小的矩形，单击工具栏上的按钮设置其【特殊效果】为“凸起”。

（3）为窗体添加复选框。单击工具箱的按钮，然后单击窗体的【主体】区上要放置复选框的位置，这时一个复选框和一个标签就会出现在窗体的【主体】区内。

（4）按照表 11.13 所示设置该复选框和其对应标签的属性。

表 11.13 复选框和其对应标签控件属性

复选框		标签	
属性名	属性值	属性名	属性值
名称	chkbook	名称	lblbook
可见性	是	标题	图书信息报表
边框样式	实线	字体名称	宋体
特殊效果	凸起	字号	10
		文本对齐方式	居中
		特殊效果	凸起

属性设置完毕后，关闭属性对话框，结果如图 11.54 所示。

（5）以同样方法再添加三个复选框，并按下表所示设置相应复选框和标签的属性。读者信息报表。如表 11.14 所示，借还书信息报表。如表 11.15 所示，出版社信息报表。如表 11.16 所示。

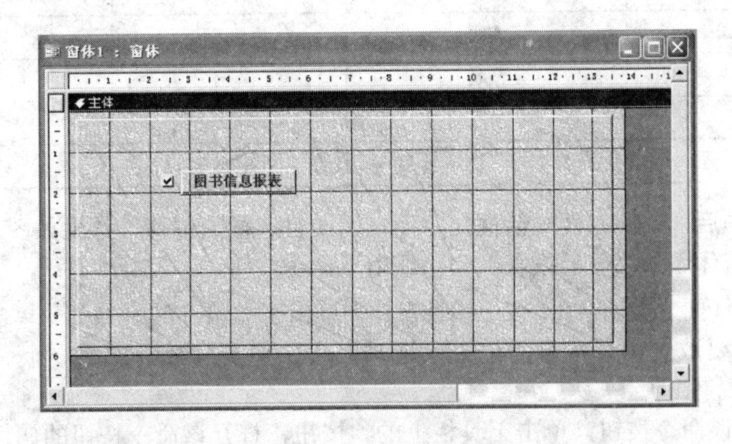

图 11.54 属性设置完毕后的窗体

表 11.14　复选框和其对应的标签控件属性

复选框		标签	
属性名	属性值	属性名	属性值
名称	chkreader	名称	lblreader
可见性	是	标题	图书信息报表
边框样式	实线	字体名称	宋体
特殊效果	凸起	字号	10
		文本对齐方式	居中
		特殊效果	凸起

表 11.15　复选框和其对应标签控件属性

复选框		标签	
属性名	属性值	属性名	属性值
名称	chkborrow	名称	lblborrow
可见性	是	标题	借还书信息报表
边框样式	实线	字体名称	宋体
特殊效果	凸起	字号	10
		文本对齐方式	居中
		特殊效果	凸起

表 11.16　复选框和其对应标签控件属性

复选框		标签	
属性名	属性值	属性名	属性值
名称	chkpbl	名称	lblpbl
可见性	是	标题	出版社信息报表
边框样式	实线	字体名称	宋体
特殊效果	凸起	字号	10
		文本对齐方式	居中
		特殊效果	凸起

设置完毕后，关闭属性对话框，并调整四个复选框的位置，结果如图 11.55 所示。

（6）为窗体添加“显示报表”和“退出”命令按钮。

① 在控件向导按钮不按下的情况下，单击工具箱上的按钮，单击设计视图的【主体】区域要放置命令按钮的位置，这时在【主体】区域就出现一个命令按钮，如图 11.56 所示。

② 选中该命令按钮，单击工具栏上的按钮，打开该命令按钮的属性对话框，并按表 11.17 所示设置该命令按钮的属性。然后选择【格式】|【大小】|【正好容纳】命令，设置后的结果如图 11.57 所示。

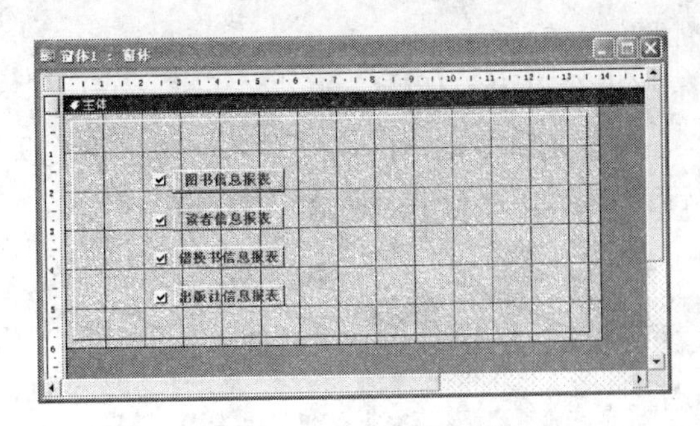

图 11.55　调整后的窗体

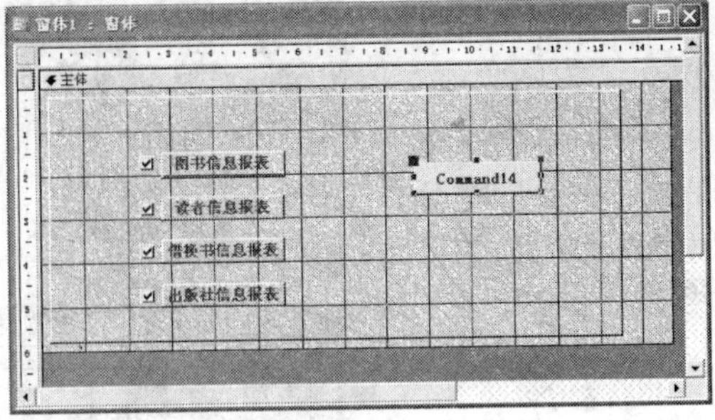

图 11.56　添加命令按钮

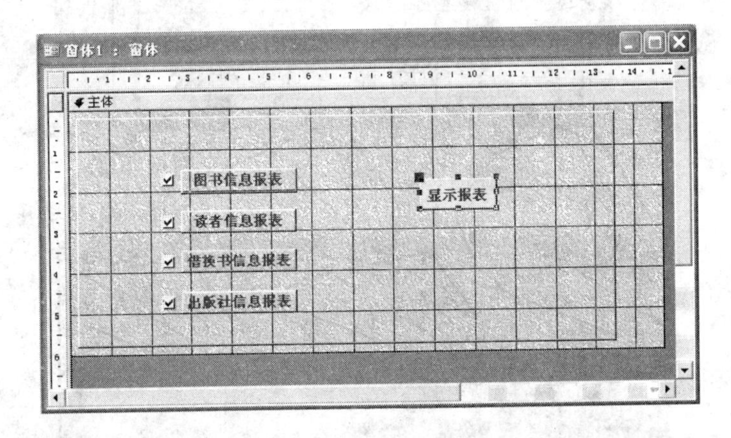

图 11.57　设置命令按钮的属性

表 11.17　命令按钮控件属性

属　性　名	属　性　值	属　性　名	属　性　值
名称	cmdShow	字体粗细	加粗
标题	显示报表	文本对齐方式	居中
字体名称	宋体	倾斜字体	否
字号	10	单击	[事件过程]

③ 按同样的方法添加“退出”命令按钮，属性设置如表 11.18 所示。

表 11.18　命令按钮控件属性

属　性　名	属　性　值	属　性　名	属　性　值
名称	cmdQuit	字体粗细	加粗
标题	退出	文本对齐方式	居中
字体名称	宋体	倾斜字体	否
字号	10	单击	[事件过程]

④ 调整命令按钮的位置和大小，结果如图 11.58 所示。

⑤ 为两个命令按钮编写代码，实现显示报表和退出窗体的功能。

单击数据库窗口工具栏上的编码按钮，或者在命令按钮的属性对话框中单击【事件】选项卡，单击【单击】文本框，然后单击文本框…按钮，这时系统就弹出 VBA 代码编辑器，如图 11.59 所示。

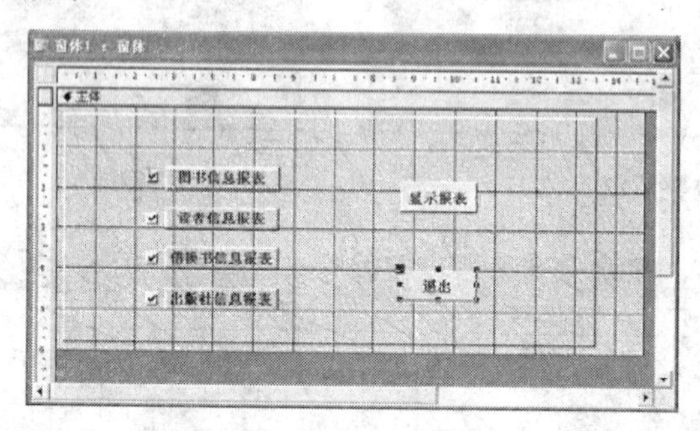

图 11.58　调整命令按钮

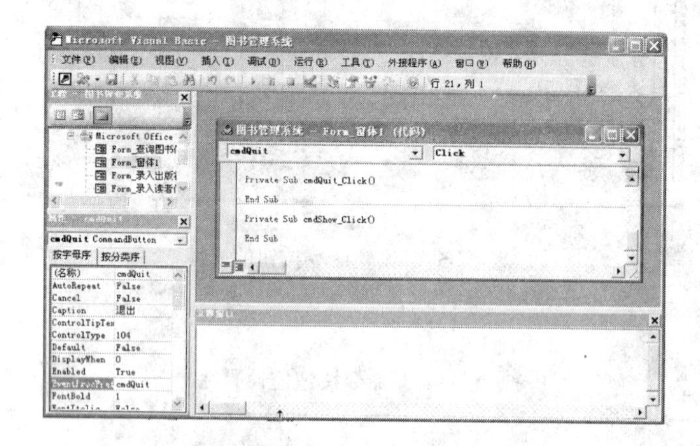

图 11.59　VBA 代码编辑器

可通过单击右边【代码】窗口上的第一个▾，从下拉列表框中选择要想编写代码的命令按钮的名称，然后在【代码】窗口内输入代码。

“cmdShow”命令按钮的代码如下。

```
Option Compare Database
Private Sub cmdShow_Click()
'显示报表
If chkbook.Value = -1 Then
    DoCmd.OpenReport "图书信息报表", acViewPreview
End If
If chkreader.Value = -1 Then
    DoCmd.OpenReport "读者信息报表", acViewPreview
End If
If chkborrow.Value = -1 Then
    DoCmd.OpenReport "借还书信息报表", acViewPreview
```

```
End If
If chkpbl.Value = -1 Then
    DoCmd.OpenReport "出版社信息报表", acViewPreview
End If
End Sub
```

“cmdQuit”命令按钮的代码如下。

```
Private Sub cmdQuit_Click()
'关闭报表
    DoCmd.Close acForm, "报表显示"
End Sub
```

（7）为窗体加上标题。

单击工具箱上的按钮，在窗体的【主体】区域要放置标签的位置画一个适当大小的矩形，然后在标签里输入窗体的标题名。然后单击工具栏上的按钮打开该标签的属性对话框，然后按表 11.19 所示设置各项属性。

表 11.19　标签控件属性

属　性　名	属　性　值	属　性　名	属　性　值
名称	Labelbaobiao	字体粗细	加粗
标题	报表显示	文本对齐方式	居中
字体名称	隶书	倾斜字体	否
字号	22		

该标签的属性设置完毕后，关闭属性对话框，结果如图 11.60 所示。

（8）双击窗体左上角的窗体选择器，打开窗体的属性对话框，按照表 11.20 所示设置窗体的属性。

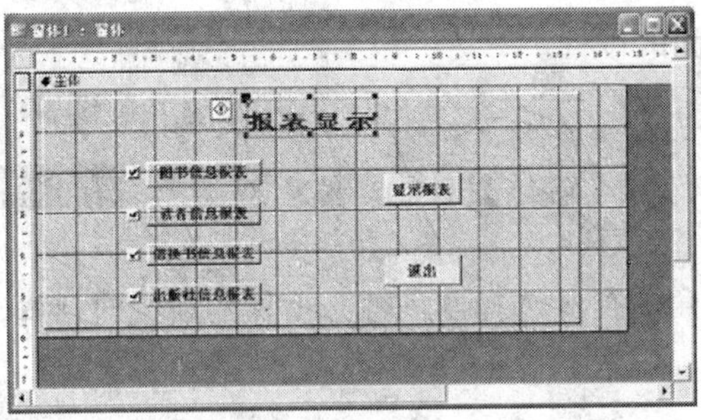

图 11.60　标签属性设置完毕后的窗体

表 11.20　窗体控件属性

属　性　名	属　性　值	属　性　名	属　性　值
标题	报表显示	允许删除	否
默认视图	单个窗体	允许添加	否
允许编辑	是	滚动条	两者均无

续表

属 性 名	属 性 值	属 性 名	属 性 值
记录选择器	否	边框样式	细边框
导航按钮	否	最大最小化按钮	最小化按钮
分隔线	否		

(9) 单击工具栏上的【保存】按钮，在弹出的【另存为】对话框中输入窗体的名称为“报表显示”，然后单击【确定】按钮，将该窗体保存。

(10) 运行该窗体，结果如图 11.61 所示。

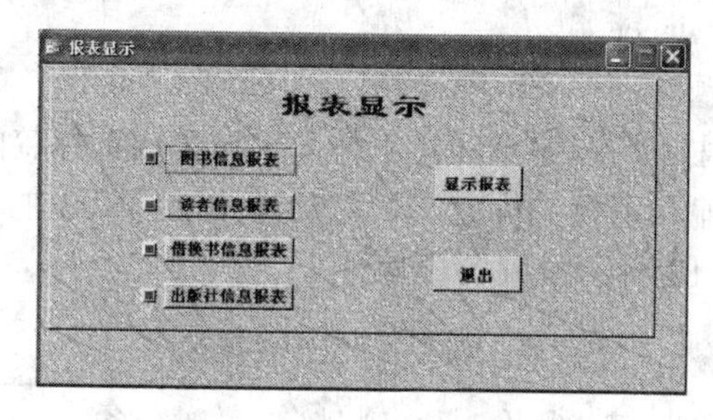

图 11.61　运行窗体后的结果

11.7　界面的设计

上面建立的窗体系统基本上可实现预期的功能，但这个系统还没有完成，还有两个主要的界面需要设置，一个是“主界面”，另一个是“欢迎进入的界面”，下面分别介绍如何创建这两个界面。

11.7.1　应用程序主界面的设计

应用程序主界面的设计步骤如下。

(1) 在数据库窗口选择【窗体】对象，然后双击 在设计视图中创建窗体 项，系统弹出窗体设计视图。

(2) 双击窗体左上角的窗体选择器，打开窗体的属性对话框，按照表 11.21 所示设置窗体的属性。

表 11.21　窗体控件属性

属 性 名	属 性 值	属 性 名	属 性 值
标题	主界面	记录选择器	否
允许编辑	否	导航按钮	否
允许删除	否	分隔线	否
允许添加	否	边框样式	无
滚动条	两者均无	最大最小化按钮	无

（3）在该窗体的【属性对话框】中单击【格式】选项卡，并单击【图片】属性选项旁边的文本框，显示…按钮，然后单击…按钮打开【插入图片】对话框。

（4）在该对话框中选择作为背景的图片，然后单击【确定】按钮，并在窗体属性对话框的【格式】选项卡中，将【图片类型】设为“嵌入”，【缩放模式】设为“拉伸”，生成的设计视图如图 11.62 所示。

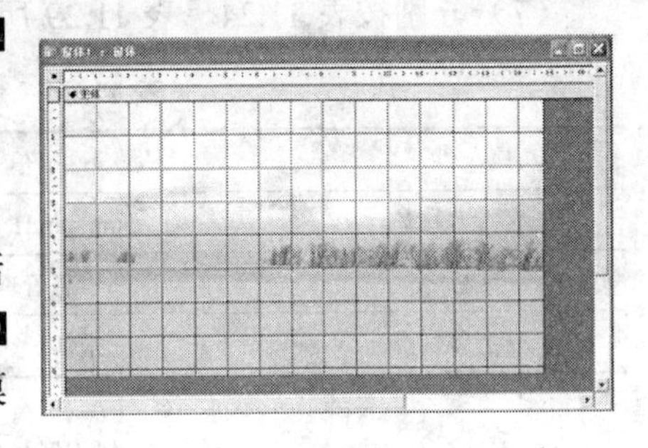

图 11.62　生成的设计视图

（5）使用工具栏中的 往窗体里添加两个标签控件，分别为 Label0、Label1。其属性设置分别如表 11.22 和表 11.23 所示。

表 11.22　标签控件 Labe10 属性

属 性 名	属 性 值	属 性 名	属 性 值
名称	Label0	字号	12
标题	Microsoft Access 2003	字体粗细	加粗
字体名称	Times New Roman	文本对齐方式	居中

表 11.23　标签控件 Label1 属性

属 性 名	属 性 值	属 性 名	属 性 值
名称	Labell	字号	56
标题	图书管理系统	字体粗细	加粗
字体名称	华文彩云	文本对齐方式	居中

（6）用控件工具箱中的 按钮在窗体设计视图的【主体】区域中建立六个命令按钮控件，分别是：Command1、Comand2 、Command3、Command4、Command5 和 Command6，如图 11.63 所示。

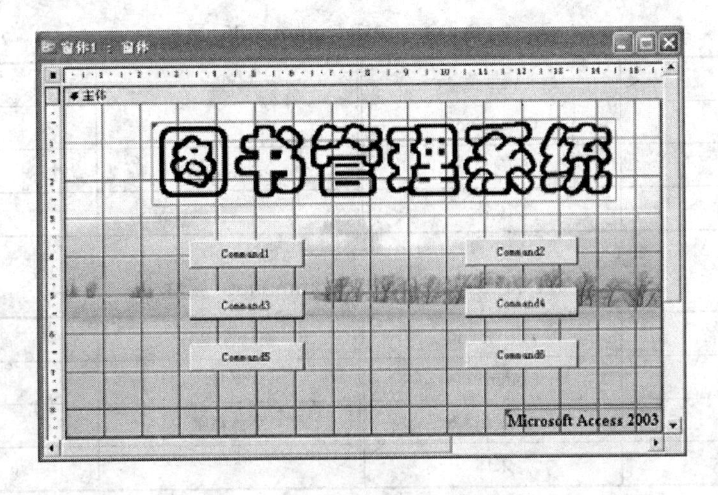

图 11.63　添加命令按钮

（7）分别按表 11.24～表 11.29 所示设置各个命令按钮控件的属性。

表 11.24 命令按钮 Command1 属性

属 性 名	属 性 值	属 性 名	属 性 值
名称	Command1	字号	12
标题	图书信息管理	字体粗细	加粗
字体名称	宋体		

表 11.25 命令按钮 Command2 属性

属 性 名	属 性 值	属 性 名	属 性 值
名称	Command2	字号	12
标题	借还书信息管理	字体粗细	加粗
字体名称	宋体		

表 11.26 命令按钮 Command3 属性

属 性 名	属 性 值	属 性 名	属 性 值
名称	Command3	字号	12
标题	借阅者信息管理	字体粗细	加粗
字体名称	宋体		

表 11.27 命令按钮 Command4 属性

属 性 名	属 性 值	属 性 名	属 性 值
名称	Command4	字号	12
标题	出版社信息管理	字体粗细	加粗
字体名称	宋体		

表 11.28 命令按钮 Command5 属性

属性名	属性值	属性名	属性值
名称	Command5	字号	12
标题	报表显示	字体粗细	加粗
字体名称	宋体		

表 11.29 命令按钮 Command6 属性

属 性 名	属 性 值	属 性 名	属 性 值
名称	Command6	字号	12
标题	退出	字体粗细	加粗
字体名称	宋体		

属性设置完后，适当调整各个命令按钮控件的布局，结果如图 11.64 所示。

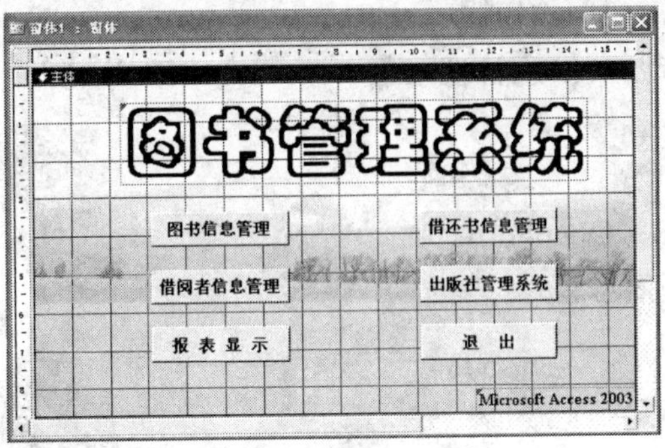

图 11.64 调整各按钮布局后的窗体

（8）鼠标右键单击【图书信息管理】按钮，在弹出的快捷菜单选择【事件生成器】命令，弹出【选择生成器】对话框，这里选择“宏生成器”。

（9）单击【确定】按钮，这时会弹出一个宏设计视图和一个【另存为】对话框。在【另存为】对话框中输入“图书信息管理”。

（10）单击【确定】按钮。然后单击宏设计视图窗口的【操作】栏下的单元格，在下拉列表中选择 Hourglass 选项；在【注释】里输入“使鼠标在宏运行时变成沙漏状”。

（11）将光标移到下一单元格，在【操作】列的下拉列表框中选择 OpenForm 选项，在【注释】列中输入“打开图书信息管理窗体”；在下半部分的操作参数中单击【窗体名称】文本框，打开一个下拉列表框，选择“图书信息管理”；在【视图】下拉列表框中列出了打开窗体的 6 种不同视图方式，这里选择“窗体”；在【数据模式】下拉列表框中可以设定用户的使用权限，这里选择“编辑”；在【窗口模式】中选择“普通”方式，如图 11.65 所示。

（12）将光标移到第三行，设置第三个操作。选择 Maximize 宏操作，如图 11.66 所示。此操作的效果是将窗体最大化，使之充满整个 Access 窗口。

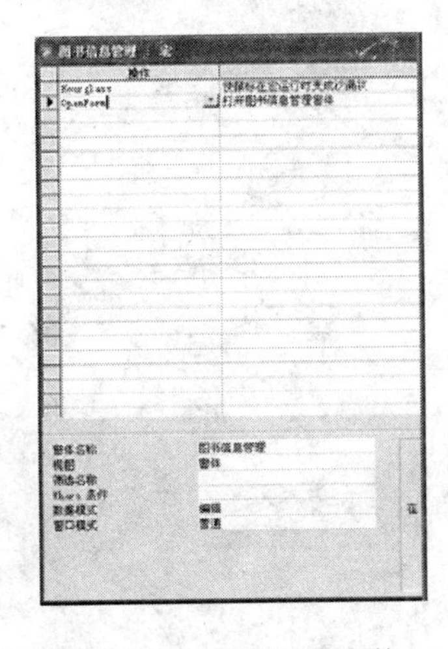

图 11.65 设置操作参数

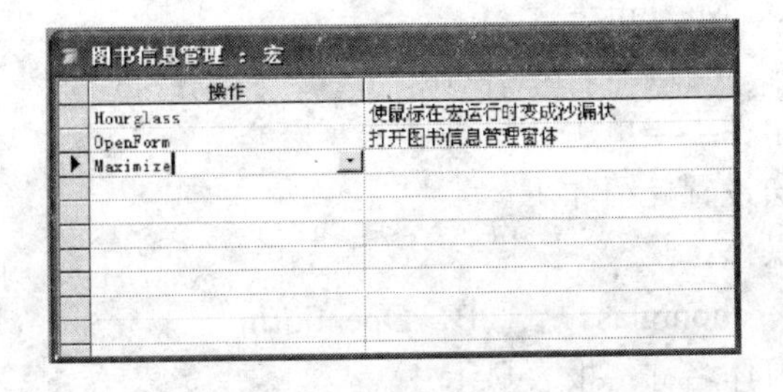

图 11.66 窗体最大化宏操作

其他五个按钮也用同样的方法建立宏操作，不再一一赘述，仅将它们的操作列出。

① “借还书信息管理”按钮。

事件——单击：借还书信息管理（宏）

宏设置介绍如下。

操作：

A．hourglass　B．OpenForm

窗体名称：借还书信息管理

视图：窗体

数据模式：编辑

窗口模式：普通

C．Maximize

②“借阅者信息管理”按钮。

事件——单击：借阅者信息管理（宏）

宏设置介绍如下。

操作：

A．hourglass　B．OpenForm

窗体名称：借阅者信息管理

视图：窗体

数据模式：编辑

窗口模式：普通

C．Maximize

③ “出版社信息管理”按钮。

事件——单击：出版社信息管理（宏）

宏设置介绍如下。

操作：

A．hourglass　B．OpenForm

窗体名称：借还书信息管理

视图：窗体

数据模式：编辑

窗口模式：普通

C．Maximize

④ “报表显示”按钮。

事件——单击：报表显示（宏）

宏设置介绍如下。

操作：

A．hourglass　B．OpenForm

窗体名称：报表显示

视图：窗体

数据模式：编辑

窗口模式：普通

C．Maximize

⑤ “退出”按钮。

事件——单击：退出（宏）

宏设置介绍如下。

操作：Quit

选项：全部保存

（13）单击工具栏上的【保存】按钮，在弹出的【另存为】按钮对话框中输入“主界面”，然后单击【确定】按钮，将该窗体保存。

（14）运行该窗体，结果如图 11.67 所示。

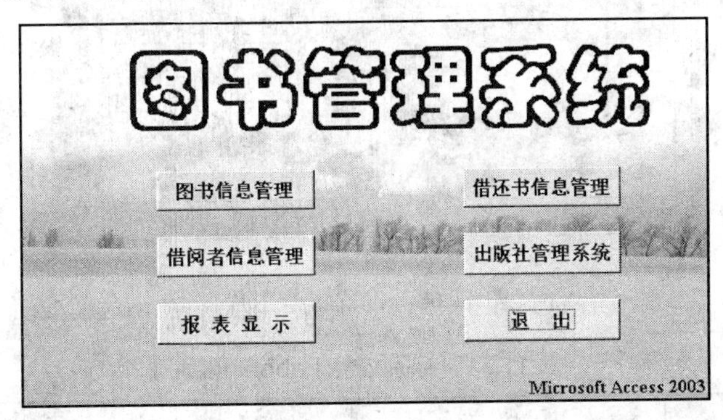

图 11.67　窗体运行结果

11.7.2　欢迎界面的设计

下面为本系统创建一个欢迎窗体，作为“图书管理系统”的入口。具体的创建步骤如下。

（1）在数据库窗口中单击【窗体】对象，在数据库窗口中双击 在设计视图中创建窗体 项。这时会弹出一个窗体的设计视图。

（2）双击窗体左上角的窗体选择器，打开窗体的属性对话框，按照表 11.30 所示设置窗体的属性。

（3）在该窗体的属性对话框中单击【格式】选项卡，单击【图片】属性选项旁边的

表 11.30　窗体属性

属性名	属性值	属性名	属性值
标题	欢迎界面	记录选择器	否
允许编辑	否	导航按钮	否
允许删除	否	分隔线	否
允许添加	否	边框样式	无
滚动条	两者均无	最大最小化按钮	无

文本框，以显示…按钮。单击…按钮打开【插入图片】对话框。

（4）在该对话框中选择背景图片，然后单击【确定】按钮，并在窗体属性对话框的【格式】选项卡中，将【图片类型】设为“嵌入”，【缩放模式】设为“拉伸”，生成的设计视图如图 11.68 所示。

（5）单击工具栏中的Aa按钮，为窗体里添加三个标签控件，分别是 Label0、Label1 和 Label2。其属性设置分别如表 11.31～表 11.33 所示。

属性设置完毕后，结果如图 11.69 所示。

图 11.68 设置背景图片

表 11.31 标签控件 Label0 属性

属 性 名	属 性 值	属 性 名	属 性 值
名称	Label0	字号	12
标题	Microsoft Access 2003	字体粗细	加粗
字体名称	Times New Roman	文本对齐方式	居中

表 11.32 标签控件 Lebel1 属性

属 性 名	属 性 值	属 性 名	属 性 值
名称	Label 1	字号	36
标题	欢迎进入	字体粗细	加粗
字体名称	隶书	文本对齐方式	居中

表 11.33 标签控件 Label2 属性

属 性 名	属 性 值	属 性 名	属 性 值
名称	Label2	字号	50
标题	图书管理系统	字体粗细	加粗
字体名称	隶书	文本对齐方式	居中

图 11.69　属性修改完毕后的窗体

（6）单击工具箱中的按钮，在窗体上添加两个命令按钮控件 Command1 和 Command2。单击按钮后，单击窗体的【主体】区域，如果弹出【命令按钮向导】对话框，则单击【取消】按钮。属性设置分别如表 11.34 所示，结果如图 11.70 所示。

表 11.34　Command1 和 Command2 命令按钮属性

Command1		Command2	
属　性　名	属　性　值	属　性　名	属　性　值
标题	进入	标题	退出
字体名称	华文中宋	字体名称	华文中宋
字号	16	字号	16
字体粗细	加粗	字体粗细	加粗

图 11.70　添加命令按钮

（7）鼠标右键单击【进入】命令按钮，在弹出的右键菜单中选择【事件生成器】命令。

（8）在弹出的【选择生成器】对话框中选择“代码生成器”。

（9）单击【确定】按钮，系统会弹出 VBA 的设计窗口，如图 11.71 所示。

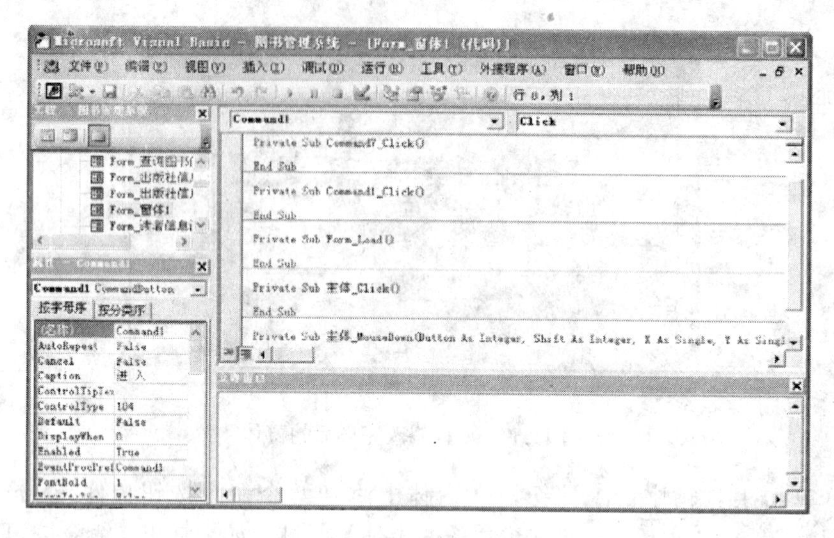

图 11.71 VBA 设计窗口

（10）单击右边的代码窗口中的下拉列表框上的▼，在下拉列表框分别选择“Command1”和“Command2”。然后在 Sub 过程中添加事件代码。

① “进入”按钮的代码：

```
Private Sub Command1_Click()
   DoCmd.OpenForm "主界面"
End Sub
```

② 用同样的方法为按钮“退出”添加事件代码。这段代码的功能是关闭所有窗体，并在退出前提醒是否保存。

```
Private Sub Command1_Click()
Dim intx As Integer
Dim intCount As Integer
intCount = Forms.Count - 1
For intx = intCount To 0 Step -1
   DoCmd.Close acForm. Forms(intx).Name
Next
End Sub
```

（11）添加一个 Sub 过程使得系统启动界面文字具有闪动效果。首先单击窗体属性对话框中的【事件】选项卡，【计时器触发】列选择“[事件过程]”，【计时器间隔】的值设为“80”，如图 11.72 所示。

（12）单击【计时器触发】旁边的文本框，以显示有三个点的…按钮，单击…按钮，又会弹出熟悉的 VBA 代码设计窗口。为该事件过程添加如下代码：

```
Private Sub Form_Timer()
If Label2.FontSize < 50 Then
   Label2.FontSize = Label2.FontSize + 2
Else
```

```
    Me.TimerInterval = 0
End If
End Sub
```

（13）把 Label2 的“字号”的属性值改为“2”，然后单击工具栏上的【视图】按钮，预览演示效果如图 11.73 所示的过程。

（14）单击工具栏上的【保存】按钮，在【另存为】对话框中输入窗体的名称为“欢迎界面”，然后单击【确定】按钮。

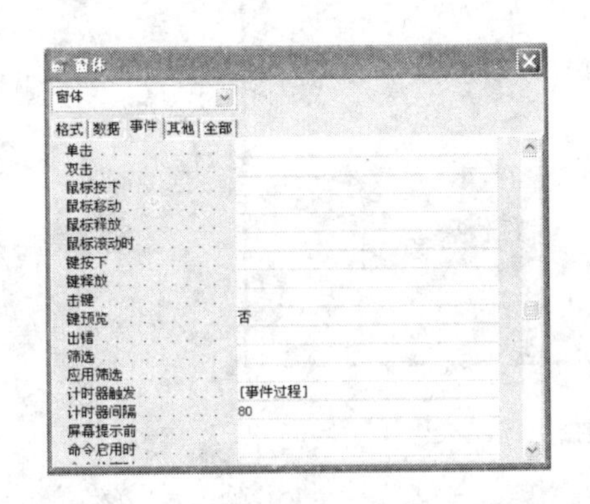

图 11.72　窗体属性对话框的“事件”选项卡

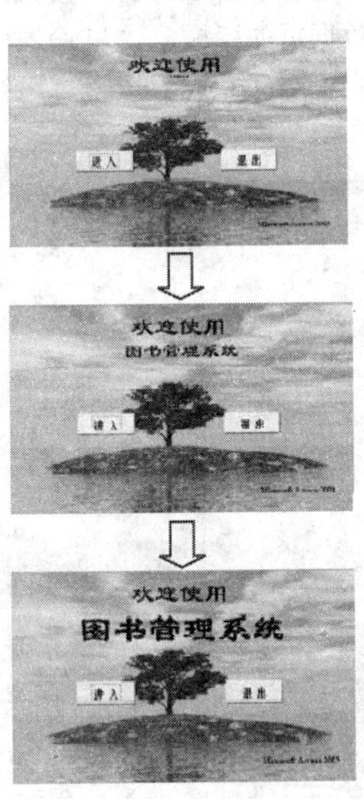

图 11.73　预览演示效果

11.8　数据访问页的设计

如第八章所述，数据访问页实际上就是一种 Web 页，增强了 Access 与 Internet 的集成，为数据库用户提供了更强大的网络功能，方便用户通过 Internet 或 Intranet 访问保存在 Access 数据库中的数据。这里首先利用“向导”创建“借阅书籍信息”数据访问页，并在此基础上进行完善和优化。

11.8.1　利用“向导”创建数据页

利用“向导”创建数据页的步骤如下：

（1）在数据库窗口中，单击【对象】栏中的 页 ，在【页】对象区双击 使用向导创建数据访问页 项，系统弹出【数据页向导】对话框的第一个对话框。在【表/查询】下拉列表框中选择“查询：借阅书籍信息”，在下方的【可用字段】列表框中将列出此表中的所有字段。单击 >> 按钮，将所有字段都加入窗体中。

（2）单击 下一步(N) > 按钮，弹出【数据页向导】的第二个对话框。在该对话框中，需要确定分组级别，且一旦设置了分组级别，生成数据页是只读的。这里按“书名”分组，在左侧的列表框中单击“书名”字段，然后单击按钮。

（3）单击 下一步(N) > 按钮，弹出【数据页向导】的第三个对话框，设置按“书号”作“升序”排列。

（4）直接单击 下一步(N) > 按钮，系统弹出【数据页向导】的最后一个对话框，需要用户指定数据页的标题，这里输入“借阅书籍信息”。

（5）单击【完成】按钮，运行该数据页，结果如图 11.74 所示。

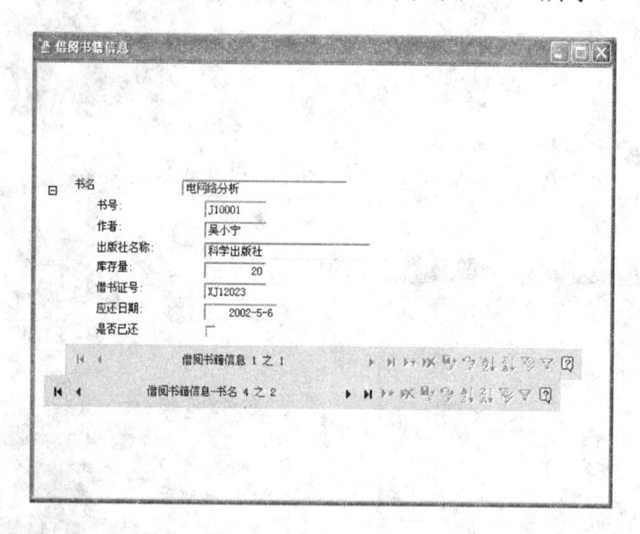

图 11.74 运行数据页的结果

11.8.2 在设计视图中设计数据页的外观

利用向导所创建的数据页只是个雏形，可在设计视图中对数据页的外观进行完善。具体的步骤如下：

（1）单击工具栏上的【视图】按钮，切换到设计视图，如图 11.75 所示。Access 界面右边会出现一个【字段列表】框，并调整各个控件的大小和位置。

（2）单击设计视图的上部，然后输入“借阅书籍信息浏览”作为数据页的标题。

（3）选择 格式(O) 菜单中的 主题(H)... 命令，打开【主题】对话框，如图 11.76 所示。在【主题】对话框中，选择所需的主题，然后单击【确定】按钮，关闭【主题】对话框。

（4）选择【格式】|【背景】|【图片】命令，打开【插入图片】对话框。

（5）在【插入图片】对话框中选择所需的图片文件后，单击【确定】按钮，关闭该对话框，Access 将所选择的图片作为当前数据页的背景图片。

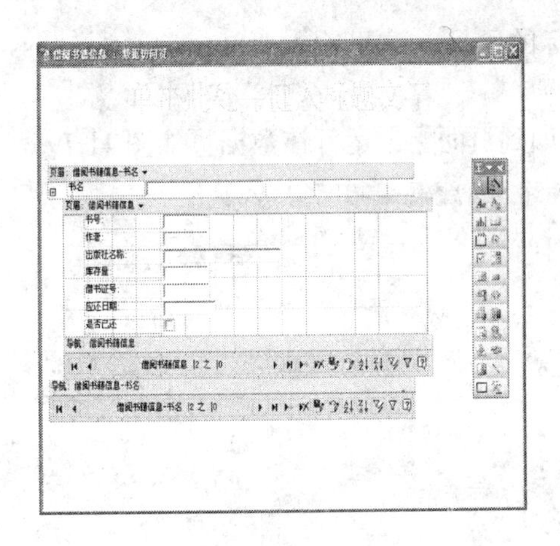

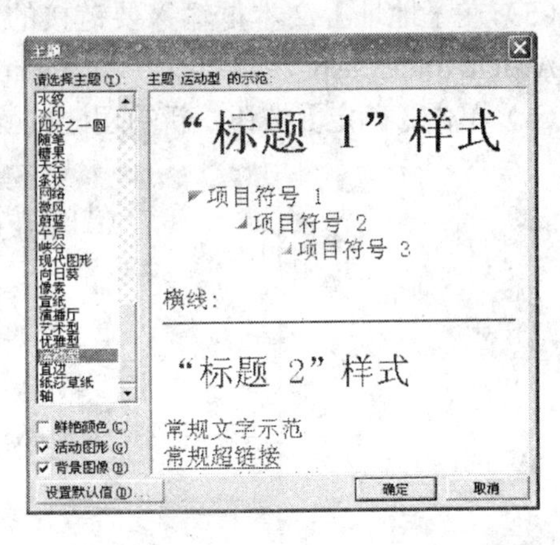

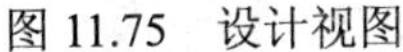

图 11.75　设计视图　　　　图 11.76　“主题”对话框

11.8.3　添加超链接

可以在 Access 的数据访问页上添加超链接，把这个数据也同其他的 Web 页或 Web 站点连接起来。在设计视图中为数据页添加超链接，步骤如下。

（1）打开“借阅书籍信息”的数据页的设计视图。

（2）单击要加入超链接的页面的空白处，然后选择【插入】|【超链接】命令；或者单击工具箱中的按钮，然后单击该数据页设计视图上要放置超链接的位置，弹出【插入超链接】对话框，如图 11.77 所示。

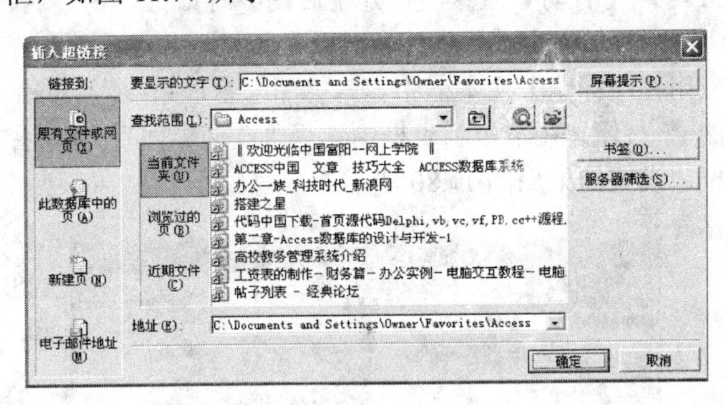

图 11.77　【超链接】对话框

（3）在【要显示的文字】文本框输入数据页上显示的文字信息。这里输入“http:\\www.access-cn.com\Article_Index.asp”。

（4）单击【屏幕显示】按钮，出现【设置超链接屏幕提示】对话框，如图 11.78 所示。在数据访问页运行时，把鼠标指向该超链接时，屏幕上会显示输入的提示信息。这里输入“ACCESS 中国 首页”，然后单击【确定】按钮回到图 11.77 所示对话框。

图 11.78　【设置超链接屏幕提示】对话框

（5）在【地址】文本框输入要链接的目标的网址，这里输入“http:\\www.access-cn.com\Article_Index.asp”。

（6）单击【确定】按钮，新的超链接就添加到页面上。运行该数据页如图 11.79 所示。

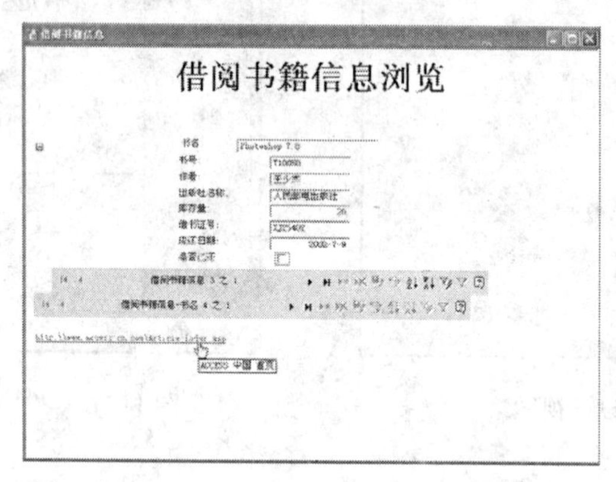

图 11.79 运行数据页的结果

11.9 系统的启动

如果想在打开“图书管理系统”数据库时自动运行系统，可按以下步骤设置：

（1）选择【工具】|【启动】命令，打开【启动】对话框。

（2）在该对话框中对如何启动数据库，以及是否显示各类菜单和工具栏进行相应的设置。这里在【应用程序标题】文本框中输入“图书管理系统”，单击【显示窗体/页】下拉列表框右边的 按钮，在下拉列表框中选择“欢迎界面”；并选择或清除对话框左下角的几个复选框，设置结果如图 11.80 所示。

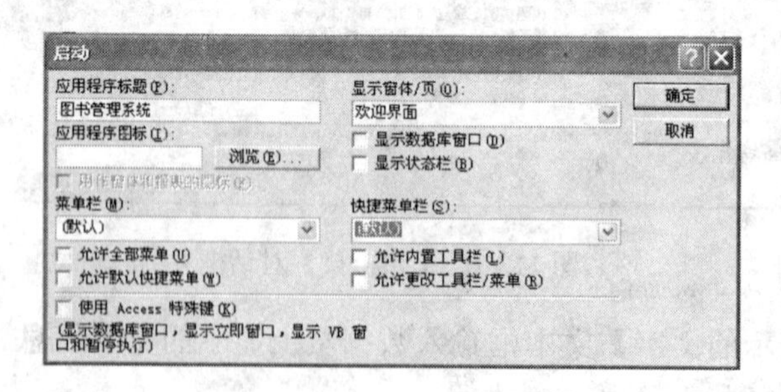

图 11.80 【启动】对话框

将“欢迎界面”窗体作为启动后显示的第一个窗体。这样，在打开“图书管理系统”数据库时，Access 会自动打开“欢迎界面”窗体，如图 11.81 所示。单击【进入】按钮就可进入该图书管理系统。

当某一数据库应用系统设置了启动窗体，在打开数据库应用系统时想中止自动运行的启动窗体，可在打开这数据库应用系统时同时按着 Shift 键。

图 11.81 图书管理系统“欢迎界面”窗体

至此，该图书管理系统的各项功能设计完毕，读者可根据具体的需求在此基础上对该系统的功能进行扩充和完善。

11.10 习 题

运用 Access 2003 所学功能，独立完成一份具有一定实际意义，且能解决一个具体问题的综合实验。要求在 Windows 平台上完成 Access 2003 数据库的表、查询、窗体、报表及宏的建立，形成一个数据库应用系统（如藏书管理系统、人员管理系统、酒店管理系统等）。

1. 基本要求

1）作业量的基本指标

所设计的数据库中应包含求解该问题的相关数据

- 数据库至少包含 3 个表；
- 每个表中的记录数不能少于 20 条；
- 每条记录不少于 5 个字段，并至少含有 3 种以上不同类型的数据；

2）作业中涵盖的知识点

- 建立数据库及库中的数据表；
- 表对象的维护（增、删、改等基本操作）；
- 设置表中的字段属性（定义主键、字段大小、有效性规则、默认值等）；
- 表间关系的建立与修改：一对一关系或一对多关系，至少要有一个一对多关系；
- 创建三种不同类型的查询（选择查询，交叉表查询，参数查询，操作查询，SQL 查询）；

- 建立某种形式的窗体，创建与用户进交行互操作的主窗体友好界面；
- 建立某种形式的报表，实现对数据的统计与输出；
- 创建并运行宏；
- 创建一个主界面窗体，能够通过该窗体访问数据库中的所有对象。

2. 综合实验设计提交形式

创建一个以学号命名的文件夹，文件夹中应包含一个数据库文件（*. mdb）和一个相应的综合实验说明文件（*. doc）。

附录A Access常用函数

类型	函数名	函数格式	说明
算术函数	绝对值	Abs(<数值表达式>)	返回数值表达式的绝对值
	取整	Int(<数值表达式>)	返回数值表达式值的整数部分值，参数为负值时返回小于等于参数值的第一个负数
		Fix(<数值表达式>)	返回数值表达式值的整数部分值，参数为负值时返回大于等于参数值的第一个负数
		Round(<数值表达式>[,<表达式>])	返回按照指定的小数位数进行四舍五入运算的结果。[<表达式>]是进行四舍五入运算小数点右边应保留的位数
	平方根	Srq(<数值表达式>)	返回数值表达式值的平方根值
	符号	Sgn(<数值表达式>)	返回数值表达式的符号值。当数值表达式值大于0，返回值为1；当数值表达式值等于0，返回值为0；当数值表达式值小于0，返回值为-1
	随机数	Rnd(<数值表达式>)	产生一个0～9之间的随机数，为单精度类型。如果数值表达式的值小于0，每次产生相同的随机数；如果数值表达式的值大于0，每次产生新的随机数；如果数值表达式的值等于0，产生最近生成的随机数，且生成的随机数序列相同；如果省略数值表达式参数，则默认参数值大于0
	正弦函数	Sin(<数值表达式>)	返回数值表达式的正弦值
	余弦函数	Cos(<数值表达式>)	返回数值表达式的余弦值
	正切函数	Tan(<数值表达式>)	返回数值表达式的正切值
	自然指数	Exp(<数值表达式>)	计算e的N次方，返回一个双精度数
	自然对数	Log(<数值表达式>)	计算以e为底的数值表达式的值的对数
文本函数	生成空格字符	Space(<数值表达式>)	返回由数值表达式的值确定的空格个数组成的空字符串
	字符重复	String(<数值表达式>，<字符表达式>)	返回一个由字符表达式的第1个字符重复组成的指定长度为数值表达式值的字符串
	字符串截取	Left(<字符表达式>,<数值表达式>)	返回一个值，该值是从字符表达式左侧第1个字符开始，截取的若干个字符。其中，字符个数是数值表达式的值。当字符表达式是Null时，返回Null值；当数值表达式值为0时，返回一个空串；当数值表达式值大于或等于字符表达式的字符个数时，返回字符表达式

续表

类　型	函 数 名	函数格式	说　　明
		Right(<字符表达式>,<数值表达式>)	返回一个值，该值是从字符表达式右侧第 1 个字符开始，截取的若干个字符。其中，字符个数是数值表达式的值。当字符表达式是 Null 时，返回 Null 值；当数值表达式值为 0 时，返回一个空串；当数值表达式值大于或等于字符表达式的字符个数时，返回字符表达式
	字符串截取	Mid(<字符表达式>,<数值表达式 1>[,<数值表达式 2>])	返回一个值，该值是从字符表达式最左端某个字符开始，其中，数值表达式 1 的值是开始的字符位置，数值表达式 2 是终止的字符位置。数值表达式 2 可以省略，若省略了数值表达式 2，则返回的值是：从字符表达式最左端某个字符开始，截取到最后一个字符为止的若干个字符
		Len(<字符表达式>)	返回字符表达式的字符个数，当字符表达式是 Null 值时，返回 Null 值
文本函数	字符串长度	Ltrim(<字符表达式>)	返回去掉字符表达式开始空格的字符串
	删除空格	Rtrim(<字符表达式>)	返回去掉字符表达式尾部空格的字符串
		Ttrim(<字符表达式>)	返回去掉字符表达式开始和尾部空格的字符串
		Instr([<数值表达式>],<字符串>,<子字符串>[,<比较方法>])	返回一个值，该值是检索子字符串在字符串中最早出现的位置。其中，数值表达式为可选项，是检索的起始位置，若省略，从第一个字符开始检索。比较方法为可选项，指定字符串比较的方法。值可以为 1、2 或 0，值为 0(默认)做二进制比较，值为 1 做不区分大小写的文本比较，值为 1 做不区分大小写的文本比较，值为 2 做基于数据库中包含信息的比较。若指定比较方法，则必须指定数据表达式
	字符串检索	Ucase(<字符表达式>)	将字符表达式中小写字母转换成大写字母
	大小写转换	Lcase(<字符表达式>)	将字符表达式中大写字母转换成小写字母
日期/时间函数	截取日期分量	Day(<日期表达式>)	返回日期表达式日期的整数(1～31)
		Month(<日期表达式>)	返回日期表达式月份的整数(1～12)
		Year(<日期表达式>)	返回日期表达式年份的整数
		Weekday(<日期表达式>)	返回 1～7 的整数。表示星期几
	截取时间分量	Hour(<时间表达式>)	返回时间表达式的小时数(0～23)
		Minute(<时间表达式>)	返回时间表达式的分钟数(0～59)
		Second(<时间表达式>)	返回时间表达式的秒数(0～59)

续表

类　型	函 数 名	函数格式	说　　明
日期/时间函数	获取系统日期和系统时间	Date()	返回当前系统日期
		Time()	返回当前系统时间
		Now()	返回当前系统日期和时间
	时间间隔	DateAdd(<间隔类型>,<间隔值>,<表达式>)	对表达式表示的日期按照间隔类型加上或减去指定的时间间隔值
		DateDiff(<间隔类型>,<日期1>,<日期2>,W1][,W2])	返回日期1和日期2之间按照间隔类型所指定的时间间隔数目
		DatePart(<间隔类型>,<日期>[,W1][,W2])	返回日期中按照间隔类型所指定的时间部分值
	返回包含指定年月日的日期	DateSerial (<表达式 1>,<表达式2>,<表达式3>)	返回由表达式1值为年、表达式2值为月、表达式3值为日而组成的日期值
SQL聚合函数	总计	Sum(<字符表达式>)	返回字符表达式中值的总和。字符表达式可以是一个字段名，也可以是一个含字段名的表达式，但所含字段应该是数字数据类型的字段
	平均值	Avg(<字符表达式>)	返回字符表达式中值的平均值。字符表达式可以是一个字段名，也可以是一个含字段名的表达式，但所含字段应该是数字数据类型的字段
	计数	Count(<字符表达式>)	返回字符表达式中值的个数，即统计记录个数。字符表达式可以是一个字段名，也可以是一个含字段名的表达式，但所含字段应该是数字数据类型的字段
	最大值	Max(<字符表达式>)	返回字符表达式中值中的最大值。字符表达式可以是一个字段名，也可以是一个含字段名的表达式，但所含字段应该是数字数据类型的字段
	最小值	Min(<字符表达式>)	返回字符表达式中值中的最小值。字符表达式可以是一个字段名，也可以是一个含字段名的表达式，但所含字段应该是数字数据类型的字段
转换函数	字符串转换字符代码	Asc(<字符表达式>)	返回字符表达式首字符的ASCII值
	字符代码转换字符	Chr(<字符表达式>)	返回与字符代码对应的字符
		Nz(<表达式>[,规定值])	如果表达式为Null，Nz函数返回0；对零长度的空串可以自定义一个返回值(规定值)
	数字转换成字符串	Str(<数值表达式>)	将数值表达式转换成字符串

续表

类　型	函 数 名	函数格式	说　　明
转换函数	字符转换成数字	Val(字符表达式)	将数值字符串转换成数值型数字
程序流程函数	选择	Choose(<索引式>,<表达式1>[,<表达式 2>]…[,<表达式n>])	根据索引式的值来返回表达式列表中的某个值。索引式值为 1，返回表达式 1 的值，索引式值为 2，返回表达式 2 的值，以此类推。当索引式值小于 1 或大于列出的表达式数目时，返回无效值(Null)
	条件	IIf(条件表达式，表达式 1，表达式 2)	根据条件表达式的值决定函数的返回值，当条件表达式的值为真，函数返回值为表达式 1 的值，条件表达式值为假，函数返回值为表达式 2 的值
	开关	Switch(<条件表达式 1>,<表达式 1>[,<条件表达式 2>,<表达式 2>…[,<条件表达式n>,<表达式 n>]])	计算每个条件表达式，并返回列表中第一个条件表达式为 True 时与其关联的表达式的值
消息函数	利用提示框输入	InputBox(提示[，标题][，默认])	在对话框中显示提示信息，等待用户输入正文并单击按钮，返回文本框中输入的内容(String 型)
	提示框	MsgBox(提示[,按钮、图标和默认按钮][,标题])	在对话框中显示消息，等待用户单击按钮，并返回一个 Integer 型数值，告诉用户单击的是哪个按钮

附录B Access 常用事件

分 类	事 件	名 称	属 性	发 生 时 间
发生在窗体或控件中的数据被输入、删除或更改时，或当焦点从一条记录移动到另一条记录时	AfterDelConfirm	确认删除后	AfterDelConfirm (窗体)	发生在确认删除记录，并且记录实际上已经删除，或在取消删除之后
	AfterInsert	插入前	AfterInsert (窗体)	在一条新记录添加到数据库中时
	AfterUpdate	更新后	AfterUpdate (窗体)	在控件或记录用更改过的数据更新之后发生。此事件发生在控件或记录失去焦点时，或选择【记录】|【保存记录】命令时
	BeforeUpdate	更新前	BeforeUpdate (窗体和控件)	在控件或记录用更改了的数据更新之前。此事件发生在控件或记录失去焦点时，或选择【记录】|【保存记录】命令时
	Current	成为当前	OnCurrent (窗体)	当焦点移动到一条记录，使它成为当前记录时，或当重新查新窗体的数据来源时。此事件发生在窗体第一次打开，以及焦点从一条记录移动到另一条记录时，它在重新查询窗体的数据来源时发生
	BeforeDelConfirm	确认删除前	BeforeDelConfirm (窗体)	在删除一条或多条记录时，Access 显示一个对话框，提示确认或取消删除之前。此事件在 Delete 事件之后发生
	BeforeInsert	插入前	BeforeInsert (窗体)	在新记录中输入第一个字符但记录未添加到数据库时发生
	Change	更改	OnChange (窗体和控件)	当文本框或组合框文本部分的内容发生更改时，事件发生。在选项卡控件中从某一页移动到另一页时该事件也会发生
	Delete	删除	OnDelete (窗体)	当一条记录被删除但未确认或执行删除时发生
处理鼠标操作事件	Click	单击	OnClick (窗体和控件)	对于控件，此事件在单击时发生。对于窗体，在单击记录选择器、节或控件之外的区域时发生

续表

分　类	事　件	名　称	属　性	发 生 时 间
处理鼠标操作事件	DblClick	双击	OnDblClick (窗体和控件)	当在控件或它的标签上双击时发生。对于窗体，在双击空白区或窗体上的记录选择器时发生
	MouseUp	鼠标释放	OnMouseUp (窗体和控件)	当鼠标指针位于窗体或控件上时，释放一个按下的鼠标键时发生
	MouseDown	鼠标按下	OnMouseDown (窗体和控件)	当鼠标指针位于窗体或控件上时，单击时发生
	MouseMove	鼠标移动	OnMouseMove (窗体和控件)	当鼠标指针在窗体、窗体选择内容或控件上移动时发生
处理键盘输入事件	KeyPress	击键	OnKeyPress (窗体和控件)	当控件或窗体有焦点时，按下并释放一个产生标准 ANSI 字符的键或组合键后发生
	KeyDown	键按下	OnKeyDown (窗体和控件)	当控件或窗体有焦点，并在键盘上按下任意键时发生
	KeyUp	键释放	OnKeyUp (窗体和控件)	当控件或窗体有焦点，释放一个按下键时发生
处理错误	Error	出错	OnError (窗体和报表)	当 Access 产生一个运行时间错误，而这时正处在窗体和报表中时发生
处理同步事件	Timer	计时器触发	OnTimer (窗体)	当窗体的 TimerInterval 属性所指定的时间间隔已到时发生，通过在指定的时间间隔重新查询或重新刷新新数据保持多用户环境下的数据同步
在窗体上应用或创建一个筛选	ApplyFilter	应用筛选	OnApplyFilter (窗体)	当选择【记录】|【应用筛选】命令，或单击工具栏中的【应用筛选】按钮时发生。在选择【记录】|【筛选】|【按选定内容筛选】命令，或单击工具栏中的【按选定内容筛选】按钮时发生。当选择【记录】|【取消筛选/排序】命令，或单击工具栏中的【取消筛选】按钮时　发生
	Filter	筛选	OnFilter (窗体)	选择【记录】|【筛选】|【按窗体筛选】命令，或单击工具栏中的【按窗体筛选】按钮时发生。选择【记录】|【筛选】|【高级筛选/排序】命令时发生

续表

分　类	事　件	名　称	属　性	发生时间
发生在窗体、控件失去或获得焦点时，或窗体、报表成为激活时或失去激活事件时	Activate	激活	OnActivate (窗体和报表)	当窗体或报表成为激活窗口时发生
	Deactivate	停用	OnDeactivate (窗体和报表)	当不同的但同为一个应用程序的 Access 窗口成为激活窗口时，在此窗口成为激活窗口之前发生
	Enter	进入	OnEnter (控件)	发生在控件实际接收焦点之前。此事件在 GotFocus 事件之前发生
	Exit	退出	OnExit (控件)	正好在焦点从一个控件移动到同一窗体上的另一个控件之前发生。此事件发生在 LostFocus 事件之前
	GotFocus	获得焦点	OnGotFocus (窗体和控件)	当一个控件、一个没有激活的控件或有效控件的窗体接收焦点时发生
	LostFocus	失去焦点	OnLostFocus (窗体和控件)	当窗体或控件失去焦点时发生
打开、调整窗体或报表事件	Open	打开	OnOpen (窗体和报表)	当窗体或报表打开时发生
	Close	关闭	OnClose (窗体和报表)	当窗体或报表关闭，从屏幕上消失时发生
	Load	加载	OnLoad (窗体和报表)	当打开窗体，并且显示了它的记录时发生。此事件发生在 Current 事件之前，Open 事件之后
	Resize	调整大小	OnResize (窗体)	当窗体的大小发生变化或窗体第一次显示时发生
	Unload	卸载	OnUnload (窗体)	当窗体关闭，并且它的记录被卸载，从屏幕上消失之前发生。此事件在 Close 事件之前发生

参 考 文 献

陈恭和．2003．数据库基础与 Access 应用教程[M]．北京：高等教育出版社

东方人华．2004．Access 2003 中文版入门与提高[M]．北京：清华大学出版社

教育部考试中心．2007．全国计算机等级考试二级教程——公共基础知识（2008 年版）[M]．北京：高等教育出版社

教育部考试中心．2008．全国计算机等级考试二级教程——Access 数据库程序设计（2009 年版）[M]．北京：高等教育出版社

廖信彦．2005．Access 2003 实用教程[M]．北京：中国铁道出版社

李春葆，曾平．2005．Access 2003 数据库程序设计[M]．北京：清华大学出版社

李海兵，杨晓亮．2005．Access 2003 数据库管理从入门到精通[M]．北京：中国铁道出版社

李雁翎．2005．数据库技术与应用——Access[M]．北京：高等教育出版社

李梓．2009．Access 数据库系统及应用[M]．北京：科学出版社

全国计算机等级考试新大纲研究组．2007．全国计算机等级考试考纲考题透解与模拟——二级 Access(2008 年版)[M]．北京：清华大学出版社

全国计算机等级考试命题组．2009．全国计算机等级考试考眼分析与样卷解析——二级 Access[M]．北京：北京邮电大学出版社

全国计算机等级考试命题组．2011．全国计算机等级考试上机考试与题库解析——二级 Access[M]．北京：北京邮电大学出版社

申莉莉，等．2005．Access 数据库应用教程[M]．北京：机械工业出版社

微软公司，铁军，等译．2006．Microsoft Office Access 2003[M]．北京：高等教育出版社

杨涛，李敏，刘青凤．2007．中文版 Access 2003 实用教程[M]．北京：清华大学出版社

姚普选．2002．数据库原理及应用(Access 2000) [M]．北京：清华大学出版社

章立民．2004．Access 2003 高手攻略[M]．北京：中国铁道出版社

张泽洪．2005．数据库原理与应用——Access 2003[M]．北京：电子工业出版社

赵增敏，朱粹丹，赵朱曦．2003．中文 Access 2002[M]．北京：电子工业出版社

赵杰，杨丽丽，陈雷．2002．数据库原理与应用[M]．北京：人民邮电出版社

NCRE 研究组．2010．全国计算机等级考试考点解析、例题精解与实战练习——二级 Access 数据库程序设计[M]．北京：高等教育出版社